如懿传

Ruyi's Royal
Love In The
Palace

后宫·如懿传

大结局

流潋紫 著

CNS PUBLISHING & MEDIA 中南出版传媒
湖南文艺出版社 HUNAN LITERATURE AND ART PUBLISHING HOUSE
博集天卷 CS-BOOKY

目录

『皇上，这半世里，

你对臣妾说过无数次要放心，

可臣妾的心从未放下过。

今日俗事已了，

臣妾倒真可以放心了。』

她俯身深拜，淡然自若，

『今日一别，相见无期，

皇上珍重。』

第一章
香事

侍卫们立刻将刀剑架在了寒香见的颈旁。

其实香见的眼睛很美，似一眸春水，照得人生出碧凉寒意。而那寒意深处，尽是凛凛杀机。

皇帝的嘴唇微微泛白，面孔却是少年人才有的桃花泛水时的桃红艳灼，他极和蔼地道："寒氏不懂御前规矩，你们仔细伤着她。"

话音未落，如懿已然觉得太过露骨，却又不便劝什么，只向凌云彻道："把刀剑利器收起，免得误伤他人。"凌云彻领着侍卫们答应着退到一旁。

太后笑意淡淡，仿佛是看着一场闹剧，慵懒道："寒氏，你可不是真的想要行刺皇帝吧？你还真以为御前能任你为所欲为？"

嬿婉满脸鄙夷之色："她既是未亡人，还真是想以死相殉，跟着那未婚夫婿去了。"她转了隐隐笑意，软语道："皇上，此等逆贼，不必姑息。"

湄若却是叹息："倒是个烈性的美人。"

皇帝不为所动，只是望着香见温煦如春风："女儿家何必动兵刃，仔细伤着自己。"

香见见皇帝如此殷切，愈加不豫，冷冷道："你！就是你害死了寒企！"

皇帝原本善于辞令，可眼见香见动怒，亦是皓月清辉、花树凝雪之貌，口中讷讷，一时不能应对。

"愚蠢！"如懿的声音似晴空春雷，骤然划过私语窃窃的殿中，她双眸微垂，覆落如乌云般的荫翳，语气凌厉，脸上神情却如常清淡，"寒企意外身死，的确可惜。但你意图行刺，岂非挑起大清与寒部的不和，再生嫌隙。”

香见悲愤不已，双眸血红，指着皇帝道：“可他害死了我心爱之人，累我离乡背井离开阿爹和族人，我怎能不恨！”

“本宫听你念及族人，以为你总算深明大义。而你入宫，也是寒部有和睦之意。结为姻亲，便等于有了盟约。寒企之死，若使你伤害自己，埋下仇恨，你便罔顾了你父亲与族人的心意，成为不智不孝之人。”

香见满脸涨得血红，死死盯着如懿。如懿也不惧，只将纤纤十指垂落于十二朵西番莲沉香紫广袖之外，似霞光萦旋，自云端拂过。

半晌，香见似觉对不上如懿的气定神闲，气息稍馁，怔怔垂下泪来，凄然道：“寒企是我心爱的男子，他勇猛，他有智谋，他本该是草原上的骏马，天空翱翔的雄鹰，却因为我而丧命，我怎能不痛心，不痛恨！”她想起爱郎离世，从此生死永隔，不觉颓然坐倒于地，痛哭失声。

如懿望向太后，见她颇为慨然，心下自是怜惜。太后温然轻语：“寒香见，哀家明白你的伤心，但人已去了，你若再行不智之举，只会害了更多活着的人。”

皇帝深深颔首，容色清明：“皇额娘所言极是，皇后的话也是朕的心声。”他的目光如柔软的春绸，紧紧包裹着凄苦无依的香见，“你放心。朕会设伊犁将军统辖边地各部，再设参赞大臣管理寒部，一定会让你们重归富庶安定的日子。”他见香见只是落泪不语，沉浸在巨大的哀恸之中，浑然未将他的话放在心上，也不觉有些尴尬。

太后见此情形，便好言解围道：“香见公主一路风尘辛苦，又兼饱受惊吓。哀家让人替你在京中安排一个宅子住下。过些时日，皇帝会给你一个外命妇的名位，让你以尊荣之身回到寒部……”

太后话音未落，皇帝急急打断，心急火燎道：“皇额娘思虑极是，儿子也是如此认为。”他唤道，“皇额娘，一切都已安排妥当，寒香见即刻入宫。”他寻思片刻，似下了极大的决心，深吸一口气：“毓瑚，你带寒香见入承乾宫沐浴更衣，暂住歇息。”

如懿听得太后之意，大约是想给香见一个固山格格或多罗格格的名位，或是给个诰封，加以厚待安抚之后再送回本部，如此两下安然，也有些神意松弛。岂料皇帝之语突兀而起，惊得四座震动，一时不知该如何应对！

绿筠惊得失色，又不敢看皇帝，只得低着头绞着绢子，压抑喉头即将涌出的咳嗽。恪贵人求助似的望着如懿。嬿婉又惊又怒，只不敢露了神色，少不得死死按捺住。太后想要说什么，嘴唇微张，但还是忍住了，默默数着念珠不语。而其余嫔妃，无不色变，默叹。

绿筠为贵妃，居嫔妃之首，资历又深，见众人如此，少不得赔笑起身道："皇上……"她尚未来得及开口，皇帝已冷然目视她："纯贵妃，你想说什么？"她所有蓄积的气势在与皇帝目光相对时溃然而退。

皇帝扫过她的目光空洞而冷漠："纯贵妃，从前许多事朕不与你计较，你要更懂得安分才是。"

绿筠莫名其妙，只能忍耐着退回位次。

嬿婉忍着眼底的酸涩与嫉妒，小心翼翼道："皇上，承乾宫意为顺承乾坤，乃是非宠妃不得住的地方。自您登基，承乾宫一直空置，无人住过。"

皇帝看也不看嬿婉："那你觉得寒氏住哪里合适？要不要朕让你来做主？"

嬿婉好容易才从答应复到嫔位，哪里敢多说这些，自寻晦气，连忙转了笑容道："臣妾只是想，或许有更合适的殿宇。自然，一切都是皇上说了算。"

皇帝轻哼一声，不耐烦再与众嫔妃说话。

如懿眉心一动，正欲出言，只觉得手背上多了温暖的沉重。她回首，但见海兰目视前方，平和无澜，只是微微摇首，暗示她不要多言。

如懿胸口一闷，已然抽出了自己的手，稳稳站起，屈身道："皇上，臣妾忝居皇后之位，不敢不多说一句，承乾宫乃六宫之地，不宜外命妇擅居，还请皇上思量。"

她的话，再明白不过。寒香见怎么封诰安抚都无妨，只要于大局安定有益，她都只会赞成，不会有一丝反对。可若将此女引入后宫，皇帝初见便已神魂无措，若真成为嫔妃，只怕凭空要惹出无端大祸。

太后亦颔首："皇后所言有理。皇上对寒氏如何封诰安抚都无妨，只要于大局安定有益。哀家以为……"

皇帝哪里能细细分辨太后与如懿语中深意，急不可耐道："那儿子便奉皇额娘懿旨，寒香见移居承乾宫，为承乾宫主位。"

太后连连摇头，颇为恼怒："皇帝，你当众曲解哀家之意，是决意要寒氏入后宫么？"

皇帝起身，郑重叩首："但求皇额娘成全。"

太后无言以对，只是长叹不已。

如懿只觉得胸口大震，而眼前的香见，一味沉浸在哀哭追思之中，全然不懂这道旨意是何意思。如懿极力镇定心神，正色唤道："皇上，寒氏方才指剑于皇上，此刻就纳入宫中，只怕她心性未驯……"

皇帝一摆手，收起眼底汪洋般的迷恋，口角决断如锋，将众人的疑虑与震惊生生割裂："皇后不必多言，朕自有分寸。"他起身，欲走出殿外，目光只有逡巡过茫然失神的香见时，才满溢着温软而缠绵的情味。他郑重嘱咐李玉："将承乾宫好好打理出来。否则，朕就摘了你的脑袋。"李玉诺诺答应，悄然抹去额头冷汗。皇帝再不多言，阔步离去，将一众目瞪口呆尚未回过神来的人丢在身后。

嬿婉见皇帝三魂不见七魄，手心一阵阵冷汗直冒，滑腻得几乎抓不住绢子。如懿轻叹一声，向着身边的海兰低低道："皇上他，已经不知自己在说什么了。"她欲言，却有无力感深深攫住了四肢百骸。

嬿婉从未见如懿这般灰心丧气，想要说什么，却又颓然坐下了。

太后亦含了一丝苦笑："皇帝说奉皇太后懿旨。你们都在这里，可曾听见哀家下什么旨意？"

如懿满心不安，立刻屈膝向太后道："儿臣无能，请皇额娘降罪。"

太后缓缓拨动手中的念珠："皇后你的确无能，但咱们的皇帝心气太硬，无人可以动摇。”

嬿婉悄然望向颖嫔处，见她一脸气恨难耐，也不稍加掩饰，只得默然垂首，勉强笑道：“太后莫往心里去。皇上……皇上一时纵情，说不定一时半会儿心劲过了，也就丢开手了。”

太后并不作声，只是将犹疑的目光投向如懿，沉声道：“皇后，你相信么？”

如懿沉默着低首，太后长叹一声，忧然起身：“唉，哀家本想给寒氏一个外命妇的名位，让她安然度日，也好安抚寒部其余人等。却不想皇帝陡然生了招纳后宫的心志。此女入宫，只怕后宫永无宁日。唉，红颜祸水，只怕要惹出大祸。”

福珈满面忧愁，跟在太后身边，也疑道：“难道皇上是想得到了深得边地各部爱戴的寒氏，便是征服了人心么？”

太后摇摇头，不置可否。她的忧惧是永夜来临前的蒙昧，将惶惑不安的情绪传递到每颗心的底处。如懿身形微微一晃，复又稳稳站住：“有皇额娘在，儿臣等有所依靠，必无忧虑。”

话虽如此，可走到殿外时，如懿还是觉得心头的窒闷如殿外荫翳的铅云，低垂着重重逼迫而下。山雨欲来呵！

她扶着容珮的手，听着心浮气躁的颖嫔和恪贵人在耳边聒噪：

“皇后娘娘，这种亡族克夫的妖女，怎配入宫侍候皇上？”

“皇后娘娘，这种祸水，虽然没有嫁人，但到底也是许过人家的，怎么可以为嫔为妃呢？”

“皇后娘娘，您得拿个主意啊！”

如懿只觉得脑仁隐隐作痛，终于忍耐不得，以沉默的姿态定定望向两人：“那么，你们觉得本宫该拿什么主意呢？”

颖嫔登时哑然，却按捺不住气性，急道：“皇后娘娘，皇上即便娶遍蒙古各部，只为满蒙联姻乃是国俗。可是寒部算什么，此女又心怀不轨，皇上怎能娶她在侧？”

长街的风霍霍穿行，将颖嫔最后的质问扯出尖厉的余音。这话勾得绿筠原本带着病色的面孔愈加颤颤：“皇后娘娘，颖嫔这话说得在理。寒氏今日敢行刺皇上，明日保不齐会做出什么谋逆之事。和这样的女子在一起，只怕会危害皇上啊！”

如懿立在长街正中，任凭啸行的风吹起轻飘的云丝袍角，飞起如扑腾的蝶。她面色阴沉，一颗心如坠寒冰：“这样的话，本宫难道没有劝皇上么？”她看向默默跟在身后的忻妃，温然道：“忻妃，你如何打算？”

湄若垂着脸，静静道：“回皇后娘娘的话，臣妾什么打算也没有。臣妾好容易才有了八公主，一心一意只以公主为念，不作他想。”

如懿微微颔首：“你本是甘于满足之人，如今有了公主，更加恬淡随和。”

湄若牵动唇角柔和笑意：“臣妾进宫时，阿玛就说过，得不高不低之位，争不荣不辱之地，才得长久平安。”

如懿眼中闪过欣慰之色，牵过她的手道：“春来风燥，于小儿不宜。你先回去看顾八公主吧，免得她惦念。”

湄若闻言，如逢大赦，急急请安告退。如懿徐徐环视周遭之人，缓声道：“颖嫔，恪贵人，你们俩是蒙古嫔妃中最出挑的。你们跳得那么高，会让人以为蒙古嫔妃不安分。”

二人有些讪讪，默默退了两步，掩身人后。

如懿向着绿筠绽出温和笑颜：“纯贵妃，听说永璋的侧福晋又替他生了个女儿。真好，含饴弄孙，这是旁人羡慕不来的福气。”

绿筠如何不懂，又露出那副怯怯的神气，垂首恭谨：“皇后娘娘说得是。孩子的寄名符还没换，臣妾心中记挂，先告退了。”

如懿关切，唇角绽出一片明净的愉悦：“昨儿皇上赐了本宫两支极好的山参，等会儿本宫便着人给你送去。这两个月来你的咳疾一直未愈，太医说怕是伤着肺腑了，必得好好养着。你切莫操心太过了，你的福气，还长着呢。”

绿筠一壁答应，忍不住又侧首咳了几声，勉强笑道："皇后娘娘的教诲臣妾都懂了，也请娘娘宽心，皇上只说让她移居承乾宫，终究还没定位分，只怕一切还来得及。"

如此，颖嫔也有些尴尬，不自在地摸着衣袖上繁复的缀珊瑚珠粒花纹，眼睛望着不知名的地方，鼻子轻哼一声："什么位分不位分，都给了主位了，到时候不是妃位便是嫔位，都要和臣妾平起平坐了。"

如懿笑吟吟望着她，口气却肃然："颖嫔，蒙古诸妃中，你资历最深，也最得皇上宠爱。可是你入宫多年都未有生育，只能抚养令嫔之女。若能有一儿半女稳固地位，说话也会更有分量了。"

颖嫔的面孔是典型的蒙古女子的圆脸。可她长得那样好看，是圆月，是玉盘。若是面上那种心高气傲的神气可以稍稍减弱些，她的美会有更摄人的意味。这一刻，她终于被如懿的话击中，不安地低下了高昂的头颅，退到路边，恭送如懿离开。

待回到翊坤宫中，容珮奉上了凉到正好的百合酿金桂露，小心翼翼道："春来风沙大，易生了燥火，娘娘先喝碗甜露吧。"

如懿就着她的手喝了几口，温润的甜意顺着喉舌流入身体，才觉得浑身的烦闷减去了些许。外头的风更大了，吹得窗扇扑棱作响。菱枝带着小宫女忙不迭地将窗扇密密关上，生怕吵着郁郁沉闷的如懿。

容珮低低道："看样子是要下大雨了呢。这个时候，开窗风大吹着人，关上又闷得很，真是左右两难。"

如懿眸色沉郁，瞟她一眼："说话不要这样语带双关。这样的话本宫听得还少么？"

容珮慌忙跪下道："娘娘心里烦，奴婢知道。可如今这个局势，娘娘不也是两难么。"

如懿伸手蘸了点薄荷膏，轻轻揉着额头，任由清凉的气息渗透肌理，抚平焦躁："山雨欲来，谁能阻挡？熬得过去的就好好活下来，熬不过去的就成了吹落的残枝败叶。"她郁然长叹，"唉，听着一堆人聒噪，听得本宫脑仁发麻。”

容珮两眼一扫，道：“愉妃小主倒没来说什么。出了殿就没见她人影。”

如懿浅浅一笑，稍有安慰之色：“海兰轻易不开口，要是开口，必定是要紧的话。不像旁人闲扯八道，却无章法。”

两人正说着，却听外头三宝道：“皇后娘娘，愉妃小主来向娘娘请安。”

如懿看一眼容珮，由着她扶正身子，理云鬓，正衣衫，方才道：“请。”

外头湘妃竹帘轻轻一打，海兰已然转了进来，福了一福道：“外头要落雨了，天气怪闷的，便去花房选了些燕草来，清芬满室，又可宁神，最适宜姐姐了。”

如懿淡淡一笑，将手边盛着荔枝蓼花的银罗碟推向海兰：“这荔枝蓼花是你最爱吃的，尝一些吧。”说罢，又向容珮道：“愉妃身子弱，吃不惯百合这样性凉的东西，你去端一碗梨肉枇杷饮来吧。”

海兰取了一片荔枝蓼花慢慢吃了，方道：“姐姐还有闲情逸致想着我爱吃什么，我也谢姐姐一番心意吧。”她起身，牵过如懿的手步至廊下，盈然一笑：“姐姐瞧，我把这些燕草都放在庭中，风吹草动，是不是很好看？”

如懿看着庭下风吹草仰，起伏无状，深深望向她：“疾风知劲草，你想告诉本宫这个么？”

风频频刮起，庭中十数盆燕草修长的草叶狂舞若碧蛇。海兰穿着浅绿的衣衫，盈盈身姿在卷席着微尘的狂风中显得格外怯弱。她的衣裙上绣着大朵大朵盛放的玉色菡萏，被风鼓动得如波縠荡迭的涟漪。她倚在朱漆红柱下，定定道：“人说劲草才能在疾风后留存，我却不太相信。因为只有柔弱的草，懂得随风变化，才不会被摧折。姐姐有没有见过，狂风之后，首先倒下的都是平时看似枝粗叶壮的大树，而细弱的草叶，风来则倒，风去则仰，最后才能安然无事。我很希望，姐姐不要做一棵树，而要如燕草一般，虽然细弱，但能审时度势，俯仰自如，才能清芬满天下。”

仿若有雨水从天空坠落，跌入水面，漾起涟漪微澜。如懿若有所思：“宫里不少部族联姻送来的女子，寒氏不是第一个，也不会是最后一个。淑嘉皇贵妃、恪贵人、豫妃、颖嫔，谁不是代表母族要在后宫争得一席之地，寒氏却在大庭广众之下行刺皇上。她如此刚烈，心有所属，如何能在后宫安心侍奉皇上？”

海兰道：“今日之事，实在是骇人听闻。若非亲眼所见，我真不相信皇上会这般。且那寒氏言行骇人。皇上却仍执意要将她纳入后宫，简直如迷了心窍一般。

“我与姐姐都知道的，皇上难道不知？可皇上偏要如此，连太后也劝不得。”

如懿的眸光有了些微变化：“众目睽睽之下，皇上的言行确是失了分寸。我身为皇后，又如何能坐视不理。”

海兰又道：“姐姐，寒氏已经入宫，眼下一时也由不得咱们，在皇上那儿，姐姐还是谨慎为先。像今日姐姐对皇上说的话，就实在有些犯险。”

如懿的声音极低：“你觉得，本宫说了不该说的话？”

海兰扶住如懿的手臂，郑重道：“恕我说句大不敬的话，姐姐以为皇后和嫔妃有什么区别么？在我来看，虽然名分有别，但都是仰皇上鼻息，看他喜怒做人。姐姐今日驳斥了寒氏那些昏话，于大礼义正词严，于小节得皇上欢心。我也为姐姐击节赞叹。”

“皇上心怀大略，运筹帷幄，平定边地，有不世之功，岂能因对寒氏的儿女情长被诋毁？”

海兰轻轻叹息：“所以姐姐这般忍耐不住？”

第二章 好逑

这一语，是锋利的刃，割破如懿强忍的抑郁伤怀："海兰，本宫陪了皇上大半辈子，他有过太多太多的女人，可是本宫从未见过他用这样的眼神去看一个人。"

"皇上善饮，所以极少喝醉。可是皇上看寒氏的眼神，连最好的酒都不能那样醉人。"海兰低低自嘲，"枉我也曾得过皇上恩宠，原来人与人，就是这般不同。"她的软弱只在瞬间，很快淡泊如常，"不过，我并不会像姐姐那般伤心，像令嫔那般失落。早就知道是自己不会得到的东西，就放弃对他的渴望。可惜，姐姐不会懂得。"

如懿黯然失神："是。本宫就是不懂得，所以才会在大庭广众下劝阻皇上。"

海兰安慰地抚过如懿的手："姐姐想要劝阻皇上心意，万一伤了自己，也实在犯不上。姐姐知道，承乾宫是什么地方，顺承乾坤，乃是非宠妃不得住的地方。没想到啊，承乾宫空置了数十年，最后竟是让一个未亡人住了进去。"

如懿伤感不已，她引袖，以避绝尘埃的姿态，掩去于这短短一瞬间难以抑制的痛苦："本宫最不明白的是，皇上一生胸怀大略，为何人到中年，才会老夫聊发少年狂，对一个初见的女子这般狂热痴爱？也不顾臣民议论了么？海兰，本宫如何能坐视不理？"

"皇上固执己见，少有被人动摇。姐姐要牢牢记住这一点，切莫以卵击石，损害自己。另则，皇上这般，或许只是一时之兴呢。"狂风卷起飞扬的尘土，在殿阁的上空肆意飞舞。海兰伸出手，替她遮住眼前纷飞的杂尘，低柔道，“姐姐，眼前的景象混乱不堪，只会脏了你的眼睛。闭上眼，我们不去看。”

如懿强迫自己安静下来：“不看，不听，就可以不存在么？”

海兰沉静道：“顾着眼前，顾着自己，才最要紧。”她忽而一嗤，带了几分轻藐意味，“不过，姐姐也不必那么在意，事情或许也未坏到那一步。你说，皇上娶淑嘉皇贵妃、慧贤皇贵妃，娶颖嫔、恂嫔、忻妃，都是为了什么？”

如懿瞬间读懂了海兰眼底的蔑视：“本宫固然明白，联姻是最好的笼络和安抚。或许皇上真有此意，可寒氏如此刚烈，怕勉强反而不好！”

静默的瞬间，有雨水倾盆而下，哗哗有声，激起满地尘泥飞溅。如懿与海兰，站在檐下，望着暴烈肆虐的雨水沿着屋檐激流而下，将朱红艳润的重重宫墙染成血色的深红，整个皇宫，便被笼罩在一团巨大的水雾之中，朦胧不见去路。

很久以后，如懿回想起香见初入宫闱的日子，都觉得那段时光是那么朦胧一团。人便像走在大雾中，不知身在何处。大约是每一日都会有让人震撼的新消息传来，让她觉得，平静是一件再难企求的事。

而春日忽冷忽热的时气，夹杂着春雨的潮闷，与太后紧闭宫中一心求佛的举动如出一辙，为后宫的纷乱做下了最好的沉默而尴尬的注脚。

自然，嫔妃们的怨苦声最重，但这一点也不妨碍皇帝频频出入承乾宫的热情与执着。因为哀怨归哀怨，诅咒归诅咒，乖觉顺时是生存的最好法则，谁也不会真的一头碰到皇帝跟前向他大吐苦水。

于是，紫禁城后宫的日子，便在这样诡异而热切的气氛中踟蹰而前。

只是，所有人的目光，都无一例外地投向了风口浪尖上的承乾宫。

譬如，当香见真正意识到何为移居承乾宫为主位后，她发疯般号啕大哭，举起宝剑数度想要冲出承乾宫，却被凌云彻领着侍卫重重围住。直到皇帝送来她阿爹手书，要她安住宫内承奉君上，她才在崩溃后如死寂般平静下来。

譬如，皇帝将历年所藏的珍品悉数送入承乾宫，只为博香见一笑。而她却连眼皮也不肯抬，一味视若尘芥。若是她性起，恸哭之余便将赏赐能碎则碎，如绸缎布帛，则拿过剪子一一剪裂，一壁冷笑连连。每每皇帝到来，她也漠然相向，不发一言。即便皇帝为她带来族人的消息，甚至找回了寒企的尸首，她也冷言冷语，从不肯启唇对他一笑。

譬如，她不肯换下素白衣饰，每日只在宫中祈祷她的神明，保佑寒企死后得以安宁，也借以表示自己乃寒企的未亡人。对此，皇帝也从不勉强，只吩咐内务府日夜赶制她部族衣衫，或描金刺绣，或镶饰串珠，无不极尽奢丽，供她赏玩。而香见，只是置于一旁，只以自己带来的旧衫更换。

譬如，她每日祈祷之后，只是握着胸前只留了壳子的宝剑形项链，将目光专注地投向家乡的方向，全然不顾望穿秋水，也穿不透重重宫墙。而皇帝，就在她的身后，痴痴望着她的身影，哪怕静坐整日，也不腻烦。

譬如，皇帝已经无计可施，还是嬿婉出主意，为解她思乡寂寞，吩咐御膳房每日送上她家乡饭菜，力求精致可口。她却郁郁寡欢。皇帝派人遣她从前的侍女入宫服侍，又送上寒部独有的乐器口弦和六孔笛，供她解忧。

皇帝从未有过这样的耐心和热情，自从香见入承乾宫，皇帝每日必有三五次去看她。余者皆过宫门而不入，惹得三宫六院，怨声载道。而那怨声，皇帝自然是听不见的。

此外，皇帝对寒部也是格外厚待，大兴屯田，兴旺边地。连对素来看重的蒙古诸部，也不及对寒部的重视了。

如此，六宫冷待之象，已然初见端倪。

这足以让每一个曾经身承雨露的女子惴惴不安。海兰与如懿私下说起，也是慨叹："皇上频频出入承乾宫，碰了一鼻子灰也不在乎。六宫嫔妃们暗地里对承乾宫抱怨的抱怨，诅咒的诅咒，可当着皇上，她们还不是一声不吭，乖觉顺时。"

“皇额娘都管不了，旁人还能如何？不承想这些时日了皇上对寒氏还这般痴迷？”

海兰的笑意味深长：“对于猎人，不温驯的猎物才是最有逐猎之趣的。皇上手握天下，什么女人不巴巴儿自己送上门来。如今见到一个野性难驯的，难免勾起征服之心，不得手誓不罢休。”

如懿对这样的譬喻很是不满：“那是女人，不是猎物。”

“在皇上眼里都是一样的。求之不得才辗转反侧罢了。”海兰轻嗤。

如懿忧心忡忡：“我看皇上如此不顾一切，恐怕为了寒氏，什么事都做得出来。”

这一日为解香见乡愁，皇帝特意安排了寒部女子入宫歌舞娱情。一时间进忠来禀报嬿婉已遇喜三月，请皇帝至永寿宫看望，皇帝也毫不上心，只是道：“令嫔又不是头一回生养了，让她好好养着就是。”

到了夜间，寒部诸女入宫献舞，风姿曼妙，香见却是正襟危坐，垂首一眼也不瞧，更是不苟言笑。皇帝见她不喜，更不欲勉强，当下便停了歌舞。李玉伺候皇帝惯了，道：“都退下吧。我带你们下去领赏。”这一言，香见便十分不喜，冷冷道：“要领赏可见是低人一等了。你这是羞辱我的族人么？”李玉吓坏了，连连请罪。皇帝也赔笑脸：“香见，朕不是这个意思，以后朕再不让她们歌舞了。”

香见问道：“我不喜欢看歌舞，你可以停止。你用我的部族胁迫我留在这里。我不喜欢，你能让我回家么？”皇帝如何舍得看不到她，只说：“宫里规矩多，让你拘束了。朕会再给你建立一座殿宇，只让你居住，可好？对了，自你入宫，边地安乐，尤其寒部更为兴旺。朕说过，朕会待你好，待你的族人好。”

“作为国主善待自己的子民乃是正理，若要为一个女子而有所偏颇，才见心胸狭隘。”

皇帝讪讪：“香见，朕只想让你高兴。”

香见凄楚无比：“在这里一天，我就没法高兴。你走吧。”

皇帝无言以对，只将一腔怒气都出在了李玉身上，当即赶了他到承乾宫外跪着，掌嘴四十下，直打得两颊高肿，唇角流血才罢休。

这一来，合宫更是震惊。李玉打小跟随皇帝之人，最是亲近贴身，只为在香见跟前一言有失，就受此重责，可见香见在皇帝心中是何等分量。

次日皇帝到慈宁宫请安，太后颇为不满：“寒氏纵然国色天香，但皇帝你也不可失了分寸。这女子才一进宫就有行刺之意。她若再屡屡生事，可留不得她了。”

皇帝见太后如此话重，也颇惊愕，忙起身道：“皇额娘息怒。儿子留寒氏在宫里，并非只为私情，原有大用。寒香见在边地颇得各部尊重。留她在宫中为嫔妃，一则可示亲好仁慈，二则也是以联姻密切我大清与边地各部关系，所以哪怕寒香见不懂规矩，行事任性，儿子也格外宽容些。”

太后打量皇帝，只是略带讽刺地冷笑：“哀家没别的叮嘱你，分寸二字，你自己明白吧。还有，哪怕要册封她，先缓一缓，别逼出什么事来，反倒坏了你的亲好之意。”

后宫尚且如此震动，皇子间也多有议论，便是宫外，也有了许多流言蜚语，只皇帝一人不知罢了。

又过半月，春日的潮气渐渐散去。可宫中多事，轻易也无人去御花园探赏春色如许。便是婉嫔来翊坤宫，也是闷坐愁叹：“自潜邸起，臣妾也算陪伴皇上日久，可若说皇上对哪位女子钟情至此，臣妾可真未见过。”

海兰伴在身侧，替如懿端过补身的汤药，轻轻吹着道：“皇后娘娘别听这些话，对凤体无益。还是快喝了汤药吧，凉了越发苦。”

如懿接过汤药喝了一口，不觉蹙了蹙眉心。左右那都是些平肝理气、补血养肾的汤药，喝不坏人的。婉嫔大约是意识到这些话会引起女人天性里的妒忌，有些不大好意思地抿了抿唇，取过切好的雪梨嚼了一片，轻叹道：“皇后娘娘这些日子没出去，听说三阿哥又挨了皇上的训斥呢。”

如懿迅速抬眼看了看海兰，取过系在玉镯上的绢子细细拭了唇角：“是啊，镇日这么待着，都快成井底之蛙了。婉嫔，到底是为什么事？”

婉嫔不忍道：“自三阿哥娶了福晋移居宫外，皇上见他性子平和许多，父子间也能闲谈几句。听说……听说三阿哥言语不慎，得罪了皇上。”她的话语焉不详，叫人听着着急。

海兰会意，拿清水给如懿漱了嘴，方才道：“也是前两天的事，那日三阿哥进宫请安。皇上兴致正好便与他多说了几句，又问起宫外风物人情。三阿哥也是个老实人不知道忌讳，便说外头流言纷纷，都说新入宫的寒氏是妖姬，克夫、亡族，现在又要入宫动摇大清江山来了。”

婉嫔摇头道：“三阿哥也是糊涂，这些话怎可以说给皇上听，岂不知皇上最不喜听这些报忧不报喜的话么？”

如懿忧惧长叹，倚在枕边咳嗽了几声，勉强道：“皇上的性子三阿哥总不留心，难免吃亏。”

婉嫔的眼角含着一缕愁苦：“皇上见话不投机，便问起纯贵妃的身子。娘娘也知道的，自从三阿哥受了皇上训斥绝了太子之念，就成了纯贵妃的一桩心病。总怕父子不和，日夜悬心，如今即便潜心修佛，但身子的泰半不安，都是从这桩事情上起的。”

如懿如何不知，当年皇帝如何在灵前怒斥永璜与永璋，那种怒发冲冠的景象，多年后仍是历历在目。

海兰温然感触道：“婉嫔妹妹说得是。皇上从来就不喜欢三阿哥娇生惯养，经了这件事，父子越发生分了。三阿哥性子憨直，没什么城府，藏不得心事。他对着皇上说寒氏的不是，皇上如何听得进去。”

婉嫔亦道：“皇上正在兴头上，哪里能听儿子议论自己的宠妃。”

如懿立时警觉，忍不住支起身子来，急切道：“永璋说了什么？”

海兰与婉嫔对视一眼，都有几分欲言又止，到底还是海兰先道：“三阿哥自然是说了纯贵妃的病情，唉，到底也是可怜。除了宫中宴饮，纯贵妃已经每顿茹素，为子女祈求平安。可三阿哥还是自个儿撞了上去，说纯贵妃的病本不重，却是寒氏入宫，才被克的！皇上当时就怒了，说外头愚民昏话，三阿哥也值得记在心里拿到御前来嚼咀，说他越来越不长进。足足骂了大半个时辰，才叫轰出宫去。唉，寒氏心性倔强，皇上求之不得，竟把一腔怒气都撒在了三阿哥身上。吓得三阿哥回去之后便高热烧身，昏迷不醒。”

如懿听得心头乱跳，急道：“三阿哥胆子小，内心又没什么成算，见了皇上本就跟老鼠见了猫儿似的，这下可不吓破了胆！”

婉嫔捂着心口，慌兮兮道：“可不就是吓破了胆！纯贵妃急得一夜没合眼，只守着三阿哥。太医说三阿哥惊惧交加，直冲心脉，怕是……”

如懿听着不祥，呵斥道：“不许胡说！永璋才多大，福气还在后头呢。”她顿一顿，理了理蓬乱的鬓发，轻声道：“你们得空便替本宫去瞧瞧纯贵妃，她只怕是担心坏了！也劝劝她，皇上过了气头就好了，不要往心里去。”婉嫔最心软不过，携着海兰一同答应了。

如懿还是不放心：“永琪……”

海兰淡然自若：“皇后娘娘放心。臣妾已经叮嘱永琪，他不会犯下与他哥哥一样的错。”如懿听着海兰的话语，莫名觉得安心。眼前这个女子，经历过恩宠荣辱的打磨，经历过时光的手残酷地雕琢，仿佛一枚采摘后被遗落的青梅，即便肉身腐毁，却有余留的清新与梗硬。长久处之，让人安心。

但那安心，只是外在赋予的力量。一时间，三人俱是沉默了。内心的起伏里，不知是在感伤绿筠的命运，还是为永璋的前途担忧。殿中静静的，唯听得四面水声，顺着琉璃瓦当急速飞溅而下。

春日里难得的倾盆大雨带着缠绵黏着的水汽弥漫四溢，将殿阁里焚烧的檀香冲得气味寡淡。正沉默间，却见外头湿淋淋冲进一个人来，却是跟着李玉的徒弟进保。他像个水人儿似的滚进来，唬得婉嫔避之不及。如懿慌了一拍，定睛看去，肃然道：“这个时候，你怎么慌慌张张过来？”

进保想是急坏了，脸上分不清是水还是泪，哭丧着脸道：“师傅走不开，叫奴才赶紧来知会娘娘一声，纯贵妃惹得皇上大怒，挨了一记窝心脚，都呕血了。皇上叫她回宫养着，她也不听，正在养心殿外大雨里头跪着呢。”

如懿只觉得心口一阵阵发紧，她是知道绿筠的身子的，咳疾伤了肺腑，已是重症，哪里经得起这般受罪。她听见自己的声调变了旋律："到底怎么回事？好端端的皇上怎会这般动怒？"

进保"嗐"了一声道："纯贵妃放心不下三阿哥，挣扎着过来向皇上求情，结果言语不慎，惹得皇上恨起，就……就一时没忍住。师傅瞧着不对劲，还请皇后娘娘赶紧去瞧瞧。"

婉嫔胆子小，当下吓得眼泪就下来了。进保道："娘娘知道，太后如今是不管事了。再这样下去，怕是要出人命。师傅没个主意，还请皇后娘娘去瞧瞧。"

如懿听得心头火烧火燎，一壁撑着起身，一壁唤了容珮来更衣梳洗，又道："婉嫔，这事怕有的忙乱。你先去钟粹宫里候着，叫人烧好热水，备下姜汤，请了太医预备着。"

婉嫔忙忙拭了眼泪去了。海兰悄悄扯住如懿衣袖，忧心道："这件事牵涉着寒氏在内，姐姐真要去蹚这浑水？"

如懿行色匆匆，将宽大的衣袍系于单薄的肉身之上，拢起绿雾云鬟："绿筠与我们相伴多年，纵有误会，但恩义不浅。本宫不想看她就此殒命。"

海兰见容珮为如懿整理妆容，取过一把十二折竹骨伞，语意清朗坚定："那么，臣妾为姐姐打伞，风雨同行。"

待如懿与海兰赶到养心殿外时，分辨良久，才看到那伏在汉白玉阶前叩首不已的渺小身影，竟是病弱不堪的绿筠。纵有小太监打伞在侧，她浑身也尽被雨水浇得湿透，衣衫薄薄地贴附在身上，寒气顿生。

如懿急忙解下霞影紫绣栀子散花茜纱披风，兜头兜脸将绿筠裹住，沉声道："纯贵妃，有什么话回宫再说，不许在这儿作践自己身子。"

绿筠哭得俯仰不定，死死攥住如懿的袖子，放声悲泣："皇后娘娘，臣妾的永璋高热烧得昏迷不醒，实在快不成了！臣妾来求皇上宽恕永璋的罪，这孩子是无心的，他不是故意要顶撞皇上的！皇后娘娘，您替臣妾求求皇上，宽恕了永璋吧！”

海兰连忙扶住了绿筠，死命拖她起身，不让她跪在汹涌的急雨与水洼之中：“怎么都是血？贵妃姐姐，自己身子要紧。三阿哥病着，一切都指望着你呢。”

绿筠闻得此声，愈加悲切：“皇后娘娘，您不知道永璋病得那样糊涂，还心心念念唤着他皇阿玛，不停地说‘皇阿玛息怒’。臣妾身为他的额娘，真是不忍心啊！”

如懿示意宫女上前扶住，安慰道：“你别着急，过了这几日，皇上定会明白过来的。容珮，三宝，扶纯贵妃起来。”绿筠被拖扯着半倚在侍女身上，泪眼婆娑，一张脸青白得可怕。如懿定神望去，更是心惊。纵然有雨水冲洗，绿筠的衣襟上仍有斑斑点点暗紫的血迹，触目惊心。

如懿连忙道：“这么呕血，可是伤在哪儿了？”

可心带着哭腔道：“皇后娘娘，皇上方才生气，一脚踢在了小主的心窝上，小主不防，所以呕了血。”

雨水猝不及防地扑上身来，春日的雨水尚有寒气，立得久了，雨水如鞭挥落，抽得脸上、身上一阵阵发痛。她犹自如此，何况绿筠是病久了的人。奈何绿筠无论如何也不肯离开，挣扎着往地上跪去：“皇后娘娘，求您开恩，让臣妾跪在这儿直到皇上息怒！”她仰起脸，痛声哭喊：“皇上，若有什么责罚，都让臣妾受着吧。臣妾教子不善，都是臣妾的过错。”她每说一句，便往前膝行一步，重重叩首。如此反复数次，直到行至殿前廊下，复又退回瓢泼大雨中，再度开始。皮肉碰击砖地的声音在雨中显得格外沉闷而悠长，仿佛重锤落于心间，恻然疼痛。

数次之后，如懿再忍不住，匆匆步上玉阶立于养心殿门外，哀求道：“皇上，请顾怜纯贵妃有病在身，实在不宜如此受苦。”

她的恳求在雨水茫茫中听来格外微弱，连她自己也不知道，这样的恳求是否会得到皇帝的回应。她忽然觉得，自己是如此渺小，如同阶下茫然叩首哀痛不已的绿筠一般，微如尘芥。

也不知过了多久，养心殿的朱漆填金门霍然打开，门扇开合间沉重的余音，为她唤起一缕希望。

皇帝颀长的身形投下巨大如剑削的影子，将她被水汽洇得潮湿的身体覆盖而下。他的声音如同从遥远的天际传来，冷漠而邈远："此事与皇后无关，皇后回去吧。"

如懿心头阵阵发紧，连忙道："皇上，纯贵妃有病在身，一时糊涂冲撞了皇上，还请皇上恕罪，容她回宫吧！"

皇帝冷然道："朕从未要她留在养心殿前现眼。她自己执意如此，朕有什么办法？"

绿筠见皇帝出来，手忙脚乱匍匐上前，抓住皇帝的袍角，泣不成声："皇上！是臣妾的错，臣妾不该向永璋说起后宫之事，不该让他对承乾宫心生怨怼。但臣妾真的不是有心的，永璋是关心臣妾心切才乱了方寸，冒犯皇上。都是臣妾的错！"

皇帝一脚踢开她的手，厌恶道："当然是你的错！你管教不好孩子，不只永璋不再是朕的儿子，朕也会将永瑢出嗣，为慎郡王允禧之子，与你再无相干！"

绿筠哀求道："皇上息怒啊，您别让永瑢和四阿哥一样出嗣，做不成您的孩子！"

皇帝指着廊下打着伞默默候立的海兰，越发气不打一处来："你不能学孝贤皇后当年怎么管教皇子，也大可学一学愉妃。同样生了儿子，永琪还比你的儿子出息，但愉妃就不会钻营，始终安心做一个好额娘。而不是像你这般，惹是生非，心术不正！"

绿筠惊得面色惨然，呼吸急促如潮，一仰身险险倒在如懿怀中。如懿听皇帝的话说得狠戾，知道是动了真怒，忙拉过绿筠在身后，劝道："皇上息怒。纯贵妃为了永璋已经伤心坏了，她担不起皇上这般重责。"

"她担不起？"皇帝从袖中取出一物，掷于绿筠面前，"朕刚才踹你那一脚不是朕气糊涂了，那是你该受的！当年素练之死，你和淑嘉皇贵妃两人做了多少事？便是有你们这样的额娘，才有永璋和永珹这般不肖之子！”

如懿见绿筠脸色苍白，几欲昏厥，忙扶住了她。目光扫视之处，却见皇帝抛下的是一枚烧蓝镏金蜂点翠绣球珠花，那式样极是眼熟。如懿细细辨认，讶异道：“皇上，淑嘉皇贵妃心思刁钻，城府极深，这件事极有可能是她栽赃给纯贵妃的。”

皇帝激怒不堪，指着绿筠道：“珠花可以栽赃，但争夺后位总是她自己吧。谁知道她背着朕还做了哪些恶事，所以报应到自己的儿子也这么不成器。”

第三章 倾雨

仿佛有巨浪汹涌澎湃而下，那是多少年前的旧事了。或与金玉妍有关，或许也有绿筠的嫌疑。但，那毕竟是许久以前的事了。岁月荒芜了烟草，谁还分得清真假呢？要紧的是，这些年来，绿筠的确不是本性恶毒之人。

绿筠激动得说不出话来，拼命摇头，喉中发出嗬嗬怪声，一张脸紫涨不堪，喘息着终于说出来："报应？真的是报应！"

海兰静静跪下，看着几欲晕厥的绿筠，柔声道："纯贵妃，你又吐血了。这可怎么好啊！您得顾着三阿哥，别伤心太过了。"她上前两步，求道："皇上，多年前的事了，谁还说得清到底是谁害了谁，还是偶然巧合，或是被人设局陷害？孝贤皇后与素练都闭目于九泉，淑嘉皇贵妃也早已不在人世，咱们又何必苦苦追究？臣妾恳请皇上一句，息事宁人，也当为寒氏求个安宁吧。"

她的话，让皇帝的怒气稍稍平息，如懿将绿筠扶到海兰怀中，使个眼色示意她们退下，温然劝慰道："皇上，寒氏初入宫闱，已然惹来无数非议。纯贵妃资历既深，又有儿女，便是说了什么不中听的话，您听过也罢了，何必与女子计较？"说罢，盈然起身，挽住皇帝手臂，缓缓踏入暖阁，将一室喧闹留于殿外。

如懿与皇帝一并坐下，捧过皇帝吃残的茶，挥手倒去："皇上，纯贵妃资历既深，又有重疾在身，今日不过是爱子心切，皇上何必如此严厉。"

皇帝犹有余怒，别过头道："贱妇久在宫闱，还这般不识大体，引起纷扰。若非她挑唆，永璋怎会擅言宫闱之事，对香见不敬？"

如懿思忖片刻，用清水缓缓冲洗杯盏，投入茶叶，以滚水冲泡，看着叶片在水中上下翻滚，盛放出宁神甘和的怡然香气，方才递与皇帝："皇上，永璋虽然言语急切冒犯了您，可也是出于一片孝心。皇上为了一个名分未定的嫔妃，不仅伤了父子之情，也伤了纯贵妃的心。这是否太过了？"她又和缓劝道，"纯贵妃的性子算是好相与，都有些微怨言，何况旁人？皇上纵然爱惜寒氏，也不能引起六宫怨言。雨露均沾，才是六宫和睦之道。"

皇帝接过茶，才抿了一口，便深深皱眉："这茶朕喝不惯，是什么？"

如懿微微一愣："皇上，这是您惯常喝的雨前龙井。您怎么尝不出来了？"

皇帝不耐烦解释，只是吩咐李玉去取了沙枣花茶来饮。那沙枣花原是寒部所产，香见所爱，皇帝爱屋及乌，便也取来以蜜炙了泡茶饮用，也颇有止咳平喘之效。如懿喝了几口，却不大惯，只觉得回味颇涩，不好入口，但见皇帝连赞甘甜润喉，也不愿再去在这些小事上扫他的兴。两人喝着茶，一时都不知如何开口，如懿有些尴尬，环顾四周，见皇帝将暖阁内一应玩物都收了起来，唯留着一幅《洛神赋图》，上面盖着三四宝章，可见素日喜爱。皇帝见如懿注目，便也赞许："洛神翩若惊鸿，婉若游龙，曹植倾心，痴情可鉴。所以朕最爱这幅画中情意。"

如懿不以为意："始终可望而不可得，又有什么意思。"

皇帝笑了笑："个中滋味，只有自己明白。"

个中滋味，皇帝对香见一片痴心相许，不也只是一方相思，另一方却不愿上心么。这幅画，倒是应了皇帝心思了。

如懿轻叹一声，终于忍不住问道："皇上，这些日子以来，臣妾真是看不明白。为了寒氏，您到底是怎么了？"

皇帝怔了片刻，颇为苦恼，握住她的手道："如懿，你一定觉得朕昏了头是不是？朕宠爱寒氏，自己也觉得是在发疯。可朕一点办法也没有，完全不受控制，做任何事，就想换她真心一笑。如懿，你告诉朕，朕到底是怎么了。"

如懿听着他字字句句，直如剜心一般，抛开皇帝的手道："臣妾问皇上，皇上却来问臣妾？皇上对着臣妾说这样的话，是当臣妾为无欲无求无心无肝的女子么？可以任由夫君向自己诉说对别的女子的衷肠痴心！"

皇帝懊丧不已，牵住她的手丝毫不肯放松："如懿，除了你，这样的话朕还能对谁说？朕对着寒氏已经有无限烦恼，可后宫还是不让朕有片刻安宁！朕能征服最凶蛮的部族，却征服不了一个女人的心。"

如懿将心口的滞郁压了又压，缓一缓急促的气息，极力柔婉道："皇上如此坚决，臣妾想送寒氏出宫也口不敢言。但皇上既要留下寒氏，也该替她想想，非要激得满宫生怨，寒氏纵使有皇上的宠爱，又如何好在宫中生活？"

皇帝听得香见来日遭遇，左右思量，心中狂怒渐有平息之意，片刻方问道："那皇后如何打算。"

"今日之事由纯贵妃而起，皇上若想平息，还是在纯贵妃身上下功夫吧。"如懿动之以情，"皇上，臣妾只是想，永璋再不好，到底还是个淳厚的孩子。当年便是有过夺嫡之心，这么多年的挫磨，惶惶不可终日，也尽够他学乖了。皇上教导阿哥们严格些自然是好，可若伤了孩子的心，怕要挽回也难了。皇上难道忘了永璜英年早逝么？如今又要赔进一个永璋，天家父子，何至于薄情如此！"

皇帝听如懿说得伤怀，也不禁软了心肠，慨然道："朕是对永璜和永璋多有不满，深觉二子野心勃勃，不肯安分。可他们到底是朕的儿子，这些年，怕也不好过……"

如懿黯然道："皇上说得是。早年阿哥们不懂事，总是因为孝贤皇后是嫡后，是皇上心爱尊重之人。可如今为了一个名分未定的嫔妃，就连对纯贵妃多年侍奉之苦也不怜悯，对永璋的拳拳孝心也视而不见。那么，恕臣妾直言，这便是皇上的过错了。"

皇帝横眉冷对，只是不言。

如懿伤感而气恼："臣妾不是要逆皇上心意，而是觉得皇上一向仁和御下，前几日申斥了永璋，今日又对他额娘大发雷霆，难免伤了宫中祥和。纵然纯贵妃有什么错处，皇上念在她生儿育女，多年劳苦，也宽恕了吧。”

皇帝沉默良久，有几分愧意：“今日是朕急躁，勾起当年孝贤皇后的旧恨，又想起素练死时，手里握着的珠花便是纯贵妃的。想着他们母子这般勾结蒙蔽违逆朕，朕真是一时恼恨过了头。”

如懿凄声求道：“这么多年了，皇上虽然对素练的死有所疑虑，但毕竟一枚珠花作不得数，皇上都没有提起。而臣妾敢拿自己性命发誓，这件事，确是当年金玉妍栽赃所致！”

皇帝连连冷笑，凄惶不已：“当年孝贤皇后仙逝，宫里多少见不得人的事，你以为纯贵妃就事事干净了！朕的身边，可不知都是些什么人呢！”

如懿心头颤颤，凄然中带了一抹难以抑制的凌厉：“皇上今日这般怨怼，不过是因寒氏而起。臣妾不敢劝皇上不要宠爱寒氏，但若为了一个新人，惹得六宫不宁，父子失和，实在太因小失大了。”

皇帝断然挥手，将如懿的劝诫生生截断：“寒氏之事朕自有分寸，后宫不许妄议。种种是非，都是因为后宫女子妒心甚重，饶舌起的是非，没的带坏了朕的阿哥！诸位阿哥之中，永璋最是年长，他若起了这个头，叫朕还怎么教导其余阿哥！”

如懿万般放心不下：“自从永璜死后，永璋就是皇上的长子。皇上要严格教导孩子，臣妾无话可说，可过严吓着了孩子，又有什么意思。永璋自己也是有儿子的人了，还被皇上吓成这样，您叫他以后怎么做人阿玛？”

皇帝长叹一声，脸色稍解：“罢了。你叫江与彬亲自去瞧瞧永璋，就说是朕放心不下。至于纯贵妃，朕伤得她重了，便给她晋封为皇贵妃吧。”

如懿心中闷闷地难受，以母子颜面身体之损，换来一个皇贵妃的虚名，到底值得不值得？容不得她心思念转，皇帝已然道：“既然纯贵妃病着，封皇贵妃的仪式能简则简，不必过于张扬了。”

于是，皇帝气恼归气恼，事情终究是圆过去了。如懿松了口气，听闻海兰留在钟粹宫照顾，便去撷芳殿先安排照应永璋的事宜。

彼时是海兰和婉茵守在绿筠身前。绿筠这个样子被送回来，又是呕血，又是和皇三子一起受了皇帝重责，钟粹宫上下的宫人早就吓得没了主心骨，不知该如何是好。婉茵同住在钟粹宫多年，虽然心善仁慈，可不是个能拿主意的人，幸得海兰一一张罗，又是请太医，又是帮着替绿筠更衣擦洗，安顿了下来。

绿筠换了一袭湖色生绢寝衣，越发显得一张脸惨白如纸，连连摇头落泪："失宠这些年，我的心早就碎了，如何还能安心。如今皇上不要永瑢了，只怪我教不好孩子。永璋，也不知永璋醒了没有？"

她的泪痕从密布细纹微微低垂的眼角滑落，无声地洇进松花色洒金枕上，那一点一点的暗色的泪斑和洒金点夹杂在一起，似是湘妃竹上无尽的伤心。婉茵听着伤心，不觉抹泪。众人皆知，这些年来，东西六宫中最受冷落的就是钟粹宫。虽然里头住着一个贵妃，一个嫔位，都是潜邸里就伺候上来的老人，可皆是不得宠的。一个在孝贤皇后崩逝后守着佛像日日念经，一个埋首画画，若不是绿筠还有儿女位分，这钟粹宫的门面早撑不下去了。

婉茵怕绿筠见自己流泪，更是伤怀，便悄然转头抹去，才道："姐姐这个样子，三阿哥还是不醒不知道的好，免得彼此伤心。至于六阿哥出嗣，唉……"她叹息一声，不知该如何劝说，只得走到外头，吩咐宫女们去熬了参汤来给绿筠提神。

寝殿里有片刻的安静，跟死水一般，泛不起一丝微澜。绿筠默然流着泪，神色凄惶而绝望。海兰静静地望着绿筠略显佝偻的身影，仿佛看着生气一丝丝从她身上被抽离。她想着，不觉叹了口气，竟是红了眼圈："姐姐和孩子遭罪，下场这般惨淡。我看着真觉唇亡齿寒。想着我和永琪来日要是遭难，还不知怎么样呢。"

绿筠怔了怔，一时没想转过来，疑惑道："你和五阿哥怎会遭难？"

海兰默然片刻，求恳似的，轻轻握住了绿筠枯瘦的青筋暴起的手，哽咽道："那就都赖姐姐周全了。"

绿筠望向海兰，见她欲言又止的神情，忽地明白了几分。都是做了额娘的人，所思所想都在孩儿身上，知她所言，是怕自己临终懊悔，说出当年与她合谋害了永琏之事。绿筠心下惨然，念及当日永琏之死，虽非自己直接下手，但到底因自己而死，乃是一生最大的罪孽。哪怕半生念佛忏悔，可自己母子已经这般遭罪，受了现世报应，断不能再拖累永琪与愉妃，更造罪孽，来日堕入地府，不得轮回超生。

绿筠当下便定了心意，定声道："我的永璋和永瑢遭罪，不能再拖累你的永琪。你要说的，我这个当额娘的都懂。你放心，这件事我会带到地下去，绝不会泄露一字。"

海兰稍稍放心，正要再说什么，婉茵拿了参汤进来，绿筠并无想喝的意思，只是偏过头不理。婉茵无奈，只得向海兰道："宫里的嫔妃也不知在翊坤宫闹成了什么样子？"

海兰颇为轻蔑："她们跪在那儿，一是出于义愤，心疼纯贵妃姐姐母子，但更多是为了自己的私心。二来闹到了翊坤宫，皇后娘娘自然会去处置，也好叫她们知道帝后并未因寒氏而生分。不过任凭她们怎么胡闹，你不是也没去。"

婉茵思忖片刻："我不想为了一己私心让皇上为难，所以留在这儿照顾姐姐。"

海兰赞许地看婉茵一眼，拉住她的手道："宫里要有个纯良心善从无恶意的人儿，就只有你了。"

婉茵腼腆一笑，自去服侍绿筠不提。

绿筠受了这番折辱，心气大损，身体也急剧地败坏下去。如懿最放心婉嫔稳妥，叫她时常打点着钟粹宫的事宜，其余人等一概不许去吵扰绿筠静养，才算把各色目光，都拦在了钟粹宫外。

然而绿筠的境况很是不好，虽则有晋封皇贵妃的喜事，但她的病情毫无好转。反而像被蛀透了的腐木，摧枯拉朽般倒塌下去。

如懿与海兰一日三次去看绿筠，她却只是面壁相向，嶙峋的肩胛骨凸显于湖色生绢寝衣之下，甚是可怖。她无力起身，只是对着床壁一味哭泣，背身不肯相见。唯有侍女含泪相告，绿筠每日呕血不止，怕是实在不成了。

无人时，如懿独自守在绿筠床边，为她梳理披散逶迤的青丝，说起永璋病中点滴。更多的时候，绿筠像一株枯木，平静得让人害怕。

良久，她才涩然应答："皇后娘娘，臣妾罪孽太深，连累了自己的孩子。您就让臣妾安静等死，换回皇上对永璋的疼爱吧。永璋，他实在是太苦了。"

如懿握着一把象牙梳，低低道："皇上已经遣太医去看永璋了。为了表示对你的歉疚，皇上也下旨封了你为皇贵妃。绿筠，高兴点，想开些，好好活着。"

绿筠枯瘦的肩轻轻一动，像是骷髅的骨嘎嘎有声，她似乎是在笑，笑声里带了哭腔："皇贵妃？皇上也知道臣妾快死了吧？当年慧贤皇贵妃死前，皇上也封了她为皇贵妃，金玉妍更不用说。看来皇上厌弃了谁，盼着谁快死了，就许她一个皇贵妃。皇上，他好仁慈啊！"

如懿酸楚不已，只得忍住了道："虽然永瑢出嗣，永璋抱病，可你还有璟妍，他们都需要你照顾。你得好起来才是。"

"中年呕血，命不得久。臣妾自知是不能了。皇后娘娘，您若看在我们是潜邸相伴至今的情分上，请您在臣妾走后，多看顾臣妾的孩子。"听如懿应允，绿筠似乎心中千斤重担也轻了些许，"臣妾这一辈子的心血都给了孩子，若能以臣妾一死，换来皇上对永璋的谅解，臣妾心甘情愿。"

"本宫知道，这回你是伤透了心。你为皇上生儿育女一辈子，最后还落得皇上如此猜忌。本宫看着你们母子，也倍觉唇亡齿寒。不过，到底是亲生的儿子，皇上还是在意永璋，派人去医治了。你也得撑着好起来，否则孩子没了亲娘总是可怜。"

绿筠向隅无声，再不答话，也拒绝服药，只默默等死。

这样的日子并没有维持多久。

乾隆二十五年四月十九日，皇贵妃苏绿筠，薨。谥号纯惠。

她在一个春雨沥沥的夜晚寂然死去，死前只是喃喃记挂着一直病重的儿子："永璋，额娘再不能护着你了。都是额娘罪孽太深，才连累了你。额娘不知道皇上为什么问额娘早年就丢了的那朵珠花，额娘问心无愧。可额娘有愧的是当年一时糊涂，想让二阿哥病得重些，谁知却引得他哮症发作薨逝。额娘一想起这事，就怕得很，悔得很。额娘日日吃斋念佛，想求菩萨饶恕，结果还是逃不脱报应。如今额娘去了，只盼你快些好起来，好起来……"

很快她没有了声息。宫女们为她送来早晨需要服用的汤药时，才发现她的身体已然凉透，头却依然向着永璋住处的方向。这个性格软弱的女子，就这样默默逝去。好像暴雨里枝头残弱摇曳的花朵，冥然凋零。

很快，她的儿子，三阿哥永璋也追随他的母亲而去。母子相伴地下，也算有所依靠。

这对母子的遽然离世，并没有惹起宫中过多的关注。所有人的目光都聚集在如寒冰困城的承乾宫。一对失宠而死的母子，实在不能让人有多少谈兴。

这一个闷热的夏季，就是这般让人窒息而无力。皇帝的热情愈高，征服欲愈强烈。后宫所有女人的心，便一分一分地冷下去。

这一年的秋天，皇帝因着纯惠皇贵妃母子离世，也没了心情去木兰秋狝。说到底，所有的追逐狩猎，如何比得上收获一个绝世佳人冷傲的心？他一直忙碌着，除了朝政之外，就是出入依旧冷漠的承乾宫。

这一日，秋色初起，皇帝于秋色茫茫中踏入静谧的承乾宫内殿，面上有不胜欢喜之态。偌大的承乾宫中，其实寂静得如荒漠戈壁，毫无生气。只因香见并不喜欢宫人服侍，素日只让自己从前的侍女在侧，除了向真神祈祷，只是呆坐终日，不言不语。而承乾宫外，宫禁格外森严，虽然皇帝从不禁止她出行，可是在那次失败的奔逃之外，她再无行走宫闱的欲望。

皇帝转入内殿时，香见正倚在暖阁窗下，寂然望着天边日暮，愈坠愈浓。皇帝见她侧影如剪，绝美容颜中满溢刚烈清绝之色，不觉心旌动摇，缓下了脚步，凝望她翩然的身姿。

暮霞沉沉，天际细月如钩。寂寞空庭，黄叶醉染，宫人逐一点亮檐下琉璃宫灯，一任晕黄灯光，幽幽洒落。微黄的暖色下，香见的肤色仍是单薄的苍白，和着身上层层银线绢罗纱衣，神色始终淡漠如在无人之境。这样的她，有一种近乎支离破碎的脆弱感，像是雪峰顶上的雪莲花，凌寒绽放极盛，却不知会在何时，倏然凋谢，消逝不见。

这样的感觉让皇帝深深不安，他迫近两步，静静含笑向她，低声下气道："香见，朕来瞧你。"

她并不理会，甚至连身形也未挪动一分，只是望着天际扑棱展翅的乌鸦，露出一丝神往之色。皇帝示意进忠捧过手中满插枫叶的玉瓶，讨好地笑道："这才入秋，御花园的枫叶红了。朕知道你不喜欢出去，特意折来给你细赏。"

那一捧枫叶烈烈如血，殷红欲滴，给满殿的冷落平添一痕融融之温。香见充耳未闻，进忠乖巧地上前，将玉瓶捧至她面前，却招来她低低一脸的厌恶痛恨："拿走！拿走！"

幽居承乾宫数月之后，她已然失去了刚入宫时的激烈。更多的时候，是如死水般的沉寂。所以，这一刻她突如其来的情绪波动，惊得皇帝伸手就要揽住她，急急安慰道："别急！别急！你若不喜欢，朕便叫人撤走！"

进忠见状迅疾退下，将枫叶丢到外头。香见像是怕碰到什么污秽一般，剧烈地挥动双手，避免皇帝的手触及自己，一壁恨道："你们就喜欢这样恶心的树叶？像血一样！"

皇帝知她厌恶，忙忙退开两步道："香见！你不喜欢的东西朕都替你丢了。只要你留在宫里。朕会好好待你的！"

"好好待我？"香见倏然怔住，惘然凄笑不已，"乌鸦都可以在天空自由地飞，我为什么不能再骑着骏马回到我的故乡？你放我走，我要回我的家乡，和我的阿爹、族人在一起。"她的话语里带着深深的哀求与凄凉，"让我回去吧！我要去找我们的家园，我要去给寒企守他的坟墓！"

皇帝的目光遽然一跳，像是被疾风闪过的火焰。他温和地笑，如要融化的甜沙。“香见，半个月前你已看过你阿爹的亲笔书信，他希望你为了自己的族人，留在朕身边。”他悄悄走近一些，眼神越发温柔，“香见，你知道朕的那些妃子么？颖嫔和恪贵人出身蒙古，豫妃是科尔沁部送入宫的，恂嫔是霍硕特部的格格，淑嘉皇贵妃是北族贵女。每一个部族想要与大清永远和平安定，都会与朕结为姻亲。寒部也不例外。因为只有至为稳固的婚姻，才能确保朕会将恩泽永世施于对方。”

香见悲绝而愤怒，沉沉低吼：“我知道，阿爹一定是受了你的逼迫。”

“不是逼迫。”皇帝负手而立，闲闲而沉笃，“是你阿爹懂得世易时移，要保全部族的长久安稳。你在朕身边，是最好的办法。”他看一眼李玉，李玉即刻会意，捧过香色嫔位宫服，恭恭敬敬端到香见面前。

香见一见便移开目光，大有抗拒之色。皇帝凝望她的眼神满是温柔：“这是朕特意让内务府给你制的。朕想你穿上，一定风姿绰约。”

香见看也不看：“我在服丧，不穿你们的衣服！”

李玉忙劝道：“小主，这也是皇上待您的一片心。”

香见冷冷瞥一眼李玉，李玉只得闭嘴不言。

“你入宫多时，一直未肯更换满服。朕想着你身份未明，一时也不勉强。只是你的身份若一直悬而未决，宫中流言蜚语也不甚好听，连皇额娘也颇有微词。”他一顿，语意中透出一丝坚决，“你便收起你那点心思，好好做朕的妃子！”

香见大为惊恐，如避瘟疫：“不！我不！我不要做你的妃子。我有我的心上人，寒企虽然死了，虽然有过错，可我不能改变我的心意！”

皇帝微微蹙眉，仍是笑意温煦，傲然道：“做朕的女人，不比做一个已死之人的妻子好么？何况你与他只是定了婚约，并非真正嫁于他，何必在意这些？”

香见的目光如冷剑一般，缓缓打量着他，带了几分不屑：“我在意的除了我与寒企的情感，更是你的品行。这几天这儿有丧仪，我知道的。你的儿子刚死，你的皇贵妃也死了，是因为我。他们尸骨未寒，你怎么能立刻和我在一起！”

皇帝骤然听她提起永璋母子之死，面色大为尴尬，他微微咳嗽一声，勉强道：“妃妾之死，庶子之死，都是他们自己怀罪。朕已经不追究了，也许了他们死后哀荣。而且人虽死，日子却要过。”

“人虽死，日子却要过？死的人是陪伴了你多年的女人，是你的儿子！”香见的脸上是难以置信而带来的怒意与鄙夷，“不！你这么对待他们，也会这样对待我！我不要和你这样的人在一起！”

皇帝很是不快：“香见，你就算任性也得有个限度。你入宫以来，宫里出了多少事，朕一直都护着你；知道你惦记寒企，还特意替你寻回了他的尸身，送回寒部厚葬；你要为寒企服丧，这么长时间朕也都允了你在宫中穿着你们的素白族服。可是寒企终究已经死了，而且已经死了这么长时间了，你还要这个样子到何时？！”

香见情绪激动：“寒企死了又如何？我是寒企的未亡人，我就生生死死都是他的人！”

皇帝抢身上前，紧紧捉住香见素白柔荑，叱道：“你好好睁开眼向你身边看一看，你已经在朕的后宫里了，这是无论如何都改变不了的事实！你生生死死都只能是朕的人！”

香见气急交加，哭了出来，拼命要挣开皇帝的手：“不是我要来你这宫里！是你们逼我来的！是你们逼得我死也不能活也不能！”

皇帝见她如此抵抗，只得低声下气哄道：“香见，你应该知道朕对你的心意了，朕也一定会好好疼你，朕会和你长长久久相伴到老的。朕从来没有为一个人等待那么久！朕会宠爱你，疼惜你。让你成为朕最宠爱的女人！朕一定会！”他扬起下颌，示意李玉捧过嫔位袍服，柔情万千，“穿上它，香见，成为朕的女人，好不好？”

香见死命地推着皇帝，别过头道：“你不要再说了！你的话只会让我恶心！”

皇帝见她如此，也动了气，硬声道："无论如何，朕已经决定，册封你为贵人，封号为容。容贵人即刻易服，行嫔妃之礼。"皇帝说罢，丢开香见的手，径自取过宫装，便要给香见披上。

香见极是抵触，仿佛被皇帝披上宫装是极不堪的事。她的脸因此而显得扭曲，极力挣扎着想要摆脱皇帝的触碰。她身形本就小巧，兼着裙袂翩跹，挣扎间若素雪飞扬，皇帝使了一个眼色，李玉想退又不敢退下，只得迟疑着缩到了门边。

皇帝见她如此挣扎，越发要全自己心意迫她更衣。仿佛这样，便能让香见认定自己的身份一般。香见如何肯依，拼死往后退开，以期避得越远越好。

香见欲哭无泪，左右躲闪，拼命驱逐皇帝走开，却是那样无力而单弱。皇帝手上一用劲，她向后一退，胸前剑形项链无意中被皇帝扯落，那细细的银链遽然被扯断，那银质剑壳咚然落地。香见大受刺激，整个人的神情都变了："我的项链！这是寒企留给我的！"

香见满脸是泪，俯身便要去捡那项链，皇帝如何能忍，一把扯住了她，口吻热切而混乱，眼底有燃烧的火色轰然绽开："朕不许你再穿寒部的衣裳，朕不许你再想着寒企，戴着他送的项链。他不过是一个普通男子，而朕是一国之君，万里江山的主人！"

香见抵触挣扎，厌恶嫌弃到了极点："你走开，别碰我！别碰我！"皇帝如何肯放手，死死抓住了她的肩膀。李玉吓得快哭了，不知该如何劝说，只得趴在了地上。

第四章 红颜哀（上）

香见趁着这一瞬的松脱，身形轻旋，自他掌心逃出。象牙镂碎金妆台上正搁着一把刮眉的小银刀，那薄薄一片，原不在皇帝为防她自戕所收走的利器之内。她伸出右手，将那闪着银光的小刀横在颈前，厉声喝道：“你别过来！”

皇帝大惊，却也极快地镇定下来：“香见！你别糊涂！这东西根本不足以伤了你的性命，你别再想着要自戕！”

香见死死抓着小银刀，泫然欲泣，却被深重的绝望与愤怒湮没：“我不会再行刺你。因为这样，会给我的族人带来弥天大祸。”

皇帝的喉间有“嗬嗬”的喘息声，是极力压制的羞辱与怒火。他克制着道：“难道这些日子，你还看不出朕对你有多好？香见，你不要挑战朕对你的爱惜与忍耐。”

她满目悲怆，好像在大雪中迷茫失去方向的孤狼，哀伤深入骨髓：“我是寒企未婚的妻子，我不能成为你的妃子。”她一步步踉跄后退，摇首道，“你是皇帝，你坐拥天下，我不能对你做什么，你们也不让我死，但我这副皮囊总是我自己的吧……”

她话音未落，右手高高举起银刀，挥手便往自己如花似玉的面孔上用力割去！皇帝大惊失色，只觉得浑身的血液一下子涌到了头顶，四肢百骸酸软而冰冷，被抽去了所有力气。他来不及想，也来不及反应，猱身扑了上去，以身体挡开那雪亮的锋刃。

有滚烫的猩红喷薄而出，溅出一道血色的弧。

皇帝整个人扑倒在她身上，那把银刀飞得老远，“铮”的一声落在绵软的地毯上，嚣张地滴落暗红色的鲜血。皇帝眉头也不皱一下，只死死盯着那血迹的出处，怔然落下泪来。

香见吹弹可破的侧脸上，一道小指长的伤口横过鬓边。那把银刀虽小，锋刃却薄，虽然只是轻轻刮过，但香见脸上已划出一道深深血痕，翻出皮肉的色泽。皇帝又是心疼又是焦急，生怕她又伤着自己，紧紧将她圈入臂弯牢牢箍住，不许挣扎，一壁低声喝道："凌云彻，进来！"

凌云彻慌忙入内，一见此景，便也明白了。他将地上的银刀捡起，用布帛裹住收入怀中。

皇帝正要说话，骤见香见脸颊犹有新鲜血液渗出。他面色煞白，正要仔细察看，凌云彻眼明手快，立刻抢到跟前扯过香见手边的绢子将皇帝的手腕紧紧裹住。他的脸色变得极难看，低低道："皇上的左手也伤着了，可要请太医来？"

李玉一听皇帝受伤，吓得魂飞魄散，立刻膝行上前，翻开绢子一看，皇帝手腕外侧的伤几可见骨，幸好只是伤在外侧，否则动了筋脉，只怕要生出弥天大祸。香见本自挣扎，但见皇帝伤口即便有绢子扎住，仍不断渗出血液，可见伤口之深，她亦不敢随意动弹。

凌云彻使个眼色，李玉忙上前扶了香见往榻边坐下，这边厢凌云彻已牢牢扶住了皇帝，悄声道："皇上和小主的伤势，都是非请太医不可的。只是这件事干系重大，微臣必得请皇上示下。"

皇帝犹豫良久，显是不欲让人知道此事端底，然而见香见面上渗出细红血滴，心头阵阵绞痛，浑然不觉自己伤口之痛。

香见神色痴惘，恍恍惚惚地垂下泪来，哽咽道："对不住！是我自己不想活了，并不是有心要伤着你！"

皇帝何曾听过她如此低言软语，只觉得魂销骨酥，游荡天外，心下更是垂怜不已。半晌，他只得咬了咬牙，低声嘱咐："李玉，去请江与彬来。记得，切莫声张！"

李玉连滚带爬去了。凌云彻取过地上撕裂的布帛，将就着将地上血迹擦干净，垂手恭声道："皇上，微臣什么也不曾看见，什么也不曾听见。"

皇帝长嘘一口气，用不曾受伤的左手拍了拍他的肩膀，含着痛楚的笑意微微颔首。

待到江与彬来时，又是一通忙乱。皇帝见了江与彬，顾不得自己伤口尚在滴血，执意让他先去看香见。

李玉急得砰砰磕头："小主的血已经自己止住，可见还是皇上伤得厉害。您若不让瞧，小主心里也不安哪！"皇帝的伤势不浅，寻医问药虽难，更难的是太医院取药煎熬都得经过人手，还得用金疮药，实在难以隐瞒，不禁急得"老汗纵横"。还是凌云彻警觉，取出银刀在手腕划了一道，又示意江与彬取过纱帛将自己手腕缠上，道："一切有劳江太医。"

江与彬顿时松了口气，又去瞧香见。他细细瞧了伤口，便摇头道："小主的伤在脸上，要愈合不难，可要不留疤痕，请恕微臣实在无能。"

香见斜靠在榻上，怔怔望着九色描绘的洒金嵌朱彩顶，手里只抓着那早已断裂的剑形链子，惘然落泪："我连这条命都不想要了，还要保全这容颜做甚，毁便毁了！"

皇帝满腹心疼气恼发作不得，重重挥落手边一个青花瓷盏，溅开无数雪片似的碎瓷。李玉慌得抖衣乱颤，哭丧着脸道："皇上，事情已经这样了，求您的动静别太大！这不还有太后娘娘呢么，如果她老人家知道了，指不定小主得多可怜呢。"

皇帝闻言一怔，只得敛气道："罢了！今晚的事不许外传，否则朕摘了你们的脑袋！"

江与彬连声音都发颤了："皇上，微臣实在是没有办法。好在小主的伤口浅，又伤在鬓边。若是鬓发梳得好，可以掩盖。再不然，涂脂抹粉之后也不大看得出。微臣也一定尽力，找到最好的药材为小主消去伤痕。"

凌云彻忍着痛在旁道："皇上，此事若有人问起，只能说小主自己不慎，划伤了脸颊。而皇上的手这几日怕也不能轻动，必得养好伤势才行。"

李玉苦恼不已："皇上只记挂着小主，可不想您的手上也是要留疤的，万一被谁看见传出去，这可怎么好？便是皇上不摘奴才的脑袋，奴才的脑袋也铁定保不住了！”

皇帝气怒不堪，闻言更是心烦，狠狠照着他肩膀踹了一脚道：“你少多嘴！朕自有分寸！大不了朕再不宣那些饶舌婆子侍寝便是！”

李玉抱着肩膀，痛得不敢哼哼，只得涕泪满面，缩着身子连连点头。

如懿得知消息时，已是夜来时分。并非李玉与凌云彻多嘴，而是皇帝手腕的伤势，实是严重，皇帝又不欲惊动他人，不得已之下，只得唤来如懿。

彼时如懿正在窗下陪着永璂习字。小小的孩子，握笔甚是用力。他写完一幅字，交与如懿手中，极认真地问：“额娘，我写的字好么？”

如懿看得仔细，笑着抚他额头：“比上回写得好。皇阿玛指点你了，是么？”

永璂稚声稚气道：“不是啊。从前都是皇阿玛教我习字，皇阿玛许久不得空了，便是五哥教我。”

如懿骤然想起，皇帝为了香见顾不上六宫中人，哪里又得空过问皇子们的功课呢。她默然片刻，微笑道：“不错，你五哥的字极好，有他教你，自然不错。”

永璂一笑，甚是高兴。话虽这样说，如懿却是知道的，比之永琪小时的聪颖，永璂已是不如。等到开蒙读书，无论习文写字，都是比永琪当年差了一截。才知天赋等事，真是比不来。可是，那有什么要紧，永璂终究是她最可爱的孩子。

母子俩相伴言笑，窗台上羊脂玉瓶内供着数脉枫叶，色泽完美而艳丽，将浅霜般微凉的空气点得暖意融融。

是李玉的骤然而至惊破这一室的宁谧，如懿乍然闻得，只觉得一阵阵透骨寒意沁入背心，指尖腻得发滑，支撑不住似的。她极力扶着紫檀螺钿小桌的一角，撑着身体，压低了嗓音问：“太后知道了么？”

李玉慌忙摇头，旋即气馁：“皇后娘娘，这件事怕不好隐瞒，您先去瞧瞧再说吧。”

如懿扶了李玉的手，只带了容珮便匆匆赶去。她从未这样慌乱过，哪怕是那年受冤即将被掷入冷宫，她也知道，如果有皇帝的一隙信任，有自己的一念求生，便不会沦落于万劫死地。可是这些日子，她当真是恍惚了。所有的一切因为香见的到来全然打破，进入光怪陆离之境。每一天会发生什么事，她完全不能预计，亦不能掌控。因为是他，那个立于世间权势之巅的男子，神魂颠倒，不知所以。

到头来，果真是他先出了事端。

如懿这样想着，足下一阵阵酸软，仿佛是双脚落在了棉花上，半点也不得力，若非李玉与容珮大力扶着，她都不知道自己是如何走到养心殿来的。直至进了暖阁，看见皇帝手腕上犹有鲜血斑斑渗出，只觉骨上长出根根利刺，由内向外刺入肌肉，顶到肤层，刺得她不知该如何抵御。

幸好，她内心的担忧与惶惑并未让她在见到皇帝的那一刻泪如雨下失声痛哭。她犹存几分镇定，屈膝问安，与往常无异。

皇帝见她不哭，想要说什么，嘴唇微微一张，却含了几分愧怍。他唤她：“如懿。”

或许这一刻，一个呼唤了数十年的名字，会比一个名位更叫人安心。

皇帝面色萎黄，形容委顿，素日那种轻云出岫的倜傥之姿与无所不能的唯我独尊之气全数消弭。她看着他，不知怎的生出了一股怜悯，和着积郁多日的怨与怒，一并涌了出来。怔了片刻，她静静道：“臣妾赶来养心殿前往承乾宫看了一眼，寒氏无恙。”

皇帝登时松了口气，脸色复了少许红润：“朕让李玉去传你，也更无放心之人可以去探承乾宫的消息。”他唏嘘，有急不可待的关切，“香见如何？”

如懿极力克制着满心里横冲直撞的怨意：“身体已然无恙，只是脸上的伤，定是要留下疤痕了。”

皇帝喜出望外：“真的？只要身体无恙就好。容颜之事，并不要紧。”

有无限的酸楚，却不知从何说起，原来他待香见，是这般情深。任她与他相随多年，这样情深，她亦从未见过。

真的，她一直觉得皇帝待自己甚好，便是彼此疑心之后，平日细节照拂，他亦无一不悉心。自然，这样的好并不是只对着她一人。宫中上下，无一不得，便是连不甚承宠的海兰与婉茵，也不少得他嘘寒问暖。所以论“雨露均沾”四字，皇帝是当之无愧的。

正因着如此，便也不知情深几许是如何样子。总看着戏台上水袖飞扬，听着唱词婉转，因着从未在身边见过，便总以为不过是人世的绮想，天上落入人间的传说。唯见他这般喜爱女子颜色之人，真心关切，甚至不惜她容颜是否毁损。她才觉得孤凉。

真是孤凉。原来这一生，一路颠沛走来，得到后位，得到荣光。真正的情爱，她却是生生在他与旁人身上才得见。而自己，不过是枉自欺骗了自己，哄着自己，以为年少渴盼的真心相许，已然得到，却是镜花水月，明明成空，仍懵然不知。

她终于忍耐不住情绪的奔突，走近他身侧坐下，抚着他受伤的手腕，轻声细语：“皇上不是从来没有受过伤，可是这是唯一一次，因为一个女人而受伤。皇上，不知这可算是一个满洲勇士的荣光？”

皇帝讪讪，情不自禁地抚过伤处：“你不要担忧，皮肉伤而已。有齐鲁在，朕没事。”

“皇上没事？皇上乃天子之尊，不可任情妄为。何况您一举一动关系天下臣民。臣妾虽不知皇上与寒氏发生何事才会同时受伤，但皇上可知，臣妾方才虽只在寝殿外看了寒氏一眼，她的生无可恋之心，便是臣妾这个外人也看得明白。”

皇帝避开她的目光，默然片刻，哑声道：“香见倔强，一时不能转圜。今日她亦是失手，才会划伤自己，也误伤了朕。好了，你放心，过了这一阵，伤势痊愈，此事便过去了。”

如懿口舌涩然：“既然皇上无恙，那为何还要唤来臣妾？”

皇帝亦有几分着恼，苍白面色上隐隐有铁青："你是朕的皇后，合该为朕分忧。朕亦不想有人发觉朕的伤势，再起风波。"

如懿听出他语气中的不满，看着他手腕殷红的血珠犹自从层层白布下洇出，亦是心软："那皇上打算如何隐瞒此事？若被太后与王公知晓，只怕会掀起轩然大波，除了严惩寒氏，更会让臣民指责皇上因宠失度，损害皇上的威严。"

皇帝气色稍和，握住她的手："如懿，你懂得分寸。不愧是朕亲自选的皇后。"他眸中隐有忧意，"如懿，若此事传开，知道朕的手是为香见所伤，平地起谣言，逼迫香见离宫。朕也觉得麻烦不堪。"

"是啊。赔上了纯惠皇贵妃和永璋的性命，宫里才无人敢再提此事。太后对此颇为不满，虽然臣妾再三言说是纯惠皇贵妃侍奉不周又宠溺永璋，永璋亦有失言之错，才受了皇上斥责。可终究事情如何，皇上与臣妾心知肚明。"

他听出如懿的不满，语气便有几分软弱："如懿，绿筠与永璋之死，朕也难过。所以他们母子一个追封为纯惠皇贵妃，一个追封为循郡王。"

是利刃在心上沙沙地刮着，刮去薄薄的皮肉，沁出细密的鲜血。她已觉不出刀刃的锋利，只是痛，密密麻麻，无处不在。她的声音茫然而软弱："追封也不过是死后哀荣。皇上在意的，终究只是寒氏！只是皇上的真心，寒氏并不肯接受，才逼出今日的险事。何况寒氏容颜已毁，皇上还是这般执着么？"

皇帝坐在暖阁榻上，殿中红烛灼艳，勾勒出他微微佝偻的背影。如懿的鼻尖微微发酸，他一直是意气风发之人，想要的都能得到，从未有任何挫磨将他推于如此软弱之境："如懿，你想问的，朕也思量过。身为帝王，万人之上，是不可以动心的。因为心一动，便万劫生。所以朕一直理智，哪怕是明知舒妃对朕情深万千，朕也只能懂得，只能怜惜。如此而已。"

她明知是不能问的。皇帝的话已经到了明处，再问，亦不过是自取其辱。可是她还是忍不住，忍不住，只为自己身为女子，只为曾经那样热烈地与他相知相许，“那么臣妾呢？”

皇帝深深地望着她，闪过一丝愧色，歉疚道：“如懿，朕待你好，你懂得朕，咱们彼此相知相惜。若论情爱，朕自然是喜欢你的，否则你又怎能成为朕的皇后？”

“喜欢？”惊痛之绪如沸油烈煎，滴滴逼熬，“皇上，您自然是喜欢臣妾的，只是喜欢得不够。或者，这‘喜欢’二字，于您而言，是不太重要的。就如愤怒、忧郁、欢喜一般，只是一种情绪而已。”如懿牢牢地盯着皇帝，她挪不开自己的视线，也停不下自己的口舌，仿佛这样，便能逼迫那个不想听到的答案出现在耳边，“而且这喜欢，怕是对谁都一样的吧？对孝贤皇后是，慧贤皇贵妃是，舒妃是，令嫔是，忻妃也是。那么臣妾只是空占了个名位，与她们有何不同？也是，臣妾本来也不过是妃妾出身，忝居后位。真正能让皇上情深意动，不顾一切的，唯有寒香见一个！”

皇帝的沉默是无言的承认，叫她心生焦躁。那焦躁是野火，烧得尽春风劲草，也烧得尽她极力维持的理智：“皇上这般神魂颠倒，罔顾一切。恕臣妾不敢放肆，却不得不放肆！臣妾身为皇后，不能眼看着皇上罔顾身后名望，逼迫一区区女子，且是一个愿意为有婚约之人守贞的女子。”

皇帝的眉高高挑起：“守贞？我满族男子，不以礼教为念。”

如懿如何肯退让：“皇上难道是想效法顺治爷娶弟媳董鄂氏为妃？且不说顺治爷与董鄂妃两情相悦，可百年之后论起顺治爷生平，便是连后人也不能不以此为憾事！何况顺治爷为娶董鄂妃，上逆母后之意，下伤后妃祥和，惹得怨声载道，六宫生变。皇上难道能不引以为鉴？”

皇帝冷笑一声：“男子钟情也是错么？皇后竟也如无知妇人，说出这般醋妒昏话！”

到底是哪一个字，挑痛了他最后那根不能触碰的神经。如懿定定地望着皇帝，不能动弹，唯有以激烈的言语宣泄此刻难以言喻的难过：“钟情一人固然无错。若今日皇上下旨，为迎寒香见入宫，废了六宫嫔御，只专心对着她一人一生一世。臣妾便无话可说，立刻铰了头发，青灯古佛了此残生。”

她满目痛惜，“我大清开国以来，不乏钟情专一的男子。太宗皇太极钟爱宸妃，因宸妃早逝以致痛心而死；顺治爷独宠董鄂妃，生出无数事端。是！钟情一人固然不错，臣妾身为女子，毕生所愿也不过如此。但要为一人之情而伤无数人的心怀，又是何必！”她极力缓和了口气，“皇上向来提倡儒家礼学，每每经过山东，都要祭拜孔子，又教导皇子们都要研习儒家经学。怎么到了今日，却为一己狂热，将这些都抛诸脑后，惹得天下文人士子都寒了心？”

皇帝张口结舌，气得发怔。半晌，他才缓缓伸出手，抓住如懿的手臂：“如懿，朕这一生都没有纵情任性过，你就当朕任性，就这么任性一回，没有礼教，没有规矩，让朕一心一意喜爱一个女子，可不可以？”

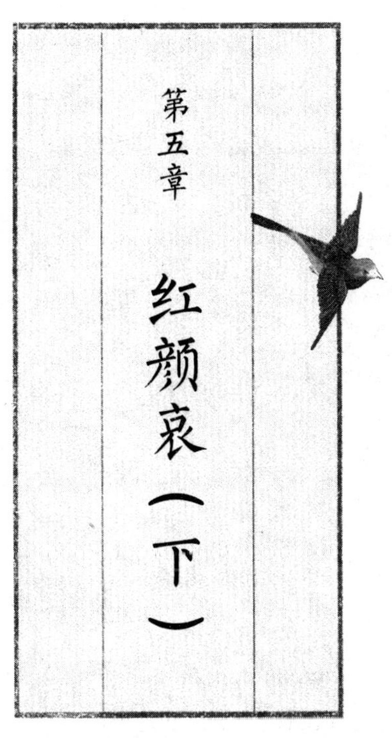

第五章

红颜哀（下）

如懿惊得倒退一步，几乎要跌坐于地，幸好被容珮扶住了。如懿立时变色，喝道："出去！"容珮吓得急忙转身，如懿厉声道，"方才本宫与皇上说了什么，你都没有听见。出了这个门，你没长嘴，也没有耳朵，一个字都不许漏出去！"

她见周围打发得干净，终于禁不住软弱了下来："皇上说出这样的话来，是要锥臣妾的心么？方才那些话臣妾不许人知道，是怕落下话柄叫人讥刺皇上！"

皇帝大约也是气昏了头，恼道："有什么可讥刺的？朕只是真心喜爱一个女子而已。"

如懿戚然相对："既是真心，自该叫人欢喜，何来勉强与难过，逼得寒氏一心求死！"

皇帝微微语塞，旋即道："朕在准备一份礼物，只要假以时日完成，朕一定会让香见回心转意，侍奉朕身侧！"

如懿睁大了眼眸，眼底的伤心渐渐蔓延出一丝鄙夷的意味："是么？但皇上大可扪心自问，是真心爱怜寒氏，还是为了一己私欲与好胜之心？"

他喃喃："在今日之前，连朕自己也一直以为喜欢的是香见的容貌。直到她自毁容颜，朕才明白，朕喜欢的，是她坚持自己的倔强，是她对寒企的坚贞。这些，都是朕没有的。"

她的嗓子一阵阵发涩，仿佛难以启齿，却依旧忍不住问："就因为皇上自己没有，所以一定要从寒氏身上得到？"

皇帝低着头，斜倚着身体，似乎无奈疲倦到了极处，可他的眼底仍有渴求闪烁："如懿，朕从来就没有得不到的人，做不到的事，香见是唯一一个。你别叫朕留下遗憾，好不好？如懿，香见她不想活了，可朕不能失去她，真的。如懿，让她活下来，让她愿意活下来，在朕身边，好不好？"

她答允不了，嗓子眼张不开，嘴唇紧紧地抿着。她不过是一个女人，一个有着夫君的女人。可偏偏，自己的夫君却这般来要求自己。

如懿苦笑不已："皇上对臣妾说出这样的要求，是浑然不觉得臣妾是你的妻子，你的女人，而只是一个皇后的身份么？"

皇帝诧然片刻，旋即释然："如懿，你既是皇后，就该承担中宫的职责，而非一意儿女情长。"

"皇上要臣妾做的事，臣妾真的觉得很难。臣妾自登后位，才渐渐觉出当年孝贤皇后的难处。若是一个对夫君全无眷慕之心的女子，如何能让皇上放心自己处理六宫之事？但若对夫君有眷慕之情，又该如何违背自己的心意放下儿女情长来不偏不倚地处置？皇上虽将臣妾捧于皇后之地，却也不啻将臣妾置于两难之地。"

"两难么？"皇帝的目光虚浮在远处，"如懿，若是孝贤皇后还在，她会做到的。她是一个贤德的皇后，她会恪尽皇后的本分，来为朕处置妥当。"

仿佛数九寒月有冰水夹杂着无数尖锐的冰凌兜头而下，连血液都冻住了，却还能辨出那种面对疼痛却无可抵御的软弱。如懿打了个寒噤，仿佛看着一个不认识的人，渐渐浮出一个虚茫的笑靥。从前他对孝贤皇后的种种不合心意，终于因了她身后误会的解开，因多年的追忆，因了自己与他的种种磨砺，化为了时光里不肯老去的温柔，化为了自己在他心中的不合心意。

她神色凄楚，面带冷冽："皇上这样重的话，臣妾承受不起。"

皇帝将手落在她手背上，似乎要将她的不甘与抗拒压下："既然承受不起，便好好去做。别辜负了朕对你的用心。"

如懿抬首，遇上他凛冽的目光，心思却被他搭着自己的手腕的力度所吸引。那是他受伤的手，无意拂落于她手上，却并无往日的亲密，更是一种无言的压制。可是，她却未能感觉到他的手带来的力度。

他受伤的左手，浑然使不上力气。

悲切之意油然而生。有泪，凄然坠落，洇入沾着他鲜血的白纱。

她终于妥协："皇上所托，臣妾不敢辜负。可以尽力劝服寒氏萌发求生之意，但不能令她一定肯在皇帝身边。"她凝视皇帝的伤口，"皇上伤在手腕，可暂以衣袖遮掩。这几日请皇上勿见嫔妃，也勿召人侍寝，以免有更多人知道皇上的伤势。"

皇帝喟然，稍有欣慰："朕也这样想，只是苦无理由。"

如懿凝神片刻："有。战事大局已定，但死伤将士无数。皇上要斋戒数日，以慰亡魂。"

皇帝旋即会意。"战事有伤天和，朕会举行法事，更会独居养心殿斋戒。"他一顿，"君者为人伦之极，五伦无不系于君。臣奉君，子遵父，妻从夫，不可倒置也。皇后深明事理，婉顺谦恭，朕很欣慰。那么香见之事，朕也一并交予你了。"

如懿以从未有过的郑重容色凛然相对："皇上所托，臣妾身为皇后，不敢不允。但臣妾所允，只以皇后身份，而非皇上妻室。从今以后，皇上所言所托，臣妾都不敢失皇后分寸，却也仅以皇后分寸而已。但请皇上明白。"

皇帝憔悴的面孔上满是愕然与震惊："如懿，你说什么？"

她的眼底蓄满了泪水，那种滚烫的热度，仿佛要烫得她看不清眼前的一切。如若可以，她真的愿意自己是盲的，看不清所有蒙昧的温情挑破后残忍而冷酷的真相，可是她秉持了最后的礼仪与气度："臣妾蒙皇上厚爱，忝居后位。所能做的，也仅是皇后应该做的。"

她俯身三拜，以极其尊崇的态度，谦卑己身，缓缓退离。

如懿见到香见，已经是两日后的事情。

不是未曾想过该以何种姿态面对寒香见的一心求死，而是太多的混乱与冲击，在那一日养心殿对谈之后，将她极力维持的理智冲打得几如齑粉。

她全然是以麻木的状态将皇帝所希望见到的一切一一布置下去。幸好中宫的威仪尚在，而之前皇帝极力弥补的密切与热络让后宫诸人不敢对她的言行有分毫质疑。

如懿看着这一切缓缓进行，只是不能克制地想要冷笑。何谓狐假虎威，便是如此。她便是那一只倚仗老虎威势的狐狸，以为自己得到想要得到的所有，亦不过是凭借好风飞上青天的风筝，唯有游丝一线。一旦风去，便只余重重坠落粉身碎骨的命运。

可时日稍久，便会有另一种意味。她所从未察觉过的意味渐渐萌生。如果，没有一丝属于自己的情愫，而是克尽己责地尽好一个皇后应有的职责，那也不算是一件太难的事。甚至，会因为只需恪守已然成熟的条条框框，便能不功不过，安然度日，也算一个不错的皇后。

香见受伤之事并非不能外传，所以很快让嫔妃们更添了好奇与幸灾乐祸的心情，更是茶余饭后最好的谈资。而皇帝不再踏足承乾宫，仿佛对她容颜毁损而失望至极，亦让嫔妃们多了一丝希望与愉悦的寄托，盼望着皇帝将她弃如敝屣，再不理会。

但凡一个寻常人，都会这般想。

因为对一个男子而言，秉窈窕之姿，具冰雪之貌，是最大的吸引。而一个失去了美貌的女子，便是连一个寻常妇人都不如了。

所以无人不这般揣测，这场疯狂的迷恋，最后了结于寒香见与皇帝争执时的失手自毁。

每每传来消息的是进保，皇帝身边这个素来不苟言笑面目死板的中年太监。

这些并不算是好消息，亦是意料之中的消息。

香见绝食。

这是很自然的事。如果毁去自己的美貌并不能断绝一个人的狂热，那么断绝生命，是最后的，也是最无奈的举措。

如果让香见死去，那会满足很多人的愿望，让人大大松一口气。

可她若真死去……如懿忽然想起了皇帝按住自己的那只手，那只受伤的左手，勉力压着自己的手，却偏偏使不上力气。如懿鼻尖一酸，她从未觉得这个男人如此软弱而让她心生怜悯。而在昼夜扰乱她心绪的震动与伤心之后，怜悯居然成了占据她心房最多的情绪。

而且，让皇帝愉悦，不正是一个皇后应当的职责么？

如懿自嘲地笑笑，拣过一袭杏子黄盘金彩绣翔凤穿芍药团花紫绫袍，踩上凤纹朱锦罗鞋，簪上九转连珠赤金琉璃飞鸾步摇，烂漫明丽的翠华钿并朱红宝树珊瑚花饰点缀。

华光明艳的色泽撞得眼帘微微生疼，才知绫罗衣衫是勇气，贴肉予以温度，撑住她灰败的内心，予以表面的光鲜。日复一日，行走下去。

着实，也比朝夕相对数十年的男子可靠。

如懿扶着容珮的手踏入承乾宫寝殿时，已然微微倒吸了一口冷气。皇帝性喜奢丽，自孝贤皇后丧期满三年后，除了长春宫一应如旧，其余殿阁连着太后的慈宁宫一应装饰一新，绮靡繁丽。而承乾宫长久无人居住，乃香见入宫后草草打扫出来，其规制陈设，华丽更胜于她的中宫。连最爱繁华的金玉妍在世，也不得不居于下风。随便一眼扫去，搁着的藏青花玉凤莲转心瓶乃宋徽宗所珍藏，一对龙香握鱼是汉成帝皇后赵飞燕所有。殿角随意搁着的一丛三尺高的珊瑚树，通体莹红润泽，鲜妍欲滴，隐隐有宝光流溢。妆台上一大捧盒东海进贡的珍珠，颗颗浑圆如拇指大小，饱满明净，就那般开了盒子随手撂着，也无人在意。形形色色，错落有致，光华迷离，纵使她贵为皇后，有些也不曾见过。

而平静卧于斑彩鸳鸯万金锦上的香见，却与这金摇玉耀的华丽人间格格不入。她是一捧春雪，冰凉如霜，却美得短暂，瞬间就能化去一般。

彼时午后轻暖的秋阳透进豆绿罗影纱，照得寝殿内微尘轻扬，碎金似的迷漫。因着如懿的到来，宫人们都退了下去。殿中梨花木矮架上供着一盆香山子，香气幽幽若若，又不见烟火气，甘宁清甜的香气让人通体舒泰，宛在梦中。那香山子原是取百斤左右的紫油伽蓝香精心镂雕而成。那伽蓝香难得，宫人们取一星两星制成金累丝香包已算得趣，何况是这样大件。如懿未曾细想，只一意凝睇。

她从没有见过这样的女子，即使在濒死的一刻，还能美得如此不沾风尘，宛若谪仙。

有一个大不敬的念头从脑海中疾闪而过。虽然岁月对皇帝格外厚爱，使他仍有英姿飒飒、玉山巍峨之态，但比之香见，亦不过是紫芝之畔的青苔和油腻的朽木，不堪佳配。

她有一瞬的好奇，那个让香见心心念念的男人，会是个怎样的人？

这样的念头，挑破彼此视线并无交集的尴尬。

她侧身，顺着容珮搬来的桃花木竹节番草纹绣墩坐下，示意众人退下，方才缓缓开口："听闻一个人濒死的时候，可以看见他最想见的人，你是否在等这一刻？"

香见神色呆滞，死死地盯着蓝田玉轻羽尾帐钩挽起的梨花青冰绡缠枝宝罗帐顶。因为之前的衣裳一直是素服，又染了血迹。喜珀带着哈丽、古丽强行替她换过了天水绿白点梅枝纱衫，也是她部族的制式，长长的雪色长珠璎珞逶迤横逸，如她一般毫无生气。

如懿不在意她的沉默，只是出神："其实本宫也很好奇，寒企到底是怎样人物。你若不与本宫说说，怕是知道他记得他的人也会越来越少了。"

香见的眼珠是定在白水银里的两丸琥珀，清透却僵死，没有一丝活气，唯有在听到寒企的名字时稍稍一颤，旋即又复死寂。她喃喃，那低语声沙哑近乎干裂，是两日未曾进水的缘故："寒企？很久没人和我提他了。"

"你身边的侍女固然是你的族人，却也不愿意提这个人，惹你伤心吧。"如懿仰着头，拨着罗帐上垂落的南红坠菘蓝流苏。那南红红艳如锦，质地糯润，捏在手里滑润而沉静。"可是，本宫真的很好奇，他为何会让你念念不忘？说来好笑，本宫自出闺阁，见过的男子也不过这么几个，每日起坐便是太监服侍。本宫真的很难想象，你们曾经经历过什么，可以有这般似海深情？”

香见吃力地扬起唇角，露出一丝讥诮，嘶哑着道：“你和那个皇帝，都不会懂的。这是少年时的相知相许相伴相惜。”她欲再说，便咳嗽起来，可见言语艰难。如懿见她入瓮，暗觉她单纯执拗，便取过桌上容珮留下的汤盏，徐徐引至她唇边。“你要这么说，本宫便懂了。本宫也曾有那样的年少倾心。”她见香见不肯喝，又道，“本宫真的很担心，若是你死了，这世间记得他的好的人，便再也没有了。”

香见无奈，亦不在意那盏中汤汁是什么，勉强喝了，起初还呛了两口，渐渐饮下一二。

“没有了？”她的泪晶莹一滴，洇入盘螭朝阳葵纹枕。那攒金线秋阳葵花的图案明艳如生，益发显出她不堪的绝望。“是啊。我喜欢寒企的时候才十三岁，那时他十六岁。他的眼睛那么明亮，天上的星星都比不上他。我在野外被狼群追逐，是他赶来救我，和狼群搏斗。他带着我骑马，放牧，带我去看冰山上的雪莲花。他说雪莲花是不能摘的，因为在他心里，雪莲花和我一样美丽。他知道我喜欢沙枣花的香气，便在我的屋子外种满了沙枣树。他吹着口弦，伴我起舞，那是我们最快乐的时光。”

如懿轻轻唏嘘，想起少年往事，亦是感触：“真好。”

“你可知道？我们是真心相许的，我们彼此盟誓，彼此衷情，就想在草原上快快乐乐地生活下去。我们寒部的人，盟过的誓言就是真心，绝不会反悔。我也知道，这世界上或许有很多比他更好的人，可我心里喜欢的，只有寒企一个。”

如懿替她抹去唇边流下的汤汁，徐徐道：“那可真是一生里的好时光。”

香见的眼里是漫天星子坠落后的沉寂永夜：“可惜，好时光再也回不来了。若不是因为我，他就不会遇到雪崩，他就不会……”

“没有人想到寒企会出这样的事。寒企是你的未婚夫婿，你为他伤心难过，追思惦念都是应当的情分。可你一直如此自责，若寒企有知，怕也于心不忍。”如懿拨着凤仙花染就的半透明的指甲，这些日子她本无心妆饰，连指甲上的浅红残褪了也未曾发觉。她神色恬淡，一意浅谈，“你若再因他而绝食离世，这世上还有谁能记得你与他曾经有过的好时光呢。而且，你不只是这世间唯一记得与寒企美好过往的人，更是寒部所有人的希望，你断不可辜负了你阿爹和族人的心血。”

“希望？”香见满脸是泪，悲绝摆首，“从寒企死的时候，我就心如死灰，再没有希望了。我怎么还能去做一个别人的希望？我还能守住什么呢？”

如懿凝视着她，平静而从容：“当然。你也可以不做这个希望。拿刀抹脖子，挂上长巾把自己悬到梁上，服毒或者拿你漂亮的头撞到墙上去，一了百了的法子多了，随你选一个。但是你死了，哪天皇上听了谁的劝要再灭了你的部族，要对你的族人斩草除根，还有谁会来劝一句，保全下他们的性命和家园？”

香见震惊而愤怒，无以复加：“皇上……”

“你不只有寒企，你还有你的阿爹、族人和寒部。除非，他们对你来说完全无所谓。”

“他们对我而言怎会是无所谓，只是……”她纠结到无以复加，又痛苦摇头。

“只要你断了求死之念，肯活下去，没什么做不到的。”她伸出手，示意香见坐起身，“我们都是女人，管不了男人的野心，也管不了男人的天下。我们能管着的，是凭一个女人的本事，将她想守护的人和事，都一点不漏地守下来。”

香见的面孔上挂满了莹然泪水。若不是亲眼所见，如懿几乎不能相信，这个世上居然有人连哭泣，甚至以带着疤痕的容颜哭泣，也可以这般宛若凌波仙子。她终于有一点明白，她的丈夫人到中年，还有那股像秋水一样发了狂满涨的热情的原因。

香见的手搭在如懿的手上，吃力地斜欠起身子，悲伤地哭泣：“我怕我做不到……”

如懿深吸一口气，望着外头秋高气爽的碧蓝广天，沉声道："男人们守不住的东西，往往女人就能做到。因为一个女人的韧性和忍耐，是任何人都不能比拟的。人人都说越王勾践卧薪尝胆，忍辱负重，本宫倒觉得越王夫人才是真正的英雄豪杰。越国战败于吴国，勾践所受的苦不过是他应当承受的那份。越王夫人身处深宫，也被丈夫牵连受辱，还要安慰失意的丈夫忍耐奋发，她的毅力与韧劲才是最值得钦佩的。"

香见睁着满是泪水的眼："可是我不是越王夫人，我……"

如懿的目光无比锐利，逼视着她："你曾经说过，你不过是一件礼物。一个人能了解自己的处境，明白自己的身份，倒也不是坏事。本宫就问你，既被作为礼物送来，你可愿尽一个礼物所有的责任和义务，好好地安分守己做好你的礼物？"

香见美丽的大眼睛里布满了迷惘与不解。

如懿春山微蹙，耐着性子娓娓道来："如果于你而言，死去的情人比活着的族人要紧，痴情追随比族人的性命要紧，那么本宫也不必再费事和你多说什么。可是你要觉得逝者不可追，活着的那些人更值得你牵挂，就像你父亲把你送来的本意一样，好好地做一个礼物。美丽、夺目，并且让送你来的人得到益处。这就是一件礼物的本分。"

香见唇色干枯，眼底的血丝如罗布的蛛网，却拢不住她的悲愤："难道我就不能有其他的选择？像普通人一样做自己的选择？"

如懿俯下身，看着美丽而哀伤的容颜，似一朵开在冰凌上的无瑕而剔透的雪花。可是即便天寒地冻，雪花亦不会留存长久，只能被冻得僵冷，萎谢于地。香见的美似乎传递着她无法言语的悲楚，让看到的人也心生悲凉。如懿挽着她的手起身："本宫和你一样，最大的悲哀就是没有选择。所以这个宫里，上至皇后，下至宫女，每个人活着，挣扎着，都是为了可以多一点选择。就譬如你，有了恩宠，有了凭仗，就可以选择为不为你的族人说话，选择说出怎样有用的话。如果你没有恩宠，那就是没有任何选择。"

香见嘤嘤含泣："那你，你是皇后，你有没有过自己可以选择的事？"

“皇后只是一个身份，甚至是一个比你束缚更多的身份。所以本宫从来无从选择，只是逼迫自己顺天应时，如此而已。”如懿起身，将方才喝剩的半盏参汤置于她身前，红澄澄的汤汁倒映着她绝美的容颜，“你要知道，盼着你死的人很多，但都是你的敌人和无关紧要的人。希望你活着的人也不少，那都是你的至亲你的族人。选择成全哪一边，都由你。”她将参汤留下，“这半盏参汤你喝了吧，喝了才有精神。好好活着，至少可以让亲人安慰，不会为你伤心难抑。便是寒企在天有灵，也会希望你爱惜性命的。”

她转身离去，不欲多停留。仿佛香见的哀绝，亦是她的无奈。万千人之上的皇后与一个战败送来的礼物，原也没什么不同。

直至出了承乾宫，容珮见她魂不守舍，忙出声关切：“娘娘，出了承乾宫您就魂不守舍，您在想什么？”

如懿低低地，似是自言自语：“容珮，听香见说起她与寒企的感情，本宫才知道，在这个宫里，本宫并不是孤身一人，终于有一个人与本宫有过一样的心意和感情。香见与寒企的年少情深，就如本宫和皇上的从前。”

容珮在如懿封后前才到身边伺候，自然不晓得如懿与皇帝曾经的年少情深，如今的日渐隔膜才更加令人悲苦无奈。她实在是不懂得，只以为如懿是见了香见受激太深，才这般感触。

容珮正不知从何劝起，如懿只是望着遥远的天际，想起香见对寒企的恋恋不忘，对失去寒企的心痛欲死，才恍然觉得，或许自己也已经失去了曾经眷恋的少年郎。而最可怜也可笑的是，偏偏唯有香见，或许才是懂得自己失去少年郎的那个人了。

而失去了少年郎的自己，算什么呢？只是一个皇后？她忽然想起豫妃将要入宫那一日，皇帝的笑语：“不过是摆设而已。”

当日笑语，如今忆起只觉得惊心动魄。

如懿扶着容珮的手走了老远，神色依旧怔忡不宁，半晌，低语道：“容珮，你有没有觉得，我们都很像一件摆设？”

容珮惶惑地看了身后跟随的十数宫人，不解道：“摆设？”

“是啊。恂嫔是霍硕特部的摆设，豫妃是博尔济吉特氏的摆设，舒妃是叶赫那拉氏的摆设，淑嘉皇贵妃是北族王室的摆设。她们每个人摆在宫里，都是家族的象征，族人的荣光。皇子和公主们，是子嗣繁衍、皇室兴旺的摆设。太后呢，是母慈子孝的需要，是向世人展示皇家恩义的摆设。除了面上那层需要，里头的滋味，如人饮水，冷暖自知。”

容珮听得满心怅惘，忙堆了笑劝道：“娘娘，您想太多了。外头寒凉，咱们回宫吧。”

如懿抬起头，眯着眼看着晴好日光，像是洒落满天金色的碎屑，叫人觉得温暖。她其实羡慕的，是尘埃这样无根轻飘的事物，来一阵风，想去哪儿，就能去哪儿。可这一辈子，她的身，她的心，都是注定要禁锢在这紫禁城里了。怎么飘也飘不出这高墙去。不，她哪里有飘的资格！

依稀是小时候跟着乳母嬷嬷们去寺庙里参拜。高大庄严的佛像，被装饰得宝光金灿，叫人不敢逼视。仿佛它们生来，就是这样高高在上，受万人景仰膜拜，受世间万千香火供奉。没有喜怒哀乐，从来没有，它们所有的职责，便是在那个位子上，只消在那里就好。

如懿耸了耸肩，像是禁不住秋日里的几许寒意似的。眼前便是秋意如醉，可是那浓醉的枫红菊灿，与她也是不相干的。如懿像是被隔绝在了自己的世界里，任凭外头秋色正浓，她兀自冷露寒霜，残叶萧萧。

容珮有些不安心，又唤了一句：“娘娘……”

如懿微微笑出声来：“你觉不觉得，本宫就像是庙里的塑像，宫里头的摆设？”

容珮知她经历了这些事，难免颓丧，只得好言劝道：“娘娘……您别多想了。”

“是了。摆设是连自己的念想都没有的。没有思想，才能安于做一个摆设啊！”她浮起一个虚弱的笑，“如果寒氏听了本宫的劝，本宫就是完成了皇上的嘱托，尽到了皇后的职责。”她轻嗤，眼底隐有泪光浮动，“多好的一个摆设！”

第六章 宝月明

皇帝按着斋戒之名，静了数日。一切安排就绪，倒也不曾走漏风声。香见逐渐复了饮食，虽不大与人言语，却也叫人松了一口气。

皇帝见了如懿，益发和颜悦色：“这次的事，皇后做得极好，朕心甚慰。以后，皇后只需这般恪守本分就好。”

恪守本分？她在心底里冷笑出来。她与他之间，原也不过如此。

追随数十年，根本无须情悦意好，不过各司其职便了。

是她痴心妄想，原就是她痴心妄想。

接下来的日子，秋霖潸潸，阴晴不定，忻妃为时气所感，病势愈见缠绵，便将八公主托在海兰身边照拂。如懿得闲时便听永琪说说成亲后的琐事，看着小儿女童音稚语，倒也勉强度日。只是，她不能静下来，亦不敢。一静，听着那雨滴竹梢，深打芭蕉，心中忧闷，更觉泣血。

时在深秋，寒意瑟瑟。这一日皇帝斋戒已毕，兴致甚佳，便传旨合宫往宝月楼去赏京中景致。太后是第一个辞了的，她久不理宫中事，对宝月楼登高之事自然意兴阑珊。如懿倒是以忻妃之病辞了不去，皇帝却道：“皇后不在，亦无趣味。”

如懿知与皇帝龃龉已种，亦不愿深拂他意，只得应承了，严妆华服携合宫嫔妃而往。因着皇帝兴致颇高，便是卧病的忻妃也挣扎着来了。忻妃见了如懿便笑，悄声道：“皇上如今的性子喜怒不定，臣妾可不敢扫皇上的兴。”

如懿近她耳边，悄声道：“若是十分支撑不住，便告诉本官。”

忻妃虚白面容上泛起一抹樱红。如懿暗暗叹气，她原是那样活泼的人，如今也熬得枯瘦如柴。这日子，当真是煎熬得紧。

正说话间，已然到了宝月楼下。那宝月楼在南海一带，那儿原无宫室，从瀛台上望去过于空旷无景。皇帝便决意要建一座楼宇，做临水赏月之处。那殿阁去岁动工，秋日已成，建得如月中广寒宫一般，故名宝月楼。皇帝亦曾笑语，不知哪位女子登高，才比得上月中青女素娥的婵娟风姿。

忻妃笑吟吟道："皇上总说宝月楼建得精致，便是连嫦娥都住得。今日唤了咱们这么多人来赏秋，可不是一群嫦娥挤破了头。"

她素来风趣活泼，便是颖嫔这样不苟言笑之人，也撑不住笑了，伸手去拧她的嘴："这般病着，还要饶舌。哄得太医一日三趟去瞧你，就是矫情。"

忻妃俏生生立在那里："我再矫情，也盼不得皇上来看一眼。只能哄几口吃喝，饱口腹之欲罢了。"

笑语罢，却是李玉先迎了上来："皇后娘娘，皇上与小主已经到了。"

众人一时未解小主指哪位，但合宫嫔妃皆至，却是如懿先明白过来，挑眉道："寒氏？"

李玉点头，众人登时寂然。如懿却也不意外，携了嫔妃上楼。宝月楼楼高两层，飞甍重檐，琉璃瓦顶，意趣雅致，气象高洁。还未等留神细观，皇帝已然携了香见从里头出来。

香见的精神仍不大好，但换了浅紫白双绣雪莲花轻罗长裙，长发曼鬋，鬒黑如漆，其光可鉴，只以浅一色的紫羽并雪色珍珠点缀，简约的衣衫无心中显出惊世之美。

只是这美，亦有残缺。但香见浑不在意，更不掩饰，任那粉红伤口横亘于众目睽睽之下，兀自淡漠，目视自己的足尖。

有窃窃私语之声，她亦淡然处之。仿佛这世上一切，甚少有经她心者。皇帝看着她，目光眷眷，舍不得挪开半分。

还是嬿婉先婉然含笑："皇上命臣妾等赏秋，不知景致美在何处，还请皇上告诉才好。"

皇帝缓过神来，笑道："还是你敏慧。宝月楼新成，北可眺三海，南可观街市，东可看紫禁，西可望远山。"

他一一指点，挥斥间颇为自得，将红尘阡陌、万户人家行云流水般划过。每有所指，嫔妃们皆惊叹、欢悦、喜笑、媚语，唯有香见如冷月照澄江一般遗世独立，不闻世事。却是颖嫔先"咦"了一声，指着不远处一显是新建的祈福堂道："这不是寒部的祈福堂么？"

此言一出，连香见亦惊动，急急看向颖嫔所指处。果然那祈福堂金顶火檐，高起云涌，极尽辉煌之能事。

香见死死盯着那间祈福堂，不觉热泪盈然。熟悉的亲切果然熨帖了她孤独的乡情，亦适时地柔和了她一直如冰山雪岩的孤绝。那一刻，如懿才觉得，她并非九天谪落的仙子，遗世于尘外。她也有世间女子的一颦一笑、热泪与愁眉。

皇帝定定地望着她，眼中尽是痴慕之色："香见，这祈福堂是朕按照你家乡规制所建，你还喜欢么？若是还有哪里不好，尽管告诉朕便是。"

香见无语凝噎，片刻才缓过神来，恢复了往日的淡漠："极尽华丽，无一不像。只是空落落一座祈福堂，落在这里有什么意思？"

皇帝眸中情意更盛，恨不能缠绕于她身上。他有些小心翼翼，带点讨好的意味："有寺无人，谁来尊敬神明呢？寒部偏僻，朕已令你部中族人老幼妇孺者移住京中，与祈福堂相对。这样你即便不出宫，也可看到家乡风貌，不会再独自愁闷了。"

香见每听一句，眼中震动之色愈深。那些话是勒紧的铁弦，惊得她不知如何言语，茫然地望向如懿。如懿看着皇帝，他的眼睛，是寒潭深渊，分明柔情似水，却存着志在必得之意。她辨不出心底是何滋味，酸楚且陌生，她从未见过他用这样的眼神去看过任何一个人，从来没有。还是海兰悄然上前，在衣袖下牵住她冰凉而潮湿的指尖，笑靥蕴暖："皇上胸怀天下，还能顾及臣妾等心思，果真心细如发。香见妹妹家中遥远，定是思乡情切，若是能见一见族人宽慰心思，身子也必好了。皇后娘娘每与臣妾说起此事，都是忧心香见妹妹的身子呢。”

皇帝听得入耳，笑意更浓：“此刻你的族人都已来了，你愿意见一见么？”

嫔妃们眼见如此，隐隐有骚动之意，窃窃之声，不绝于耳。嬿婉唇边冷光陡盛，旋又隐入春波笑意之中，上前亲切地挽住香见的臂膀，柔声道：“从前我家乡在盛京，初至京城多觉不惯。妹妹远道而来，必定也是。”她温婉劝道：“皇上，快请妹妹的族人来吧。妹妹一定很想见呢。”

香见不惯于这样的热络，急急抽出手，垂眸不语。皇帝击掌两下，便有小太监引了数十位寒部打扮的人来，来者多是老幼妇孺，一个个互相搀扶着，畏畏缩缩立在楼下。进忠刚要唤他们行礼，皇帝摆摆手，挽过香见行至楼前，向下道：“看看你的族人，他们也在瞧你呢。”

香见迫不及待地引身向前，浑不觉皇帝仍挽着她的手。她热泪潸潸：“这是阿里娅婶婶和她的小儿子。这是拜玲耶婆婆，她年纪大了，耳朵不好。还有穆妮尔，她才六岁。”迎着楼下欢呼雀跃之声，她情不自禁地笑着喃喃，“为什么？为什么他们会来？”

皇帝诚挚地看着她，捧住她的脸，正色道：“你以为朕只是安慰你的思乡之情么？朕接来的这些人里，没有一个壮丁，那是因为年轻力壮的人该留在寒部兴建家园。而这些老弱妇孺，无家可依，也禁不起边陲风沙。所以朕将他们接来京城，可以安然度日。你，欢喜么？”

如何能不欢喜？可香见只觉得彻骨寒冷，一动也不能动，任由他扯着。她望着楼下熟悉的族人，恍如自己成了一尊冻实了的冰雕，从里到外冷透了。

再也不能妄想离开了，连死，也不能。困在宫里那么多日子，从来没有一刻如此刻的绝望。她是走不脱了。他或许真是爱她，可也在要挟她。她完全没有办法，因为爱与压制，或者是他最惯用的最轻而易举的办法。

如懿看着香见，她的绝望如此了然。她只觉得怜悯。所谓身不由己，原来人人如是。

金风十里，丽人玉颜，花压鬓云偏。红叶白露，远山流岚，京中的美人与秋色让人目眩神醉，如懿却醉不了。她看着远远的黛色山峦绵延起伏，正是千山叶落，孤雁低旋之景。唯见万里层云间老翅掠空，哀哀悲鸣，曳下苍凉悲怆之音。绮丽明媚，深情相许都落了繁华盛世的注脚，谁还见忍泪自吞的无声凄楚。

皇帝轻拥着她，像是轻拥着一团正融的春雪，在她耳边低声絮絮："香见，朕知道你心里在笑话朕，整个紫禁城也都在笑话朕。朕娶了一个有过婚约的女人，一个异族部落的女人。更要笑话的是，这个女人的心不在朕的身上，她甚至还恨着朕，厌恶朕，恨不得逃离朕。"

皇帝说着，气息温热地拂上香见的面颊。香见下意识地偏过头，缩着手，回避他任何可能的接近。

皇帝苦笑道："可是朕从来没有这么喜欢过一个女人。朕有过那么多女人，宠过那么多女人。曾经最喜欢的一个，朕扶着她坐上了皇后之位。可是朕直到见到你，才发觉原来男人对女人的喜爱不只是可以细水长流的，它可以像地底的火山一样，埋了上千年，轰然全喷了出来。朕对你，就是这样的。"

嫔妃们站得稍远，未曾听得皇帝的一字一句。如懿就在近旁，皇帝的话清晰入耳。她有轻微的晕眩，眼前的世界是粉碎的雪片，冷冷地打在心上。她感觉自己鼻息的迟缓，钝钝的，每一呼吸，都有挫磨的痛。

不是不知道他会对着旁的女人甜言蜜语，只是未曾亲耳听过，所以也不过是模糊地揣想，偶尔来扰乱自己平静的心绪。她是第一次，听着他对旁人说自己。原来她的存在，不过是一个已然不要紧的旧爱，像发黄的流云缎，纵使矜贵，那也是不体面的陈旧。她，不过是来陪衬皇帝天荒地老荡气回肠的新爱的点缀。

真是可笑！曾经履冰雪，践荆棘，这样千辛万苦走到他身边，蒙他所爱获得与他并肩而立的资格，也不过是陪衬来日的新人笑罢了。

香见残存的笑意渐渐退去，只余下白雪覆野似的冷戚，有滚烫的泪水从她的眼中潸潸而落，最后成了无声蜿蜒的溪流。

皇帝听着香见族人们的欢呼声，揽过香见柔弱的肩，好声好气地哄道：“别哭！别哭！你看你的族人们多高兴，你可也是高兴坏了？”

香见如何说得出话来，更不敢叫楼下的族民们看见她的泪容，少不得侧了身子，避侧在皇帝身畔。皇帝便伸出手，宠溺地轻轻拍着她的背。如此一来，落在旁人眼中，更像是皇帝与她格外亲近似的。

随行的妃嫔们多半已铁青了脸，或是含了讥讽的笑，晋嫔冷笑连连，向着嬿婉小声说：“什么贞洁烈妇，都是做给旁人看的。不过是矫情引逗皇上罢了，这般欲拒还迎的。”

忻妃蹙了蹙眉，喟叹道：“费了好大的功夫还是要随着皇上，那之前那些都算什么了？”

也不知是谁暗暗嘀咕了一句：“狐媚子就是狐媚子，最会这些勾引人的下作手段！”这一句话引得嫔妃们连连颔首，只避着前头陶陶然的皇帝而已。

如懿听得不像样子，转首深深瞧了她们一眼，嫔妃们立时噤声，不敢再言语半句，一个个眼观鼻、鼻观心地安分了下来。

恰好皇帝扬首，吩咐李玉赏赐楼下族民，好好送他们回长安街居住，便喜滋滋道：“香见，承乾宫虽然富丽，但你住得不喜欢。朕打算把宝月楼赏赐给你，你便住在这里，日夜可以看到家乡景致，也好安心。”

嬿婉见香见并不作声，便知道她已无抗拒之意。她将一口酸气生生吞下，脆脆笑道：“皇上这般安排，妹妹必定喜欢。”她上前一步，凑趣道，“皇上当初一直说要给妹妹一个名分，却因国事繁忙耽误了。今儿臣妾就替妹妹讨个喜。皇上定了名分，臣妾姐妹间也好称呼相处啊。”

皇帝甚是赞许，忙里偷闲瞟了嬿婉一眼，将那笑容蜻蜓点水似的恩赐于她：“令嫔所言甚是。朕已想好，就封寒香见为容贵人。虽然你容颜有损，在朕眼里还是如初见一般清妩极妍。还有……”他提高了声音：“你从寒部而来，宫中规矩未必样样周到。朕希望在这宫中人人可以容得下你，与你和睦相处。”

这话分明是提醒了。

倒是嬿婉淡然含笑：“皇上说得是。臣妾等身为妃妾，自然得和睦一心才是。说来容贵人册封真是喜事呢。倒叫臣妾想起来，南边移来的荔枝树一直未曾结果，今年不知怎的却结了两百多颗果子。可见容贵人入宫带来祥瑞，又让皇上事事得了好结果。”

这话说得皇帝喜笑颜开。

如懿遥遥听着，微蕴了一丝讥讽，目色悲悯。皇帝忽然唤她：“皇后不为朕高兴么？怎么一个笑容也没有？”

如懿举眸，静静道：“臣妾与皇上夫妻一体，一喜俱喜，一悲俱悲。如今皇上接了容贵人族人来，容贵人自然感激皇上恩德。皇上心愿得偿，真是恭喜！”

嬿婉的笑意几乎要浮到眉毛上，她低下头将那缕不合时宜的笑尽力按捺，方俯身相拜，以谦恭而诚恳的姿势，稽首道贺：“容贵人正需皇上安慰陪伴，臣妾理当告退。愿容贵人自此后与皇上两心相许，珍重到老。”

她的话，再及时不过，将皇帝与如懿僵持后的尴尬与冷淡旋即化去，也解了嫔妃们的局促。一刹那的冷寂，有三三两两的嫔妃笑语相贺。然后，更多。

在一片喜悦与热闹中，皇帝望向嬿婉的目光带着赞许与些许温情：“朕明白你的用心。秋日寒凉，你怀着身孕行如此大礼，仔细伤了身子。”

嬿婉的笑颜全然发自内心，无半分破绽：“只要皇上欢欣喜悦，臣妾也安心了。”

皇帝凝视她，笑意更深。不知谁说了一句：“眼看又要起风，咱们快些回去吧。”

真的是起风了。方才还是晴蓝天色，转瞬暗了半边，有风旋着满地落叶疾疾打转。

嫔妃们巴不得这一句，跟着请安告退。皇帝见香见面有倦色，忙示意侍女扶了她下楼歇息，方才沉下脸道："皇后口中说恭喜，面上却无喜色，算不算口不应心？"

蛾眉若能带着九秋清霜，大约便是如懿此刻的模样："臣妾倒想陪皇上笑一笑，只是若容贵人能真心一笑，臣妾倒也愿意。"

皇帝愈发不豫："醋妒！"

如懿却也不恼，一双眼眸秋水寒澄，有泠泠清光："臣妾是女子，不是圣人，固然有七情六欲。所以既要看得六宫的醋妒，也要看得容贵人的伤怀。"

"伤怀？"皇帝冷冷一嗤，略带嘲讽地看着她，"皇后位高权重，谁知眼力却不如往日了。容贵人落泪，是感念朕保全族人之恩，知晓朕的情意。"

"哦，皇上真的这般相信么？"风猎猎地吹，拂过鬓边的点翠玫瑰金花钿，细细的烧蓝流苏打着脸颊，凉一阵，又凉一阵。她心下有严霜覆落，轻轻吟道："千古艰难惟一死，伤心岂独息夫人。"①

皇帝作色："你讽刺朕是楚文王？"

如懿见他隐然动了真怒，原想着低一低头，然而见他这般疾言厉色，显是心虚，便也迎着他道："皇上是不是楚文王臣妾不知，但容贵人真心可惜，为着保全族人，少不得也要对着皇上强颜欢笑！"她见皇帝额上青筋突起，依旧道，"皇上若要寒部真心归顺，自可以德服人。何必用容贵人与她的族人互相挟制，灰着心侍奉皇上左右！这般做固然是得了美人臣服，但若只得了人得不到心，又失了六宫的祥和，又有什么意思！"

皇帝断然喝道："听听你这些话，哪里有国母的气度！六宫不睦，自然

---

① 出自清代诗人邓汉仪的《题息夫人庙》。全诗为："楚宫慵扫眉黛新，只自无言对暮春。千古艰难惟一死，伤心岂独息夫人。"邓汉仪，字孝威，号旧山，别号旧山梅农、钵叟。明末吴县诸生，邓旭之弟。息夫人，春秋时期息国国君的夫人，出生于陈国的妫姓世家，因嫁于息国国君，又称息妫，后楚文王以武力灭息国而得之。因容颜绝代，目如秋水，脸似桃花，又称为"桃花夫人"。

是你驭下无方。语涉国政，便是你这个皇后的无知不慎！后宫不得干政是老祖宗的训示，你若敢越雷池一步，纵然你是朕的皇后，朕也绝不宽宥！”

“后宫不得干政，臣妾牢记于心。皇上就当臣妾醋妒也好，无知也好，臣妾求皇上一个明白！皇上为了容贵人，不惜拿制衡前朝的法子来对付她，这岂是明君所为？”她屈膝在地，抱着皇帝凄然道，“皇上百年之后，难道也要被人议论如楚文王一般迫人委身于己么？”

皇帝的鼻翼微微张着，不由分说便扬起手来。如懿吃了一惊，良久，却是无声。只有一只手，冰凉地拂过自己的鬓发，牵扯起她心底钝痛。有温热的水珠缓缓滴落在面上，她有些不可相信，睁眼看去，却见皇帝以手覆额，无限痛苦道：“如懿，你说的朕如何不懂。一开始，朕真的只是想挫磨掉寒氏余部的锐气，才同意他们送香见入宫做一个礼物，想着哪怕她入宫，朕冷着她就是。可直到朕看到她的第一眼，她那么美，那么沉静。朕根本移不开自己的目光。那一刻，朕知道自己没有办法了。朕一生的教养，一生的骄傲，都抵不过她看朕一眼。如懿，朕真的是没有办法，才会想出那样的法子，用她的族人来留她在身边。朕知道，朕是得不到她的心了，可是有她这个人也是好的。朕是真的想让她高兴些，让她愿意留在朕身边。”

她满心凄楚：“皇上又来跟臣妾说这样的话……”

皇帝沉浸在自己的思绪里，抽丝剥笋娓娓低诉：“六宫里的人那么多，朕只想安安静静守着她。若她肯对朕笑一笑，朕比得到什么都高兴。如懿，已经几十年了，从朕登基，从朕得到皇位开始，朕的一心便给了前朝。朕要守着祖宗的江山基业，要亲手建立一个盛世王朝！朕为此费尽心血，却忘记了，自己也是一个普通人，有着普通人的渴望！如懿，朕长到这般年岁，渴望过皇权，渴望过皇阿玛的关爱，可这都过去了。朕如今最渴望的，只有她一个。”

如懿起初还静静听着，听到最后，禁不住浑身乱颤：“偌大的后宫，皇上只想要她一个！那也好，从臣妾起，一个个剪了头发离宫清静，何必听皇上说这些锥心之语！身为皇上枕边人，皇上这些话自然是伤透臣妾的心，但皇上不在乎，皇上愿意说，臣妾便听着，只当自己是死的罢了！可列祖列宗在上，皇上这些混乱之语，做个情圣倒也罢了，若身为君王，如何对得起大清江山！”

皇帝软弱地垂着泪，仰首轻轻道：“如懿，朕对你说这些话，原以为你是懂朕的。却原来，也不过如此。那么这些话，只当朕白说了吧！”

如懿的胸腔剧烈地起伏着，强自按下心神，定定道：“臣妾方才那些话，是身为皇后理应说的。”她不知怎的，满心满肺里都是难言的委顿之情，逼得她站也站不住，几乎要跌坐下来，“臣妾陪伴皇上数十年，不敢自称与皇上心有灵犀，但也自以为和皇上略有心意相通之处。如今看来，多少年夫妻相伴，竟也全是白费了。臣妾，无话可说，也不能再说，臣妾告退。”

天色铁灰，阴阴欲雨。如懿步下阶梯的脚步有些紊乱，皇帝一阵心紧，急急跟上。李玉与凌云彻见帝后如此，不觉也慌了神。

才出宝月楼，已然有急雨打落。皇帝唤道：“皇后，下雨了。”

如懿并不回头，但觉头顶红云一亮，原来是一把胭红绸伞开在了头顶。是皇帝的声音：“别淋着雨。明日嫔妃还要拜见你。”

碎雨纷飞中，容珮手执红伞，扶着披着暗金西番莲纹雪缎大氅的如懿缓步向前。

她终究还是忍不住，迎着银丝万缕，回首望去。映入眼帘的，却是皇帝朝着宝月楼疾步而去的身影。寒雨纷纷，她的心终至绝望。

凌云彻本跟着皇帝，不知怎的慢下步子，撑着暗黄油纸伞，朝着她，一步一步，缓缓而来。

第七章 环敌

天下事往往莫不如此。之前有多么不愿意接受的，万般抵触的，待到既成事实，便会劝着自己接受，慢慢习惯。譬如宫娥嫔妃，眼见着香见名分已定，送入养心殿侍寝，连如懿与太后亦不作声，背地里嘀咕几句，便也忍下了。

香见侍寝后的第一日，她便随嫔妃们同来翊坤宫拜见如懿，并不特立独行，只是随众择了自己的位次坐下，孤坐少言。香见再不执着于着自己部落的衣衫，换过了宫装打扮。虽是同样的服制装束，香见的美却是琉璃上游弋过的月色清清，美得凛然出尘。

香见的面色照例是白得发青，是玉，对着阳光便能透明的乳青色的玉，极名贵的那种，且透而薄，让人不敢轻易去碰触。仿佛轻轻一呵气，便能散成尘屑碎去。因着瘦突，她的下颌尖尖的，是青桃的尖，有日光蒙昧地照着她的侧脸，都能看清细细的、水蜜桃似的绒。年轻在她身上显得特别美好，连那一道疤痕都成了粉色的亲吻的痕。她梳着最寻常不过的两把头，点缀着几朵青玉散碎珠花并银箔花叶。她似乎对艳丽的颜色有着强烈的抵触，只穿了一袭素淡的霜青色镶风毛旗装，连一丝花纹也无，也是近乎朴素的低调。对着阳光，才能留意到衣上浮着的青花凹纹。除此之外，只在衣襟纽子上别了一朵她最爱的沙枣花。如此清简，比着旁人的精雕细琢，她生生成了简简几笔画就的淡墨写意美人，有一种漫不经心的意犹未尽。

那是一种安守规制下的潦草。一个女子，必定是对生活无望，对身边的男子无望，才会待自己这般潦草而不经意。

待到人都散了，如懿只留下了香见，由海兰一同陪着。香见倒也安宁，定定坐了，想要喝茶，却不太喝得惯。容珮眼见，便换过了牛乳茶，香见直饮了两碗才罢。这等痛快，让如懿从心底安定了。

如此，怕是真的不会再寻死了。如懿唇角便有了一星笑意："活着比死了艰难。你肯如此，便是什么都不怕了。"

香见的神色淡淡的，垂着脸："已经过了最想弃世的那一刻。"她停一停，抠着小指上的镏金掐丝云母嵌东陵玉护甲，她戴不惯那东西，却也不摘下，一直别扭地拨弄着，"站在树底下看着蝼蚁，想着也不过如蝼蚁一般活着，便也不算是太坏的事了。"

如懿想起方才嫔妃们对着她那种艳羡而妒忌的神色，轻轻叹了口气："既然你已经侍寝，少不得也要和宫里人来往。那些人，你不必理会就好。"

她淡淡一笑，那笑意朦胧得如初冬晨起的白雾，湿漉漉的："我会恪守对您的规矩，是因为您教明白了我许多。"

如懿有一丝歉然："其实你知道，本宫劝你，一半为了皇上，一半为了你。"

香见用指尖抹去嘴唇上乳白一滴："不管你为了什么，至少只有你会对我说那样的话。"

海兰盈盈一笑："为了劝你的缘故，多半人都恨死了皇后娘娘。劝活了你便是留下了六宫不宁。幸好你还能体谅皇后娘娘的一片心，也不枉了。"

香见眉头挑起柳叶横逸："只是我很不明白，你为什么会去劝一个被你丈夫痴缠的女子，你不觉得你盼我死了或是出宫会更好么？"这样直接的话，大概只有香见这般心地纯净的女子才会了当问出。有时候真觉得，这个女子真是独特，就如她衣襟上别着的沙枣花，清香盈盈，是她所从未见过的。

海兰欲言又止，只是默然叹息。如懿拨着手里的镂空松竹梅珐琅赤金手炉，淡淡道："作为一个妻子，本宫何尝不这样想。但作为一个皇后，更多的是职责，顺服地去服从，而非让自己的情感舒服。"

海兰温言道："皇后娘娘也曾想让你出宫，但那更多是为了皇上的清誉。为了你，皇上承受的指责不少。"

香见眉心皱起，显然是嫌恶："那是他自己该承受的。"言毕，她轻轻一叹，似是无限愁烦，亦像自语，"已经侍寝了，我没法子不打算，怎样才可以没有身孕呢？"

如懿只觉得心头急剧一跳，隐隐骇然，眼看海兰也是颇为惊诧，静静一想，反倒对香见生了无限怜悯。

人到绝境，原来所求的，只是这个。

当然有许多的法子，也有一劳永逸的法子，海兰嘴唇微张，但还是紧紧抿住了。也是，谁敢告诉她这个。

香见倒也不再问，仿佛只是不经心的闲话罢了。她只是木木地坐着，半晌无话。天光将她的身影拉得老长老长，如懿看着那黑影，心底一阵酸，一阵凉，寂然无言了。

过了黄昏，便是皇帝往慈宁宫请安的时辰。自从端淑长公主归来，又产下麟儿，太后含饴弄孙，往日的凌厉消散不见，与皇帝也彼此相处安然了。这是极好的事，皇上本重孝名，面子上一向顾得周全，逢太后寿辰，也必以奇珍异宝相贺。加上太后再少理后宫事，两宫之间，愈见和睦，倒真有几分母慈子孝的样子了。

皇帝守着斋戒，本为养伤。幸好伤口不深，皇帝素日的底子也在，很快口子便愈合了。只是一时还碰不得重物使不得力，拿袖口小心掩着，不欲人知。

如懿避着皇帝，皇帝也避着如懿，这些日子便是去慈宁宫请安，也是各自错开了时辰。这日，皇帝去得略早，进殿便见容珮候在外头，心知如懿在内。但再要退出也不合宜，足下一定，还是照旧入内。

太后见了皇帝，便是欢喜，招了手唤他近前，托着一副西洋镏金水晶老花镜道："皇后送来的什么稀罕物。哀家前几日说了一句眼神不好，皇后便弄了来。果真有心。”

如懿见了皇帝进来，早早施了礼，立在一旁。皇帝笑吟吟道：“皇额娘还记得么？去年有个西洋自鸣钟，也有趣得紧。儿子也送了您一个。”

太后笑着连连摆手：“每半个时辰便跳出一只珐琅彩雀叫几声，哀家嫌它吵闹，又实在喜欢它精致，便叫福珈收起来了。说起来，还是咱们的更漏好，又准又静。”

太后得趣，皇帝与如懿自然也陪着。正巧福珈捧了海棠花饰雕漆填金云龙红木盘来，上头置着三柄硕大的如意，每柄都有两尺来长，沉甸甸的，很是华贵，分别是莲花锦地纹嵌镶青玉如意、玛瑙巧雕冰梅枝喜鹊双彩如意，另有一把和田白玉如意，通体纯白，浑如凝脂，只以大红夹金线流苏为坠。

太后指着三把如意道：“下个月初九是你五弟弘昼的孙子百日的好日子，皇帝你也瞧瞧，这三把如意送哪一柄去最好？”

皇帝随口道：“皇额娘的眼力，挑的东西自然是最好的。”

太后含笑道：“人老了眼力也不行，叫皇后帮着瞧瞧，她也只说哪个都好。还是你来选。”

皇帝这才仔细去看，一一道：“这白玉如意乃和田出产，玉质极佳，只是百日之喜，用纯白似乎不合。青玉如意亦好，是西洋的工匠做的，样式新巧些。”

太后看了皇帝一眼，只不作声。果然皇帝道：“只是西洋的玩意儿固然精巧，却不登大雅之堂，平日赏玩便好，送正日子的礼便不宜了。唯有这把喜鹊双彩的，虽然俗些，但热闹喜庆，用的是红白双色玛瑙做底，十分难得。”

太后微微颔首，“便是这把吧。”她说着，捧起那双彩如意细细抚摸，“质地细润，纹理瑰丽，的确是好……”她手上陡然一松，“哎哟”一声，那如意便沉沉脱了手，直直往地下坠落。

如懿本能地伸手去拦。不意皇帝靠得更近，一双手早伸了出去，挡在了她的臂上。她心底一紧，想起那如意入手发沉，又兼下坠，力道甚重，而皇帝的左手，是有伤的。

正想着，皇帝已然接住了那把如意。他眉心一皱，显然是触到了痛处，只强忍着笑得如常："幸好不曾跌落，否则伤了，哪儿来如意呢？"

太后笑逐颜开："还是皇帝手稳。福珈，既然皇帝已然选好了，快收起来吧。"

如此，三人闲话了片刻，皇帝便匆匆告辞了。如懿惦记着永琪的功课，亦不多留，也请安告退。待得二人都走了，太后面上温沉的笑意逐渐敛去，看着一旁的福珈，定定道："果然传言不虚。皇帝的手，的确有伤。寒氏……"她眸光一敛，复又沉静，"可惜了。"

如是七八日，皇帝都歇在宝月楼。如巨石坠落湖心，惊得众人闲语纷纷，恨不得问到如懿跟前。但看如懿波澜不惊，只得含了笑生生忍住了。

如懿倒不甚在意，皇帝的沉迷和对旁人的冷落，倒是给了她一个喘气的时候。经了那次，她与他，是相见也漠然了。她早过了对男欢女爱肉身缠绵沉溺的时候，且宫里的女子，若非最得宠的那会儿，都是惯了孤枕，并头而眠皮肉相贴倒成了难得的事，盛大得让人累得慌。有次婉嫔说笑起来，说皇帝不知哪天忽然想起她，便翻了她的牌子侍寝，她慌得什么似的，像锯了嘴的葫芦不知该说什么，手脚都没处放了，才想起原来已经十二年零三个月四天未曾侍寝过了。

说罢，如懿与海兰都笑了，连病卧着的忻妃都笑得前仰后合。笑罢，眼角都有泪光隐隐。多少凄楚，都在这笑语中了。

这一日皇帝下了朝，眼见起了北风，嘱咐人多往宝月楼中送了红箩炭，又闻新折的沙枣花到了，便喜道："容贵人最爱沙枣花的香气，一日也离不得的。"

进忠笑道："皇上在宝月楼周围多种沙枣树，便是为了容贵人喜欢。只可惜容贵人思念家乡，寒部送来的沙枣花，她看了最高兴。"

皇帝一壁嘱咐人送去，一壁道："朕去看看容贵人。"他起步要走，进忠忙不迭道："皇上，这会子容贵人正在祈福，您顺道先去了永寿宫看看令嫔娘娘，再去宝月楼，时辰就正好啦。"皇帝犹豫片刻，便往永寿宫去。

秋末冬岁，白昼日短，嬿婉正闷坐着，斜倚暖阁，无聊安胎度日。澜翠让几个小宫女收拾着几个中秋时留下的兔儿爷："兔儿爷是中秋玩的，都什么时候了，还让咱们宫里放着过了时的东西。"

嬿婉便有些懒懒的："兔儿爷是过了时的，本宫不也一样不叫人惦记。"

澜翠听了这口气便有些慌，心知皇帝不来是如何也劝不得的。可满宫里谁不一样，要见皇帝，得望穿了重重宫墙望穿了宝月楼才见得到。

嬿婉推开窗，深秋的风已经有刮骨的凉，吹起她衣领上出好的风毛，柔腻腻地拂着。她喃喃道："瞧这风吹的，整个紫禁城的炕都冷了，只有宝月楼是暖和的，热乎乎的。"

春婵悄声劝道："小主，您别这么说。"

嬿婉缓缓合上描金镂"福寿长春"的窗扇，看着华丽的洒金藕荷珠帘寂寞地垂着，没有半分有人进来的吉祥，百无聊赖地耷拉着，不觉生了几分凄凉之意："从前，这宫里的炕也是暖的，可是容贵人一进宫，怕是再也暖不起来了。"

春婵忙低声道："小主别伤心。不信您瞧瞧皇后宫里，也一样是冷清清的。"

嬿婉扬了扬手："皇后怕什么，她是中宫，谁也挤不了她的地儿。可本宫不一样，嫔妃们的地儿就那么大，她躺下了，本宫就连站着的地儿都没有了。"

正闷着，忽听外头王蟾敞亮的嗓门喜气洋洋喊道："皇上驾到——"那响亮的脆声跟鞭炮似的，嬿婉喜不自胜地站起来，脚下带着风迎到了门外。直到手臂挽住了皇帝的手臂，那龙袍柔软的绣纹摩挲着她的手心，才觉得真切。

皇帝真是来了。

嬿婉本穿了一件石榴籽红的宽松锦袍，上头漫漫地绣着菘蓝绿的叶与樱草黄的花。那花本是半开的，无精打采的。可是皇帝一来，每一叶与瓣都染上饱满欲滴的彩色，每一朵都是欲说还休的情意，在新鲜跳跃的红底子上闪闪欲动。

皇帝看了一眼她高隆的肚子，只叮嘱了一句好生养胎。嬿婉拣着遇喜辛苦的事说了两句，皇帝兴味索然，便打量着她道："这衣裳你穿了好看。可惜香见不爱穿这样艳的颜色。也是，她那样的人儿，穿得艳便俗了。"

嬿婉堆在脸上的笑顿时就酸了，她忍着鼻尖的酸涩，亲手接过春婵斟上来的茶，娇声道："皇上好在意容贵人，容贵人真是有福。可皇上别只宠着她一个，忘了臣妾和腹中的孩子呀！"

皇帝心不在焉，出神片刻才醒过来，含含糊糊笑道："你说朕宠什么？"

嬿婉心中一紧，旋即笑容满面道："臣妾说，容贵人初入宫中，皇上别一味宠着她便算好了，要多多关心，知她想些什么要些什么才是！"

皇帝一怔，豁然开朗，起身向外疾走道："是呢，朕怎么没想到，她最想要的该是这个才是！有个孩子，便有个依傍了。"

嬿婉正捧过金线青莲茶盅，冷不防皇帝冲出，吓得茶水险险泼出。澜翠急切道："皇上，您饮一口茶再走，小主为等您，出了三遍茶色才好的呢。"

话未说完，皇帝已经走得远了。嬿婉烦郁道："还喊什么？哪里的好茶都比不上宝月楼的茶叶末子香呢！"

澜翠吓得哪里敢说话，忙忙收拾了，伺候嬿婉喝安胎药不提。

这一日晨起，如懿便按着规矩往慈宁宫请安去。过了那么多年岁，时光温柔了眉眼的凌厉，磨平了心智的棱角，她与太后，倒有了几分寻常人家婆媳相处的恬然。

自然，有多么亲近是不必的。恩怨太久，自己都计算不清了。但是坐下来一杯清茶一炷檀香，倒是能撩起许多往日的细碎。

真的，连如懿自己也未曾想到，能与太后相处成这般模样。

所以当如懿惯常般走进慈宁宫的暖阁时，见太后正背对着她，阁子里有清晰的小银剪子一张一合的清脆声，她便笑："皇额娘万安。"

太后无声，如懿走近几步："皇额娘可是在修剪御花园里的金桂，花香甘馥，闻着便觉得甜。"

剪子的声音戛然而止，太后放下银剪，端然侧身坐下，抿了口甘洌茶水。

如懿乍见了宝蓝月影瓶中供着的那束花枝，险险惊得没立稳。那是几枝沙枣花枝，已然被太后剪去所有零碎，只剩光秃秃的枝干。

如懿瞬间便定下心来，笑道："皇额娘不喜欢这沙枣花，慈宁宫里不用就是。皇额娘何必都剪了，仔细伤着自己的手。"

太后淡淡一笑，那笑意却是碎冰上泛起的亮儿，叫人发寒："从前只听闻唐玄宗为杨贵妃千里送荔枝，跑死了许多马。到了皇帝这里，倒也来了这一出一骑红尘妃子笑，无人知是枣花来。真真是一段奇闻了。"

如懿慌忙便跪下了。这不是她该说的，也做不得什么。跪下是最好的姿态。

太后道："哀家明白你的意思。这件事你固然是不知的，皇帝又喜欢气派，便是靡费些也没什么。到底不是孝贤皇后在的时候了，还能劝劝皇帝节俭为上。"

如懿的面上就红了："儿臣无能。"

太后客客气气地笑了："你哪里无能，哀家瞧你也实在能干。寒氏的脸是怎么伤的？皇帝的手是怎么伤的？这次是伤了皇帝的手，下回呢？再举起刀子来能要了皇帝的命。便没动刀子，色字乃刮骨钢刀，多少英雄好汉都受不住。何况皇帝在兴头上。你还替他左右瞒着，打着斋戒之名保全他的颜面，也真够难的。"

如懿额头上冷汗直迸，原来太后早就都知道了。哪怕她困坐深宫吃斋念佛，不过问宫中事。但她只以儿女为念，故洞若观火。

如懿磕了个头，心悦诚服地拜倒下去："皇额娘既然都知道，儿臣也不敢隐瞒。但儿臣这么做，只一心为了皇上。若是张扬出去，实在有损皇家圣明。"

天光悠长，扯得珠帘的影子晃晃悠悠，有了生命。这样黑漆漆的生命突兀地耸立在四周，诡异地瞄着她。太后凝视如懿片刻，长长地嘘了口气："皇后，你是一番苦心。是皇帝昏了头，一颗心都被寒氏迷住了，险些连祖宗规矩都不要了。哀家不能阻止寒氏入宫，也不能阻止她侍寝。但你可曾想过，按她这么个侍寝法儿，若是生下了孩子来，该如何呢？"

如懿赔着笑，却如何敢说香见也抗拒着孩子的到来，只得道："也未必这么快……"

太后截然打断："身孕这回事，一股子运气一来，就住在肚子里了。哀家知道，寒氏肯活下来，是皇帝要你去劝的。可你也明白，那是勉强的。一个女子怀着怨气侍奉着男人，那是什么事都做得出来的，便是把她族人都拉来了住着也一样。皇帝若再脑子一热，非得立了寒氏的孩子，就如当日顺治爷定要立董鄂皇贵妃之子一般，哀家这个太后也阻止不得。那也好，倒叫咱们辛苦打下的寒部，不费吹灰之力便占了大清江山。"

如懿的心鼓鼓地跳着，每一跳，都胀得生疼："那皇额娘如何打算？"

太后眼帘微垂，轻轻一嗽，福珈端着一壶青瓷汤盏进来。太后道："一应都准备好了。喝下去，要她一了百了。"

如懿的面色瞬间苍白了，膝行上前，恳切道："皇额娘这么做固然是为江山万年思虑，但皇上正在爱宠容贵人的兴头上，若贸然处置，恐怕伤了皇上的心。"

太后嘴角一弯："哀家知道，皇帝心疼寒氏。可这一碗药下去，她侍寝依旧，便也生不出孩子来了。这并未违背皇帝的意思，哀家也并不要寒氏的性命，只要她来日孩子的性命。"

如懿垂脸半晌，终于仰起头，对上太后静若寒潭的目光："皇额娘，您明知这样做，皇上会恨臣妾。”

殿中点着幽幽的檀香，南红串琥珀珠帘悠然轻卷，袅娜的烟雾在重重的锦帐间凝成一抹，又絮絮飘散，弥漫于华殿之中。

太后的声音沉沉的，像是钻着耳膜：“哀家知道你不愿意去，一是下不得手，二则还是太在乎皇帝的心意。可你是否想过，你当日替皇帝劝服寒氏留下性命，是皇帝拿着皇后应尽的职责迫着你去。但哀家今日迫你，也是一样。只为你是六宫之主，安定后宫是你的职责。所以，这件事是哀家的意思，却也只能让你亲手端去看她喝下。”

如懿的手撑在地上，寸厚的锦毯按在手心绵绵地软，却也发痒。那痒是夏日里的小虫子，一点一点咬着皮肉钻进去，百折不挠。她听见自己的声音：“六宫之主的职责，就是听从他人没有自己么？儿臣既得听皇上，又得听太后，除了两难，别无他法。”

太后笑意温和：“哀家劝你一句，想要坐稳后位，该听的听，该做的做便是了。”

如懿跪在阳光底下，十月的日色透过翡色烟罗纱，似晕开的桃花蘸水，雾气蒙蒙。可她的背脊上却一阵一阵发着寒。

容下香见的命，是顺皇帝的意，亦开罪了六宫嫔妃。迫使香见喝下这碗汤药，是顺了太后的意，安了嫔妃的心，却是大大逆了皇帝的欢意。她在焦灼里，忽而想起香见那日的话，她打了个激灵，若是有了孩子，香见会如何？

太后并未容她细想，抚着怀中一把金丝檀琢碧玺如意，徐徐道：“非我族类，其心必异。皇帝要寒氏，哀家容她。可要再有子嗣上的事，那便不能了。其中利害，你自己掂量吧。”

第八章 空月幽

如懿不知道自己是如何出的慈宁宫的，飘飘忽忽的，足下无力。待走到宝月楼外，她的魂总算回来了，一颗心亦沉沉定了下去。

举眸望去，见到的人竟是婉嫔。

西风渐起，呜咽着穿过红影碧栏的宫阙。婉嫔着一身深竹月色绛丝并蒂莲纹锦衫，披着一斗珠莎青绉绸皮袄，越发显得怯弱无比，如寒潭瘦鹤。她见了如懿，怯怯行过礼，大是不好意思。

如懿见她戴着一色全新的猫儿眼赤金吴翠花钿，不由得停下步笑道：“皇上新赏的？昨儿内务府才送来的。”

婉嫔面色微红，垂着脸道：“皇上惦念，臣妾铭感于心。”她说着，下巴几乎低到了胸上，嘤嘤道，“只是臣妾也快有半年没见着皇上了。”

如懿打量她：“你来这儿，是想见皇上？”

婉嫔窘得满脸通红，越发支支吾吾：“不是，臣妾只是好奇……”她低低叹息，“臣妾只是好奇，皇上那么宠爱的女子，平日起居坐立，会是何等模样？”

如懿一怔，蓦地想起宫中曾有传闻，说婉嫔有一股子痴病，总爱在最得宠的嫔妃宫门外窥视，而平素往来者，多是得皇帝欢心的女子。

这般想来，倒是真有些影儿。

从前得宠时的海兰、意欢与自己，后来一阵的嬿婉。便是和嬿婉疏远后，她也只是静静看着，保持着刻意的距离。

并非趋炎附势，婉嫔也不算那样的人。她，一直是六宫莺燕里最沉默安静的影子。

如懿便道："容贵人是很美。"

婉嫔脸涨得血红："不，皇后娘娘。"她的神气有些肃然，"臣妾喜欢看容贵人，只是因为臣妾好奇，好奇能否从她的一言一行中，看到自己得皇上多看一眼的可能。"她赧然，眼底的火光黯淡下去，那淡然的语气底下，伤感自怜是一根根细细的银针，戳进肉里也不见血，"可是，臣妾从她们身上看到的，永远是不可能。皇后娘娘，您知道么？臣妾见得最多的，记得最深的，便是皇上的背影。很多次皇上从臣妾的宫门前进宫，臣妾都盼着，皇上，他或许可以走错一次，走到臣妾宫里。可是，从来没有过，一次也没有。他脸上的欢喜臣妾记不清了，因为那从不是对着臣妾的。可他的背影，一直在臣妾心里，见不着皇上的时候，想一会儿，心口便暖一会儿。"

并不是不知道婉嫔的过往与宠遇。只是哪怕亲近如自己，原来也不知，素来默默无闻的她，竟也存了这样一段旖旎而纯粹的期盼。

如懿温言道："婉嫔，你多虑了。"

婉嫔的眼底蓄满了泪水，静静道："臣妾不过是一个最普通的女子，相貌平平，才德平平。在潜邸里是最不起眼的格格，在宫里是无人记得的嫔御。皇上玉树之姿，臣妾蒲柳之姿，能得到皇上的一夕照拂，已经是臣妾毕生最值得荣耀的事。"她的痴念焚烧着眼底薄薄的水光，"臣妾不敢去妄想得到多少宠爱，只是想皇上偶然经过人群时，可以多看臣妾一眼。于是，臣妾想尽一切办法希望自己可以起眼些不那么普通些，才发现能想到的法子，也不过是最普通的法子。"

那些普通的字眼，在婉嫔平淡的口吻里，是刮着心口的锈刃，嚓嚓地磨着，未曾见血，也是生疼。如懿听着，没有一句可以安慰的话语。她能如何呢？她不也是那万千身影中的一个？

片刻，如懿听见自己干涩的声音："你一向安分守己，皇上待你也不算不好。"

婉嫔浅浅地笑，凄凉而寂寥："安分守己是因为臣妾实在没有一点可以引得皇上多一瞬注目的能力。而皇上，四季恩赏不少，也未曾亏待了臣妾。

但是皇后娘娘，臣妾便是想多在皇上心上停留一刻，也那么难么？”

不是难，不是。情意之事，从来不是你期待多少，便可以得到多少。或许长久的守望，不过是将你的身影凝成望夫石恒定的姿势，而盼不来一缕真心的目光。真是凄凉。

婉嫔遥望着楼上倚栏凝眸的香见，螓首轻摆，无比渴慕又无尽惋惜：“臣妾若能得容贵人万分之一的宠爱，此生无憾。只可惜，容贵人太不惜福了。”

或许宫中之人，无不是这样想的吧。如懿目送婉嫔茕茕离开。才知宝月楼楼内楼外，一样的痴心情长，却注定一双人，一段心，终究不得圆满。

香见独自坐在二楼，倚栏望着远处的祈福寺，神色痴惘，浑不觉如懿的到来。香见的侍女见了如懿，便得了凤凰似的迎进来，道：“皇后娘娘来了。我们小主正闷坐着呢，整日看着长安街和祈福寺，也不是个事呀。”

如懿淡淡笑：“难得有她喜欢的东西，随她去吧。”

那侍女扶住了香见，香见见了如懿，起身福了一福：“娘娘万安。”

如懿便笑：“京城十月风沙大，进去坐吧。”

宝月楼的布置浑然是第二个承乾宫，只是涂彩上多了好些寒部的样式。原本许多养心殿的起坐之物和摆设都挪来了这里，显见皇帝是常来的。

如懿亦不多观，便问：“方才过来瞧见婉嫔，也不知在宝月楼下仰望你多久了。”

香见漠然：“见过一两次。她很奇怪，总不上楼。”她嗤地一笑，“旁人眼里，我也很奇怪吧。这个宫里的人，都奇怪得很。原本不奇怪的，进了这里也都成了怪物。”

她笑语自若，浑然不介意用这样锋利的语气来戏谑自己。就如她的妆容，明明可以将两鬓增阔，微卷，如薄薄的蝉翼，便可遮住脸上的疤痕。可她偏不，大剌剌朝天露着，全然不在乎。

不过终究年轻，香见也好奇：“她到底瞧我做什么？”

如懿答得平静：“羡慕你的恩宠，是她毕生盼不来的福气。”

“啊！”香见恍然大悟，“皇上不爱她，对么？她对皇上，就如皇上对我。一厢情愿，真是没有意思。”她旋即笑得冷漠，“不过，也是咎由自取。我待他便如他待旁人。因果轮回，都是自己作下的自己受。”

香见说话间神色便不大好看，恹恹的，如懿便撇了话头：“楼下挪了好些沙枣树来，等到开花的季节，必定好看。”

香见冷笑一声：“皇上以为挪来这些沙枣花，便是我想要的了？所谓物离乡则变，沙枣树到了这儿，怎么腾挪也长不了。”她手边铺金酸枝木圆桌上供着一盆碧玺珊瑚玉雕花，她随手扯下几片玩儿，又撂下了，“方才才好笑呢。皇上好端端地派了个太医来说要为我调理身子，可以早日遇喜。”

她说着，厉声冷笑，如泣血的杜鹃，神色凄楚欲泣。

那笑声让如懿心底发酸：“可是你侍寝多日，遇喜也是常事。”

香见笑得前仰后合：“所以我问太医，我不要遇喜，有没有不孕的法子，那个胆小鬼，居然吓跑了。”她盯着如懿，一双明眸中皆是恳求之意，“皇后娘娘，我真心想要吃了不能生孩子的药。你成全我吧。”她黯然，“寒企已经死了，我不想要和其他男人生孩子。”

那侍女听她这般口无遮拦，忙端了酸奶疙瘩和奶油馓子来奉上，赔着笑道：“皇后娘娘莫见怪，小主是与您亲近才这样直言不讳，当着皇上的面，小主并不这样，只是不大爱说话。”说罢，又频频向香见使眼色。

懂得护主，便是忠仆。

香见叹口气，只好忍下了，向如懿道：“我们寒部人爱吃这个，皇后娘娘喜欢么？”

如懿留意着皇帝极尊重香见的饮食，另辟了小厨房为香见单做，便取了一枚酸奶疙瘩吃了：“是极好的。皇上也顾念你。”

香见扬了扬嘴角，算是挤出一个笑。如懿抬了抬手，容珮便将手里的小棉托子打开，小心翼翼捧出那盏汤药来。

“你有你想要的，本宫也有不得不做到的。这碗东西，本宫是奉太后之命送来的，就是你最想要的绝育汤药。这药要不了你的命，只是成全了你的念想。一口喝下去，再不能有所生育。”她仍有犹豫，“喝与不喝，在你。

可你得想好，喝了之后就再没有回头的余地，往后你要后悔也不能了。”

香见哧哧地笑起来，像是碰到一件极有趣的事：“当然喝，我正到处找这个，是成全了我的好东西呢。”她见如懿不忍，又道，“有什么可后悔的！我知道你们宫里的人都争着生孩子。但孩子应该是与相爱之人一起拥有，不是用来争宠保命的工具，更不能被强迫来到世间。否则，对我不公，对孩子不公，更让这孩子经受无穷无尽的苦楚。”

香见在胸腔里长长地笑了一声，端起汤盏便朝喉咙里灌下去。

她的动作过于激烈，汤药溅出几点落在她明蓝绣暗紫羽纹的衣襟上，像是溅出的几点血，暗红地凝固着。她一饮而尽，尺阔的衣袖被漾起水面般纹纹波澜，有着一种决绝的洒脱与哀凉。

香见唇角一勾，目光灼灼注视着如懿：“我的肚子，只生我喜欢的男人的孩子！而他，不必了！”她看着一滴不剩的空药盏，“我最后悔就是生在这世间，不得不苟延残喘。如果这是碗毒死我的药就更好了。”

如懿闭眸片刻：“喜珀，你去找江太医来。容贵人怕要受苦了。”

太后赏下的的确是一碗好药，见效极快。半个时辰后，香见便开始腹痛，血崩。如懿守在寝殿外，听着太医与嬷嬷们忙碌的声音，久久不闻香见一声痛楚的呻吟。

如懿坐在暖阳下，近乎透明的阳光落在秋香色的霞影纱上，那一旋一旋的波纹兜着圈儿，似乎要把整个人都卷到旋涡底处去。

她的整个脑袋都是空茫茫的。有宫女们跑进跑出的杂乱声，连服侍香见的侍女哈丽和古丽，看着她的眼光都带着怨恨。是，谁都看见的，是她光明正大带着这碗汤药进来的。

沉默相伴的，唯有容珮。她握一握如懿的手：“皇后娘娘，事已至此，您还是想想该怎么和皇上交代吧。”

皇帝来得很快，几乎带着风声。那边厢嬿婉已经胎气发作了，他也顾不得，只说嬿婉不是第一回生产了，自有接生嬷嬷陪伴，便叫进忠去永寿宫守着。他急匆匆进来，并未注意到如懿亦在，只是急急冲进寝殿。很快，那阵风声便转到她跟前，她习惯性地起身屈膝行礼，迎面而来的却是一记响亮的掌掴。

他厉声喝道：“你给她喝了什么？”他的话音在战栗，破碎得不成样子。

她的脸上一阵烫，一阵寒，到了末了，竟忘却了面孔上热辣辣的痛灼。有猩红的血滴热热的、黏稠的，从唇角滴落，像是皑皑白雪里绽开的红梅。她顾不得去擦，只是由着那血红缓缓落下。

他从没有骂过她，也不曾弹过她一个指头。哪怕是最难堪的冷宫岁月里，哪怕是永璟死后，彼此疏远到了极处，都从未有过。他一直是眉目多情、温和从容的男子。

却原来，也有今日！也有今日！

如懿全身都在发抖，止不住似的，凭她几乎要咬碎了银牙，捏断了手指，用力得四肢百骸都发酸僵住了，都止不住。战栗得久了，她竟奇异似的安静下来，仰着脸平静地看着她。

容珮连忙跪下求恳道：“皇上息怒，皇后娘娘是承太后懿旨才这么做，不是出于娘娘的本心啊。”

江与彬亦帮腔：“皇上，是容贵人自己要喝那药的。之前容贵人也和太医院讨要绝育的药物，太医们实在不敢给。”

“朕不信！香见不会不要孩子的。”皇帝红了眼睛，“香见到底如何？”

江与彬迟疑着道：“容贵人没有大碍，只是再不能生育了。”

日色是一块晶莹剔透的凝冻，也冻住了她。半晌，她涩哑的喉舌才说得出话来：“皇上，原来你我之间，已然到了这般地步？”她忍着痛，行礼如仪，“这碗汤药是臣妾拿来的，臣妾无话可说。”

皇帝满眼通红，几乎要沁出血来：“太医说香见再不能生了。你听听，她都痛得哭不出来了！”

如懿的嗓子眼里冒着火，烧得她快要干涸了：“太医说得没错。那碗药就是绝了生育的。”她顿一顿，呼吸艰难，“喝与不喝，是容贵人自己的主意。皇上为了她固然可以神魂颠倒，不顾一切。哪怕杀了臣妾，若能泄恨，臣妾自甘承受！”

皇帝指着寝殿方向，痛心得呼吸都滞缓下来，胸腔急剧地起伏着：“你知道她躺在里面，全是血！朕有多难过么？你明知道朕那么喜欢香见，若香见有了孩子，她会更懂得朕，跟随朕……”

她的声音细细地发尖，刺痛皇帝不安分的神经：“可是许多事，是改变不得的！容贵人愿意留在宫里，愿意伺候皇上！可她的心，皇上终究是得不到！只是皇上自己不能接受，一厢情愿罢了！”

她脸上已然挨了一掌，不过是再挨第二掌，还能如何呢？他不过是这样，目光刀子似的割她的皮肤，钝钝地磨进肉里，血汩汩地流。

她总是戳痛了他心底最不能碰的东西。可这话，大约天底下也唯有她敢说。这皇后的身份如此堂皇，肉身冠冕，可底子里痛着的，却是她如懿这颗心。真是可笑！

打破这死一般沉寂的，是太后威严的声音，仿佛是从云端传来，渺渺不可知，却是镇定了所有人的惊惶与错乱。太后捻着佛珠，扶着海兰稳步而进，缓缓扫视众人。海兰一进来便看见了如懿，但见她脸颊高起，红肿不堪，眼中一红，埋怨地看一眼皇帝，迅速低下头，走到了如懿身边跪下，为她擦去唇边的血迹。

“身为君王，对自己的皇后都动上手了。皇帝，哀家瞧你是有些失心风了。”太后苍老的身形显得威严而不可抗拒。皇帝见太后骤来，也有些讪讪地慌张，辩解道：“儿子是不该……可是容贵人无辜……”

“皇帝，你要的是寒氏，如今你也如愿以偿。但寒氏心里有别人。与其来日寒氏生下孩子频起风波，不如让她以不能生育之身伺候你，也绝了满宫嫔妃的怨望。”

太后的话无懈可击，皇帝不敢抗拒，嘴唇微微张合，如涸辙之鲋。皇帝低头答应着“是”，努力挤出笑，眼睛却觑着如懿：“皇额娘久不理宫中事了，怎么也在乎起香见的事了。”

太后何等精明，如何不知皇帝所指：“倒真不是皇后来告诉哀家的。哀家只有皇帝一个儿子，自然是皇帝在乎什么，哀家也在乎什么。只是哀家有句话不得不说，有时候爱之适足以害之。皇帝，若无你的过分沉溺，本无人在意寒氏的生死荣辱。你的宠爱太过煊赫，才把她逼到了绝处。”

皇帝的脸上蔓生出一种近乎颓废的惘然，他缓缓摇头：“纵然皇额娘心意如此，但这碗药到底是皇后端来的。她是中宫，是六宫之主，母仪天下，如何可以做出这种绝朕后嗣之事？”

太后朗然自若：“药是哀家给皇后的，喝下去是寒氏自己的主意。皇帝要怪，只能怪自己拢不住寒氏心甘情愿为你生下孩儿。”她说着，霍然捏住皇帝的手腕。皇帝一时不防，骤然吃痛，痛得眉毛都拧作了一块儿。太后松开手，轻轻替皇帝吹了吹伤处，和颜悦色道：“你是哀家的儿子，若不是心疼你，心疼你的名声，也不致如此。”

皇帝矍然变色，目光狐疑，但见如懿只定定对视着他的目光，毫无退惧之色，他忽然添了几分心虚的委顿，看向身后小太监们的神色多了一丝凌厉。海兰见皇帝僵持不豫，捧过一盏茶水奉上：“皇上别急，有什么话慢慢说。太后也是关心您呀。”

皇帝略略缓和，接过茶盅润了润起皮的嘴唇，轻咳一声：“皇额娘所言极是。宫中所有是非，皆因妒忌争宠而起。儿子深觉嫔御之流，得空得多学学愉妃。愉妃安分守己，从不争宠，也不妄生是非。”

这话便是打如懿的脸了。他看她，也不过如此，将她视作妒妇一流。

海兰听得皇帝隐隐之怒中对她犹有褒赞之语，也不过谦柔一笑，宁和如常：“皇上夸奖，臣妾不敢承受。臣妾谨遵嫔妃之德，不敢逾越。”她恭谨行礼，柔和中不失肃然神态，“不过皇上，皇后娘娘心系皇上，才会出旁人不出之语。这不是皇上一直赞许皇后的长处么？”

这话柔中带刚，皇帝一时也无言，倒是寝殿里喊了出来：“容贵人醒了！醒了！”

皇帝所有的怨与怒在这一刻被浑然丢下，他急匆匆入内，浑不见太后暗自摇首的黯然。底下的太医、奴才们跪了一地，看着苏醒过来的香见，如逢大赦一般。

皇帝搂住她的肩膀，又不敢箍着怕弄疼了她，只得抽了手由侍女替她擦着脸。香见的眼是空茫的黑，望着帐子顶儿，轻轻抚着肚子："我是不能生了，是么？"

皇帝落下泪来，紧紧攥着她的手，想将手心的温热缓过她的虚弱与冰凉："香见，你别怕，只是没了孩子而已……朕会好好待你……朕……"语未毕，他已泪流潸然。

香见的脸容逐渐安详，她仰起身子来，像一片抽尽了水分的枯叶，轻飘飘地被捧在侍女们手上。她的声音飘忽无力，仿佛随时就会断绝："那碗药，是我自己要喝的。生与不生，我自己定。"

皇帝的脸迅速白了下去，那种白，是冬日的残雪，带着积久的尘埃的浊气，隐隐发黑。他的嘴唇都在哆嗦，不知是愤怒还是伤心。海兰快意地撇了撇嘴，着意去看如懿的伤处。

香见望着他，神色柔和了几许："皇上，我本不该来这个宫里，更不该得你的宠爱。你就当我无福，承受不起。我来日的孩子，更承受不起。你要我伺候你，我便清清净净伺候你一辈子便是了。"

寥寥几语，是无限的伤感与灰心。

皇帝错愕地看着她，渐渐委顿下来："你的意思，皇额娘的意思，朕都明白了。朕会克制对你的爱意，尽量不去伤害你。"皇帝愀然不乐，还是进忠觑着时机进来，兴冲冲道："令嫔娘娘生了，生了一个小阿哥，是皇上的十五阿哥。"

皇帝殊无喜色，倦怠地道："好。李玉，传旨下去。容贵人深得朕意，晋容嫔；令嫔接连生子，又温柔婉顺，晋为令妃。再去告诉令妃，十五阿哥许她养在身边，不用送去寿康宫。皇后倦乏，力有不逮。后宫诸事，交由令妃权宜协理。"他想了想，"还有，颖嫔晋颖妃，庆贵人为庆嫔。"

如懿定定地站在那里，任由热泪在眼眶里一点一点咬啮着，终究不肯，不肯落下一滴。

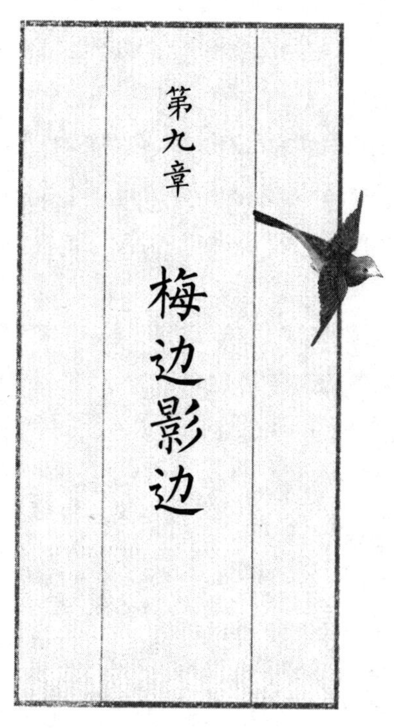

第九章 梅边影边

冬天是什么时候来临的，如懿根本没有察觉。举目望天时，见整个紫禁城都已是冰雪琉璃世界，才知心境的悲寒，已与这白雪冬寒没有半分区别。

因着嬿婉素性爱热闹鲜艳，自协理六宫，连红墙飞檐都不寂寞。各色水晶琉璃风灯点得如银花雪浪，连落尽黄叶的枝干上都悬满了小儿手掌大小的橘灯，配着绿绸剪的叶子，红红翠翠，上下争辉，真是琉璃堆簇世界，锦绣风流。

冻云飞雪，唯有翊坤宫红门深掩，独遗世外。寒风料峭透冰绡，香炉亦懒去烧。如懿拥着白腋紫貂毳衣，独倚榻上，捧了一卷《清静经》翻阅。

已然到了下学时分，永璂还未回来。容珮进来挑了挑火盆里的炭，看它又迸起几星红光，方搓着手道：“这个时辰还未回来，伺候的人也没来回禀一声，十二阿哥今儿怕是又在皇上那儿用晚膳了。”

如懿“嗯”了一声，便也不答。

容珮自己给自己找话儿：“皇上虽然冷落了娘娘，对十二阿哥却越来越热络，也常带在身边，也是好事。”

殿中静极了，只听到指尖与书页相触的微声，嗒一下，又一下，是委地的落花，坠进心里，一阵阵发颤。容珮叹了口气，道：“娘娘素来不爱看这些书，这几日倒不肯放手。”

“这书不好么？”如懿的平静让人发寒，仿佛是落入寒潭的人，不挣扎，不呼喊，只是静静，静静，沉溺下去。

容珮不作声，只是叹了口气。如懿笑影轻浅：“你跟在本宫身边，旁的没学会，倒学会了叹气。”

容珮红了眼圈，伏在如懿身边："娘娘苦了自己了。"

如懿讶异，定定看着她："一本书而已，你何来这种喟叹。《清静经》甚好，讲求的是老子的'清静无为'，认为人若能清静，即可得道，住世长年。而获得清静之法，唯有观空。本宫如今的际遇，看看这样的书不是很好么？"

容珮无言，只得立起身来："等下愉妃小主还会来陪娘娘用膳，奴婢先去预备着。"

如懿颔首："小厨房还照应得过来么？内务府有无克扣？"

容珮正要答，只见福寿弹花锦帘一掀，海兰领着湄若进来，笑吟吟道："怎么会克扣？令妃协理六宫，施恩上下，无不妥帖。"

湄若病色不减，一袭茜色罗遍绣锦袍穿在瘦骨伶仃的身上，虚虚地空了一大圈，精心刺绣的缠枝海棠云纹更有种繁漪涟动的华美。她摘下藕荷色遍地洒金碧纹湘江大毛斗篷交在宫女手里，抱着一个珐琅花鸟紫铜手炉在如懿身畔坐下。她笼着发髻，额上一抹水莲色滴珠水獭抹额烁着星子曳金的微光，正中一块拇指大的金丝猫儿眼，幽蓝深海之夜的浑圆一颗，晃出一隙碧水波澜微漾的光芒，添了她面上一丝甜柔之色。

如懿道："这抹额的样子好俏皮，又暖和，最合你如今用。"

湄若衔了一丝冷笑："半个月前令妃着人送来的。说是内务府新出的样子，又暖和又精致，特特来送了臣妾。臣妾起先还不肯戴，不知皇上怎的知道了，还问了臣妾一句。所以今日特意戴着来四处招摇，也好成全令妃的贤名。"

海兰温然笑道："可不是，那么大一颗猫儿眼，令妃说是波斯的贡品，病人戴着相宜，便特意缀上了给忻妃妹妹。"她说着卷起紫棠色遍地锦的袖子，露出一对金丝镶粉红芙蓉玉镯子，手镯三节，以嵌翠环并粉红玉制成芙蓉花瓣式，色色俏丽，中嵌东珠一颗，如芙蓉花蕊，明耀华灿。海兰轻嗤一声："永琪在皇上跟前得脸，令妃便也送了臣妾这样大的礼。"

如懿合上书卷，轻笑："她如今越发圆滑，可算历练出来了。"说着又看湄若："你身上一直不好，怎么还出来？外头风雪大呢。"

湄若俏脸一板，曳得鬓上双耳同心玉芍药花钿映着烛火一闪一闪，花瓣下坠着长长一串金累丝攒珠宝石流苏，在耳侧晃悠悠。她哼道："臣妾偏要来，省得叫那起子小人看笑话，以为翊坤宫怎样了呢。"

如懿本自郁郁，听得她这样说，也撑不住笑道："都是做额娘的人了，还这么个脾气，真真是宠坏了你。"

湄若眉心一黯，垂下脸来："从前是刚入宫不谙世事，才什么都不怕。如今左右是明白了，只要臣妾的阿玛在，无论臣妾病成什么样子，皇上都是眷顾着臣妾和公主的。既然如此，臣妾又何必对小人嬖妾假以辞色？"她唤来宫女，喜盈盈道："臣妾宫里新制了几道小菜，是暖身补气的，冬日里用最好。"

说着三人便坐下来，由着宫人们侍奉着用了晚膳。

如懿不是不明白，自己的落寞，难免要被人轻鄙，若不是湄若和海兰常常往来，顾着她皇后的颜面，还不知要被人轻贱到什么地步。到底，湄若有着家世，有着军功，海兰有着永琪，无人敢轻看了她们去。

可是她的永璂，是越来越远了。

起初，不过是常留在皇帝身边用早膳，渐渐连晚膳也留着。往来相送，是熟稔的凌云彻并几个小太监。

凌云彻请了安，便道："皇上待十二阿哥极好，娘娘安心。"

她听得出凌云彻话中的安慰，永璂，是她的指望。

于是便在无人时问永璂："皇阿玛除了问你的学业，还问什么呢？"

永璂天真地望着她："皇阿玛问五哥好不好，因为五哥常给我讲书，也教我射箭。皇阿玛还经常考我学问，可是……可是……"小小的人儿有些不好意思，"皇阿玛说，五哥在我这个年岁，已经可以写很成文理的文章，还可以连射三箭中靶心了。"

他有些气馁，如懿捧着他的小脸，爱怜道："永璂，在你出生前，皇额娘只盼望你身体康健，品行端正。至于能否成为不世之奇才，从不是皇额娘的指望。所以你也无须自怨自艾。”

永璂瞪着黑白分明的眼，欣喜道：“皇额娘，您真的不觉得儿子蠢笨么？”

“你不是蠢笨，是你五哥天资聪颖，但也无须人人都像他一样。永琪有永琪的好，你也有你的好。比如皇阿玛赏你的白玉霜方糕，你便记得皇额娘喜欢，留给皇额娘吃。”

永璂连连颔首：“是啊，我记得皇额娘不喜欢吃青梅丝的，可不知怎的，以前御膳房的白玉霜方糕都是不放青梅丝的，现下都放了。所以我给皇额娘的，都是把青梅丝剔了的。”

如懿微微一怔，容珮已然反应过来，咳嗽了一声。如懿抚着他的脸道：“好孩子，皇额娘有时候真的很怕，很怕自己对你怀有越来越高的期待，而忘记了刚得到你时的愿望。皇额娘只希望你一生平安顺遂。所以你不必事事都和永琪比较。”

永璂道：“那皇额娘也是很喜欢五哥的，皇阿玛也喜欢。”

如懿轻笑：“是。你五哥小时候一直养在皇额娘身边，与你的同胞兄弟无异。”

永璂重重点头：“嗯。可是五哥如今来得少了呢。”

容珮听他这般说，忙道：“十二阿哥，您快睡吧，时候不早了呢。”说罢，便唤了乳母嬷嬷进来，抱着永璂走了。

烛芯爆起一朵亮烈的花，骤然明焰，旋即黯然失色。殿中暗了下来，容珮见如懿静坐着不语，轻叹一息，拔下发髻上的银如意簪子剔了一剔，那火焰又亮了起来。容珮道：“皇后娘娘，五阿哥是有许久不大来了，虽然东西照常送来……”

“明哲保身是宫中的处事之道。永琪的前景还不明朗，无谓为了本宫惹上是非，且愉妃不是常来么？”

容珮静了一刻，指着荔枝纹素蓝碟中的白玉霜方糕道：“难为十二阿哥的孝心，只是皇后娘娘最爱吃白玉霜方糕，御膳房又何必为了讨好令妃撒上这许多青梅丝，故作矫情！”

如懿静静道：“跟红顶白乃是宫中风气，连本宫喜欢的东西都要讨令妃喜欢，可见令妃得宠。好了，只要永璂孝顺，本宫还有何求呢？”

容珮掠了掠鬓边碎发，叹道：“如今令妃显赫，本以为皇上会格外疼爱容嫔呢，原来到手了也不过如是。”

如懿不言不语，只是想着那日海兰来时，所说的话语。“皇上赞我贤惠不醋妒，姐姐也实在不必往心里去。皇上这么说，不过是拿着我激姐姐罢了。”她黯然神伤，“其实宫中谁人不知，我的身子，便是想争宠也不能的。皇上也是，拿我们姐妹之间的情分做筏子，又有什么意思？”

如懿向来与海兰不分彼此，便道：“你见事从来明白，所以在宫中多年，平稳无碍。不比我，起起伏伏，终究无定。”

海兰端详着她，心疼道：“姐姐，我和你不一样。我从来不喜欢不太稳定的东西，比如男人的感情，比如荣宠。我在意的，信任的，都是确定的不会轻易变化的，就像我和姐姐长久以来的彼此依靠，就像我和永琪之间不会变更的血缘。”

情意固然会变化，便如从前深爱之人，也可渐成陌路。而永琪的疏远，虽然微不可察，可她毕竟抚养了永琪十数年，又如何全然不知。毕竟，她与永琪，从无那般深刻的血缘。而逐渐长大的永璂，虽然不够聪颖敏慧，但也是个乖巧的孩子，又占着嫡子的名分。永琪，怕也是介怀的吧。

怔忡间，人情的冷暖如冰雪沁冷，逼入心间，她看着格花六棱窗外一钩新月，白霜霜的，月头尖利如银钩玉划，生生划进眼底，却钩不出半点泪意。

于是，她镇日只是坐在这里，看天光东起西坠，无声流转。日色也好，雪光也好，都是与她最亲密不过的。不会因为际遇的改变，更改一分亲近。而白日过去，夜色照旧而来。大约紫禁城中不分高低贵贱，肯一视同仁的，也唯有它们了。

人言嘈杂，无不是是非之处。如懿渐渐不大出去，也免了嫔妃们的请安之礼。便是太后，亦觉着雪天路难行，免了她的晨昏定省。

倒是那一日，京中最早的一场春雪停止，如懿忧心着雪后难行，放心不下永璂，便远远出去迎着。过了翊坤宫便是永寿宫，再往前便是皇帝的养心殿。行经时听得永寿宫内按歌之声，门前轿辇齐集，便知是嫔妃们都在永寿宫相聚取乐。

容珮轻轻啐了一声："还真是热闹。令妃如今协理六宫，十五阿哥也留在了她身边，这些人就上赶着来巴结奉承了。"

如懿不愿多停留，只道："时移世易，也都是自然。咱们去螽斯门外等候永璂便是。"

才行至螽斯门，便有扫雪的小太监请安，道："启禀皇后娘娘，十二阿哥听凌大人说御花园的迎春花开了，说要折雪中迎春送给娘娘，已经往御花园去了。"

如懿又是心疼又是感动，嗔道："这孩子，也不怕雪地里滑。"说着，便往御花园去。

雪野茫茫，天地间静无一人，只听得足下珠履踏着积雪之声。白雪素光之中，果有迎春点点鹅黄，似疏落的金黄的星子。有欢快的童声响起，唤道："皇额娘。"

她心底一软，似要化去。循声望去，果见凌云彻抱着永璂，缓步过来。永璂的小脸冻得微红，一手抱着一束尚带雪珠的迎春，一手挥着。贴身的小太监们跟在后头。

凌云彻放他下来，向着如懿行礼。永璂笑呵呵道："皇额娘，儿子知道您喜欢梅花，可是冬梅快谢了。凌云彻说迎春金黄，与蜡梅肖似，儿子便想折来送您。"他有些怯怯的，"虽然雪后寒冷，但凌云彻照顾得儿子很好。皇额娘，我真的不怕冷。"

如懿虎着脸，本想吓吓永璂，但听得小儿娇声软语，哪里还狠得起心肠，便道："那你要多谢凌大人，肯陪你做这些小儿把戏。"

三宝见得永璂的猞猁皮袍下沾了大块春雪，那春雪比不得冬雪坚冷，一触便化，不经意便沾湿了衣衫。他忙抱过永琪，道：“好阿哥，奴才带您先回宫理一理衣裳，这袍子上都沾了雪了。还有这迎春，都是雪珠子，等下化了冷着您。”他说着，便领了小太监去，只留了容珮远远陪着侍候。

天地间是如此深深寂静，可以听见雪落枯枝的声音，清泠泠的，细碎的，绵延不断，此起彼伏。

如懿先自笑了：“没想到时隔数年，本宫又落得如此惨境。是不是似曾相识？”

凌云彻默然片刻：“可惜冬日过去，微臣已经没有梅花可送。”

如懿轻轻一笑，那笑意薄得像天际淡淡的浮云，很快便会被风吹散：“梅花再能傲霜雪，也有零落成泥碾作尘的时候。即便你送来一冬梅花，本宫也会在下一个春夏秋冬过着无宠萧索的日子。”

凌云彻的目光仿若无意扫过她的面孔，很快低首垂眸：“梅花易谢，终难长久。微臣不会再送这个了。”

“也对。你如今侍奉皇上劳碌，又要替本宫接送永琪，实在辛苦。”如懿拨弄着指间初开的迎春，那星星点点的鹅黄，柔嫩动人，“何况本宫从来就不是高洁的梅花，是你误会了。”

凌云彻眸中澄澈清定，坦然而望：“或许皇后娘娘不是风霜高洁，但微臣看见的是您求存于冰雪寒霜之地，辛苦万分。”

眼底有温热一溢，她居然会为了他的话，湿润了枯涸的眼。

他停一停，从袖中抽出一卷小小短轴，交于容珮手中：“微臣从未学过画画，勉力学了一冬，才会这个。还请皇后娘娘莫要见笑。”

她将他眼底的渴盼清晰映入心间，沉吟片刻，还是伸手从容珮处接过，徐徐展开。她的手极美，与卷轴的雪白之色不相上下，融若清霜。她纤长的指以一种清艳姿态停驻在紫檀轴上，像一朵盛放的杜若。

那是一卷墨梅图，临摹的是宋人画梅的意境，用浓淡相间的水墨晕染，疏枝浅朵，珠蕊隐现，倍觉孤条遒劲，风神绰约。那笔触似是练习了无数遍，但仍有稚拙的痕迹，显然是新学不久。便是永琪，也可画得更好些。

她想笑，心底却无限酸楚。他端庄的眉目间，衔着的一丝温默的柔软，轻染了坚毅的从容。他唇际的笑容是雪后初霁的天空，碧澈澄清，那份关切，一览无余。

不知怎的，她忽然想起闺中时光。晨风细凉，庭院中赤红芍药盛放，饱满的花盘慵慵欲坠，每一朵都是重绡叠绢，盛开得不知天地何处。金色的阳光从朱红色的阁子边流过，她抬起手，遮住肆无忌惮漫入眼帘的几束阳光。绣楼下，额娘在赞许花开当时，唤她折来簪鬓。她笑着答允，回眸去，云朵洁白，天色湛蓝。

她在冰雪之中，忽而有那样安闲的心境。仿佛少年之际，身边的关切来得自然而真心。

是有多久，没有过这样的体会？步步为营，步步惊心，如履薄冰的日子，已经太久太久。

思绪的流转，莫名地牵动着心肠。她看着他暗红色的斗篷，寻常的御前侍卫的样式，深蓝色的袍角微露一痕，在雪色映衬下闪着幽微的光，细细迷离。世事原是如此，不过咫尺的距离，你也明知他的好，但他同你永远没有半分干系，就如隔着银汉迢迢，牵不到，挂不上。所有的相知，都在滔滔流年的浊浪里，缱绻着流过去，流过去，永无交集。

她转过身，避开他的目光，走远两步。在侧身时举起袖袂，以不经意的姿态掩去一星溢出的泪光。

她恍然惊觉，他对自己的情意，恰如青翠竹叶上脉脉延伸的纹理，细微，却清晰可见。

如懿收起卷轴，交至容珮手中，轻声道："多谢。"

凌云彻郑重而关切："微臣只希望皇后娘娘一切安好。"

她轻嗤："这个天下，除了太后再没有比本宫更尊贵的女子，本宫懂得照顾好自己。"

他眼中有无数懂得："皇后娘娘虽然这样说，但您也只是个女子，也需要人照顾。就好比容珮姑姑照顾着您的衣食起居，江太医照顾着您的身体，愉妃娘娘对您不离不弃。但您更需要的是危难中扶持，迷茫时安慰，无论何时都全心全意待您的人。所以微臣才希望能为娘娘做更多。”

他说得很是，可于自己而言都是奢望。是不是很可笑？贵为皇后，连一个寻常女子所能得的都得不到。

心底的感伤如碎冰裂痕，她很快掩饰好情绪，觅一话头，来疏散此刻的心绪繁复：“你侍奉皇上劳碌，又要替本宫接送永璂，实在辛苦。”

礼数是最刻意的距离。凌云彻退开两步，恢复往日的恭谨节制：“娘娘客气。微臣做的是分内事，再辛苦也不及娘娘为宫中事劳心。”

其实自从皇帝封了容嫔，宫中已经安宁许多。

凌云彻又道：“皇上如今两三日才去宝月楼看容嫔娘娘一次，三五日才翻一次牌子。皇上不似从前那般热络，各宫小主们对容嫔娘娘也没什么不满了。”

心底的讶异突兀而出。这些日子来，她未曾过问皇帝行踪，也无人来告知，唯因容珮的只言片语，才知皇帝少去。原来再狂热的爱慕，也有自然息止的一日。

凌云彻看清她眼底的疑惑，又道：“微臣听皇上偶然说起过，怕再如从前那般情不能已，是害了容嫔娘娘。所以如今也常往各宫走动，也算雨露均沾。”

“过分之爱，亦是过分之害。宫中出了那么多是非纷争，皇上对容嫔迷恋之余能冷静些许，也是好事。”她一语轻漠。若是皇帝明白，他与她也不至今日。

凌云彻拱手道：“娘娘安心，皇上已然明白。想来娘娘雨过天晴之日，亦不远了。”

如懿恍然明白过来：“所以你让永璂送本宫迎春，是迎来春禧之意么？”她见凌云彻颔首，不觉惘然失笑，“不会的。凌云彻，一个男人，是不喜欢身边的女子见过他最失态的模样的。何况他已然清醒，会更厌恶本宫的亲眼所见、亲耳所闻。”

她旋身，不忍将他的失望尽收眼底：“不过还是多谢凌大人照顾好永璂。对了，永琪也常去养心殿，对永璂可还好么？”

“兄弟情深，叫人羡慕。”他一顿，还是道，“可是比之往日，总有不如。也不知是否是皇上常将十二阿哥带在身边的缘故。”

如懿涩然，亦不便再言，便也离去。

那一厢天寒雪冻，永寿宫殿中却和暖如春，嬿婉见嫔妃们一壁取乐罢，都尽兴走了，方才困倦地蜷在酸枝木九节樱花杨妃榻上，拥了一袭紫貂暖裘。天云晦暗，暮色沉沉，仿佛又有一场大雪要落。暖阁里摆着两盆大红的宝珠山茶，浓绿欲滴的叶片间镶嵌着一朵朵殷红如醉的花，如正春风得意的美人面。嬿婉套着藕荷镶赤红、宝蓝、赭金三色宽边的锦袍，袖口露着春葱似的指尖，她百无聊赖，道：“都说来给本宫道喜，闹了一晌才肯去，真是乏人。”

澜翠甩了甩辫子，抿嘴笑道：“小主复了妃位，又生下十五阿哥。这是双喜临门的大喜事。”

春婵抱了十香浣花软枕上来：“小主拿软枕垫着，舒服些呢。”

嬿婉娇滴滴地嗔着，一张白皙娇艳的面庞妩媚地侧了侧，道：“哪里就这么娇贵了，生完都三个月了。”

澜翠嗓门敞亮：“哪里能不娇贵呢？皇后形同虚设，宫里最尊贵的便是小主。如今您正炙手可热，皇上多宠着您哪，连容嫔那么得意，也冷了下来。”

呵，这真是一生里最畅意的一段日子。旧爱已然落下，新宠也未能威胁她，初尝权力滋味，甜蜜如醉。孩子一个接一个地出生，都是依傍。她从未这般痛快过，不必畏首畏尾，随着自己的心意摆布一切，自有人山呼簇拥。难怪，一个个顶着花般面孔，竭尽全力，不管姿势是否好看，都要爬上这山巅来。

果然顶上风光，是难以细述的美好。爬上来了，孩子就可以留在自己身边，不用母子分离了。

但，总还是有点阻碍，譬如，翊坤宫那人，终究是这个紫禁城的女主人。她还是侍妾，战战兢兢，守着礼仪尊卑，要对她俯首屈膝。

春婵见她神色不大好，便来打趣："有一个得意的，就有无数失意的。小主可知道婉嫔，这么冷的天，只要皇上经过她宫门外，她必定仰首企盼。唉，年岁到了还一股子痴情，真真可怜。"

看，这便是宫里，痴情的身段摆出来，也得顶着一张如花似玉的面孔，否则便落了笑话。也真是唇亡齿寒，兔死狐悲，年华逝去，若无一点依傍，便生生成了他人的谈资，徒增笑料。

澜翠替嬿婉掖好貂裘，那紫红滟滟的皮子好似盛开的一簇绮丽繁花，映得她面庞亦带了一抹沉郁的华贵气息。她的手指上缠着髻后散落的一束柔娆青丝，抿唇轻笑。一个女子，当真是要男人的疼爱，才养得出温柔华贵气来，否则，总是苦相，显得鄙薄。但，她心底到底生了一丝鄙夷，轻轻咬着牙道："到底是没本事留住皇上的心。"

澜翠"咦"了一声："小主是说皇后娘娘么？"

春婵横她一眼，满面堆笑："婉嫔是，皇后也是。小主，如今皇后势单力薄，皇上又眷顾小主。有些枕头风，您多吹上一吹，皇后要爬起来也难了。"

嬿婉的笑容和缓而温柔，仿佛晨曦中一朵初绽的浅浅粉红的花，让人见之不由得生亲近之情，却与她此时口中的冷漠并不相符："敢于直言，懂得进言，是皇后一直以来的优点，也是皇上引以为信任的由来。只是一个人的优点，放在外头，自然是一辈子的好处。可是进了宫里，再好的优点，也会成为弱点。"

春婵蹙着眉头，拢一拢手腕上的虾须点珠银镏金镯子："可是若要皇后娘娘离开六宫之主的位置，小主却不能不向皇上进言。都是刮耳朵的风，只看小主怎么吹了。"

嬿婉的笑容倏然收住，僵在唇边，凛然有杀气："本宫年轻的时候也犯过这样的错，以为自己的话能打动皇上。后来发现，并非本宫说的话有多好，而是正合时宜而已。但一时说得不合宜，却给自己带来无限的辛苦与麻烦。所以本宫学了个乖，以后再不多言了。不说，才不会说错。”

春婵与澜翠对视一眼，讪讪低首：“可是所谓杀敌制胜，若不出手，机会便过了。”

嬿婉慵慵地侧身，发髻上一串双尾攒珠凤钗，凤口上垂落的红珊瑚珠子坠着薄薄的赤金云头，柔柔地散在青丝之上，温柔旖旎。她倦得很，“本宫乏了，这些日子也不便侍寝，便成全了婉嫔吧……”她的声音渐次低下去，忽然嗅到什么气味，凤眸倏然睁开，呵斥道，“谁摘了蜡梅来，一股酒气，好生难闻！”

澜翠悚然一惊，忙回头去寻，春婵好生劝慰道：“小主最不喜梅花，无人会摘来。”澜翠忙碌片刻，终于在供着的清水瓮里寻到几朵风干泡着的蜡梅，苦笑道：“定是底下奴才疏忽，想添水中清气，才不小心加的，奴婢立刻撤换掉。”

嬿婉这才平复了气息，道：“本宫只喜欢夏日的凌霄花。冬日少花，可养水仙与茶花，皇后喜欢的梅花，不许入我永寿宫。”

第十章 故剑

日子还是这般缓缓过着，冬去春又来，时光的循环往复，无声无息。不经意间海棠深红，是风不鸣枝、云色轻润的初春。呵，又一年好景。这一次的冷淡不同于往日，如懿渐渐发觉，永琪留在翊坤宫的时间越来越短。除了上书房，除了学骑射，剩余的时间，他多半留在了养心殿，随在皇帝身边，习文修武。

这原是好事，如今却让她觉得惶恐。

永琪的默默远离似乎是无意，却又按部就班。

偶尔永琪回来，看到玉净瓶中已然枯萎的迎春花枝，便哧哧笑："皇额娘，御花园中的牡丹、丁香、玉兰都已经开了，儿子再折了新的来。这些枯萎的花枝，便不要留了。"

如懿捏一捏他滚圆的小脸，笑道："迎春虽然枯萎，但皇额娘想留住的是你的心意。对了，最近皇阿玛留你在养心殿做什么？"

永琪打了个哈欠，忙忍住："皇阿玛请了新的师傅和谙达，给儿子教习骑射和满汉文字。可是皇额娘，我好累呀。我每日都睡不够。"

如懿心疼，却又劝不得，只好道："好孩子，尽力而为吧。实在不能，便告诉皇阿玛。"

永琪怯怯地摇头："皇额娘，儿子不敢。儿子怕皇阿玛会失望。"他握一握拳，"儿子会努力学好的。"

如懿搂着他，默然无言。

很快，凌云彻与小太监们又过来，领着永琪回养心殿。如懿无可奈何，倚门目送永琪走远。

容珮进来道：“皇后娘娘，再过十来天便是孝贤皇后的死忌，宫中主持祭祀，您可去么？”

如懿缓声道：“自然去。不去，便又是一条醋妒的罪状。”

容珮颔首：“也好。方才奴婢去内务府取春日要换的帐帷，见婉嫔与令妃出入长春宫，倒是难得。”

如懿微蹙春山眉：“婉嫔是个老好人，但也不大和令妃来往，怎么一起去了长春宫？”

容珮道：“或许令妃协理六宫，今年祭祀孝贤皇后之事，会做得格外好看些。”

这份疑惑，数日后海兰来探望她时，便得以解了。海兰也颇诧异，道：“姐姐知道么？这几日侍寝，居然不是令妃也不是容嫔，而是婉嫔呢。入宫数十年，倒从未这般得宠过。人人都说，她与令妃往来数次，便得了皇上的意，定是令妃在皇上面前多多提了婉嫔的缘故。”

如懿见她笑意清湛，有戏谑之意，便道：“你也不信，是么？”

海兰掩袖道：“还是永琪细心才在养心殿留意到，原来孝贤皇后忌日将至，婉嫔将皇上多年来悼怀孝贤皇后之诗整理抄录，集录成册送给了和敬公主，在养心殿和长春宫各奉了一本。皇上还让永琪和和敬公主督办抄印，分发后宫。且不只后宫，王公女眷手里也近乎人人一册。和敬公主见有人如此怀念她生母，也是感念不已，在皇上跟前狠狠夸赞了婉嫔。”

如懿道：“孝贤皇后忌辰将至，婉嫔此举，确是追怀孝贤皇后的好法子，也可安慰皇上思怀孝贤皇后之心。”

海兰很是不屑：“皇上自然圣心大悦，才有婉嫔近来的风光。不过姐姐，因为这册子，如今宫中追怀孝贤皇后成风。宫人们事事拿姐姐与孝贤皇后相较，说姐姐不如孝贤皇后。”海兰蹙眉寻思，“姐姐，这件事并不简单。永琪说这诗册是婉嫔交给和敬公主，公主再献与皇上的。公主生性高傲，少与庶母来往。她与婉嫔怎会走到一起？”

如懿心中了然，和敬公主眷念生母，不喜自己为继后。知道有人这般追念孝贤皇后，她自然是高兴的，更会推上一把。

海兰犹自念叨："婉嫔从来安分胆小，就算自己抄录了诗册，都未必敢送到和敬公主面前。何况这诗册会令姐姐难堪，婉嫔难道会不知？我总觉得这件事，不像婉嫔的脾气，倒像是有人利用她长久不得恩宠而生事。"

容珮脱口便道："难道是令妃？奴婢前几日看到婉嫔和令妃一起出入长春宫。"

如懿微微颔首："像是令妃的心思。且令妃救了庆佑世子后与和敬公主亲近，也很有可能是她在婉嫔和公主之间穿针引线。"

海兰叹道："姐姐，你是不是还是和皇上说个明白呢？"

"皇上的心意已经这么明白，本宫说又如何，不说又如何呢……"她苦笑，"海兰，你今日来的意思本宫明白了。真若有什么，本宫行事自会小心。至于婉嫔，本宫也会寻机会问个清楚。"

海兰轻哼一声，劝道："其实这些人说什么做什么也都不是最要紧的，最要紧的是皇上心里怎么看姐姐。这些人无非也是看着姐姐一直和皇上关系冷着，才更钻了空子。"

婉嫔誊写的诗稿，适时地勾起了皇帝对孝贤皇后的思念，连带着宫中嫔妃，都对故世的琅嬅称颂不已。因着如懿的不足，她的不知勤俭，她的不解人意，她的醋妒嫉恨，孝贤皇后不出一言违逆的温柔成了皇帝莫大的追思与缅怀之德。除了对富察氏家族一贯的厚待，傅恒的青云直上，对孝贤皇后子侄的青眼有加，同为富察氏的晋贵人亦复位为晋嫔。而闲来无事，皇帝也常往长春宫中，睹物思人。

这仿佛已经是一种习惯。连和敬公主亦喟叹不已："这般情深，若额娘在世时便享到，可谓此生无憾。"

话虽这样说，如懿到底还是皇后。失去了权柄与宠爱，名位尚在。

亲蚕日的前一日，按着往年的例子，如懿自然是要领着六宫嫔妃前往亲蚕，以示天下重农桑之意。所以她必得来皇帝宫中，向他讲述明日亲蚕礼上要做的事宜。这是惯例，她也只是循例言说，并不需与他相对许久。

可是步上养心殿的台阶时，才知皇帝并不在。候着的小太监很是恭谨，告诉她皇帝会很快归来，请皇后耐心略等。

似乎没有一定要离开的理由，她也并未打算过于去拂皇帝的面子，便安然推开殿门，静坐于暖阁中等待。

春阳和暖，是薄薄的融化的蜜糖颜色。望得久了，会有沉醉之意。她坐在暖阁里，看着曾经熟悉的每日必见的一切，只觉得恍如隔世。黄杨木花架子向南挪了一寸之地，紫檀书架上的书又换了好些，白玉和田花樽换成了紫翡双月垂珠花瓶。

还有一沓新誊写的纸稿。

如懿随手一翻，眼神便定在了上头，挪不开半分。她认得，那是婉嫔的字迹，誊的是皇帝的诗。可那上面的每一首，每一行，每一字，都是关于另一个女人的情意。

日光一寸寸西斜下去。如懿坐在暖阁里，一页一页静静翻阅，身上寒浸浸地冷。指尖上流过的，是皇帝如斯的情意。

她一直知道他的愧疚，他的思念，他的结发之情。却不想，那人在时薄薄的情，历经时间温柔的发酵，竟成了浓浓的追忆，再不可化去。

“谒陵之便来临酹，设不来临太矫情。我亦百年过半百，君知生界本无生。”

她轻轻地笑了出来。想起那日亲眼看到的新琴旧剑之诗：“岂必新琴终不及，究输旧剑久相投。”

连她自己也想不到，看到这一卷卷深情厚谊一刻，心中的难过如百丈坚冰，只能由着自己落下去，落下去，眼睁睁落到不见底的深渊去。她却居然还笑得出来。

原来最难过的一刻，竟然已不是此刻。是永璟死后他的冷淡与疏远，是香见再不能生育后他的厌恶与抗拒，让她居然习惯了这种浩浩愁、茫茫悲，任凭心底绞肉似的搓着，亦能沉缓了呼吸，一字不漏地看完。

舍不得不看，忍不住不看。

字字分明，哪怕从前也有耳闻，但一直不肯去听，不肯去看，到如今到底是成了落在眼底的灰烬，烫得疼。其实，一直到金玉妍死后，如懿才觉得愧悔，觉得自己可笑，原来与富察琅嬅缠斗半世，到后来连自己也不分明，到底是落在谁的彀中。

待到明白时，已然半生都过去了。

于是，琅嬅便成了皇帝心底的一朵伤花，带着血色，盛绽怒放。她的一生，她活着的时候，都未如她死去之后，这般深深地铭刻于皇帝之心。

琅嬅，她终究是如愿以偿的。

要她看见这些的那个人，一定也很失望吧。那个人，是多么希望看到自己的愤怒与眼泪。

而她居然能笑，笑得凄然欲泣，却无半滴眼泪。

原来一个人难过到了极处，是可以没有眼泪的。而这样的难过，一而再，再而三。若真泗泪滂沱，呼天抢地，只怕连一双眼化作流泪泉都是不够的。

如懿终于看完了最后一个字，从天下皆知的《述悲赋》，到许多连她都从不知晓的只言片语，绿衣悼亡。她听得见自己的呼吸，细弱、悠长、绵软，续续断断。

她抬起头，才惊见那一袭天青色玄线蝠纹长袍，生生撞疼了她的眼。她竟未察觉，他是何时进来的。她也不敢去想，他是以何种神色，端详着她看着自己的夫君对另一个女子的情深意切。

多年礼数的教养，比她的心思更顺从而自然。如懿起身，行礼如仪。

皇帝的语气听不出任何端倪，神色冷冽如冰。不过这一向，他偶然见到她，便是这般面孔，倒也寻常。

李玉的脸早吓白了。大约从方才进来，皇帝便不许他出声。皇帝坐下，抿了口李玉奉上的茶水，蹙眉道："今儿怎么想起用枫露茶了。璟瑟给朕挑的金线春芽甚好，换那个。"

她听得懂皇帝的意思，枫露茶是她从前挑了放在养心殿的。李玉斟上此茶，不过是让皇帝念着她从前的心意。

这意思再明白不过了。李玉尴尬，忙退了下去。她却不尴尬，又福一福："臣妾告退。"

皇帝有些进退两难，觑着她道："皇后，咱们许久未曾见了。你就这么不想在朕跟前么？"

如懿欠身，面目温顺得无可挑剔："臣妾知道自己让皇上不快，不如少些在皇上眼前，起码能给皇上一个清净。"

皇帝似乎急于解释什么："那日在宝月楼，是朕冒失了。但香见那般状况，朕也是情急。"他见如懿不作声，也有些不满了，"纵使朕有不妥，但这半年来，你始终不肯来养心殿，也不愿意见朕，难道还要跟朕一直别扭下去么？你是皇后，行事也不能这么由着自己的性子。孝贤皇后就从来不会像你这样。"

如懿默然片刻，见皇帝盯着自己，便也应承道："'岂必新琴终不及，究输旧剑久相投。'臣妾这个皇后，做得不如孝贤皇后多矣。"

皇帝转头看着桌上的书页，叹了口气："你都瞧见了？皇后，这些诗，朕并非是说你不好。不过是婉嫔有心整理，也正逢孝贤皇后的忌辰，朕才让传抄宫中，一并悼念。"

"臣妾知道皇上往长春宫追念孝贤皇后，睹物思人。正巧见暖阁里有新誊的皇上的御制诗，篇篇情深，字字血泪。孝贤皇后乃是皇上发妻，皇上情深几许都是人之常情。况且那些诗，臣妾读来也很感动。"

皇帝随手去翻阅那些诗词，徐徐道："婉嫔从来不声不响，难得有这样的心思，能将朕对孝贤皇后追念的只字片语集拢。朕自己看着，也是愧悔又感动。"

如懿凝眸，将细纹般碎裂的痛楚掩于平淡的口吻之下："这些年来，皇上只要经过济南，都会绕城而过，不肯进城，只为孝贤皇后病逝于济南。孝贤皇后的遗物都留在长春宫中，这么多年一桌一椅都未曾动过，是旧日面貌。睹物思人，岂不伤怀？连孝贤皇后亲手做的燧囊，也供在宫中。而对和敬公主，也疼爱逾常，惠及额驸。”她的唇是晚春谢了的残红，浅浅的绯色，沉静不已，“皇上，如今臣妾看了您对孝贤皇后的深情，真是欣慰。哪一日臣妾弃世而去，昨日种种，皇上或许也不与臣妾计较了吧。”

皇帝的脸色有些难看，是阴阴欲雨的混沌：“你的意思，是朕不曾好好爱惜孝贤皇后，待她身死之后才万般追忆，空自错付了？”

她的笑是淡淡的稀薄的云影：“皇上误会了。臣妾说过，只是欣慰而已。人死万事空，真好，一切烦恼皆消。”

皇帝看着她，那眼神渐渐多了寒雨夜里的电光，明亮的锋刃：“孝贤皇后在时，温和驯顺，从不敢拂逆朕，也不会争风吃醋，更不会作此冷嘲热讽之语。皇后，你的锋芒太利了。”

她扬起眉，精心描过的青黛色是高悬的新月，冷冷挂在高寒深蓝的天际：“臣妾知道您的不满，也自知无能。还是先告退，回宫静心思过了。”

清日无尘，日丽风柔。日色如金，柳荫浅碧。园中早樱开得正好，折三两枝以清水养在古莲纹青釉瓶内，一束一束娇艳的轻粉，如蓬蓬的云霞，撩动人心。那樱花是刚折的，沾染了草间薄露，静奉殿内，只觉那粉色的云揉进了眼帘里，望着肌骨生暖。唯有他与她是冷的。笑也冷，静也冷；言语是冷，无言也是冷。相对之时，竟然觅不到一丝温沉的暖。

那些记忆中深入骨髓的爱意与依靠、期盼与渴求呢？她这一生所有，无一不与眼前的男子息息相关，却不想，到了此时此刻，看着他，也是寒意顿生。

“有的话，许多人不能说，不敢说。臣妾也想忍住不言，却一生也未学会。臣妾听闻皇上常去长春宫睹物思人，悼念孝贤皇后。臣妾只是觉得，生前未能好好待她，信任她，身后百般思念追悔，有何意义？”她俯身三拜，郑重道，“皇上，臣妾知道您的不满。臣妾也自知无能，有负于皇上，更不知如何顺应才是对。”

她穿着瘦瘦的浅青丝绵旗装，镶着玉萝色的边，窄窄地裹着身体。因是来见皇帝，绣纹也格外郑重些，绣千枝千叶绯紫平金海棠，每一花，每一瓣，缠金绕紫。她在胸前如意双花纽子上坠了一枚刺绣香囊，沉甸甸的，缀着白玉蝴蝶的坠子。每一起伏，重重敲在胸上，沉闷无声。

皇帝听着她的话，只觉早春寒气缓缓浸衣，胸中一股窒闷，无从宣泄。他忍了忍气，沉声道："你既要静心思过，带着孩子也分心，即日起，让永琪挪去愉妃那里吧。"

那是迟早要来的命数。

然而如懿还是悚然大震："皇上，永璂是臣妾的亲生子！皇上说什么？"

皇帝的口吻淡漠如烟："朕鞠育永璂多日，觉得这孩子该悉心管教。你的性子既这般别扭，又如何管教得好孩子。永璂送到愉妃身边教养，来日也可学得永琪的好处，为朕分忧。"他眼波流漾，似有几分居高临下的鄙夷，"怎么？你会为了永璂求朕？"

他是看死了她，不过是一介女子，毕生所得，不过是依附于他。她的心底在抽痛，可是跟着这样不识抬举的额娘，又有什么益处。她屈膝，温柔有礼："多谢皇上，愉妃与臣妾情同姐妹，这样甚好。"

她言毕，再不停顿，急急退却。只余皇帝的尾音含着气恼遥遥传来："这个倔脾气！就不肯向朕低头服软么？"

她走得极快，足下带着风，以决绝的姿态压抑着心底渐渐迫出的疼痛。

永璂不能在身边，固然是大恸，可与其让孩子的眼睛过早地看清自己身为皇后却备受冷落的尴尬，看清世态炎凉的碾磨，不如送去海兰那里，得一分清静自在。

盘旋在脑海中的，分明是皇帝多年来写下的深情之语，故剑情深，她不过是一把新琴。噫！这么多年的相随相伴，情感被岁月渐渐熬煎，已逝的人被风霜剥蚀了所有不悦的记忆，成为崭新完美的一个人儿。而自己，却因为活着，因为呼吸着，却熬成了不堪入目的焦煳，烙在他眼底心上，叫人嫌恶。那么，又为何要苦苦痴缠，分崩离析，走到连活着都是一种错误的境地。

这般念头，似一把锋锐的青霜剑，狠狠刺入她心口。因着太锋利，来得太突兀，竟连半分血渍都不见。她只能任它这般刺着，一拔出来只会鲜血飞溅。她知道的，从她看到那句话的时候，那柄剑便终身再难拔去。

容珮见她这般跌跌撞撞出来，吓得面色青白，急急扶住了，也不敢多问。

她倦得很，低声道："回宫。"

没有可以觅得温暖的地方，这样的痛楚与耻辱也无人可诉，只得回到冰冷的宫苑，哪怕自己蜷缩起来舔舐伤口，也好过在这里再多留片刻。

台阶怎的那样长，总走不到尽头。迎面而来的，竟是一身华衣的婉嫔，身姿楚楚，下得辇轿来。

婉嫔瞧见如懿，便有愧色，也不敢避，只得行了莫大的礼数，当着冷风迎头跪下，凄凄道："皇后娘娘万安。"

虽然正是当行得令的时候，有难得的宠眷，她也不过是一身烟霞色华云缎穿珠绣双抱兰萱袍子。那样精工绣制的衣裳，落在她身上总有不胜之态，仿佛撑不起料子的骨架似的，怯怯的叫人怜惜。那领口与袖口绲着水青色的边，点着一朵一朵暗红的千叶石榴，是初夏将至的欢喜与茂盛，一簇簇漫漫开着，是点燃的火焰，直直焚进她的心底，焚得都快成了灰烬。

就是眼前这个女子，这个一往情深的女子，将这些悼亡之作，齐齐凑到她眼前，叫她看见。她温言吩咐婉嫔起身："孝贤皇后忌日将至，你想了极好的法子，略表皇上与孝贤皇后恩深义重。"

婉嫔听她这般说，早没了主心骨，更怯了三分，哪里还敢抬头。她见如懿气息深长，像是忍着一口怨气不发，更兼容珮神色慌乱，早猜到了几分，慌忙道："皇后娘娘恕罪。"

"你何罪之有？"她的声息微微一抖，很快恢复肃然的平静，"你不过是告诉了本宫一些本宫一直充耳不闻假装不曾看见的东西。"她郁然松一口气，"不是你，也有别人，迟早有人要逼着本宫看清事实，看清自己不如别人。"

婉嫔牵着她的袖子，满脸的惶惑与不安，依依道："皇后娘娘，臣妾知道不该拿孝贤皇后去邀宠。可是，可是……"她咬着唇，想是用力，咬出了深深的印子，"可是皇上从来没好好看过臣妾一眼，臣妾只是想让皇上记得，还有臣妾这么一个人。"

不能不怜悯她的一腔情意，但若被人利用，又是多么可惜。如懿便问："是谁教你的？"

"是令妃，她可怜臣妾，所以教了臣妾这个法子，也果然有用，连和敬公主亦赞不绝口。"婉嫔怯生生看着如懿，不胜卑弱，一双手不知该放置何处，泪如雨下，"皇后娘娘，对不住。对不住。"

非得被人利用，才得以在所爱之人的眼中有立锥之地，却又能站多久？婉嫔已然拔得头筹，可后来人何等聪明，早有晋嫔之流，帮着将皇帝悼亡孝贤皇后的诗词，刊印出来，流传天下。到头来，也不过是为他人作嫁衣裳。

如懿凝视着她，长叹一声："你回去吧。但愿你所求，都能如愿。"

婉茵手足无措了一番，方定神道："臣妾对不住娘娘的，日后一定尽力偿还。臣妾告退。"

如懿抽袖而去。

婉嫔不是一个坏人。甚至，她是一个难得的好人。隐忍、温婉，连爱意亦深沉低调，从不轻易伤害人。但，有时好人也会不讨人喜欢，坏人也不一定让人讨厌。

在婉嫔处，她照见的是沉默隐忍的爱意，是无言的企盼与守望，而香见处是盛大的欢悦与渴爱之下令人战栗避拒的惶恐与挣扎。那么她呢，她的爱，她曾经一往情深执念不肯放低的爱，都给了谁呢？

是那个眉目清澈的少年，永远在她的记忆深处，轻轻唤她一声："青樱。"

那是一生里最好的年岁了，丢不开，舍不得，忘不掉，却再也回不去了。

如懿这般沉寂，便是连容珮也看不过眼了，她忧心忡忡问及是否真要将永琪送到海兰身边。如懿只道与其让孩子的眼睛过早地看清自己身为皇后却备受冷落的尴尬，看清世态炎凉的碾磨，不如送去海兰那里清静。方才的时势已经再明白不过。魏嬿婉才复位妃位协理六宫多久，便敢这般对自己，无非是看穿了自己已然在皇帝跟前失了爱眷而已。容珮待要再劝，如懿只是摆首："皇上故剑情深，本宫不过是一把不合心意的新琴。本宫又何必要苦苦痴缠，走到连活着都是一桩错误的境地。"

容珮无奈已极："看来孝贤皇后这把故剑，真是永远插在皇上和娘娘之间了。"

不，不。这故剑一直在，这么些年来，如懿可以不介意。但把它插进血肉之中的人，却是皇帝。可又能奈皇帝何呢？

容珮思虑再三，还是出言："皇后娘娘，令妃如此操纵婉嫔，讨了皇上与和敬公主欢心，您便什么也不做么？"

魏嬿婉如此无忌，除了皇帝，更要紧的缘故就是她所依附的和敬公主。故剑拔不掉，有些刺却可以拆了。

如懿望着窗外阴阴欲坠的天气，沉声道："本宫如今的处境，若凭一己之力，那是什么也做不了，你去请毓瑚来一趟吧。"

毓瑚来得倒是很快，恭恭敬敬向如懿请了安，便道："奴婢来之前常听福珈说起，太后娘娘虽然已经不管事了，可眼瞧着令妃坐大，也是不喜。唉，说来也是昔年太后过于宽纵，小觑了她，才致如今的地步。太后娘娘偶尔提及，也很是懊悔。"

如懿颔首，这些年皇帝与太后的关系和缓不少，加之太后几乎不理前朝后宫事宜，只安心颐养天年，皇帝更是有心弥合昔日母子情分的嫌隙，不由得拿出少年时对太后的敬慕之心，尽天下之力极尽奉养。晨昏定省，节庆问安。每逢生辰重阳，更是搜罗天下奇珍，以博太后一笑。太后了尽世事，如何不知，于是越发沉静，专心于佛道，享儿孙之乐。这般平衡下来，母子之间更见诚笃。所以太后纵使不喜嬿婉，也绝对不会主动出言。

如懿便道："诸多子女之中，皇上最疼惜和敬公主。盖因孝贤皇后早逝，皇上心中总是痛惜。但公主何等尊贵的身份，总与嫔御亲近，也不是正理呀。其中的缘故，还请毓瑚姑姑分晓。毕竟，您是皇上跟前的老人啊。"

毓瑚忙忙叩首，起身离去。

和敬公主因是嫡出，素来自恃身份，矜持高贵，但对毓瑚这样侍奉皇帝多年的老人，却很是和颜悦色。和敬一壁吩咐了侍女给毓瑚上茶，一壁让了坐下，十分客气。二人倾谈良久，和敬渐渐少了言语，只是轻啜茶水。

半晌，和敬方问："毓瑚姑姑，您方才说的可都当真？"

毓瑚了然微笑："公主若不信，大可去查。当日令妃还是花房宫女，因在长春宫失手砸了盆花，才被孝贤皇后拨去淑嘉皇贵妃那儿教导，谁知淑嘉皇贵妃心狠手辣，那些年令妃备受折磨，您说她恨不恨淑嘉皇贵妃？"

和敬哂笑，不屑道："淑嘉皇贵妃的性子，向来是得罪的多，结缘的少。她这般厉害，令妃自然怨恨无比。可令妃也会恨额娘么？"

毓瑚一脸恭谨，欠身道："公主深通人情世故，个中情由，您细想就能明白。"

和敬低首沉思，拨弄着小指上寸许长的镏金缠花护甲，默然片刻，方才含了冷峻之色："是了。哪怕令妃不敢明着怨恨额娘，可也必定不是她所说的对额娘满怀敬重。她当日就是花言巧语蒙骗我，借额娘的情分接近我。毓瑚姑姑，你说是不是？只是姑姑为何到今日才告诉我这些？倒由得令妃巧言令色。"

毓瑚叹口气，遥遥望着长春宫方向，神色恭敬至极："孝贤皇后节俭自持，是女中表率，深得皇上与后宫诸人敬重。原本令妃只是与公主亲近，奴婢也不明就里。可如今令妃协理六宫，还借着皇上写给孝贤皇后的悼诗兴风作浪，借机打压皇后，奴婢实在是觉得太过了。"

和敬唇边的笑意淡漠下来，她望着别处，冷然出声："你是不满皇后委屈？"

毓瑚一脸恳切，推心置腹："不。奴婢伺候皇上多年，是不喜欢有人在背后翻云覆雨，借亡故之人邀宠献媚，排除异己。孝贤皇后是公主的亲额娘，想来公主也不忍心看孝贤皇后死后被人当作争宠夺利的由头，不得安宁。”

和敬挑了挑眉头，抿了一口茶水，似笑非笑道：“那姑姑为何不告诉皇阿玛？说与我又有何益？”

毓瑚倒也不含糊，迎着和敬的疑惑道：“这些事，只怕在无知的人眼中，还以为是公主不满皇后才做的。令妃唆摆婉嫔渔翁得利，却让人以为是公主行事离间帝后，奴婢实在替公主不值。公主您是皇上唯一的嫡女，尊贵无匹啊，万不可沾染污名，受人连累。”

和敬长舒一口气：“你的意思，我都明白了。令娘娘……”她冷笑，“也实在精明过头了，把旁人都当成了傻子。只是毓瑚，你为何要告诉我这些？你是皇阿玛信重的人，为何要为皇额娘说话。”

毓瑚方才款款起身告辞：“奴婢侍奉皇上多年，知道孝贤皇后和皇后在皇上心中都颇有分量。孝贤皇后已去，若皇后与皇上不谐，难过的是皇上啊。而且许多事都是昔年的误会，您若不信，自己问问皇后便是。”

和敬望着她离去的身影，眉头的荫翳益发浓重。

次日从长春宫出来，崔嬷嬷便殷勤打着伞上来，又取了香帕递给和敬，道：“奴婢在阁中备好了蜜枣甜羹，您回去就能喝了。”

和敬颔首，又问了几句闲话。崔嬷嬷见和敬神色不错，便道：“公主，方才令妃巴巴儿地派人请您去喝茶呢。这不她身边的澜翠一直在长春宫外候着请您，奴婢怕您瞧见不喜欢，给打发回去了。”

和敬听完，倒也直截了当：“不理她。”

崔嬷嬷沉吟片刻：“人家如今好歹是妃位了，又有协理六宫之权……”

和敬鼻息微重，轻轻一哼，扶了扶手上一个银累丝嵌碧玺的镯子，道：“婢妾就是婢妾，哪怕给她个皇贵妃也不配给额娘提鞋。我堂堂一个嫡出公主，敷衍她是给她脸面，不理会她也是情理之中。一想到若非毓瑚提醒，我竟不防，被她算计了。我就觉得恶心。”

崔嬷嬷忙忙点头称是："公主着奴婢打听了，当日令妃被送到淑嘉皇贵妃那儿教导，的确是由孝贤皇后而起。"

天气渐渐热起来，阳光雪白，照得紫禁城碧瓦红墙热气腾腾，连琉璃瓦也晶光荡漾，似大片热火流溢。和敬心底越发不耐烦，用鼻音道："那更可见这个人口舌翻覆，心术不正了。"

崔嬷嬷想了想，还是说道："公主不看僧面看佛面吧，毕竟令妃舍身忘我，救过咱们庆佑小主子呢。"

和敬冷淡："若非如此，我还能与她说话？就是看在庆佑的分儿上罢了。"

崔嬷嬷心知和敬的脾气，哪儿敢再多言。一行人正要转过长街，却见嬿婉扶着春婵的手过来，老远就笑盈盈的，直朝和敬看过来。

崔嬷嬷情知避不过，只得低声道："公主，说曹操曹操就到。"

和敬正皱眉间，嬿婉已经亲亲热热地迎上来，挽住了和敬的手道："本叫澜翠来请公主到我宫里坐坐，想想真是怠慢了。公主尊贵，当然得我亲自来请，我宫里备了好茶，还有进贡的蜜瓜，甜脆多汁，请公主去尝尝吧。"

和敬哪里肯对她假以辞色，抽出手便道："我今日没心情，哪里也不想去。"

嬿婉笑意不减："那改日也好……"

和敬扶着崔嬷嬷的手径自往前走："多谢好意，再说吧。崔嬷嬷，我们走。"

嬿婉被冷在原地，一时反应不过来。直到和敬公主去了好远，她才苦笑出来："这位公主，可真难伺候。也不知我哪里得罪了她。"

春婵顺着嬿婉的话头道："和敬公主脾气好大，便是皇上也不与她计较，毕竟是嫡出的公主啊……"

嬿婉倒也不以为忤："她就是这样，少不得多哄着些。我纵使身居妃位，也开罪不起啊。"

和敬见过嬿婉，气色便不大好。崔嬷嬷少不得劝道："公主啊，伸手不打笑脸人。何况令妃如今的气势，连皇后也莫能奈何呢。”

和敬毫不理会，只由着崔嬷嬷扶着她，足下步伐更快。

才过御花园，见如懿与海兰同在赏花。和敬虽然与如懿不睦，但礼数倒也不差，立刻站住了脚行礼：“请皇额娘万安，愉娘娘安。”

如懿温言道：“璟瑟，起来吧。”

和敬得了如懿许可，方才直起身来，往檐下阴凉处避了避。如懿打量和敬片刻，笑道：“有一点本宫很佩服公主，你与本宫有母女之名，却无母女之情，但公主对着本宫礼数周全，再不是本宫与皇上成婚时言辞犀利的公主了。”

和敬挺直了背脊，恭敬中不失威仪：“礼数之道是额娘亲自教导，儿臣不敢违背。且如今你是嫡母，儿臣是公主中最长的一个，更要成为弟妹们的表率。不能让乌拉那拉氏说富察氏的女儿无礼。”

和敬本就是嫡出公主的气势，加之烈日之下一袭红衣，更觉凛然不可冒犯。如懿微微颔首：“公主这般有心气，真是好事。对了，今日怎么不见公主带庆佑入宫？”

和敬听提到爱子，脸色温柔不少：“小儿家顽皮，带进宫不太方便。怕吵着皇阿玛呢。”

海兰在旁道：“当日庆佑如何落水谁也没看见，但细细想旁人言语，似乎总有错漏处。庆佑自己说过，是被小石子砸中了脚才失足跌落水中。可那些假山上并未有石子，如何砸得中庆佑。公主说令妃当时并未见过庆佑，不认得他，还会舍身相救，才是难得。但公主可遍问宫中，令妃是否是那种舍身忘己之人。令妃无利不早起，彼时王蟾进慎刑司，令妃即将被带去同审，她情急之下势必要找个翻身的机会搏一搏。庆佑就是她的那个机会。务必先害再救，才能博公主同情庇护。”

容珮摇头叹息：“拿一个孩儿的性命做赌注，若世子落水时头碰了石头或是旁的。令妃一不小心害死了世子可怎么好？当然，她连皇后娘娘腹中的十三阿哥也可残害，又怎会顾及世子？”

其实宫中的人虽然喜欢搅是非，但眼睛都毒。一个人口碑如何，人人都清楚。就好比孝贤皇后俭朴有德，人人赞誉。嬿婉争宠卖乖，不择手段，就被许多人不齿。和敬从前总不察觉，如今一一打听，颇觉嫌恶。

如懿看着和敬如花似玉一张面孔，与当年的孝贤皇后格外肖似，亦叹道："公主与这样的人为伍，又被她借孝贤皇后的事搅后宫生乱事。本宫为公主不值，更为九泉底下的孝贤皇后不值。"

"皇额娘为儿臣和额娘不值？"和敬触及心中之痛，面色惨然，"当日儿臣远嫁科尔沁部，不就是您报复儿臣额娘之举么？"

御苑的风一日暖似一日，拂上面庞都少了冷冽之意。如懿坦然望着她道："当日要你嫁去科尔沁部，除了朝臣倾向，连你的舅父傅恒和他身后的富察氏都力劝孝贤皇后将你嫁出去。唯有如此，才能保住孝贤皇后身后富察氏荣耀依旧。孝贤皇后是舍不得你，因为她是你的亲娘，可你的亲舅舅，你的富察氏族人都舍得。因为谁都知道，巩固满蒙联姻，你才能保住自己的娘家族人。本宫劝你时，皇上已经下定决心，皇后也明白过来，无奈接受。"

和敬素来最重脸面，她屏息片刻，强忍着哽咽道："可儿臣婚事不谐，您满意了么？"

这么多年来，这或许是和敬最难以释怀之事。但无论如何，总要说清楚的吧。否则梗在心中的利刺，天长日久，由它流脓溃烂，成了顽疾。如懿真心诚意道："若你婚事和谐，本宫真心高兴。你若婚事不谐，本宫也无可奈何。因为从来联姻都不讲究底下是否恩爱，只在乎面子是否过得去。就像豫妃的确犯下大错，可只要她是科尔沁部的人，皇上总得顾及颜面，未曾废位，也不曾苛待她。"

海兰亦劝："天下的公主和皇子，有几个姻缘和睦的。您想想孝贤皇后私下对您的叮嘱，到底是盼您嫁个恩爱郎君要紧呢还是嫁给能护住全族的人要紧？"

和敬默然，眼中莹然有泪光，却始终倔强地不肯落下。她偏过头去不言。如懿温声道："今日本宫与公主说明白了。希望公主不要为一己之情再被令妃蒙蔽。本宫先回去了。"她携过海兰的手，分花拂柳而去。

待回到阁中，已是汗湿罗衣。崔嬷嬷伺候着和敬更衣完毕，又奉上甜汤，才打发了众人出去，亲自取扇给和敬扇着。那檀香木扇不比绢罗轻盈，动静间香风阵阵，颇有宁神之效。和敬面上愠怒的红潮渐渐退去，崔嬷嬷方敢开口："今儿皇后娘娘的话，公主可听进心里去了？"

和敬冷冷道："我素来是不喜欢乌拉那拉氏的。无他，只为我额娘的缘故。可令妃其心可疑，也不足信。她想借着我打压皇后往上爬也算够了，若真是觊觎皇后之位，她也配！"她轻哼一声，"而且她们都当自己是什么好人了？想借着我两虎相斗，谁都别想得利！"旋即一顿，凝神道，"不管皇后怎么解释，她与额娘有旧怨，这是额娘亲口告诉我的，也是我亲眼见到的。令妃么，暂且留着她除了皇后，再料理她。"

崔嬷嬷忙道："是。咱们只管自己。您是最尊贵的嫡出公主，谁都只有巴结您的。"

京城的春末夏初，干燥得发脆，兼着漫天柳絮轻舞飞扬，是粉白色的琐碎。偶尔，有零星的雨水，让海兰想起童年江南连绵的雨季。

天气好的时候，永琪为皇帝处理了一些简单的政务，便往延禧宫来请安。院落里静悄悄的，空旷得很。深紫色的玉兰花相继开放，饱满的花萼满盛春光，散发出沁人的幽香，从清静庭院悠扬落入了雅静内殿。

东侧殿里有朗朗的读书声传来，是永瑆的声音。永琪也不多停留，抬足便往里走。

海兰独自坐在窗下，就着清朗天光绣着一件什么物事。她拈针走线，长长睫毛在脸上留下两片羽翼似的阴影，脖颈弯成一个好看的弧度。

永琪心底一软，这就是他的额娘，永远娴静温和的额娘。

海兰穿着一件家常的玉兰色印银错金竹叶纹织锦裙，外头罩着暗紫色团花比甲。做工虽不难，但质地、剪裁俱上乘。头上绾着累金丝嵌蓝宝石花钿，手腕上一副羊脂白玉雕梅花云鹤如意镯玲珑有致。

永琪很是安慰，因着自己在皇帝跟前得意，额娘的境遇也越来越好。虽然依旧不得宠，却无人敢怠慢，吃穿所用，俱是上等。这般想着，素日的劳心劳力，都成了理所应当。他，只盼着额娘好过。

于是走过去行礼请安，海兰见了儿子来，喜不自胜地扶住道：“瞧你这孩子，定是急忙忙赶来，头发都乱了。”

永琪见她方才仔细绣着什么物事，走近一看，是一件冬日里穿的紫棠缎绣八团莲花白狐慷皮褂，每一朵捧出，都是重重瓣瓣的金线绣莲花。他便道：“额娘在做什么绣活？这些细致活计伤眼睛，交给下人去做吧。”

海兰道：“是你皇额娘的东西。”

永琪笑道：“儿子知道。若不是皇额娘的东西，额娘怎会如此上心？”

海兰郁郁难安：“如今内务府懒怠，这件衣裳领口破了也不肯补上。容珮的绣活不行，你皇额娘……近来眼睛不大好，要自己动手也不能。”

永琪犹豫片刻：“儿子听说了，宫中追奉孝贤皇后成风，皇额娘处境难堪。连永璂也不能留在身边。”

海兰摆摆手，不欲再言，向他道：“来。头发乱了，额娘给你梳梳。”

永琪乖顺坐下，由着海兰打散了头发，细细梳理。

永琪闭着眼，极享受似的。他轻声地，像是不能确信，又不敢触碰似的，低低道：“额娘，皇阿玛真的是疼爱我么？”

海兰的手势极温柔，替他细细篦着头发：“怎么这么问？”

永琪眼皮低垂，底下的眸子却不安地转动：“额娘，皇阿玛并不宠爱您，为什么他会疼爱我？是真的因为我做得无可挑剔，还是我，不过是皇阿玛寄托的希望，让他看到永琏和永琮长大成人后成为他理想的模样。”

海兰抚着他的额头，温沉道：“你皇阿玛疼爱嫡子，是众所周知之事。他一心渴盼的，是孝贤皇后所生之子可以长大成人继承帝祚。只可惜，永琏和永琮都福薄。但永琪，不必理会旁的，你自己争气便是。”

永琪搓着手：“皇阿玛也很疼爱永璂，还把他送来延禧宫给额娘抚养。

儿子明白，皇额娘失势，额娘与世无争，反而能给永瑾些许安定时日。”

“那是当然，鸾胶再续，弦断再接，你皇额娘身为继后，生下的永瑾自然是嫡子。只可惜，哪怕都是妻子，续弦总不如结发。你皇额娘的为难之处，便在这里。况她家世不比孝贤皇后满门富贵荣耀，身后无人，孤苦无依。”海兰的托付温婉而沉重，“永琪，你已经长大，得多扶持你皇额娘才是。”

永琪双目微睁，沉吟片刻：“额娘所言甚是。皇额娘虽然得罪了皇阿玛，但地位无忧。且皇额娘还有永瑾，永瑾才是皇额娘唯一的儿子。”

“你难道不算你皇额娘的儿子么？”海兰长叹一声，“自你出生，额娘便再无恩宠。多少年寒夜孤灯，唯有自己知道罢了。若无你皇额娘将你养在膝下，视若己出。撷芳殿里有多少养不大的孩子，你或许也成了一个。所以永琪，你一定要和永瑾一样孝顺你皇额娘，待她要如待我一样。”

永琪抓住海兰的手，语意沉沉：“我是额娘的儿子，当然孝顺额娘。对皇额娘，我心里也明白她的恩德，知道该怎么做。永瑾……”他顿一顿，“儿子也会好好照顾永瑾。”

海兰很是欣慰，温言道：“永琪，永瑾天资平平，不如你幼时聪颖。但先天不足后天可补，你做兄长的，要好好督促他才是。”

永琪眸中微微一黯，点头称是。

海兰将手中的錾金珊瑚绿松坠角缠上收好的辫梢，柔声道：“好了。”永琪翻手一看，笑道：“还是额娘梳的辫子最好。芸角最会梳头发，也不及额娘手巧。”

海兰挑着眼角含笑看着他：“芸角？便是你新纳的那个侍妾胡氏？”

永琪大是赧然：“福晋告诉额娘的？是外头饮酒时三姐姐的额驸送的丫头，盛情难却，儿子只好收了。不承想倒是个玲珑剔透的女孩子，儿子便将她收了房封了格格了。”

海兰微笑，看着儿子的目光尽是疼惜：“你常和外头的人来往，赠妾之事也是常有。额娘倒想看看是怎么个出挑人物，就成了你心尖上的人儿了。

只是规矩在这儿，额娘能见的媳妇儿，只有你的福晋和侧福晋，格格是不入流的，入不得宫。”

永琪颇为怜惜：“是。若不是身份上不能够，便是一个侧福晋也委屈了她。”

海兰听得微微皱眉，道：“一个侍妾而已，你便再喜欢，也别过于偏宠，伤了你福晋的心。更要记着，这样的轻薄的话可不许再说出口。”

永琪面皮薄，脸上微红，诺诺称是。海兰见儿子如此，哪里还忍心说他，笑靥温然：“难得有一个你可心的人儿，若能为你绵延子嗣，自然也少不得她的前程。”

母子俩说着话，已然是暮色四合时分，永琪赶着出宫回去。

他迎着最后一缕霞色步出延禧宫外，四下温柔的风夹杂着后宫女子特有的脂粉香气盈盈裹缠上来。永琪静静屏息，想念着指尖划过爱妾芸角面孔的滑腻。芸角的话犹自留在耳边：“皇后娘娘如今被皇上冷待，您无须对十二阿哥太过热络。另则，皇位之选无非在您和十二阿哥之间。论贤论长都是您占了优势，可论嫡呢？总是十二阿哥占了先机。五爷，您的前程是您自己的，谁都别想，谁都别管，顾着您自己，才最要紧。”

当时，当时他是呵斥了芸角的，是那般疾言厉色，说起自己自小在皇额娘膝下长大，永璂如同亲弟弟一般。甚至发了狠，说芸角下次再说这种话，仔细赶出府去。可他心里终究是明白的，额娘心中只有皇额娘，芸角，芸角才是唯一顾惜自己的人呵。

第十一章 朱色烈（上）

自从豫妃失宠，香见与嬿婉平分秋色，宫里渐渐也安静些。只是茶余饭后总有嫔妃爱拿豫妃当笑话，既是封妃，也是失宠，惹得永和宫门庭冷落，寂寂长久。不觉叫人想起曾经永和宫的主位玫嫔，也不过盛极一时，便随风凋落。其实也无他，恰如汹涌的波涛之后总会坠入深沉的平静，而潺潺的静水深流之中，也会有偶尔落下的碎石，激起涟漪荡漾。

曾与她争锋一时的恂嫔，却未因豫妃的失宠而迎风争上。仿佛随着当日被豫妃夺宠，她也无喜无忧，沉寂了下来。由着香见与嬿婉擅宠一时，花开各表。

乾隆二十六年的夏日与往年并无不同，其时天方入夏，暖阁内的六棱花长扇窗格上蒙着薄薄的浅银色翠影纱，因着午后熏风暖暖，淡青色的湘妃竹帘也高高卷着。庭院里的栀子花洁白芬芳，被风一扑，迎面拂来阵阵沾染着阳光气息的蓬勃花香。初夏的暑气尚且不重，是一种热闹的融融的甜味，与乳色的阳光绞在一起，连宫殿的瓦釜飞甍都带着流光溢彩的印迹，连庭下梧桐都染上含翠沐金的华彩。如此，花气与初夏甘冽的暑味重叠纵横，一室内皆是清通敞亮。

如懿虽已不大理事，但偶尔也会翻阅敬事房的记档。长日无事，她便只穿了家常的玉色碧罗点栀子花绣袍，一头乌丝松松绾着，斜插了一支通透琉璃簪，垂着碎红宝流苏，叫日光一映，连带燕尾后的翠钿都跟着微微一粲。这般打扮，简丽而不落俗，也不算全消磨了心气。她看了数页便疑惑："皇上曾经也算宠爱恂嫔，如今怎么倒不理会了？"

湄若落了产后失调的症候，终日病恹恹的。她坐在如懿下首，八公主被海兰抱在怀中逗弄，湄若吃力地笑了笑：“再宠爱也不过如此，新鲜劲过了就丢开手了。”

手边的翠眉镶金华小胆瓶中，斜斜插着一束大红的石榴花。那样明艳的深绿嫣红金彩，逗得八公主看个不止。海兰拔下发髻上一枚青金蝴蝶米珠花引着八公主，一壁笑道：“旁人说这个话也罢了，你千盼万盼终于盼到了自己的孩子，也说这样的丧气话？”

湄若定定地坐着，久病虚弱缠得她瘦骨伶仃，一件浅玫瑰红绣嫩黄折枝玉兰绮霞缎长衣虚虚地笼在身上，宽大得不着边际。越发衬得她面色无华，唇白目滞。因着瘦，她的颧骨高高地耸起，原本一双点漆明眸空落落地张大在面孔上，无神而空洞。

如懿小指上的纯金镂空织花锻雕护甲轻轻划过暗红的档本面，安慰道：“你拼尽辛苦生下八公主，产后失调皇上也是心疼。你还年轻，本宫会叫江与彬细细为你调理，待好起来了，再生一个阿哥与八公主做伴。”

湄若勉力一笑：“从前年轻不懂事，总以为仗着年纪小得皇上的宠爱。如今，也不过是挣命罢了。唉，臣妾的身子自己知道，只是可怜八公主年幼，为她熬一日是一日吧。”

海兰亲昵地吻了吻八公主粉嫩的额头，怜惜地看着湄若：“你好歹还有你阿玛，八公主有你和这位外祖在，必不会吃亏。等你身子好了又能侍寝，皇上必会格外疼惜你的。”

话虽如此，湄若也只是苦笑：“话是这般说，皇上也疼爱公主，可臣妾不能侍寝，到底差了一层。八公主这么大了，皇上尚未给个封号，可见未曾上心。说到底，所谓恩宠，不过是夜夜相亲，否则皇上眼里臣妾也是可有可无。其间厉害，愉妃姐姐不也清楚？”

海兰垂着脸，静静不语。如懿托腮凝神：“你的辛苦委屈咱们都知道。可恂嫔难道不知？她原比豫妃年轻，只是不大会得狐媚，随遇而安得很。如今豫妃失宠，本该她东山再起，却这般默默。本宫方才瞧她侍寝的记档，初入宫最盛时十日有三次，如今小半年了才一次。便是有容嫔这般擅宠，也不该如此啊。”

海兰的话不无道理。自从容嫔绝了生育，皇帝对她的狂热便渐渐淡了几分。虽然还是这般轻怜蜜爱，宠遇隆重，可到底克制了许多。对六宫嫔妃，也是雨露均施，颇为眷顾。所以除却或病或失宠的几位，恂嫔的冷遇，不可谓不引人注目。

只是话虽如此，如懿失宠，湄若抱病，能与皇帝见上的，也唯有母凭子贵的海兰了。因着永琪得力，皇帝对着海兰也越来越肯假以辞色。所以宫中嫔妃，除了对着协理六宫甫又生了十五阿哥永琰的嬿婉毕恭毕敬，其次便是最尊重海兰了。

也因为海兰的位分，如懿便是失宠，还能维持着温水一样平淡的生活，无人惊扰。为解如懿的忧闷，海兰便常过来，有时也携着同样寂寞的湄若，一同理线、绣花、作诗、煎茶，逗着八公主，或是说说永琪的日常琐事。秋日的午后听风吹落叶声，暑天的黄昏一起吃冰水湃过的新鲜果子，还有容嫔处送来的哈密瓜，倒也安闲。

因着起了疑虑，偶尔海兰独自与皇帝相对时，也会问一句：“近日姐妹们在一处，臣妾倒见恂嫔仿佛瘦了些。”

皇帝将海兰新绣的一枚翡翠色绣袋流苏坠系在身上，不以为意道：“是么？朕倒有些日子不曾见她了。”

海兰替他理顺了明黄米珠流苏，小心翼翼拣了话道：“恂嫔独自在宫中，家乡亲人也离得远，格外孤苦。臣妾偶然看见她孤身一人，也觉得可怜。”

皇帝原低头看着绣袋上的花纹，闻言不觉冷笑：“怎么？她也给你脸子瞧？朕一向自诩不曾薄待身边人，唯她气性大。朕刚宠她时却还好，后来豫妃得宠，朕冷落她些，后来再去，却对着朕连个笑脸也没有了。既如此，朕去瞧她脸色么？”

海兰蕴了含蓄的笑：“是。恂嫔的性子是内向些，也不大与人说话，却没有冒犯臣妾。听人说她无事便在自己宫里拉马头琴，臣妾怕她存了什么心事……”

皇帝摆手不耐道：“她拉着马头琴便能自得其乐，朕又何必过分宠她，若是宠得多了，难保不是第二个豫妃！也别叫她以为博尔济吉特氏失宠，她霍硕特部就能给朕颜色看了。”他缓一缓口气，“再者，她是霍硕特部的女儿，朕当年纳她，是为了安霍硕特部的心，要他们真心驯服。所以朕会给她颜面，不会薄待。但进了宫，宠是自己争的，难不成还要朕迁就她？”

海兰见皇帝不豫，忙扯了话头说起永琪与永琪读书之事，皇帝便也撇过不提了。

这一夜细雨微凉，六月初的时节，细雨蒙蒙，染湿流光，紫禁城底下的万物便也转作了凄然的昏黄。皇帝本欲留海兰在养心殿用膳，奈何海兰记挂着永琪早起咳嗽了两声，放心不下，便辞了离去。

入夏后皇帝兴致颇好，又思念和敬公主，常叫她携子入宫，祖孙三代同乐。和敬早年长居深宫，一草一木皆是旧情，更喜陪着皇帝在长春宫中坐坐，有时傅恒也作陪，一同说及孝贤皇后在时的往事，睹物思人，常常一陪就是一整日。这般圣宠，便是几个皇子也不及，人人都道是孝贤皇后的缘故，恩及公主，更惠泽富察氏全族。于是宫中人等对和敬公主奉承更甚，恨不得亲身巴结，可和敬的性子是目下无尘，也甚少将人放在眼中，只是我行我素。

过了两日，正是要过六月六晾经节的日子。若逢晴天，宫内的全部銮驾都要陈列出来暴晒，皇史、宫内的档案、实录、御制文集等，也要摆在庭院中通风晾晒，连宝华殿与雨花阁所贮的经文也不例外。

偏从这两日起，一直阴雨绵绵。晾经节之事自然是不能了。嬿婉虽然协理六宫，但规矩极严，事事做小伏低，必来禀告如懿的。便由如懿来回禀皇帝，将晾经节之事简略处之。

这一年间，如懿与皇帝的来往，多是这般公事模样。也无多少话语好讲，简明扼要地说过，便匆匆离开，不肯多逗留。

这日如懿扶了容珮的手步上玉阶，李玉便迎上来道：“皇后娘娘，皇上往永寿宫去看十五阿哥了，怕一时半会儿回不来呢。”

如懿倒也不讶异，嬿婉新生的十五阿哥永琰，雪白可爱，如个小小的福娃娃一般讨人喜欢，难怪皇帝去永寿宫的次数更多。

如懿只是关切地问李玉：“你怎的没陪皇上去？”

李玉脸色一黯，有些讪讪：“奴才老了，进忠去了。”

寥寥一语，如懿便了然。嬿婉得宠，进忠在皇帝面前也格外得脸。加之年轻矫健，比李玉自然称心许多。

如懿好言安慰：“你是伺候皇上的老人儿了，自然有你的好处。”说着，她便瞧见了守卫在廊下的凌云彻，脖颈裸露处带了两抹血痕，拿雪白的衣领遮掩着，却也不能全遮住。如懿细心，驻足问：“怎么伤了？”

凌云彻皱了皱眉，正欲搪塞，跟在身后送出来的李玉捂嘴笑道：“茂倩厉害得很，抓的！”

凌云彻听李玉插嘴，颇有些怪他多舌，便横了一眼。如懿见伤处皮肉翻起，显是指甲用力抓出的。她微有骇然：“怎的下手这般狠？”

他忙掩饰着道：“不要紧，皮肉伤而已。”

李玉甩了甩拂尘，摇头道：“皇后娘娘有所不知，虽是赐婚，却是怨侣。早动上手了，凌大人是男人，不能回手，躲不过就成这样了。”

凌云彻别过脸，很是不好意思，他克制着低喝一句：“李公公！”

李玉乖觉地住口。如懿不大好受，也不便多言，便叮嘱容珮：“咱们宫里有极好的白药，等下取些来。”容珮答应着，如懿看向凌云彻，温然道：“夫妻之间彼此难以相处最苦。若能缓和，便各退一步吧。”

凌云彻似乎有些出神，如懿不知他是否听进去，也不便久留，只得去了。过了咸和右门便往翊坤宫去，容珮有一搭没一搭地说着：“十二阿哥午睡醒了想去御花园看荷花，可外头下着雨，怕再着了风寒，愉妃小主和奴婢们便拦下了。”

如懿含笑：“这孩子，读书不怎样，倒与他皇阿玛一般，雅爱花草。”她喟然叹息，伸手轻拂清凉雨丝，“可惜，他不在本宫身边，本宫要知道他的消息，也只能是听说。”她停一停，“永琪既看不到荷花，本宫便去折些，送去海兰宫里插瓶，永琪也不必冒雨去看了。”这般商议着，如懿便扶了容珮的手往御花园去。

六月荷花起自碧池。风荷轻曳于蒙蒙水雾间，隔着烟雨缥缈，夜色茫茫，杳无人影。却有隐约的铮铮声从烟雨深处低回而来。

如懿立在伞下，侧耳倾听：“仿佛是马头琴的声音。”她听了片刻，“弹奏的是《朱色烈》。”

马头琴声呜咽，隔着雨打荷叶的淙淙声愈加低转幽咽，仿佛雨水清寒逼仄入骨，生出凉意。容珮疑道：“夜雨无人，谁在弹这情情爱爱的曲子？”

她转首，见荷叶底下有几点微弱的莹亮火光，仔细辨去，竟是几盏彩纸折就的荷花灯。

如懿道：“今儿不是什么正日子，怎么有人在这儿点荷花灯祈福？”

她见前头正是浮碧亭，便道：“雨有些大，去亭中避一避吧。”

灯火移动，众人前行。才近亭子，却听得马头琴声戛然而止，一个袅袅婷婷的身影从亭中站起，匆匆迈出。如懿却看清了，唤道：“恂嫔。”

那女子站住脚，有些不安：“皇后娘娘。”

如懿按捺下心底的疑惑，气定神闲：“喜欢在夜雨中拉马头琴，倒颇有情致。只是怎么一个人，伺候的人呢？”

恂嫔有些不好意思：“她们听腻了臣妾拉马头琴，臣妾也不爱她们吵扰，便打发去御花园外守着了。”

如懿笑着打量她：“大约你来来去去只爱拉一首曲子。”她停一停，“可是想家了？”

恂嫔忍耐着拨了拨鬓边的碎红宝串珠流苏：“臣妾不喜欢流苏簪子珠宝花儿的，累赘！也不喜欢宽袍大袖和花盆底鞋。穿戴着它们，臣妾得慢慢走路，细声细气说话，连转头都得怕耳坠甩在脸上。”她的脸上洋溢起满满的神往，“臣妾想家了，想家人，想草原，想草原上的牛羊。”

“所以在水里放了莲花灯祈求家人平安？”

恂嫔重重点头，满脸诚挚："咱们霍硕特部为皇上四处征讨不驯服的部落，族人们每天骑着马拿着刀，多危险！臣妾希望，他们一切平安。"

如懿含笑："你喜欢骑马么？颖妃也是蒙古人，她喜欢骑马，多烈的马她都不怕。"

恂嫔眼睛一亮，露了笑窝："臣妾也喜欢，在草原的时候，臣妾最爱跑马，能跑上一个白天，累了便躺下来。天是蓝的，望不到尽头，不像这儿，天是一块一块的，四四方方小小的，看着难受。"她黯然，很快又笑，"草原上开满了花，那些花真香，开遍了整个草原。不像御花园的花，美是极美，却没有那种热烈的香味。"

如懿有些震惊，望向她的目光愈加柔和："人人都想进紫禁城，羡慕紫禁城的富贵。你却不是。你一定也不喜欢自称臣妾，记着那么多称呼规矩。"

她怀抱着马头琴，低垂着脸："那一年，臣妾不能不进宫。臣妾的父亲一时糊涂，帮助过准噶尔部，才让我们部族受了皇上的冷落。父亲没有办法，才一定要送臣妾进宫向皇上表示悔过与忠心。可臣妾不会争宠，不会讨好皇上，不会像豫妃那样……"

如懿看着她的黯然与失落："不会也不必勉强，皇上不会薄待你。"

恂嫔抚弄着马头琴，笑意酸涩："是啊。吃的穿的用的都是这世间最好的，要付出的代价就是乖乖地坐在宫里，像井底之蛙。乖顺、听话、安静，没有棱角，没有怨言。"她秀眉一扬，颇有英气，"当然，皇上不会薄待臣妾。因为臣妾在宫里，就是一个让霍硕特部安心的最好的摆设。所以哪怕当日豫妃与臣妾争宠，臣妾也不在意。因为她不明白，她和臣妾并没有两样。"她轻蔑一笑，"即便她今日失宠禁足，皇上不也没折磨她？"

如懿的面色沉静下来："你是个明白人，可是你活得并不甘心。"

恂嫔细长的眸子飞扬起一抹凛冽："是。哪怕是个摆设，也会有个念想。"她的情绪有些激动，昂首间露出脖子上一条松石链子，下面坠着的并非珠玉，而是一颗白森森的狼牙。

如懿心底一动，伸手拈起那枚狼牙："一直听闻蒙古部落喜欢以狼牙护身，且须得是用部落英雄亲手打死的狼王之牙。百闻不如一见，你这枚可是么？"

恂嫔的脸上闪过一丝羞涩和慌乱，伸手扯过那枚狼牙，旋即如常道："臣妾也不知道，旁人给的，随便戴着罢了。"匆促间，如懿看见她的手，清瘦嶙峋，一把峭骨，隐隐凸起浑圆青色的筋脉，与她轻盈秀丽的身段面容并不相符。就好似，她柔顺驯服之下，深深隐藏的执拗且执着的性格。

恂嫔福一福身："天色不早，臣妾先告退了。"

如懿见她匆忙离去，伸手接住落下的雨水，似是自语："你方才拉的《朱色烈》，是讲述男女坚贞之情的曲子。曲传心声，你若思念皇上，自能够见到。"

恂嫔脚下一滞，回头静静看着她，眸中尽是幽沉的哀伤。

亭外雨水，落得越发大了。落在阔大碧绿的荷叶上，滴溜一转，迅疾滑落。好像，一滴巨大而悲伤的泪。

时光悠悠一荡，乾隆二十六年的夏日便这般到了深处。

到了八月，皇帝照例是要巡幸木兰，带着朝臣、诸皇子与后宫嫔妃。皇帝虽与如懿到了见面无言的地步，但外面的颜面到底是顾着的，又有皇子在。木兰秋狝也没有如懿不去的理由。且此番秋狝，蒙古各部王公都列位其间，几位嫁往蒙古的公主也会携额驸前来，端的盛大。因而在慈宁宫请安时，皇帝也不无烦恼地对如懿说："既然蒙古王公皆在，出身蒙古的嫔妃都得同去。豫妃是蒙古亲贵出身，不可不出现。"

如懿明白他语底深意："颖妃当时得令，又抚养着七公主，自然无不去之理。只是豫妃，自封妃那日禁足，也有两年了吧。除了合宫陛见之日，都不曾出来过。"

太后便道："豫妃自封妃那日禁足，也有些年头了吧。这回豫妃的母族科尔沁部会来人，豫妃的父亲寨桑根敦自然也会出席。豫妃若不在，怕也不便。皇帝还要以大局为重。”

皇帝道：“也罢，这次会与豫妃父亲科尔沁部王爷赛桑相见，她若不在，怕也不便。”

如懿颔首赞许：“科尔沁部世代与我大清联姻，若因豫妃之过而怠慢科尔沁部，也不相宜。”她目光轻轻一扫，旋即恭谨垂眸，“且皇上对外，一直顾及豫妃颜面，不曾言她失宠之事，所以赛桑王爷也还不知。”

皇帝不耐烦道：“且这次会面众人皆在，他们父女俩也说不上什么，见过便罢。”

如懿也不多言，微含一缕讽意，低头饮茶。片刻，她方道：“那么恂嫔，也去么？”

皇帝的神色在听到恂嫔时骤然不豫，蹙眉道：“自然是去的。”他顿一顿，若有所思，“只是有件事，朕尚未来得及告诉她。恂嫔的父亲和族人协助我大军扫平战乱余孽时出了意外，死伤大半，恂嫔的父亲也不在了。”

早起的和风徐徐鼓入袖中，隔开了肌肤和光滑的丝缎，生起幽幽凉意。那风经了花木葱郁，回廊九曲，折折荡荡，再旋过乌黑的水磨金砖地面，已经变得柔和了些许。窗外渐盛的阳光带了温热的劲力一格格投进殿中，如浮漾的碎金漫漫腾腾，连皇帝清俊的面容上都浮着一层金灿灿的光。

如懿瞧不清他的模样，也不愿去瞧。她眉尖大蹙，愁云频起，惊讶道：“是何时的事？”

皇帝默然须臾：“快一年了。”

如懿惊得差点跳起，到底是多年的涵养教她忍耐了下来。思忖间，想起皇帝一直派霍硕特部上下征讨草原不驯服的部落，以表赎罪，定是折在战事里了。她打量着皇帝，他居然瞒了那么久，那么不动声色，还能对着恂嫔，一切如常。

如懿想到此节，微微地笑了。皇帝甚是不悦：“皇后笑什么？”

如懿明眸微瞬，容色淡然：“皇上动心忍性，泰山崩于眼前而不乱。此等事情，自然不必悬于心。”

皇帝凝视她片刻，道：“恂嫔不去也不是。如今霍硕特部是她的异母兄长主持，还是那句话，人堆里见上一眼，不知道也罢了。”他顿一顿，“去木兰之事内务府会打点，后宫女眷事宜由令妃打点，你再过目便是。”他说罢，起身道，“朕还有些奏折处理，你先跪安吧。”

如懿答应着出去了，彼时晨阳高升，阶下草木无声，暑气渐渐迫人。偶尔有风经过，木叶相触之声萧萧漱漱，混作一片，恍如乱雨。如懿想，到底是要挨过夏末，到初秋去了。

第十二章 朱色烈（下）

永和宫闭锁良久，豫妃厄音珠开宫门解禁足之事便交由了令妃魏嬿婉亲自去办。她也再三叮嘱豫妃规矩，不可再出事端。

虽是木兰秋狝，搭帐在外，皇帝的住处亦是精靡到了极处。空间既宏大，布置亦精巧，虽说精简再精简，到底也是皇家格局。帐篷的顶部举头可见绚烂夺目的贴金箔莲花纹天花蔓重重叠叠，累成天花乱坠模样，四壁皆是青蓝色蒙古样式的吉祥纹理，环环相扣，每行走一步，似乎就有迷乱不知所终之意。而嫔妃们的住处，也按着位分序列一一如是安排。

木兰秋狝是皇家旧规，皇帝素来遵从"习武木兰"之举，又性喜骑射，所以几乎年年都带王公大臣、八旗精兵与后妃子女至此。围猎二十余日后，皇帝必得举行盛大宴会，饮酒歌舞，摔跤比武，并宴请蒙古王公等，同享盛事。

木兰围场草原广袤，绿茵坦荡无际，天与云、与草原相融相连。每至晴空万里，天高云淡之际，茫茫林海捧出清晨红日，喷薄四射，霞光万道。或是日暮西山，残阳如血，亦生红河日下之感。

到了此处，皇帝骑马射猎，最喜携颖妃、豫妃、恂嫔、恪贵人等蒙古嫔妃，她们既青春少艾，又有飒爽英姿，一一换了鲜艳紧俏的袍服，艳美无俦。身边又有成年的皇子相随，除了已经出嗣的六阿哥永瑢，便是永琪。彼时八阿哥永璇足上有疾，十一阿哥永瑆与十二阿哥永璂同岁，都还年幼，只能拿着小弓骑着小马游戏。余下的更不足提，尚是怀抱小儿。如此一来，永琪更是风头大盛。

而于如懿唯一的好处，便是宫规不那么严谨，可以常常见得永璂了。因着此回蒙古王公颇多，皇帝为示亲厚，多在颖妃、恪贵人处歇息，豫妃固然不得亲近天颜，恂嫔却是淡淡的不甚邀宠，皇帝也不愿多与她亲近了。只是无人时，恂嫔却也向李玉和永琪打听："为何此次狩猎，不见本宫父亲，却是异母哥哥来呢？"

永琪慧根早发，含笑谦恭道："恂娘娘安心，或者秋狝繁累，老王爷不来也是情理之中。"这般应付了，回头永琪便细细叮嘱海兰，顺带着告知如懿："车马劳顿，除了皇阿玛召宴，这些日子额娘闭门不要见人，只安心休息便好，免得是非。"

如此，林海探幽，千骑飞驰，静则听百鸟啼鸣，动则射狍鹿奔突。皇帝收获颇多，众人溢美不绝，兴致更高。

这一日皇帝领着诸位皇子出去，皇帝独得了一只黑熊，熊胆献于太后，熊皮留给了嬿婉做一条褥子。颖妃也不甘示弱，立刻要了皇帝亲手猎的狐狸取下狐皮留作纪念。皇子中六阿哥永瑢得了两头獐子、四只野兔。十一阿哥永瑆得一只兔子，永瑆年幼，也射了一头狍子。

恰恰和敬公主在旁，便盈盈笑："皇阿玛，儿臣记得端慧太子在世时，六岁便可行猎射得一只小鹿了。"

永瑆闻言颓丧，手足无措地望着如懿，垂首不语。皇帝温言道："永瑆，前些时日朕拘着你在养心殿读书，骑射上未免生疏了。罢了，回头叫谙达多教你些。咱们满洲男儿，骑射上可不能输人。"永瑆诺诺答应了。

而永琪归来，只得老弱之物，皇帝便更不悦。永琪施礼，谦谦道："我朝以马上得天下，儿臣不敢忘记祖训，所以有所射猎。但儿臣见母鹿幼兽颇为可怜，而壮年猛兽猎得虽可增荣光，但幼兽抚育皆赖壮者。想及野兽也有母子之情，儿臣不忍，一律放生，留其繁衍。"

这番话说得皇帝龙颜大悦，抚着永琪肩头道："能文能武固然好，但有悲悯怜下的仁爱之心，朕更感欣慰。"说罢，便解下自己身上的双龙抢珠赤红缎披风披于永琪身上，"郊野风露，你有附骨疽的旧症，得格外小心身子。"说着又看海兰，"愉妃，你教的好儿子。朕将永瑆交给你，更放心了。”

永琪应允，恭谨谢过。他起身的一瞬，足下微微一僵，海兰正与皇帝说话，一时未曾察觉，如懿心念一动，趁着人不留意，便低声道：“永琪，你的腿怎么了？”

永琪面色微沉，不欲在人前多言，便道：“起初觉得寒热，仿佛感冒风邪。这两日一直奔波马上，有些筋骨疼痛，但不热不红，无甚症状。皇额娘放心，想必无大碍。”

如懿知他要强，在皇帝面前更不肯示弱呼痛，还是不大放心：“本宫记得先帝时怡亲王允祥也曾有过这般病痛，你要格外仔细些。等晚膳过后，本宫着江与彬去瞧你。”

永琪见皇帝满面春风，如何肯扫这个兴，便恳求道：“皇阿玛正在兴头上，若此刻传御医，当着各部王公的面，若有什么传言便不好了。”说罢又笑，“儿臣府里也有御医，回去瞧了便是。”

如懿回首，见皇帝正拉着永璂的手嘱咐着什么，也不敢多言，便答应着去了。倒是永琪的随侍太监小胖子一再道：“贝勒爷，皇后娘娘的话您得记着。您得的是附骨疽，不得受凉，也要少骑马。”

永琪毫不放在心上：“我早问过了太医，不是要紧事。且皇室中得此病的人也不少，芸角说民间也多的是，稍稍留心即可，不打紧的。今儿晚上皇阿玛要宴请蒙古王公，尤其是科尔沁王爷，咱们去瞧瞧，不可有闪失。”说着，便也急匆匆去了。

这一晚便在大帐外环坐饮宴。出宫在外，饮食不比宫内精细，反多了各色野味，将白日所猎获的禽物烹得鲜香可口，诸人更是饮酒助兴。清夜无尘，月色如银。更兼燃了无数篝火，有蒙古女子挥起五色长袖跳起歌舞，比之宫中的纤腰袅娜更有奔放热烈之意，引来喝彩声无数。如懿陪伴皇帝身侧，海兰与嬿婉分坐了左右两首。因着女眷们矜持，除了颖妃与嬿婉口齿伶俐说笑，其余人都懒懒的。恂嫔更是告了假，连晚宴都不曾出来。

酒过三巡，众人都有了薄薄的醉意，如懿不胜酒力，目光更眷着永璂。

海兰会意，便道："皇上，十二阿哥累了，不如先随皇后娘娘回去。"皇帝与王公们饮酒正酣，便挥了挥手。如懿欣喜，忙牵着永璂退下了。豫妃厄音珠便也趁此告醉去了。

嬿婉趁着春婵斟酒的间隙，轻声道："豫妃到了这里可还安分？见上了她阿爹不曾？"春婵便将见厄音珠派人寻过科尔沁寨桑根敦一事悄声禀报了。

嬿婉不动声色，只上前拉住要随如懿离去的海兰，举杯笑容满面："皇上，您也该好好表彰愉妃姐姐教子的功劳。"皇帝连连称是，海兰一时走不得，只得留下陪饮。

八月中旬的夜风已有了飒飒的凉意。如懿面红耳热，被风一扑，不觉已被浸凉了衣襟。容珮便道："皇后娘娘和十二阿哥走小路吧，回去近些，避避风也好。"

草原上无遮无拦，夜风吹拂，散落草木互相触碰后如海浪般晃迭的轻音。一轮圆月排云而出，月色熠熠洒落，照亮不远处的河岸上开着的轻盈的粉紫野花。

永璂大大地松一口气，跳跃着像只小麻雀。"额娘额娘，今天儿子不用背书，师傅也不会查功课。真好！"他闭着眼睛深吸一口气，"额娘，这里的花好香，甜甜的。我骑在马背上的时候只想着要猎点什么回去皇阿玛才高兴，都没闻到花有香味。"

如懿爱怜不已。永璂也不过是个孩子，贪玩是孩子的本性，却要被牢牢拘着每日如个小人人般刻苦成熟，真真是难为了他。如懿牵着永璂的手紧紧不肯放，依依道："永璂，额娘很久没闻到宫外的气息了。你闻到没有，河水的气味是甘洌的，夹杂着花香。宫里的花朵都是精心培育的，带着匠气。这里的花，都是活泼泼的，无拘无束。"

永璂嗯嗯啊啊地点着头，欢欢喜喜地好奇张望。容珮笑吟吟道："宫外的人都艳羡宫里的富贵，宫里的人都盼着外头的自由。人都一样，得了这个，盼着那个。"

母子二人说笑着，便往帐篷深处走去。后头三五宫人引着灯追随，脚步声都漫在万叶千枝的风声里。

这一带都是宫女们所住的青帷帐篷，夜来都在御前服侍，一座座帐篷都空着，连一星烛火也无，又靠近河边，格外昏暗。容珮低声道："今儿蒙古王公过来，前头多搭了好多帐篷给伺候的宫人待着。咱们便只能从这儿绕过去到娘娘的帐篷了。也可以少吹点风。"

正说着，忽然见一个硕大的影子立在帐篷后，如懿骇了一跳，已有宫人失声唤起来："莫不是撞上熊了？"

永琪一吓，挡在如懿身前，粗声壮气道："额娘，儿子在这里。"那影子似乎也受惊不小，立刻分开，便可辨出是两个人影，一高一矮，高者健硕，似乎是个壮年男子，穿着侍卫袍服。那矮的苗条纤秀，居然是宫装打扮。先前，他们竟是紧紧抱在一起。

这一惊可非同小可。想是哪个宫女与侍卫相好，躲在此处亲热。如懿将永琪护到身后，容珮扬起灯笼，厉声喝道："是谁？"

便是想跑也来不及了，灯火明灭处，那女子分明是早先告假的恂嫔霍硕特蓝曦。四目相对处，她面上犹有泪痕，凄然沉痛，不似往日。那男子形容陌生，脸上亦有哀容。

永琪探着头，先喊了一声："恂娘娘。"

如懿深觉不妥，便按了按容珮的手，沉声道："恂嫔，你在这里私会男子，你可不要命了么？"

那男子低声问："这个女人是谁？"

恂嫔冷冷一笑，艳光四射："咱们仇人的妻子。"她扬一扬头，并无惧色，"皇后，是你自己撞上来的。"

周遭唯闻草叶萧萧之声，泠泠似幽然泣声。如懿听得她语中狠辣之意，想要呼喊，才想起侍卫离这里都远。她缓和了惊惧之下僵硬的面颊，低声道："你若要性命，速速离开，不要在此枉费唇舌。否则你是皇家嫔妃，你身边这个人便只有五马分尸之路！"

悯嫔与那男子对视一眼，似有犹豫之意，相望之间，无限爱怜珍重。

悯嫔迟疑："你肯放过他？"

如懿压抑着心底的慌乱，沉静道："只要他离了这里，本宫未曾见过，你也未曾见过，各自相安。"这是最好的法子，也保全眼下的自己。

悯嫔正沉吟间，只听身后一声尖厉女声划破静谧夜空，将草木温润之声骤然撕裂："有刺客！有刺客！"

如懿仓促转首，只见豫妃携着两名侍女惊惶大呼，奔得略远。如懿心下一凉，还来不及反应，一把雪亮长刀已然架在了永琪喉下，永琪被扯了过去。永琪吓得怔了，一张小脸雪白，张着嘴发不出声音。容珮不知被谁踢翻在地，一脸痛楚，挣扎着要向永琪爬来。

悯嫔怒目而视："是你带着豫妃来的？"

如懿连连摇头："本宫不知她为何跟在身后……"她的一颗心剧烈地蹦着，沉沉地撕扯着痛，"你先放了永琪！他还小，什么都不懂！"

说话间，有不少侍卫提足奔跑之声传近，隐隐有兵刃出鞘。悯嫔咬着唇，气若无状："阿诺达，来不及了！"

阿诺达持刀在后胁迫着永琪，沉着道："蓝曦，你别怕！我既然敢来见你，便料到有这一日！当日我不能留你在部族，又不能在战场护你父亲周全，今日无论如何，一定要带你逃离这里，免得深受其苦。"

如懿听他只言片语，便知是霍硕特部征战中活下来的人，又是霍硕特老王爷的亲信，心底陡然更寒了几分。悯嫔望着他，眸中情意沉沉，便有知心长相重。

她心急如焚，喃喃安抚着永琪，生怕他一时大哭起来惹恼了阿诺达，一壁连声道："永琪，你别怕！不要哭！不要哭！"

永琪怔怔地瞪着一双乌沉沉的眼睛，眼泪滴溜溜汪了满眼，死死忍着泪点点头，轻轻唤道："额娘。"

如懿的心都快要绞碎了。她戚然求道："永琪只是个孩子，你挟持我，挟持我啊！放他过来，我是皇后，你挟持我他们或许能放了你。"

阿诺达迟疑片刻，恂嫔冷哼一声："你虽然是皇后，可在皇帝眼里，咱们这些女子都如草芥一般。你这个皇后又有什么用？"

阿诺达颔首，闷声道："不错！你们的皇帝出了名地薄情寡性，他是怎么待蓝曦的，我都知道！你这个皇后也不过是个可怜虫！"

如懿仿佛被人当面狠狠掴了一掌，面皮火烧火燎着，这么多年，她也明白自己的可怜。至少还留着皇后虚尊的面，却从未有人敢当着她的面，这样清楚无误地挑明了出来，她不过也只是个可怜虫。

谁比谁低贱，谁又比谁高贵，都是一样的。

她顾不得这些，按捺着情急道："本宫告诉你，伤着永堪一丁点，你都会死。拿了他的命，对你一点好处也没有？对不对？你自己不想伤人的，你只是来和恂嫔见面！"

忽然，一个念头凛然划过，自从皇帝上回遇刺之后，木兰围场的禁卫森严，直如铁桶一般，阿诺达是如何混进来的！

她直觉地问："是谁带你进来的？"

阿诺达得意一笑，道："你们禁卫疏漏，我自己便能进来！"

是么？如懿心中来不及疑惑。只见灯火越逼越近，几乎照清了阿诺达与恂嫔阴郁的面孔。兵刃声铮然作响，却谁也不敢上前，生怕误伤了皇子。阿诺达有恃无恐，挟持着永堪向恂嫔使了个眼色，恂嫔紧紧攥着他的衣角，二人慢慢向后退去。

彼时盛宴方才散去，蒙古王公们稀稀拉拉留着几个。皇帝虽然醉意迷蒙，很快也被惊动，立时赶了过来。

如懿见着永堪小小的面孔早已无人色，犹自倔强着不肯哭出来，一颗心早揉得稀碎。远远见得暗沉夜里灯火挑明之中皇帝的明黄一色急急赶来，不知怎的，心下便安稳了许多。

因着事态紧急，皇帝先自赶来，后头跟着几个胆大的嫔妃。

皇帝扫了阿诺达一眼，根本不看恂嫔，气定神闲："你也逃不出这里，不如放了朕的十二阿哥，你与恂嫔也自有个好下场。"

阿诺达鄙夷道："你们爱新觉罗的人最会扯谎欺瞒。这些年来，你一直让我们霍硕特部的族人作为戈矛，清扫那些不肯驯服于你们大清的部落，也不派兵增援，耗尽了我部族精锐，连我父亲都折在了战事里。"

"古来征战自有伤亡。我大清将士平定四方无不如是。怎么你们霍硕特部便格外矜贵些？"

阿诺达双眼血红，愤怒不已："明明是你不满老王爷曾同情你的敌人准噶尔部，才趁机剪除异己，捧了对你唯命是从的小王爷上位。可惜了我们霍硕特部的壮年，都为了你的阴谋私心枉死！"

皇帝斥道："为朝廷尽心，怎算枉死！凭你这句话，便可诛心！"他肃然喝道，"来人！围住他们！"

恂嫔闻言，连忙护在阿诺达身前，喝道："谁敢动我们！"她扬起细长的眉，神色凛冽，指着永琪道："除非皇上肯背上杀子之名，那咱们便是一同死了也不枉！"

她说罢，咯咯地笑着。那清脆的声音落在风里像某种野兽的嘶鸣。

如懿的瞳孔紧缩着，面庞惨白。海兰紧紧扶住她的手，想要安慰，分明也失却了往日的沉定。

前头皇帝的面色愈加难看，他紧紧抿着唇，手指的关节因为用力而微微泛白。他看向恂嫔的目色带了肃杀之意："婢子淫贱，脏了朕的后宫。"

恂嫔冷淡至极："我淫贱，还是宫里的人淫贱？我与阿诺达本是青梅竹马，为了保全霍硕特部我才不得不与他分离入宫。因为我们都知道，部族的利益永远高过自己。所以哪怕我一点都不喜欢你，我都会逼着自己面对你，侍奉你，对你恭顺。可是你是怎么对我们霍硕特部的？你害得我家破人亡，还蓄意隐瞒。那么我要离开这个地方，也是情理之中！"

"离开？"皇帝略含讽刺，"生是紫禁城的人，死是紫禁城的鬼。你入宫前，你的父亲没有教过你么？"

"我为什么不走？"她言辞激烈，有太多压抑让她不快乐，终于在此刻释放，"我活在宫里，和容嫔一样，没有一刻是快乐的。我都觉得喘不过气来。如今我失去了我的父亲，我的部族，还要和你这个虚伪的男人在一起，让我觉得恶心！”她看着被阿诺达挟持的永琪，“用你儿子的性命，换我们的自由！”

皇帝缓和的语调中渗出丝丝阴郁：“你永远要记得，你是朕的人。放了永琪，朕会给你留条生路。”

恂嫔连连冷笑：“我是蒙古出身，好歹也是一族的公主。不比有些人，日日宣称是雍和宫出生，谁知是生在热河行宫里的。难怪年年秋狝，必得来这儿凭吊，略表孝心。这样表里不一的虚伪之人，我不愿与他相伴至死。”

众人听到此节，知她是暗指皇帝乃是热河行宫宫女李金桂所生，当年先帝误饮鹿血，一时情动临幸了卑贱宫女，才得了此子，为此还被圣祖康熙爷大为申斥。这一直是先帝生前羞事，更是皇帝最不能提的奇耻隐痛。宫中虽然人人暗知，却无人敢提，乃是禁中最大的忌讳。

嬿婉矍然变色，喝道：“贱婢无知，岂敢拿皇上身世胡言乱语？”

皇帝眼底闪过一抹感激与动容，面部的肌肉却隐隐抽搐。

恂嫔仰天笑道：“皇上，你还真当自己是与太后母慈子孝呢？这般天家母子，只为名分好看，底下的龌龊事还当旁人都是瞎子不知道么？皇帝若真要为天下仁孝的表率，那便追封李氏为圣母皇太后又如何？只不过怕天下人都耻笑自己是个宫女生的罢了。”

分明是猎猎秋风，拂上面却有彻骨的寒意。那一瞬间，如懿居然忘记了刀锋抵触在永琪喉头的冷厉锋锐，只觉得一颗心突突地狂跳着，噔一下，又噔一下，用力地牵扯着，每一下，都那么痛。她死死地盯着皇帝的面孔，看着他雪白中泛着铁青的面色，看着他脸颊的肌肉剧烈地搐动，她没来由地觉得害怕，比自己命悬一线更加害怕。

这样隐秘的事，陡然公之于众，皇帝该要如何自处？

她太知道了，许多事，不能碰，不能说。哪怕是高高在上的帝王，亦有他的底线与痛处。

皇帝脸色铁青，如懿从未见过他如此骇人的模样。一时不知该如何反应。然而，更怕的是，皇帝若一时暴怒，那永琪该如何是好?

她禁不住低唤："皇上息怒！不是该生气的时候。"

豫妃大喊道："大胆贼子，你挟持嫡子，就算皇上顾忌，被你逃出去又能如何！别妄自挣扎了！"

恂嫔稍一犹豫，阿诺达眼中一亮，手中刀锋逼得永琪更近，低声道："只要挟持了他，逃出去总容易些。"如懿狠狠盯一眼豫妃，嬿婉忙拉着豫妃缩了下去。

皇帝眼神一扫，永琪已然会意，悄悄退后两步。

恂嫔满腔激愤，未曾稍有消减："皇上不是一向自诩风流多情么？实则世间最无情之人，便是皇上你！豫妃年届三十，她父亲还一心希望她入宫，皇上嘴上说垂怜她，不计年纪纳她入宫，其实宠幸过后就把她扔在宫中自生自灭，只是需要时才装点门面！皇上若是多情，就不会把那么多女人困在宫中名为雨露均沾实则当作棋子利用！皇上若真是多情，就不会利用我母族铲除他人，趁机灭我部族精锐！我看不惯你们满口仁义双手染血！今日你要多情，你就拿你自己的命来换你儿子的命吧！"

恂嫔激昂陈词，不知何时，永琪悄然掩身上前，以迅雷不及掩耳之势，将恂嫔挟持在手，以同样的姿势，举刀相向。

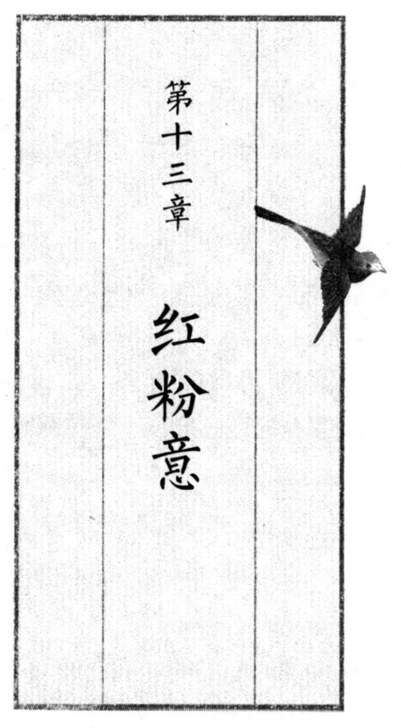

第十三章 红粉意

事出突然，根本无人反应过来。

永琪无比镇定："一个换一个，别说你犯险来见恂嫔，会连她的命也不顾。"

阿诺达矍然变色，厉声喝道："把蓝曦还给我！"

永琪甚是镇定："我要我的兄弟，你要这个女人，很公平。"

阿诺达的脸色变了又变，阴沉不定。恂嫔抵在永琪刀下，恋恋望向阿诺达，蚀骨相思如丝如缕，眉间心上，早已无计回避。

那电光石火的一瞬，如懿终于懂得了恂嫔的心，她从未这般看过皇帝，从来没有。难怪她一定要跟他走，便如那一曲苍凉缠绵的《朱色烈》，总要向着心爱的人奔去。

永琪不疾不徐："你冒险前来就是为了带恂嫔走，定然不舍得她死在我刀下。你细想想，只要你不肯，皇阿玛只是失去其中一个皇子，你却失去了唯一的爱侣，值不值得？"

恂嫔凄惶摇头，叫道："阿诺达！你顾着自己要紧。"

永琪笑而不语，只是挥手示意侍卫们退得更远，而自己挟着恂嫔跟随上前，手中的银刀却勒紧了些许，嵌入恂嫔雪白皮肉之中。阿诺达神色悲痛，挟着永瑆缓缓向草原边缘退去。

夜色茫茫，如能吞噬一切。阿诺达眼见离得众人远些，喝道："我跟你换！"

永琪颔首，稍稍松开手。阿诺达见他如此，手臂一松，将永瑆狠狠推开，便要伸手去拉永琪怀中的恂嫔。

永璂如逢大赦，才刚迈出两步，想是惊惶，吓得膝盖一软，扑倒在地。说时迟那时快，皇帝已然搭弓在手，拉了满弦，霍然射出一箭。阿诺达离永璂不过两步远，立时中箭，手臂尚能动。他双目瞪得通红，发出凄厉一声，举起匕首猱身便要扑向摔倒的永璂。

永璂吓得人都傻了，眼见得寒光扑来，哪里还能反应。海兰惊呼一声，如懿唯觉脑中一片白茫茫，像是下着纷纷扬扬的厉雪，将她整个人裹了进去，泪便滚滚落了下来。她几乎是本能一般，朝着永璂扑去，将他护在身下。

这是她唯一的孩子，哪怕拿了她的命去，也不能伤着永璂半分。

电光石火间，她已然看见，那匕首落下的银锐的尖，离自己不过数寸远。听着此起彼伏的惊呼声，她等待着不能逃脱的锋刃的刺入。却是有一股巨大的劲力盖在自己身后，以及，利器刺穿皮肉的闷响。

居然，没有一丝疼痛。

那么，那声音，从何而来?

转过身去，才发现阿诺达已然横倒于地。如懿从惊悸里抬起头，先去看怀中的永璂。永璂紧紧地拥着她的手臂，眼泪流了下来：“额娘。”

她细细察看，一切无恙，除了受惊的模样，一点伤痕都没有。她飘落云外的心回来了一半，把永璂抱个不够。须臾，她终于回过神来，有高大的身影挡在她身前，让她看不见任何危险的痕迹。那暗沉的蓝色，是御前侍卫的服色。

她的心思定了又定，是凌云彻。她定神看去，才见他肩头血流汩汩，染红了半边袖子，自然而然沾到她身上。显然方才阿诺达那一刀，是他替他们母子挡了下来。

海兰与容珮急急赶上前来，侍卫们架着倒在地上的阿诺达将其拖开。海兰靠着她轻轻啜泣，容珮护着永璂。如懿的心一下一下重重地抽搐着，她的声调都在颤抖：“要不要紧？”

凌云彻抿着嘴唇，沉默地摇摇头。他并无痛楚之色，从容而坦然，是天边皎洁的明月光。他低声道："你们平安就好。"

那一刻，永琪、如懿、凌云彻，他们三人彼此相依。心与心的距离，由天涯至彼端，如此遥远，又如此贴近。

天地孤清，生命亦渺小。但奋不顾身可以来相救的，唯有这个人。而那个名正言顺可以来救自己的，本该伴在自己身边的男子，仍是这般丰神俊朗，却是立在一群花容失色的嫔妃中间，遥遥望着自己，目光中有沉沉的急切。

飞身相救与一个急切的眼神，哪个更值得依靠？

她在清醒中，混沌地流下泪来。

可以真正在身边的，原来一直都不在。就如冷宫那一段煎熬的岁月，倚墙想靠的，也唯有一个凌云彻而已。

然而她未及多想，永琪已然上前，恭敬地请她："皇额娘与十二弟是否安好？赶紧请太医瞧瞧才是。"

如懿见他沉稳走来，转眸看去，却见恂嫔亦倒在地上。永琪见如懿注目，轻轻一笑，安慰道："解决了。儿臣不会容这般逆贼伤害皇额娘与十二弟。"

果然，恂嫔胸腔上有血液喷薄而出，溅了满地，如盛开的野芳。她尚有一口气在，芳钿委地，落红残碎。

永琪沉定如山，口吻却轻松："这种损害皇阿玛清誉的人，留不得。只是污了皇额娘的眼，可见她连死也有罪过。"

这样的淡然决绝，大抵是皇帝所欣赏的，也是她与海兰多年教导的期望。可是这一刻，她却觉得眼前的永琪如此陌生。

所有人都是陌生的，在素日的熟悉与了解之外。大概人在险境，才看得清另一面。

嬿婉的脸色难看到了极点："众目睽睽，这算什么！"

豫妃站在嬿婉近旁，立刻反应过来，扬声道："你一个侍卫，既然没事就起来，这般接近皇后娘娘算什么？"她走到皇帝身边，低声嘀咕："一个皇后关心什么侍卫，太不知身份了。”

皇帝神色阴沉。

海兰立时警觉，不动声色地扶着如懿距离凌云彻远些，再远些，口中温婉而客气：“凌大人护主有功，皇上自当奖赏。”

这一语，是泾渭分明的尊卑。

永琪旋即明白，接口道：“皇阿玛，全赖凌侍卫拖住刺客，儿臣才能得手。”

李玉厌恶地看豫妃一眼，亦道：“五阿哥与凌大人救十二阿哥有功，皇上与皇后娘娘合该重赏。”

凌云彻拱手，转身向皇帝屈膝：“皇上，微臣护主不力，以致皇后娘娘与十二阿哥饱受惊吓，还请皇上恕罪。”

皇帝徐徐舒一口气，走到如懿母子跟前，先摸了摸永璂的头：“没受伤就好。”

永璂依偎在皇帝身前，紧紧抱住他手臂：“皇阿玛，儿臣吓坏了。”皇帝抬头，目光阴冷一扫，温和道：“皇后饱受惊吓了。”

凌云彻躬身退至一边。海兰不动声色地扶着如懿离凌云彻再远些，皇帝立刻抱住了永璂，搂住如懿。

永琪关切道：“皇额娘与十二弟是否安好，还是赶紧请太医瞧瞧才是。这儿有儿臣料理。”

凉风习习，几能透骨。她站在那里，居然一步也迈不开，似是牢牢定在了原地。她真希望自己只是长在这茫茫草原的一株细草，无知无觉到老。

海兰轻轻推了推她的手臂，她还是没法动弹一下，直到有挣扎爬行的声音，挑动她已然麻木的神经。

目光落定处，只见恂嫔的胸前汩汩流出鲜红的血液，如一眼红色的泉，流溢不断，将胸口锦衣重重染透。血腥气逐渐弥散。她气息微弱，身体一颤一颤抽动着，犹自睁大了双眼，死死盯着阿诺达的尸身，不肯移开半分。

她回眸轻轻一笑，将皇帝隐隐的怒意满意地收入眼底，瞟一眼凌云彻，缓缓道："皇上，你看你，在自己妻儿面前，还不如一个侍卫抵用。所以我哪怕死，也要离你远远的。"

她说着，吃力地挪动着身体，每动一寸，鲜血涌出更多，在浓绿的草叶上染下触目的痕迹。她艰难地挪到阿诺达身边，伸出手合上他望向自己的僵冷的眼皮。她的手势温柔极了，像爱护着毕生的珍宝。她的气息愈加无力，几近力竭。她微笑着，像一朵烈烈绽放的木棉，将自己的躯体依偎到阿诺达怀中，长长地舒出一口气，含笑逝去，再无牵挂。

皇帝默默看着眼前一切，额上青筋粗烈暴起，喝道："五马分尸！将此贱奴二人五马分尸！"

侍卫们响亮地答应着，伸手便去拖开二人。豫妃微翘着嘴唇，含了冰尖似的笑意，嘶嘶然冷笑："奸夫淫妇，死不足惜。"

皇帝也不看她，"的确死不足惜。便是死上千遍，也难以泄恨。"他一顿，"吩咐下去，恂嫔霍硕特氏突发急病，卒于行在。"

他的语底是森森的杀意，嬿婉也不觉打了个寒噤，悄然退开了半分，一双烟波妙目，只定在凌云彻身上，眼见他面色白了又白，心中酸涩更浓。须臾间，皇帝的目光如冷箭一般幽幽扫着凌云彻："御前侍卫凌云彻救护皇后与皇子有功，赏黄马褂一件。毓瑚，永琪太胆小，怕是吓坏了，让太医开些宁神的药给他服下。"他轻声垂问："皇后，你和永琪还好吧？"

她的心底冷如万丈寒冰，彻头彻尾弥漫至四肢百骸的每一缝隙，偏偏还要维持着最得体端和的笑容，双眸低垂，轻声道："都好。"金步摇在鬓角上摇曳起粼粼的珠光，更显得一张脸剔透得仿佛在发着幽幽的光泽。可惜，那光泽是幽暗的阴沉，一如她此时的心境。

皇帝走近两步，挽过如懿的手："起风了，别站在这儿。回朕的大帐去。"

这是许久未曾有的亲近。

如懿的手被他握在掌心，是腻湿的冰凉。那是她手心的汗水，在惊惧无助的一刻所留的印迹，浑不如他的手心，温暖而干燥。她忍了又忍，轻轻地抽出自己的手，仰起脸低低道："幸得皇上果敢，相救永璂。"

这语气里有多少侥幸和担心，皇帝自然明白。他的目光由温热转凉。他携着她，继续目视前方："若是永琪和永琏，会比永璂机灵许多，更会自救。况且，你不该多谢凌云彻么？比之朕，他可是舍身相护？"

这一语，有几多疑心和逼问。

还是永琪机警，赔笑道："皇阿玛，永璂才多大，能懂得与儿臣应和自救，已经很好了。"

李玉亦道："至于凌侍卫，奴才救主子是应当应分的。"

见皇帝神色不动，永琪立刻跪下道："今日之祸，都是儿臣不察。但请皇阿玛息怒，儿臣一定严加防范，再不许有此等惊扰圣驾之事。"

皇帝轻轻"嗯"了一声，温和道："你是朕的好儿子。今日料理霍硕特氏，也是你当机立断。"

永琪谢恩起身，揽过满脸惊愕与委屈的永璂，道："十二弟年幼，未曾见过如此场面，难免受惊吓，儿臣会带十二弟回去加以劝慰。往后也会多带十二弟骑马射箭，不忘祖宗马上得天下。"

皇帝微微颔首。如懿见豫妃在身后不远，愈发厌恶。她未曾察觉自己语气的青锋锐气，蓦然盯着一壁快意的豫妃，呵斥道："有功该赏，有罪当罚！豫妃，你可知罪？"

豫妃面上闪过一丝心虚，很快扬一扬骄傲的头颅，娇声呖呖道："皇后娘娘，臣妾发现刺客，事先鸣警，护着皇上，有何罪过？"

如懿面色冷峻，一头乌黑的长发高髻绾起，横簪的一支凌空欲飞的九凤金步摇震颤不已，曳出迷离碎光："若不是你贸然出声，永璂怎会被挟持，险险丧命！你以皇家子嗣为赌注，不能沉住气定住神，若是刺客因你贸然疾呼暴起，伤了皇上，又该当何论？"

豫妃哪里肯服气，强辩道："皇上有天神护佑，万事平安！"

如懿冷然道："是么？天子安危，子嗣安危，岂可以你区区之身而犯险！恂嫔与阿诺达犯事在先，可一场泼天风波，终究由你而起。且阿诺达行刺之时，是你说‘挟持嫡子，就算皇上顾忌，被你逃出去又能如何！’”她看向皇帝：“皇上，您觉得此话是警告刺客，还是暗示他挟持永琪出去？永琪若真被他带出围场，那真是死生未卜了。”

皇帝凝神片刻：“是豫妃说完此话，刺客对永琪挟持更甚。”他若有所思，后头的话却不便当着众人的面说出来。豫妃身后可是与大清关系最密切的科尔沁部啊。若科尔沁都起了反心，蒙古各部都会生乱，这便是生了大乱了。

如懿越说越恨：“皇上，豫妃禁足两年，一直对臣妾怀恨。多半为此才拿永琪的安危报复臣妾，也不顾永琪也是皇上的爱子。”皇帝望向豫妃眼神多了几丝凌厉，他旋即想通，若不责罚豫妃，那科尔沁部岂不更看轻了他。皇帝重重颔首：“皇后发落便是。”

如懿沉声道：“来人，给本宫狠狠掌她的嘴，务必要她记住今日教训。”

豫妃见皇帝如此吩咐，也生了怕意，登时跪下，呜咽着道：“皇上，皇后娘娘曲解臣妾……”

皇帝哪里容她说完，右手微伸，已然扶住了颖妃手臂，道：“朕倦得很，去你那儿。”颖妃欢喜着，忙拥着皇帝去了。只余呆若木鸡的豫妃留在当地，不知是悲是喜。

草原上风声猎猎，如懿紧紧抱着永琪，沉声道：“动手。”

所谓的掌嘴有两种，一种是批颊打脸，是寻常责罚，另一种是用三寸长乌木板击打嘴唇。那乌木板质地坚实，打下去便会肿胀，再者皮肉破裂，牙齿脱落。容珮从未见如懿动过如此大怒，立即从三宝手中接过乌木板，卷起衣袖便开始动手。豫妃吓得魂飞魄散，挣扎着要求饶，两个小太监立时上去死死架住了她，又防她痛呼乱骂，便拿白绸子勒住了嘴，容珮举手便打。

皇帝虽然离去，嫔妃们皆在，眼见乌木板与娇嫩的皮肉相触，溅起点点的血珠子。嬿婉不知含了哪门子怒气，亦僵着脸不肯求情。众人见皇后与令妃都没好脸色，又不喜豫妃从前的乔张做致，更无人肯求情。豫妃扭动着躲避，可哪里避得过，容珮下手既狠又准，毫不留情，直打得血沫飞溅，一声闷响，竟是豫妃的门牙和着鲜血落了下来，嘣地坠在地上，又跳了两跳，血糊糊白碌碌地滚了开去。

恪贵人胆小，吓得惊呼一声，躲到海兰身后。海兰温和地拍拍她的手，回首柔声道："规矩已经做了。皇后娘娘莫再动气。"

嬿婉面无表情："愉妃姐姐说得是。"她目视豫妃，如视尘芥般轻渺，"牙齿倒易补上。不过豫妃也当记得，什么话该说，什么话不该说了。"

说罢，如懿先起身，众人径自离去，只丢下豫妃一人，又怒又怕，哀哀哭倒在地。

嬿婉回到帐中，一张芙蓉秀面冷冷沉下，气息深长而压抑。春婵见得她神色不好，忙遣了众人出去，殷殷端上一碗樱桃酥酪来。那牛乳凝膏如雪，樱桃是今岁的末茬时鲜制成了干果，一粒粒便如鲜红珊瑚珠一般，仍不失甜美醇厚之味，惹人垂涎。

春婵小心觑着她脸色道："小主，喝碗酥酪润润喉咙吧。方才受了那场惊吓……"

嬿婉厉声道："是惊吓！本宫还没想到他不要命到这种地步！"她的声音尖厉，虽然极力压低，却像碎瓷片锋利地划过，拖起尖长的尾音，"都怪豫妃这个贱婢，生出这些事端！真是贱人是非多！"

嬿婉抄起春婵手上的酥酪盏，手高高举起，便欲向地下掼去。春婵吓得跪下，急道："小主，今夜风波太多，您别再惊了圣驾。"

这话极是有理。嬿婉已是数子之母，又有协理六宫之责，位高权重。一时惊动起来，便又是一场风波。嬿婉面上一搐，极力克制着慢慢放下来，若无其事地道："这酥酪凉了，撤了吧。"

她说罢，气犹未解："皇上如何这般心软了。豫妃那贱婢轻狂，知道阿诺达在旁窥伺了好几日，才让她阿爹特意松了蒙古那边警卫，放他进来与人私会，想借机踩死霍硕特部。又知道蒙古为宴饮设了帐篷，皇后会往哪边走，故意尾随皇后，随时可以惊动了野鸳鸯让他们挟持皇后，谁知挟持了十二阿哥，那也好。本宫有心纵容，就是知道她想要报复皇后，可她这般无用，事情弄到这个地步，打死了才好！”

春婵劝道：“豫妃是罪该万死，可小主这般生气，还是为了她这番行事害了凌云彻吧。”

嬿婉一怔，轻嘘道：“凌云彻为了皇后这般不要性命，他……他是疯了么？”

嬿婉别过脸去，眼角闪烁一点晶亮，春婵正以为是今日敷面施妆所用的迎蝶粉里所研磨的珍珠过多，才这般妍亮。待定睛瞧去，才发觉是一滴晶莹的泪珠，薄薄垂在靥边，绵延坠落。

春婵吓得心惊肉跳，半晌不敢抬头去看，只是道：“您这泪为谁流都不值当。”

也不知过了多久，嬿婉沉声道：“本宫的妆匣呢？”

春婵利索去取来了，那是一个檀香木的双层小妆匣，贴着薄薄的合欢同喜的金箔花样，镶点着色色雪白的小米珠，极是精致华丽。因是夜深，帐中只秉着数盏小小的油灯，昏暗暗照得双眼发涩。嬿婉纤手一扬，匣子开启，春婵只觉得满目珠光，哪里睁得开眼。那匣子里累累堆着数粒拇指大的祖母绿，玻璃莹翠。翡翠兼冰种与翠种二色，如静水沉沉，汪在匣中。珍珠之物更是散落其间，难计其数，只粒粒浑圆，金黄润泽，是海中所产的金珠。另有红、蓝宝石与双色西瓜碧玺散在那里，都是难得之物。

春婵知道嬿婉素来爱惜此等珍物，兼着她复宠之后连连生育，皇帝欣悦，又赏赐不少，加之她历年邀宠所有，实在不少。然而嬿婉的目光稍一留恋，打开最底下一个屉子，摸出一个暗格，取出一枚银戒指。

春婵眼尖，一眼瞧出上面的红宝石不过是用残碎的红宝石屑磨粉制成，虽然也是鲜艳的红色，但光华凋谢，毫无华彩，着实不值几个钱。便是放在这个匣中，也是玷污了那些名贵珠翠。哪里比得上那几块鸽子蛋大小的血红宝石，华彩熠熠，光色流转。

但是春婵是认得的，偶尔，极其难得的时候，嬿婉会取出这枚戒指，戴在指上。譬如，她刚侍候嬿婉侍寝的前一日；譬如，那一年凌云彻被唤进永寿宫的时候；譬如，嬿婉发觉凌云彻对皇后的眼神有异的时候。她不敢去想，也不愿去想，那些隐秘而诡异的陈年秘事。那些匪夷所思的过往，恰如这枚戒指此刻被嬿婉戴在保养得如春葱般的纤纤手指上。

春婵终于忍不住道："小主，您看那块鸽血红的宝石，若是叫内务府制成戒指，衬着您肤色白皙，最能显出红宝石的光艳剔透来。"

嬿婉低着头，若有所思，轻轻抚着指上的暗红宝石戒指："有些东西起于微时，虽然粗鄙，戴一戴也无妨。也好提醒本宫别忘了旧时来路。"

春婵素来知道这位主子最忌讳旁人提她的宫人出身，罪臣之女。如今自己提起来，她也讪讪不好接口，只得委婉劝道："小主与凌大人有往日旧谊，小主心慈，自然怜悯凌大人今日险境。只是凌大人救皇后有功，自然平步青云，小主无须担心。"

嬿婉眼底一红，旋即别过头，攥着手里的绢子道："他是平步青云还是自毁前程？他为了皇后不惜一切那种神情，皇上要是看清了，会容下他的性命么？"

春婵机敏道："是啊！凌大人都不顾一切了，小主还顾什么呢？"嬿婉一怔，泪汪汪望着春婵，春婵低低柔声，"损了凌云彻一个，便可以彻底扳倒皇后。再不济，总也动摇了皇后的根本。小主可千万别忘了魏夫人临终前的叮咛啊。"

嬿婉静一静，凌云彻不顾一切护如懿的情形宛然又在眼前。她心头大痛，恨声道："他不顾本宫，本宫自然也顾不得他了。"

喧嚣已去，夜静到了深处，草原上虫声密密唧唧，清晰入耳。风拂幽凉，吹得帐幕微微鼓起，如起伏的浪潮。那灯光便又忽闪了几下。嬿婉沉默不言，一张清水面孔郁郁阴沉了下去。

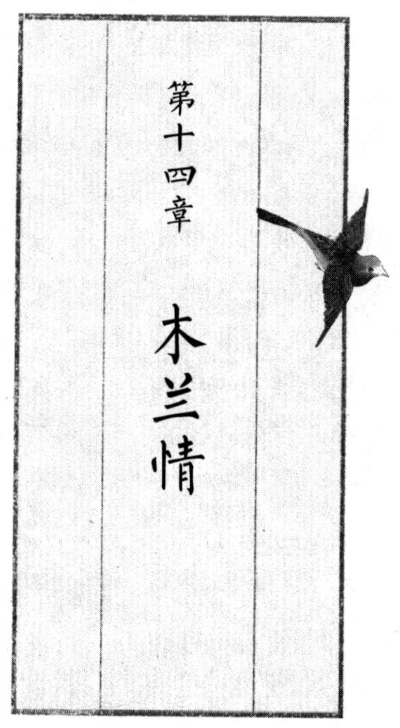

第十四章 木兰情

永璂受了这般委屈惊吓，当晚便发起了高热，嘟囔着胡话，神志模糊。小小的人儿，烧得满脸通红，只是含糊不清地道："额娘！我不怕！不怕！"说着又胡乱挥手，"额娘！您别怪儿子！儿子没有给您争气！"

如懿眼看着璟兕与永璟夭折在怀中，如何还受得起这般折磨，一副柔肠都要搓磨碎了。好在海兰还镇定，一壁唤来太医，一壁命三宝去请皇帝。

深掩的帐帷挡住了幽咽风声，任它游走于月色如霜的荒野中。已是更深露重，如懿黯然道："皇上歇在颖妃那里，此时去请，只怕皇上不悦。"

海兰跺了跺脚，恼道："这个时候难道还顾着这些？永璂是嫡子，若是伤着什么，可如何是好？"她看一眼立在一旁的永琪，咬了咬牙道："三宝只是个奴才，只怕见不到皇上。若是碰上进忠那起子小人作祟，又是一场气受。永琪，便是你去！"

永琪有些不知所措，搓着手迟疑道："额娘！儿子是臣下，又是晚辈，去皇阿玛嫔妃帐外，似是不妥。"

海兰急道："再不妥，躺在这儿的是你亲弟弟，也是你皇阿玛唯一的嫡子。你不疼他护他，还能有谁？"

永琪的脸色微微一沉，但见生母与嫡母都慌了神，只得道："那儿子立刻就去。"

永琪才出去，江与彬已经掀了大帐的帘子进来，利索地请了个安，道："皇后娘娘万安，愉妃娘娘安。"

如懿焦灼不安："不必拘礼，先去看永璂！"她低首，见江与彬指尖犹有未洗净的血痕，旋即明白他从何处而来，便问："凌云彻如何了？"

江与彬和缓道："皇后娘娘送去的金疮药已然用了。但凌大人伤在肩胛，伤重透骨，只怕伤愈以后，逢到寒湿天气，都会有隐痛。"

如懿鼻尖一酸，那酸楚的隐痛轻绵得没有着落处，纠缠到心腑五脏间去，牵绊出一缕难以言喻的柔软，柔软至无力。

她一直辗转于尘埃混浊里，唯有他一心扑来，心地明净纯挚，许她一缕洁白干净的照耀。思绪起伏间，眼底隐然有泪光。海兰温然笑劝："姐姐这是担心皇上了，方才姐姐还在说，若是身受这一刀的是皇上，那该如何是好？可怜姐姐身为皇后，又要为十二阿哥担忧，又为皇上忧心，还系着后宫的安宁，实在是为难。"

江与彬略一沉吟："如今是令妃协理后宫，门禁不严才惹来大祸。皇后娘娘一直静心避世，当然不干皇后娘娘的事。"

海兰投去一个赞许的目光，如懿颔首道："江太医的话发人深省，与医术一般高明。快请移步去瞧瞧永璂吧。"

此时皇帝虽在颖妃身边，却也毫无睡意，辗转反侧良久，疑惑不休："按理说前些年木兰秋狝出过事，守卫森严，而且蒙古王公都在，要动手也不会是这般人多的时候。"他思忖片刻，"如果守卫森严，刺客不是外头来的。那么选在蒙古王公众多之时，就是有人故意趁人多放进来的。"

颖妃出身蒙古，自然要护着蒙古说话，连忙道："皇上睿智。蒙古四十九部向来对皇上忠心耿耿，万不能让这个刺客坏了蒙古的名声，挑拨了蒙古与大清的关系。"

皇帝再睡不着，披衣起身，让李玉与永琪连夜去细查夜防之事。颖妃见皇帝出去，忙帮着伺候。皇帝终究是放心不下："朕去看看永璂。这孩子胆气弱，怕是吓着了。"颖妃也笑了："皇上嘴上说十二阿哥的不是，心里还是疼他。天下父母心，无不如此啊！"

皇帝握一握颖妃的手，便由进保伺候着去了。

江与彬搭了脉，看了舌苔，一番望闻问切，方才缓了眉心沉重的曲折，道："十二阿哥是惊风了。"

如懿未闻此名，急得攥紧了绢子："是什么症候？"

江与彬道："惊风乃外感时邪，暴受惊恐所致。小儿神气怯弱，元气未充，不耐意外刺激，若暴受惊恐，使神明受扰，肝风内动，便会有此症。微臣立即开药方为阿哥延治。"

如懿喉头一松，语调终复如常："有你这句话，本宫放心许多。"

江与彬又道："行在里应备着琥珀抱龙丸，有镇惊安神之效，可先用温水化了服下。微臣还会开些人参、甘草益气扶正；菖蒲、石决明息风开窍。不过此病可大可小，阿哥身边一定要有妥当之人细心照拂。"

如懿连连答应了，江与彬便叫跟着的小太监取了药丸来化了，亲眼见永琪服下。如懿才叫容珮跟着下去取药方，自己则守在永琪身边，握着他的手，细细为他擦拭额上汗水，潸然落下泪来："海兰，终究是我无用，护不住自己的孩子。"

海兰依在她身边，温柔道："姐姐别这样说。皇上不是不救您和十二阿哥，是凌侍卫比皇上更情急更在意您了。"海兰眸底乌沉，沉吟着道，"我怕今夜之事，比起刺客，皇上更恨凌侍卫。因为，我和皇上，都看到了凌侍卫拼死揽住你时的不顾一切，还有他救你时的那种眼神，我知道他可以为了救你不惜一切。姐姐，我真是看得心惊肉跳。"

心底轰然一声，多少前情涌上心头。如懿只得道："我与他是患难之交。"

"患难之交无须这样为您赔上性命。就算是奴才对主子，那也过了。"

如懿含泪道："我明白你的意思。"

似有若无的叹息，在一盏盏跳跃不定的烛火明灭中沉沉拂落。海兰压低了声音不无担忧："姐姐，难道你是羡慕恂嫔有阿诺达？"

如懿恻然摆首："怎会？我从陪在皇上身边那一刻起，便知道，我这一世可以有的男子，可以依靠的男子，只有他一人。我所有的荣辱悲喜，都只在他一念之间。曾几何时，生儿育女也罢，争权夺利也罢，到头来只是希望在他身边可以长久些，更长久些。可是如今，我只羡慕，恂嫔有离开这个地方的机会。所以，今日初发现阿诺达与恂嫔时，我曾有一念姑息，希望他们可以逃出去。恂嫔的确胆大妄为，可她留在宫里又有什么意义？舍弃自己，舍弃青梅竹马的恋人想要求得族人的平安都不能。留在宫里，等待她的除了无宠的孤独和悲凉，还有什么？”

海兰眸光一凉，神色黯淡了下来：“姐姐想去哪里？”

幽静的烛光一芯芯暗红地浮漫在帐幕上，像是映在灰白的江水涟漪里，冷清出奇。灯笼的暖红化开了暗夜的沉寂与阴森，将一双身影长长曳在地上，愈加凄清。

如懿郁郁道：“自进紫禁城，我早已无处可去。所以我总是忍不住想，离开了重重的守卫，外面的天是否是纯净的蓝色？不像我们在宫苑里所见的四四方方一块。外面的日子是怎么过的？油盐酱醋虽然琐碎，是否夫妻间日日平凡而温馨？孩子们可以平平安安出生，健健康康长大？”

言语间总是寂寥。若是这一生过得平安顺遂，何来这些小小的期盼，可以脱出自由身，得一息安乐。如此想着，海兰也沉默了。

不知过了多久，海兰仰起面来，忽然挣出两朵灿烂的笑靥，起身道：“皇上。”

如懿转首看去，不知何时皇帝已然到来，立在帐边，无声地凝视着榻上的永琪。

如懿亦起身，与海兰一同请了安。皇帝挥了挥手：“愉妃，你也累了，退下吧。”

海兰知道皇帝有意独自与如懿说话，递了个惴惴的眼神，忙离开了。

侍奉的人早被打发了下去，如懿便自己倒了热茶递上：“都夜半了，皇上还过来。颖妃不是在侍奉皇上么？”

皇帝简短道：“本不想来，但总还有些挂心。”皇帝径自走到永琪身边坐下，抚着永琪的额头仔细端详道，“永琪这孩子，睡着了也还在害怕。今儿他是吓坏了。”

不是不心酸的。永琪的年纪正是半懂不懂的时候，这些日子被送在海兰身边抚养，眼看着自己受了皇帝的冷落，他如何不明白些许冷暖之情？小小年纪便要承受这些，却隐忍不能对人言，也是他享着泼天富贵之余不能负担的重荷吧。

皇帝的手指缓缓地抚摸着，循序至嘴角，忧声道："朕记得永琏小时候很爱笑，可是孝贤皇后重规矩，日日训导，永琏也不太活泼了。虽然稳重，但总有点老气横秋。永琮一生下来就多病痛，一半奶一半药喂养的，笑得更少。朕真的很希望，自己的孩子可以高兴些，再高兴些。"

他的语气很少这样柔和，是一种颓丧的柔和，让人酸楚，他继续说着："朕有过很多个皇子。去了的永琏和永琮，是朕最期盼的嫡子。可惜他们都天寿无延。永璜的野心太重，永璋懦弱无能，永珹被他额娘金氏引到了邪路上，和永瑢一样只能出嗣。永璇已经伤了脚，永珵一味贪玩。永璐和永琰尚是黄口小儿。朕将至知天命之年，膝下唯有永琪一个成器，还有永璂这个嫡子。"

如懿道："永琪文武双全，行事妥帖周全，是个难得的人才。"

皇帝感慨不已："是。永琪是很好，唯一所缺的只是一个嫡出的身份。因此朕更对永璂寄予厚望，希望他可以有永琪的天分与勤学，哪怕有一半也好。"

如懿哽咽难言，一口气抵在喉间，上不得，下不来。永琪固然是她的骄傲与心血，永璂也是她十月怀胎一朝痛楚所得的瑰宝。她极力平复着心绪，道："皇上所言，自然是对永璂有无限指望。臣妾想着，哪怕他不能担负皇上心中的重托，若是能以一己之力成为朝廷的栋梁，尽辅佐之力，也是好的。"

正说话间，容珮端了药进来，一见皇帝在此，忙行礼问安。皇帝道："汤药搁下，出去吧。"

容珮急忙退出，如懿端起汤药，轻轻吹着，细心喂到永璂唇边。药汁顺着他的口落至咽喉，并无呕吐的迹象。如懿稍稍心安，拿绢子擦拭了永璂唇边药迹，复又一点一点喂进。

皇帝看她无微不至，也不觉有几分心软，然而见永琪这般病弱，不觉又蹙眉：“朕对永琪也算是悉心教导，这些日子来都亲自带在身边。可惜你的儿子天资有限，永琏在时……”

如懿硬生生忍着气喂着汤药，听得心头如刀绞一般，实在忍无可忍：“臣妾的儿子？皇上，天资有别，永琪或许不如旁人，臣妾也无话可说，总之是辜负了您的心意。来日他若好，自然是爱新觉罗的子孙，便是不好，又能只把他归于乌拉那拉氏么？”

皇帝听她口气冷硬，丝毫不肯服软婉转，也不觉有气：“永琏的好，自然是有孝贤皇后谆谆教导，费尽心力。至于永琪被挟持，朕何尝不心疼。可当着人前，他这般害怕无用，朕才忍不住拿他和永琏比了几句。”

如懿见一碗汤药喂到了底，那乌沉沉的药汁，搅起了底下的残渣，泛着辛苦的气息。她的口舌里全是这种辛辣苦涩，便跪下道：“永琪不过九岁，还是懵懂稚子。于您心中，到底是孩子的平安康健要紧，还是人前的颜面要紧？是舐犊情深要紧，还是君臣颜面要紧？”如懿绷在面上的笑意渺漫如烟云，带着蒙蒙的雨气，“皇上，臣妾有时候真的不懂，您心中真正在意的，到底是什么？”

皇帝目光如剑，朗朗然掷地有声：“朕要的不仅是一个皇子，更是帝国的继承者。”他的面上闪过一丝痛心与焦灼，“有能者非嫡出，嫡出者力不及，朕如何能不忧心忡忡！朕是皇帝！朕得先以一个皇帝的身份考虑。”

“皇上，稚子刚刚无辜受惊，且惧病在床，是否先安慰孩子紧要？且恶意行凶者是刺客，防卫不当者是驻守，最无辜的是永琪，永琪为何反而要受您的质疑和斥责？即便身为皇子，所受期望不同，您也不必把这些话当着孩子的面说。”

“你对朕的不满不也是在孩子面前直言么？朕这个人父你不满意，为人夫是不是你更不满意。”皇帝沉默良久，“如懿，朕在你心里，是不是不算一个合格的人夫？那么你心里，谁更合适些？”

如懿紧紧地搂着怀中的永琪，心底的凉意一阵复重一阵：“臣妾从一开始，认定的人就是您。皇上有别的儿子可以和永琪比，臣妾心里没有别的男子和皇上比。”

皇帝的神色渐渐缓和下来，他伸出手，想要抚摸如懿的脸。在指尖即将触碰的一瞬，她避开了。

他僵了片刻，很快干笑：“皇后，朕让你静心思过，看来你还是未曾改了自己这等不知进退的过错。”

一颗狂跳至错乱的心静静定了下来，如懿叩首：“皇上，臣妾知错。但臣妾一直以为，臣妾的直言是皇上所在意的。夫妻君臣，无不可直言。”

皇帝无声垂下眼睑，投出两弯深青色的阴影：“皇后，朕是皇帝！”

如懿沉静相对：“皇上，您是人父，也是人夫！”

“放肆！”他的呵斥声是累累的磐石，滚滚坠下，“别以为你是皇后！皇后也是奴才，你们都是朕的奴才！别妄想干涉朕，动摇朕！”

是什么东西，被无声地碾得粉碎。心中纠结的爱怨痴嗔，伴着一声复一声的刻漏从心上残忍地镇压，再无重圆的可能。

她唇角挑起一丝冷笑，干涸的眼底有冷焰跳跃。“皇上说得真好！金玉良言，臣妾受教了！”她深深拜下，“臣妾视皇上为夫君，皇上并不只是视臣妾为妻子。臣妾是皇后，皇后也不过是后宫一个品衔官位，和前朝的文臣武将没什么区别。孔夫子云：吾日三省吾身。说的就是要常思己过，知道自己的分寸。”

皇帝盯着她，似乎要追到她的眼底心内：“你懂得这个道理，那朕就再教一句话，这句话只有两个字，顺服。你是皇后，你顺服则是嫔妃顺服。朕立你为皇后，便是要你做后宫的表率，天下女子的表率。”

他说罢，再不顾如懿，拂袖离去。唯余她跪在坚冷的地上，寒意浸浸，蚀骨吞身。

翌晨永琪便查得，阿诺达溜进行在，竟是科尔沁那边防布松懈了的缘故。一早科尔沁的王爷便领着寨桑根敦一同来求见，直说是自己失职，才会误放入了刺客。那科尔沁王爷战战兢兢，冷汗满额，恨不能叩首请罪。

皇帝顾着科尔沁是多年姻亲，王爷又是和敬公主的公公，便格外地温言安慰，不与科尔沁相干。那根敦也是满面紫涨，他尚不知自己的女儿豫妃获罪，言语间颇有探听之意，皇帝越发含笑亲切，只说豫妃在陪皇后说话，不能出来见面，而他父女昨夜在宴饮上也算遥遥见过，根敦也不好再言语，直说新春若能入京觐见，再教导豫妃。皇帝说罢，照例又有赏赐，科尔沁王爷看着无事，才告退了。

二人方走，皇帝的笑容便冷了下来，永琪先道："科尔沁王爷是言辞真切，那根敦显然是言语有些闪烁。虽然认了是科尔沁防卫松懈，可说话间总是推在阿诺达窥探寻机，咱们想要重责也不能了。"

"根敦陪着科尔沁王爷来，就是要朕顾念姻亲之友谊，他还说要新春入京教导女儿，就是要朕保着他女儿的性命。果然颇有心计。"他越发疑惑，"豫妃才到木兰围场不久，就有刺客行刺。而且……豫妃曾与宫外传递消息算计朕，才被朕与皇后禁足。她满心的盘算，是能除了永璂，断了皇后的指望和依靠是一着；能借此乱了后宫争宠上位是二着。若是不能，豫妃父女也能保无碍，总之都推在刺客身上就是了。这个贱妇！朕就不该解了她的禁足。"

永琪见皇帝面色铁青，显然动了真怒，也怕皇帝伤了身子，少不得劝道："不过科尔沁王公首领都在，和敬姐姐与额驸也在，总不能太伤科尔沁的颜面。"

皇帝满意地看永琪一眼，大有赞赏之意："你确是成熟了，思虑周详。万事大不过前朝国事，后宫的事大可悄悄处置。这种惹是生非之人，送回宫每日抄经思过。等过了新年，豫妃平安见过科尔沁王公，朕再好好处置她。"

永琪心知皇帝这般打算，定是要保住了表面和睦之后，寻个机会将豫妃发落去哪个行宫禁足终老，自生自灭。他想着昨夜那一幕，胆战心惊，总觉着这般处置还是太便宜了豫妃，可他是人子，也不可在庶母的事上多言，便立刻出去，叫老姑姑用布堵了豫妃的嘴，塞进马车先行送回了紫禁城。

连续几日皇帝都无行猎之心，草草让几个阿哥去与蒙古诸部宴饮，到了晚间，便至嬿婉或颖妃帐篷歇下，再少与如懿照面。

直至木兰秋狝回宫，直至永琪病愈，复被送至海兰身边养育，直至如懿再度避世于翊坤宫中，她没有再与皇帝有一言的交集。心里反反复复念着的，是从前读过的一句诗，“与我偕老，老使我怨”。年少时未曾期许过的，连失望时也未曾想过，原来他是这样自负，自负至凉薄的人。

恂嫔的死也无人再提起，迅速湮没于秋狝后盛宴举杯的欢浪里。左右她的生与死都逃不开紫禁城重重红墙的禁锢，依旧按着恂嫔的名位，草草下葬。

那仿佛也是她日后的收梢，永远看不见光明的尾巴。

偶尔的安慰是，在秋狝回銮的途中，遥遥望见凌云彻的背影，如远山巍峨，心里便定了又定。还好，还有他在。

并无说话的机会，也不欲在此点眼。凌云彻虽然救了他们母子，可皇帝并不那么喜欢，赏赐归赏赐，却连一句安慰褒奖的话也没有。可不是，谁喜欢用旁人的英勇气概来彰显自己的自私凉薄呢？

海兰亦常常陪在她身边，她更不喜凌云彻靠近。保持着刻意的距离，维持着尊卑的高低，除了眼神流转的交集，知道彼此都是无恙，便是最好的安慰了。

过了初秋便是深秋，连着初冬，京城的冷意总是来得迅疾且不动声色。画堂深锁，肌骨暗销，因着这料峭的寒意而显得合宜了许多。

这一日嬿婉照旧在养心殿陪伴皇帝，二人饮着奶茶，闲话宫中琐事。大约是炭火的气息让人有些发闷，纵然嬿婉丢了几根松柏枝叶和橘皮进去，皇帝仍有不适。进忠乖觉地打开长窗一隙透气，皇帝本与嬿婉说着什么，忽然停了言语，只看着窗外，面色阴郁。嬿婉顺着皇帝的目光望去，正是守卫在外的凌云彻。木兰行刺之后，凌云彻得了褒奖，依旧每日戍守皇帝左右，可有些东西，是不一样了。她忽然明白了皇帝的心不在焉，只觉得心中一阵阵发冷，想要再与皇帝说宝月楼添置东西之事，也是实在无心说起了。皇帝也无久留她之意，便打发她先走了。嬿婉出了养心殿，春婵便言："从木兰围场回来，皇上就有些怪怪的。奴婢看见皇上盯着凌大人的眼神，实在有些害怕。"

连她也察觉了呵。嬿婉满心寒意，嘴上却不肯饶过："一个人自己不懂得惜命，偏要作死，有什么办法呢。便是有人提醒，他也不会听的。"

皇帝不耐烦嬿婉在身边闲话，待到奶茶凉了，也只是默然。这般更无人敢留在身边伺候，唯有毓瑚进来，换了炉中的龙涎香，又烹了新茶，温言道："皇上从木兰围场回来就有心事。这小半年了，您和皇后娘娘疏远了。"

皇帝取过紫檀木盘中两颗核桃在手心慢慢搓着，双眉紧蹙："政事清明，家事乱心。朕与皇后彼此猜忌，皇后待朕不像从前了，朕也疑心一个人与皇后有私情。"

毓瑚也不言语，只是关上长窗，将凌云彻的背影隔绝在外。她的动作利索而轻盈，仿佛将那寒意也一并隔绝在了外头："皇上的疑心没道理。当年安吉大师的事，已经伤过皇后的心了，您不能再疑心皇后娘娘了。"

那一对核桃在皇帝手心咯嘣作响，倒将皇帝轻默的语调遮去了三分："朕是男子，明白那种眼神，明白他揽着皇后时的那种情意。虽然没有证据，但朕还是不放心。"毓瑚心底一紧，只怕皇帝要做出什么事来，皇帝的眼神有些软了，"可是哪怕朕满心疑惑，许多事朕想做而不敢做，只怕真相和朕猜的一样。"

毓瑚这才敢劝道："皇上，疑心是根刺，不能扎在您心里，伤人伤己啊。"她见皇帝只是啜茶，又道，"皇上，凌侍卫救过皇后，救过孝贤皇后，更救过您。奴婢和凌大人打过交道，他是个正派人。而且皇后娘娘是什么心性，您是最清楚的。"

皇帝唇角多了几分苦笑："朕就怕那时候让如懿进了冷宫，几次三番都是凌云彻救的如懿。在如懿最需要朕的时候，是凌云彻在。朕从前不觉得怎样，这次木兰行刺之事后，朕想起冷宫的事就觉得心虚了。”他盯着毓瑚，“那么，你告诉朕，朕身边有几个人是待朕毫无私心的？”

毓瑚无奈地叹一声气，她还想再说什么，皇帝轻轻地摆了摆手，丢开了手中的核桃，便往书房去了。

到了黄昏时分，嬿婉去了宝华殿上香回来，正遇凌云彻要去接永璂下学，凌云彻有心要避，想想这般走开终归是无礼，只得依着规矩上前请了安，嬿婉正眼也不看他，只淡淡道：“趁早离皇后远远的，她是不祥人！她克夫、克子，她会克死身边所有人！”

凌云彻愣了片刻，立刻蹙眉，强硬得不留余地：“请令妃娘娘慎言，断不可对皇后娘娘这般冒犯。”说罢，便躬身离开了。嬿婉满心气恼，想起木兰围场他不顾一切救护如懿，已然是半点不将自己性命放在心上，更莫说一个魏嬿婉了。她沉思片刻，眼中已满了凛然寒霜之意，春婵看着她，不觉打了个冷战。嬿婉缓声道：“叫进忠来，本宫有话吩咐他。”

凌云彻接了永璂回延禧宫时，海兰早已翘首候在廊下，每日如此，从不疲倦。她一直待永璂很好很好，悉心周到，更甚于亲生的永琪。见了永璂回来，海兰忙叫叶心带了进去喝早已熬煮好的红枣粥。凌云彻正要告退，抬首见海兰眉色微凝，知道她有话要说，便恭谨垂手立着。

海兰抚着皓腕上浓绿一汪玉镯，仿若无意道：“凌大人最近可有见到皇后娘娘？”

凌云彻只道奉命每日将十二阿哥送到延禧宫，并未见过皇后。海兰面上挂着淡然笑意：“不见也好，彼此相安。”她虽是笑着，口中却殊无温意，只以身份划开楚河汉界，“你救了皇后娘娘和十二阿哥，本宫谢你。但身份已定，如云泥之别。你离皇后娘娘越远，她越平安。”

凌云彻心中微微酸楚，却也明白，便坦然应允。海兰犹是不放心，盯着他面孔道：“你上回为了救皇后娘娘不顾自己，以后还会这样么？”

凌云彻拱手：“这是微臣的本分。”

海兰这才稍舒一口气："有你这句话就好，但是你要回护皇后娘娘，也别让皇上疑心了娘娘。"

凌云彻明白她语中分量，郑重叩首，这才离去。海兰盯着他的背影，眼中闪过一丝戒备，只听得身后永琪呼唤"愉娘娘"，方才换了笑容进去了。

初冬时节，御花园中的枫树叶缘已全然泛红，万叶千声，迎风作响。她岑寂独立，一袭寻常深浅二紫色缎袍，舒袖临风，卷起衣袂翩翩，湛然如谪仙。看得久了，那紫便融进了漫天的血红之中，浑然不见踪影。她就会想起那一夜的恂嫔，她胸前的血，阿诺达的血，似乎添了御苑枫色的一笔浓墨重彩。

这般想着，回首才见有人来，竟是香见。

她穿一身月白衣裙，披风也是浅浅的莲紫色，绲了一圈薄薄雪狐风毛。她的头发松松拿镏金扁方绾成横髻，珠钿疏疏却精致，缀着新鲜胭脂花，簪着一枚绞串珍珠银流苏长簪。恰如宫人所言，哪怕皇帝不如从前那般痴狂，待她到底是宠爱无俦的。虽然她无心装扮，可素日所用无一不贵，哪怕随手用上一二，都是倾城之物。只那一支长簪，那流苏勾勒精心，丝丝如女子青丝纤细，绕成花鸟纹样，再纤纤坠下，非工匠耗目半岁不可得。明珠颗颗比拇指还大，泛着柔和的粉红色，乃是采珠女潜入深海所得，便是奉上万金也难求得。连身上衣衫裁成，必是织造府倾心制成，最先供她挑选。

香见却不甚在意，她解下风帽，露出秋水空蒙的双眼。蛾眉照例是淡淡扫，朱唇也只是随意点就，是慵懒梳妆的模样。御苑中有四季不凋的常青树，亦有满天冉烈的红叶，她静静地立于其下，清艳不可移目。

香见不复从前倨傲，也学会了宫中礼仪，只是显得生疏："皇后万安。"

容珮惊诧得合不拢嘴，但见如懿目光扫来，立刻低眉敛容。

如懿颔首为礼，道："你难得出来。"

香见轻嗤："就算要被困死在这里一辈子，也得看看自己的牢笼是什么样子。皇后娘娘不也是这样么？”她抚着手臂，“你应该见过天上的鸟吧？被剪断了翅膀，哪里还能飞呢。到头来，我的勇气还不如恂嫔。”

如懿道：“你也知道了？说来恂嫔的父亲惨死，族人凋零，无所牵挂才冒险犯大不韪。你终究不同，牵绊太多。”

“平日里看恂嫔闷声不响，倒做出这样惊天动地的事来。”香见满是钦慕，“不承想是她，做了我最想做的事。”

如懿看她一身宫装打扮，花盆底的鞋履款款走来也无不妥，便道：“你仿佛适应了许多。”

初寒的风掠过，如秋水般泠泠爽爽，身上的衣裙被风鼓起，窸窸窣窣如悄声细语，是静夜里涌动的细浪。

“适应容嫔这个身份么？”她一笑，嫣然无双，“据说按着皇上如今的宠爱，我迟早会登临妃位，或者贵妃位，是么？”她笑色骤冷，“我不怕告诉你，穿着这身衣裳，行着这些礼仪，我心里想着的，只有我愿意想的人。”

红叶的光泽浸染上如懿所穿的浅紫云纹大襟外衫，交织的艳色迸出华丽的质感，并且装点出一种温暖的假象。

如懿看着她：“这样的话，你肯对本宫说？”

“有何不可？”她目光清澈，“因为这个地方，只有你真心劝我活下来，顾着我身后的族人。算来，你当年也是为了皇上才这般劝我，可到头来，这宫里唯一的一点真心，竟也是你给我的。”

日色正好，映得屋角脊兽流光错彩，风里泛起了阵阵素菊香，红叶纷纷璀璨着含朱流金的光芒，又是太平年景里的晴好时光。谁理会，她们各自心事凋落。

驻足间，却见李玉陪着永琪自慈宁宫一带过来。永琪见了如懿，面露喜色，连忙唤道：“额娘！”

如懿一把抱住他，喜得泪盈于睫：“永琪，你胖了些。”

永琪点头，很是高兴：“愉娘娘对我很好，额娘放心。”

如懿心头暖洋："有你愉娘娘在，额娘当然放心。"

李玉上前道："皇后娘娘，十二阿哥刚去向太后请安。太后听闻十二阿哥在木兰围场身受惊吓，也很是挂怀呢。"

年华滔滔而去，太后也成了垂垂老矣的白发妇人，守着膝下温婉孝顺的女儿平和度日，也越来越有一副老人家才有的软心肠，疼爱稚子晚辈，更怜永璂不得在如懿身边教养，所以格外照拂。

容嫔向来不喜人多，转身去了。如懿见只有李玉带着乳母嬷嬷陪侍，并有两名御前侍卫，不见素日常陪着的凌云彻，便道："仿佛许久不见凌大人了。"

李玉面色一沉，复又笑道："自从木兰秋狝凌大人救护有功，皇上便格外器重，总留在御前。"

永璂朗朗道："儿子也久不见凌侍卫了。皇阿玛说不必他再照顾我往来。"他想一想，迟疑着道，"其实儿子觉得凌侍卫性子温和，又能救儿子，实在是很好的。"

李玉嘴角微微垂落，似有苦衷，然而很快笑道："阿哥快别这么说了。凌侍卫是侍奉皇上的，若无皇上关切，凌侍卫怎能救您？到底还是皇上恩泽庇佑，您与皇后娘娘才能安然无恙啊。"

越是机巧地掩饰，越是有什么不可言说的秘密。有狐疑的荫翳蔽上心间，如懿温然道："永璂，额娘为你缝制了一件冬衣，你和容珮回翊坤宫试试。"永璂乖顺地答应，跟着容珮走了。

如懿定定望着李玉，沉声道："你也不大好过吧？否则陪着永璂往慈宁宫请安这等小事怎都是你一个御前大总管来做？"

李玉恭顺垂眸："做人有高有低，进忠年轻力健，嘴乖舌滑，又有令妃在身后，自然得意些。但十二阿哥是嫡子，奴才有幸侍奉，是奴才的福气。"

如懿郁郁不乐："永璂虽是嫡子，但与永琏和永琮在时相比，大为不如。木兰围场一事，皇上几度看轻永璂，要你侍奉，也是不尴不尬。"她目光陡然锐利，“你且如此，凌云彻更是不好吧？”

“山高水低总是常有。凌大人救主有功是好事，但太过显眼，只怕皇上心里也未必乐意。”他连连摇头，“说来自从豫妃不必被禁足，每日在宫中闲荡，也是点眼。只怕皇上看凌大人，也是这个样子吧。”

心底的微凉如这个季节不期而至的清霜，她低低道：“若是见到凌大人，请叮嘱他好好保重，韬光养晦。待得冬去春来，自然可以一切无恙。这句话，本宫也说与你听。”

李玉郑重颔首，拱手辞去。

第十五章

流言

寒衣一重重添上，暖炉也一个个生起。来不及叹“天凉好个秋”，便到了“晚来天欲雪”的时节。有时候闲来无事，听着窗外风涌叶落声，恍然间觉得自己是坐在江心一叶孤舟上，眼见江水东流，飘摇不定。

如懿与皇帝倒也常见到，只是典仪时分不必说话，他与她只需保持着庄重肃穆的模样，如供在殿上的神尊，宝相庄严，供人瞩目便可。私下间独自相见的机会略同于无，因为即便是言说内宫事宜，嬿婉也多是在的。于是，说的话也越发冠冕堂皇。所以，有时候连她自己也恍惚，在当年的当年，在遥不可及的日子里，那些动人的情话是怎样从同一张嘴里甜润地说出的呢？彼此有情的时候有说不完的话。如今说话或许还伤了彼此，不如相对无言的好。

帝后的冷淡间，关于如懿和凌云彻的流言，是在乾隆二十六年的初冬开始甚嚣尘上。人人都在传言，中宫皇后是如何和一个比她小一岁的侍卫眉目传情，私相授受了二十年。如懿一开始只装作不闻不问，也不愿理会这些无稽之谈。可是流言的传播，永远比最厉害的瘟疫传播得更快。很快，她就发觉，无论自己走到哪里，恭敬温顺的脸孔一背转过去，就是窥探、好奇、讥讽与笑话。

乌拉那拉氏高傲的血液流淌在四肢百骸里。如懿情愿被人狠狠地扇耳刮子，也受不了背后的阴毒流言。

那流言自进忠而起，嬿婉自然是一清二楚。进忠过来请安侍奉时，也笑言：“要不是凌云彻拼死去救皇后和十二阿哥，也不会有流言啊。”

嬿婉弹了弹寸把长的赤金镂空护甲，厌烦道：“侍卫救主子原本没错，可要挡了本宫的道，那就罪该万死。额娘是被皇后害死的，本宫的孩子一个个不能留在身边，都是皇后害的。凌云彻还拼死帮着皇后，那就是和本宫作对。”

进忠端详着嬿婉的面孔，眼见她水剪双眸间那分决断，自是越看越欢喜。若能看她亲手舍去凌云彻，那是肝脑涂地也会为她去行事。他一时高兴，也忘了分寸，忍不住将扶着嬿婉的手在她手心轻悠一转：“除掉了皇后……奴才扶着您的手陪您走到中宫的宝座上去。您说，您不想母仪天下么？”

嬿婉机敏地将手一缩，抬手抚了抚蝉翼般的鬓角，微微黯然：“那是不可能的。”

进忠往嬿婉身前一凑，闻着她云锦衣衫上幽幽散出的甜雅香气，几乎要醉死过去，口中也忘了忌惮，直道：“只要皇后一死，愉妃和五阿哥一倒，宫里谁的位分有您高？谁的皇子有您多？皇后之位迟早是您的。谁要挡您的道儿，您都不能留他。”

嬿婉眼珠轻轻一转，拍了拍进忠的手背：“你是聪明人，替本宫去永和宫走一趟。”

关于如懿和凌云彻的流言越传越盛，本有炽天之祸。然而，另一种新的流言便覆盖了这种旧闻。新的流言便是，令妃魏嬿婉与御前侍卫凌云彻曾是私订终身的青梅竹马的恋人。这个传闻似乎比如懿的传闻更容易让人相信，毕竟，相对年轻貌美的宠妃比高高在上不苟言笑的皇后更适合香艳而扑朔迷离的故事。而这个故事，似乎证人更多，曾经冷宫的侍卫、四执库的嬷嬷，似乎都能说上一点有鼻子有眼的段子。

这一点让嬿婉很是气结，却又无可奈何。连她自己都不曾想到，那段尘封在紫禁城犄角旮旯里的未曾绽放完全的感情，会突然有眉有眼地跳到跟前来。

而当如懿在看到海兰教诲着四执库的嬷嬷怎样把关于嬿婉和凌云彻的故事讲得绘声绘色而又不把自己牵扯入内的时候，她终于难以抑制心头的怒火，传了海兰入了翊坤宫道："你这样做虽然撇清了我，但对凌云彻而言，还不是一样要身陷流言！"

海兰的目光意味深长地在如懿身上探询："凌云彻成为磨心又怎样？他要下地狱又怎样？只要那个人不是姐姐，我就敢去做！何况魏嬿婉要害姐姐，我怎么会容许她得逞？以其人之道还施其人之身，是最好的办法！"

如懿心痛："那会害死凌云彻的！"

海兰快意地笑着："那又怎样？如果一个凌云彻能赔进一个令妃，我觉得划算极了。"她的目光中浮起深深的忧虑，"可是姐姐，怎么你舍不得一个凌云彻么？"

如懿断然以拒："凌云彻多次救助于我，他不该成为我和魏嬿婉之间彼此争斗的牺牲品。"她逼视着海兰，"海兰，你以前并不这样。"

"姐姐以前也不这样，我们都曾经温良恭俭让，柔弱无依等待保护，后来才发觉一切成空。"海兰满不在乎，"姐姐，每个人在这里都会发疯。我们若不跟着一起疯，迟早也逃不掉！"海兰忧心道，"姐姐，我说句僭越的话，不要有自己在乎的人。不要！否则您在乎的人一定会成为您的软肋的。"

如懿盯着她道："你怕我在意凌云彻？"

海兰少有这般冷硬的语气："是。他不值得姐姐在意。"

如懿不言，只是紧紧抿住了双唇。

很快，连皇帝那里也耳闻了。那一日他闲闲画着一幅墨梅图，却连画了几张都不甚满意，随手丢在了一边，只嫌世事不能如水墨画这般黑白分明。他搁下画笔，看着毓瑚道："凌云彻和皇后有流言就罢了，干令妃什么事？"

毓瑚便将查得凌云彻与令妃的来历一一回禀，二人同是盛京一个庄子上的人，刚进宫的时候也有来往，彼此照拂，令妃还是宫女时也去冷宫找过凌云彻。之后就没有什么交集了。便是有一回令妃挨了太后的打趴在地上，凌云彻也没多理会，只叫人送了令妃回去。

皇帝听她说完，倒也不甚放在心上：“这么说，皇后和凌云彻的交集来往多多了。”

毓瑚觑着皇帝的面色，小心翼翼道：“皇后和凌云彻有来往也是寻常。毕竟在冷宫时，皇上安排人去暗中照料，奴婢找的就是凌云彻和赵九宵。”

皇帝冷笑一声，随手将蘸饱了墨汁的画笔一推，在满桌雪白的宣纸上洒开了一路淋漓，方道：“那就是朕自作孽了？”

毓瑚纵然侍奉皇帝多年，也未曾见过他这般模样，可这话她若不说，旁人更无从劝起。她斟过一盏清茶，缓和道：“皇上何必钻这个牛角尖儿。闲话就是闲话，不值当听。”

皇帝却只是摇头：“空穴来风未必无因，朕一定得问问皇后。”毓瑚很知道这位自己一手带大的皇帝有些古怪性子，只能道：“话问出口，便是伤人了。”

“伤人也比朕伤心好。”

毓瑚也有些急了：“皇上不在意凌侍卫和令妃的闲话，只在乎他和皇后的闲话？”

皇帝嗤地一笑，略有些鄙夷：“令妃？她是朕一手调教出来的，之前她无知粗俗，比之皇后，凌云彻实在没什么可喜欢她的。之前既然不喜欢，后来也无交集，碰上都是冷淡，那想来更没有什么。不似凌云彻和皇后，在木兰时朕亲眼见到的。不过，朕还是想问问令妃，看她如何表示。”

进忠得了消息，便立刻往永寿宫去，恨不得替嬿婉下了决心，一一道：“这件事您可别舍不得凌云彻，更不能坐以待毙。先去养心殿，把自己摘干净。您与凌云彻的旧事，您得说得坦然，说得轻描淡写。若涉及皇上要处置凌云彻了，您就努力推一把，越狠心越好。”

嬿婉急得失了方寸，死死掐着手心道：“光这样本宫救不了自己。”

进忠眼中闪过一丝狠意：“那就找个熟悉凌云彻的人，把他所有的事有的没的都翻出来，只要能解了您的困局就好。”

嬿婉犹疑片刻，还是重重地点了点头。

隔日，皇帝的传召便来了。

因着新雪初降，殿中已经通了地龙，一室暖洋如春。阁中铺了新色猩猩毡，花梨罗汉床上设着明黄彩绣云龙吐珠并八寿联春的靠背引枕，一应的黄缎金龙绛丝垫上展着赤红火狐皮坐褥，陈设中华贵而不失新意。

皇帝一副轻描淡写的口吻："外头都在传你和侍卫凌云彻的流言，你自己可听说了？"

嬿婉一贯的低首垂眉，以恭敬婉顺的姿态在皇帝跟前："皇上，臣妾都听说了。臣妾出身寒微，与凌侍卫原是同乡，自幼相识。若说一句青梅竹马，臣妾也不敢驳回。"

皇帝幽然远望天际："你倒肯自己到朕跟前说这句实话。"

嬿婉见皇帝半是玩笑的神色，心中紧张不已，不觉含泪："皇上明鉴！臣妾问心无愧，所以敢言。臣妾为宫女时，因着同乡缘故得凌侍卫几回照应，结果惹了闲言闲语，臣妾为着彼此名誉便疏远了。直到凌侍卫救驾有功，侍奉皇上身边，大约是怨怪臣妾早年疏远，他也不大理会臣妾。同乡之谊自此成了陌路。"

这略略一席话，有多少前尘往事夹杂在风烟间扑面而来。皇帝斜倚在暖阁的软榻上，银盆中的红箩炭蕴着融融的暖意，和着炭盆中新折松枝的气味，让人酥沉中又有甘冽清新之意。皇帝穿得轻暖，一袭狐裘搭在膝上，只是盯着嬿婉不作声。

嬿婉粉面涨得血红，顺着皇帝手臂上丝滑锦袍倏地跪下，仰面含泪泣道："就算皇上要查，臣妾也不怕，更盼皇上查个分明，还臣妾清白。"

皇帝神色愈加和悦："凌云彻一个侍卫，惹你身陷流言，你觉得如何处置为好？"

皇帝靠得那样近，呼吸间温热的气息潮湿地拂在她的耳后。可是分明，那样的气息里和着脂粉旖旎的清甜，仿佛是芬芳的花朵，凝在他的口唇鼻息之间。嬿婉不知怎的，更畏惧了三分。她下意识地微微侧首，避过那香甜的侵袭，恭恭敬敬道："若能杀之而除流言，臣妾愿意。臣妾是皇上的妃子，绝不能因他人而污了自己清白，毁了皇上圣誉。”

皇帝微凉的指尖拂过她耳垂上碧玉桐叶垂珠坠，那碧玉有沁凉的触感，摇曳着轻轻触上脖间裸露的肌肤。他的手指所到之处，嬿婉不自觉地起了一身的细细栗子。在她的悚然里，皇帝终于松缓了口气：“你敢告诉朕昔日之事，可见心底坦荡。起来吧。”

正沉默处，忽听得外头喧闹声大作，似是李玉阻挡不住，豫妃急切的声音直传入内：“皇上，臣妾有要事相见，皇上！”

皇帝久久不见她，闻她声音，很是不耐烦，深悔自己放了这等放肆无知的妇人入宫。正要出言打发，只见两扇朱漆填金殿门轰然而开。豫妃直冲了进来。

想是太过心急，豫妃云鬓微微蓬松，几缕鬓发黏在面颊上，越发显得脂粉光腻。她狠狠叩了个头道：“皇上，臣妾叩见皇上！”

皇帝连看亦懒得看她，道：“养心殿你也敢擅闯么？当真是糊涂透了！”

豫妃带了哭腔，狠狠磕了个头道：“皇上，臣妾虽出身蒙古，但礼义廉耻、忠贞孝义还是知道的！臣妾擅闯养心殿，只为宫闱名誉，不得不冒死一见。”

嬿婉登时喝道：“豫妃，皇家清誉，容得你这般放肆胡言么？”

皇帝脸色亦是难看：“豫妃，你屡屡犯错，朕看在你母族的分儿上宽宥了你。你要再敢任意妄为，朕便废了你的位分！”

豫妃连声道：“皇上，若不是铁证如山，臣妾怎敢舍出这条性命来说！”她膝行到皇帝跟前，紧紧扯着他的袍角，厉声喊道：“皇上，皇后娘娘与凌云彻有私，臣妾不敢隐瞒！确是有人证物证啊！”

嬿婉见皇帝着恼，忙收敛了唇边冷笑，只作关切：“什么人证？”

豫妃冷着脸，毫不畏惧，目光灼灼：“那人证便是侍卫凌云彻的枕边人，茂倩！”

皇帝一张面孔愈见冷峻：“茂倩是朕赐婚于凌云彻的。”

嬿婉忽而生了微凉如雨的笑意，朗声道："若说是旁人，本宫还能信一二分。只是凌云彻，哪怕铁证如山，本宫也不相信！"

豫妃冷眼睨着嬿婉，气哼哼道："你倒知他？别以为他是皇上身边近侍，便如此奉承偏帮！"她咬着牙，满面有得意之色："皇上，那日木兰围场恂嫔谋刺，凌云彻不顾皇上先救皇后，臣妾已生疑惑。但念及茂倩乃凌云彻妻室，便派人将他奋不顾身之事告知茂倩，也安慰茂倩一切平安。谁知茂倩听闻之后不曾为凌云彻救皇后而喜，反而大哭大闹，语出怨怼。臣妾听闻后更加疑惑，回京后立刻召茂倩入宫细问原委，才知他夫妻二人不睦已久，只为凌云彻心有所属。"

皇帝越听眉头越紧，问道："茂倩何在？"

豫妃扬眉含笑，急急道："皇上莫急，臣妾为求万全，已带了茂倩入宫，在外候着了！"

皇帝默然片刻，那沉吟分明有山雨欲来之势，迫得殿内诸人大气亦不敢喘一声。还是嬿婉奓着胆子婉言劝道："皇上，茂倩固然是满洲格格，但凌云彻也屡屡救驾有功。若要对质，不可光听茂倩一面之词。"

皇帝瞟了立在一旁的李玉一眼，漠然道："凌云彻何在？"

李玉正听得抓心挠肺，愁肠百结，忽听得这一句，忙不迭道："皇上，凌云彻今日当值，只还未到时辰，尚在庑房歇息！"

皇帝扬一扬脸，唤道："好。你去带茂倩进来。再去传皇后，让她也来听听。"

李玉巴不得这一句，忙忙出去。待到了门边，见茂倩一脸恨色，心中越发不祥，只得道："凌夫人，皇上唤您。您一进去，一言一行可是关乎你与凌大人两人。夫妻本该同心……"

茂倩轻哼一声："我既来了，便什么都想明白了。"

李玉不敢再逗留，便也匆匆去了。

茂倩因是满洲格格，打扮得格外体面。只见她一身荣蓝色新缎描银掐花绛丝出灰鼠毛褂子，蜜荷色缠枝团花马面裙，梳一个端端正正的小两把头，簪着红绒绒花朵，缩了一枚玳瑁镶珠石扁方，也不用流苏簪饰，倒显得落落大方。她显然刻意打扮过，一身颜色衣裳显得温和可亲，唯有一双吊梢眉，才有几分凌厉之气。

她行云流水般行礼叩了大安，也不起身，楚楚道："妾身蒙皇上赐婚，感恩不尽。今日未曾奉诏便擅自入宫。无论皇上等下如何责罚，都请受了妾身一片孝心。"说罢，又重重磕了三个头。

皇帝打量着她气色，虽然妆容精心描摹，细看之下仍可见她眼角眉梢的憔悴之色，当下便有些不豫："怎么？朕赐婚与你和凌云彻，你们夫妻却过得这般不好么？"

茂倩甫一见问，便咬住了唇，强笑道："皇上为妾身和凌云彻赐婚，自然是妾身的无上荣耀，一辈子的体面光辉。妾身嫁与凌云彻多年，他一不纳妾，二不拈花，可算是一个正人君子。所有月例供奉，都交予妾身安家度日。于此事上，妾身没有怨言。"

嬿婉笑吟吟看着她，那笑却是冬日里的太阳，看着和暖，却毫无温度："既然夫君待你不薄，你为何还要面圣告状？"

茂倩倒也不惧，徐徐道："今日对着皇上与令妃娘娘，妾身也不敢有所欺瞒。凌云彻对外是一个极好的夫君，无人不赞。可到了屋里，虽然起初也对妾身装模作样嘘寒问暖，可他对妾身从不放在心上。"她面上微红，垂首道，"不瞒皇上，妾身与凌云彻成婚多年，做夫妻的日子不过十来日。"

嬿婉微吸一口冷气，极力缓和着道："你也糊涂，凌云彻侍奉皇上身边，是多少要紧的大事得记着，微末小事忘了也是有的。他为着忠君而少陪你些，你也该多体谅。"

茂倩忍着羞涩，面色涨红道："起初妾身也极力开解自己，可渐渐久了，才看出些端倪。"她说到此节，又恨又恼，"他倒不是忠君……"她眼中迸出一丝冷光，"他所有心耳意神，倒是全记挂在了皇后娘娘身上。"

李玉赶到翊坤宫禀报时，如懿正坐在暖阁中，听着窗外微雪夹着雨声入耳动人，对琴抚着一曲《春雨》。

其实琴艺并非为如懿最擅长的，若论抚琴，除了昔日的高晞月，如今宫中最擅长的，却是湄若。且皇帝一向对女子的才艺颇为挑剔，若非最能合他心意的，情愿不听不品。所以，她也只是在独处时，对着天寒雨冻、深长无望的冬日，盼一缕新春之意。

如懿随手拨动七弦琴，泠泠有声。那幽幽之声如寒冰下缓缓流动的溪水，与碎冰相触，清泠颤颤，这样的曲调，最适合弹奏清婉练达的词曲。她抚弦起声，清朗吟诵："怅卧新春白袷衣，白门寥落意多违。红楼隔雨相望冷，珠箔飘灯独自归。远路应悲春晼晚，残宵犹得梦依稀。玉珰缄札何由达，万里云罗一雁飞。"[①]

这是李商隐[②]的《春雨》。李商隐词曲秾丽，缠绵悱恻，是她素日偏爱。而皇帝所喜，多是金戈铁马，气吞万里如虎之势的词句。

李玉的猝然急进，划破了琴音的流畅婉转。他几乎是变了脸色："皇后娘娘，皇上为了流言之事正在问令妃的话，豫妃带了凌夫人茂倩来面圣，咬定了凌云彻大人和您有私。您得为自己分辩啊。"

有些微的怔忡，仿佛是不敢相信自己的耳朵。那些话明明已经余音散去，却砸在了耳边，嗡嗡地用力刮着耳膜。如懿在突如其来的惊惧中难忍诧异之色，但片刻，她便明白了什么，嘴角泛出一丝幽寂笑容："终于，还是来了。"

---

① 出自唐代李商隐《春雨》。

② 李商隐：晚唐最出色的诗人之一。其诗构思新奇，风格秾丽，尤其是一些爱情诗和无题诗写得缠绵悱恻，优美动人，广为人传诵。传说与侍奉公主的宫人宋氏相恋。

第十六章 茂倩

凌云彻才走到养心殿外，已听得茂倩聒噪之声，想着方才与赵九宵一起，自己赶来养心殿，让赵九宵紧着去请愉妃，不知是否顺利。他心知愉妃最是维护皇后，有她在，或许事还好处理些。正沉吟间，只听茂倩哭诉之声愈烈，他再按捺不住，大步跨进了养心殿。凌云彻入内，躬身一礼，向皇帝、嬿婉与厄音珠等人问安，方道："微臣不知妻房茂倩求见皇上，惊扰圣驾，微臣替她请罪。回去之后，微臣自会好生教导她，不许她再如此无礼。"

皇帝见他气喘吁吁进来，只是冷笑。

茂倩与凌云彻一照面，气不打一处来："赶得那么急，你是心虚吧。怕我见了皇上说出什么来？那我偏要告诉皇上，你那些见不得人的心思。"

凌云彻看着皇帝，恭谨道："皇上，微臣心思坦荡，并无见不得人的。茂倩不知规矩，还不回去？"

茂倩再不复方才极力克制的仪态，冷笑一声道："凌云彻，我还未将实情说出，你急着赶我走做什么？这分明是心虚！"

凌云彻隐隐含怒："我有什么可心虚的，是你欲加之罪！皇上，微臣不懂管束妻房，以致她御前无礼，污蔑中宫，微臣自甘领罪！"

嬿婉未曾见过茂倩几回，但看她这般言辞犀利，咄咄逼人，也是不喜："皇上面前，你们夫妻二人也争执个没完，可见平日不睦！"

茂倩悲愤不已："令妃娘娘说得是。这些年妾身的夫君偶尔梦呓，心心念念的唯有皇后娘娘一人哪！妾身与他怎能和睦？"

凌云彻怔了片刻，正对上皇帝疑惑恼恨的眼，旋即避开，朝着茂倩气得目眦尽裂："皇上，微臣只知隔墙有耳须得防贼，却不想茂倩会拿梦呓之事来做文章，有辱皇上清听。"

"俗话说酒后吐真言，梦中话心声。若不是同枕共眠，怎知你心底龌龊隐事，竟这般日思夜想，梦中也不能忘。"她红了双眼啐道，"你也敢道我是贼！采花淫贼才恬不知耻！"

凌云彻急道："这是御前，你当是家里，任你疯癫胡言？"

茂倩泪光一闪，死命咬了牙，伸出长长的指甲戳着他面颊道："你还记得家里？不知多早晚才回来一趟，早忘光了吧？"

凌云彻气得脸色铁青，碍着在御前，索性别过头不理她。

茂倩见此，越发生了天大的委屈，抱屈道："那日豫妃娘娘遣人来报你平安，说道你奋不顾身去救皇后娘娘。人人道你忠勇，唯有我知道你那见不得人的心事。救驾一事，不过是你与皇后有私，才奸情流露而已。什么忠勇，呸！"

凌云彻本自隐忍不言，听她说得不堪，终究忍不住道："什么村话浑语，也敢污蔑皇后娘娘清誉！"

茂倩凑到他跟前，一双眼却斜斜飞着，愈显得凶悍泼辣，道："清誉？我倒要瞧瞧是什么清誉，勾得别人的男人神魂颠倒！连在梦中也口里心里放不下，一味唤着皇后娘娘闺名。"茂倩本就眉梢吊起，一恼恨起来那眉毛更是根根竖起，凌厉狰狞，恶狠狠道："如懿，如懿，倒真是个吉祥如意一听难忘的好名字！"

皇帝恼怒到了极点，一掌重重击在案上："放肆！皇后闺名也是你可说的。"

凌云彻也顾不得在御前，反手便是一掌，方肃然叩首道："皇上，微臣不懂管束妻房，乃敢在御前无礼，惊了圣驾，微臣自甘领罪！"

皇帝冷哼一声，嬿婉厉声责道："打得好！是该好好管束！在御前这般忘了规矩，胡乱争执，打死也不为过。"

茂倩又气又恼，拼命砰砰磕头如山响，流着泪道："皇上，妾身今日一来，自知死罪，不过是拼个鱼死网破，好叫自己活个明白罢了。可是皇上，妾身怎会轻言皇后娘娘闺名，本是凌云彻提起在先。再者若非凌云彻梦中再三提起，妾身又怎会注意。这一而再，再而三，妾身便记在了心里。”

嬿婉愈看愈是皱眉，喝止道：“就算不是冤枉。你们在养心殿大闹，还以为脱得了罪责么？只凭你妄议主子，就该立时杖毙。”

豫妃护住茂倩在身后，委屈不已：“令妃娘娘协理六宫，见不得这些腌臜事。但火烧眉毛，也别只顾着胳膊断了往袖子里藏，一味掩饰。多少脏的臭的，都污到中宫了！而且令妃身陷流言，也自顾不暇吧？也不知怎的，皇后之后就有流言扯上令妃，好像不肯放过令妃似的。”

皇帝的目光是悬崖上的冰，高处不胜寒，他缓缓扫了豫妃一眼，豫妃一时不敢作声了。

嬿婉气得流泪，一时说不出话来。

倒是茂倩分辩了几句：“皇上，妾身不知凌云彻与令妃娘娘的流言从何传出，可妾身冷眼瞧了这些年，凌云彻对令妃娘娘毫无挂怀，全不似待皇后那般……”

皇帝淡淡地：“令妃坦然，你们不可妄言流言之事。”嬿婉提着的一颗心，此时才松了下来。

凌云彻抱拳膝行至皇帝跟前，凛然道：“皇上，茂倩是对微臣怀恨在心才胡言乱语。茂倩御前无礼，污蔑中宫，微臣自甘领罪！但梦呓之事，茂倩一人口说而已，根本无法对质，如何当真？”

“不当真？”茂倩含了无限讽色，从怀中贴身处取出一枚小小荷包，摸出一张纸笺展开，念道，“二十年四月二十，一次。二十年十二月二十二日，又一。二十五年九月十三，再一。一次还算偶然，五年间梦呓三次，我却不信了，到底是为了什么？你且别急。你在家中与我同床，虽不理我，要听你这些话也不难。你也无须怪我用尽心机，你对我这般冷落，我夜夜难眠，也是情理之中。为人妻子，被分宠不算什么，但夫君心中半分也无自己，你要我不怨不恨也难。”

皇帝本已烦躁，但听到日期，也是怔住了。

豫妃颇为扬扬自得，那笑容几乎要溢了出来："这些是什么日子，臣妾不知，但皇上应该都知道吧。"

如懿本已到了养心殿门口，听到殿内言语，只觉得字字都是尖锐的银针，针针戳心，绵绵密密无止无尽，心中翳闷压得透不过气来。索性她便进去了。天气尚寒，殿中铺着厚厚的春荣秋茂图的沉香红锦毯。毯沿两列打着万字不到头的金沙线，中间缀着浑圆的米珠，毯绒细软密实，便是落足亦无声。人在其上，总有落入云端的绵与厚。可此时此刻，荆棘丛中步步艰辛，她才体会何为如坐针毡。

可是，她不会怕。因为她是如懿，自幼浸淫深宫的如懿。多少惊涛骇浪，她都看过，都颠沛过，才一路艰难行来。

凌云彻并不敢与她目光相接，只是一味低头，愧疚、不安与担心。茂倩一双眼死死绞在她身上，几乎要喷出火来。皇帝见她进来，只是微微点头："方才所言凌云彻梦呓的日子，皇后可听见了？本来朕也觉得是无稽之谈，谁知这些日子的确特殊。"

如懿若有所思，很快镇定心神，徐徐道："二十年四月二十，是皇上与臣妾璟兕夭亡之日。二十年十二月二十二日，是永璟夭折的次日。二十五年九月十三，是皇上发觉容嫔不能生育深责臣妾之时。"

皇帝眸色如剑，锋锐几可见血："如此看来，凌云彻与皇后真是悲喜与共。"

如懿淡淡"哦"了一声，端然立起，福了福道："这些日子是与臣妾相关，却也同是皇上悲痛之时。"

茂倩登时激愤喊道："可凌云彻梦呓之时，唤的可是皇后娘娘的名字。"

皇帝恼怒而又警觉，他正待开口，如懿扬眸，声音微冷，轻轻道："如意。"

嬿婉微微失色，颤颤道："皇后娘娘说什么？"

如懿心中一定，从容道："本宫说的是如意，如意吉祥的如意。如何？难道你是以为本宫在唤自己闺名么？"她恻然望着皇帝，有破冰涌泉般的委屈，却硬生生忍了哽咽："皇上，茂倩说凌云彻唤臣妾闺名，是否是听岔了尚未可知。便真是唤了，凌云彻是皇上的御前侍卫，日日侍奉跟前，忠心耿耿，眼见皇上这些日子伤心悲切，大约也是想祝祷皇上遂心如意，而说出'如意'二字。"

皇帝的面孔有须臾的松弛，旋即有天沉沉欲雨之色，看着茂倩道："怎的，你倒这般有心了？"

茂倩气苦不已，拿绢子拭泪道："皇上，妾身实不敢冤枉皇后，此事一而再，再而三，妾身也心存疑虑，不敢确实。直到妾身发现了一样东西。"

豫妃会意，啪啪击掌两下，只见她的贴身宫女捧了一个桐木箱子上来。凌云彻矍然变色："茂倩，你怎么妄动我的箱子。"

那宫女利索打开。只见里头是一双极旧的乌布靴子，大约年头久了，布料褪了一层颜色，隐隐有些发白，料子也极酥，怕是一个不小心便会碎成片片。而那穿靴人想是也格外小心，东西虽旧，却没穿过几次，针脚犹新，显然只是遭岁月安静洗褪。如懿只觉得心头突突乱跳，她怎会不认识，这双靴子，便是她出冷宫前为凌云彻所制。不想恁些年过去，他却这般爱惜。

凌云彻的面孔白了又白，终于泛出一层死灰般的锈青："这双靴子，你怎翻了出来？"

茂倩也不废话，径自道："你素日的东西都爱如珍宝，收在自己的桐木箱子里锁着，一针一线一件破布衣衫都不许我妄动。我便奇怪，什么值钱东西，你便爱得跟眼珠子似的了。我几经小心，才用簪子撬了锁匙，在箱子底下翻腾出这么个稀罕物。"

她说罢，见嬿婉亦神色大变，越发生了勇气，捧出靴子一翻，各露出一枚如意云纹图案，冷笑道："这如意云纹因含了娘娘闺名谐音，也暗合了妾身愚夫的名字。"

豫妃笑一声，似墨色夜间栖在枝头的老鸹："如意云纹？茂倩，你若不说个明白，咱们都成了蒙在鼓里的糊涂人儿了！”

有一瞬的怔忡，记忆的尘灰拂面而来，带着昏黄的色调，陈旧而温暖。如懿骤然想起在冷宫的岁月，那种凄寒之苦，那种绝望之苦，如同阴冷潮湿的青苔，死死长在了骨子里。

她克制着情绪，摘下长而锐的镂银缀碎玉护甲，伸出素白的指尖，用微凉的皮肤细细感知着岁月重重轧过后的碾痕。

嬿婉的眼珠死死盯着如懿的动作，狐疑之色越来越浓，渐渐转成惶然之态，颤声道：“皇后娘娘，您……”

豫妃抢在嬿婉身前，描得乌黑的眉高高挑起：“皇后娘娘还真是认得这靴子，才一看见便这般动情了？”

豫妃的话太过不堪，听得茂倩眼内出火，恨声道：“皇上，怨不得妾身背弃夫君，原来，原来他们——”她一手撑在地上，一手指着如懿，却又不十分敢，转而指向凌云彻，气得浑身战栗如打摆子一般。

如懿的伤怀凝成凄楚的郁叹：“臣妾乍见此物，如何能不喟然伤感。当年在冷宫，臣妾与惢心身陷火海，幸得凌云彻相救，皇上也是知道的。后来惢心亲手缝制这双靴子，替我二人向凌云彻略做报答。哪想到今日再见此靴，它却被人说得如此污秽不堪。”她静静道，“这针脚分明是惢心的绣功，皇上若不信，只管比对。”

嬿婉紧绷的面容微微一松，道：“是惢心？”她似乎不是很信，转头只觑着皇帝面色，不敢再出声。

豫妃吃了一惊，却很快嗤笑道：“皇后娘娘拿这种话唬什么人呢？一有事就拿自己的心腹出来顶包，谁不知惢心曾是您的贴身侍婢，宁可被打废了腿也不会说您半句不是的，您就妥妥儿叫她认了吧！”

如懿根本不屑与她分辩，只定定望着皇帝，眸中秋水静寒，若一池深潭：“皇上衣衫上凡有用如意纹的，大多出自臣妾之手，以示贴心相伴。皇上若不信，大可取过来看，一比就知。”

豫妃犟嘴道：“皇后娘娘，这靴子是十几年的东西了。您知道绣功这个东西日益精进，总会有所变化，只怕难以断定。”

如懿轻轻一笑：“皇上穿过的衣物，便是数十年前的，都有存档。虽然费些工夫，但也好找。”

皇帝微微颔首：“若问毓瑚，一问便知。”

如懿听他语中颇有安慰缓和之意，但见凌云彻在旁，不觉含了忿郁，朗朗道：“臣妾不怕对质，只怕疑心生暗鬼，不明不白。”她说罢，转首微微侧目豫妃，顺手从镏金莲花苞纽子上解下杏色水绫绢子掷于地上，沉声道：“皇上所用如意纹图样都是臣妾手绣，而臣妾所用的绢子自己顾不过来，又不耐烦内务府的绣工过于花哨繁复，一贯都是惢心绣的，后来便是容珮学着。如今哪怕惢心出嫁宫中，有时惦记臣妾，在家时绣了令江与彬送进来的。其针脚纹理疏密大小不同，皇上一比可知。”便又吩咐，“茂倩，你拿起来给皇上细瞧瞧，自己也瞧清楚，也好叫本宫落个分明。”

皇帝细细看过，脸色微霁：“二者有细微之差，但的确不同。”

如懿笑色幽幽：“还请皇上取了旧日衣裳来，比个分明。”

皇帝摆手，呷了一口茶，淡笑道：“不必。朕亲眼看过，自然明白。”

如懿向着凌云彻稍稍欠身：“凌大人，你对本宫和惢心有相救之恩，本宫和惢心一直铭记于心。本宫不怕直说，这双靴子，合该本宫自己也做一双谢你。不过本宫虽然喜好刺绣，但纯属雅玩，自己人瞧个玩意儿也罢了，入不得外人之目。”

皇帝听见自己人三个字，颇有些动容。凌云彻眉心一沉，旋即明白她言下之意，已将自己与皇帝亲疏分得再明不过。他如何不会意，只得按下舌底一丝酸涩，应声道：“皇后娘娘仁厚悯下，微臣感激不尽。”

茂倩显然也是意外至极，一时呆若木鸡，不知该如何反应，却是豫妃先尖声喊了起来。她的声音本就尖细，现下声嘶力竭，更是如裂帛一般：“皇上，就算如此，惢心也是听命于皇后娘娘，凌云彻也是将这双靴子宝贝了这么多年，并不能证明凌云彻和皇后娘娘之间没有私情啊！”

如懿冷然道：“在你们眼中，救命之恩便是阴私之情么？狭隘至此，真是闻所未闻！”

皇帝再无法忍耐，喝道：“谁在外头？将豫妃拉出去清静！”

李玉慌忙垂手进来，身后跟着身强力壮的进忠和进保，恭恭敬敬道：“奴才请旨，如何处置？”

皇帝冷然，断声喝道：“将豫妃关入慎刑司，由着她自生自灭，非死不得出来！”

进忠呆了一呆：“可是皇上，这几日蒙古王公进京，豫妃总要和科尔沁的寨桑根敦大人见面的……”

皇帝利落吩咐：“若是有人问起，就说豫妃得了急病不能见人。”

豫妃瞪大了双眼，如何肯服，扯直了脖子呼道：“皇上！皇上！臣妾对您一片赤诚，不忍心您被淫妇蒙蔽呀！皇上！您为何要凉了臣妾一腔忠心啊？”

李玉哪里容得她喊，使个眼色叫小太监们架住了，忙扯了布条塞住她的嘴。豫妃拼命挣扎着，嘴里呜呜有声，凄厉无比。

皇帝轻哼一声，冷冷淡淡道：“你得多谢皇后，若无朕许诺皇后，宫中再无冷宫之地，只怕你要去皇后曾经待过的地方了此残生了。”

豫妃犹自挣扎，呜呜哀求，一壁含了阴毒目光，恨不得一口吞了如懿。如懿轻轻摇头，不屑道：“豫妃，你去慎刑司并非因冒犯本宫，而是冒犯了皇上。你想污蔑本宫，却不知也是欺辱皇上，损了皇上圣誉。谁能容你！”她瞥一眼皇帝，似笑非笑，“皇上肯听你说那么多，不是因为皇上喜欢听，而是圣心宽容。只是你也把皇上的人度看得太过了。难道不知你告发的这些事，便是本宫真的如你所愿被废，你也要落不得好么？究竟是谁给了你这个糊涂脑袋，费尽心机自寻死路来？”

豫妃本还挣扎，听得此处，身子渐渐瘫在一边，眼神失了锐气，渐渐涣散。皇帝道一声：“去吧！朕是瞧在科尔沁部的面上，一直留了你妃位安养至今，你既去了慎刑司，不管生前如何，死后哀荣朕也会一并给你，算是给你族人交代。”言毕，小太监们像拖着死狗一般将她拖出去了。

茂倩眼见事变如此，浑身栗栗发颤，匍匐于地，早没了方才的刚猛泼辣。

皇帝的靴尖有一下没一下地蹭着，闲闲道：“茂倩，朕当日将你赐婚于凌云彻，谁知夫妻这般难谐，实在是错了你的姻缘了。”

茂倩如何禁得起皇帝这样的话，不禁泪流满面，伏地哭道：“皇上恩泽深厚，本想为妾身寻一个好依靠。却不想汉军旗卑贱不通人事。妾身本想嫁鸡随鸡，委曲求全，却不想还是守着顽石一般。”

皇帝尚未出言，如懿已然听不下去。茂倩犹自不觉，喋喋不休，如懿沉下面孔道：“茂倩，你虽然说自己严守妻子规矩，委曲求全，但言语间大有藐视夫君之意，本宫虽是第一次耳闻，也觉得难耐。何况凌云彻与你相守多年，男儿自要颜面，怎容得你日夜诋毁，实在太伤夫妻情分。而皇上自登基以来，一直讲求满汉一家，何况凌云彻也是八旗子弟，不过分属汉军旗，与你又有何分别，你怎就生了一双势利眼，高看自己！”

嬿婉听如懿出言斥责，心下大快，亦为凌云彻多年之苦生了怜意，亦道：“本宫今日听你说话，真是牙尖嘴利。凌夫人，皇上恩待你，给你许了夫君。你却生了凌蔑之心，真真枉费皇上的好心。”

凌云彻怒目圆睁，顿首道：“皇上，这些微臣都可容忍，但茂倩跟豫妃同流合污，污蔑皇后，微臣实在不能忍耐。”

茂倩本已软了，听得此节，咬着牙昂起身体，落泪冷笑道：“凌云彻！我是拼着不要这条命了！我岂不知妻子悖逆丈夫是大罪，只不想一辈子做个糊涂鬼罢了。碰上豫妃是机缘巧合，若无她，我迟早也要闹个明白。”

凌云彻怆然摇头，且悲且怒：“如今你可闹明白了？为着你的明白却要闹得宫中不宁，家中不安，自己夫君颜面不顾，连皇上和皇后的清誉都险险毁在你手中。茂倩，你是皇上赐婚，我如何会不敬你？奈何你事事要强争先，一味要从身份地位上压倒我，试问我如何能爱你惜你？冰冻三尺非一日之寒，事到如今，我自然也有错。罢了，罢了。”

茂倩听得泪如雨下，硬生生忍着道：“你自然以为自己待我不差，天下薄情人哪个不也这样以为？我纵然在家中掌权，但为人妻子，什么最最重要？难道只为钱财在手，夫君尊重么？岂不知尊重亦是疏远，轻怜蜜爱，真心体贴才是最难得。你嫌弃我言语轻蔑，何不努力上进挣个前程功名，又或者可以如旁人夫君一般，哄我让我，爱我容我？可你偏偏油盐不进，对我不理不睬，我如何能受你这般气？我若忍了你，也枉费自己在御前伺候那么多年了。”

如懿双耳再不忍听她聒噪，喟然叹道：“须知夫妇之间，彼此厚待尊重，才有真心怜爱。你们这般做夫妻，也真难为了他。”

皇帝静静听她言毕，缓缓饮一口清茶，方摇首道：“这番赐婚弄巧成拙，是朕将佳偶做了怨偶了。”他双目微斜，在如懿面上轻轻一旋，恍若无意般叹道：“须知臣奉君，子遵父，妻从夫，不可倒置也。妻子再强，也得以夫为天，何来自己的想法由头，你可是大错特错了。”

原本如懿说话，茂倩只是梗着脖颈不肯言语，虽是默默听了，却不甚敬服。待到皇帝出言，她才有些害怕，叩首道：“皇上，妾身不敢，可妾身真是委屈……”

皇帝摆摆手：“好了。今日之事朕也不耐烦，发落了一个豫妃，当是求个清静。既然你与凌云彻不睦，既是朕赐婚，少不得也是朕来做个恶人。”他横一眼凌云彻：“夫妻不睦，但由头多在你身上。你的罪过，朕一一替你记着。”

凌云彻一凛，想看一眼如懿，却少不得生生收住了目光，低首道：“是。”

皇帝的面色稍稍温和些许：“也罢，覆水难收，今日回去，你们也再做不得夫妻。便由朕做主，你写一封放妻书与茂倩，二人就此别过吧。”

茂倩大惊失色，险险哭出声来，只得用力捂住了嘴，别过脸任由泪水潸潸而落。凌云彻深深叩首，俯仰三次，只是默然无言，拉着茂倩出去了。

皇帝看了看身侧哀哀弱弱的嬿婉，颇有几分怜惜意味：“你也早些回去歇息。”

一语勾起嬿婉的伤心之色，她恹恹道："皇上，臣妾无用，平白有协理六宫之责，却不能为皇上皇后分忧，连自己也身陷流言之中，无力弹压。"

皇帝见她娇弱不胜之态，愈加怜惜："你资历终究浅些，昔日愉妃也掌过协理六宫的权责，不过如今孙子都有了，年纪渐长，难以分身罢了。你有事多问问她便好。"他微抬下颌，嬿婉明白，便道："多谢皇上指点，那臣妾先带茂倩回宫梳洗，再着人送出宫去。"

皇帝冷冷道："茂倩诬告皇后，只是和离，实在太过轻纵了。待她和离之后，你着人将她关到庄子里去，不许她再胡言乱语。"

嬿婉浑身一颤，忙忙答应了离去。

如懿起身，福了一福道："既然事了，臣妾先行告退。"

皇帝微微一笑："你坐下，朕和你有话说。"

第十七章 同林鸟

须臾，人都退尽了。殿中静得若沉在深潭之底，想着方才的喧闹，竟像是遥遥望着另一重天际般可笑。外头的雪点子有些大了，落在琉璃瓦上有细微的沙沙声。如懿抬起眼望了望那窗格间的一隙，却是铅云低垂，要落大雪了。

如懿将剥下的新橙皮随手丢进象鼻三足夔沿镏金珐琅大火盆里，又顺手拿赤铜火夹子夹了几根松枝进去。那橙皮与松枝被火气一蒸，殿中浊气也变得清爽而甘甜。只是那清爽是湃了雪的冷冽，直冲头顶，冲得她心底一阵阵发酸，像是小时候一气吃多了未腌透的梅子，那酸气从口腔里直冲顶心，复又坠落五脏六腑，连一口气也透不过来。

皇帝缓缓行至她身边，伸手将她拉起，柔声道："地上冷，总蹲着不好。听太医说你这两年总睡不安枕，自己也要好生保养。"

如懿不说话，也不看他，取过一枚小银剪子，慢慢铰着手指上水葱似的指甲。皇帝笑了笑："对着朕这般没话说么，宁可铰指甲。"

如懿木然地扬了扬唇角，算是对着皇帝笑了："相见无好言，臣妾无话可说。"

皇帝的笑容薄薄的，像穿不透雾气的阳光："朕发落了豫妃和茂倩，皇后可好受些了？"

"旁人污蔑臣妾，自有皇上做主。皇上疑心臣妾，臣妾又该如何？"她的态度不卑不亢，虽是含了婉仪之态，却如皮肤下触手可摸的瘦嶙嶙的骨骼，有坚硬的棱角。

皇帝郁然一叹："嫔妃告发，朕总不能置之不理。"

如懿的唇角勾起一抹冷冽笑容，含着遥遥不可亲近的淡漠，语气却是说不出的恭顺温婉：“皇上是不是信了豫妃和茂倩的告发？”

皇帝低首拨着拇指上浅浅寒绿色的翡翠扳指，那扳指是极难得的龙石种，唯岩洞中所生，有冬暖夏凉之效。那色泽更如丝绸般光滑细腻，温润之致，荧光四射，望之便生寒意，更映得皇帝神色淡淡的。他似乎要掩饰什么：“自然没有。”

如懿浅浅一笑，似含了一丝通透：“若是皇上不信，便不会唤臣妾来，平白听这场羞辱。也根本不会理会茂倩和豫妃的胡言乱语。”

皇帝的神色有种难以名状的邈远，像是有雾气氤氲，难以探知底下的情味：“若她们真是胡言乱语也罢了，可那三个日子，不是茂倩能胡诌的。无论是凌云彻驭妻不严，还是对你有非分之想，他无礼犯上，即刻发配宁古塔！”

如懿缓缓抚着手中的销金菱花手炉。金器装了小块的红箩炭本就烫手，所以得护着里外发烧的银鼠皮手笼。可是那烫却成了现下唯一的取暖之物。眼前的这些人，这些话，无一不是冷的，是冻住了的污水，一口口逼着人吞下去，冷得叫人恶心。

她淡淡瞟皇帝一眼，似笑非笑道：“皇上若真要处置凌云彻，早就私下处置或者刚刚发配了，非要当着臣妾一个人的面发作，是否要试探臣妾对凌云彻的心意？”

皇帝哑然无言。

如懿胸中翳闷难平：“还是其实即便无豫妃与茂倩之事，皇上心中疑根深种，早难以拔去。臣妾真的很想知道，到底是因为什么，皇上会自认比不过小小侍卫在臣妾心目中的地位？”

皇帝眸色有一丝伤怀，更灼灼燃烧起暗红的愤怒：“是，是，朕疑心了又如何？近些时日来，你与凌云彻的流言在宫中传得纷纷扰扰，朕也捶床捣枕，夜不能寐。朕是也想不听不扰，可它们却始终在朕耳边眼前挥之不去。为何偏就传的你和他呢？且不说今日之事，那时在木兰围场，朕亲眼见他那般救你！他看你的眼神，分明不是一个奴才看主子的眼神。你还多次说他在冷宫舍命救你，是不是从那时起他便对你有了不轨之心？！”

如懿失望已极：“皇上，凌云彻在冷宫屡次救臣妾，是受您之意，得毓瑚吩咐。而木兰围场一事，凌云彻是御前侍卫，舍身护主乃是忠心尽责，理所应当。难道皇上就要以此来疑心臣妾，疑心一个救护您妻子和嫡子的人么？”

皇帝恼羞成怒，高高举起手来。如懿分毫不退，只是冷笑。

有良久的寂静，仿佛所有东西都死透了，静静的没有半点声响。已经在宝月楼挨过了一掌，还会第二次么？他立在离她一步的距离，右手疲软地垂下。

冷然相对而立。檐下吹来阵阵寒风，闪着零星的惨白雪子，疏疏散入殿内，把他赤色蟠龙夹银线坠玉珠雪狐长袍打得瑟瑟作响。雪光惨然，把阁中二人扫落的身影扯得悠悠长长，交叠在一起。数十年无所不谈，身形交融，到如今竟是相顾无言，唯有冷漠与隔阂。恰如地上的影，似是亲密不可分隔，却已经是愈行愈远，心已荒芜。

皇帝面有怫然之色，忍耐又忍耐：“豫妃腹内草莽，昔日朕怜悯她年长入宫，又念她是蒙古格格，所以格外垂爱，谁知助长她骄横轻浮的个性。这些朕都不说了，今日她找到茂倩，也算是对你积怨已深，寻隙报复。朕可以不理会她，处置了她。”他眉心曲折愈深，如同如懿起伏悬坠的心思，“可凌云彻之事，到底是朕疑心，还是他犯上僭越？你还这般为他辩白说话？皇后，自从永璟夭折，容嫔入宫，你便与朕长日赌气，不加理会。你到底是因何会与朕离心离德至此，难道就是因为这个凌云彻的出现？”

如懿听他勾起旧事，仍是耿耿不能释怀，不禁气结：“皇上如今怎会这般说？永璟夭折之后，难道不是因皇上相信钦天监所谓的天象之言，而对臣妾不加理会？臣妾当时痛失永璟，在那般悲痛之中，皇上却长日面都不露，从未陪过臣妾，还疑心臣妾克死了自己的孩子。皇上宁可相信钦天监的昏话，也不相信臣妾，不相信臣妾和永璟是为人所害。现在却又说臣妾与您赌气不加理会，还拿凌云彻来说话？”

皇帝气恼异常：“永璟殇时朕便不心痛么？朕是皇帝，是你的夫君，你又明白、慰藉过朕的伤心么？至于天象之说，言传千古，代代相继，朕纵是相信了又如何？！”

心头如同针刺，刺得愈深，却不见血，唯知血肉间隔实实被冷硬利器分离剥开，痛得钻心刺骨：“您是皇上，你说什么都是对的。只是臣妾不知在皇上心中，夫君二字到底是何意。在臣妾心里，若是夫君，便应与妻房彼此信任爱护。皇上曾对臣妾说过‘你放心’，可如今，臣妾却不知该如何再理解这三个字，又该将多年来与皇上的情意再放置何处。”

皇帝双眸血红，气得目眦尽裂，拂袖离她远些：“你对朕的情意不知放置何处，难道是要放去凌云彻那里？朕不能让你放心，难道是凌云彻能让你放心，对你爱护？”

有一瞬的恍惚，她不知对着他，该说怎样的话才算是得体。仿佛每一句、每一字，都是将彼此推得更远，推到万劫不复的境地，再无转圜：“今日茂倩虽然对臣妾颇有指摘，但臣妾不怪她，也不怨她。因为比之豫妃寻机报复，茂倩实是太不甘心！她的怨怼，臣妾如何不懂。为人妻子，最重要的便是夫君。凌云彻与她并非两情相悦，难免有所疏忽，才惹来今番是非。可臣妾与您自少年相伴，几经风雨，如今却彼此猜疑，事事疑忌。臣妾实在难过。”

皇帝的脸色愈来愈难看，如绷得死死的弦，禁不住哪句话就要断裂。他神色如寒霜被雪，冷冽不可直视：“朕以为冷淡你这些日子，你能静心思过，有所了悟。谁知皇后你真是越来越大胆了。”

“大胆么？”数年的冷漠相待，遥远的距离之后，却是难言的孤寂和孤寂里不肯退让的倔强、酸楚、粗涩，一点点磨砺着属于她的时光。那一瞬间，匆匆数载的幽寂与哀怨，凝成眼角一点冰雪般寒光，“还是皇上身为人君，心胸却如芥子一末，容不下半点与己不合之事。”

静默间，她听得皇帝沉重而粗剌剌的呼吸声。她再知道不过，他是动了真怒。曾几何时，他这样愤怒的时候，是自己伴随身边软语相劝。曾几何时，他的喜与怒她都紧紧系在心上，宁可自己百般委屈，也不肯添他一丝烦扰。而时至今日，她明知这些话会让他不快，让他激怒，却也不吐不快，忍不得，受不得。原来所谓夫妻，也不过如此，不过如此。

可是她已不是当年的她，他亦不复从前。自己固然是他的妻子，他是自己的夫君，可除了夫妻名分尚在，除了那依稀可寻的皮相，那个人，却脱胎换骨，早成了一具陌生的躯体。

皇帝并不喝止，只是摆首，冷淡若十二月的霜雪："你说的这些话，可见心魔深重，难以自拔。"

如懿神色凄然，楚楚道："臣妾固然心魔难去，皇上又何尝不是任凭心魔猖獗？若不是皇上将凌云彻舍命救臣妾母子的忠义视作男女之私，耿耿于怀，今日茂倩也好，豫妃也罢，哪里惹得出这番风波是非？一切一切，不过是因为皇上自己已然认定，才由得污浊之言，肆虐宫中！"

皇帝并无言语，只是手掌翻覆间，重重落在紫檀木几上。那紫檀本就沉若磐石，这一掌用力极重，只闻得碎石飞溅之声，如懿下意识地用手去挡，只觉得手心一刺，有硬物刺入皮肉之感。她垂首望去，锦红色绒毯之上，纷裂的绿玉碎碎零落。她心里一紧，下意识地先去看皇帝的手。他发白的拇指上，有暗红血珠缓缓滴落。她本能地伸出手想去抚摸那伤口，却在手指触到他微凉皮肤的一瞬，被他森冷的语调生生拦住："仔细你自个儿的手。"

她很难去探知，他话中的意味是嫌弃还是关切，只是木然翻过自己的手，瞧见一粒绿玉碎飞过，擦破了掌心肌肤，留下一道渗血红痕。心底一片幽凉，手上的刺痛不过微小一息，浑然未曾注意。才知苍茫痛楚之下，早忘却了皮肉之痛。

她看着殷红之上点点绿碎触目惊心，不觉茫然悲戚，轻轻道："所谓玉碎，原来如此。"

皇帝显然吃痛，眉心不适地扭曲着，眉梢挑起，俯视于她："理会这些小事做什么？"

她恍然醒悟："臣妾去唤太医。"

皇帝霍然摁住她的手腕："不必。这样急急召了太医来，若是传到外人耳中，成什么样子！"

如懿满心苦涩，如吞了一枚黄连在口中，连唇角的笑也勾起了那般苦冷意味。

皇帝的手抓得她太紧，压得伤口血液滴滴渗出，在苍白的皮肤上，显得触目惊心。皇帝怔了怔，显是发觉了她的痛楚，扯过她纽子上系着的杏色水绫绢子抹了几把，随手撂下道："回去悄悄叫江与彬替你瞧瞧，无须声张。"

如懿有恍惚的失神："是。"

皇帝不语，只以静默姿态，凝神望着窗外碎雪零丁。如懿亦不作声，只是俯身拾起那块绢子，以极轻极柔的动作，敷上他拇指的伤口。皇帝定了定神，将满腔怒意泯然成一声悠长叹息："令妃理事之才远不如你，无非温柔妥帖些，才能上下照应。等你好些，六宫之事还是交由你来打理吧。也少些闲言闲语，以为帝后离心，平生揣测。"

如懿愣了片刻，不想皇帝说出这番话来。不知怎的，她只觉得哀凉，却搜觅不出一丝温热的暖意。像是沉溺在水底湖藻中的人，看着远方结冰的湖水之上摇曳破碎的影，那些陈年旧事，如暴雪纷纷下坠，砸在冰面之上，晃动着她的世界。她缓缓起身，保持着行礼谢恩的姿态，以逐渐干涸的双目相望，静静道："皇上此意，若是对臣妾毫无疑心而起，臣妾自当感激于心。可若皇上只为平息六宫流言而施恩泽，人前授予臣妾权柄，人后却怀疑臣妾清白，那臣妾实不能坦然承受。"

皇帝的唇线越抿越紧，仿佛生怕决堤的情绪会一涌而出，他极力克制着道："皇后，你便这么不识抬举么？"

"或许臣妾不识抬举，但比之表面文章、虚与委蛇，真心相待不会那么累。"她起身再拜，"皇上，臣妾年长身倦，怕是不能将六宫之事料理周全。您属意于谁，便是谁吧。臣妾倦得很，先告退了。"

她扶着酸软的膝，缓缓前行几步，听得他的声音自后沉沉传来，无限怆然：“皇后，你与朕一定要这样么？”

脚下一滞，如坠铅般沉重。她却不肯回头，怕去看他的面孔，那逐渐老去的却依旧棱角坚硬的面孔：“从皇上疑心臣妾的那一刻，从臣妾认定皇上疑心的那一刻，好像我们，就再也走不到一块了。皇上，或许您有不是，臣妾也有不是。但这不是，想要消弭，似乎很难了。在臣妾被凌云彻所救的那一刻，皇上看着臣妾的眼神，不是为臣妾得救而欣喜，反而疑云丛生，臣妾的心便凉了。这些日子，臣妾一直在想，皇上会不会说出这些伤人之语，却原来还是逃不过。臣妾倦得很，先告退了。”

皇帝的沉郁中隐隐有激愤如雷霆逼近：“从容嫔进宫之后，从你被凌云彻所救之后，你每每与朕言及你的倦怠，难道与朕一起，真的让你如此厌倦么？”

有滚烫的泪无声而落，烫得她一颗心骤然缩起，不是不觉得哀伤，只是哀伤之后，更多的是了然的绝望：“臣妾所在意的从不是容嫔是否进宫，而是皇上不惜一切的执着，伤人伤己。甚至臣妾，其实是很喜欢容嫔的性子的，可皇上，却生生逼迫着她，也伤及后宫诸人。”

皇帝也有些难过与愧悔：“容嫔之事，是朕伤到了你，但朕从未忘记与你初见之情。如懿……”

“皇上若还记得弘历与青樱的初见之情，若还记得墙头马上遥相顾，一见知君即断肠的相知相许，就不会为了不顾一切要得到容嫔，也不会因为凌云彻的救护就怀疑臣妾对您的心意。心既疏远，身何能从？皇上，臣妾无话可说了。”

她说罢，再不肯停留，唯有裙裾拂过金殿的转角，那沙沙的摩擦的微声，仿佛岁月无情的手，磨砺着他与她之间仅剩的脆薄如碎纸的情感。她明明知道的，那样脆弱的一点温情，是黄昏残留的夕照，眼睁睁看着它被黑夜的暗色一点点吞噬，却无能为力，只余满心悲怆！

永寿宫偏殿里烘着极暖的地龙，春婵脱去了大毛的衣裳，只一袭暗紫色宫女装束，手脚轻便地伺候着茂倩。茂倩换过了一身衣裳，重又梳好发髻，坐在暖炕上哭得声噎气直，险险昏死过去。春婵蹲下身用沉甸甸的火筷子拨了拨大铜脚炉里的炭，让它烧得更烈些，在旁劝道："夫人不要这样，既然婚事不谐，早早了断了便好。夫人有满洲格格的身份，还愁什么好人儿不得。"

茂倩才匀了脸，又哭得满脸涕泪，恨声道："你知道什么？我拼着一口气，只为他不让我好过，我也不让他好过罢了。离了他，旁人不知道拿多少难听的话说我呢。"

春婵犯愁道："如今凌大人写了放妻书，他落了个自在，倒教您受闲话。"

茂倩掩面哭道："我原也想忍忍过下去便罢，奈何吞不下这口气罢了。干脆闹到御前，落实了他和皇后的罪名也好，省得我看着日夜烦心。谁知皇上不信，姓凌的也浑然无事，倒成了我小人之心诬告了。"

进忠跨步进来，道："皇上不信？那也未必。"

茂倩拿绢子拭了泪，诧异道："进忠公公，你怎知道？"

"豫妃嚼舌根犯是非，那是皇上一早便多嫌了她，如今正好有个由头发落而已。可凌夫人是举证的，豫妃不过领了你来。为何你平安无事，还脱了这遭罪的姻缘。你以为皇上真的半分没有信你？"

嬿婉亦道："本宫在皇上跟前多年，素知皇上许多心事是不肯说出来的，并非面上看着这般好相与。"

茂倩这才脸色好些："是了。当年皇上要我嫁于凌云彻那个混账，一是赐婚荣耀笼络着他，二也是因为凌云彻在御前伺候，不能有二心，才叫我嫁与他之后从旁看着。如今御赐的姻缘平白断了，皇上哪有不恼恨那混账的。"

春婵叹口气，拨了拨鬓边的点翠玛瑙珠绒花，道："皇上恼恨凌大人也罢了，终究不干咱们的事。可若恼了皇后，不知又要生出多少风浪。"

进忠连连点头："这些年皇上皇后渐渐离心，从前总不知为了什么缘故，凌夫人你一来，咱们都明白了，左不过是皇后心里有了别人了。"

茂倩复又哭道："皇后心里有凌云彻，凌云彻心里更有皇后。皇后说那如意云纹是惢心绣的，说凌云彻梦里唤的不是她，打死我也不信。"

进忠伸手端了热茶给她，又亲手拧了热帕子给她抹脸，伺候得周周到到，温言劝道："别说你不信，这样牵强的话，我也不信哪。只怕皇上心里更不信。可没有办法啊，你一番心血拿出来的却都不是铁证，谁能信服啊！得，都是白费心血了。"

二人正说话，却听门外小太监恭恭敬敬唤道："凌夫人在里头么？奴才给您送东西来。"

茂倩因听人来，便端端正正坐了，春婵也退到一旁忙活着替茂倩整理换下来的衣裳，彼此隔得远远的。茂倩见那小太监进来，手里捧了一封银票并一雪白纸张，道："凌夫人，这是凌大人着奴才送来的放妻书和银票。他说他多年积蓄大半给了夫人，想着夫人以后要一人度日难免辛苦，念在夫妻一场，他所余的都给夫人，也当好聚好散。另一封是凌大人的放妻书，凌大人托奴才交付于你。"

茂倩身子一凛，接过放妻书，只见上头白纸黑字写着：立书人凌云彻，系盛京人氏，指婚得萨克达氏为妻，岂期过门之后，两情不合，屡有争执。情愿立此，任从改嫁，永无争执。愿相离之后，解怨释结。恐后无凭，立此文约为照。

她双手剧烈地颤抖着："好！好！皇上一句吩咐而已，他就这么迫不及待要休了我！我偏不成全他！"

茂倩气得浑身乱颤，想要起身，一下子又跌坐了下去。春婵忙不迭去扶。进忠道："夫人，你该说的话没说到点子上，倒是成全了凌大人……"他瞥着嬿婉，"往后待在宫里一心一意看着他日夜思念之人。"

茂倩两眼直欲喷出火来，倚在春婵身上，发狠道："既到了这个地步，有桩事，我疑心久了，少不得一并告诉了令妃娘娘，请令妃娘娘替妾身做主。”

春婵向四处看了看道：“我们小主也可怜夫人您，只碍着皇后娘娘厉害罢了。但若夫人说的真有其事，铁证如山，那我们小主为着宫规严谨，少不得也要替你主持公道。”

进忠道：“只是你疑心的事，若还没个影呢，再被驳回来，你连命都没了！还是凡事想个万全才好。”

茂倩细细寻思了片刻，道：“这件事细说起来，关系着前头淑嘉皇贵妃的八阿哥永璇坠马之事。”

春婵心下一紧，禁不住打了个哆嗦。茂倩不满地横她一眼：“你胆子也忒小了，这话听着那么怕么？”

春婵忙赔笑道：“这件事可大可小，说小了是八阿哥伤了腿成了跛子，往大了说，后来淑嘉皇贵妃报复皇后，放狗咬伤了五公主，又惊吓了遇喜的忻妃，牵连着六公主病弱而死，后来淑嘉皇贵妃又活活气死了，干系着多少性命呢？”

茂倩抿着唇道：“我何尝不知道个中厉害？那件事当年便是凌云彻亲自去查的。有回凌云彻和赵九宵喝醉了，凌云彻还说不想给皇后惹麻烦。虽不知详情如何，但我知道那事和两枚银针、一个马鞍有关。”

嬿婉听得心口突突乱跳，极力镇定道：“你这话本宫不敢听，除非真有这些东西找来，本宫才敢为你做主。”

茂倩双手紧握，想了想道：“那妾身赶紧回家，找了这些东西来。”

春婵陪了茂倩出去。嬿婉抬头，见进忠狐疑地盯着自己，一颗心差点从喉咙里蹦出来。进忠越发看着她：“令妃娘娘，一提八阿哥坠马，那个马鞍子和银针，您心慌了。”他不待嬿婉辩解，“奴才追随您多年，您一颦一笑奴才都记在心里，天天琢磨。说吧，八阿哥坠马是不是您做的？还有五公主、六公主的死，都得有个着落。”

嬿婉听他这般戳穿，脸色慢慢冷下来，索性道：“那又怎样？”

进忠缓步上前，紧紧握住了嬿婉的手安抚：“事情迟早会抖出来，得有人顶锅。眼下茂倩认定了这事和皇后有关，那就正好。”

嬿婉不敢抖开他滑腻腻的手，只是冷冷道：“当年为了追查五公主和六公主之死，皇后把王蟾都带进了慎刑司拷问，如今反咬皇后，皇上会信么？”

进忠的手攀上了她的云鬓，为她扶正青丝间摇摇欲坠的一支红宝金簪，想了想，还是拔下，在簪身上轻轻一嗅，这才道：“皇上本就疑心凌云彻与皇后的私情，不管今日豫妃和茂倩所告是真是假，都会让皇上疑虑更深。而且只有反咬了皇后，才能让皇上相信当初皇后对您是污蔑和陷害，您才能真正脱身。”

嬿婉满心烦恶，然而事关重大，也只得由着进忠去：“是。只有这样，本宫才能接回自己的孩子，才能继续往上爬。”

进忠细细地摸着细长的簪身，无比爱怜：“奴才斗胆问一句，您和凌云彻有旧情，您信不信他和皇后有私情？”嬿婉狠毒的表情已然给了他答案，他笑了，“这就对了。您对凌云彻有情过，皇上对皇后也有情。所以您信了，皇上更会信。而且皇后是什么脾气，受得了皇上这般猜疑？这情分自己生疏了，可怪不得旁人。”

嬿婉旋即懂得：“是了。以皇上和皇后的情分，若不是自己断了这份情意，旁人是断不了的。”

进忠将金簪端端正正为嬿婉簪好，低低道：“那就趁着这个机会，借八阿哥坠马的一串事把凌云彻和皇后填进去，您也安全了。您狠得下这心吧？”

嬿婉冷笑一声，扶着他的手稳稳立住：“私情的事已经放手让豫妃和茂倩去做了，其他的锅一并让他们背了吧。”

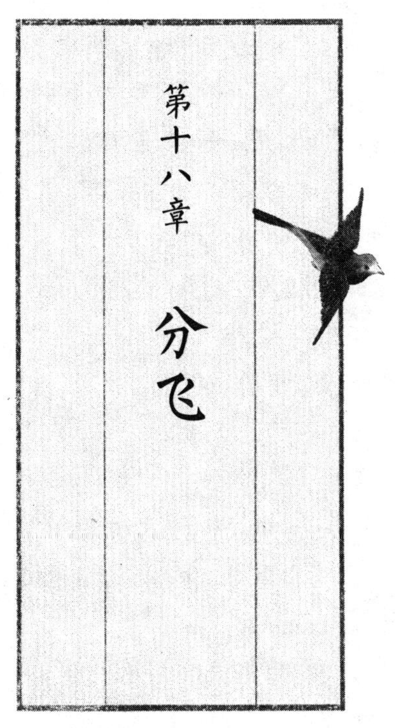

第十八章 分飞

是夜，皇帝便往永寿宫中来，不过略看了看嬿婉，便要往宝月楼去。

嬿婉少不得笑语嫣然："晚膳时臣妾见有几样膳食精巧，想要送去宝月楼，才想起今儿是斋戒，容嫔妹妹断不肯吃这些东西，这才罢了。"

皇帝恍然醒觉："也是。既是斋戒之日，容嫔会彻夜诵读经文，不见外人，朕也不必去瞧她了。"

嬿婉抿唇一笑，温温软软道："皇上一向最将容嫔妹妹的事放在心上，今儿怎么浑忘了。臣妾可要为容嫔抱不平了。"

皇帝不置可否地一笑，牵过她的手一并坐下，摩挲着道："你待容嫔却好。"

嬿婉低着曲线优美的颈，柔顺道："容嫔妹妹远离家乡，孤身一人，承恩已久却膝下孤凉，臣妾也曾多年未育，很明白她的心境。由己及人，总忍不住对她好些。只是容嫔妹妹性子孤介，不太喜欢臣妾。所以臣妾有时想对她更好些，也不知该从何做起。"

皇帝脸色僵冷，直到听嬿婉说完，才怜惜地抚着她的手，温言道："她的性子素来如此，待朕也是一样。你心意到了就好。不过你也真是个难得的。朕这般宠容嫔，你毫无妒意。也不知是你太有德行，还是实在不把朕放在心上？"

嬿婉暗暗一惊，立刻跪下："皇上，臣妾就是太看重您，才把您的心意放在首要。只要皇上欢喜，臣妾可以为您做一切事。"

皇帝依旧是那似笑非笑的样子："是么？令妃，你一直对朕很是顺服，有时候朕真想知道，你的小性子小脾气，是不是在青梅竹马的时候都使完了。”

嬿婉愈加心惊，勉强镇定着赔笑：“所谓青梅竹马，实在是年少无知。臣妾早年入宫为婢，自知出身罪臣之家，事事小心，额娘伏法后臣妾更不敢放任，只愿拿此身报答皇上天恩。”

皇帝伸手拉她一把：“你别动辄就跪。你的心意朕都明白，起来吧。”

嬿婉惊魂未定，极力含笑。二人正说着话，澜翠端了茶水上来，笑吟吟道：“这是今岁新贡的松阳银猴，小主吃着觉得很好，所以特意等皇上来了一起尝尝。”

皇帝笑道：“你也喜欢这个？”

嬿婉笑容甘芳，让人有亲切的松弛：“虽然不算名贵茶种，但臣妾喜欢它入口回甘，平实亲和，没有高高在上的疏远之感。仿佛邻家女儿，品之可亲。”她见皇帝只是沉思不语，又笑道，“臣妾掌管六宫之事，但见茶叶一项，每年便支用颇大。宫中素来以饮名茶为习，若是愿意多尝尝松阳银猴之类，所费不多，亦有新味，也是不错。”

皇帝沉吟片刻，伸手接过青玉金线茶盏抿了一口，淡淡笑道：“皇后为皇贵妃主理六宫时，一度也引松阳银猴入宫，想是有旧例可循。你若愿意多看看典册掌故，想来可以安排。”

嬿婉闻言不禁有些讪讪，皇帝言下之意，便是觉她不熟悉宫中掌故了。她不觉羞赧：“臣妾愚钝，还望皇上恕罪。”

皇帝拢过她的肩，安慰道：“你虽身在妃位，但到底资历尚浅，便是婉嫔与愉妃也比你久经世故，你难免有些稚嫩。但是你性子温婉，凡事上下融洽，不严苛冷峻，这是你的好处。”他停一停，“自然也是皇后的缘故，她身子不好，你得多担待些。”

嬿婉秀眉紧蹙，这才稍稍和缓些，含笑示意澜翠递过茶盏来。澜翠正捧过茶盏，手中陡地一滑，一盏滚烫茶水瞬时浇在了嬿婉手上，烫起一大片绯红颜色。

嬿婉呼痛，澜翠吓得傻了，跪跌在地上拼命磕头不已。宫人们忙乱着又是端冷水来给嬿婉浸手，又是取了清凉消肿的膏药涂抹，一壁又急急去召太医。嬿婉痛得满眼含泪，只咬着唇不说话。皇帝一时怒极，狠狠踹了澜翠一脚，喝道："混账东西，这等不小心。还不拉去责罚。"

春婵趁机抱怨："澜翠最刁钻惫懒，不是头一回这么冒失了，必得严惩。总说拉她去慎刑司，她也不怕！"皇帝便也顺口，将澜翠拉去了慎刑司发落。

王蟾忙答应着拉了浑身哆嗦的澜翠下去。皇帝又安慰了嬿婉许久，本欲留下，耐不住嬿婉苦苦劝道："皇上今夜便是留在臣妾这儿，也怕是担心臣妾的伤势，不能好好歇息，还不如回养心殿安寝。"皇帝如何肯允，嬿婉又道："皇上若实在不放心，大可留了李玉在这儿伺候。李玉本就细心周到，若有不妥，可及时禀告皇上。"

皇帝亦怕留在这儿，嬿婉事事亲力亲为服侍，反倒不得养息，叮嘱了几句，留下了李玉便起身去了。

这一夜养心殿中，皇帝便睡得不大安稳。本唤了婉嫔来侍寝，才一见面，见婉嫔打扮停当，却讷讷寡言，不觉又是恼又是笑："怎么？见了朕便这般怕么？话也不肯说了。"

婉嫔手足无措，"臣妾……臣妾已经多年未曾侍寝，生怕自己不够妥当……"

皇帝苦笑道："罢了。朕召你来，不过是因为你乃潜邸旧人，可以夜话闲聊，你既这般局促，罢了，朕叫人送你回宫吧。"

婉嫔面皮赤红，只得无言告退。皇帝索然寡味，进忠在旁赔笑道："皇上，婉嫔本就年岁渐长，不宜侍寝。不若唤了别的小主来侍奉可好？"

皇帝摆手，不耐烦道："朕何愁谁来侍寝？不过是想找个人说说话罢了。"进忠欲言又止，皇帝横他一眼道，"平日里你鬼主意最多，有话便直说。"

进忠忙躬身道："皇上，其实有个人在外候着许久了，也有话要对皇上说。"

榻前一盏紫铜鹤形烛台孤然耸立，曳下瘦长的影子，越发显得凄惶难言。皇帝慵懒道："谁？"

进忠悄悄觑着皇帝脸色道："茂倩。"

皇帝陡然坐起，厌烦道："叫她早些出宫安分些，今日之事朕便不与她计较了。"

进忠赶紧趴下磕了个头道："皇上，茂倩说，此事她若不说与皇上知道，宁可一头碰死在养心殿前的石阶上。奴才见她情愿一死也要上禀天听，才不得不来禀告。"

皇帝静了片刻，缓缓道："唤她进来吧。"

海兰回到延禧宫中，已是中夜了。叶心服侍着她脱下半新松花色绣白玉兰花缎面狐毛大氅，接过她手中的珐琅透雕手炉，心疼道："小主今儿在皇后娘娘那儿留得晚，赶紧歇息吧。这手炉都凉了，奴婢去换上炭，给您再暖个汤婆子睡下。"

海兰叹道："姐姐受了这么大的委屈，只有我陪着她说说话罢了。"

二人正说着话，却见永琪从里头暖阁转了出来，迎上来请了安道："额娘总算回来了，叫儿子好等。"

海兰见他满脸关切，甚有孝心，一时欢喜，也有些诧异："你这孩子，这么晚了也不回自己府里，在这儿做什么？成家立室的人了，也不怕你福晋惦记。"

永琪忙笑道："今儿原是见外头送了好些紫貂皮子和人参来，所以儿子特意挑了好的，送来给额娘和皇额娘。"

海兰听他提及如懿，不觉喟然忧惧："如今你要见你皇额娘，也不大方便。这些东西，额娘自会转交。"她看着长身玉立的儿子，不觉生了几分疼惜之意，"看你这么孝敬你皇额娘，也算姐姐没白疼你一场。"

永琪有些愧疚，道："儿子本该亲自去向皇额娘问安。只是皇额娘如今的情形，儿子也得明哲保身些。"他扶了海兰坐下，"额娘也累了，暖阁里儿子刚叫人添了热炭，您快坐下歇歇。红枣银耳羹也刚煨好，热热的正好用呢。”

海兰见他这般细心，愈加安慰，拉了他一并坐下，道：“你素来孝顺，额娘都知道。”

永琪见无人在旁，踌躇片刻，低声道：“额娘与皇额娘亲厚，那也是应当的。只是也得小心些，免得惹皇阿玛不悦。”

海兰摆摆手，接过叶心添好的手炉捧着，温言道：“自你出生，额娘便是无宠之人，何必在意这些。”她面色微微一沉，有些不豫之色，“你素性谨慎，又文武双全，你皇阿玛便视你为第一得意之人。你明哲保身是不错，对你皇额娘的孝心也不必尽在明面上。可内里，你皇额娘疼你可不亚于她亲生的永琪，你心里可得明白。”

一席话说得永琪冷汗涟涟，忙敛衽跪下道：“额娘的话儿子怎会不知？只是自三哥离世，儿子便是长子身份，不得不万事斟酌，便有对皇额娘十二分孝敬之心，也只敢露了三分。毕竟皇额娘与皇阿玛不睦，儿子也不敢在明面上太过亲近了翊坤宫。”

海兰瞥他一眼，语意清冷：“你这个想头固然不错。若不是你天资聪颖，又谨小慎微，也无今日的气候。”她见永琪一味低头，亦是不忍，“地上湿寒，别尽跪着了。入秋腿上的附骨疽更易发作，总是隐隐作痛，益发得小心些。”

永琪下意识地摸了摸腿侧，也不以为意：“太医总是那些套话，什么三阴不足，外邪过盛。左不过黄豆大小一颗，不痛不痒的，也没什么。”

海兰叹道：“你离宫开府，自成一家，虽然有福晋替你操持，自己也得事事留心。”她一顿，似想起什么，“我听跟着你的诚贵说，你身为兄长，在书房读书勤勉依旧，可堪榜样，而且下了学……待令妃的几个阿哥也极好。”

永琪嘴唇微微嗫嚅，还是坦然道：“令娘娘协理六宫，深得皇阿玛宠幸。儿子疼爱几位年幼的弟弟，也是尽兄长的职责。”他略一犹豫，一双澄澈眼眸望着海兰道，“额娘在宫里资历虽深，但恩眷不隆，儿子这般做，也是希望额娘与令娘娘面上过得去，别损了额娘的尊荣清宁。”

海兰爱惜地抚一抚他的额头，叹息道：“你要强周全是好，但也别为求万全，什么事都自己忍着。年纪轻轻的，绸缪太过，也损心神。再说你素性要强，有什么头痛脑热也忍着不说，可自己身子总要当心。”她话锋一转，婉转道，“上回听你说起长了附骨疽，额娘急得什么似的，问了太医。说是先头的怡亲王父子都得过，确是不大要紧。你精于骑射，风餐露宿、骑马射猎所致也未可知。”她说着，语调一沉，有些不大好意思，“不过，太医也说，冷浴后贪凉寒湿侵袭，或盖覆单薄，寒邪乘虚入里，也会成此疾。终究，你得当心你自己身子。”

永琪面上一红，旋即含笑道：“这个额娘大可放心。儿子的嫡福晋西林觉罗氏和侧福晋索绰罗氏都是皇阿玛、皇额娘和您亲自替儿子选的，她俩温良恭俭，实是贤妻。”

海兰扑哧一笑，轻轻点了点他的额头，笑骂道：“当着额娘的面心虚什么。额娘岂不知你对嫡福晋和侧福晋不过面上的情分，而索绰罗氏擅生养，你的几个儿子多是她所出，可你最心疼的还是格格胡氏。别的也就罢了，额娘只担心一个……”

永琪见海兰颇有责怪之意，忙不迭解释道：“额娘所担心的，不过是胡氏出身寒微，做了通房封了格格，但她性子也算乖巧，安分守己，从不逾矩。”

海兰不禁摇头：“额娘才说这一句，你便有这许多话替她分辩，可见偏心。虽说王公贵戚都三妻四妾，你别有宠妾灭妻的逆行便好。”

永琪笑意温和谨顺：“额娘说得是。儿子的福晋都温顺贤良，胡氏虽然娇艳些，但也不大出格，服侍得儿子极好，对福晋们也恭谨。额娘可曾听过福晋抱怨？”

海兰温然生笑：“你的福晋都是老实的，额娘也希望你有贤内助。你若争气，你皇额娘的日子也好过些。”

永琪正要答应，忽然笑意一滞，颇为犹疑：“额娘，儿子也的确想为皇额娘争气。可有句话，关起门来只能咱们母子间说得。”

海兰知他素性缜密，便也着紧，道：“怎么？”

永琪踌躇片刻，似是十分为难：“额娘，儿子说句不当说的话。额娘与皇额娘情同姐妹，皇额娘也待儿子如亲生。可十二弟一日日大了，儿子虽与他亲厚，但也不能不多思虑几分。十二弟才是皇阿玛的嫡子，中宫所出。”他苦笑，“有他在，儿子终究是名不正言不顺。便是他日得封亲王，也不过是为他人作嫁衣裳罢了。”

海兰唇角的笑意逐渐冷却，如寒天里冻住的雪花，闪着苍冷的雪白微光。永琪看着她的笑容，不自觉地后退两步，畏惧地低下头不敢言语。

海兰的声音没有丝毫温度：“跪下！”

永琪哪里敢违逆，双膝一软便跪倒在地。海兰将指上的镂金丝嵌珊瑚珠护甲一枚枚摘下，一记耳光清脆地响在永琪左脸，很快又落在右脸。她的手并不停歇，一下下用力打着，眼中泪水涟涟：“如果没有你皇额娘，我们母子当年便死在了延禧宫里，你的眼睛哪里睁得开见见这人世？如果没有你皇额娘，你就是个失宠嫔妃的庶子，谁会来理你分毫？你能上书房读书，能文习武，你能博你皇阿玛欢心，你能在那么多兄弟中脱颖而出，是谁为你筹谋？不为别的，只为你养在你皇额娘膝下，才有今日的荣华！便是你能写得一手好书法，都是你皇额娘亲手教你。她为你尽心挑选贤妻，为你成家立业。她为你费的心思，连对她亲生的十二阿哥都比不上。如今你却糊涂油蒙了心，说出这般忤逆的话来！额娘听着，真真是寒心！”

永琪哪里还敢接话，俯下颀长的身子连连叩头，扇着自己耳光道：“额娘息怒！额娘息怒！儿子不孝，一时昏了头说胡话，额娘切莫气伤了身子！”

“身子？”海兰指着他，满脸是泪，冷笑道，“你还知道额娘的身子！额娘不过是个废人，早就失了你皇阿玛的宠爱，不过是熬一天是一天罢了。若无你皇额娘对你悉心照拂，只怕要养大你都难。你别今日得了尊贵，便忘了自己的来历！”

永琪难过道：“儿子也是糊涂，总觉得自己再讨皇阿玛喜欢，总比不得十二弟天之骄子，生来尊贵。皇额娘疼儿子，也不过是为自己的儿子来日有个臂膀而已。”

“十二阿哥尊贵，那是他额娘贵为皇后，没什么可争的！你这般话，便是戳额娘的心了，也是打你自己的脸。要怪便只怪你没投生个好肚皮罢了。额娘失宠多年，从来不以为侮。因为让人轻贱的，从不是出身，而是自己的品格行事。你若这样想，和当年的大阿哥又有什么分别？你大哥得了你皇额娘多年抚育，却不思感激不念养育之恩，才落得如此下场。而你如今身为长子，已是你皇阿玛的左膀右臂。你若真有那个福气，定要尊你皇额娘为母后皇太后，额娘便是做太妃也不要紧。若你没那个福气，安心做个亲王享尽富贵，辅佐你十二弟，也是情理之中。你可仔细！别还没到那个位子，便先动了不该有的心思。你大哥、三哥和四哥，都是前车之鉴！”

永琪冷汗淋漓，抖衣而颤：“额娘息怒，儿子明白。”

“明白？”海兰一把托起他下颌，肃然道，“你不明白！从你托生到我肚子里那一日，你便在受着旁人算计！要不是你皇额娘与我彼此扶持，我怀着你时冒险服了些许有毒的药物才从冷宫解了你皇额娘的冤屈，她又在我生你时陪伴在侧，事必躬亲，这世间早没你这个人了！所以，少生事端，安分守己！额娘和你的福气才能长远！”

永琪如同五雷轰顶，望着海兰，颤声道：“额娘，你为了皇额娘，竟然服毒，那时还怀着儿子，额娘你……”

海兰松开手，静静地凝视着他，拈过绢子，温柔地为他拭去额边冷汗，神色温柔而坚定得不可抗拒：“永琪，人要活下去，总是不得不用些法子。额娘一直觉得对不住你。但是你也不能为着今日的荣华而妄生猜疑之心。你便是要猜疑额娘，也断不能去猜疑你的皇额娘！这句话，你牢牢地记住！”

永琪泣不成声。在他成长的记忆里，他很少哭，真的很少。这样无声地哽咽，肩膀用力地颤抖着。他伏在自己的臂弯里，背脊如黑夜里起伏的山脉。海兰的手沉稳地搁在他肩上，任由泪水静静滑落："永琪，额娘知道，你在宫里长大，兄弟不似兄弟，父子更似君臣。你疑心多些便可防范多些。但人生而不易，你若是再疑心曾对你有养育之恩的人，便是天诛地灭。额娘谁都不信，只信你皇额娘。你也一样，记得！"

永琪沉重而用力地点着头，仿佛只有这样，才能将海兰的教诲沉沉刻画在心中。

海兰半蹲着身子，伸手抚着他年轻而饱满的面庞，依稀分辨出皇帝俊逸倜傥的模样："你和你皇阿玛年轻时长得真是像。只可惜，他心里从没有我，我心里也从没有他。额娘最心疼的人，是乌拉那拉如懿，是爱新觉罗永琪。可额娘不得不明白告诉你，我与你皇额娘在一起的时日更长更久更贴近。我们之间的信任，无人可以动摇。额娘希望你明白，对你好的人，别去辜负她、背叛她。"她站起身，倦倦道，"永琪，宫门已经下钥，你便留在这儿睡下，好好想想明白吧。"

她缓缓站起身，唯留永琪半靠在暖榻的踏脚上。寒夜冻雨，凄瑟敲窗，落在花梨木透雕藤萝松缠枝窗格上发出生硬单调的声音。天地寂寞，唯有以此簌簌相应。

天地寂寞，静夜无声。皇帝双眸微红，可见已困倦到了极处。他看着跪在眼前匍匐屈身的身影，沉肃的口吻中隐含着一丝不易察觉的沙哑："茂倩，你的话已经说完了，可朕还是不信。"

茂倩面色铁青，两颊泛着决绝的晕红，恭顺地匍匐在地："皇上，若说凌云彻梦呓之事不算铁证。可这两枚银针与这个马鞍，却真真是死证。若不是为了包庇皇后意图杀害八阿哥之事，这两枚银针凌云彻为何要藏着不告诉皇上？"

皇帝颇有玩味之色，眸中阴沉不定，举起那两枚银针在眼前，沉吟道："银针已有积垢，是积年旧物。针孔与马鞍底下的孔痕也相吻合，的确不是造假之物。但茂倩，你与凌云彻早是怨侣，如今积怨更深。哪怕是物证笃然，朕也不能全信。”

茂倩垂首片刻，眼里闪过一丝怨毒恨色，举首道：“物证已在，皇上所不能信的不过是奴婢这个人证。妾身已说过当日之事赵九宵也知情。眼下他人在宫中，皇上一问便知。”

皇帝并不看她，只专注于银针之上，冷冷道：“还需你说？朕已经吩咐进保将他带了来。”他击掌两声，外头进保已经听得，领了赵九宵入内跪下。

皇帝扬一扬首，示意他出去，只冷眼瞧着瑟瑟缩缩的赵九宵道：“唤你来所为何事，你自己也知道吧？”

赵九宵初次面圣，早已头昏脑涨如在梦中。及至了明彩辉煌的殿阁里，浑身软绵绵如同酒醉，吓得一跌倒地，连连叩首不已，大着舌头道：“奴才愚昧，奴才不知。”

皇帝视他如目下尘芥，哪肯轻易费一词一句。还是茂倩乖觉，指着地上的东西道：“赵九宵，这个马鞍你总认得吧？”

九宵一见那马鞍，心底一凛，猛然清醒了不少，连连摇头不已。

茂倩料得他不会轻易认了，不觉抱臂冷笑道：“你与凌云彻那点勾当，皇上还会不知么？八阿哥马场坠伤之事皇上已经了然于胸，不过白问你一句，瞧你对大清忠不忠心罢了，你还敢蒙蔽圣上么？”

九宵吓得冷汗如浆，但见皇帝成竹在胸，以为皇帝早已知晓，慌不迭道：“皇上，这个马鞍奴才知道，当年八阿哥坠马，凌云彻奉命去查，才知八阿哥坠马乃是因为马匹受惊。”

皇帝听他絮叨，不耐烦道：“马匹受惊乃是两枚银针穿透马鞍底下的皮子，这些朕都知道。但凌云彻当初奉朕旨意追查，却未曾向朕回禀，这是为何？”

九宵瞠目结舌，呆呆道：“皇上都知道了？那……那其他事，奴才不知。”

茂倩尖着嗓子，像生锈的刀片沙沙刮着耳膜：“你会不知？你是他的手足兄弟，我不过是一件破衣烂衫。他什么事情你不知道？这些事他是替谁瞒下的？为了谁凌云彻那混账才敢连皇上都蒙蔽！你便招了吧！”

九宵骤然变色，却也不屑：“鸡鸣狗盗的事做得那么熟，你以为偷了马鞍和银针出来，就能诬陷自己的夫君了么？也难怪这些年凌云彻看不上你！”他爹着胆子向皇帝道，“皇上，您一片好意赐婚，可这悍妇刁蛮醋妒，又小心眼儿，她说的话实在不能相信！”

皇帝也不看他，只伸手细细抚触那马鞍，细看上头的针孔：“这马鞍是宫中马场用的样子，也有些年头了，上头的针孔也与这两枚银针一般无二。茂倩，你便这么有心，一早便存下心思陷害你的枕边人了么？”

这话虽是质问，但语中之意直逼赵九宵。九宵再不经事，也不免畏惧不已。

茂倩自以为得意，昂首道：“皇上，妾身之所以到今日才向皇上告知此事。一则因为前事不明，怕有误会。今日见凌云彻百般维护皇后娘娘，倒落实了心头疑虑。当年八阿哥坠马致残一事，都纷传是五阿哥所害。凌云彻奉旨彻查却诸多隐瞒，他与愉妃娘娘并无来往，也不会为她隐瞒。能让他做出这般欺君犯上之事的，唯有是为了皇后娘娘。”她仰着脖子，眼底闪着恶毒的冷光，“妾身私心揣测，会否这件事连五阿哥也被蒙蔽，乃是皇后娘娘的一箭双雕之计。”

皇帝神色冷凝，映着窗外呼啸凛冽的风声，格外瘆人。他沉沉道：“除了这些，你还想啰唆些什么？”

茂倩膝行两步上前，声线诡异而隐秘，像一条绷直的铁弦，死死缠绕上柔软的颈：“皇后从前养育五阿哥是为了有个依靠。如今皇后娘娘自己有了儿子，五阿哥又天资聪颖，文武双全，皇后娘娘怎能不为自己的儿子打算！八阿哥坠马这件事，若是扯上了五阿哥的罪过，自然断绝了他的皇位之路。若是不然，八阿哥落下残疾，一是不能继承大业，二也报了皇后娘娘对淑嘉皇贵妃的旧仇，三则淑嘉皇贵妃痛心儿子，一定会报复五阿哥，最后得利的却是皇后，保证了她亲生儿子再无劲敌。结果此事没成，淑嘉皇贵妃心有不甘，最后五公主才会枉死。”

殿外，是伸手不见五指的黑夜，养心殿、翊坤宫、永寿宫，成百上千座殿宇楼阁，都冻成了阴霾里巍峨不动的影。明明殿内，生着数十个火盆，和煦如春。可是皇帝立在那里，只觉得血液从脚底开始冰冷，缓缓凝滞，慢慢逼上胸腔，冷凝了喉舌。连手心逼出的汗意，也是寒冻的雨珠，冰冷地硌着。高处不胜寒，终究是高处不胜寒。

他的声音已经嘶哑了，眼底纵横着暗红的血丝：“不许胡说！不许说朕的璟兕！”

茂倩的歇斯底里撕破了暗夜最后的宁谧，也撕破了皇帝心底最脆弱的伤口：“是！五公主玉雪可爱，要不是有这样的额娘，皇上，您会看着五公主长大，长得亭亭玉立，成为大清最美丽的公主。您可以亲眼看着她出嫁，有一个好夫君，有一个美满的人生，而不是早早夭折，沦为后宫争宠的牺牲品！”

皇帝的泪汹涌而出，他跌跌撞撞几步，颓然坐倒在罗汉榻上，泣不成声地唤道：“璟兕！朕的璟兕……”

赵九宵从未见过皇帝这般模样，吓得魂飞天外，半晌才回过神来，对着茂倩怒目而视：“皇上，皇上您别这样伤心……”赵九宵急得满面通红，恨不得上前扯住她：“你这女人，血口喷人！你别胡说，皇后娘娘她不是这样的人！”

皇帝闻言凝神，只是冷笑。赵九宵看着害怕，又急又慌，拼命磕头道：“皇上别多心！皇后娘娘与您多年夫妻，她信得过的人才敢送到皇上身边陪伴左右！你别误会了皇后娘娘一片真心呀！”

“真心？”皇帝的笑意酸楚而悲切，“从前朕真的觉得皇后对朕一片真心，如今看来，竟是连朕自己也不懂得了。若这真心之后藏着利刃，那朕真是避无可避了。”他挥一挥手：“茂倩，今日你说的话够多了。比你伺候朕那么多年说的话都多。朕听够了，你先下去吧。朕有些话，还想再问问赵九宵。”

茂倩诺诺答应着，躬身告退。

皇帝看一眼垂手在旁的进忠，哑声道：“进忠，你着人好好送茂倩出去，好好的，好好的。”那“好好的”三个字说得颇轻，像没有分量似的尾音飘飘。九宵不知怎的，却觉得如利剑般直刺过来，浑身战栗。他跪伏一边。他正不知该如何应对，只见一个女子闪身进来，款步行至自己身边，跪下道：“皇上万安，小主遣奴婢来向皇上请罪。”她磕了个头，战战兢兢道，“小主敷了药睡下了，谁知凌夫人跑来了养心殿见皇上。”

皇帝淡淡道：“令妃烫伤了自顾不暇，哪里顾得上茂倩趁乱跑出来找朕。太医瞧了，令妃伤得要不要紧？”

春婵忙回禀道：“皇上放心，太医说只要勤于上药，仔细照拂，也不打紧。说来也怪澜翠。”她的眼神往九宵身上一瞟，抱怨道，“澜翠也算伺候了小主多年，竟还这么不当心。”

皇帝嘴角一沉，没好气道：“不是交给慎刑司了么？好好惩治就是。”

皇帝的话仿佛一阵寒气，直逼九宵身上，九宵打了个寒战，忽然想起方才宫门外候着时，进忠向着他皮笑肉不笑道：“仔细点说话，你心上人的性命，还在令妃手里呢。”

他本还有些糊涂，听得此节，也再明白不过了。

春婵听皇帝动怒，连忙赔笑道：“请皇上息怒，小主说看在澜翠多年伺候的分儿上，还请皇上宽恕澜翠。再不好，打发出宫也罢了。”

皇帝无心在此事上，随口道：“令妃素来心软，澜翠如何处置，都交由她自己决定。”

春婵恭谨领命，看了跪在地上瑟瑟发抖的赵九宵一眼，默默退下了。

九宵一心记挂着澜翠，抬首才见皇帝静默无声，逼视着他。片刻，皇帝的声音铮然响起：“你也不必留心扯谎，这里只有朕，不吐出真话来，谁也救不得你了。”

九宵惶惑地听着，不知怎的，他挺直的脊梁骨渐渐发软，终于像被抽去了全身的骨骼，流着泪趴倒在了地上。

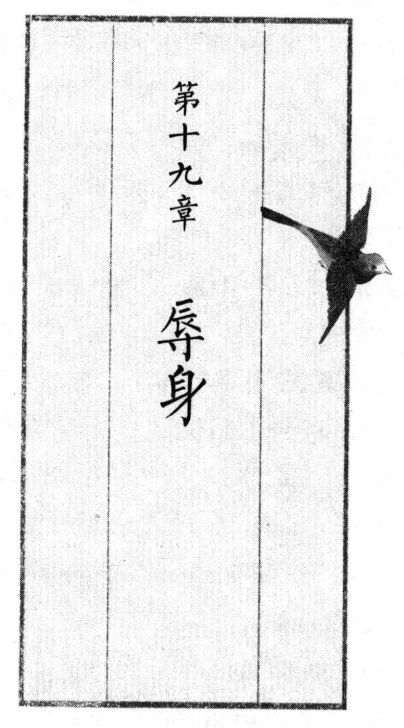

第十九章 辱身

夜已深沉，雪花敲在瓦檐上的声音扑棱扑棱的，像是谁撒着坚硬的小石子，一下一下惊着心肠。嬿婉并没睡好，睁着双眼拥着锦衾，静静听着风发出怪兽般阴沉的呼号，低声唤道：“春婵。”

春婵抱着膝盖靠在床边打盹，听得嬿婉召唤，忙睁开蒙昧的眼，答应道：“小主？”

嬿婉的声音在发飘，她极轻声地问：“事情真的都过去了么？”

春婵低柔道：“进忠亲自来递过消息，赵九宵招了。虽然招得含糊其辞，可也隐隐约约透露了皇后与凌云彻有私。他出了养心殿就求进忠救澜翠，说他为了澜翠连最违心的话都说了。真是一片痴情！”春婵虽然这么说，口中却满是讥讽，“他哪里知道，小主只是拿澜翠与他做戏。赵九宵与茂倩都被连夜带出宫外。听说茂倩出了永定门就被扔进了河沟里，不淹死也冻死了。赵九宵是流放之刑，罪名便是在坤宁宫有大不敬之举。”

嬿婉抓着枕上一把金线流苏，一双眼在漆黑的夜里闪着幽幽暗光：“本宫早知道，皇上是不会放过茂倩的。”

春婵急道：“皇上难道不信茂倩的话才这么做？”

那金线本就生硬，硌在手心里一阵阵发凉：“皇上就是信了，才要灭口。茂倩恨毒了凌云彻，保不齐哪天就嚷嚷开来，皇上当然不能留着这个后患再生波澜。至于赵九宵，皇上还留着他，只怕哪一日还想挖出什么话来。”

春婵大松一口气，抚着心口道：“皇上疑心重，奴婢还怕皇上不信呢。”

嬿婉凝神思忖："依着皇上的性子，想必不会全信。但人的疑心就像是无底幽洞，只消勾起一点，便会叫人如坠泥潭，越陷越深，哪怕是贮海积山也休想再填平分毫！"她缓着气息，慢慢道："春婵，一个人但凡要布下局来，就得要多多的人来显得周全，万无一失。众口铄金自然容易积毁销骨，一旦撕开了口子，便什么都拦不住了。"

春婵担忧："能万无一失么？"

嬿婉伸着手指，在松软的锦被上一道一道慢慢划着，指甲划过娇嫩的蚕丝有轻微的沙沙声，她在乌定定的夜里睁着眼，发出骇人的光芒："世间事未必都周全到万无一失，但有三个字便够了。那三个字，便是'莫须有'。"

"莫须有？"

"对！莫须有，或许可能有。因为人的疑心胜过一切铁证如山。因为只要他坚信，便一切坚不可摧。但如有了疑心，疑心生暗鬼，哪怕无事也成了是非。历代以来，死在'莫须有'三字上的，还少么？"

春婵不解："小主这么说，只消那双如意云纹的靴子便可让皇后和凌云彻说不清道不明了，何必还扯出八阿哥的事！"

"皇上最恨有人在皇位之事上作祟。这些年皇上最看重五阿哥，眼看着一定会封为太子，若知道皇后这么多年对五阿哥都只是利用，又为了亲生儿子连五阿哥也算计。那么皇上会做何感想？这件事若传了出去，便能教五阿哥和皇后生分了母子之情。"

春婵会意，立即道："小主放心。再教芸角使劲在五阿哥耳边吹吹枕头风，皇后就连五阿哥这个依靠也没了。"

嬿婉倚靠在金线攒枝花枕上，含着轻快的笑意低低道："田嬷嬷和田俊虽然死了，但叫本宫找到了田嬷嬷与前夫生下的女儿，按着永琪的喜好悉心调教，不枉她得了永琪那么多的宠爱。"她正得意，忽地想到一事，不觉神色恻然，"对了，皇上如何处置凌云彻？"

春婵一愣，不知如何反应，只得如实回禀："凌云彻多半没有好下场，这件事皇上只交给了进忠公公去办，小主千万别心软，更别问他。否则他小心眼儿，一定会恼了您，他可知道八阿哥坠马的事了。”

嬿婉怔住，张口欲言。一瞬间，只有一种欲落泪的心疼，催得她怆然含悲：“本宫知道不能心软。只是有时候想起来，本宫爹不疼娘不爱，兄弟不亲，主子不容，只有凌云彻真心待过本宫。”

春婵婉言劝道：“小主走到这一步不容易。别说奴婢心狠，为了小主您和阿哥的前程荣光，便是让澜翠演一场苦肉计也没什么！”

嬿婉听她口气决断，少不得振作心气道：“也罢！咱们借着澜翠逼迫赵九宵供出凌云彻，否则咱们再难压倒皇后。赵九宵死罪可免，活罪难逃。只是留着这个活口，再要翻供教皇后借机东山再起，便不好了！”

“奴婢省得，一定会叫人在赵九宵流放途中料理干净！不留后患。”春婵稍一思索，连忙求情道，“至于澜翠年纪也大了，奴婢会着人送她还乡。”

嬿婉正犹豫，忽地咬了咬唇，冷道：“既然要不留后患，那么澜翠也别留着了，一并干净。本宫已经让王蟾去办了。”

春婵与澜翠一同服侍嬿婉多年，心知澜翠虽不比自己与嬿婉亲近，却也一贯得力。竟不防嬿婉说出这番话来，当真是惊心动魄。她深知嬿婉心性坚定，劝无可劝，少不得忍泪答允了。

直到出了殿阁，春婵才觉得一阵阵后怕，天寒难忍，怎及心头寒冰。她正镇定心神，眼见王蟾进来，忙一把拉过他往角落里去，这才敢问：“澜翠到底如何了？”

王蟾有些木然：“澜翠按小主的吩咐，在帕子上洒了毒粉递给豫妃，豫妃已经死了。”

春婵忙道：“我是问澜翠的生死。”

王蟾袖着手，一脸惧色：“奉小主之命，送了澜翠上路了。”

春婵急道：“怎么走的？”

王蟾连连摇头，很是伤感：“一顿饭菜，都是有毒的，也算留了全尸。

唉，我跟内务府报了澜翠得了绞肠痧，送去火场化了。”

春婵不禁含悲：“我与澜翠一同服侍小主多年，澜翠一贯得力。小主的心怎么这么狠了？连自己人也不放过。澜翠可是一直忠心耿耿的呀。”

王蟾紧张地抓住春婵的袖子，四周张望了无人，才放下心来：“我的好姐姐，甭管别人了。哪天一不留神，我和你就踏了澜翠的老路了。咱们呀，自求多福吧。”

春婵一想到嬿婉方才脸色，也是后怕，只得掩了口，将哭声咽了下去。

人在兴头上的时候，日子是一条光滑的绮丽的绸，顺着它滑溜溜地游荡，荡得无边无际，如在云端之上。可不如意的时候，日子就成了发霉的蒜瓣，过一天就是一瓣，像是被硬塞进了喉咙里，辛辣、发涩、萎靡、霉烂，吞不下，吐不出，说不尽的酸涩苦辛。

这样的日子，过了三十六天。

如懿记得再清楚不过，整整三十六天。这三十六天里，皇帝没有再见过她，生活仿佛又回到了往常那种近乎决绝的隔断。隔着一条长街的两端，她与皇帝各自过着自己或绚烂或寂寞的岁月。

豫妃得了急病薨逝在慎刑司。内务府和礼部照例办了丧仪，还算隆重。也无人过问她为何而死，事情也便掩过去了。但皇帝总觉得科尔沁寨桑根敦教女不善，寻了由头，派他领兵去剿灭准噶尔余部。那可是个苦差事。若是限期内未曾剿清余部，定受重罚。幸好科尔沁王爷那儿，皇帝一直厚待，又有和敬公主的姻亲在，所以一直没人说什么。

至于凌云彻，也没人知道他的消息。他仿佛在人间彻底蒸发，无声无息。有人说，他与茂倩和离，触怒天威，被赶出宫外。有人说，他盗取宫中宝物，与他的兄弟赵九宵一同被流放边塞。还有人说，他气不过茂倩无礼无德，一怒之下出家做了和尚。

但任凭流言纷纷，不过是一个小小侍卫的故事，闲言两句，就如抛入湖心的小石子，晕开两圈涟漪也便无声无息了。只是任凭李玉与如懿用尽法子，也得不到凌云彻半点消息。

有时候，没有消息，比最坏的消息，更让人觉得可怕。

直到，直到那一日。大雪初停，满庭冰雪映着宫墙的暗红辉泽，折出一地惨然的银白。室内虽然燃着数个炭盆，但殿内不足以因此和暖，冷津津的。窗外刮着巨风，击打着窗棂，如野马奔腾嘶鸣，驰于浩浩原野。如懿伏在案边，用浅红的笔墨画上一瓣梅花，凑成“九九消寒图”，便又算熬过了一日。自从凌云彻消失后，她的心没有一刻得到安宁。而沉寂的翊坤宫，就如大雪冰封后的紫禁城，晶莹、璀璨，却是一座华美的没有生气的死地。

所以，当太监们的靴底踏破积雪的沉硬时，栖落在廊檐下啄食的乌鸦也被惊得飞起。映着这萧然落索的天气，散落一层层破碎的哀鸣。

进忠进了暖阁，向如懿恭恭敬敬施礼问安，笑吟吟道：“皇上说，有一礼物要赐予皇后，请皇后欢喜笑纳。”

如懿连眼皮也不抬，淡淡道：“是么？”

进忠皮笑肉不笑道：“皇上口谕，赐凌云彻为翊坤宫太监。即日入侍皇后。”

没有人回应，只有幽长而乱了节拍的呼吸，在死寂的殿中闷闷响起。进忠略略定神，看见如懿平静的脸庞，宛如大雪过后的旷野，透露出死一般的震惊与痛惜。

她能清晰地听见自己的心跳，狠狠漏了一拍。几乎是喘不口气来，她真的忘记了，呼吸是何物。

直到，直到进忠唤了凌云彻进来。

许是大伤初愈，他整张面孔苍白得近乎透明，人瘦成了一杆枯竹，被两个小太监半扶半拉扯着。进忠含了谦恭的笑意：“小凌子，还不给主子请安。”

凌云彻望着她，艰难地弯下腰去：“奴才六品太监凌云彻，给皇后娘娘请安。”

进忠浑然是教训的口吻，面上却是那种似笑非笑的神情：“小凌子，从前你是伺候皇上的，如今伺候皇后娘娘。皇上与皇后体同一心，你可别生了轻慢之心，一定要好好伺候，做好奴才的本分。”

这话本无错，可如懿听着耳中，浑身如被针刺，胃中翻江倒海地恶心。

从未这般恶心过。

他说罢又看如懿：“皇后娘娘，小凌子不太懂规矩，请您费心调教。宫里的太监可不比宫女尊贵，打死也没什么。”

这便连容珮也听不下去了：“进忠，你这话说得诛心，别忘了你也是个太监。”

偏偏进忠还笑：“除了凌公公，皇上还赐皇后娘娘珍珠龙华十二领，甜白瓷葫芦瓶两对，玛瑙灵芝如意件一对，同心结一对，都是成双成对的好东西呢。”他又笑，“皇上还说，有些日子没见娘娘了，今晚会来与娘娘同进晚膳，请娘娘预备着。”说罢，便领了人将东西搁下，出去了。

容珮熟门熟路地将东西接下，便领了宫人退下收入库房，悄悄抹着泪，一并也掩上殿门，只余凌云彻与如懿二人。

相对间，唯有黯然。

她的喉间像是吞了一枚黄连，吐不出，咽不下，唯有她自己明白，那种苦涩的汁液是如何无可遏制地逼入心间，恣肆流溢。

她的舌头都在颤抖，字不成语：“我没有想到，会到这种地步。”她恍惚，“凌云彻，我们怎么会到了这地步？”

如懿蹲下身来，以一种同等的姿态，凝望着他的眼睛。她分明从他漆黑的眼底，看到了自己的哀伤与歉意，还有那种无可言说的屈辱与痛心。

“皇上的疑心，已经毁了微臣……”他很快觉出自称上的不合宜，笨拙地改口，隐忍着巨大的屈辱，“毁了奴才，不能再毁了娘娘。”他想笑，那笑意却是惨然，“其实皇上，不算疑心错了。奴才是自作自受，若再牵连娘娘，是奴才万古难赦之罪。”

她穿着高高的花盆底，蹲在地上本就有些艰难。她双手撑在石青洒金晕锦毯上，因为过度地用力，指甲泛起暗朱色。那分明是鲜血的颜色，可是她觉得冷，无来由的彻骨的冷。殿内烧着地龙，燃着火盆，可是她感觉不到一丝暖意。仿佛有风，吹起她裙角的涟漪。可是窗门紧闭，并无漏进一丝风的可能。

凌云彻的指尖抵着她的指尖，是寒冰与寒冰的相触。他轻声说："娘娘，你在发抖。"

呵，她居然感觉不出自己在颤抖，就像自己满心的痛，眼底却干涸得发涩，没有一滴泪。

连眼泪，都不知从何流起。

她可以听见自己的声音，枯哑、艰涩，像发锈的铁皮："对不住。凌云彻，对不住。"

他的声音极轻，唯有她靠得这般近，才能听清那声音里的一丝战栗："娘娘没有对不住我。这样也好，我终于可以名正言顺地陪伴在你身边，也可以结束一段痛苦的姻缘。于我，于茂倩，都是好事。"他忽然扬首，叩拜，"多谢皇后娘娘成全奴才。"

如懿沉重地摆首："不，你不是奴才。你明明可以有更好的前程，却因为我而成为低贱的奴才。"

云彻苦笑，那笑容底下隐隐有几分平静的痛楚："一等侍卫也好，太监也好，其实都不过是宫里的奴才，并无区别。如果皇上此举可以平息怒火，保全娘娘，那奴才甘之如饴。"

天地间宛然有雷声阵阵，风卷云彩疾聚疾散，悲悯与哀伤翻涌而上，不可遏止，泪水潸潸而下。她背着他，不愿让他瞧见自己的眼泪，连哽咽也沉没着吞入喉底。

可是她遏制不住，自己颤抖的双肩。

凌云彻仰起身，静静凝视如懿的身影。殿中声息全无，珠帘重重掩映，空余雪色残照。她的侧影与一枝瘦梅相似，有不胜之态。他黯然不已："皇后娘娘是为奴才难过么？奴才低贱，不值得娘娘难过。"

"不是的，不是。"她的悲怆因为懂得而更显脆弱，"凌云彻，我在这个地方，我站在这孤高峰巅之上，哪怕我笑着，也只有你看见我眼底忍泪的悲伤。这半生里，我的荣光华彩或许未曾与你同享，但每一次落魄，都是你默默扶持。”

他轻轻笑，仿佛十五月夜流泻的月光，清澈而温暖：“能如此，是奴才的福气。也多谢皇后娘娘终于肯告知，原来你只是假作不知。”

如懿的视线回避着，盯着不知名的某处，怆然道：“可是凌云彻，如今你近在身旁，我却根本不知该如何与你相处。”

“皇后娘娘不必在意。你只当奴才是你宫里的一根柱子，一个摆设，无关痛痒，不加理会，这就是最好的相处。也唯有如此，皇上才会满意。”他顿一顿，语意幽沉，“皇上要奴才入翊坤宫侍奉，不就为了如此么？夜里皇上来用晚膳，娘娘万万要记得这个。”

凌云彻入侍翊坤宫的消息传到永寿宫时，嬿婉惊得立时落下泪来：“我宁可他死了，真的。我什么都想到了，但没想到会是这样的惩罚。他这样活着，只有屈辱。他是一个男人啊。”凌云彻失去踪迹的日子里，她也害怕担忧，可万没想到，会是这样的结果，“若知道他没有自尊地活着，本宫宁愿他死了。真的，真的……”

春婵在害怕，也得安慰她：“小主，凌大人如今已不算个男人了。而且您不是想好了要牺牲凌云彻的么？而且进忠公公说他奉的是皇上的旨意。”

嬿婉咬牙切齿：“是。本宫可以牺牲凌云彻，但进忠不能这么待他！进忠那个阉货，一定是他撺掇皇上的。本宫一定会要他不得好死！”

春婵从未见过嬿婉这般狠戾神色，不觉心下一突，浑身悚然。

皇帝到得很快，日已将暮，烟霭沉沉，飞起的檐角在深红浅金的暮霞的底上渐渐变成暗色的剪影。寒冬斜阳深，星子挂在远远的天角，绽着冷冷的光，像冷峭的眉眼。

皇帝缓步进来，许多日子没来，他半点也不生疏，拣了旧日的位子坐下，便翻如懿抛在小几上常看的书。

皇帝拉过如懿的手顺势将她依在身侧，道："郎世宁新画了几幅好画，过两日朕带你去瞧。"

他的话有蜜的滋味，是惯常的熟与甜，亲昵在动静间自然流泻。

如懿索性靠着他坐下，睇一眼道："多谢皇上。听说外头送了几幅宋代王冕的梅花图到如意馆，什么时候皇上带臣妾细赏。"

他温柔极了："你若想去，什么时候都可以。朕好久没让郎世宁替咱们俩画画了。改日让郎世宁过来，替朕和你再画一幅。"他眼睛一扫，"对了，小凌子过来，伺候得好么？"

如懿觉得自己的牙齿一阵阵发寒战冷，她的舌头抵着牙齿，逼出温声细语："多谢皇上。小凌子是御前的人，臣妾不敢挑剔。"

皇帝的笑意无可挑剔，看她的眼神似乎很满意。他抚着她的手背："那就是会伺候。朕特意让御膳房做了你素日爱吃的菜，朕陪你一起。"

言毕，李玉低眉顺眼击掌两下，外头送菜的太监便流水价上来。

荔枝腰子、持炉珍珠鸡、芝鹿双寿、菇鹌齐福、奶房玉蕊羹、蛤蜊鲫鱼、五珍脍、虾鱼汤齑、酿冬菇盒、醋浸百合，还有一个热气腾腾的猴头蘑扒鱼翅锅子。

如懿扫了一眼，便已看清。那并不是她喜欢的菜色，尤其是腰子与蛤蜊，她从不肯吃。但他的意思，再明白不过。

不喜欢的，必得喜欢。不能接受的，也一定要接受。

她的笑是烟水照花颜，雾色蒙蒙："多谢皇上，果然是臣妾喜欢的。"

容珮命宫人们多多儿挑亮了烛火，二人对坐着，皇帝道："叫小凌子来伺候。"

凌云彻打了个千儿，恭恭敬敬道："奴才给皇上请安，皇上万安。"

他说得字正腔圆，如流水般自然。皇帝颔首："打发你来翊坤宫伺候，倒是合适。"他顿一顿，眼睛一瞟，"皇后爱吃荔枝腰子，你给添上。"

如懿本能地想要抗拒，可凌云彻浑然不知情，已经送到了如懿手边，她觉得乌银筷子握在手里发沉，屏息片刻，还是咬了下去。

软、滑、嫩，像咬着另一片舌头，可还是有腥气，那种令人不悦的腥臊。她极力克制着，还是忍不住蹙起了眉头。

皇帝冷然道："皇后一向爱吃这菜，可是伺候的人不好，败了你的兴致？"

凌云彻何等乖觉，立刻俯下身叩首："奴才有罪，奴才不懂伺候。还请皇上降罪。"

他这般配合，皇帝反倒无法发作。如懿忍着心底的酸涩，冷眼看着，徐徐道："自己出去领罚吧。"

凌云彻步行到廊下，举起手噼噼啪啪打起耳光。他下手极重，如懿与皇帝细细嚼着，听着那耳光声脆脆的一下，又一下，重重地打着。殿中宫女太监们个个垂下了头去。

一顿晚膳，吃得索然无味，如同嚼蜡。皇帝也匆匆停箸，道："罢了。"

凌云彻便又进来谢恩，他对自己下手极重，脸高高地肿起："奴才多谢皇上皇后恩典。"

如懿看着他高大的身形卑躬屈膝下去，眼中不可抑制地漫上酸涩的微痛，辛辣之味亦哽上了喉头，沙沙地刺痒着。

她说不出一句话，也无话可说。

诸般喜忧，冷暖错杂，扰攘乱心。

皇帝的眼是一泊温和柔漾的水，分明又有些刺沉的意味："皇后不必为这等下人生气。今夜朕会留在这里陪你。"

如懿得体地表现出应有的欢喜："夜露风寒，皇上不宜出行。留在这儿，臣妾喜不自胜。"

远黛空蒙，月华流盈，自深蓝高空漫无边际地铺洒下来，勾勒出翊坤宫柔和朦胧的轮廓。

烛火幽曳不定，皇帝平卧于如懿身侧，二人并肩躺着，双目紧闭，以此来抵触见到彼此的模样。

原来真会这样厌恶，厌恶到近在身旁也不愿一见。

如懿闭着眼睛，听着沉沉的心跳声："皇上，臣妾真是要谢凌云彻，没有他，您已经一年三个月二十四天没有走进翊坤宫了。"

皇帝说得悠而缓，轻飘得若一朵浮荡的云："朕来看你，不好么？"

如懿一字一字道："感激不尽，欢欣无尽。"

皇帝的声音幽幽响起："你猜，凌云彻在听什么？"

如懿明白他想说什么，依旧闭着眼，冷然道："他是上夜的太监，得听着寝殿里的动静。自然皇上做什么，他便听到什么。"

皇帝轻轻一嗤，那笑声在幽夜里格外刺耳，牵得七珍锦心流苏轻轻颤着。

如懿眼珠轻轻一转，触到眼皮，有微微的疼。她问："皇上希望凌云彻听到什么？"

皇帝的声音极平静，像暴风雨来临前平静的海面，汪蓝深沉："朕就想他明白，从前他有七情六欲，如今朕替他了了六根尘缘，他也该停了痴心妄想，得个安分。"

他用力抓着她的肩膀，他的手掌是热的，滚烫，像焚着一把野火，轰轰地烧。她看到他手腕露出的肌肤，凝霜似的白，这双手，曾抚过多少女子的身体和肌肤，娇嫩的，柔软的，雪白的，粉腻的，如今又在她的身上。

团花云纹蝉翼素帐蓬蓬地兜出一方天地，那是极好的冰纨，绣着浅紫的兰花与团团的小巧的蝶，那绣功精巧细致，非三十年功力不可得。那只淡黄与粉青二色的蝶似欲振翅飞入浅白流云间，一双双腻着蝶翅，不离不散。里头满是丝线般滑腻而交织的纠缠，丝丝缕缕，难以分隔。他不说话，也不动，一双幽黑的眼睛直直地看着如懿，锋利得好像玻璃碎片，割着肌肤生疼。她睁开眼，定定地回视他，并无退缩之意。

皇帝嗤地笑了："你很久没有这样看着朕了。"

如懿亦轻嗤，微凉的指尖上浅粉色的凤仙花汁像少女明媚的唇，一点一点轻啄着他的脸庞："皇上，你猜臣妾在你的眼睛里看到了什么？"

"当然是你。朕现在就看着你。"

"那臣妾在你眼里是什么样子呢？"她似乎是在梦呓，轻柔而含糊，"臣妾在你的眼里，有松弛的眼尾，微垂的唇角。嗯，臣妾的额头不复明亮，有细细的纹。"

皇帝的手停在她的脖颈处，停得略久，有一点点潮湿，是沾了晚露的花叶。他倦怠下来，慵慵道："你一定要这么扫兴么？"他的唇角扬起来，轻轻地拍一拍她的脸，发出一点清脆的声响，"不过确实，比起新人，皇后自然是老了。"

笑影幽幽暗暗地开在她的眼角与眉梢："是啊。臣妾多谢皇上恩宠眷顾，长日不衰。"

她别过头，看得久了，那灯成了模糊的一团，像是烧颓了的香灰末子。她忽然想起来，这灯有个名字，叫暖雪灯，幽幽的焰火是雪后灯光映照的晕黄。

皇帝扬声道："谁在外头？"

如懿一凛，扬起身子："皇上要什么？"

皇帝丝毫不理会她。须臾，便有宫人答应着爬到了殿门口的窸窣声。是容珮，恭敬道："皇上，奴婢在。"

皇帝施施然，眼底甚至有一抹晶亮笑意："里头的水冷了，换一壶来。朕口干。"

容珮呵着手正要答应，皇帝又道："叫小凌子。朕喝的水要几分热，小凌子清楚。"

容珮面色为难，很快响亮地答应了一声。凌云彻便在她身后四五步远，皇帝刻意大声，他自然听得清楚。肩膀有难以察觉的一丝微颤，很快平和下来，转身拿水去。冬日的水凉得快，凌云彻手脚也快，不过片刻便抱了一个白铜仙鹤嘴莲瓣茶壶进来，低眉顺目，十足一个中年太监的温顺模样。

凌云彻侧身去倒茶。如懿低着头，掩在帘帐之后，拨着郁金色敷彩寝衣上的五瓣梅花纽子。一下，一下，洇着手汗滑腻腻的，把握不住。

凌云彻奉上茶水，皇帝泰然自若地饮了半杯，留了半杯送到如懿嘴边，叫如懿就着他的手喝了。凌云彻一直恭敬地半屈着身体，无声无息若木偶泥胎。

终于，凌云彻退下了，如懿半仰着身子，静静地望着皇帝，眼底有幽冷的光："皇上的面子全上了么？臣妾可否做得足够？"

皇帝斜着眼睨她："你越来越放肆了。"

如懿眸中澄定："皇上要凌云彻净身入宫，岂不是因为心中疑根深种，认定臣妾与他有私么？如今看他非男非女，受尽折磨，皇上一定很高兴吧？"

皇帝漫不经心地抚着帐上的琉璃银鱼帐钩，"他既忠心于你……"他瞟一眼如懿，缓缓道，"和朕，也无心于妻房家室，那么做个宦官，日夜侍奉于内，不是更好？"

如懿如何听不出他语中之意，手上一双碧玉翠色环颤得泠泠有声。但很快，这轻微的声响被如懿的笑声所湮没。

她轻轻地笑着，笑声越来越响亮，在深寂的夜里听来有悚然之意。她便这样沉醉地笑着，笑着，笑到眼泪流出来，似乎快乐得不知所以。

第二十章 窃心

次日清晨起来，皇帝的沉默如山，压得人喘不过气。如懿起身要替他掩上龙袍的扣，他的手轻轻一推，将她推出千山万水的远。如懿便索性收了手，温温柔柔立在一旁。皇帝一言不发，由着李玉和容珮伺候了上朝去。

如懿松了一口气，浑身都松懈了下来，靠在床栏上。容珮低低道："娘娘昨夜没睡好吧？"

如懿只道："拿些消炎去肿的药酒给凌云彻，再拿煮熟了的鸡蛋替他揉。"

容珮难过道："奴婢都问过了，凌……小凌子不肯，他说只有自己肿着脸带着伤，皇上看了才能消气些。"

如懿无声地叹息："难为他了。"

她抬着眼，凝视着帐顶一只只欲飞未飞的蝴蝶，那么美，却是死的，永远也飞不起来，只是寻一个合适的位置，被钉在那里，供人瞻仰。

这样的日子，永远也没有尽头。

皇帝坐在养心殿内，批了一沓折子，下笔渐渐狂乱无章。他气馁地丢下笔，仰面无言。

十二扇青玉罗汉屏风后裙裾一闪，却是嬿婉捧着一盏银耳白果羹迤逦而出，盈盈唤道："皇上。"

她和婉的语调，恰到好处地安抚着皇帝枯涸毛躁的心思。他抬一抬手，勉强一笑："令妃，你来了。"

嬿婉袅袅婷婷立住，道："臣妾念着天寒，叫人给各宫的常在答应们都送了鹅羽斗篷并一件狐皮锦袍。虽说是位分低，到底也是伺候皇上的人，若太寒素冻着了，叫臣妾心里怎么过得去。”

皇帝握一握她的手：“有你协理六宫，朕很放心。只是你这般厚待她们，宫里的银子怎么够？”

嬿婉抿唇一笑，嫣然百媚：“臣妾儿女众多，份例也跟着多，加之太后疼爱孩子，难免有些赏赐。其实孩儿家的用什么呢，臣妾从哪里省一抿子，也够圆上姐妹间的面子了。”

皇帝微微一笑：“你温柔贤惠，朕心甚慰。”

嬿婉后退两步，如杨柳依依，轻盈拜倒：“皇上，臣妾初掌宫中事，许多事权衡不定，怕有错漏。毕竟皇后娘娘正位中宫，一向处事果敢决断，臣妾不敢妄行。”

“果敢决断，直爽无忌？那固然是皇后的好处。”皇帝笑容忽敛，神色间甚是冷峭，“皇后并非没有她的好处，只是那好处是她本就有的，朕初见之下觉得惊艳，长久相处，那惊艳却成了棱角，划破皮肉，鲜血淋漓，实不能忍耐。”

这样美的一个女子，说起话来更让人如沐春风：“臣妾自知出身寒微，见识俗陋，不堪与皇后娘娘相较。”

皇帝仔细端详：“是。一开始的你，的确不够风雅美好。但正因如此，你今日所有的好，都是因为朕而得到。看你盛放于朕掌心，朕很欣慰。”他的笑意骤然一冷，“对了，有件事朕须得告诉你一声。凌云彻，朕打发去翊坤宫当宫监了。”

心跳骤然漏跳了一拍。那瞬间的空白里，是谁在她心上狠狠捅了一刀，刀锋全没，却全然不见血色。明明她早就知道了这件事，可一旦再度被人提及，依旧觉得浑身血液逆流，痛不可挡。可那样的痛楚里，她居然听见自己的声音纹丝不乱：“皇上容他一条性命，已经是圣恩浩荡。凌云彻有生之年，必当肝脑涂地，才能报皇上的宽仁恩德。”

皇帝浓墨色的眉轩然一挑：“凌云彻到底是你同乡，与你一同长大。你毫不在意？”

嬿婉低眉顺目，雪肤花貌在浅浅的樱色胭脂的晕染下，依然是贞静的模样。哪怕春事烂漫到难收难管，她依然是傍在身边的一株桃花，简单而温柔，临水花开。她深深拜倒，谦卑而渺小的身形，却迸发出斩钉截铁的力量：“臣妾毕生唯一所挂怀之男子，天地间唯有皇上一人。便是臣妾的儿子，长大后自有自己的路要走，而臣妾是要一生一世侍奉皇上左右的。”

皇帝伸出手，握紧她细细一截皓腕，亲自扶她起身：“好了。你的心思，朕都知晓。”他的声音像被蛀了一个洞，空茫茫的，“那么令妃，你相信凌云彻与皇后有私么？”

嬿婉怯怯道：“臣妾不知。但臣妾想，皇上为何要将凌云彻送往翊坤宫为宫监，身体虽非男儿，心却未必改变。将凌云彻置于翊坤宫内，太过……”她怯怯地抬眼望着皇帝，不敢再说下去。

皇帝这才注意到她面色雪白：“脸色这般难看，你怎么了？”

嬿婉这才娓娓道出：“臣妾想是又遇喜了。”

皇帝并无多少喜色，像是听着一件无关紧要的事：“哦，那是好事。”

嬿婉知道皇帝不会有多高兴，却也没料到是这般平淡。她正想说什么，外头李玉道：“皇上，容嫔娘娘到。”

这是宫里不成文的规矩，容嫔面前，谁都是要退避三舍的。不为别的，只为皇帝昔日对她的轰烈的爱意。

嬿婉自然识趣，连忙告退。

香见缓步进来，恍若未见嬿婉。皇帝早早站起身来，声调软了七分：“香见。”

只这一声轻柔的唤，嬿婉便知道，哪怕自己有妃位之尊，但比起香见这个小小的嫔位，在皇帝心里的分量，不知轻到何处去了。

嬿婉掩门而出脸颊一阵发酸，心硬如铁。幸好，幸好香见不能生育，否则，自己的一辈子，是再无出头之日了。

香见打扮得素净，不饰珠翠，只以一枚无纹的青玉扁方绾起一头青丝。

她静立在那里，便是铅云低垂之下一朵素白的雪花，从天空飘落，轻轻落在眼睫上，便是昏暗天空里最透亮的晶莹。

皇帝一扫倦乏之色，欣喜道：“你难得肯来养心殿。”

这么多年，香见一直未曾学会拐弯抹角的说话方式，她直截了当：“皇上不该如此对皇后娘娘。”

皇帝讶然：“你为皇后才来养心殿？”

香见淡淡笑，那笑容芳香洁净，恬然自若：“有何不可？”她敛容正色，“皇上不该疑心皇后，不该疑心皇后之余还如此不问皂白严厉处置凌侍卫，更不该将处置过的凌侍卫送进皇后宫中服侍。”

皇帝听她直言不讳，脸下的肌肤一层层烫起来，烫得他着恼：“这不是你该过问之事。皇后害你不能生养，你还为她说话，你……”

香见盈然欠身，面无表情：“不能生养，那是臣妾自己愿意的。皇上不肯恼臣妾，所以迁怒皇后罢了。”

皇帝轻声呵斥，对着她却实在凶不起来：“你不要由着性子胡言乱语。皇后对你是大失分寸不懂进退。对着凌云彻却是情难自抑浑然忘我。她若明白自己的身份，就该亲自下令处死凌云彻，断了流言蜚语，也还了自己清白。”

“然后呢？”香见讥讽，“皇后的清白就该建立在牺牲一个无辜的男人身上，然后心安理得地伴随皇上身边，浑然忘却一条人命？”她春山黛眉飞扬立起，“皇上早知臣妾心中一直思念寒企，为何从来不怒不责？皇后之罪尚不能有定论，皇上就这般怒火中烧，失了理智么？”

皇帝拂袖：“你牵挂与自己曾有婚约之人，乃是情理之中。皇后早年就嫁于朕，半道心意游荡，实不可恕！皇后乃是国母，如此行止有失，简直大伤体统！”

香见紧紧抿着唇，若有所思地细细打量着皇帝，不觉生出一缕温静的哀色与怜悯：“皇上这般恼怒，到底是为了‘体统’二字，还是颜面，更抑或是因为在意皇后，视皇后为亲近，才不容他人有敬慕之心？”

皇帝伸展手臂，将香见揽入怀中，低低道："不要说了，香见，不要说。"

香见呵地轻笑，长长地叹气："臣妾陪伴皇上之时颇多，冷眼看了良久，皇上要是与皇后娘娘彼此无情，怎会两相生疏？皇上便是在意，所以才会介怀。同样流言侵扰，怎么皇上对令妃就轻易放过了。"

皇帝冷然决绝："令妃算什么？是她愿意给朕生下皇嗣，是她不停讨好朕。她就是朕一手调教出来的一个东西。"

香见颔首："孰轻孰重，皇上心里很明白。"

她的鬓发柔软地拂在他的面颊上，像绵绵的春草，却萧瑟到无言。他不是不知晓，怀中的女子，哪怕依偎在他怀中，她的心一直是冰雪山巅的一朵雪莲，盛放或枯萎，从来与他遥遥隔绝，毫不相干。

他如此痴绝地仰望，不过是明白，无论他何等纵情，何等放任，那些立在身后的人，永远是不会离开的。

世间哀苦离散如秋草寒烟迷离，年年岁岁荣枯在他遥远的少年时代。可他一直愿意相信，哪怕世事无常，他到底有过一个忠心的孝贤皇后，一个诚挚的如懿，他的妻们。

可是如今，孝贤皇后已然尸骨萧寒。如懿，如懿的心，竟也会慢慢走向一个微不起眼的低贱卑微的男子么？

他沉吟良久，任凭思绪苦缠，拉扯不断。

能够确定的，唯有当年，他们风华正盛的葱茏岁月。她于漫天夭秾的粉色樱花下转过头来，朝他拈花一笑。那无边无际的粉色烂漫不知春光短纵，开得肆无忌惮，拼却一生醉颜。却经不得一夕风拂，便落英如雨，轻红委地。那时的他们，哪里懂得这个。他所有的心思，都落在初见的她身上，轻拢的发丝间，犹有一瓣粉红轻悄停留。他忍不住走近，轻声唤她："青樱。"

往昔的温柔无声撼动，让他有一袭难以言喻的酸楚。也不过一瞬的停留，他忽然想起凌云彻的脸，那张被他狠狠挫砺过的脸，居然还有那般克制的从容。他到底是把凌云彻送到了翊坤宫的檐下。连他自己的心也模糊了，究竟是为了什么，究竟想看到些什么？

皇帝无端地腻烦起来，这个把戏，实在糟透了，无趣极了。他的心在寂寂沉坠，他不能任由他与如懿的关系走入庞大而不见天日的暗淡中去。不能。

他心意沉沉，转至坚决。他低低呢喃，似是自语："香见，朕知道该怎么做。"

这是一场数十年都未曾见过的大雪，纷纷扬扬，碎玉片绫。连活了半辈子的老宫人都搓着手道，从未见过这样大的雪。

视野里全是白茫茫一片，无数白雪如割碎了的白锦无休无止地往下撒着，仿佛谁的热泪，落到一半就被冻住，却淌也淌不完似的。

一个白日下来，地上早积了尺厚的雪，整座紫禁城早已是银装素裹，为了驱散这令人窒息的死白，一个个火红宫灯早早点燃，顺风摇曳于廊下与庭院，在漫地银白中投下一个个硕大的橘红的影，跳脱的，渺小的，带来暂时的一点温暖和安心。

凌云彻很安分，一应殿内的功夫都交予三宝照应。他只守在殿外，与如懿保持着刻意的距离，谨守着尊卑的尺度，无可挑剔。唯一要紧的功夫，是哪怕天再寒，雪再大，他都会去御花园中折来新鲜的蜡梅花插在碎纹白瓷花觚中，莹黄的花瓣薄而晶透，散着一缕若有若无的清幽香气。凌云彻全然把这当作一件大事来做，一丝不苟，亦不许旁人插手。

连容珮私下里亦喟然："凌云彻受辱之后仍能如此严谨，实在是护着娘娘。"

如懿坐在那里，打量无名指上套的镂金护甲上嵌着梅花五瓣珊瑚珠子，那是密宗所贡的红珊瑚，饱满油润，殷红如血。呵，真是如血，看得久了，那血就像是沁到了眼底，叫人心生不安。她抚摸着半旧的里外发烧的银貂手笼，迟疑着道："容珮，你觉得这件事到这儿便完结了么？"

容珮深吸口气，瞪着眼道："凌云彻都成了……公公，还不算完么？"

如懿摇一摇头："本宫也不知道。"她听着硬硌硌的雪密密敲打着瓦檐的簌簌声，"对了，下那么大的雪，你记得给宫里人多添些衣裳。另外，永琪房里……"她叹口气，"幸而永琪这几日都留在养心殿。若是他回来，见到凌云彻成了公公，本宫要如何解释呢？"

但，永琪并未再见到凌云彻。

大雪两日后终于放晴。皇帝如常往翊坤宫来，他品茗片刻，忽而目光一扫，瞥到立在正殿外的凌云彻，便向如懿道："有件事朕得告诉你，你宫里有人手脚不大干净，得仔细查查。"

他说得慢条斯理，仿佛是一件不大要紧的事。如懿目光一烁："皇上指谁？"

皇帝轻嗅茶香，道："凌云彻。"

果然是他。

预料之中的祸事来得更早，如懿一颗心已然坠了下去，口气却淡，依旧低头绣着给海兰的一枚郁金色盘花籽香荷包，海蓝色的丝线绵绵不断地绣着兰萱忘忧的图纹："什么了不得的东西，竟要皇上亲自过问？"

皇帝闲闲放下手中的脂玉夔龙茶盅："凌云彻盗走了朕在翊坤宫中的一件至宝，即时押入慎刑司，拷问不出，不得轻饶。"他托起如懿的下巴，"这么镇定，不向朕求情？"

如懿冷冷瞥他一眼："皇上认定他有错，旁人求情又有何用？只是臣妾不明白，皇上心怀壮思，怎会连芥子之事都不肯放过？"

"人走千里坦途都无妨，只是鞋履中的石子，若不铲除，便会伤了自己。这样的人，留在你宫里，朕也不放心。"他唤道，"来人！"

进忠响亮地答应了一声进来："皇上，奴才在。"

皇帝淡淡道："将翊坤宫太监凌云彻关入慎刑司细细拷问，务必说出真相为止。"

如懿端坐于位上，看着众人将毫不反抗的凌云彻拖了出去。她看见他最后的眼神，那样平静，如一潭死水，平静得彻骨凄寒。

如懿缓缓道："皇上不在乎冤枉了人么，还是觉得真与假，其实全然不重要？"

皇帝的眸子定定地看着如懿，那水波柔和的双眸里隐着刺冷的光，好似殿外素色的雪。半晌，他才幽幽地轻叹一口气："真与假，朕也很想知道。皇后，你呢？"

这个世间本没有真相。所有的真相，只在乎皇帝一念之间，连生死祸福亦是。

没有人可以由着自己，没有人可以主宰自己。

真是疯狂，所有的人都这样活着，营营役役，浑浑噩噩。真是疯狂。整个紫禁城，都是一群疯子的狂欢与哭号。

她这样想着，忽而笑出了声，清脆的，冷冽的，是冰珠落在坚石上的冷脆。

皇帝古怪地看着她："你真是疯了。"

如懿笑了片刻，拈着银针对着光，慢慢地继续着手中的绣纹。连皇帝离开，也未起身相送。

殿中，唯有一缕梅香，幽幽动人。如懿浑然不觉，那银针何时戳进了肉里，沁出暗红的血。

殿外天寒地冻，殿内串着地龙，供着火盆。宫苑里人都不知跑哪里去了，暖阁里只有容珮蹲在地上，拿火筷子拨着火盆里烧得将熄的炭。她手势轻巧，眼看着炭火一芒一芒的红星渐渐褪成暗银色的灰烬，又翻出几点猩红的火星。

京城严寒，但从未有哪一日如今日这般冷过。雪化了又下，反反复复，一层冷意覆了另一层，将紫禁城内外冻了个透透的。窗外雪子飘得有些急。敲在冻住的瓦檐上，打出"嗞嗞"的微响。那声音虽轻，却乱，且汪洋一片，沙沙地烦心。如懿眉目间有几分神伤，听着那纷纷落落的声音出神。

容珮拨了炭净了手，端过一碗煨好的栗子薯蓉羹奉上："虽说天暖心冷，但娘娘也别自己泄了气。"如懿接过来尝了一口，温热的甜食让人在孤寂悲苦中稍稍有松弛的力量。可惜，她并没有胃口。

容珮也不多劝，只道："这些日子内务府拨了不少宫里的人走，说是伺候娘娘不周，却也不说什么时候再拨人来。"她看一眼如懿，"内务府不敢这样做，多半是皇上的意思。"

如懿缓缓道："皇上原要本宫静心，人少些也好。皇上想怎么做，由得他去。"她口气虽闲，但到底幽怨太深。容珮知道此事于如懿伤得太深，想要释然也是不能。且那日之后，凌云彻便再无消息，慎刑司里瞒得滴水不漏，谁也打听不出什么。

如懿烦乱地摆弄着窗前长几上的蜜蜡琥珀攒花盆景，如一般的嫩黄，润泽鲜妍。那还是海兰送来的，告诉她蜜蜡可以宁神静气，定痛压惊。

她的惊与痛，还算少么？再好的蜜蜡，亦不过是外物，聊作安慰。

隐隐听得软帘掀动窸窣有声，她不必猜，也知道是谁来了。

自从那日皇帝离开，嫔妃中唯一肯来看望的，也唯有海兰了。然而对着海兰问询而关切的目光，她亦不知从何答起。

幸好，海兰亦不多问。

如懿闻声抬首，果然是海兰进来。叶心帮海兰解下杏子绿羽缎大毛斗篷，海兰便含笑迎上来："永琪和他福晋送了好些府里制的点心来，倒比宫里的新巧些，也不那么甜，便拿来与姐姐尝尝。"

如懿心神不定："永琪有心，时时送东西来。"

海兰欣慰："咱们悉心教导出来的孩子，知晓进退之道，必定青出于蓝。"

如懿看她一眼："你是觉得我这个长辈，不如晚辈懂得进退？"

海兰捡过如懿手边的那只荷包，自从凌云彻离开，如懿也无心再绣。如何继续呢？兰萱忘忧，她根本深陷忧愁，不知如何脱离。海兰低首道："皇上执意要处置凌云彻，姐姐若只是不闻不问，或许还不能解去皇上疑心。"

“不是他的错，不该由他来承担。而且，皇上不会到此为止，他一定会让凌云彻死的。一定会。”

海兰的口气发沉，带着寒霜气：“死便死，与姐姐有什么相干？不过姐姐光袖手旁观还不够，要解出困局，保住无虞，最好的法子，便是由姐姐要凌云彻死。”

如懿的目光一跳，几乎控制不住自己的情绪：“我做不到。你也知道，哪怕我这样做了，也只是暂保无虞。不知道什么时候，为了什么事，皇上又要疑心！狂潮迭起，我快受不住了。”

海兰盯着她，死死抓着她的手，决绝道：“姐姐，受不住也得受。就像走不动了，爬也要继续爬下去。姐姐，咱们已经熬了这么多年，不能半途废弃，更不能为了一个不相干的男人来影响你的未来。”

如懿狂热地喊起来，她极力克制着自己的声音，仿佛如此，才能克制住满心的伤痛：“已经够了！够了！凌云彻犯了什么弥天大错，皇上要对他施以宫刑让他受奇耻大辱，还非要他的性命不可？”

“凌云彻没有错，姐姐也没有错。可只要皇上觉得你们有错，错也是错，无错也是错。但话说回来，皇上的心思其实很好猜。凌云彻对姐姐照拂，比照出他这个夫君的冷漠。凌云彻对姐姐的安慰，比照出他这个夫君的无情。无人可比，无情无义也不算明显，可有人比照，上下立见，皇上如何能忍？”海兰摇头，惋惜不已，“凌云彻，真是可怜。”

“可怜？”如懿失意地笑，“海兰，这些日子，我总梦到那些死去了的人，富察琅嬅，高晞月，金玉妍，白蕊姬。那些和我们斗了一辈子，斗得命都没了的，也不过是些可怜人。但是，谁来可怜可怜她们，谁来可怜可怜我们呢？”

海兰分明有一丝神伤，却丝毫不肯示弱：“若说可怜，谁不可怜？谁叫我们是生在这里的人。姐姐，你若可怜他，那么你只会比他更可怜。所以，由姐姐下令杀了凌云彻，是最好不过的。”

身体的深处，有某种不知名的痛，剧烈地磨扯着她。如懿的手一颤，推开海兰的手，冷然道："这件事，我不会做。"她深吸一口气，"凌云彻，是一个好人。"

海兰的声音陡地尖锐，像划破苍穹的亮蓝色的电："凌云彻是很好。姐姐若不进宫，若不是皇后，嫁得这样一个夫君，门楣虽然低些，但这一生也不枉了！但世事不可扭转，姐姐既是皇后，就得保得住自己，也牺牲得了别人！"

如懿看着她难抑的激动，忽而明白了什么。她渐渐软弱下来，低低喃喃："海兰，什么时候我们才可以像宫外的人一样，平凡，普通，但是正常。不会在这个地方，日复一日地疯狂。"

海兰无声地哽咽，走近如懿，抚摸着她的头发。如懿的发髻上缀着碧玡瑶累珠花钿。那浓淡相宜的碧色上，雕琢着一对小巧精致的鸳鸯，交颈相缠，亲昵无俦，连那一尾尾羽毛，都清晰可见。她半拥着如懿，忽然想起哪里听来的一句诗。

合昏尚知时，鸳鸯不独宿。[①]

她悲悯地看着怀中的如懿，心意更是定如磐石。

---

① 出自杜甫《佳人》。全诗为：绝代有佳人，幽居在空谷。自云良家子，零落依草木。关中昔丧乱，兄弟遭杀戮。官高何足论，不得收骨肉。世情恶衰歇，万事随转烛。夫婿轻薄儿，新人美如玉。合昏尚知时，鸳鸯不独宿。但见新人笑，那闻旧人哭。在山泉水清，出山泉水浊。侍婢卖珠回，牵萝补茅屋。摘花不插发，采柏动盈掬。天寒翠袖薄，日暮倚修竹。这首诗是写一个在战乱时被遗弃的女子的不幸遭遇。

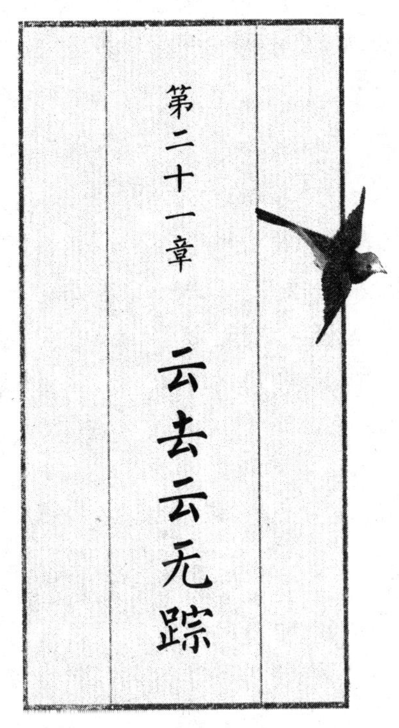

第二十一章 云去云无踪

莲步轻移，小心避过满地的污秽霉烂之物，强忍着恶心，避忌着狱内阴腐霉臭的气味。是多久了，没有踏足过这样阴森冷寒的下贱地儿。而每一步，都会勾起她从前并不愉悦的记忆。

好容易站定，解下宫女所披的暗紫色碎花斗篷，将宫女腰牌收入怀里，向外朗声道："我奉小主之命前来探望，你们外头伺候就是。"

有人声远远诺诺在后，答应着殷勤道："姑姑您自己仔细着。"

凌云彻闻声，只是斜倒在草垫上纹丝不动。那女子步履盈盈，那绢子在鼻尖轻轻扬了扬，放下手中厚棉包袱打开，露出一个红漆食盒，一屉屉卸了下来，取出一壶温好的黄酒，一碗热气腾腾的鸡丝汤面并口蘑肉片和一盘炒酸白菜。

她忍耐着不悦的气味，柔声道："云彻哥哥，是我。"

旧日里熟悉的称呼唤起蒙昧而温柔的记忆。他心头微微一颤，很快被深切的酸楚与恨意浸染，强撑着痛楚的身体，一点一点缓缓直起身子来。

往日简单的动作对伤后的云彻而言，无比艰难。他费了好大的力气，挣扎着坐正，望着来人，定神道："是你？"他冷然相望，"慎刑司苦地，令妃娘娘尊贵，怎可踏足？"

嬿婉的颈微微曲着，在灰暗的壁上投下柔美的弧度，轻柔道："云彻哥哥，我知道你受苦了。"她勉强微笑，"这地儿虽脏，可阿玛死后家道艰难，我又不是没见过这种境地。"

云彻的目光极淡，像是落在她面上霭霭薄薄的云影，无端就看得她低下了头。

嬿婉从袖中取出一个小小瓷瓶，递到他身旁，又迅疾缩回手，避免触碰到他衣下污浊的草垫，关切道：“我知道你受了重刑，这是我托王蟾去要来的。听说他们做太监的……挨了那一刀，都……都用这个药，才好得快……”

她语气发涩，极力避免着语中对他痛处的触碰。她见云彻并不答话，也不看那瓶药，只得无话找话：“你还是这么爱干净，都到这个境地了，还换了干净衣裳。”

云彻掸了掸身上的月蓝长衫，淡漠道：“我本清洁，却被人泼了污水弄脏。你也知道的，是不是？”

嬿婉保持着温柔而恰到好处的笑容：“你的难处，谁不知道呢？只恨皇上深信不疑，才叫你受了种种罪过。”她双手捧起面条，殷切道，“我亲自下厨做的小菜，都是你从前最喜欢的。快尝一尝吧。”

云彻打量她几眼，神色疏远：“从前喜欢的，如今未必喜欢了。只是令妃娘娘深夜换了宫女装束，夜行而来，不会只为我送些菜肴来吧。还是断头菜肴，临终一别，你是送我来了？”

嬿婉闻言一怔，泪盈于睫：“你倒是快人快语，不怕忌讳。”她倒了一盅黄酒，递到他唇边，云彻别过头不理，她也不在乎，一仰头自己喝了，红着眼睛道，“我探了皇上的口风，你犯了男人最不能犯的忌讳，是必死无疑了。今儿我便冒死来送一送你。当年进得紫禁城，开头是你陪着我的。如今你走到了末路，我便来送送你，也算圆了一场情谊。”

“情谊？”他轻轻一嗤，乜斜着她道，“令妃娘娘高高在上，我已经沦为奴才里的奴才。怎敢攀附娘娘旧日情谊，岂不玷污娘娘一世清名？”

嬿婉望着他，一滴泪在美眸里滚来滚去，险险要落下来：“云彻哥哥，临了，你还这么恨我么？”

云彻笑得极恬淡，目光温煦得如四月的阳光：“我为什么要恨你？难不成是你害得我人不人鬼不鬼？”

嬿婉喉中一滞，心头一阵绞痛，愧得几乎抬不起头来。

云彻的咳嗽声在狭小潮闷的室内，听来尤为惊心。那种咳嗽，是重刑之后无力的喘动，扯出胸腔沙沙的空响与难以为继的痛楚。他强自忍痛道："你等一等。"

嬿婉足下一滞，不知怎的便缓住了脚步，却不忍回头，去看他带伤憔悴的面庞。她有些心虚，连声音也虚浮，极力自持："还有什么话么？"

云彻咳中有笑："你我至此，本该无话可说。可是嬿婉，在我心里，总还记得你从前的模样。可惜，那个嬿婉，早已不在了。"

嬿婉眼中一酸，望出来的景物已蒙了一层泛白的莹光："既知不在，何必再挽留？或者本宫便告诉你，嬿婉便是嬿婉，从来不曾变过，只是你看不明白罢了。"

云彻惋然长叹："是啊！从前的嬿婉和如今并无二致。我所珍惜的，只是我心里的嬿婉。"一手按着胸口，一手扶着木栅，沉缓道，"有一样东西，是我送给心里的嬿婉的，你已不是她了，可否将那样东西还我？"

嬿婉心上紧紧一抽，不觉攥紧了手指，涩然道："什么？"

一晌无言，昏暗幽闷的室内，苟延残喘的烛火下，嬿婉保养得宜的雪嫩指上，一枚红宝石的戒指，闪着幽暗枯涩的微光。连它也自惭形秽，仿佛配不上那水葱似的手指的柔嫩尊贵。

云彻无言，只是慢慢地摊开双手："我此生所有，唯有此物。我当年虽然微薄，却倾尽全力相赠予我曾心爱的女子。如今物是人非，这枚戒指与她已不匹配，不如由我带走，相随黄土之下，也让我不致寂寞。"

嬿婉的泪，险险从眼眶里逼落。她仰着脸，望着霉湿的天花板，逼迫着自己，忍一忍，再忍一忍，将眼泪逼了回去。那戒指像是长在了她指上，一味发涩难以滑落。

她使劲地拔着，忍着气，忍着痛，忍着不舍，哑声道："这枚戒指，对你那么重要么？"

他眼底有深情相许："数十年沧桑，唯有此物不变，怎能不珍重再珍重！"

有那么一丝温情，在心底最柔软的地方轻轻蔓延。两小无猜的青涩，青梅竹马的甜蜜，都成了时光磨砺下不堪回首的过往，每一次想起，都是模糊的触痛。可只有她知道，那是怎样欢悦着滑过的日子，温柔地弹跳在她的心房。

她不肯回头，叫他看见自己神伤的不舍，只是拼命攥着戒指，看着后头燕子舞于云间的图案："云是凌云彻，燕儿是魏嬿婉。这份情意，我谢过你。"

凌云彻吃力地弯下腰，从霉烂的稻草堆里拾起那枚暗红戒指，含了一缕淡薄的笑意，郑重行礼："令妃娘娘成全，我可以无怨而死。凌云彻，在此谢过令妃娘娘大恩。"

他的话，终究成了一根根细碎而锐利的芒刺，生生扎进她偶尔柔软得会疼痛的心上。连她自己也不知道，在明知凌云彻会走向死亡的一刻，在她亲手推他坠落地狱万劫不复的一刻，她会这般心痛，痛得整颗心都像被放在刀锋上一寸一寸绞过。

她扶着灰颓的墙壁，仿佛再度被扯回晦涩无光的少女时代。那样窘迫的家境，家徒四壁，偏偏还有对自己可有可无的额娘。她便那样瑟缩在墙角，看着阿玛冷青色的僵硬的尸身，茫然不知前路何处。

可这一刻，她是高高在上的令妃，获尽君王眷宠的目光，却对自己周身侵袭而来的伤心无可抵御。

甬道的风呼啦出来，透骨彻寒，她蜷缩在墙壁，回望慎刑司内一灯如豆，残焰摇曳，忍了又忍的泪，终于无声无息地汹涌而出。

嬿婉泪色潸潸，狭长的甬道内月色如霜，清冷冷地透骨刺入。她受不住似的打了个寒噤，紧了紧身上的暗紫色碎花斗篷，无声离去。

海兰携了三宝，静静望着嬿婉离去的背影，眼底闪过一丝阴鸷，冷冷道："你可得牢牢记着，凌云彻死前，令妃还来看过他。"

三宝满脸愤色，用力点了点头。海兰身姿微扬，望着瓦檐积着的雪色寒霜，淡漠得没有一丝表情："走吧。"

方行至慎刑司门前，那犯困的两个守卫见了海兰却又不识，只见她这般华贵清丽，也唬了一跳，忙强打精神点头哈腰："您是……"

三宝朗声道："这是愉妃娘娘。"

那俩侍卫忙不迭请安道："愉妃娘娘万安。您贵步怎么到这腌臜地方？"

海兰垂着眼皮，捧着手里的镏金垂花手炉，淡淡道："凌云彻在么？"

一侍卫赔笑道："在！在！只今儿什么日子，刚永寿宫的宫女来瞧过他，愉妃娘娘也劳动尊驾了！"

一语未落，那侍卫脸上已经挨了一掌，三宝啐道："你什么身份，也敢过问愉妃娘娘的事！"

那侍卫挨了打，拼命哈着腰，苦着脸道："奴才不敢！奴才不敢！"

海兰眼皮微抬，金丝点翡翠护甲落在手炉上玎然有声，她的声音虽轻，却字字清晰入耳："本宫是奉皇后娘娘之命前来。牢牢记住了，不许多言。"

那侍卫哪里还敢作声，忙让着海兰进去了。

狱中潮湿，海兰扶着三宝的手步步稳当，浑不在意地上秽物。凌云彻经了方才一番，已然牵动浑身伤处，正坐在草垛上歇息。

他的呼吸微长浊重，带着濒死的气息，让人心头发酸。须臾，他觉得眼前一亮，一个翠玉紫衫的女子满头珠光华耀，立在栏外静静不语。

他微微一怔，瞬目辨了片刻，似有些不敢相信："愉妃娘娘？"他很快淡然含笑，"愉妃娘娘甚少这般严妆丽服，夜行而来，只怕就为点眼些要人记得。"

海兰浅浅一笑："临死还不糊涂，也不枉我为你走这一遭。"她环视四周，"令妃肯为了你来这污秽之地，也算纡尊降贵，也是她对你的一份心。"

云彻支着身躯："愉妃娘娘所言，是为皇后娘娘抱不平。明明当年与我有私的是令妃，到头来却污了皇后娘娘清誉。”

海兰银牙微咬：“清誉既污，哪怕不能洗去全部污言秽语，也要尽力一试，扫去大半。”她凝眸，望着凌云彻，“你懂么？”

云彻定定回望，坦然无惊：“微臣懂得。宫刑不过是皇上最初的愤怒而已，并未能宣泄殆尽。我知道的，唯有我一死，皇后娘娘才能无恙。”

海兰轻轻吐出几字：“算你聪明。原来我关切姐姐的心，你也是一样的。”

云彻苦笑：“愉妃娘娘在皇上身边多年，深知皇上性情。这点，我与您一样。”

海兰的手轻柔一拂，怜悯道：“所以了。你也知道的，你虽然必须死，却也不能自裁。鸩酒和匕首，我都给不了你。”

云彻嘴唇微微一颤，旋即淡然：“我若自裁，便坐实了畏罪自杀的罪名。我若是畏罪，那么皇后娘娘的是非便洗脱不去了。”

海兰嘴角的笑意越来越浅：“你很聪明。所以我此番来，是奉了姐姐的旨意，要赐你加官晋爵，一路好走。”

云彻的神情有一瞬的凝滞，拂袖起身，掸落月蓝长袍上的尘灰，保持着清洁而端正的面容：“凌云彻卑微之身，为皇后娘娘一死，义不容辞。只是云彻之死，并非有罪，只为洗清自身孽障，报答娘娘知遇之情。”

海兰颔首，如秋日的蜻蜓点落于水面的涟漪：“这番话，我会明明白白转告皇上。你已经受尽尊严之辱，若能一死，皇上心头的气结散去，自然不会再迁怒姐姐了。”

云彻含笑淡然：“那我死有所值。多谢愉妃娘娘成全。”

海兰的口吻极认真肃然：“你要记得，是皇后娘娘成全你。”

云彻跪拜如仪：“奴才多谢皇后娘娘恩典，甘愿受死。”

海兰扬一扬脸，示意三宝上前：“动手吧，利落些，让凌云彻走得顺顺当当。”

三宝往前走了一步，手却不肯动，有些迟疑地望着海兰：“愉妃娘娘，咱们这么做，皇后娘娘若知道了，怕是……”

云彻原本平静的面容微微一搐，像是冻结千年的寒冰，忽然被阳光拂至，有了碎裂的痕迹：“皇后娘娘她不知道……”

海兰上前一步，以平静得近乎死寂的目光抑制住他神色的细微变化，轻缓道：“无关紧要。你死，姐姐才会好。”

云彻垂下眼睑，微长的睫毛覆在憔悴而苍白的面颊上落下深重的阴影，他轻嘘一口气：“其实真是很惋惜，我也很害怕结束自己的性命。因为一旦死去，多年来所记得的一切便会全然化为乌有。”他仰面，仿佛承接露水的荷叶，从污浊中扬起清怡的意态，“这些日子，在身体的伤痛之中，我一直想起皇后娘娘在冷宫时落魄而绝望的容颜。所以，我再也不想娘娘回到那样困顿的境地中去。”

海兰的眼底闪过一抹不忍，温然道：“世事凄寒，你多次救助姐姐，姐姐都是记得的。”

云彻的笑颜明亮得几能照见慎刑司破落昏暗的囚房：“那真好。我在想，我没有子嗣，父母早亡，兄弟为我弃义自尽，妻室又与我离绝，不过也万幸，因此而不会牵连更多的人。这世间能记得我最多的，唯有皇后娘娘了。”

三宝愈加不忍心，几乎要落下泪来，踌躇着道：“愉妃娘娘，要不咱们想想还有没有别的法子了？”

海兰深吸一口气，有罕见的断然和决绝，没有一丝犹疑，道：“事已至此，早已没有回头路可走，更无半分回旋之地。”她抬起下颌，有冷然如冰雪的神情，不怒自威：“姐姐早就说过，我与她体同一心，姐姐的意思就是我的意思，都是一样的。”她横了三宝一眼，目光没有丝毫温度，冷冷道：“三宝，你要记着，谁是你的主子，你要为谁尽心尽力。”

三宝凝神须臾，咬了咬牙，伸手扶住凌云彻的臂膀，含了一抹泪光，恭敬道：“您请吧。”

云彻吃力地扬起唇角：“愉妃娘娘，我方才说的话，并非是想避死，而是觉得死有所值。”他无比郑重，鞠身道，“愉妃娘娘，烦请将我临死之言，告知皇后娘娘。请皇后娘娘善自珍重，否则，这世间连唯一能记得我的人都没有了。这样，我才死得其所。”

海兰的嘴唇微微发颤，她死死咬住，许久，终于咬出一个深深的血红的印子，正色道：“你这样的话若是落到皇上耳中，真是比真与姐姐有染更严重百倍。中宫的清誉怎能容你如此毁损？中宫的威仪尊贵，又如何会记得你这样的草芥之人？”她的话说得肃然，视线不自觉地避开云彻恳切而坦然的目光。她的指尖簌簌地颤动，凤仙花染就的纤纤素指泛起暗红的血滴似的摇曳。末了，她还是长叹一声，“罢了，你的话我会一字不遗地传到。毕竟，我也和你一样，只希望姐姐安好无恙。”

云彻含着感激的笑意：“多谢愉妃娘娘美意。”他慨然叹道，“云彻一生孤苦，几度离难受屈。若非皇后娘娘将我起于污泥之地，我何曾能有一日畅意？唯今一死，一偿多年相知之意。”

他闲闲道来，谈笑之间，仿佛生死亦是轻于鸿毛之事。那种脉脉的温暖与他此刻清癯衰败的面容并不相符，然而海兰心底像被什么动物的细爪子一下一下地挠着，不重，却咝咝地痛。

积蓄多年的疑惑如荫翳出岫，喷薄涌出，她知道他快死了，且必死无疑，这句话不问，只怕再也得不到答案，只会腐烂成为心底永远洗拔不清的淤积。她示意三宝等人退到门外，迫近于他，缓声道：“其实我一直想问，你对姐姐，到底是何等情意？是真心思慕姐姐……”她犹豫片刻，“还是只把她当作魏嬿婉之后的第二人？”

他的目光清澈得能见到自己惶惑而不安的面容：“嬿婉于我，是少年时的情意，如今已不堪回首。而皇后……”他忽然笑，“愉妃娘娘，你相信么？有些感情会自男女相悦而起，却最终超越男女之情。”

海兰的脸上有不能掩饰的畏惧与回避：“那是不是更可怕？”

云彻笑意淡淡：“我不知道。但多年以来，我深觉我所得到的欢喜，比忧惧更多。所以，此生无憾。”

海兰素来心思沉敏，此刻亦有糊涂神色，甚是不解。片刻，她沉沉摇头：“我不相信。”

云彻宽和一笑：“我知道许多人都不信，但皇后娘娘懂得，便已足够。我只盼两相安好，哪怕隔得再远，哪怕只能偶然一见，能见她真心笑颜，我就心安了。如果不能，便以我性命，换她安好。”

海兰怔在原地，仿佛震动已极，久久痴痴不能语，似乎有万千思量，须得细细分辨。许久，她终于缓缓道：“你说的我虽不是很懂，也不是很信，我总以为，男女之间并无这样的情感，但，或许，你是真心的，也是对的。只为你这句话，还有什么未了的心事，我都会尽全力为你去办。”

云彻微微摇头，摸索着从袖口摸出一枚暗红宝石戒指摊在手心，定定道：“这是我很多年前送给嬿婉的。”

海兰颇为意外，却很快镇定：“见她戴过几次，还以为她怎么稀罕这么不值钱的东西，原来有这么一段故事。”

云彻深深望住海兰：“我知道这次的事少不了嬿婉的嫌疑，这枚戒指，来日或许会有丁点用处。”

海兰若有所思地接过，看清戒指后头的花纹，不觉吸了一口冷气：“你有这个物件，为何当日不拿出证明你与令妃流言是真？”

他凝神片刻：“就算证明我与令妃流言是真，也不能解释我和皇后流言是虚。也是我当日心软，我总觉得令妃原不是那样的心性。她的出身，她的额娘和弟弟，都逼迫着她……”

海兰大为不屑：“世间多的是家世艰难，家人凉薄，不见得都和她一般变得心狠手毒。这是她自己的原因，与他人无干，不必为她寻借口推脱。”

他颇为难过：“这我也明白。如今我快要死了，这枚戒指，便留给愉妃娘娘处置。”

海兰的眼死死盯着墙角某处，似要钻透了墙洞。良久，她终于重重地点头，别过脸，不愿再面对凌云彻云淡风轻的脸：“我听你这一回！”说着又吩咐："三宝！快些！别夜长梦多！"

云彻十分配合，步履艰难地走到行刑的阔长凳上。那条长凳宽四尺，长七尺，正好躺下一个人。因是用了多年，留着不少污秽的痕迹，宫中不知多少宫人便死在这长凳上。海兰瞥了一眼，无端地便有些恶心，上面那些痕迹分明是一个个垂死的人留下的挣扎，汗液，尿迹，或是被绳子勒出的血痕。云彻并不在意，他平躺其上，如同卧于高榻，从容而闲和，仿佛告别了人世间所有的繁杂痛苦，终于能得一息歇息。

三宝吩咐跟随的小太监拿拇指粗的绳索连着长凳绑住云彻的身体，愧歉地在他耳边悄声道："对不住您了。往后奴才年年给您烧香叩头。"

云彻淡淡含笑："动手吧。我能为皇后娘娘做的事，唯此一件，往后便要你多尽心了。"

三宝答应一声，别过头去拿袖子擦了擦眼泪，回转脸来叮嘱小太监们道："动手吧，让凌大人走得痛快些！别磨磨蹭蹭地难受。"

小太监们利索地将黄纸盖在云彻面上，三宝含了一口清水正要往他脸上喷，恍惚有含糊的声音从云彻口中溢出，三宝忙掀开纸道："您还有什么未了的心愿，奴才一定替您办到。"

云彻的神色极为安然，轻嗅片刻，闭目凝神，含着一缕向往的醺然笑意，轻声道："好香！是外头的梅花开了吧？"

三宝点点头："头先进来时，是瞧见外头的蜡梅开了几朵。"

"只可惜，天寒风雪时，我不能再为皇后娘娘折下一枝梅花相送了。"云彻满足地点头，"来年若来祭拜，只带一枝梅花就好。"他再无别言，任凭黄纸和着水黏腻地吸附上面颊。

有温热的泪凝在眼角，再忍不住，缓缓落下。再没有人比海兰更明白，那枝梅花，是谁的孤鸿之影握在指间，暗香浮动，中意了一生。

急促的呼吸声如同拍案的狂潮涌动，良久，终于没有了声息。

海兰有些想哭，终究还是欣慰多一些，或许姐姐终能不被这个人拖累了。她想了想，嘱咐三宝："明日让永琪去告诉皇上，是皇后娘娘亲自下令处死了凌云彻。”

三宝伺候多年，除了如懿与永琪，未见她为其他人这般伤身过，便抹干眼泪，觑着她的神色小心地问：“您后悔了？”

海兰摇摇头，闻着窗外远远传来的梅香，镇定道：“不后悔。这辈子不是没有人死在本宫手里，但这一回，本宫总觉得杀了不该杀的人。”

这件事办之前，不是没有和永琪商议过，儿子的声音犹在耳畔：“额娘，行事别想着因果，看前头就好过了。”

或许，终究是年轻人更有决断，还是自己老了，变得心软了呢。

海兰转过头去，湿透的七重黄纸，死死地覆在凌云彻的面庞上，勾勒出他五官的轮廓。只是那轮廓，如暗夜无星的天光下远处山影沉伏的姿态，再无任何回应。

他终究，如自己所愿，死了。

有一瞬间的软弱，她却再没有力气，很快地去面对如懿的泪眼。

先知道凌云彻死讯的是皇帝。他从御案堆积如山的折子里抬起疲惫的眼，专注地听着永琪的回禀：“皇额娘昨夜已经命人用加官晋爵处死凌云彻，凌云彻身后事一律交由儿臣来办。”

皇帝不想凌云彻这么快便死了，又是如懿亲自下令，用的是加官晋爵这般酷刑。他意外之余倒也松了口气：“皇后到底处死了他，没教朕脏了手。记着，把凌云彻扔去乱葬岗。”

永琪连忙答应了，见皇帝此刻神情还好，也抓着机会为如懿进言：“皇额娘的清誉被此人所玷污，皇额娘也恼得很。”他见皇帝并无生气的模样，越发大了胆子，“儿臣僭越，本不该置喙宫中事，可也希望皇阿玛与皇额娘体同一心，不要因外人外事而生了误会，彼此离心。”

“要离心的人不是朕。”皇帝越发不悦地道。

永琪跪下，诚恳求道：“皇额娘一生所靠，唯有皇阿玛。说实话，儿臣一直不信宫中所传的那些风言风语。”

皇帝沉默着，想着此事到底是如懿命人下了手，也算有自证清白之意，虽觉得凌云彻这般死了，总是便宜了他，但再要怪如懿，似乎也无道理了。他这般念想，摆摆手，便叫永琪下去了，自己则去了宝月楼。

如懿听到这个消息时，并无太多情绪的起伏，一任海兰跪在她身前，缓缓述说来龙去脉。

海兰业已说完，极尽细致，一字不漏。她跪在地下，仰头看着如懿，意料之外的平静让她有些不安，只得轻声唤："姐姐。"她的声音大了些，"臣妾自问一心为了姐姐，没有做错。"

如懿只觉得嗓子眼里冲上一股腥甜的气味，她屏息，死死忍住那股气味的冲涌，眼神落在海兰的裙角上，她银蓝色的裙角上盛放着一朵一朵荼蘼花，那样雪白的香花，用银灰和淡白二色丝线细细绣成，开得那样簇拥，密密匝匝的，好像堆积着的燃尽了的烟灰。只是那热与烫还是在的，哪怕不见火星，仍是滚烫地抵在她的眉心眸底，让她清晰而分明地听见，自己皮肉焦煳时发出的细微的声音。

那种声音，只有她自己听得见。

她缓过一口气来，每吐出一个字，嗓子里都像是被锋利的细刃毛刺刺地割着，那样难受，居然也没有变了声调，还是那样雍容和婉："海兰，我早说过，你做的事，和我自己做，是一样的。"

她这样静和从容，海兰反倒生出怕来。她是想好了的，什么都想到了，她的叱责，她的眼泪，她的愤怒。那是应该的，是自己先自作主张，处死了一个一直对她那么好的人。可面对着如懿的平和，她居然害怕得无所适从。

海兰捧着她的手道："姐姐，你是不是觉得我做错了？"

如懿黯然坐着，她发现自己的身体困住了一个不安分的兽。那兽在撕咬她，让她痛不可当。可是她不能动，不能哭，不能挣扎。如懿只是凄然苦笑："你是为我好，怎会有错？凌云彻更是无错。"

海兰切切唤道："是凌云彻明白时局，他愿意为姐姐死。他知道姐姐越追查，越容易惹恼皇上，令姐姐处境更危险。他不愿意姐姐的清誉因他污损，愿以自己一死，彻底解了姐姐的困境，换姐姐安好无恙。”

如懿不为所动，只是沉浸在自己的思绪里，幽幽道：“一个并不重要的人，你做了，便做了吧。”

海兰脸上的忧色越来越重，惶然唤：“不只如此。凌云彻还给了我这个。”她从袖中拿出戒指，“姐姐看，这是凌云彻和魏嬿婉的定情信物，后面是燕舞云间的图案，合着二人的名字。凌云彻希望，这个戒指能对姐姐有所用处。姐姐把这个交给皇上，皇上会相信与凌云彻有私情的是魏嬿婉的。”

如懿抚了抚自己的脸，她的手指僵硬得仿佛不是自己的了，缓缓地触碰到肌肤时，才觉得脸上的肉是软和的，她似是自言自语：“我在笑么？我怎么不觉得？”她木然地转过脸，看着一脸急迫快要哭出来的海兰，唇边的笑意仿佛一朵风刀霜剑后凋残零落的暗红泛白的花：“海兰，这辈子，让我觉得热，觉得冷的，唯有皇上。可是在我寒冷彻骨的时候，让我觉得暖和的，是你，还有凌云彻。”

海兰的头无力地低垂下去：“姐姐，我与你多年的情分。原来在你心里，我不过和他一般。姐姐，我不知道我该高兴还是难过。他害得你清誉受损，几乎不能翻身。姐姐，他……”

海兰看着如懿苍白如雪的容色，不敢再说下去。如懿的眸底有近似于冰封般的平静，然而海兰却如见到了惊涛骇浪一般，惶惶失色。如懿的声音极轻：“海兰，你我多年依靠，凌云彻亦是彼此扶持。无关情爱，本是相知。海兰，我原以为你会懂得。却不想，你也会这样问。”

海兰的嘴唇颤颤地哆嗦，仿佛深秋枝头最后一片挣扎的枯叶，她泪光潋滟的眸睁得大大的，几乎落泪潸潸：“姐姐，你要真难过，这里只有我和你，你哭出来，也没人知道。”她膝行两步上前，抱住如懿的腿，“姐姐，你别这样笑，我害怕得紧。”

如懿仿佛是在梦呓，带着迷蒙的笑色，轻轻道：“我没事，有什么可哭的。我只是倦得很。”她摆摆手，强撑着无知无觉的身体站起来，“我去歇一歇，你先回去吧。”

她起身，足下一跌，险险被地上寸许厚的锦绒密毯绊倒。她的手肘重重撞在花梨木鹤啸流云长桌上，那花梨木质地坚实，一撞之下痛不可言，却哪里抵得上海兰说的云彻的死，这般刮骨至深。

海兰尚来不及扶，如懿已然站起。她走得极缓，极缓，她湖色的裙角拂在地上，仿佛寒烟薄雾，迷蒙浮转。身后的重重珠影纱帘被她撞落，惊落重重涟漪，她完全不曾察觉，只觉得那样倦，那样倦，真要躺下来好好歇一歇。

海兰见她如此，本能地想起身追上去，然而足下一软，不免瘫倒在地。

如懿缓步走入内殿，单独唤过容珮：“你只去告诉永琪，为凌云彻寻个风水宝地好生安葬，旁的事都不用管。便是往后四时祭祀，只让江与彬与惢心知道便好。若这些事也叫永琪知道，反叫他为难。”容珮有些担心，却不能说什么，只能应承下来：“娘娘是有情有义，您冒险这么做，对凌大人，就不算辜负了。”她说罢，连忙各自去安排。

他的情义，她不能有一点点回应，更回报不得半分。将他好生安葬，是自己唯一能做的事。不能看他暴尸荒野，连个全尸都没有。

如懿怆然坐于床榻之上，瞥见象牙妆台的铜镜里，自己失色的容颜映在天青色散珠梅花的锦帐之上，恍若堆雪。真的很想哭，因为身体深处的隐痛，依稀是身体某处的血肉被人生生剜下，可是她看不见，分明没有任何破损，可是她却能感觉，血液汩汩流出后四肢百骸逐渐变冷的僵硬。

可是她不能哭，亦没有泪。眼底如此干涸，干涸得几乎要裂开，却没有一滴泪溢出。只能将发颤的牙关死死咬紧，咬成一如既往的平静与漠然。

也不知过了多久，她才发觉自己的指尖有温热厚腻的触感，一点一滴，渐渐蔓延。她木然垂首，才见自己的衣襟指尖之上，已有鲜红的血滴点点散落。她分辨良久，才发觉原来那鲜血来自自己的嘴唇，却不知是何时被咬破。

是，她没有泪，也不能流泪。只能流血。

没有人知道，也未必有人明白，凌云彻之于她，并非年少时炙热的爱恋。他是生长于她身侧的一棵树，枝叶繁茂，翠色苍苍。为她遮风挡雨，停靠一时。然而，如今已经没有了，只余她暴露于茫茫天地之间，一任烈日焦烤，风雪欺身，冷雨飘零。

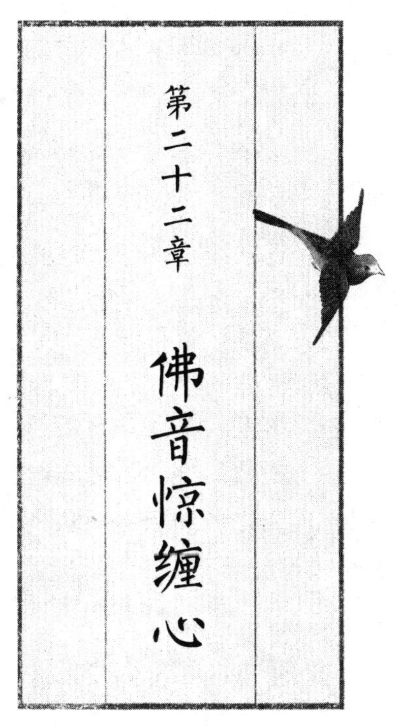

第二十二章 佛音惊缠心

没有凌云彻的日子，也一样飞驰而去，不做丝毫停滞。日子静寂得与死亡没有半分区别。如懿一直试图去怀想，曾经没有凌云彻的日子，她是如何度过的。

那是许久许久以前了，久得就像一个古远的梦，让人辨不清它是否真实地存在过。潜邸的岁月里，她还年轻，和每一个青春少艾的女子并无不同，鲜红的唇，大大的眼睛，皮肤洁白得像新磨出的米浆，幼腻动人。她身边的男子，有和田美玉般的面容，寒夜星辰般的眼睛，和蓬勃清朗的五陵少年的贵质风雅。

当然，他偶尔也有郁郁，譬如朝政上的不得意，譬如诸瑛的弃世，那种阴郁是欲雨的天气，让人想拥住他，心疼他，与他甘苦与共。

她一直是这样以为的，这个男子，是她的未来，她的终身，她的生死相依。却原来，甘美时他一直都在，凄苦时浑不见踪影。

所有的艰难苦辛，只有凌云彻在身后，默然相随。

那是她的半生，半生的姻缘里，她一直在皇帝身边，却未曾注目，身后，只有凌云彻，为了她，可以不顾一切。

他的情意，如懿早知道，却无法有一点点回应。哪怕她明明，已把他的好，刻于骨，铭于心。

孤寂的日子里，她开始害怕下雨。

晴日里的紫禁城并不那么阴森，甚至还有几分富丽辉煌的格局。可是一落雨，那是另一个世界。浩浩茫茫的雨水像是永远在冲刷着墙头如血的颜色。而细雨纷纷时，整个紫禁城都像一个哀哀的鬼魂，在雨水里戚戚地茕茕而立。

真的，年轻时无知无觉，什么都不怕。如今年华渐渐衰折了，反倒生出怕来。

她没有权势煊赫的母族，没有贴心的女儿，儿子也唯独只剩了一个，已然送去了海兰那里。夫君，早已是形同没有。其实她何尝真正拥有过。曾经有的，不过是他的一点情意，这儿一点，那儿一点，从来没周全过。因着这样，皇后的名分也不过成了虚空，她倒成了孑然一身，孤零零一个。

有时想想，真是虚妄。一段执着数十年的情感，一朝跌宕断裂，竟是因着另一段情感。是他，亲自引着自己到热闹繁华锦绣簇拥里来，却也是他，亲手丢开了她，遗她在孤清里。

到头来，伴随手边的，唯有那一卷墨梅，不会随时气的变化，盛开依然。

不久，嬿婉受封贵妃，可如今皇帝心烦时，越来越喜欢去的却是宝月楼。大约香见那样耿直的性子，是有点像最初的如懿的。哪怕没有床笫之欢，哪怕香见几乎不理她，皇帝亦喜欢对着她，那是宁静的。满宫里无人敢再提凌云彻，只有香见会问他："凌云彻死了那么久，你还没有解开心结么？"

皇帝简直听到这个名字就心烦意乱，气不打一处来："朕有什么心结？又不是朕让凌云彻死的。是皇后下的手，皇后要自证清白。"

皇帝的气恼在香见看来格外滑稽与可笑，她总是忍不住戳破真相："那是皇上拿着皇后娘娘的手逼死了凌云彻。"

皇帝瞪着他："容嫔，你进宫那么久，还听不懂朕的话！"

香见见皇帝这般气恼，连沙枣花茶都不愿喝一口了，越发觉得好笑。皇帝这么烦躁，拿话冲自己出气，倒是第一回。皇帝才呵斥完，自己也有些悔了，柔和了口气道："香见，朕不是要责备你的意思。"

香见眉目清冷，那种美丽是让人醒神的："说到底，皇上还是在意皇后。您越在意皇后，越是无所适从，皇后也是动辄得咎。您这个样子，是定要和皇后越走越远了。”

“回不到从前了么？”皇帝怔怔地，有些痴惘，“从前皇后还不是现在这个样子。如懿还叫青樱，总是会对着朕笑。她站在樱花树下嫣然含笑的样子，朕一辈子也忘不了。”

那少女的模样他一生难忘。

香见毫不留情：“从前皇上也一定不是如今这个样子。若那时的皇后知道您后来是这么一个多疑别扭、刚愎自用的人，她一定恨不得一脖子吊死在樱花树下。”

皇帝立时怔住了。没有人敢这么和他说话，连如懿也是。可他的心底，居然生了一丝害怕。如果香见说的，是真的。如果，他真的会失去如懿。

他微微打了个寒噤，嘴上却是呵斥：“你真是越来越没规矩。朕到哪里都没个安生。”

香见摆弄着衣襟上的沙枣花，唇际略含冷意：“是啊，这话也就臣妾会说了。皇上不乐意听，一碗毒药赐死臣妾罢了。”她停一停，讥讽地望着皇帝，“皇上知道去了令贵妃那儿一定安生，可您为什么不愿意去？因为您也知道，敷衍谄媚的话，这个时候您不想听。”

皇帝默然无言，或许宝月楼是他最后能听到真话的地方了吧。如懿已经懒怠和他说，旁人是不敢说。而香见，因着不畏死，永远有什么说什么。

他不能再失去香见了，失去一个听见真话的地方，哪怕这个人对他毫无眷恋之意。

二十九年四月二十八日，久病的忻妃湄若弃世而去。如懿与海兰守在灵床前，看着年幼的八公主穿着雪白的孝服哭得惊天动地，心下凄怆，相顾无言。那一夜，除了风声，万籁俱寂。她想起刚入宫时的湄若，那样爱笑，如山花烂漫。最后离世的一刻，枯瘦一把，不盈一握。

不过十年，紫禁城中又添了一把红颜枯骨。她临去时没有一言，只是盯着幼小的八公主久久不肯闭上双眼。

还是如懿先明白过来，道：“你放心，本宫与愉妃会照顾好璟婳。”

湄若艰难地点头，一缕芳魂终肯消散。

而彼时，皇帝又新纳了福常在、柏常在、武常在与宁常在，四人都是正当嘉年的少女，各擅其美，如四季开不败的花朵。总是花落花开，旧人去，新人来，从未寂寞过。

比起后宫，前朝的气象更为明朗。二十八年五月初五，九州清晏因雷暴失火，因是深夜，殿中唯有皇帝与和亲王下棋做伴，弘昼骤见火起，吓得夺路而逃。幸得住在侧殿的永琪发觉得早，立刻背起皇帝逃出生天。

自此，储位之事，便有分晓。

很快，永琪由贝勒获封郡王之事传到后宫时，嬿婉正抱着十五阿哥永琰玩耍。

如今永琪骤然获封郡王，虽说是循序而进，可她心底到底不安。永琪年长，又得皇帝宠爱，极为干练，来日若成了太子，继位大宝，那如懿不是名正言顺的母后皇太后……自己便是一个任人宰割的太妃了。每每想到此节，她便夜不能寐，心悸不安。春婵知道她的烦心事，便在殿内焚了大把的百合香宁神驱邪。嬿婉支着额头，赤金点翡翠护甲露着锐利的锋芒，在午后的暖阳下颇为刺目。

春婵掀开镏金夔纹祥兽炉的金纽盖子，撒了大把百合香，殿中弥漫浓郁香气，仿佛这样，就能把无限心事沉沉压下去。嬿婉背着人，才敢低语："皇上那儿是对五阿哥动了立储之心了。这不，又给五阿哥封了荣郡王。可本宫的孩子还那么小，怎么争这太子之位。"

春婵也是惧意颇深："五阿哥是中宫养子，您可得警醒着些。进忠说昨夜听皇上和毓瑚说起当年茂倩告发八阿哥坠马，五阿哥受诬陷之事，似乎动了疑心，怕皇上对皇后又有转圜，请您还得多留意。"

皇后位在中宫，哪里这么好对付，皇帝又多疑动摇。永琏生下来，也是被抱去寿康宫，足见自己在皇帝心中实在还算不得什么。嬿婉苦思许久，听得春婵絮絮说着从永琪府中打听得的事，不过是芸角说起永琪的附骨疽渐渐发作得厉害了，每回请太医入府，多半被她退阻了，太医常常连永琪的面也见不到，便是见着了，有她在侧，也不得仔细请脉，敷衍着开了药方便走了。

嬿婉忽而一笑，明媚万端："是啊。得了附骨疽不能劳累，更不能受寒。芸角会好好留意的。"话是这般说，可她也担心芸角的病症，"对了，芸角那儿得用药吊着她的性命，别大事未成，她先死了。"

春婵忙忙点头："知道。包太医的药一直给着，只是包太医从未见过芸角，也未搭脉细诊，不过是按她从前的脉案取药，所以要治也难。奴婢是担心，芸角的病是家里传下的，她没多少时日可为您所用了。"

嬿婉毫不放在心上，只是用护甲挑了一丝织锦桌布上勾出的丝头，拿起剪子一刀剪去，淡淡道："那就更得快了。"

乾隆三十年正月，皇帝决意再度南巡。说起此事时，是皇帝的爱女和敬公主最先知晓。彼时父女二人立于孝贤皇后画像前，哀思难绝。

画像上的孝贤皇后仍是盛年绮貌，而皇帝却是半百之人，渐渐有了老态。自与皇后疏远之后，嫔御之间皇帝亦少流连，倒是在长春宫中枯坐更久。

皇帝轻抚画像，哀叹不已："城上斜阳画角哀，沈园非复旧池台。伤心桥下春波绿，曾是惊鸿照影来。朕前些日子读到陆游哀悼唐婉的诗，就很想念你。琅嬅，从前朕对不住你的地方不少，如今想要和你说说话，竟也不能了。"

和敬公主依偎在皇帝身边，露出几分少有的小女儿情态，依依道："皇阿玛，您想念额娘，额娘都是知道的。"

皇帝拍拍和敬的手："朕想着过了新年就再南巡。可每次想到你额娘在济南过世，朕便觉得济南是一座伤心之城，不肯一入。"

和敬看着皇帝的哀色，也是不忍，便劝慰道："这两年来宫里的动静闹得这么大，京城里虽还瞒得严实，儿臣却也知道了些许，只是不好开口。皇阿玛如此怀念额娘，一半是因为再无人可与额娘比肩，另一半，也是皇额娘处事有些太不像话了。如此，皇阿玛想去南巡散散心，也是好的。”

皇帝走了两步，到榻边坐下：“皇后不大理宫中事，令妃也算是个能干的，容嫔固然也好……但都不能与你额娘相比。朕环顾六宫，竟也觉得空虚得很。”

这样的话，真是伤心之语了。皇帝自尊要强，最重颜面。此刻说出这般话语，连和敬也不免伤怀。这样的繁花锦绣，热闹簇拥。每至后宫，那些娇艳如花的容颜无不笑颜奉承，皇帝心里，最眷念的却还是旧时人，旧时情。

和敬不觉湿润了眼眶：“儿臣知道，所以这些年哪怕令妃协理六宫得体，又连连生育，您到底也还没松了口给她皇贵妃的尊荣。”

皇帝淡淡道：“前几位皇贵妃的尊荣，都是病重了才给的。皇后位居中宫，贸然给了魏氏皇贵妃之位，也损了她的体面。且朕瞧着，这几年你和魏氏也疏远了，不复从前亲密。”

“都是皇阿玛的后妃，儿臣身为公主，本不该过从太密。从前与令娘娘来往，也是因为她对庆佑有恩。可纵使如此，也有皇阿玛嘉奖令娘娘，儿臣与她太亲近也不合规矩呀。”

皇帝微露赞许之色：“到底是孝贤皇后的女儿，处事公正，更是明理。”

和敬谦逊道：“不管皇额娘如何，皇阿玛还是顾及她的。说来令妃出身小家子，到底也不配做主六宫事宜。对了皇阿玛，这回南巡，皇额娘可要去？”

皇帝倒也未曾迟疑：“皇后自然要去的，留她在京中显得帝后不谐，徒惹人话柄。且皇后年少时在江南住过，也喜欢苏杭一带。”

这话到了末尾，连和敬都听出了皇帝语底的伤感。帝后不睦已是宫中尽人皆知之事，可皇帝到底还是顾念着与皇后的少年情分。或许人到垂老，当一切行将崩散之时，才更体味出年少情怀的美好吧。

定下出巡的那日，正是凌云彻的忌日。不便张扬，如懿便在清晨时分，前往宝华殿悄悄上一炷香。

宝华殿乃是宫中僧人祈福之所，一应洒扫杂役皆由宫人打理。这一日新雪初霁，晨光清冷如白露。如懿也不曾知会宝华殿众法师，只携了容珮前往，静静陈香礼佛，寄托哀思。

容珮备齐了一应物事，婉声道："皇后娘娘，今日是凌云彻的周年祭日，咱们悄悄去上炷香。"

如懿一脸温静："本来心香一炷也是虔诚，可昨晚梦到过世的永璟和璟兕，去趟宝华殿略表哀思也好。何况永琪这孩子自从那回之后，心事就很重，若佛祖能多庇佑就好。"

容珮颔首："只是皇后娘娘从前并不这般殷勤往宝华殿去。"

如懿恻然："从前总以为无所畏惧，如今才知自己有许多不能。人既微弱，便只能仰赖神佛。"

容珮听着，不免含恨，愤愤然道："神佛虽好，却不能为早殇的五公主和十三阿哥报仇。"

如懿定一定心神："这些事，自然得自己来做。哪怕再倦怠，永璟和璟兕的仇本宫没有忘记，永琪的委屈，本宫也记在心里。"

如此这般，容珮也絮絮地说着旁事。自从永琪替凌云彻定下风水宝地之后，便再也不曾去过。倒是江与彬和惢心，四时祭祀从不断缺。惢心不仅焚了如懿做的旧枕，还每每在坟头祭洒雄黄酒，以记当日冷宫救命之恩。

彼时天色微亮，半钩弯月凄凄隐没于云翳。一众僧人未曾奉诏，便也不曾预备迎接。这般无拘无束，反倒落了清闲，由着如懿独自坐于佛台之下，仰之弥高。

宝华殿中的陈设看似简朴无华，却隐隐有着考究到了极致的堂皇。殿中分列着十数盏香灯，引着大卷的白檀木香，香气温润沉静，不动声色地按住了浮逸的心神。

容珮一一摆好香烛贡品，如懿独自坐于佛台下，打开抄好的经文，细细诵读。待念过数遍经文，心中明净，好像佛祖听得见人心里的话。

容珮道：“奴婢也喜欢来宝华殿。宫里安置这么个地方，不就让大家有个放心事的地方。这一趟南巡出去，也希望佛祖保佑顺利。”

如懿心想，自己要表的哀思佛祖都知道了。有时候回头看，人去了也真干净，万千烦恼事都放下了。只是皇后做到今日，就算自己的一切都可放下，可被自己拖累殒了的那些性命，放得下么？

心事这般辗转，起身踏出殿门时，已是天色明净如一方光华玉璧。庭中积雪不盈寸，唯余一片空明。唯有来时足印清晰落于雪上，明白无误地告知她来时路是如何步步走过。

心中不免郁郁，如果这一世为人，跌跌撞撞而过，都能这般步步稳当，知道前路如何，去往何处，该有多好。

她仰起头，静静立于檐下。因是独自前来礼佛，她也打扮得格外素净，一身莲青色衣衫，用金银二色丝线挑着落梅花朵。发髻梳得简净，只用青玉莲瓣扁方绾起，零星点缀数枚点翠嵌蓝珠花，横簪一支白玉长簪而已。

彼时朝霞初露，映照着雪光灿灿，空气中隐约有蜡梅的气味遥遥传来，寒雪清浅，暗香浮动。天际有深蓝色的云霭，与流火般的霞色交叠如层层薄纱，似清非清，似见非见，朦胧迤逦如硕大的凤凰的翅。

仿佛是许多年前，他们都还年轻的时候，皇帝站在葱郁的花树之下，晚霞的辽阔绮丽是尢澜的波影，与他璀璨的笑容融为人世间最美好的向往。那粉色的一天一地衬得他眉眼恋恋，在那里笑着看她。他的笑容是初霁后明媚的雪光，纵使天寒地冻，亦有温暖人的力量。

可，那真的是很久很久的以往了。

久得连她亦迷惘，那是不是纯粹是年少时模糊的影像，只能凭此慰藉逐渐老去的年华。

她这样想着，轻轻叹了口气。微闻身后有窸窣之声，她很快掩饰了黯然之色，如常般雍容清冷，转身目视后方，只见一垂垂老矣的青衣僧人手执半旧的竹帚，徐缓清扫阶下落雪。如懿凝眸片刻，轻声道：“你是谁？”

那僧人微微抬眸，辨别她服色，不卑不亢行礼：“皇后娘娘。”

如懿见他须发皆白，神色安宁，便也生了几分亲近，微微颔首。

那僧人舒袖敛容："皇后娘娘今日怎有兴驾临宝华殿，僧人不曾远迎，实在失礼。"

如懿清浅一笑，掩不住眼角悒悒的细纹与疲倦的暗青："本无心惊扰众人，只是昨夜梦见早夭的一双儿女，清晨想到很快就要随皇上出行，便来祈求心安，也来求得一路平安。"

那僧人道："皇上出行是不久后来日之事，但前事已过多年，皇后娘娘还是放不下亡人么？"

不知怎的，便有了倾诉的欲望。仿佛身染佛香的人，与之言语也能叫人心生平静。她徐徐道："幼女夭折于怀中，幼子尚不得见天日便弃父母而去。日夜思之，悬于心头。"

其实，她甚少对人说及璟兕与永璟之事。一任时光潺潺流去，只将哀思静埋于心头，郁积成破碎的碎石棱角，在不经意间刺穿柔软的心肺。

那是一个母亲的永殇。

如懿见那僧人面貌苍老，不觉好奇："从前未曾见过师父？"

那扫地僧人停了手中沙沙声，合十含笑："皇后娘娘每一次来我都记得。第一次，仿佛是先帝雍正年间，皇后娘娘随姑母前来。那时，皇后娘娘还是闺中格格。"

如懿想了想，前尘依稀如是。只是不知不觉，自己的半生，从莽莽撞撞的青涩少女，从步步警醒的嫔御岁月，而至今日的高处不胜寒，竟也点缀了旁人半世的眼眸。她这般想着，不觉松了心弦，徐徐道："那是数十年前的事了呢。"

那扫地僧人微笑淡淡："我在此修习半生，记得刚入宝华殿侍奉时，乃是康熙五十年。多年来我不过是宝华殿数百诵经僧人之一，皇后娘娘自然不曾留意。"

如懿鬓边的一支羊脂白玉如意点翠长簪被冷风摇曳起细碎的海棠明珠坠，纵是金玉华贵，凌风亦不过瑟瑟不能自已。她轻声感叹道："三朝繁华，师父尽收眼底。”她停一停，含了几分犹豫，“曾读佛经，有一句读来惊心动魄。言说‘爱欲于人，犹如执炬，逆风而行，必有烧手之患’[①]。有时思来想去，真不知何为人世恩爱？”

那僧人含笑：“心念前因，彼此不相欺瞒，得温存相待，乃是恩爱。”

如懿听了动容，却蓄意存了挑剔之心，道：“师父是佛门中人，也懂得人世情爱？”

那僧人颇从容：“佛祖怜悯苍生，人世情爱尽在眼中心底。不能涉入其中，却可以懂得。”他凝眉须臾，“我在宝华殿精心修习逾五十年，不过是在渺乱中求一方清净。有时冷眼旁观，只觉哪怕读通佛法万卷，亦难解心底疑惑。”

如懿扬眉轻笑：“师父也有疑惑？”

“红尘与清净不过一墙之隔，修为不足，自然有疑惑。”

“本宫愿闻其详。”

“世间事，争其能争，不争其不能争。但何谓能争？何谓不能争？而施主所问，是否也是欲争之所，那么得到恩爱，又要凭借恩爱争夺何物？纠纠缠缠，何处才是止境？”如懿一时被诘住，僧人轻敛袍袖，悠然道，“如果争来争去，争的却是虚无之象。拼上生死祸福，折尽一生欢悦，不过是镜花水月，那又是所为何来？”

宛如有九重惊雷滚滚，直贯入脑海，天地间汹涌云滚电翻，骤聚骤散。无数积郁的辛酸悲苦夹杂着重重的悲与喜翻腾而上，不可遏止。

多年来苦苦支撑，究竟是为了什么？她的家人已经有足够的安稳，凭着孝敬宪皇后的余恩，也足以平安一世。乌拉那拉氏并无太过出色的族人，皇帝亦无心格外提拔，许以要职。她这个皇后，其实无后顾之忧，亦是无可以依凭的母族靠山。她的永璂，唯一的儿子，并无永琪一般出色，来日若是可以做个富贵亲王，倒也清贵安闲。

---

① 出自《四十二章经》。

可若她依旧挣扎在后位上，永琪年弱，资质不算出类拔萃，不过中人而已。自幼娇养，性子又偏柔弱。上有诸位成年兄长，下有得宠的幼弟，来日若真在位上，当日圣祖康熙九王夺嫡的景象，她却也是听过的，如何不叫人心惊胆寒？她是个母亲，她再了解不过的，凭着她没有母族可以倚仗的境况，永琪要站稳脚跟，实在也是千难万难。

她可以保护他到什么时候？从一开始的打算，她便只希望他是富贵闲人，一生波澜无惊。

她不觉痴怔，喃喃轻语："本宫在此纠缠一生，自己还好说，只不愿膝下爱子永琪再过与自己一样的日子。还有永璟和璟兕，是被本宫牵累早殇，就连身边许多人也为本宫殒命，性命相关，本宫欲得解脱，却也实难放下。"

"放不下的唯有争斗纠缠么？"

"本宫想要夫妻恩情，那纵然是痴心妄想。便是想要一份不相欺不相负的信任，迁延退却，多年来亦难以得到。是否本宫想要得到的东西，在这红墙之内却根本不曾存在。既然如此，那是不是本宫错了？是本宫想在镜花水月之地求无根无存之物？"

"娘娘所求，本是世间人人想得之物。娘娘无错。只是您一路寻来，莫失了本来面目便好。"

如懿不甘，追问道："既然无错，本宫怎会到此境地？"

那扫地僧手执竹帚，轻缓划过积雪的青石砖地。"您若还保留本心，没失了本来面目，那就无错。"他见如懿尚未明澈，缓缓吟道，"一切有为法，如梦幻泡影，如露亦如电，应作如是观。"[①]他悠悠漾漾轻叹一声，在空旷的天地间徘徊无已。他半旧的袍裾静拂残雪而过，口中的念诵声渐行渐远，"不在此岸，不在彼岸，不在中流，问君身在何处？无过去心，无将来心，无现在心，还汝本来面目！"

---

① 出自《金刚经》。

皑皑雪中，那僧人人影渺渺，去到他该去之地。

有温热的泪水终至潸潸而落，她的本来面目，如被尘埃玷污的雪迹，早已不知清明何处。

不知过了多久，容珮携了一袭天青色竹叶纹镶金线凤尾的大毛斗篷，那暗沉沉青色，是雨后的一丝明亮，却也不是那般灼艳，幸而容珮缠了一圈紫狐毛在领口，才增了几许华艳。只是那华艳亦是死气沉沉的，是生灵的血肉，点缀了她的清贵。容珮将斗篷披在她肩头，轻声关切："天寒，皇后娘娘要保重自身。"

如懿痴立几许。

容珮低声道："这几夜娘娘睡得并不好。夜来幽梦辗转，含糊提起旧事。"

不必容珮说，如懿也记得那些梦境。梦里都是小儿女情态，她胭脂初嫁时，初入宫闱如履薄冰时，甫离冷宫缓步走向他时，还有，还有，他要她站到自己身旁之时。那些话，她都清晰地记得。

他总是说："你放心。"

可是这一生，她何曾放心过？不过是放掉了自己的心，再也回不来了。

梦里旧事如烟绮，醒来才更觉现实的坚冷，避无可避。

容珮迟疑着道："娘娘还惦着皇上当时说的话么？为什么人说过的话总是那么容易改变？九五至尊不应该是一言九鼎么？"

那是容珮的困惑，或许也是天下女心的困惑吧？

如懿惘然地想，冰雪琉璃让她的心境无比清明："不。或许每个人，当时所说的话都是真心的。但是却忘了，心意本来就是很容易改变的。彼时的话只是彼时的心境，若念念不忘信到往后，原是我轻信的过错。"

夜深时分，嬿婉站在檀香气息深重的宝华殿内，满心眷恋之意。那重重的暗黄帷幕上泼天泼地地满绣了粉白莲花碧绿莲叶纹样，以表极乐转生之意。凌云彻已经死了，她的心也灰了一半。便如今日她成为贵妃，也并不欢快，因为这一日是凌云彻的忌日。而对着害死凌云彻的如懿与进忠，她都尚且不能置之于死地。唯有恨，唯有恨。

哪怕焚化了如山的金箔银钱，她仍觉得没什么可烧给他们的。只能如懿，如懿死了，她才可稍稍心平。

春婵跪在一旁，一壁打着经幡，一壁悄声道："十二阿哥那里已经在下着东西了，奴婢很小心，让人放进去一会儿就拿出来扔掉，药性进去了，却连痕迹都找不着。"

"当真察觉不了？"

"奴婢亲眼看着试菜的小太监用银针试毒，并不变色，试菜的小太监吃得少，也无异样。东西用的量少，根本不显眼。慢慢一点一点下，一年半载是看不出什么的，天长日久，才会渐渐坏了五脏六腑，到最后人就跟病死了差不多。"

嬿婉深深叩首三拜，起身却是目光轻蔑，望着金身佛祖，淡淡道："那就好好用着。"

时光迁延二月余，御驾于三十年闰二月抵杭州。艳羡江南，乘兴南游，于一位帝国的国君而言，并非难事。何况天下和靖，百业兴盛，是最富饶风流的年代。从辽阔的白山黑水、塞北风烟，到晴雨江南、明好云贵，他可蠲赋恩赏，观民察吏，亦可眺览山川之佳秀，民物之丰美，一览煌煌天朝下他所拥有的万里江山。

初到杭州的那一日，下着丝丝寒雨。江南二月已见薄薄春色，只是雨气湿冷胶着，远不如京中的风物干燥。可是立于龙舟之首，望着两岸冒雨跪伏的官员肃然无声，迎面是湿润的清风，足下是蜿蜒的运河碧水，天地间那样的温柔，仿佛回到第一次来杭州的时光。

杭州于嬿婉是福地，于庆嫔陆氏亦是。而皇帝此次除了陪伴太后，更携上了至爱的容嫔香见，一定要与她同来领略山水烟柔之美。

待得往行宫驻跸，皇帝便迫不及待往山水间去。行宫一带本近西湖与孤山，又因多梅花，孤山又名梅屿，乃是宋代林和靖隐居之所。皇帝见如懿一贯冷清，恰逢着那日是她生辰，嫔妃们也凑趣都在，便道：“今日天气正好，最宜孤山赏梅。皇后，这儿的湘英、绿萼，都是你所喜欢的。上回咱们来，朕就陪你来走过。”

如懿颔首：“那时梅影下徘徊，皇上与臣妾同走孤山路。”

皇帝又摇头：“可惜了，叫孤山，名字听着不祥。”

皇帝最爱风雅，嬿婉便道：“不若请皇上改个名也罢。”

皇帝仔细思忖，却又不喜：“康熙爷来此也未改名，朕也不便改了。”

于是敛衣而行，往“西湖十八景”去。雍正年间李卫修缮西湖一带，景致尤美。湖上波光摇漾，岸边花叶锦绣。市井欢愉，佛寺天籁，处处是天堂好风光。

而如懿最爱的，便是蕉石鸣琴一带，奇石累累，泉出石间，泠泠含碧蓄凉，最宜与焦尾琴相和，意蕴天然，可忘却凡俗忧愁。

皇帝也颇属意，便向如懿道：“朕住的地方原离这儿近，你若来此月夜弹琴，倒是甚好。”

庆嫔瞟了眼如懿，掩口笑道：“这儿是好，又可赏梅，又可弹琴，还能看云。皇后娘娘对梅花情有独钟，所以爱在梅苑里逗留徘徊……”

皇帝眼底闪过一丝荫翳，嬿婉连忙打断：“放肆！庆嫔，你又胡言乱语什么？”

庆嫔有些讪讪，却也不甘示弱：“令贵妃，可不是我胡说，宫里头传着呢。”

嬿婉肃然道：“你再胡说，本宫定要责罚。”

这般一唱一和，如懿冷眼看着，只是不屑。

皇帝终于听不下去，冷冷道：“好好的说这些做什么？简直没几日安宁。庆嫔，你言语也当谨慎。”

庆嫔这才有些惧怕之色：“皇上，臣妾知错，臣妾不该轻信宫女太监们嚼舌根。”

皇帝看着如懿，眼底俱是寒意。烟柳画桥、风帘翠幕的风流，市列珠巩，户盈罗绮的繁华，都未能让他忘却那一段旧事。

嬿婉见皇帝陡生不悦，便婉转劝道：“素来也只是流言，皇上实在不必往心里去。何况，人都不在了，皇后娘娘听了，心里也不好受啊。”

皇帝心意惘然，盯着如懿，目光如锥：“是么？朕还以为人没了，情总还在。”

宫人们举着罗伞，捧着栉巾、痰盂立在远处，虽然只有嫔妃在侧，如懿也受不了这无端而来的羞辱。人已逝去，有时她亦想忘怀，却禁不得皇帝这般三言两语地计较，更生凉薄。

天日正中，暖暖晴光洒落在人周身，犹带一丝温暖余情。香见难得地穿了一袭粉黛色长衫，密密绣了连绵不尽的枣花图样。那是杭绸中新制的一种皎月绸，一共才得了两匹，皇帝一匹奉与太后，一匹独赏了香见，供她裁制新衣。那皎月绸不啻寸缕寸金，清雅柔软，若新生儿肌理幼滑。一抹帛光盈然于举手投足间，便已觉清贵宠妃气咄咄逼人。

她站在二月漫天的花事盛开下，轻飘飘道：“前日陪皇上往上天竺焚香顶礼以祝丰年，心里念着寒企一缕孤魂，也可长眠了吧。”她举眸，若寒星熠熠，“臣妾这般心思，皇上可会责怪？”

皇帝微怔，旋即含笑，无限宠溺怜惜：“只要你高兴，什么都好。”

香见抿嘴一笑，轻诮道：“是么？皇上连臣妾为寒企祝祷都可原谅，一个莫须有的凌云彻，皇上这几年眉间心上，就这般小气么？”

皇帝无言，如懿不动声色，只是唇角微挑，以表对香见解围的谢意。

嬿婉柔声道：“容嫔妹妹，话可不是这般说。你与寒企毕竟有婚约在前，可皇后娘娘和凌云彻不过是尊卑之分。难道妹妹心里，觉得皇后娘娘与凌云彻便如你与寒企这般么？”她修长玉指按在心口，连连摇头，“这话姐姐我可不敢听。”

有不敢听，亦有不忍言。明明事关自己，她却无可分辩。才知疑心深种如情根深种，一般难以移除。

她亦没有力气，拔去他心底那根刺。因为那刺，是一条活生生的性命铸成，早已成了她心底不可磨灭的烙印。

初春的风如同绵软的女儿家的手掌，轻轻拂过她的面颊。她听见香见鄙夷的声音：“令贵妃这般善于曲解，也算奇才。”她不必看，也猜得到嬿婉一定是一副娇柔怯弱不敢与之相争的模样。她也懒得去看，免得污了自己的眼睛。

如懿眉目清冷，淡淡道：“原来皇上这般在意臣妾，真是臣妾无上福泽。”

皇帝便横目去瞧嬿婉：“不该你开口之事，无须多言。”

香见挑了挑唇角：“天下的是非无非是多心才生出来的，皇上相信皇后娘娘，不就可以心思安宁了。”说罢，便引了如懿的手扶住，自顾自道：“皇后娘娘，臣妾没见过孤山梅花，您带臣妾去走走可好？”

如懿站起身，香见便与她离开。

皇帝大是不悦：“容嫔真是被朕宠坏了，没个分寸。”

嬿婉忙开解道：“容嫔妹妹不能生养，难免性子古怪些，皇上别见怪。”

正言语间，已有太监来请：“请皇上旨意，晚膳摆在何处？奴才得预备起来。”

皇帝兴味索然：“晚膳在偏殿便是。扬州府送来的歌伎在何处？朕需佐以歌舞娱情。”

这般吩咐，便是不欲嫔妃侍奉在侧了。嬿婉只得告辞退却。

第二十三章

花事艳

虽然同行的嫔妃不少，又有香见这般得宠的，可皇帝的眼映入了江南的春意如许，亦觉新鲜，所以长夜歌舞，偶尔才宿于嫔妃阁中。

皇帝早先曾在淮扬的清江浦得到一双绝艳女伶，原是评弹的女先儿，名叫昭柔。昭柔弹亦佳，唱亦佳，一口软绵绵的吴侬软语。与她师姐上手持三弦，下手抱琵琶，用吴音评得一口好《隋唐》，抑扬顿挫，轻清柔缓，弦琶琮铮，十分悦耳。尤其昭柔才二十出头的好年华，身段风骚，双眸妩媚，端的是一个尤物，与苏州的甜糯点心一般黏住了白牙哪里肯松口。两日评书下来，皇帝如何还舍得她离开，得空回行宫便带在身边，说完了《隋唐》，还有《描金凤》《白蛇传》《玉蜻蜓》和《珍珠塔》，一本又一本，唱得山光水影，如痴如醉。

或许皇帝，的确需要新鲜的活泼的安慰。

南巡时过济南城，城池依旧，惊鸿不再。皇帝触景生情，难免想起昔日孝贤皇后仙逝于济南，不觉挥泪黯然，写下一诗："济南四度不入城，恐防一入百悲生。春三月昔分偏剧，十七年过恨未平。"

随行南巡的和敬公主见到此诗，亦不觉动情，哭泣良久。倒是太后来安慰了几句："皇帝是个多情的性子。但一个人的情分就那么多，都分了点子去，难免就薄了。和敬，你额娘样样都好，如今的皇后就难免难堪。你是皇帝的长女，自然也盼望圣心和睦，是么？"

太后为和睦，已然这样劝慰。可也挡不住此诗流传，人人回忆皇帝与孝贤皇后的恩情。

当如懿看到这首诗时，已经没有太多的痛楚。因为当日的疑心和疏远，孝贤皇后抱屈而死。所以皇帝用他的后半生来追忆和悼念，寄托他的哀思与悔恨。

有时候想想，如懿竟会心生羡慕。原来天人永隔也是善事，可以泯去所有仇怨，得一息宽厚温存。反正也无非是如此，人人跟随皇帝的心意称颂孝贤皇后的德行，她这个失宠的皇后，更显鄙薄而已。

然而香见好奇不已："皇上为孝贤皇后写了那么多哀悼诗文，他或许真的很喜欢孝贤皇后吧。"

如懿不知从何答起，便道："皇上更喜欢你。"

香见绞着手里的绢子，百无聊赖道："我算是看得通透。皇上的喜欢便宜得很，今日来了明日去，给了这个给那个。人人都喜欢，个个都不心疼，不过如此而已。说来我更是好奇，既然皇上这么喜爱孝贤皇后，怎么做到一壁追思，一壁又唤了歌女舞姬，寻欢作乐呢？"

香见所言，乃是地方官员有伺机取巧者，沿途至一行宫，便献上当地歌女舞姬奉与艳姿。皇帝神色本淡淡的，但见送来女子皆是纤丽翘楚，个个娇小玲珑，姿态柔弱，我见犹怜，远别于北地胭脂的修长身段。而那种柔弱却又熟媚之致，一颦一笑，皆是风情，也不免心动。及至杭州，官员们又想了新奇之术，命人驾御舟泛于西湖之上，歌伎舞姬齐集舟上，既清僻无人惊扰，更可自由无拘。

皇帝醉后不免笑言："个个如白玉扇坠儿一般，叫人爱不释手。"

这话旁人听见尚做笑言，李玉身为大总管，却不得不存了心思："若是皇上真有恩幸，遗珠民间，这可如何是好？到底是汉女，又出身低下，若真有此事，只怕皇上的圣誉……"他捶胸顿足，"都怪那些官员不知廉耻，为博皇上欢心，连礼义廉耻都不要了。"

如懿亦有耳闻，山外青山楼外楼，西湖歌舞几时休，暖风熏得游人醉，却不知游人心寄何处，是聪明换糊涂。

这样的事，若传出行宫，只怕为臣下百姓所耻笑，她能做的，只是将余怒狠狠压下，再竭尽全力，为他的名声遮掩。

那边厢进忠亦悄悄告知了嬿婉，嬿婉倚在窗下绣榻上，看着架上织造府新贡的各色杭绸绫罗，那些光艳的锦缎如春日濯濯下泛着缠绵亮烈的鲜彩波澜。她慵慵笑道：“繁花似锦，才不会有专宠之虞。皇上既然喜欢，本宫又何必去碰这个钉子？”

进忠担忧道：“小主不怕那些低贱女子夺宠，说来您协理六宫，这些话小主不劝皇上，怕旁人劝了也是无用。”

嬿婉轻轻一嗤，取了一枚蜜渍樱桃放在口中，雪白贝齿一咬，一点鲜红的汁子溅在进忠脸上。进忠涎着脸笑，也舍不得擦。嬿婉啐了他一口，正了正发髻上一枚九转碧玉赤金瓒凤步摇，精巧繁复，金翠灿烂，凤口里衔出几缕细小的流苏穗，红璎珠络缀着嫣红珊瑚细细垂在耳边，沙沙地摩挲着她保养嫩腻的脸颊。她坐起身，莞尔笑道：“进忠，不在其位，不谋其政。本宫只是协理六宫，你也只是御前的副总管。有些事，何必咱们操心，自有人顶着，咱们安享清闲就好。”

进忠眨巴着眼睛听着，犹有不放心之处：“小主说得是。只是太后娘娘如今实在是不理事，皇后娘娘也不过是个木呆儿，立在那里好看罢了。能说得上话做得了主的也只有您一个。”

嬿婉将绢子丢到进忠手里，示意他擦去面上的樱桃汁子，那指甲染成粉红色的春葱玉指戳在他额上：“你在皇上跟前多年，这般得宠，是因为比你师傅李玉能干么？不过是嘴甜心思活络，懂得讨皇上喜欢。本宫也是如此，侍奉皇上多年，仅仅膝下儿女成群便是了么？当日的金玉妍何尝不是连生四子。要紧的是讨皇上喜欢。这几年皇上和皇后娘娘怄气，本宫事事顺着皇上的心意，才能到了如今。便是皇上真要收了这些歌舞美姬，本宫也只有赞成没有反对的。”她低眉见进忠只为自己担心，略含了几分矜持的得意，“你不必担心本宫斗不过这起子贱人，本宫也不屑和她们斗。即便没有她们，皇上也常有新宠，哪一个不比那些蹄子出身高贵。若是她们真进了宫，宫里乌泱泱的嫔妃不一个个乌眼鸡似的盯着她们，哪里还需要本宫动手？”

进忠这才落定了心意，满脸堆笑应承着。嬿婉又问：“上回跟着过来的女先儿昭柔，这几日怎不曾见？”

进忠舔着舌头低笑道：“就是会唱评弹，还会什么新鲜招？皇上听得腻味了，叫人好生送回了扬州。”

嬿婉似信非信：“真的丢到九霄云外去了？”

进忠不敢隐瞒：“是命人用金宝嵌饰的锦幰钿车送回扬州，还赐予她一对玉如意、金瓶和绿玉簪，甚为厚待。”

嬿婉长舒一口气：“只要皇上最近腻味了，便是赏赐丰厚些，也当是这些日子皇上取乐的花销了。”

进忠踌躇着道：“是，是。昭柔虽然去了，可知府新荐了一位姑娘来，叫作水轻柳的，皇上喜欢得紧。”

嬿婉春山暗蹙，轻鄙道：“这个又是什么来历？不会又是评弹的女先儿吧？”进忠搓着手，不知该怎么说，嬿婉蹙眉，“有什么不可说的，左右离了宫里，皇上是没什么忌讳的了。”

进忠只得道：“是个歌伎，秦楼楚馆里第一把好嗓子，最会唱俗语俚曲。知府说皇上要了解民情，最合宜听这些，所以两日前送了来。”

嬿婉一惊，死死按捺住了，问：“皇后可知道了？”

进忠思忖着道：“师傅和我、进保都知道了。想必皇后娘娘也会知道。在行宫里出入，哪里瞒得住。为了前头昭柔的事，皇后娘娘已经严禁底下的奴才多口了。”

嬿婉凝神片刻，便笑道：“皇上喜欢，本宫自然要为皇上行方便，只要皇上高兴，一切都可。那些歌女，多几个也无妨。”进忠见她这般，也答允着，恭谨退下了。

次日起来，依旧是在“蕉石鸣琴”用早膳。待到众妃齐坐，皇帝却久久未来。皇帝一向重视规矩，少有这般晚起的。

如懿缓缓目视在座的嬿婉、庆嫔、颖妃与香见，众人皆是面面相觑，其余诸位贵人、常在更是茫然无措。

颖妃最快人快语："皇后娘娘别瞧臣妾，这些日子臣妾若不是随着姐妹们一块儿，怕也见不到皇上。"

香见冷冷不言，嬿婉赔笑道："皇后娘娘，臣妾也不知。"

如懿思忖片刻，安之若素："那就再等。"

一直等到宝鼎香烟冷，皇帝才到了。众人饿得金星四起，少不得松了一口气起身请安。才一抬头如懿便怔住了，皇帝双目微红，眼下发青，面色无华，神色倦怠，显是一夜不得好眠。

皇帝许了众人落座，如懿已然猜到几分，奉上一碗新煨好的九丝汤，道："这是皇上喜欢的扬州九丝汤。这边的厨子学着用干丝外加火腿丝、笋丝、银鱼丝、木耳丝、口蘑丝、鸡丝烹调而成，又加了竹蛏调味，以增鲜香。皇上先尝尝，以解饥冷疲倦。"

皇帝呷了几口，颇有滋味，脸色缓和许多，众妃才依次动筷。

这一膳用得沉闷。皇帝的疲倦写在脸上，众人也不敢多问，唯如懿不动声色道："行宫临近西湖，水声带着丝竹弦乐，怕是扰了皇上清梦吧。臣妾今日便请令贵妃一同细查，何处乐声惊扰皇上，一并去了才好。"

嬿婉一惊，忙向如懿使眼色。如懿浑然不觉，只转头对香见道："上回你跳得胡旋舞极好，回宫后也指点下宫中舞姬，可好？"

皇帝有几分尴尬，打了个哈欠，掩饰道："朕久不来杭州，夜游西湖倦了。御舟上难免有歌舞雅兴，皇后不必计较。"

如懿取了银匙，缓缓搅着盏中的杏仁牛乳："皇上说得是。既是这般好歌乐，臣妾与诸位姐妹也愿一同观赏，还请皇上不吝恩赐。"

皇帝咳嗽几声，笑道："皇后的建议不错。若是有月明风清之日，一定邀人同赏。"皇帝说着，草草用了些东西，便回自己殿阁去。

如此，众人也便散了。

如懿向太后请安后，便回到自己的青梧阁中。太后年迈，不耐久游，一直在自己的绛华馆中歇息，也不大出来与众人一同用膳，自享清静。

如懿回到殿中，便有悒悒之色。容珮笑着奉上龙井来，道："地道的龙井，在杭州喝才最得宜，皇后娘娘细尝尝。"她见如懿眉目怏怏，便道，"娘娘是怎么了？"

如懿勉强振作心绪，道："我们出来那一日正是凌云彻死祭，他离世三年，唯有本宫与江与彬、惢心、李玉才敢偷偷祭祀。今年本宫与你出宫仓促，只得提前一晚为他焚香祭告。希望他在天有灵，可以原谅本宫的粗率。"

容珮黯然悲伤："凌大人是有担当的人，可我们能为他做的，也只有这些。"她努力笑了笑，"若是凌大人有知，明白娘娘对他的哀思，也会欣慰。"

二人正言语，却是李玉带着人来，手中各捧了一个食盒。如懿一一瞧去，都是江南名点：千层油糕、双麻酥饼、翡翠烧卖、野鸭菜包、蟹黄蒸饺、鸡丝卷、四喜汤团。

容珮诧异，摸着鬓边的烧蓝串玛瑙珠花，道："这个时候既非早膳也非晚膳，怎么送了点心来？"

李玉道："皇上说了，这几日皇后娘娘出游辛苦，便找些地方点心来请娘娘品尝，以慰辛劳。"

说罢，一行人放下东西，便出去了。

容珮细细看了一遍，为难道："不是甜的就是咸的，都是好吃又黏牙的东西。这么多可怎么吃得完呢？"

如懿苦笑道："你还不明白么？皇上在原不是吃东西的时候送来这些，只是为了提点本宫，紧紧堵着自己的嘴，不必多言。"

容珮心头一紧，试探着道："皇后娘娘问了昨夜笙歌之事？"

"你也听见了，那些隐隐传来的词调唱的是什么淫词艳曲？令贵妃昔日以昆曲博得宠幸，好歹那是雅乐。可皇上如今取乐的，都是什么？也太不知保重了。"

如此一日，也到了夜间时分。皇帝依旧没有翻牌子召嫔妃侍寝。这便意味着，泛舟湖上的艳事，会照旧而起。

彼时如懿正卸晚妆，容珮取过白玉梳掠鬓，一一替她卸去发上沉甸甸的金嵌宝插梳、点翠云纹簪、金蔓枝攒心紫莹玉珠花、掐金象牙骨扇钗，最后是一支温腻厚润的白玉凤凰，尾羽上垂落一串串青玉碎和红宝石粒子。然后将她绾好的一头青丝放下，用梳子蘸了茉莉花和桑叶煮的花水篦得清清爽爽。

派去打探的三宝悄悄进来，立在帘下。如懿一眼瞥见，问："还是昨夜的水轻柳么？"

三宝的影子晃悠悠的，显然是有些慌乱。如懿起疑，平静道："你说就是。"

三宝素知如懿心性，只得道："是。水轻柳在御舟上，还有，还有她的六个姐妹。"

如懿的声音因着惊怒而战栗："姐妹？"

"是。"三宝擦着额头汗水，"水轻柳出身秦楼楚馆，虽说是卖艺不卖身，但到底是烟花女子。她的姐妹，自然也是烟花之地来的。"

如懿回眸，见到容珮错愕得难以置信的神情，想来自己也是如此。心口沉沉地跳跃着，她听见自己的声音在寂寂夜里格外清晰而分明："备船。本宫要上御舟。"

南地吹来的夜风凛凛，夹着湖上水汽，清冽而洁净，拂起了如懿的裙裾。傅恒带着侍卫过来，目送着如懿上了小舟，竟也不发一语，只是遥遥观望。到底是他身边的侍卫沉不住气，问道："大人，前头仿佛是皇后娘娘上了船，不会要找皇上吧。这御舟上有……这可要坏事了。"

傅恒沉思片刻，断然道："咱们要防备的是刺客，又不是皇后娘娘。皇后娘娘找皇上是天经地义的，有什么可坏事的。走，咱们去那边守着。"

侍卫们唯唯诺诺，只得缄口不言。

三宝与容珮一脸惴惴相随，并不敢相劝。如懿抬起头，望着十八的月瓣。偶有轻风吹皱水上月华的倒影，涟漪澜澜。远处山如眉峰聚，在舟行的荡漾中拖曳开一道道触目惊心的墨色长影。

湖上静悄悄的，凉风习习拂面，隐约传来初开的花香。那是不知名的花气，浓郁而芬芳，几欲醉去。湖上传来的女子的歌声柔婉清亮，越来越清晰，引着她逐渐靠近御舟。近舟旁是一大株粉色的蘸水桃花，一半开在水上，一半开在水里，在夜风中袅袅摇动，偶有落花曳下，一点两点，随流水飘零。

如懿的猝然到来，让守御舟的侍卫猝不及防，却也不敢阻拦，眼睁睁看她下了小船上了御舟，连李玉与进保也不敢劝阻。李玉担忧地望了如懿一眼，轻轻摇头。

如懿知道，李玉是在劝她。可是，来不及了。从她成为他妻子的那一刻，他的荣辱便与她紧紧相共。

方行至船阁中，浓郁的脂粉香气便扑面袭来。如懿从外面进来，觉得那和暖浓腻的香风如拳头一般兜头兜脸砸在脸上，击得她头晕眼花，半晌才定睛看清了眼前的景象。朱颜绿鬓，粉面含春，二八丽姝，窈窕绰约，宛如一片片彩云依在皇帝身边，不，彩云都露出了雪白轻绵的香肌，盈满御舟。其中一个偎着皇帝，指着肩头衣衫上一蓝云团龙纹，调笑道："皇上是天子，经您圣手触摸，妾身铭感五内，特意在上衣肩头绣上一条小团龙，以志皇上恩宠。"

还有歌女咿咿呀呀地唱着香艳曲调，惹得众人前仰后合，咬着丝绢哧哧地笑。如懿静静地掀起帘子观望，脑中翻腾着嘈杂的音调，宛如针刺一般。想着那最美的一个，大概便是水轻柳。的确是很美的女子，不似宫中女子的矜持，一个个可远观可亵玩，世俗得无比亲切。像章台绿柳，可以随意攀折。

不知是哪把娇媚女声"呀"地唤起，引着众人发觉了如懿的到来，齐齐望向了她。

如懿的声音如船檐下悬着的小小金铃，是凛冽的清脆："夜已深，皇上倦了。你们先行退下吧。"

众女燕燕莺莺之声戛然而止，毫无顾忌地打量着她，欲从服色妆容揣测她的身份。

最初的尴尬已然消散，皇帝并无中止兴致的意味，坐直了身体笑吟吟道："皇后夜来雅兴，陪朕同乐吧。"

如懿觉得肌肤上起了一粒粒的小栗子，恶心不已。她保持面容的平静："臣妾深觉夜来劳碌，想起皇上还为民间之事烦忧，所以特来请皇上回寝殿安置。"

船阁中灯火皎皎耀耀，将这舱内的一人一物都映得清白分明，无处可躲。有女子敞着肩头，目色轻佻，望着她似笑非笑，似乎等着看一场好戏，未有一人肯动身。便有一小巧艳妩的女子衔着艳红丝绢一角，偏着头，晃得雪白耳垂上两枚翠玉嵌红宝石叶子耳坠嘀嗒晃悠："皇后娘娘这样子，像不像咱们阁子里来捉拿官人的大妇。除了凶悍，别无用处！"

另一个搭在她肩上，柔柔道："可别这么说，人家是皇后娘娘呢。"

艳女们咬着耳垂笑得暧昧，皇帝饶有趣味地听着，并无阻止之意。心头便有怒气翻腾若奔，如懿强忍着烦恶，徐徐环视，侧身让出门口，冷淡道："请吧。"

皇帝大为扫兴，又发作不得，只得挥手道："皇后命你们回去，便回去吧。"

为首的靓丽女子福身告退："那妾身等明日再来。"说罢，一个妩媚眼神抛去，便是如懿也心旌动摇，险险不能自持。

有女子擦肩而过，随手折下湖色冰纹瓶中一朵晕紫含笑簪在发间。那花朵只在野外开放，芳香幽幽，也不知是谁寻了来插瓶。花的颜色衬得面容娇艳欲滴，有种湿漉漉的滑柔。晕紫含笑浓郁的香气萦绕鼻端，一丝一缕，浸染五脏六腑，一副皮囊都似要被这香气渗得酥了。

如懿瞟了一眼，正是那肩头绣了团龙的女子。她低低唤一声："容珮。"

容珮即刻会意，取过瓶侧一把修剪花枝的剪子，二话不说便揪住那女子，死命压在身下，取起剪子就铰那团龙绣纹。

众人生来未见过容珮这般厉害角色，惊得目瞪口呆，连叫唤也不会了。容珮绷着一张脸，手劲极大，那女子也反抗不得，等到肩头冷飕飕，那团龙纹样已经被铰得干净。容珮闷哼一声道："天家龙纹，你也配用在肩上？"

那女子这才反应过来，朝着皇帝惊呼一声，嘤嘤啜泣。

皇帝有些进退两难，举首见如懿阴沉面孔，一时也发作不得，便道："上来便动手动脚做什么？"

如懿温和谦雅："皇上安心，臣妾不屑与她们动手。自有容珮料理。"她看一眼那号泣女子，连眉头也不肯为她而皱："好好出去吧。难不成还想留着这团龙纹样向你那些恩客炫耀么？"

为首的水轻柳伸手冉冉扶起那吓哭的女子，清冷道："我们虽然卖艺，却不是烟花女子，皇后娘娘何必咄咄相逼？"

如懿和婉道："即使不是自甘风尘，但已在风尘里，尘灰所到之处，难免污及清明。记得切勿得意忘形或自视过高，来日寻个好人家，也是安稳。牵连皇家事，只会自陷是非中，烦恼无尽。"

那女子停了哭泣，躲在水轻柳身后，畏惧地看着如懿。她俯视足下轻媚女子，神态如常庄静。她露出了一缕恬淡笑容："好好回去，再不提这几日御舟之事，必可一生安然无虞。"

众人散得干净，那脂粉滑腻的气息尚滞留其间。如懿也不作声，亲自推开船舱窗扇，任由凉风悠悠灌入。

唯余了二人相对，比人多时分更窘迫尴尬。因是上了晚妆，不宜太浓艳，只是薄薄施朱，以粉罩之。如懿面上染了淡淡绯红的飞霞妆，晕浓化开，如桃花始芳。她的脸上没有一丝笑意，沿着额边青丝，以水晶、碧玺和金箔做成的五瓣绿梅花钿幽幽一明，愈显得冷艳逼人，竟隐隐生出凌霜傲意。

皇帝轻轻咳一声："皇后，朕只想唤她们来唱些民间俚曲，了解风物。"

如懿“哦”了一声：“臣妾以为皇上只喜欢听评弹唱《隋唐》。”

皇帝笑道：“上次那个女先儿昭柔……朕喜听《隋唐》，不过是爱那一段唐太宗与长孙皇后的情深意重，感慰自己的寂寥之意罢了。”

如懿一双妙目澄澈通透：“是么？怎么臣妾记得《隋唐》说得最多的便是‘穷土木炀帝逞豪华，选秀女、建洛宫，惹得各府州县邑如同鼎沸’呢？”

皇帝矍然色变，厉声道：“皇后明白自己在说什么么？此夜何时，皇后胡言乱语，意将图谋不轨么？”

有轻鄙之意从心底蔓然延长，她反唇相问：“皇上以为臣妾独自前来，会行如何不轨之事？”她微微笑，那眼珠却冷冷的，如两丸墨玉，“皇上的日子颇有致趣，每日赏女若赏花，春色无边，不只开在江南岸上。皇上却不怕这些邪花靡草来路不明，会行不轨么？”

皇帝睨着眼瞧她，轻轻笑道：“说到致趣，朕瞧皇后这数年来悒悒不乐，便把皇后的这一份情致一起享了。”

夜色渐深渐浓，轻描着水色桃花的白纱灯罩下透出橘红的烛光，像是一抹水光，冷冷反射着淡淡的华晕。

如懿徐徐道：“皇上一直尊崇孝贤皇后，百般思念。今年是闰二月，否则已是孝贤皇后崩逝之日。臣妾很想知道，若是今日孝贤皇后尚在，皇上是否肯听一言相劝，保全清誉。”

皇帝凝视着她，缓缓摇头：“若是孝贤皇后在，一定不会如你一般顶撞冒犯朕。”

如懿长长地舒了一口气：“是啊。若臣妾对皇上宠幸伶人之事不闻不问，皇上一定以为臣妾不在意皇上，无情才无心，便如当日质问臣妾见到您悼亡孝贤皇后之诗时的感触。可若臣妾为着皇家的颜面考量，为着皇上的龙体思虑，皇上又觉得臣妾倚仗皇后身份横加干涉，不如孝贤皇后恭顺和婉。如此两难，请皇上告知臣妾，臣妾该如何做才对。”

皇帝唇角微微挑起，颇有玩味：“朕曾属意你做皇后，是觉得你是聪明女子，亦有才干。若在两难之地不能做到两全其美，朕要你做皇后做什么？”

她的心思从未这般软弱过，摇着头，绵绵诉说心曲：“皇上，臣妾来不及去想，若是一个皇后该如何两下周全。臣妾只是一个妻子，不希望自己的夫君纵情一时，留下青楼薄幸之名。所以臣妾不去回禀太后，不敢惊动他人，只敢独自漏夜赶来，为皇上驱散这些会污及您圣明的艳女。您数次南巡，是要留下与圣祖康熙爷一般的英名，垂范人世。不能因为一时的兴之所至，而抱憾来日。”她俯下身，重重叩拜，“臣妾无状，但请皇上三思。”

皇帝长叹一声：“如懿，朕这大半生都是在宫里度过，与你并无不同。甚至你都比朕幸运些，在未嫁时，在闺阁中，无拘无束地享受过。可朕从做皇子起，每一日无不是战战兢兢，如履薄冰。朕见到的女子也都是宫里规行矩步的死板的女子，朕只是好奇，想看看宫外的女子是怎么样的，她们的日子是不是鲜活泼辣，活色生香，所以朕才会留了她们在身边。”

瞧，这便是男人，永远也停不下猎艳的好奇与追逐。

如懿只觉得齿冷，然而亦深深叹息：“皇上很想知道宫外的世界，便巡幸江南，觅香逐艳。可是作为臣妾，也很羡慕民间恬淡自足、喜悦平和的日子。夫妻间虽然过得寒薄，但可以称心如意。”

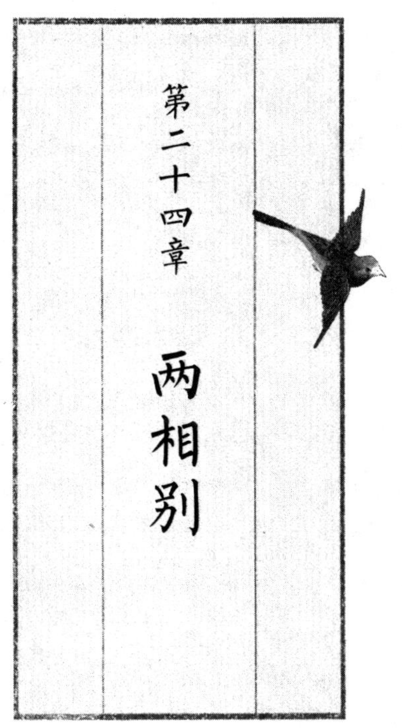

第二十四章 两相别

如懿不知道为何，会在这一刻与皇帝说起自己一直以来的念想与盼望。然而她尚念着，脸颊上已重重挨了一掌，被掀在地上。这掌掴实在是突如其来，她被掌风掀开，重重撞在红木镂雕长桌上。那红木质地坚实，一撞之下肋下痛得要裂开一样。脑海里嗡嗡地响着，像下着嘈嘈切切的瓢泼大雨，眼前白点子乱飞。半晌如懿才看得清眼前的景象，她实在不知自己犯了何错，愕然抬头，只见皇帝呼吸粗重，怒视着自己，喉间发出低沉的如兽的闷响："朕便一直知道，你在朕的身边，却念着与旁人去过民间生活，享你们的欢欣喜乐。"

皇帝下手颇重，她的发髻散了大半，凌乱地垂落耳边。泪眼蒙眬里，望出一片雪色清寒："皇上为何如此多疑揣测？"

皇帝喉底沙哑，粗戾道："朕多疑？你自嫁于朕，便知朕不会落到民间去守着一个女子终老。那么你所揣想的不是旁人么！"

如懿喟然长叹："皇帝渴望见到宫外的女人是怎么样的，就可以寻来这么多莺莺燕燕，歌舞喧扰。臣妾不过叹一句羡慕民间夫妻静和，皇上便要掌掴臣妾，是何道理？"

"没有道理，朕即是道理！朕这一生，少年丧母，中年丧妻失子，内有太后，外有朝政，朕有几日过得平安喜乐？如今朕稍稍畅快适意，你便诸多阻挠。这掌便是告诉你，哪怕今日你是朕的妻子，朕的皇后，你也是朕的奴才，不可违逆朕，反抗朕！"

她望着他，像望着一个全然陌生的人，一颗心反而定了下来，有着落处。

她曾经那样思念他，思念她的弘历，在过往青葱狂热的岁月里。潜邸庭院深深几许，她自清晨他离开便独坐西窗苦苦守候，直至黄昏。外头一直落着绵绵的春雨，不曾稍停。她知道的，那是天地间的思念，如她一般。等她终于听见了黄铜门环轻轻叩动，一颗心随着那扇门的开启，如那个进来的颀长的身影一般，盼来了天光明媚。

那是朝朝暮暮的平静与安乐，于风雨中，盼得君回。

可眼前人，早不是彼时人了。两两相望，唯余失望。

曾经深深眷恋，是因为心里会快乐；而今爱恋弥散，是因为这样才不那么痛苦。

皇帝弯下身来，俯视着她，似要从她面上探寻分辨出什么。他的气息温热地拂在脸上，是夏日雨后的潮腻："如懿，这几年来你一直不高兴，一直违逆朕。这次若非朕执意要你随行，只怕你也不肯随朕南巡。朕一直在思量，你对朕这般冷淡，是从你心里有了别人开始，还是那人死后？若是为着那人的死，他的死可是你命愉妃去的，朕可没有想他死。"

如懿黯然，灰败了神色，道："人已作古，连当年所谓的情事也是流言揣测，莫须有之事。皇上却认定了臣妾做过，耿耿于怀，一直不肯放过。"

皇帝凝视着她，伸出手轻轻抚着她的眼皮，轻声道："如懿，你看着朕的眼睛里全是寒气，冷冷的。朕这样被你看着，冷得受不住。"

他的手抚上她被岁月无声侵蚀的肌肤，他的眼底是疏星朗月般的微光："如懿，你多久没对着朕笑了？"

如懿无声地扯了扯嘴角，牵出一个看似圆满的笑窝："臣妾会笑。"

皇帝端详，不觉失望："你不是真心高兴，朕看得出来。你从前笑起来，不是这个样子。"

如懿仰着脸，看着他的眼睛。她曾最爱他的眼睛，黑白分明，仿佛会把她永远深深藏在眼底："皇上，已经没有从前了。岁月如大江东水，哪怕贵为天子，也不能追回。"

"那么往后呢？往后你还会不会像从前那么笑？"

“已经没有从前了，如何还能那般笑？皇上，那是我们人生里最美好的时候，可惜，永远都不会再有了。臣妾所有的，不过是守着永琪长大，看他娶妻生子，安乐终老。”

烛火一点点暗下去，累累垂落如红珊瑚色的烛泪。夜色迷茫，一双眼里燃着两簇幽暗火苗，在暗夜里溅起幽幽火光。皇帝长嘘一声，无限哀清：“你终究是为了他而怨恨朕。朕也实在不明白，他不过一个小小侍卫，为何会得你注目。他那般低贱，你若看向他，连着你自己也低贱了。”

“皇上，您错了。”如懿揽衣起身，端然自立，平视着他。他一直是一个俊美的男子，清癯的面庞、疏秀的双眉、温沉的眼眸和挺直的鼻梁，还有红润的嘴唇。她温柔地呢喃，是情意缠绵的低诉，“臣妾这一生，只一心一意对过一个男子，从来都是。只可惜呵……”她幽幽叹息，“臣妾这一生，已经寻不回他了。”她沉浸在自己的想念里，幽幽诉说，“臣妾最美好的年岁里，都是和他一起度过。可惜，每每臣妾危难之时，被质疑之时，孤弱之时，他从未在臣妾身边，连愿意拉臣妾一把对臣妾温善的人，他都一心怀疑。那是因为，其实他也很少相信臣妾，也在怀疑臣妾。所以，臣妾开始失望，渐渐也习惯这种失望。失望得久了，便也对他彻底绝望。”

“朕疑心？”皇帝笑得脆弱而惶然，“朕如何能不疑心？朕自幼所见是皇额娘与你姑母争宠，彼此无所不用其极。等朕开府封王，登基为帝，你们这些人一个个又做过些什么？为了子嗣，为了宠爱，为了名位，你们也何尝不是无所不用其极？朕对着你们温柔婉顺的笑靥，常常在想，你们到底在想什么？图谋朕的什么？”

她从未想到，他的口中终会说出如此言语。眼前这个人，他天生拥有着微微上翘的嘴角，白皙的肤色，好像对着谁都是那般温和多情。可是他的眼底里其实并无笑意。她曾经爱过的，就是这样一个人。

真是惘然。

心口一阵阵抽疼，疼得她喘不过气来。瞬息之间，震惊、伤心、苦涩、悔恨、愧疚、惊畏，齐齐涌了上来，翻涌五内。泪水滚烫地烧灼成一片，她的心灰到了极处。“皇上，是真的。臣妾在宫里的每一日，都在发疯，都在做着自己也觉得不可思议的疯狂的事。高晞月是，金玉妍是，苏绿筠是，白蕊姬是，厄音珠是，蓝曦是，您也是。我们每个人都在发疯，可臣妾分明记得，我们的起初，都不是这样的！为何到如今，却只有无休无止的猜疑争斗、谋算背叛，这确实让人厌烦。”

皇帝的呼吸声是渐近的潮水，他似乎极力克制着什么：“你以为朕便不厌烦么？”

“那么皇上在这其中又全无算计么？舒妃真心恋慕皇上，皇上却从一开始便假借坐胎药防着舒妃有孕，以致十阿哥天生体弱，最后不治早夭，舒妃也跟着绝望自焚。纯惠皇贵妃是真心守着皇上的孩子，皇上却只因一支珠花，就从未断过对纯惠皇贵妃的疑心，最后因为皇上对容嫔的疯魔，断了永璋和皇贵妃两条性命。再说臣妾跟您一路走到今天，对您从来没有过谋求算计。皇上却始终对臣妾与凌云彻之间疑心不止，认定臣妾与凌云彻之间有私情，对凌云彻百般折磨，对臣妾也是极尽羞辱，您对臣妾哪里还有一丝一毫的信任？可这一切不过就只是你自己的疑心而已！”她疏懒地笑，退开两步，保持着与他的距离，“清白两个字，臣妾都说倦了！”

他冷冷地俯视她，哀伤如重重迷雾，弥漫渐深：“你还跟朕提凌云彻？你还想让朕怎么做？朕还留着他的性命，留着你的后位，已经够给你留颜面了！”

如懿微微颔首，不肯放低那骨子里的倔强：“皇上哪里是给臣妾留颜面？皇上是给自己留颜面吧？您总有许多说辞，这样为自己辩解！”

皇帝几乎是气急败坏，高高扬起了手：“你简直是藐视君上，毫无做臣妇的本分！与其见你如此疯癫，还不如朕废了你！”

她轻轻一笑，引袖取过一把小小银剪，那凛冽的寒光在她指尖闪烁：“不必皇上废了臣妾，臣妾这个皇后做得也早已是日日煎熬不愿再忍了。”

皇帝意外到无以复加：“你拿着剪子做什么，放下！”

如懿拢住散乱的青丝：“臣妾是要放下，断了念想，以寄昔人不再。”

她剪下三寸青丝，看它们纷纷垂落于地：“皇上，咱们满人一向爱惜头发，以剪发表示爱侣亡去守身坚贞之意。”

皇帝震惊到无以复加：“你别发疯！如懿！”

如懿摇头，却有清醒无比的坚定的眼神：“臣妾发疯？今夜您能把秦楼楚馆的歌伎召上御舟，您不也疯了么？”她笑意迟迟，酸楚至极，“皇上，臣妾出身贵家，自幼看惯妻妾争宠的闹剧，便是臣妾的姑母为皇后之时，臣妾耳濡目染的还少么？及至嫁与您为侧福晋，臣妾哪怕爱慕着您，也不敢求您的一心一意，只希望您的心中有臣妾的分毫之地，臣妾可以凭着这一丝情意，与您偕老。可是伴随您长久，臣妾越来越明白，其实您谁都不信，您缺父子之恩，母子之情，自幼孤立无援，所以对自己的儿子也是一般。这样的人，实在不能与之共处了。”

他冷冷地俯视她，哀伤如重重迷雾，弥漫渐深：“如懿，你还是从前的青樱么？”

“青樱，早已不在了。她和臣妾心里所盼望的那个人，大约会永远在一块儿，却再也寻不见了。但臣妾和皇上，终究是长久相处，彼此暴露得体无完肤，相看生厌。”她睁着眼眸，恬淡至空明。

她手起剪刀落，再度剪下一缕发丝：“皇上与臣妾曾经结发为夫妻，如今臣妾断发为祭，给去了的青樱和弘历。”

皇帝震惊到无可言语，忽然外头一阵响动，竟是嬿婉与和敬公主闯了进来。二人见此情景，不觉惊呆了。还是和敬先回转神来，大声道：“皇额娘，您在做什么？”

嬿婉这才如梦方醒，跪下哀泣道：“皇后娘娘，请您住手！”

皇帝气得连连冷笑：“你们来做什么？还觉得不够难堪么？”

和敬忙上前扶住了皇帝，连连抚胸道：“皇阿玛，儿臣怕皇额娘冲撞了您，所以特意赶来。皇额娘，满人不可轻易断发，您这是大不敬！”她说着，便欲上前去抢如懿手中的剪刀：“皇额娘，您再如此，别怪儿臣不认您！”

如懿如何会让和敬抢到，她举起剪子在喉头，冷然道："和敬公主，你的额娘，唯有孝贤皇后而已，又何必在意我呢？"

嬿婉连连叩首，拉住如懿裙角："皇后娘娘三思呀。您这一剪子下去，可是剪断了与皇上的情分了。"

如懿厌弃地踢开嬿婉，只是不语。

皇帝唇色雪白，咬牙道："疯了！皇后已经疯了。"

如懿凄楚不已，郁然长叹："皇上，您不必再疑心臣妾做了什么错事。臣妾的错事太多太多，您疑心的，您的女人的，您的子嗣的，一股脑，全是臣妾的错事。恕臣妾说一句，做您的皇后，在您身边，实在是太累，太倦了。若有来生，臣妾一定要离开这里，离得远远的，越远越好。"

皇帝眸中的郁火渐渐燃烧殆尽，成了冷寂的死灰。他决然摇首："朕的皇后，可以死，可以废，但绝不可出厌弃之语，藐视君上，失去做臣妇的本分！"他一顿，语气更冽，"乌拉那拉氏，你真的是疯了。必有大丧，才可断发。你居然当着朕的面亲手断发，狂悖迷乱！与其让你如此疯癫，还不如朕废了你，许彼此一个清静！"

"废了臣妾？"如懿淡然平静，"臣妾一直在想，被皇上所追念的女子，难道一定是皇上所爱么？孝贤皇后也好，慧贤皇贵妃、哲悯皇贵妃也好，还有容嫔，皇上真的爱惜她们么？不过是以此彰显自己情深而已。从头到尾，您都如您最爱的水仙花，临水自照，只爱惜您自己罢了。"

皇帝断然大喝，忿郁难平："当着儿女与嫔御的面，你都在胡说些什么？来人！"

嬿婉像是受了极大的惊吓，哀求道："皇上息怒，皇上息怒啊！"

和敬只护着皇帝："皇阿玛保重！皇额娘是疯了，您可不能再气着了呀。"

皇帝喘着粗气，又喝一声："来人！"

外头的宫人们听得五内焦灼，只不敢进来，闻得这一声唤，忙不迭滚了进来。

皇帝冷若寒冰："皇后乌拉那拉氏形迹疯迷，不堪承受皇后重责，命福隆安漏夜急送回宫中医治。无朕旨意，不得出翊坤宫半步。今日之事，更不许任何人知晓，否则你们的脑袋，朕都不想留了。"

李玉哪里敢多问，正要伸手去扶如懿。皇帝似想起什么，道："李玉，你身为御前总管，不知劝阻皇后，惊扰圣驾。日后不必在朕跟前伺候，去圆明园当差吧。"

李玉身形一晃，面色惨白，只得诺诺答允了，撤开了手。进保上前，扶住如懿手臂，缓步往外走去。

如懿轻轻一挣："皇上，这半世里，你对臣妾说过无数次要放心，可臣妾的心从未放下过。今日俗事已了，臣妾倒真可以放心了。"她俯身深拜，淡然自若，"今日一别，相见无期，皇上珍重。"

她被半扶半持着带上小舟。月已西斜。

湖中寂静，只有花开声与飞鸟声，远远近近传过来。那是晚归的夜鹭，在青芦深处发出聒聒深沉的叫声。皓月如霜，落下惨淡白光。

她在恍惚中有一丝错觉，她嫁于弘历的那夜，也是这般月色。他笑盈盈唤她：青樱妹妹。

她回首望去，来时之路与前面去路都茫然不见，天地间终是那片叫人绝望的茫茫水月之色。而唯一沉定的心意，是她明白，哪怕决绝至此，她的一生都会与他牵绊，忘不得他。

次日便有两道旨意下来。一是皇后急病，送回宫中。二是贵妃魏嬿婉晋位皇贵妃，摄六宫事。

而暗地里，又说皇后曾让容珮和三宝处死进忠，不知怎的被皇贵妃与和敬公主撞见，是皇贵妃暂留了进忠性命，先关押了起来。而另一件，便是湖上终于清静了下来，所有身份成疑的女子，都被送进了尼庵了断一生。

这变故来得太大太突然，行在里登时慌乱起来，便想去御前探听。谁知总管大太监李玉已在一夜之间去了圆明园。更显诡谲。嬿婉虽然欢喜得不知所以，也知道即刻镇定下来，加以安抚。外有大臣傅恒主持，内有和敬公主与皇贵妃魏氏，将一切流言死死压住，众人纵然揣测，也不敢多言。

这日和敬陪了皇帝半日，劝得皇帝用了晚膳，这才出来。

江南的傍晚，炎夏亦有湿润气息。只是这行宫内外，因为突如其来的变故，才显阴沉莫名。连那暑气隐隐亦有黏稠的意味，缠得人透不过气来。

是该早些回京了吧。江南风物再好，又怎及京城呢？

和敬这样想着，举目正见傅恒走过来，便问安道："舅舅大安。"

舅甥俩亲近，傅恒便问："公主可有空，一同走走。"

和敬回首看看殿内，颔首道："好。我也正有话对舅舅说。"

夜风习习，有栀子花和夜来香的气味幽幽传来。那雪白的香花气味太过甜郁，和敬素来不喜，不觉皱了皱眉头。

傅恒也未留意，只关切道："皇上还在生气？"

和敬叹道："被乌拉那拉氏气得很了，一时转不过来，一直扬言要废后。舅舅，乌拉那拉氏如何了？"

"福隆安派人来回话，一路上安静得很，也没出什么大事。我只盼着平安回京，若在路上出了岔子……"

和敬看着傅恒担忧的面孔，断然道："那事情就闹大了。安静回了宫，出再大的事，紫禁城的墙那么高，什么也都捂住了。这事在杭州已经闹得够不堪了，可不能再传出什么有损圣誉的话来。"

傅恒沉着道："一切有我呢。只是公主，这几日令皇贵妃在皇上跟前很得脸吧。那日从西湖回来，皇贵妃还想让我在路上出些意外，除去皇后。"

和敬听得提及嬿婉的下作手段，便很是不屑："她还真把自己当主子了，要不是为了扳倒乌拉那拉氏给额娘报仇，我才不会去救她出来。"

傅恒遥望嬿婉住处方向，不觉摇头："皇贵妃位同副后，我也得敷衍她几句。魏氏抵位皇贵妃，野心勃勃，少不得还想借公主之力攀附荣华。"

和敬的面色阴沉得如黑云压城："她是什么人我清楚。由她再得意几日吧。"

傅恒闻言颔首："我是孝贤皇后的亲弟弟，富察氏的族人。自然明白姐姐当年不喜如今这位皇后之心。可是公主，身为人臣，眼见皇贵妃与进忠勾结，利用烟花女子媚好皇上，我也是打心眼里厌憎。这种人，公主不可与她亲近。"

和敬用力点头，握紧了手指："乌拉那拉氏继位皇后，已经不配。皇贵妃心性狡诡，更是十足的贱婢。她想成为皇后与额娘比肩，那是痴心妄想。"

傅恒眼底微有晶莹之色："那就要看公主的了。"

和敬姣好的面孔闪过一丝狠意："等乌拉那拉氏彻底不能翻身了，迟早也得将皇贵妃除去，免得这样的祸害留在宫里，再生事端。"

傅恒轻轻拍着和敬的肩膀，平抚着她的情绪，二人默然相对，心意了然，这才各自散去。

绛华馆里，太后的神色有些焦灼不安，手里光洁的白铜水烟杆显得一双手也有了岁月摩挲后苍老的痕迹。

皇帝将要说的话已然说完："皇后自册立以来尚无失德，儿子此次奉皇额娘巡幸江浙，正承欢洽庆之时，皇后性忽改常，于皇额娘前不能恪守孝道。昨夜举动尤乖正理，迹类疯迷。儿子只能先令其回京，在宫调摄。皇后行事乖违，无端顶撞，儿子哪怕予以废黜，亦理所当然。"

有一瞬间的感怀，有风清凉拂上了眼角，带了湿润的气息。他蓦然想起孤绝的少年时代，人人冷落他忽视他的时节，眼前这个女人曾经给予过他的关怀与照拂。那时节，他们是真心相待的母子，哪怕没有血缘的关系，亦彼此扶持着走了许多年。只是后来，他终于成了皇帝，她亦成了太后，彼此之间反而多了算计。

算计着，算计着，这么多年了呵，这么精明而美貌的女人，原来也会老，也会着急，也会失了分寸与笃定。

这样的念头如春藤缠绕上他的心间，他不自觉地走近了两步，如年少时般依恋，跪俯在了太后跟前，一腔子暖意和软弱填满了心上的缝隙，唤了一声：“额娘。”

太后许久未曾听得皇帝这般动情呼唤，握着烟杆的手颤了一颤，凝神伤感道：“皇额娘你倒是天天叫，但这么个叫法儿，哀家真是许久没听过了。”太后有些出神，仿佛沉浸在对往事遥远而无法停止的追忆中，“你小时候，每日下了学，就急匆匆往哀家宫里赶，一见了哀家就这么唤一声‘额娘’，然后跟在哀家身边，总舍不得离开。那时候哀家真觉得，你就是哀家的亲生儿子。”

皇帝声音低低的，带着雾水般的潮湿：“在儿子心里，您就是儿子的额娘。”

太后的叹息带了悠长的尾音，有无限唏嘘：“有皇帝这句话，哀家就敢说话了。”她顿一顿，沉声道，“皇帝，你真的想废后？”

皇帝无言，闭目叹息，手中毫无意识地蜷缩着。他沉默片刻，轻轻颔首。

太后久久郁然：“废后乃是失德之举，于国祚更是不祥。想先祖顺治爷一生，最为人诟病的并非独宠董鄂妃，而是废了第一位博尔济吉特皇后。大清开国百年，废后的唯有这一次，皇上可不能步顺治爷的后尘啊！”

皇帝的口气有些强硬，别过脸道：“失德的是皇后，不是朕！皇后生性不驯，屡屡冒犯于朕。还敢不顾国之大忌，亲手断发，朕实在忍无可忍。”

太后懊丧地摆首，重重地敲了敲水烟杆。那水烟杆本是白铜铸成，极有分量，此刻敲在紫檀桌上，发出闷闷的声响，像远处云后有闷雷盘旋：“满人断发，一为国丧，二为夫丧。皇后出身大家，这件事的确是做得太没有分寸了！可她为何如此，你想过没有？皇帝，你逼皇后太甚了。”

皇帝隐忍的怒意骤然爆发，手里捧着的茶盏一个不稳，茶水险险泼了出来："皇后如此狂悖，朕如何还能容忍！"

福珈伺候多年，何曾见过皇帝这副模样，不觉骇得脸色都白了，忙伏到皇帝身边，为他拂衣敛袖，手势轻巧，示意他安静下来。

殿中静得只听得衣衫簌簌的声音。太后沉默片刻，静静道："夫妻本为一体，若要废后则天下臣民不安。如今又才出了游湖的艳闻，这个节骨眼上你废了皇后，会让天下人怎么揣测？"

皇帝的神色阴郁难定："游湖的事是进忠怂恿，儿子轻率了。儿子知错，已经下令处置了进忠，赐死。"

太后冷道："既然赐死进忠，那就是皇后无错。民间休妻尚要有七出之条，皇帝你要如何昭告天下废后的因由。"

"皇后言行狂悖，冒犯君上，亦是言皇额娘教子无方，等同不顺父母，也失口多言。皇后正位中宫，驯御嫔妃过于严苛，则是嫉妒。七出之条皇后犯了三条，仿如皇阿玛在世时景仁宫无德，儿子还不能动废后之念么？"

太后念及旧事，不觉深吸一口凉气："你皇阿玛动了废后之念，但到底也没有废后啊！"她缓一缓，"而且如懿继位中宫，驭下严谨，皇帝之前并无指责，那么就不能作为今时废后的理由。废后是失德之事，天下臣民言之凿凿，为君上者，如何能不忌讳。"

"皇额娘从前不喜如懿，亦不赞同儿子立如懿为后。如今儿子要废后，皇额娘怎倒不允许了？"

太后的神气渐渐平和，似是极力克制着自己，目光却如明镜，深照着皇帝哀颓愤懑的面孔："哀家的确曾经不喜欢如懿，也是因为她姑母景仁宫的缘故。当年哀家不赞同立如懿为后是为了皇帝，今日哀家不赞同废后，为的也是皇帝。皇帝当年那般坚持立如懿为后，如今又怎倒不喜了？等闲变却故人心，皇帝就不怕人议论你对皇后是色衰爱弛的缘故么？"

皇帝额头的青筋跳了一跳，鼻翼微微张合："变的是皇后，不是儿子。"

太后合目不语，左手缓缓捻着一串十八子凤眼缀千叶莲华佛珠。那凤眼菩提本在酥油中浸润，温润油亮，在太后苍老温暖的手中辗转轮回，摩挲成这沉沉殿宇内唯一一痕温和的枣红亮色：“便是如此，相伴数十载的情分，皇帝都不顾念了么？”

皇帝静静地听着，心思缓缓游逸。思绪盘结无定，他只觉得倦意深重，再也无法负担与她的过往。一度，他也以为，凌云彻死了，一切事端都会成为紫禁城红墙深埋下不值一提的尘埃。可是每一次见她，见到日复一日深重的沉默，和眼底哀伤的荫翳，都会在心里不自觉地衡量与她之间的距离，像在茫茫大雪中渐行渐远的人，他不知道她要去的方向。连那曾经无比接近的仿佛触手可及的距离，也禁不起轻轻地触碰，如水中幻影流离，一探即碎。

何况，何况他才知道，她背着自己，做过那样多的事。

水烟杆上以翡翠镶嵌九只雄狮模样，那深沉的翠色嵌在白铜之上，华光灼目，更兼雕工细腻，栩栩如生，九狮扬爪怒目，几欲跳下身来。皇帝一眼落在那翡翠狮子上，心底便有些厌恶：“内务府的奴才越来越不懂事了，奉送皇额娘的东西该用鸾凤模样，或是雕些温驯的猫儿图样也罢了，怎么用这么耀武扬威的狮子，戾气太重，不宜皇额娘所用。”

太后瞟了一眼，随口道：“这不是内务府进奉的，是恒媞在外头看了好玩，说花样新奇，才给哀家的。”她话音刚落，旋即明白皇帝心底的不悦，无奈地笑了笑，“怎么？皇帝看了这狮子，想起皇后的言行跟这狮子的爪子利齿一样让你不舒坦了？”

皇帝垂下眼眸，躲避着太后洞察一切的目光：“皇额娘说笑了。”他想一想，语中带了不满的怒意，“皇后一味纵情任性，言行不像一个国母，甚至连温顺二字都难言。她还背着朕做过见不得人的事。”

“一个不够温顺、不肯装糊涂的女人，自然是不讨男人喜欢的。那么皇帝所言，皇后那些见不得人的事，可是因为那个凌云彻？”

皇帝厌恶已极：“儿子不想听见这个名字。”

她轻轻一嗤，笑意渺然：“这件事牵涉太多，哀家都觉得是你的疑心过重了，以致把事情逼到不可转圜的地步。”

皇帝硬着声气道："如懿，是儿子亲自选的皇后。儿子才会如此。"

太后微微一笑："皇帝你若不在意皇后，自然也能装糊涂下去，顶多一辈子不闻不问罢了。你们彼此都活得这么清醒，分分寸寸都不肯让步，无非还是彼此太在意的缘故了。因为在意而废后，皇帝你自己觉得值当不值当？且废了乌拉那拉氏，还有谁可以继位为皇后？难不成是皇贵妃？你贸然晋封魏氏为皇贵妃，哀家都觉得不满，别说要废后立她。哀家头一个不许！"她的唇抿得意蕴深深，"令皇贵妃足够婉顺清媚，但皇帝难道忘记了，她是宫女出身。"

皇帝双眉挑起，赫然冷笑："怎么宫女便做不得皇后么？若是令皇贵妃识趣，儿子抬举她也是应该的。"

太后一震，蓦然想起，原来他的生母便是一个卑贱的宫女。这样想来，怕也无可无不可吧。

"皇帝如此说，是真的要废弃皇后了？但愿皇帝你能明白自己的心意，每一步都不会有让来日后悔之举。"太后望着他，意味深长，"若要废后，伤的不只是皇帝你的圣明，也是你自己的心。哀家的意思已经说明白了，言尽于此，你自己慢慢思量吧。"

皇帝静了静神："儿子无非看皇后不驯，才封了魏氏为皇贵妃料理六宫之事。当然儿子明白，魏氏可以生子，可以处事，但绝不配为皇后。便是废后，若无可以继位皇后的人选，空留着后位也罢。"

太后斜倚着身子，望着皇帝起身欲去的背影，声音沙哑低沉，缓缓地道："皇帝，当日来面见哀家执意要立如懿为后的人，是你。今时今日执意要废弃她的人也是你。其实哀家身为女子，也真的很想知道，怎么从前喜欢的，如今却那么不喜欢了呢？"

皇帝眼光有一瞬的迷离，仿佛透过了庭院中烂漫盛放的春桃，看到了遥远的地方："皇额娘，儿子也不知道。就如儿子不明白，曾经如懿可以对儿子一往情深，为儿子承受种种委屈，如今却这般暴烈狂悖了呢？"他自嘲地摇摇头，身影在花事繁盛里显得单薄清瘦，"大约，人都会变的吧。"

太后目中微澜，泛着淡淡温情：“既然你与如懿都是，那又何必执着废弃她呢？你与她的龃龉疏离，都是彼此在意的缘故。皇帝，彼此留一线，不是为了别的，只为真正废弃她之后，你会后悔，会发现自己对她的在意，那时便真的追悔莫及了。”

“不！”皇帝断然决绝，“儿子不在意。这个女人，皇后不像皇后，妻子不像妻子，奴才也不像奴才。她搁在哪里都不合宜。儿子厌恶这样不合宜的女子。”

太后目光如水，澄澈通透：“若说像皇后，像妻子，莫过于孝贤皇后。若说像奴才，你宫里多的是。可是那时，你又未必喜欢了。当年孝贤皇后在世，你也曾不喜她恪守规矩、古板无情趣。待她死后，才觉出她种种好处。也许来日，如懿死了，你才会想起，她曾有过的好处。”

晴光落在他面上，有照不亮的荫翳。皇帝不复一言，缓身退去。

第二十五章 春弭

如懿是在一个漆黑的深夜回到翊坤宫的。宫里安静得近乎诡异，空气里顿然失去了江南杏雨烟柳的暖与润，触鼻是清冷的寒意。

她打了个寒噤，身上的素青色云纹折枝莲花大氅显得格外单薄，在夜风里颤颤地抖动。如懿望着熟悉的甬道上一盏一盏亮着的昏黄灯火，仿佛照着自己早已看不清的昏昧前路。

海兰本没有跟着南巡，她一早得了消息，急得嘴角都上了火，便领着人候在了翊坤宫外。

因着帝后离宫，宫中的烛火都停了一半，黑沉沉的夜里，月色惨淡。青釉色的月光下只见重重金色兽脊安静伏定，冷冷仰天瞪着，呐喊无言。四下里寂然无声，唯听见一乘青帷辂车的车轮轧过古旧的雕花石板路，惊起檐上的宿鸟呱一声扑棱着翅膀飞远了。翊坤宫似一只沉默怪异的兽，潜伏在暗色之中，唯有宫门口两个斗大的水红色薄绸灯笼，被风曳得晃晃悠悠，如两只不能合上的眼。

宫车辘辘而定，容珮扶了如懿下车，海兰已然带着叶心候在了门外。她陡然见了如懿，看她身着碧水色无绣缎服，桓字髻上簪着几支素净的犀玉扁簪，脸色是病态的苍白。她哪里还按捺得住满腹的凄惶，喊道："皇后娘娘——"

话到唇边戛然而止，福隆安小跑着上来，请了安道："愉妃娘娘，这一句皇后娘娘还不知叫得叫不得。您，还是跟奴才一样，先叫一声主子吧，也不算得罪了。"

名分未定，总是落在尴尬地里。

海兰看了看福隆安，温言道：“一路辛苦，有劳福大人了。”

福隆安这一路悉心照顾，风尘仆仆，闻言忙道：“主子娘娘曾对纯惠皇贵妃百般照顾，奴才身为和嘉公主的额驸，也该为您尽心。”

二人叙过，福隆安不便久留内宫，便也告辞。

海兰走到如懿身前，依足规矩施了一礼，轻轻唤：“姐姐。”她仰起清定的眸子，温声道，“姐姐。自得了消息，我就心慌得很。究竟怎么了？不过，姐姐回来就好。”

如懿淡淡道：“有劳愉妃一应打点。”

海兰的掌心是湿的。这一路候着如懿的消息，海兰是何等焦急失措。她原是静惯了的人，无欲无求，波澜不惊，却为了如懿，这般心惊。可末了，这一声称呼，让海兰从头凉到了底：“姐姐，难道你此时还……”

还是毓瑚上来解围，笑意温沉：“愉妃娘娘，主子娘娘得赶紧进翊坤宫去。春寒料峭的，还是进了里头才好歇息。”

海兰忙问道：“毓瑚姑姑，皇上身边是李玉当差么？”

毓瑚叹一声道：“进忠死了，李玉被打发去了圆明园，皇上身边是进保跟着。”她见海兰还要垂问，便道，“皇上说了，主子娘娘一回宫就得进翊坤宫，一应服侍的人都得撤去。除了三宝一个太监，只留容珮、菱枝和芸枝三人，免得闲杂人等扰了主子娘娘静思己过。”

海兰见如懿面色平静无波，心下更是酸涩。她才想跟进去照顾，毓瑚拦着道：“皇上说了，主子娘娘进了翊坤宫就不必出来了。愉妃娘娘，您还是别跟着进去了。十二阿哥还有劳您照顾。”

冷风涌动，在甬道间呼啸穿梭，打得鬓边一支白玉莲首压发缀着的一绺红璎珠流苏，沙沙地打着耳际，是冰冷的疼。海兰眼底泪光一闪，见如懿瘦削的身影隐然风中，越发显得蝉肩柳腰，不胜羸弱。海兰忙解下自己身上的织金南萸曲字纹贡缎大氅披在如懿肩上，那大氅的领口袖口皆围有白狐腋子毛，十分和暖。如懿侧身微微一让，海兰眼底皆是泪，强忍着道：“臣妾已经极力安排，但内务府已得皇上旨意，裁撤了布置，哪怕臣妾在后宫主持事宜，也不能阻止。里头……里头不比往日，请娘娘顾好自己要紧。”

如懿也不作声，步下匆匆，转入宫中。容珮和毓瑚忙陪着。身后两扇宫门相合，发出沉闷悠长的声音，似将一副绵软心肠，狠狠夹断。

海兰看着她的背影，目送她踏着宫灯倾流而下的一泊光亮缓步走进，泪水潸然而落。

叶心见自己主子这般被冷落，少不得劝道：“小主，我们回去吧。”

海兰只见宫墙高耸，将自己与如懿隔离内外，不由得心如刀绞一般。她正要挪步，只觉得足下唯有窸窣之声，正是如懿素日间不离的一枚金累丝嵌珍珠绿松石蝶舞梅花香囊。那香囊本是她所赠，原是一对，一人留着一个。那香囊皆以细金丝累累缀起梅花十二朵，花蕊处均嵌白色珍珠一颗，以绿松石琢成蝴蝶模样，内侧镶金，阴刻梅花十九朵，朵朵如生。囊内存着如懿最爱的沉水香，香气幽然，犹自沾染她衣袂之间。

海兰心底一酸，弯身拾起，紧紧攥在手心。

叶心心疼道：“您对主子娘娘也太痴心了，她却连您的大氅也不愿意披上，还将您送的香囊还您，也太狠心了。”

海兰握着手里的梅花香囊，神色坚定：“不许你这般误会姐姐。姐姐不理我、与我冷淡，定是为了我好，要护着我。我知道，姐姐始终是惦念我的。”

如懿行至殿内，才知海兰的不得已是为何。连菱枝也禁不住发出惊呼，来感慨殿内天翻地覆的变化。

灯烛被减至两盏，昏黄暗淡。她渐也适应了昏暗，熟悉了周遭物事的轮廓与错落。容珮端起莲形铜灯，小心护着灯芯，替她照亮察看。

自如懿出冷宫，翊坤宫便是她的居所，多年来精心布置，无一不典雅华贵，早已融进一桌一椅之中。可是乍然见到，宫中略微值钱的东西一应都被撤去，连床帷帐帘所用，都换成了宫人所用的青灰布幔。

菱枝双唇哆嗦着道：“内务府的人怎可以如此待娘娘？皇上尚未废后，

他们便迫不及待了么？”

如懿摆摆手，示意她不必多言。

废后之意昭然若揭，内务府最通上意，如何不知。如懿步进佛堂，见青灯依旧，佛尊含笑，一如从前。芸枝再开柜子，四季衣衫还算周全，连暖阁里如懿的一副绣花架子，各色丝线都还不缺。便知海兰所能极力打点的，便是如此了。

如懿安然盘坐于青绒布蒲团上，拈起一串佛珠，对着拈花慈悲的佛像，念出佛语三千。

她的唇角，绽开郁郁笑色，也好，这便是往后所有的日子了。

春日迟迟，卉木萋萋。翊坤宫外是艳阳如织花事锦簇，而翊坤宫内是青灯古佛寂然终日。

皇帝回宫后不久，便下令将后宫所有事宜交予新晋的皇贵妃魏嬿婉处置。永寿宫中气焰更盛，众人日日奉承簇拥，将永寿宫捧到了高处。连偶尔出入的和敬闻得喧闹的笑声，也不觉蹙眉：“新封了皇贵妃，摄六宫事。只差一步，就是皇后之位了。难怪人人都奉承永寿宫。皇贵妃这种出身做派，也就讨皇阿玛喜欢罢了。有几个女人是瞧得上她的？”

和敬所言不差，纵使庆嫔、晋嫔领着低等嫔妃如瑞贵人、揆常在、平常在、宁常在之流在永寿宫里热闹，但愉妃、婉嫔、蒙古嫔妃们请安都是略坐坐就走了。容嫔更是一次都没进过永寿宫，只当宫里没这个皇贵妃一般。嬿婉嫔妃之首的位子尚未坐稳，自然不悦，却也少不得忍耐。另则佐禄去了边地服役之后，嬿婉虽然也送钱送粮，但架不住佐禄难耐边地苦寒，总求着要回来给额娘修坟叩头，也是不胜其烦。

懊恼之余，没过多久，嬿婉便让人带走了三宝和芸枝，只剩了容珮和菱枝在身边。美其名曰，娘娘静心思过，不必太多人打扰。

菱枝气得直哭，拉着容珮的手道：“这算什么？皇上到底没有废黜娘娘，为何只剩了咱们两人伺候。宫里的常在小主才只有两个宫女呢。不，常在还有太监伺候，娘娘却连这点体面也没了。”

容珮只得安慰道：“别哭，别哭。三宝去伺候十二阿哥了，芸枝去了婉嫔小主那里当差，也不算坏。”

如懿只作听不见。她独自留在佛堂内，擦净铜灯上的乌迹，添油点亮，置于佛尊前。天色一分分暗下去，烛光中的佛尊眉目慈蔼，浑不知人间疾苦。她只是奇怪，与其如此麻烦，他为何不直接废黜了自己，也省得这些零碎折磨。想不通，不愿想，她便孤坐于蒲团之上，翻阅着那些艰难晦涩的梵文。

这一调人，旁人不曾如何，香见是第一个不能忍受的，立时到了养心殿求见皇帝。恰逢永琪才为着永璂之事求恳皇帝善待如懿，皇帝不置可否。香见又来，更是一脸没好气：“原来当皇贵妃这般体面得意，可以自专自断，调走中宫身边的人手，不用多问皇上一句。皇上，您可被瞒得真好。”

永琪甚少为人求情，这回又以兄弟母子情分开口，只求皇帝切勿薄待如懿。皇帝虽然要他少理后宫之事，但心中总是烦恼。如今香见提起，他只得摆手：“罢了。皇贵妃摄六宫事，不必事事回禀。”

香见哪里会顾皇帝的颜面，自顾自饮了一盏沙枣花茶，鄙夷道：“皇上这么回护皇贵妃，可是因为游船取乐的事并非进忠怂恿，而是皇贵妃蓄意讨好。”

皇帝被戳到痛处，脸色沉了下来，才呵斥一句“胡说”，香见便回嘴：“皇贵妃行事一向刻薄下作，如今待皇后娘娘这个主子如此，来日对十二阿哥还不知怎样薄待呢。”她见皇帝神气松下来，也温和许多，恳切道，“皇贵妃要撤了翊坤宫的人手也罢，但撤了的人交去延禧宫伺候十二阿哥总不过分吧。生母受罪，再吓着孩子，那成了什么了。皇上很该去安慰十二阿哥。”

皇帝默然瞅了她半晌，却是无限感慨：“容嫔，你这么耿直，像极了从前的如懿。”

这话里，多少是有些情意的。香见却全然不领情，拨弄着衣襟上绣的簇簇沙枣花，淡淡道："是么？那要不了多久皇上就该像厌弃皇后娘娘一样厌弃臣妾了。"

皇帝简直不知该说香见什么好，闷了片刻，才叫进保去传旨，晋容嫔为容妃，庆嫔为庆妃，恪贵人为恪嫔。另则，颖妃与愉妃享贵妃份例。

这一下，分明是擢升与嬿婉不睦的嫔妃与之分庭抗礼了。嬿婉再气不过，也少不得忍气吞声，含笑去办了册封礼。

夏末秋初的夜格外气闷。宫烛焰火摇曳，牵得她身影幽长，漫成孤清一道。到了八月，夜里的凉意渐渐迫近。她穿着青素衬衣，想起曾在这个日子穿着喜服嫁进王府，也曾在这个日子换上皇后朝服走到皇帝身边，谁料到，曾经那些锦衣玉冠下的欢喜都消磨完了，如今只在这一身荆钗布裙里才稍得自在。

有脚步声走近，她以为是容珮，也未抬头。那双足停在自己身前，分明是一双梅紫色松叶长青缕金鞋。

那人弯下身，轻轻拥住她，温柔道："姐姐，是我。"

这样的声音，入耳安心。除了海兰，再无旁人。

如懿诧异："你怎么进得来？"

海兰道："姐姐，永琪和永璂帮姐姐说了话，容妃也帮腔，我才能进来。姐姐，你受苦了。"

如懿用一枚素银镶珍珠扁方绾着髻，梳燕尾后横贯一枚银箔珠花，雨过天青色衬衣，深绿镶边，暗紫如意襟，显得格外清瘦，简静。

海兰的泪便滚滚而落。如懿道："你真是不大哭的人，却每每都为了我哭。"

海兰用绢子抹了泪："我让叶心带了些四季穿戴的衣裳和几床被褥，都交予容珮了。姐姐放心，你的贴身衣衫都是我亲手做的，一应无碍。"她又道，"永璂也好。除了去书房便跟着臣妾，或是在太后眼前，太后也对永璂很好。"

海兰见如懿这般，满心酸涩，转到她跟前道："姐姐，我知道你并不是全然不理我的。"她见如懿不应，索性掏出那个梅花香囊，放在如懿手边，切切道，"这是姐姐那日归来时，不小心遗落，我捡起来收着的。这枚香囊，与我的那只是一对。姐姐的香囊上，沉水香香气沉郁，姐姐一直把这枚香囊挂在身上的。若是姐姐对我怨到极处，再不想理睬，便不会再挂着它，是不是？我就知道你并不是全然不理我的，而是怕你如今的处境牵连我。姐姐，因为那件事……我知道你怪我行事偏激，对我有埋怨。但再有怨，你对我也不会决绝至此。姐姐若对我有怨，训我说我便好了。"

她忍不住抽噎，那啜泣声在幽闭的室内听来格外凄恻。海兰，分明是那样刚强的一个人呵。

如懿再舍不得，望住她轻声道："你既都懂得，却偏还是要进来。"

这么多年，姐妹知情，彼此维依，怎会轻易割舍。海兰眸中一亮，紧紧握住了如懿的手。凌云彻死后，如懿渐次与她疏远，她又何尝不是活得魂不附体，如行尸走肉一般。直到此刻，听到如懿这番话，那活气才又回到身上来。她泣不成声，欢喜道："姐姐这个样子，我不见一眼，实在难安心。姐姐，我不怕牵连，只怕姐姐与我隔心……"

如懿帮海兰拭了眼泪："这么多年了，怎么会说这样的话。"

海兰眸中清泪闪烁，歉疚无比："那件事，我知道我让姐姐难过了……"

已无太多悲伤，如懿的眉间凝着几许温默与疲倦："海兰，如果以许多人在这宫里的生存，也许我也不能说你做错了，甚至我也同人讲过，活在这宫里，每个人都无从选择。但我总以为，我们不必都同旁人一样，我们可以尽我们所能地选择我们自己认为对的路。凌云彻终究是一条命，没有谁的命是应当为了旁人牺牲的，何况还是为了你明知虚妄错误的事。"

海兰还欲再说，如懿拦住了话头："好了，无论如何，事情终究过去，往后我们都不再说了。我如今这个样子，你们总是避着些好。海兰，我真的倦了。有生之年，我离不开这个地方，死也要死在这里，那就容我安安静静地过下去吧。”她忽而掩袖咳嗽两声，面上泛起几许虚弱的红，似为不施粉黛的她添了一痕新润的蔷薇色胭脂。海兰关切道：“怎么好好的咳嗽起来？宫中阴冷，不如请江与彬来看看。”

如懿连连摆手：“春潮反复，咳嗽也是有的。我要说的便是这个，不必再叫江与彬与惢心为我担忧，未免连累，不许再让他们探知我的事。知道么？”

海兰忧心忡忡，嘴上答应了，却还放心不下。如懿道：“不用管我，好好顾着永琪和永璂。永琪腿上的附骨疽如何了？虽是小病痛，也要上心，江与彬治这个颇有见效，得叫他去看看。”

海兰应承着，心疼道：“姐姐还不知道永琪的脾气？讳疾忌医，也总不当回事。总怕自己弱些，别人就拿住了话柄。如今帮着皇上处理政务，也没日没夜的。叫他换个太医，也总说瞧着原来那个就好，不必费事。”

海兰殷殷叮嘱几句，也不敢多留，微有环佩相撞之声，玎玲而去。

如懿静静坐着，任由天光昏暗，逐渐坠落。

那一晚，深碧暗红的帐幕低垂，如懿居然梦见她的姑母——先帝的乌拉那拉皇后。

梦中的姑母未再老去，或者说，她的心已老，相貌也不再重要。她的青丝中夹杂白发，一身皇后凤妆，气势凛然，不减当年。

身畔已无至亲，与姑母梦中相见，也足以让如懿热泪盈眶。她刚唤了一声“姑母”，乌拉那拉皇后却殊无笑意，肃然凝望着她：“如懿，你的皇后凤冠呢？”

她无言，只能沉默以对。

姑母却冷笑连连：“无用！当真是无用！戴在头上的凤冠，也会被人生生夺去。你我姑侄，便是这般无用么？连自己的男人都守不住，生生看着人为刀俎，我为鱼肉！生生地成了一个个弃妇！”

如懿跪在乌拉那拉皇后跟前，惨然笑道：“姑母，这个世上有没有抓不住的姻缘？我想我就是吧，哪怕是他的女人，是他的妻子，他却总是带给我一重又一重的失望。我们的姻缘，只是有姻无缘。我曾经很爱这个男人，如今却觉得陪伴在他身侧，耗尽我所有的尊严与心力。姑母，我真的很累。”

乌拉那拉皇后厉声呵斥：“累？一个失败的人，有什么资格说自己累，无非就是做得还不够好！你曾深陷情爱之中不能自拔，优柔寡断不能决绝，所以你才落得这般地步！”

“昔日犯下的种种错处，是我咎由自取！如今困锁深宫，我也坦然。”她仰头望着声色俱厉的姑母，“姑母！情爱和权欲固然是魔障，但清醒更让人寒冷，让我们百死不能超脱的，难道只是皇上么？儿女离散，夫妻背心，皇上也未必好到哪里去！”

姑母的嗓音凄厉划过，是恨铁不成钢的无奈：“便是皇帝让你失望又如何？终究只有一个皇帝，抓住了他，便抓住了一辈子的指望。”

“曾经我也这样想，我曾把一生托付于他，渴望得到安稳的人生，可是等待我的，是一次又一次的失望。”如懿渐渐平静，从容道来，“姑母，我以为只有这个男人会让我失望，后来我才知道，真正让我失望的，是我过了几十年的这样的日子。我不想再这样了。姑母，我想问问您，您活着的日子，有哪一日是真正的平安喜乐，顺遂无忧？”

乌拉那拉皇后看着如懿，眼底有复杂难辨的情绪，终于默然离去，归于鸿冥大荒。

如懿自惊悸中醒来，抹去额上冷汗，一颗提着的心却放了下来。自此，对谁再无愧欠了。因为她，终究成了乌拉那拉氏又一个弃妇。

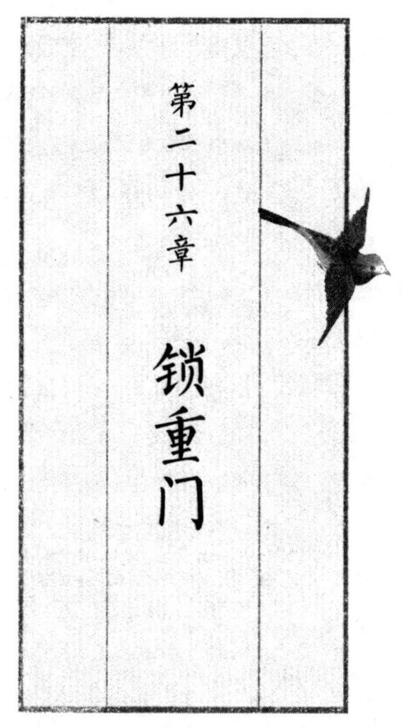

第二十六章 锁重门

日子渐渐过成了一口井，抬头望得见庭院上空四方的透蓝的天，却再也走不出去。翊坤宫外总是静得出奇，任谁走过都会不自觉地缓下脚步，怕沾染上什么不祥的东西。大凡的人与事都改变了方向，唯有游荡于宫巷的风不会，它依旧会在某个静夜，忠诚地传来宫苑里丝竹笑语之声。朝喧弦管，暮列笙琶，那是另一重醉生梦死的繁华，与她无关。

永夜里，她很少能安然入睡，亦不太流泪。大约这一生，已经为了不值得的人不值得的事伤怀太多，以致晚来伤心，却不知该如何泪流。

她只是一径思念着，思念着永璂、海兰、永琪与惢心。

永琪的病是在入秋时分加重的，许是朔方骤然到来的寒气，许是为皇帝分忧担劳，引发了病气。最先知道消息的，是芸角和嬿婉。因为永琪怕病情引来不必要的揣测，动摇他在皇帝心中日渐牢固的储君地位，直至毒气深沉，脓疡深发，每夜都要芸角换了药帖，都不肯告诉皇帝与海兰。嬿婉悄然问了芸角，才知太医说过，若是静静养着不再受寒，尚有三分可治。可太医是多么谨慎的脾性，报喜不报忧，说有三分可治，那就是强弩之末了。

永琪的病情，瞒着海兰，自然如懿也不知。前朝里，为着如懿被禁足之事，也有大臣进言，说要废后的被皇上贬斥了，说要解了皇后禁足的也被罚俸降职了。如今前朝一片安静，干脆连个说话的声音都没有。这一来后宫也没了看清局势的方向，纵然嬿婉得意，也是心中没个着落。还是太后见事明白，私下对福珈道："皇帝是等着皇后先低头认错呢。"然而如懿是不会与皇帝主动认错的，她的日子，不过是每日抄写《心经》，安宁度日。可到了月光轻拂紫禁城周遭时，她却是一夜一夜地睡不着，一闭上眼睛，老是梦见亡故之人，永璟、璟兕，忻妃、舒妃，甚至，孝贤皇后。与其如此，不如以经文宁神，换得片刻安心。

内务府的供应早已是断断续续，四季衣裳的周全都是凭旧衣度日，或者是太后惦记，遣人传递些东西进来。幸得容珮生性坚强，一切都尽力平服。而有两样东西，却是一直未曾断过的。

大约知道如懿每日素衣简髻，于佛龛前静心念经，也当作忏悔之道。每隔三日必有新鲜花卉送进礼佛，春日的玉兰，夏日的凌霄，秋日的素菊，冬日的梅花，四季相续，不曾断绝，也为死气沉沉的殿阁略略添置几分鲜活生气。另一则是檀香，虽不是最名贵那种，但也洁净无烟，每月月中，必定送进。于是佛龛前紫檀雕西番莲流云纹平头案正中摆着一只青瓷香炉，左右设了一对天青玉净瓶，供了四时鲜花。

这样的眷顾，不过是因为永琪的惦念。他深得皇帝爱重，到了三十年十一月，已被封为荣亲王。皇帝诸子之中，唯有永琪最先封亲王，皇帝又对其深寄重望。如此形势，便是登临太子之位，也是指日可待。私底下，皇帝也对太后道："顾我诸子，唯有永琪出色。儿子也别无选择。"

这般荣宠恩深，便是关在翊坤宫内，亦能从喜乐声中探知一二。菱枝喜极而泣："若是五阿哥继承大统，娘娘离开此处也有望了。"她掰着指头，"五阿哥颇具孝心，若是肯尊重娘娘，等来日，娘娘还可以是母后皇太后呢。"

容珮却摇头："菱枝，你不可胡言乱语，为娘娘招来祸患。"她换好清水，仔细供好新送来的白菊。那菊花香气甘洌，隐有清苦气息。她隐然有忧色："娘娘，若是五阿哥对您关切如初，那么可以送来日常所用的定会是五阿哥，而不是如今不太理宫中事的太后。"

如懿对着日光翻过一页经文，停下来道："你想说什么，便说吧。"

容珮道："娘娘，五阿哥送来花卉与檀香，可见他足有能力照顾您日常。可他避而取其轻，大约是因为送花卉、檀香，既可让娘娘潜心礼佛，又向皇上表明态度。"

如懿道："如此折中，也算两全其美。"

容珮道："是两全其美，既全了些微孝心，也让皇上知道，他是力赞娘娘静心思过的。"

如懿清眸扬起："有时候做事不是只凭孝心情义，而是仔细周全。永琪自小争气，费尽多少辛苦才得皇上器重，成为皇子中封亲王的第一人。"如懿笑得欣慰，"你可知道，皇上当年就是皇子中第一个封亲王的，这等同于是立为太子了。此时若是因为我而牵连他，那万万不可。"

容珮不敢再言，倒是菱枝笑着上来凑趣："皇上封了五阿哥为荣亲王，荣耀显赫，真是个好封号呢。"

如懿正欲笑，心中咯噔一声，莫名觉得不祥，那笑便僵在了脸上。

荣亲王，荣亲王，这个称谓怎的这般耳熟。她蓦然心惊，曾经顺治爷的董鄂皇贵妃，所生的四阿哥深受荣宠，顺治爷一意欲立他为太子，先封荣亲王。啊，那个孩子，便是在受封亲王之后，夭折于襁褓之中了。

纷杂的记忆纷至沓来，逼得她心惊肉跳，手中一松，佛珠便从指间跳脱，散了满地。她急忙遏制住满心杂念，伏在地上一颗一颗捡起散落的佛珠，道："容珮，去点上檀香，我要为永琪祈福。"

到了三十一年春天，香花与檀香，都停了供奉。如懿深觉不安，还是容珮向守门的侍卫打听了，才知荣亲王永琪旧疾发作，顾不上这些了。

到了三月初一入慈宁宫拜见太后，永琪便是再难受，也少不得强忍了入宫，谁知在长街一跤滑倒，便再难起身。自此，永琪便养在了重华宫里，太医随侍左右。

皇帝为皇子时，曾在毓庆宫居住，婚后移居在此。自从皇帝登基，作为肇祥之地升为宫，定名重华。皇帝将永琪安置此处养病，一来方便生母愉妃看顾，二来亦可见皇帝对永琪的重视。

江与彬这时候才知永琪的病已经深入骨髓，便是身在壮年，也经不起如此虚耗，只能凭天命而行。闻得消息，皇帝与海兰都如被掏了心肝一般，海兰还能勉强支撑着照顾永琪，皇帝却是连日避在养心殿内，借酒浇愁，连已有了身孕的嬿婉都不肯一见，倒是永琰送汤送水，还能安慰皇帝几句。

那日幽闭许久的翊坤宫的门开启。菱枝惊惶不定，以为厄运再度来到翊坤宫。而她们，真的再经不起什么了。进来的却是三宝和海兰身边的叶心。叶心泣不成声："娘娘，小主伤心得晕厥过去了。荣亲王……荣亲王快不成了。"

三宝在旁道："荣亲王沉疴已重，愉妃小主哭求了皇上很久，皇上才允许娘娘去见荣亲王最后一面。"

如懿只觉得足下发软，险险跌倒，她失声呼道："怎么会？怎么会？永琪还这般年轻……"

她的心底像是被钢刀绞刮，舌头一阵阵打结，连句完整的话都说不出来。

幸好软轿已经备下了，三宝与叶心半扶半搀将她挪了上去，急急奔往重华宫中。如懿心急如焚，轿外熟悉的红墙绿芜，琼林玉殿，都成了流水里的倒影，匆匆掠过。

如懿凄凄惶惶踏进西殿，永琪躺在床上，已然枯瘦如柴，昏昧不醒。殿中有浓烈的肌肉腐烂的气味，夹杂着脓血的腥气和草药气味，熏人欲倒。还是侍奉的妾室乖觉，焚起薰香细细，一丝一缕，沁入心腑。帘幔低垂，春寒侵人。泪意蒙眬间，恍然还是风姿秀致、英挺如松的少年郎，唤她"皇额娘"。

如懿的泪便落了下来，抓住永琪的手。一年不见，不想他已然瘦弱至此。太医们已然退下了，唯有芸角还留在身边照拂。如懿见她长得清丽动人，我见犹怜，不免多看了一眼，问道："永琪何至于此？"

芸角跪下身道："娘娘有所不知，王爷为了替皇上分忧操持国事，常常是夜以继日劳碌。自从得了附骨疽，他怕耽误国事，一直忍痛不肯言，或是找太医开些方子潦草对付，以致毒气深沉，气血耗尽。"

如懿斥道："你既此时还留在永琪身边，必是素日得宠的。既然王爷病得厉害，为何不告知福晋，上报愉妃，请太医好好救治。我也曾叮嘱愉妃，太医院的江与彬素擅此道，为何不请？”

那女子掩袖惊惶：“江太医？什么江太医？妾身从未听过。”她凄然惨笑，神色古怪，“这是命！娘娘，这都是命！作下的孽在这里，报不到自己便是报在儿女身上，真是可怜。”她痴痴笑着，状若癫狂，旁边的侍女忙拉住了她，“芸格格，您可别伤心坏了说胡话。”说罢，半拉半扯地将她带了出去。

如懿看着永琪，颧骨凸出，面色赤黄，瘦脱不成人形。她内心大恸，也不知永琪何时会醒来，不禁悲从中来，泪水潸然而落。

永琪在昏昧中含糊地抓住她的手，呼道：“额娘！额娘！我对不住皇额娘……”

如懿痛至锥心，惨声道：“永琪！皇额娘在这里，永琪！”

永琪额上青筋暴出，拼命摇着头，吃力地睁开眼来。他定睛看是如懿，先是惊惶，继而羞愧，掩面道：“皇额娘，是您来看我。”

如懿惊痛满怀，哭道：“傻孩子，为什么这般要强，讳疾忌医！若是早些请江太医来看，也不会如此。”

永琪目中一旋焰火骤然亮起，他沉痛难耐：“皇额娘，是我没有听您的话。”他的眼角沁出一滴混浊的泪，“皇额娘，我知错了，我真的知错了。”

如懿握住他的手，柔声道：“好孩子，你是皇额娘一手抚养长大，你我母子，何来错不错这样的话？”

永琪的泪汹涌而出：“我落到今日，全因不肯全信皇额娘。选择明哲保身，是我最大的错处。”

殿中添的大约是苏和香，那香气浓郁经久，有芳香除秽之效。香烟袅袅，自芙蓉翠叶白玉炉里飘出。那香气太过沉郁，夹杂着满殿药气，熏得人满眼晕眩。

她逐渐忆起，自从永琪长大，自从永琪得皇帝亲自教导，永琪望着自己的眼神，便再无幼时那般清澈。

永琪满面是泪："我知道自己做得不对，皇额娘困在翊坤宫受苦，我未曾尽力照拂，更不敢为皇额娘进言。"他喃喃，望着湛青蓝帐顶上绣的百蝠晖春图，最吉利的花样，讨着好口彩。富丽热闹的团花用密密实实的彩线绣成，比着永琪的枯黄委顿，越发眼花缭乱。

如懿痛心难言，连忙安慰道："你护着自己，并不算错。是额娘错了，额娘一直教你审时度势、韬光养晦，是额娘一直教你谨言慎行，不要强出头，都是额娘不好。"

"我这段日子病着，总想起昔日在皇额娘膝下的日子，过得安心踏实。皇额娘，我再不能护着您了……"他眼中的火焰逐渐冷却，悲伤中含着无尽的怔忡与茫然，仿佛是迷路的孩童。

她的泪，滚烫地灼烧着脸庞："永琪，永琪。江与彬呢！江与彬！"

他死死地盯着帐顶，重重地喘着气："是我不肯听从皇额娘所言用江与彬医治，以致回天无力……皇额娘，我……我真的很想、很想带您出翊坤宫，很想……"

如懿捧着他的脸，轻轻抵住他的额头："永琪，你若能安安心心，何至于今日……"

永琪攀着如懿的手臂，保持着如幼时一般依偎着她的姿势，他的气息渐渐微弱下去，微弱下去，死水一般毫无波澜，终至令人惶恐的平静。

窗外，满眼新绿，染遍林梢。而怀中年轻的生命，已然停止了呼吸。

她静静地抱着永琪，浑然不觉得室中混浊难忍的气息在逐渐淡去，就如怀中的身体，在逐渐变轻。

那是生命，在缓缓剥离。

也不知过了多久，黄昏的夕阳如溶了的血水，肆意布满了整个天空。余晖斜斜地照进内室，勾勒着花梨木床架上一痕一痕璎珞的影子，床棱与顶架上的雕花都是用金粉一笔笔描成的，是花正好月正圆和合长久的故事，燕是双飞燕，人是照花人。一花一叶，一蝶一莺，花香脉脉，碧枝如丝，在微光里像浮涌的金浪，迷得人睁不开眼睛。

她别过头，才见皇帝站在琉璃帘内，不知何时进来的。他的身后是廊下一排轻红纸灯，不过很快，都要被换成素白了。

皇帝眉头紧蹙，脸上全然是萧瑟的哀恸，双手轻轻颤抖。

如懿乍见他，还来不及起身，泪已落下：“皇上，永琪没了。”

海兰被三宝和叶心扶着，跌跌撞撞地进来，哭得嗓子都哑了：“永琪啊永琪，你怎么走在了额娘前头。”

皇帝的身形是僵死的，一点一点挪进来，他的声音没有一丝温度：“永琪临终的话，朕听见了。”

足有一年不见了呵。

这样慌促的相遇，是在巨大的悲痛里。她在依稀的茫然中辨别着他的样子。她清楚地记得，脑海里的，那最后一次相见时，他的模样。他有一点点老，虽然才一年，衰老却如黄昏的荫翳，不可抗拒地到来。

她一直以为，那样的憔悴支离，是她一个人的事。却不想，他也在经历。

真的，真的很想忘记。可在佛音的静谧里，才发觉刻意地忘记是一件很困难的事。那些藏在波澜不惊的浮沉往事之下的，一阕诗词，一种声音，清晨的白露，红樱的绽放，细枝末节，零碎琐屑，都会在对着他的时候汹涌而出。

他颤声道：“你逼得永琪连你身边的太医都不敢用。你说，你对他做了什么？”

她静静道：“皇上，您知道的，臣妾从未向您求取过永璂的前程，从来没有。”

“你嘴上保举永琪，暗地里却阴谋诡害！”他骇然惊痛，热泪纵横，“永琪是朕最出色的儿子啊！”

皇帝正说着话，外头福晋们的哭声嘤嘤响起。芸角不知从何处冲出来，跪倒在皇帝身前连连叩首不已，厉声道：“皇上，王爷走得冤屈，乃是皇后娘娘所害！”

有侍卫上前拉她，她哭号难抑，如何肯去？皇帝问：“你是谁？”

还是永琪的福晋答道：“回皇阿玛的话，她是荣亲王府的格格，王爷生前最宠爱的侍妾胡芸角。自从王爷卧病，也是胡氏侍奉最勤。”

皇帝盯着芸角，森然道：“你为何说皇后害了永琪？”

芸角看看众人，还是昂着脖子道：“王爷他不敢用皇后娘娘身边的江太医，不过是想避嫌罢了。”

皇帝瞋目：“为何避嫌？”

“只为当年太监凌云彻之死乃是额娘背着皇后娘娘所为，惹得皇后娘娘痛心怨恨，与额娘不和疏远。”

四下里格外地静。所有人的心绪，在听到“凌云彻”三个字时，彻底安静了下来。

如懿怔怔地，逃不过的，原来还是为了凌云彻。

海兰倚在叶心身上，锐声道：“你别血口喷人！赐死凌云彻就是皇后娘娘吩咐我做的。皇后娘娘怎会与我疏远？”

芸角犹在告发，字字句句都有依凭似的：“如何没有疏远？额娘，皇后娘娘禁足之前您有多久没去翊坤宫了？除了带十二阿哥去问安，皇后娘娘都不会见您了。这些事，问一问翊坤宫和延禧宫的宫人，应该都知道吧。”

海兰气得噎住。芸角趁着海兰不能驳回的间隙，继续道：“王爷还跟妾身说，皇后娘娘根本舍不得凌云彻死，才怨恨额娘擅作主张。王爷夹在中间难以做人。”

皇帝总以为凌云彻之死是如懿的主张，意在撇清干系，向自己低头。不想里头竟有如此文章，皇帝已然听得呆了，他勉强镇定着情绪，却忍不住声音发颤：“你是说永琪知道凌云彻之死，不是皇后命愉妃做的？”

芸角万分肯定，连连点头：“是。否则皇后娘娘与额娘交好多年，王爷又是皇后娘娘养大，王爷何至于避讳疏远至此。”

菱枝跟在如懿身后，一直怯怯地默不作声，此刻也忍不住了，出言道：“荣亲王哪里疏远皇后娘娘了？皇后娘娘禁足，荣亲王每隔三日送来香花檀香。”

芸角的目光在菱枝身上一剜，冷笑道：“王爷若敢与皇后娘娘亲近，怎会不照顾翊坤宫日常所需？反而只送去香花檀香？王爷这么做就是盼望皇后娘娘可以清心寡欲，了却情缘！”

菱枝哑口无言，气结难言。她还要分辩，容珮看如懿神色，忙忙拉住菱枝，示意她不要多言，免得再被芸角反咬。

皇帝听得“了却情缘”四字，直如万箭穿心一般，气得人都怔住了，也不顾如懿，只盯着芸角，眼角泛出红丝：“你是说永琪知道凌云彻死后，皇后还对他念念不忘？”

海兰最恨旁人提如懿与凌云彻有情之事，恨声道：“一派胡言！姐姐如何对凌云彻念念不忘。”

芸角哭得双目通红，此刻盯着如懿，如要噬人一般。她咬着牙，迸出了全身的力气：“若非念念不忘，皇后娘娘为何还要交代王爷寻了风水宝地，好生安葬了凌云彻？除了这个，皇后娘娘还叫王爷为凌云彻四时祭拜，十分周到。皇上若不信，大可去查凌云彻的坟墓。”

如懿的心忽然在颠簸里找到了定处。不对！不对！这话有漏洞。她强按捺着狂跳的心，控制着自己不露出疑惑的神色。皇帝气得双肩微微颤抖，想要举起扇子责打，手却无力地垂落下去。半晌，他只得恨恨道：“乌拉那拉氏，你好大的胆子！”

芸角嘴角衔着一丝浓烈的恨意，积蓄多年的恨意终于喷薄而出。她凄厉喊道：“皇上，皇后娘娘为一己私情害死了王爷。妾身实在为王爷抱屈！这样的人怎配为人母？怎配为国母？王爷也告诉过妾身，皇后娘娘最在意的是凌云彻！有这样的嫡母，他深以为耻！”

如懿眼底的波澜归于平静，她口吻镇定：“我虽不知你是什么来历？但你口口声声说着的永琪，也是我抚养多年的爱子。永琪什么性子，你清楚，我更清楚。他会说出这样的话来？如今永琪就躺在这里，你敢对着他再说一遍你方才的说辞？”

芸角怔了怔，也觉得言多必失，自己或是哪里说漏了嘴。她是再清楚不过的，若不是永琪已死，她哪儿敢说这些事。所谓寻得风水宝地，原也不是永琪告诉，是她私下留意，问了数次，永琪才说了几句。不，不能再多说了。

芸角满目是泪，呜咽道："妾身伺候王爷多年，二人情笃。今日妾身冒死为王爷喊冤，还被害死您的人逼迫，妾身也不打算独活。"她哭得声嘶力竭，"王爷，您别丢下妾身，妾身这便跟着您去了！"

她说罢，举起剪纱布的剪刀，一把戳在了自己的脖子上，飞血四溅，似开了一树艳艳桃花，香消玉殒。

皇帝连连冷笑："朕问你的你避而不答，永琪尸骨未寒，你却逼死了他的爱妾？！"

海兰虽见芸角死在当场，死状惨烈，也惊得不知如何是好，但听皇帝这般重责，依旧维护如懿："皇上，您不能这么说皇后娘娘，纵使胡氏是永琪爱妾，您也不能听信她一面之词。"

皇帝本就晕眩不已，眼前金星乱冒，只盯着如懿："皇后，豫妃和茂倩告发你与凌云彻，朕还可以不信。如今连永琪都明白你们俩的私情，好！好！你如何再配做朕的皇后！"

皇帝气怒攻心，忽地扬起手中一柄打开的湘妃竹洒金折扇，狠狠从她的耳畔直劈到了颧上："这是朕最后一次打你。"

那折扇原是消暑用的东西，玲珑小巧一把，皇帝常自携在身边，自取清凉。此刻他落手极重，来得又急又狠，居然连洒金扇面都刮破了几折。如懿倒伏在地上，听得有无数细虫在她头颅里死命扎着，耳边嗡嗡乱响，颊上只是发木。她没有反应过来，只是盯着他微白的双鬓，呵，那颜色，像极了除夕夜中纷碎的落雪，像未亡人的眼睛，淡白，死沉。她老了，他也老了，都经不得这样沉重的伤痛，而且，是最优秀的孩子。

脸颊上剧烈的肿痛，他却连用手打她亦不肯。

她的错处，大概是数不胜数。所以并不辩白，只是定定望住他，一双眼眸格外地黑。皇帝见她不言，便道："那朕便成全你。进保，带乌拉那拉氏走，收回她的皇后册宝！朕不想再见她。愉妃立刻去圆明园为永琪安排祝祷之事。格格胡氏殉主，以侧福晋之礼好好葬了。”

海兰被毓瑚带人半扶半拖着走了。他没有再理会如懿，任由她孤零零站着。没有人驱赶她，也没有人理会，只是远远地避开她，哭天抢地着开始忙碌起来。她是一个孤清的影子，那有什么要紧？

永琪是她多少年的心血煎熬，只落得如此下场。

她欲哭无泪，立在那里，看着红色的宫灯被粗暴地扯落，换上白纸灯笼。素白的雪色一点一点蔓延开来，渐渐成了堆雪天地。

她迟钝地被挪上了软轿，叶心一壁哭一壁陪在身侧。如懿听见自己的牙齿在发抖：“告诉愉妃，荣亲王格格胡氏言语蹊跷，仔细去查她的所有底细，一点都不能放过。”

叶心讶异：“胡格格的家世，内务府都有记载呀。”

如懿道：“你告诉愉妃，她自会去荣亲王府查。还有，叮嘱愉妃保重身子，她还有绵亿这个孙儿呢。”

叶心忙乱地点着头，来不及说什么，软轿便已将如懿送了出去。

如懿是在长街上挣扎着下来的。

她的手心全是潮湿的冷汗，涔涔地洇湿了掌心的每一条细纹。她的膝盖酸软如绵，她半倚着危危红墙，那种虚脱的无力感排山倒海吞袭而来。

不，她一点也不想靠着这堵临渊般的红墙。她泪流满面，说不出一句话，一掌，又一掌，重重地拍在墙上。以掌心的刺痛，软弱的力量，来撼动这一切。她想出去，想出去。她这一生，从未如此刻，发疯般地想要出去。

她心爱的孩子，心爱的男子，她的青春，她的来日，全部折堕在了这里，成了红墙之下的暗沉的余灰，琉璃瓦上点缀的浮光。

那是她的半生呵！

她精疲力竭地倒下，无声地哽咽。末了，还是叶心强扶了她进了翊坤宫，再度重门深闭，不见来路。

第二十七章 无处话凄凉（上）

皇帝在永琪新丧的当日便下令收回如懿手中的四份册宝，皇后一份，皇贵妃一份，娴贵妃一份，娴妃一份。册宝交出的那一刻，她心底没有一分戚然。只是看着那些曾经属于她的东西，又失去了一分。不要紧，这一路与他风雨同来，不过是得到一些，失去一些。

那是他与她来时的路。从娴妃起，以皇后终，还是走不到天长地久的尽头，终是毁在了他的疑心上。

这些日子，皇帝唯一的安慰，便是嬿婉日益高隆的肚腹。嬿婉总是拣皇帝喜欢的，说说腹中胎儿的律动，说说永琰小时候的趣事，让皇帝稍稍欣慰。

如懿的额娘年迈多病，自从她断发便长居府中调养。皇帝收走册宝本就是生了废后之意，王蟾得了嬿婉吩咐，私下出宫亲自禀告了一回，将如懿害死永琪被夺册宝之事都一一说了。如懿的额娘病中大恸，哪里受得住这样的消息，熬不过两日便撒手去了。嬿婉知晓，不过一笑："本宫只是行皇贵妃的职责，是那夫人自己命薄吓死了，怪不得谁。"说罢，自去宝华殿为凌云彻焚香祭拜。

皇帝得知如懿额娘之死，也颇是叹息了一番。夫妻情绝，对这位岳母皇帝还是顾惜，吩咐了毓瑚出宫安排后事，一并又查得凌云彻坟墓事真。皇帝气恼异常，也再不问起如懿之事。

乌铜油灯幽幽地微亮，跳跃的烟气散发出飘忽无定的光芒。那灯火望得久了，像是在遥远的地府传来，没有一丝热气似的。噩耗如同汪洋的咸波将她淹没，她沉溺其中，不得解脱。舌尖似有血液的咸与涩，每一口呼吸都从鼻尖痛到喉底，几乎致命。她跪在佛堂里，佛像高高在上，荫翳里菩萨慈悲的面孔看得并不分明，不过是晦暗的模糊的一团，仿佛悲悯不已地注视匍匐于莲座下的她。

良久，还是容珮端着清水进来请她饮下："娘娘，您在这儿跪了一夜了，再跪下去，人会熬不住的。您好歹喝点儿水吧。"如懿木然地跪着，容珮忧心不已，"娘娘，老夫人虽然去了，但说皇上已经准了给老夫人厚葬，老夫人会入土为安的。"她很是无措，"您伤心就哭出来吧……"

会么？额娘真的可以入土为安了么？如懿抹去腮边的苦泪。她身边亲近的人，姑母、阿玛、璟兕、永璟、凌云彻、永琪，一个个离她而去，如今额娘也走了，上穷碧落下黄泉，幽冥浩瀚，她却连他们是不是入土为安了都不知道。容珮让她哭，她真的哭不出来。

是的，没有眼泪了。流的泪再多，终究是无济于事。残躯留在世间，总得有些用处吧。

香见是在得知如懿额娘之死后赶去翊坤宫的。她坐在轿辇上，心急如焚，一味催促着抬轿的太监："快些！快些！"她素来性子冷淡，又不屑与宫中嫔妃来往，今日如此急促，连伺候她多年的喜珀都暗暗纳罕。

喜珀赔笑道："小主好歹说句话，您急着要去哪里？"

香见直视前方："翊坤宫。"

喜珀吓了一跳，连忙跪下拦在轿辇前："小主三思，翊坤宫去不得。"

香见简短道："去得。"

喜珀仰脸看着她："皇上说了，去不得。谁去了就陪皇后在里面待着，再出不来了。"

"可翊坤宫娘娘的额娘没了。我不能不闻不问。"香见看也不看她，示意小太监们放下轿辇，自己走了下来便往前去。喜珀登时吓得呆了，愣了一愣才醒过神来追上去。

香见足下极快，匆匆到了翊坤宫门口，便见门庭紧闭，尘灰满地，心中不由得一酸，便伸手去推门。喜珀忙劝道："小主，没用的。您忘了，这翊坤宫的门是从里头锁住的。”

话音未落，却听“吱呀”一声，沉重的大门发出锈嘎的声音，竟开了细细一条缝。

香见意外之余也顾不得那么多，径自推门而入。喜珀犹豫片刻，忙闪身跟进去，慌慌张张关了大门。香见走进翊坤宫，只见院子里草木茂盛，倒依稀还是旧日的样子。只是四下里寂静异常，在这春日底下，倒显得格外冷僻。香见心里担忧，便直直往里走，到了殿前，却突然怔住了。原来殿前的石阶下，却是海兰直挺挺跪在那里。

海兰也不知跪了多久，身上都被汗湿透了，整个人摇摇欲坠，却只是咬着唇硬挺着。香见是知道的，海兰很快要离开紫禁城去圆明园，明为为荣亲王丧仪主持，实则是皇帝不喜她与如懿再有往来。这回能进来，怕是之前海兰在养心殿跪了一天一夜，数度晕厥，皇帝才允准她进翊坤宫与如懿隔窗相见，禀告对那夫人后事的安排。

香见有些不忍，屈膝请了一安道：“愉妃，你一直伤心，再这样跪着，当心身子。”

海兰略略点了点头，眼睛却只望着门口，半分也不肯挪开。她哀哀泣道：“皇上留了十二阿哥在撷芳殿居住，姐姐暂且可以放心。”

香见不忍小孩儿家受苦，虽不懂得怎么照料孩子，也是自告奋勇：“娘娘放心，我也会帮着看顾十二阿哥。有我在，无人敢欺负她。”

如懿嗟叹：“容妃，多谢你。”

海兰似有备而来，许多事缓缓说起，要紧的头一件便是胡芸角。永琪去后，海兰便将福晋与侧福晋、管家、侍婢等唤来一一细问，才知胡芸角自进了永琪府邸，从不回娘家省亲，和外头也没什么来往，除了偶尔几次进宫向自己问安，整日和永琪守在一起，看不出谁能指使她。若说进宫问安有何异样，芸角也不过一个格格，身份低微，便是见了海兰也无多少话可说，待一会儿就走了。倒是下人们说她每常进宫都要大半日。也不知是去了御花园闲逛还是做了什么。再问起芸角与永琪的相处，海兰愈发生气，方知每回永琪在福晋处都是用热水沐浴，偏和胡芸角在一块儿时，胡芸角便纵着他冷水沐浴衣着单薄，有时还与永琪饮食寒凉之物。

如懿越听越是心惊，永琪的病最怕受寒劳累，胡芸角这样伺候永琪，由着永琪的性子来，永琪身子怎么会好？这不如同催了他的命么？她寻思片刻，将多日疑惑缓缓道出："当日胡芸角告发我屡次逼迫永琪安葬凌云彻，还叫永琪为凌云彻四时祭拜。但你知我不可能逼迫永琪。且我确实让永琪为凌云彻寻了墓地，但四时祭拜之事，我知道永琪身份不便，所以只托了江与彬与惢心，这事是连永琪都不知道的。"

香见心思简单，脱口而出："既然如此，当日娘娘为何不说明白？"

个中难处，还是海兰明白。她无限凄苦："祭拜之事干系江与彬夫妇，当时皇上怒火之下，姐姐便是说出来，未必能自证清白，还得害他们夫妇被牵连进来。那姐姐定是不愿意的。"她哀叹，"姐姐为他人思虑，只是委屈了自己。但凌云彻坟墓之事，我都不知，祭祀之事，听姐姐一说更是连永琪都不知道了，那胡氏都是怎么知道？"

海兰一语才出，如懿与她都是凛然。如懿沉吟着道："这些事，她能听说的，逃不出是和我们一样在意凌云彻身后事的人。"

香见虽然久在宫中，但一直深得皇帝宠爱，无人与她争风，她也不屑与人计较，所以许多事她不了解，也不愿了解。如今听来，才知惊心动魄，原来这里头，有这么多心机纷争，波诡云谲。她几乎是不假思索，低呼一句："皇贵妃！"

是了。这般在意凌云彻的，这世间唯有一个魏嬿婉了。

如懿的声音沉稳而坚定："除了查胡芸角之事，我还有几件事交代你和容妃一并去办了。"

海兰与香见互望一眼，重重点头。

走下翊坤宫院落的台阶时，海兰犹自一步三回头，依依不舍。窗扇已然紧闭合拢。里头久久寂寂片刻，终于，如懿的声音远了些许，温婉而脆薄："海兰，往后的日子，见与不见，只要你善自保重，彼此就是心安。"

海兰忍泪啜泣，良久萧萧。

香见抬头，一小方碧澄的蓝天，被四围宫墙隔出。天上的白云大片大片被朗风吹着，消散得无影无踪，单空余一片孤零零的天空，蓝得空旷而孤独。日影在暗红色的檐下转移，庭院内寂静无声，偶有连绵不绝的咳声响起。

香见黯然地想，这个与她说起过少年郎的女子，是宫里唯一肯对她真心相待的人。

海兰去了圆明园不久，如懿便添了一种症候，起初只是声嗄咽痒，烦梦不宁，时常梦见亡故之人，渐渐惊悸咳逆，偶见血痕。香见在那日听得咳声后便不放心，向皇帝进言延请了太医进来。江与彬一搭脉，已不觉惊愕当地。

如懿见他如此，已然知道不好，平静道："你说便是。"

江与彬的声音有些发抖，似乎在极力克制着："您的咳疾深重，已经转入肺理，成了痨症，实在凶险，务必得好好医治。"

"有多凶险？"

江与彬红了眼睛："已入膏肓……这症候最怕忧思伤神，药力虽下去了，却耐不得您自身造出病根。您万勿再这般耗神了。"

如懿淡然一笑，浑不在意："尽人事，听天命吧。"

江与彬无言相答，只得含泪答应。

天儿渐渐热起来，江与彬每回进来，只说她丧母丧子，伤心过度，来请平安脉。私下里悄悄送药进来，为她吊住精神。那汤药让她在病中咳得没那么厉害，肺部也不再隐隐作痛。暂得的平静里，她总在寂寂的光阴里想起永琪曾经天真无邪的笑靥，他在她膝下成长的每一件细微琐事。那是她未能保全的他的纯真，毕生的大憾。而永璂，不知他的来日，又是如何。庭院深锁，再无人轻易打扰，连鸟雀亦知趣，不来打搅这沉寂深宫。佛堂外的日影每一日朝升暮落，循环往复。虽然单调，却也让人觉得安稳。这般日复一日，光阴迅疾，飞曳无声，走得清冷、寂静又有条不紊。

到了六月里，紫禁城的暑气一浪接着一浪。如懿与海兰，一个在翊坤宫抱病，一个在圆明园苦守丧礼，各自支离，奈何总是不方便互通消息。香见派人去了寒部家乡，令人四处搜寻一个在边地受苦服役之人，便是得了一二消息，也苦于不得入翊坤宫，只能让江与彬传递一二。闲时，她便往御花园走走，看宫人侍弄梅树，打发时光。

待到更热的七月，太阳一出来，过不了一个时辰地皮儿都烫了。这时节连御花园的花花草草都晒得蔫蔫的，唯有永寿宫里的石榴开得如火如荼，仿佛碧绿的湖水上燃着殷红的云彩，几乎要迷了人的眼睛。而十七阿哥永璘的出生，更添了这无限热闹喜气。

一溜儿的廊檐底下，碧水琉璃瓦映着金砖墁地，纤尘不染，唯觉金灿灿的日光洒下，连永寿宫的每一条砖缝都透着金迷绚丽的气息。

嬿婉坐在西暖阁的榻上，一屋子莺莺燕燕围着，极是热闹。虽是刚产下十七阿哥不久，嬿婉倒丝毫不见肥腴，反而神光明艳，更甚于一班新入宫的年轻嫔妃。她见众人只是围着自己，略略咳了一声，轻笑道：“天气这么热，难为了妹妹们还晨昏过来请安，倒叫本宫生受不起。”

她一说话，众人都静了下来。为首的庆妃资历最长，便先笑道：“皇贵妃主理六宫，位同副后，咱们来请安本是应该的。何况皇贵妃刚诞育了十七阿哥，咱们姐妹怎么说也要来给皇贵妃道喜的。”

晋嫔亦道：“天气热怕什么，规矩总是要守的。再说，咱们也想看看十七阿哥呢。”

庆妃满脸艳羡：“听说皇上隆恩，准许皇贵妃亲自养育十七阿哥不说，还定是每日都要来看十七阿哥的。”

晋嫔笑着抚了抚鬓边的珠翠，斜睨了庆妃一眼：“皇贵妃荣宠，自然是旁人不能比的。”

嬿婉恬然微笑：“晋嫔妹妹说笑了。皇上许本宫亲自抚养十七阿哥，不过是因为本宫除了料理后宫琐事外也是闲着，所以让本宫带着孩子打发时间罢了。”

晋嫔忙笑道："皇贵妃执掌六宫每日辛苦，哪里会闲着，到底是皇上体恤娘娘和十七阿哥母子情深，不忍叫娘娘母子分离罢了。"

几位贵人亦笑："可不是？听说十七阿哥十分可爱，皇上都喜欢得不得了呢，口里心里都是念着。"

嬿婉微笑："乳娘，既然各位小主都来了，把十七阿哥抱出来，见见各位吧。"

一时乳母抱了十七阿哥出来，十七阿哥犹自睡着，大红夹银丝薄被裹着小小白胖的身子，一身小衣裳上用金线绣着富贵长命连身纹案，蹬了双虎头鞋。小阿哥胎发间凑出两个可爱的旋涡，粉嘟嘟的小脸泛着娇红，睡得正香。

庆妃将一枚金镶玉锁放在婴儿胸前，笑道："这块金镶玉锁还是妹妹入宫的时候最贵重的陪嫁，妹妹想着，这样的爱物总是要给最有福气的孩子才好。妹妹看十七阿哥天庭饱满，地阁方圆，最是有福气的，若皇贵妃不嫌弃，就收下妹妹一点心意。"

嬿婉满脸含笑："既是妹妹的心意，本宫却之不恭了。"

庆妃见嬿婉收下，笑得如花朵一般。颖妃坐在一旁，冷冷道："皇贵妃的孩子自然是有福气的。只是皇上的嫡子十二阿哥在，谁的福气都是比不上的。"

嬿婉正得意间，一瓢冷水兜头浇下，微微不豫。只碍着颖妃出身高贵，身后有蒙古撑腰，连皇帝也格外厚待，却也含笑不语。

晋嫔却不服气，冷笑了一声道："乌拉那拉氏既然断发被囚，被皇上褫夺了一切封号、册书，形同废后，她的儿子怎么还能算嫡子？放着从前已故的两位太子爷不说，自然是皇贵妃的阿哥最贵重最有福气了。"

颖妃也不恼，笑眉笑眼的，缓缓道："你也知道是形同被废，那就是还没有废后了。皇上一日没下废后的诏书，翊坤宫主子就一日还是皇后，十二阿哥也是名正言顺的嫡子。"

晋嫔撇了撇嘴："说起来翊坤宫那儿皇后册宝都收走了这么久，怎么皇上还不废后啊。不会是还看在十二阿哥的分儿上吧？”

庆妃也笑：“十二阿哥能算什么呀！皇上这废后的心思是定了，只是看什么时候颁诏罢了。这后位接下来定是皇贵妃娘娘的了。”

嬿婉心中一抽，面上不动声色，只温言道：“好了，空口白舌说这些话，本宫可受不起，也不敢听。若是传到了皇上耳中，还以为后宫妄议，只怕要怪罪，妹妹们还是别说了。”

颖妃霍地站起，蹲了一蹲便算是告退，径自带了蒙古嫔妃们走了。

庆妃皱眉道：“瞧颖妃的样子，只是享了贵妃份例，还没真正封贵妃呢，就半点都不把皇贵妃放在眼里。”

嬿婉虽然不悦，面上却依旧微笑温婉：“皇上一向都厚待蒙古嫔妃，颖妃又是蒙古嫔妃之首，骄矜一些，也怪不得她。”

晋嫔轻哼一声：“她以为有蒙古撑腰就为所欲为了么？膝下无子便是没福，便是养着您的七公主，到底也不是亲生的。”

嬿婉想到七公主与自己不亲，胸口一闷，想要说什么，到底忍耐了下去，换作温柔笑意：“颖妃替本宫养育七公主，着实辛苦。”

众人言笑晏晏，再不提起此事。嬿婉看着雪白粉糯的孩子，那样天真的笑脸，也抹不去心中的不快。与自己言语对答的不过是蒙古嫔妃中的小小贵人，亦无多少谦卑神色。她们所仰仗的，无非是颖妃。而颖妃为蒙古嫔妃之首，多年来不与自己亲近，对翊坤宫也不过礼数而已，所仗的，不过是蒙古诸部的势力，才能隐隐与自己分庭抗礼。她才能以无子之身居妃位，养公主。

而这家世，正是嬿婉所最缺憾的。

嬿婉轻轻握住了拳头，乌拉那拉氏早已落寞，她这个皇贵妃，必得牢牢握住这后宫权柄，压制诸人，才得安生。她轻轻吐一口气，千辛万苦得来的，怎可再被轻易动摇呢？

妃嫔们散去后，倒是内务府来禀告，永琪的丧期已满百日，按理是要在宝华殿举行百日祭礼，按着规矩，如懿自然要出来守礼一日，皇帝也不阻拦，只吩咐如懿不要与嫔妃们相见即可。

宝华殿中香烟缭绕，钟磬盈耳，诵经祝祷之声盘旋于紫禁城上空，如哀鸣一般。嫔妃们行过祭礼落了泪，便也尽到礼数，各自散去。如懿将从前抄好的《心经》一一焚化。幽蓝的火舌明明灭灭地吞噬着一个一个的字迹，那是她对永琪的无尽哀思。

落日西坠，天色还延续着那种灼热的亮白。佛像的金身在宝华殿内发着暗光，檀香悠悠地燃着，仿佛与殿外的世界隔了千重万重远。春婵被捆得似粽子一般，蜷缩在偏殿里。她恐惧地睁大了双眼，看着不远处跪地祝祷的如懿，口里发不出一点声音。她计算着时间，被三宝和叶心绑来了那么久，嬿婉一定在找她了。也不知自己被这样拖进宝华殿，嬿婉是否知道，若是知道，或许该来救她了。她忽然打了个寒噤，可嬿婉若是知道，说不定是会疑心了她吧？她是知道嬿婉的心思的，那样防备，澜翠就是死在了她的防备上。如懿并没有和她说话，许久许久，只当没她这个人一般。她倒是盼着如懿来问她什么，她什么都想到了，永琪的死，胡芸角的来历，甚至更久远之前的那些人。可偏偏如懿什么都不问。春婵觉得自己是忠心耿耿的，嬿婉也该知道她的忠心可昭日月……的吧？

她不敢再想下去，嬿婉会怎么看待她呢。

夜更加昏沉了。如懿一眼也不顾她，起身离去。还是三宝忍不住问：“娘娘要回去，那春婵呢？”

“我们走了，便放了她。”她淡淡的，仿佛春婵是个完全不要紧的人一般，衣袂翩然，出了宝华殿。

三宝很是顺从，立刻放了春婵。春婵受了这番惊吓，一路没命地跑着，像丢了魂似的进了永寿宫。嬿婉正在对镜梳着晚妆。茉莉香粉甜美的气息带着一丝熟悉而宁和的意味，让她找到了方向一般。她是有数的，这般走丢了半日，嬿婉不会不派人去寻她，她索性自己说了：“小主，奴婢没一点防备就被带到宝华殿扣了半日，可翊坤宫娘娘什么也没问，什么也没说。”

嬿婉慢条斯理地，拿着胭脂轻扫面庞，越发显得一张面孔红是红，白是白，娇艳得像戏台上人儿一般。“乌拉那拉氏满心里的疑惑，找了你去，会什么也不问。”

这的确是不合情理的，可偏偏如懿真的什么也没说。

春婵极力剖白：“小主，都是真的。翊坤宫娘娘什么也没问，奴婢也真的什么都没说。若是说了，奴婢自己也没命了。”

嬿婉将信将疑地笑了。春婵猛一抬眼，只觉得那笑容浮在妖艳的妆容底下，实在有些恐怖。她吓得低下了头，再要表白。嬿婉只是温和地道：“行了，本宫自然信你。时候不早，你也去歇息吧。”

春婵揉了揉跪得发酸的膝盖，艰难地爬了起来。

如懿撑着跪得发酸的膝盖，扶着容珮的手，缓缓地走着。很久没有出来走一走，双脚落在长街的石板上，陌生而熟悉。

紫禁城的夜来，墨蓝的天空是无比旷远而悲壮的沉色。所有的繁华与壮丽在那一刻都显得格外地温柔而沉静。被禁锢得久了，她慢慢地走着，感受着难得的一点自由。

翊坤宫的飞檐已近在眼前，在昏黄的灯光下，像一只不得挣出囚笼的飞鸟，被死死抓住了翅膀，只能艰难地伸长了脖颈，期望多接近一点天空也好。她静静地望着朱红斑驳的宫门，上头的铜钉，似钉着她的四肢百骸一般。她不知道还能活多久，但活着的一日，总要做一点自己想做的事。

她伫立片刻，任由微光将自己的影子拖得老长老长。她的身后，长街的转角处，皇帝孤身而立，望着她的身影，不愿靠近，也不肯退远。或许这样的无言凝望，才最适合此刻彼此伤怀的他们。似是有感应一般，容珮微微侧首，已见那明黄一色半掩在暗红的墙后。她极力控制着自己不叫出声，只得轻轻唤了一句：“娘娘。皇上就在后头。”

她的沉默如山，回头又如何？相见，不如不见。

容珮叹口气：“奴婢是亲眼看着您封后的。您与皇上，怎会走到了如此境地。”

她不作声，这些日子的寂静里，她总是想起有句话：兰因絮果。意指男女姻缘，初时美好，最终离散。

她与他，便是兰因未忘，絮果已现。

她再不犹豫，举步跨进翊坤宫中，重重的大门再度掩上，也隔断了外头探询的目光。皇帝幽然独立，任凭夜风吹动他的凉衫广袖，一颗心幽凉如霜。他蓦地想起从前读过一本《虞初新志》，有一篇《小青传》。旁的都有些记得模糊了。只有八个字，如烙印在脑里一般：兰因絮果，现业谁深。

他与如懿，便是如此吧。

暑光再度降临的时候，太后亲自从撷芳殿接走了永璂。永璂有些好奇："容娘娘告诉儿臣，愉娘娘就快回来了，儿臣为什么还要挪去慈宁宫跟皇祖母住？"

太后握着永璂冰凉的小手，笑吟吟地："你啊跟着皇祖母安安稳稳住一段，咱们祖孙俩在一块儿。"

知道消息，最惊愕的莫过于魏嬿婉，再三寻思，并无什么露了马脚处，会让太后骤然有此行。她将目光狐疑地落在正在撮哄永璘的春婵身上。春婵本就如惊弓之鸟，如何不明白，忙解释道："小主安心，或许太后只是可怜十二阿哥罢了。"

"那御膳房那儿……"

春婵踌躇不安："慈宁宫有小厨房，御膳房自然不能再送饭菜到十二阿哥跟前。咱们也无能为力啊。"

嬿婉登时恼怒："无用的东西！好容易排布了这么久，突然便不能动他的饮食了，岂不是前功尽弃？"虽然愤恨，却也是无奈。那东西本是天长日久才起效用的，如今突然被打断，的确乱了安排。不过太后年迈，想来也不能照顾永璂多久，总是有机会的。她按捺住怒火，便吩咐春婵去停了御膳房的布置。那永璂的饮食，本是在尚书房读书时用早膳和晚膳才落些，夜来回了延禧宫或撷芳殿用点心，便胃口不大，宫人也不察觉。但到了慈宁宫中，太后一应饮食起居都要过问，早膳晚膳与点心都留在自己身边用，眼见永璂食不甘味，不过是碍于自己威严扒几口，又膳食不香。起初只是以为小厨房的膳食不合永瑾口味，连着换了几个厨子，又换了皇帝的御膳，反倒惹得永瑾起了脾性，直嘟囔没有在尚书房时的好吃。这一来太后也起了疑惑，慈宁宫小厨房也罢了，都是御膳房做的菜，怎么永瑾非惦记在尚书房吃的那些。甚至一直温文怯懦的孩子，突然也敢顶嘴，实在大违本性。太后便派了福珈去御膳房细查。

嬿婉身为皇贵妃，自然知晓太后查御膳房之事，却不知太后为何如此。她一壁着王蟾去看着御膳房举动，一壁审视春婵："太后为什么会突然去查御膳房曾经给十二阿哥料理饮食的人？而且你不是说那东西下在饮食里，多了会生幻象，少则慢慢损伤五脏六腑，本宫怎么听说是会让十二阿哥在太后面前无状才闹了此事的？"

春婵急欲分辩，有些结结巴巴地："这……奴婢也不知啊。毕竟这是家乡毒物，奴婢没有亲身试过。再说了，太后真要查也查不出什么，那东西本来就是熬汤的时候放进去煮一会儿就扔掉了的，根本没留痕迹。小主放心。"

嬿婉恼将起来，喝道："混账！你这是故意要害本宫！是不是你在宝华殿说漏了什么？才叫太后带走了十二阿哥，又如此防范。"

春婵吓得跪下，连连称"不敢"。嬿婉死命按捺住怒火，克制着道："盯着御膳房那儿不许露马脚，过了这段时日，立刻找机会打发伺候过十二阿哥膳食的人出宫，了断干净。再生事，本宫活剐了你。"

春婵噤若寒蝉，忙忙答允了。

过了几日，便是历年都要行的木兰秋狝。皇帝只携了容妃前往，显然是欲得个清静。皇帝一走，加之太后那里也查不出什么，宫里便越发安静了。

眼见窗外四壁，薜萝凌霄自由无拘地爬了满墙，荫荫含翠。庭院中松桧盆景因着无人修剪，越发茂盛恣意。夹杂着十数建兰，翠紫芸草，青葱郁然。僻冷之地，也有天机活泼。也好，人已无生气，草木生机也是好的。

苍苔深浓，踏足的却是皇贵妃魏嬿婉。她并未带许多人，只有贴身的春婵并几个小宫女，手里捧着各色衣料首饰和日常所用的物品，并一支儿臂粗的雪参，以红锦裹住，供在红纹木盒中。

嬿婉很是客气，像是常来翊坤宫中，极是熟稔。她全然不理会容珮的扬眉怒意，径自在暖阁榻上坐下，软声细语："听说姐姐丧母丧子，坏了心绪，我叫人找了支上好的人参来，给姐姐补身。"

嬿婉说话间，一展春水罗翠色的百子缂丝对襟云锦袍。浅金桃红二色流云纹绲边，每一绲都夹了玫瑰金丝线，行动间闪闪熠熠，如艳阳高照下灼烈艳艳的金色葵花，炫目动人。她盈盈坐着，鞋尖点着地面，晃着鞋面上拇指大的琥珀，以细细米珠围成日月山川之形。比之足上的华丽，嬿婉严妆而来，云鬓高鬟以碧玺、碎玉累金丝缠成连绵不断的点翠牡丹花钿，映着日光耀目生辉，两侧横一支攒心翡翠七尾凤流苏，凤嘴里衔下长长一串珍珠红宝流苏，更显得无比尊贵艳丽。

如此清艳华贵，嬿婉的唇角却蕴着一丝浅笑，温和有礼，可见这位宠冠六宫的皇贵妃是如何地平易近人。

如懿抱病已久，懒怠说话。那痨症又是极耗人的，磨得她身形消瘦，不施脂粉的容颜平淡至憔悴。但她还是未失仪容，云髻低绾，一丝不乱，佩素金扁方，五瓣梅花银步摇，发髻上缀以明珠数颗，着玉版白暗纹熟罗袍，绣着一色莲青菱花镶边。她有着沉沉的大眼睛，唇色微紫，眉眼轻扬，目光平和。

她并不介怀嬿婉入内以来并未施礼，也的确，她如今的尴尬身份，用什么礼数都不太妥。如懿淡淡道："不是很要紧，难为皇贵妃来一趟。"

嬿婉看着她并不因名分的差落，而轻慢自己，心底微涩，无端气馁了三分。她振作神气，不知怎的，嘴上便尖刻了三分："是么？我看姐姐的样子，想来也不碍了。那便要恭喜姐姐，皇上定当愿意见到姐姐康健宁和，如春松茂兰。"她顿一顿，似想起什么，轻轻按着自己的胸，不胜柔弱，"哎呀！姐姐莫怪。如今我怎么称呼您呢？您没有皇后的册宝，这句娘娘是唤不得了。您年长为尊，我便唤一声姐姐了。”

如懿定定看她一眼，忽而浅浅笑道：“你喜欢唤什么便是什么。”

嬿婉见她不怒不恼，一股暗火腾地跃上心间，娇滴滴举袖掩着红唇道：“也是。姐姐原本贵为皇后，如今皇上收回皇后宝册宝印，也不曾真正废后，这妻不妻妾不妾的，真真是尴尬呢。”

如懿淡淡“呵”一声：“是啊，妻不妻妾不妾的总不成体统，何时皇上会再立皇后呢？”

嬿婉被诘住，见如懿不动声色，嘴上愈加犀利：“姐姐，或许皇上是故意历练，想让您低个头，或许皇上一高兴，又赏了您皇后的尊荣呢。说来我与姐姐都是妾侍出身，姐姐爬得高点，我站得低点，都是一样的人。姐妹一场，我替皇上说句体己话，指不定还有来日呢。”

如懿目不微瞬，道：“皇贵妃笑言了，我与皇上，此生都不会再相见。”

“是么？虽然五阿哥盛年早逝，让皇上恼了姐姐，可听说七月七日之夜，皇上从长春宫归来，行经翊坤宫，居然驻足片刻，可是姐姐重见天日有望了。”

呵，如懿笑意轻浅：“原来皇贵妃贵步挪动，是为此事。”她轻轻“咦”一声，“皇贵妃身膺无上荣宠，居万人之上，为何此等小事，也要挂怀？”

嬿婉语塞，旋即笑得温和：“皇上旧情难忘，姐姐难道不知？对着孝贤皇后与慧贤皇贵妃，也是如此。”

“皇贵妃所言，是皇上对死去之人恩深义重，对活着的人却不加怜惜么？那么冷落如我，皇贵妃也这般着意么？”如懿抬了抬眼皮，懒懒道，“我所失去的，你都一一得到。我所未曾拥有的，你也全然不失。皇贵妃乃是幸运之人，若还是要对我锱铢必较，实在无谓。”

“不是无谓，是凡事应该周全。这也是当日在姐姐身边，妹妹学得的一点皮毛。”

如懿舒一口气，抬起头静静凝视着嬿婉。她端坐着，嘴边衔着一丝似是而非的笑意，好整以暇地打量着自己。真是看不出，眼前高贵得毫无破绽的女子，竟会是当年小小的宫女，含悲忍辱，一意飞上枝头。

嬿婉大概是不习惯如懿这种看人的目光，便道："姐姐怎么这么看我？"

如懿和缓微笑，目色澄澈："看你的神气，想来过得很好。据说你又生了新的孩子，可见宠眷不衰。这个皇贵妃，想是做得顺遂。"

不过两个月前，嬿婉又生下了皇帝的第十七位皇子，取名永璘。那是皇帝五十六岁上又得的儿子，疼爱得不知怎么才好。而彼时，嬿婉也逾四十，可见皇帝的宠爱不衰。作为生母，嬿婉自然备受荣宠。

什么都不缺了。宠爱、位分、儿女、荣华和众人艳羡而恭顺的目光。唯一所缺的，只是一个皇后的名位。却偏偏，还落在眼前这个生气全无的女子身上。她如何能不怨，不急？

然而面上，嬿婉却是气定神闲："瞧姐姐说的，能有什么好不好的？皇上历来新宠不断，旧爱不忘。妹妹我也惯了。对着一个多情的人，最好的办法是什么？我也曾想过斗尽一个又一个女人，消除一个又一个新宠。可是后来我发觉，我耗尽了力气，费尽了心血，斗倒一个女人，只是让另一个女人更快地成为她的新宠。我才明白，对于一个多情的人，要诀便在一个'多'字。宫里的女人越多，他才会越顾不过来。人人争宠，便没有了专宠。没有了专宠，我的日子便安稳了。所以，我由着宫里的嫔妃们多起来，由着她们争奇斗艳。百花齐放，姹紫嫣红，便没有一枝独秀了。若是为了这些女人跟皇上怄气，那可真真是犯不上了。姐姐说，是不是？"

夏光蓬盛，正当凌霄花季，庭院台阶下的角落不知何时长出了如斯多嫣红浅橘的花朵，婉转攀缘，生出大片大片凝红深翠，如深沉花海，点缀着楼台的寂寞。热烘烘的风熏然而过，长长的花枝轻轻摇曳，那细微的声音，像是春日檐下缠绵的雨。如懿看向窗外，花影密密幢幢，明媚相欢，唯有自己的一颗心，虚了。到底是无情之人，看得通透。

于是如懿便道："妹妹想明白这些，那就不只是皇贵妃的境地了。"

嬿婉笑语凌厉："如今我也算看透了。孝贤皇后对着皇上事事谦和忍让，从不顶撞，结果皇上却觉得她过于端方而失情趣，偏就喜欢姐姐你的直率敢言。可是等你成了皇后，直率敢言的好处便成了对皇上的不知恭敬，事事冒犯。所以皇上便喜欢我的温柔妩媚、恭顺婉约。连您的闺阁气度、知书通文都比不上我得皇上点拨后才一知半解的温顺机慧。果然妻不如妾妾不如偷了。当然了，我也明白，再怎么得皇上宠爱，都是比不过容嫔的。我心服口服。可容嫔再怎么得宠，也无一儿半女。女人呢，年岁渐长，孩子越多，到底也是依傍。"她一顿，越发亲切温婉，"您不也是失了永琪，才会如此么？"

如懿的眼皮轻轻一跳，示意众人下去，方才道："你终于忍不住，要说你的得意事了，对么？我虽然只见过永琪的侍妾胡氏一次，可那一次她就能咬死了我不放，指我害了永琪。"她鼻尖酸楚，无限叹惋，"真是可惜，宫中的规矩皇子的福晋侧福晋须得进见后妃，而侍妾格格之类地位低微，都无须相见。否则我与愉妃，怎容得此挑拨母子情谊的狐媚女子在侧，日夜蛊惑永琪？"

嬿婉咯咯地笑起来，笑得欢悦而清脆："姐姐很想知道胡芸角的来历么？可惜了，那个女孩子的来历已经被我抹得一干二净。她是良家子出身，清白无可挑剔。若不是做得这般干净，凭愉妃的心思，早就疑心了。可是对于姐姐，芸角也算是故人之后了。她要为母报仇，我便给芸角指了条捷径。断送了永琪和姐姐的母子之情，断送了姐姐的指望。芸角也真是个懂事的孩子，说完了该说的就死了，死无对证。既全了孝心，也全了忠义。"

"她是谁？"

嬿婉笑意款款，眉目濯濯："左右我是不会告诉姐姐的。"

恨到极处，身体内的病痛被牵动。如懿剧烈地咳嗽起来，拿绢子掩住，也掩住那咳出的点滴红色的血沫。她喘息着，渐渐定下心神："那么永琪的附骨疽也脱不了胡芸角的干系吧？"

嬿婉笑吟吟凑近，一张面孔凝脂般白滑，晃悠在眼前，嘴角衔着诡秘而冶艳的笑意："附骨疽多因风寒湿阻于筋骨，气血凝滞而成。体虚之人露卧风中，或是冷水洗浴后寒湿侵袭，或是盖覆单薄，都容易造成此疾。永琪要强，有点病痛也不肯说。他能文能武，更擅骑射，风餐露宿骑马射猎，本就容易得这个病，何况有爱妾在侧，故意使他贪凉，病症便会加重。"

如懿怒极，转瞬颜色清淡沉静，一字字清如碎冰："你做事很周全，越来越缜密。"

嬿婉托着粉杏色的腮，唇红齿白间缓缓吐出："姐姐，你和愉妃一向精刮，对永琪的福晋和侧福晋都精挑细选，却不想毁在一个小小侍妾身上。永琪的福晋多是父母之命，未必诚心。我便让芸角到他身边，指点她永琪所爱，自然得宠。有她枕边风吹着，永琪又心存疑忌。姐姐啊姐姐，如今永琪已死，我看你再走不出这翊坤宫了。"

嬿婉说着，环视萧索冷落的翊坤宫，不觉畅快。曾经六宫之主的宫苑，如今冷清衰败至此。哪怕是晴明天气，也充斥着从墙皮和廊柱底下散发出的陈腐气息，上好的紫檀、花梨和桃花芯木搁置久了，都有那种尘灰寥寥的朽木气味。还有门环上兽首的铜气，若无人手厮磨，铜器的气味会近乎血腥气，令人窒闷。

可她是欢喜的，欢喜里又有疑惧。自己千辛万苦所得的一切，若不能在失败者前炫耀，岂不是衣锦夜行，无人衬托她的快乐。

如懿轻笑："既然你如此笃定，何必再假惺惺来探视我？分明，心底还是怕的吧？"

嬿婉倒也坦然："是会怕。怕得来太辛苦，失去却太轻易。怕皇上哪日心念一动，又想起你来。"

如懿瞠目，这样荒谬的念头，也只有富贵闲逸中的人才想得出吧。她摇首："守得住这个位子一辈子的，固然是尊贵无上的皇后。可若守不住，便也是个下堂弃妇！但你难道不知，如今的我，哪怕是守着皇后这个尊贵无上的名位，也不过就是个下堂弃妇。皇上暂且留了这个名位给我，是顾全他自己的名声罢了。”光阴凝在檐角，迟迟不肯流去。嬿婉有几分难解，如懿却通透，“怎么？你是急着想要拿到这个后位，所以盼着我早些去了吧。”

嬿婉轻轻“哎呦”一声，捂着心口娇声道：“姐姐，你可千万别死。人活一世，才能看着那些污糟恶心的事一件一件应在自己身上，饱受痛心折磨，永远也没个完。活着才好呢，妹妹我盼着您寿比南山哪！”

如懿微微一笑：“活得长久就是福气么？生不如死更是难受。可是皇贵妃，你可从来没赢过我。”

嬿婉得意：“这个妹妹明白。这个世上唯一能赢了你的，不是我，不是香见，也不是孝贤皇后。我们都不是，唯有皇上。要你生，要你死，全在于他。”

如懿明了，亦承认：“是。辗转于一人手心，生死悲喜全由他。当然，你也一样。我倦了，真是倦了。”

嬿婉唇角笑意不减：“是呀，都是皇上定了算的。我赢不了姐姐，可我能借着皇上活得比你久，比你好就成了。我呀，就满足了。”

她说着，笑得花枝轻颤，牵动鬓上花钿，金翠明灭。

也不知笑了多久，嬿婉终于累了。如懿还是那般沉静清澈，宛如花叶上闪着阳光的露水：“你的笑声真好听。魏嬿婉，我真盼着你可以笑得久一些。”

嬿婉颇为无趣：“若得空，我再来看姐姐。非得看着你身陷绝望一生一世受苦，才能稍解我满腔恨意。”说完拂衣起身。

如懿再支撑不住，伏在桌上久久地喘息着。药力已经过去了，她太知道自己的身体，日复一日的咳喘，几乎已经耗尽了她所有的健康与精气。仿佛一张薄而脆的蛛网，再经不起一点点的风吹雨淋。

待出得宫门，嬿婉才觉出自己犹有心悸，一下一下突突地难受。春婵迎上来要搀扶她，她下意识地避开，冷冷剜一眼春婵，径自离去。

嬿婉步履匆匆，却未见长街转角处，颖妃与七公主牵手而立，深深蹙眉，厌恶不已。

七公主轻轻晃了晃颖妃的手："额娘，您这几日身子不适，为何还要来看皇额娘？"

颖妃弯下身，低柔道："她毕竟还是你的皇额娘，紫禁城的皇后，额娘只是觉得她可怜，才想来看看。"

七公主信任地点点头，依偎在她身边。颖妃揽着她，心底却闪过一丝疑惑。如懿辗转让人托话，请她今日至翊坤宫外，难道只是为了目睹魏嬿婉的得意？

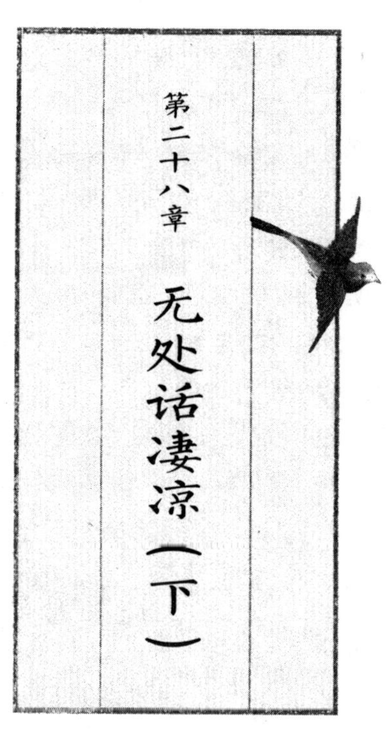

第二十八章 无处话凄凉（下）

嬿婉的离去，带来一重又一重宫门深锁之声。

如懿立起身，走到古旧的樟木箱子边，起开沁手生凉的铜锁，取出小小的墨梅图和花信图。她并无犹豫，在白昼点亮了蜡烛，将它们焚上。火舌卷得很快，一下一下蹿上来，舔着绵软的纸卷，很快化作灰烬。

如懿的面色平静如澄蓝湖水："凌云彻，我这一生，能谢你的，也唯有如此。愿你来生去一处平安喜乐的境地，福泽一世。"

容珮淡然看她烧完，将灰烬用紫铜屉子拢起，走到庭院中，扬手撒去。

如懿听见自己的声音，清晰而决绝，催促容珮："快！"

容珮没有哭，将一把小小的匕首从怀袖中取出，交予如懿手中。她举起匕首对着窗外的日光一照，锋刃上闪着幽蓝光芒，的确是一把利刃。

她无言，轻轻微笑，恬然自若。她很快要去找自己的永璟和璟兕，希望找到他们时，一切仇怨都了结了。

她无言，轻轻微笑，恬然自若。她望着容珮，低声道："我一死，你便可以离开。容珮，若是能出去，定要好好活着。"

容珮重重点头："奴婢伺候您上路。"

如懿眸光轻转，落在绣架上只绣了一半的花样上，那是开了一半的青色樱花，在雪白轻纱上无忧无虑地盛放。还有，还有翻了一半的《墙头马上》，一出唱不完的悲欢离合。

容珮难过到了极处："您看您，还戴着当年皇上送您的簪子。您的心，一直都没变。"

如懿静静地笑着，爱了一辈子，恨了一辈子，争了一辈子，所求的情爱与信任，在此间始终求不得。其实最后，她和皇帝都没变过。

邈远的记忆忽而变得清晰无比。

还是皇子的弘历在叹息："有一天，我可以什么都不在意，做我想做的事就好了。"

还是格格的青樱憧憬不已："有一天，我可以不做我不想做的事就好了。"

那时的两个人，有相通的懂得。

而正是因为这样的性子都未变过，才会走到如今的地步吧。到了今时今日，她最不想做的便是自己的儿子成了太子，做了皇帝，一生一世被束缚在皇位上，不得快乐；她不想乌拉那拉氏再有女子入宫挣扎，辗转求存。

永琪，想到永琪无辜的面庞，她便心痛不已，只得指着桌上一封信道："容珮，记得来日交给永琪。"

容珮点头，神色坚定而安宁。

如懿微微一笑，再无留恋。她举刀向胸，刃没至柄。动作很快，手起刀落，只觉得胸口深凉，并无太多鲜血溅出。

如懿仰起脸，窗外日光正盛，一朵，一朵，如盛开的大片木棉，灼热甜香。她在痛楚的蔓延滋生里，忽然忆起一点从前。

晴朗的日光下，满是浓荫翠翠，新开的樱花是漫天的粉红，散落清甜滋味。他置身于花叶下，清隽容颜上有笑容明耀，等着她，缓缓走近。

她浑然不记得，那是什么时候的事，是真切的往事，还是缥缈的虚幻？

但，那一定，是他和她的最初。她爱着的，始终只是当年那个弘历。

曾经的思念如漫天清寒的冰雪，深入骨髓，可天明日光照耀，只能看着它混同尘埃，污浊地化去，一无所有。

那个曾经想与之生同衾死同穴的人早已不见了，如今的她，如何还能与眼前的皇帝，那个已经不爱的男人生死相依呢。他收走了皇后册宝，却始终没有废后，唯有自戕，才能解了这个困局，避免来日与他死同穴的结局。

其实她并不喜欢宫中的生活，但知道自己喜欢他，就去了他的身边，就嫁了他。凭着这一份喜欢，就什么也顾不得了。那时一个顾不得啊，便一路到了今天，以为凭着情爱什么都可以熬得过，可是末了，一生都困在这红墙宫闱中，过着并不适合自己的生活。

如今，终于可以自己选择一回了。

如懿轻轻笑着，在碎裂般的痛楚中，停止了呼吸。

容珮一直跪在如懿身边，面上无一丝悲伤之情。她见如懿微微仰首，向着殿外风生帘动之处，笑意柔和。她半眯着眼睛，不知是在回避七月流金的日光，还是在享受它热情的不会因人而异的照拂。

那一刻，翊坤宫内真是安静，从圆明园归来的海兰匆匆推门而来，切切呼唤着："姐姐，等等我。往后我都陪着你，咱们再不分开了。"

如懿的死讯传到木兰围场内，皇帝午睡乍醒。新晋的嫔妃笑靥如花，温顺妥帖地伺候着他起身。他摸了摸那个女人的脸，却想不起她的名字。

不要紧，只要是年轻的、新鲜的、柔嫩的身体，都能抚慰他对于衰老将至的恐惧。何况这些女子，都有着丰盛的笑意，永远只对他绽放，任他轻易采撷。

是进保进来回禀的，他小心翼翼地说："皇上，翊坤宫娘娘崩了。"

不知怎的，皇帝一直记得进保那时的语调，尖尖的、细细的，像划破光滑锦缎的旧剪子，一划，又一划，钝钝的，带着锈迹，会给人疼痛的感觉。他整个人都像是冻住了："什么？她怎会突然……"

"是自裁。愉妃娘娘和颖妃娘娘、七公主赶进去时，翊坤宫娘娘已经崩逝了，心口有一把匕首。"

身边的女子依偎着他，娇声惊呼："啊呀！死也不好好选个日子，偏在中元节的前一日，真是死了也不让人安宁。"

因是皇帝跟前的新宠，进保赔笑道："小主说得是，得请宝华殿好好做场法事才好呢。"

皇帝无言，脑海里，心尖上有一阵深邃的痛楚，只盘旋着无数个念头：

她死了？她真的死了？就这样，走在他的前头，没有半分留恋，还是，宁死，她都不愿与他再生活在同一座紫禁城里？

这样的念头刺着他，又锐又痛。他心烦意躁，却难掩心底一重重失望，和那根本无从躲避的痛楚。

那女子还在嘤嘤抱怨，进保道：“皇上，请旨，该如何处置？”

他答非所问：“乌拉那拉氏为何自裁？”

进保微微迟疑，还是道：“奴才实在不知。容珮侍奉翊坤宫娘娘到崩逝，或许知晓。”

身边的女子语气轻诮，鄙薄之意昭然若揭：“乌拉那拉氏举动疯迷，病势日剧，骤然离世，实在福分浅薄。皇上切勿为她伤心。”

伤心么？当然是，可他不惯在面上表现出来。

进保走近一步，恭敬请示：“皇上，翊坤宫娘娘身份未定，丧仪不知如何处置？”

那女子还在喋喋不休，大约是仗着皇帝宠幸，愈加放肆：“皇上，嫔妃自裁可是大罪，这是乌拉那拉氏公然羞辱您啊。”

皇帝再也忍耐不住，低喝道：“滚出去。”

那女子怔了怔，还未反应过来，眉眼触及皇帝的冷然，才生了惧意，也不敢哭出声，赶紧缩着身子出去了。

这一番倒是意外，连进保也不曾想到，他只能更低眉顺眼，听皇帝吩咐。

皇帝凝神片刻，再睁开眼时，眼底已经发红：“朕本意予以废黜，终存其位号，已格外优容。可是她宁愿自裁，宁愿这样离弃朕，决绝如此……”

进保小心翼翼：“皇上，翊坤宫娘娘生前公然断发，顶撞皇上，是否还要按皇后丧仪来办？”

皇帝的声音有太多不甘与伤神，竟有几分嘶哑了：“乌拉那拉氏……她一定很不愿意做朕的皇后。”皇帝的眼神不知停在何处，“罢了，丧仪就按皇贵妃之例办吧。丧葬事宜，一切从简。永琪呢？让永琪回去视丧，陪她最后一程。”他想一想，“她生前与纯惠皇贵妃交好，也不必麻烦，置于一处便好。”

进保答应着，正要离开。皇帝忽然唤住她：“翊坤宫之人自裁前，见过什么人？”

进保踌躇片刻，赔笑道：“皇上，皇贵妃去看过翊坤宫娘娘，送去一些补身之物。其余再没别的了。”

皇帝不作声，却分明看清了进保眼底的那丝犹豫：“朕知道了。愉妃与乌拉那拉氏亲厚，丧仪的一切事宜由她安排就是。”

进保思忖着道：“是。只是愉妃娘娘刚刚丧子不久，又逢翊坤宫娘娘离世，伤心过甚，立刻管事怕是力不从心。”

皇帝似乎不耐烦：“愉妃若是不成，还有颖妃和容妃呢，也可以帮衬。”

进保连连答应着退出去办差事了。

灵堂就设在翊坤宫里，要不是宫门口的一溜白纱灯笼，真看不出里头正在办丧仪。皇帝吩咐了一切从简，如懿生前又极尽失势，再加之十七阿哥初生，嬿婉反复叮嘱不可有哀乐吓着了他。如此，就算有颖妃和香见帮衬，海兰能在丧仪上所做的主，也实在不多。

不过，人少也好。于海兰而言，更能清清静静地陪着如懿多一些时候。

海兰这般沉默跪守在灵前，烧着纸钱元宝等物。火舌贪婪地吞着那金纸银纸的元宝，也照亮着海兰苍白至极的面孔。丧子之痛已经夺去了她半条性命，相伴数十年的姐妹离世，更是将她折磨成了行尸走肉。

海兰烧完手里最后一把元宝，凄惶道：“姐姐，说好了要等我回来的，你怎么说话不算话。明明答应了的，一句话，一个字都要当真。你却食言了。”

没有人回应她，可以回应的那个人，早已躺在了棺木中，生气全无。巨大的悲痛将她打击得无法起身，匍匐在地，发出呜咽的悲泣。

良久，有人缓步进来，伸手扶住了她：“愉妃姐姐，你要节哀。”

是婉嫔的声音，海兰缓了片刻，才能说话：“哀莫大于心死，还如何节哀？”

婉嫔素来心善，环顾四周，轻轻叹气：“你瞧这宫里的人情冷暖，翊坤宫娘娘到底还没被废后呢，居然只有我和你来。”

海兰淡漠道：“颖妃在外头主持大局，容妃去陪着十二阿哥了。恪嫔胆子小，来转了转就走了。其他人都碍着皇贵妃的面子和皇上的震怒不敢来。”

婉嫔怯怯地点头，她疑惑：“愉妃姐姐，翊坤宫娘娘丧仪，皇上下令是按皇贵妃之例办，还昭告天下翊坤宫娘娘薨。皇上这意思，是不把娘娘当皇后看了么？”

海兰的神色若冰雪一般：“能来的都是对姐姐真心的，我不会忘。姐姐离世之前，皇贵妃进过翊坤宫，皇贵妃一离开翊坤宫，姐姐就离世了。这我也绝不会忘。”她看一眼婉茵，“婉嫔你素日最胆小，怎么也来了？”

婉嫔低首，像是被触动了不堪回首的往事，含着羞愧与不安，膝行上前，磕头三下：“我欠了娘娘的，只怕这辈子都还不了了。”

窗外风声呜咽如泣，海兰出神片刻，自言自语道：“要还，总是能还的。”

翊坤宫如白雪堆就一般，皇帝立了片刻，只觉得眼中落满了雪点子一般，生生地疼。从木兰围场匆忙折返后，他一直不敢面对如懿的丧仪，不闻不问是他惯用的办法。便是经过，也情愿视而不见，不敢踏足半步。如懿留给永璂的信，他是先看到了，信中所言，不过是一个病中母亲再日常不过的嘱托，盼望心爱的孩子平安顺遂，得到自在，可以只做自己想做的事，更可以不必做自己不想做的事。

那并不像是一封临终的遗言。如懿的死，始终是他心中不灭的疑惑。为何突然，她就这般去了？江与彬来请罪过，说起如懿已得痨症，但一直不许他告诉任何人自己的病情。江与彬也说一直在调治，难道这样，她便不愿再活下去了？

窗外风声呜咽如泣，皇帝失神地坐着，也不知过了多久。天光明亮得很，可皇帝还是觉得身上寒浸浸的，明明是夏日炎炎啊。七月盛暑，怎会有凉意袭人呢？大约，大约真是殿内的冰供得多了些。皇帝伸出手，摸着眼前一支玫瑰簪子。

那是一件旧物了，戴着它的人一定很是爱惜，常在青丝间厮磨，才会有这般光润。

进保递上一盏清茶："皇上，您看了这簪子很久了。"

皇帝点点头："她走的时候，唯一的佩饰就是这支簪子。这，是朕很久以前送她的。"

进保轻声唤："皇上。"

皇帝似乎没有听见，仍是摸着簪子把玩："她这是什么意思呢？对朕怨恨已极，却还戴着这支簪子。"

皇帝眉心的曲折渐深，那疑惑盘旋在他心头，甚是难解。进保不知该如何去劝。翊坤宫丧仪，皇帝没有踏足一步，颖妃主持宝华殿超度之事，皇帝也不过问。按理说，他该是厌弃极了乌拉那拉如懿。可为何，却偏偏拿着这支簪子，不言不语，不饮不食？

进保自知劝不得，只能兀自焦急，直到外头小太监通报皇贵妃到来，他才轻轻舒一口气。或许皇帝，愿意听一听皇贵妃的劝说。

嬿婉进来时，已不见皇帝手中把玩的簪子。她的脚步轻快，全然不像一个刚生育的女子，反而像是一只游荡花丛的蝴蝶，以最美的姿态翩跹。也是，如懿的薨逝，让她觉得紫禁城从未这般天地开阔过，终于可以舒展心胸。哪怕，她也曾有过一丝不安，自己离开后如懿便自裁，皇帝是否会怀疑自己。可是皇帝自回来后，便未提及过如懿一句，她也稍稍安心了。

嬿婉轻盈请安，皇帝微笑着吩咐她起身，早已没了方才的愁云惨淡。

嬿婉侍驾多年，与皇帝也是亲近，便在榻边坐下，傍着皇帝的手臂絮絮诉说。不过是宫里的一些琐事，皇帝兴致不大，有一耳朵没一耳朵地听着，嘴上应付："你是皇贵妃，后宫的事你自可做主。"

嬿婉得了这一句，心思稍定，这才露出几分关心情切之意："刚去宝华殿看过了，颖妃头一回主持这样的大事，实在有些紧张。"

皇帝何等精明，只等着她说下头的话，便也淡淡的："那你可教导她些。"

嬿婉伸手在皇帝肩上轻轻捶着，甚是体贴。等皇帝舒坦些许，方才柔声细语道："臣妾也是心疼颖妃妹妹，既要主持丧仪，还要回去照顾璟妧，实在辛苦。"

皇帝倒是心疼嬿婉，闭目养神，口中应着："那也没有你辛苦。这几年接连产子，又要亲自照顾。"

这一语倒惹起了嬿婉的伤心事。她手中动作一缓，顺势伏在了皇帝膝上，哀叹不已："皇上，臣妾想着，孩子们都在臣妾身边了，唯有一个璟妧从小养在颖妃膝下，自幼不曾和弟妹相处。如今璟妧也大了，未免手足情谊淡漠……不如让璟妧在臣妾那儿住一段，也好彼此亲近些。"

若不提，这些都是旧事了。可个中缘由，皇帝是再清楚不过的。嬿婉生育七公主璟妧之时，正是生母惨死、自己地位不保之际，所以这个女儿一直养在颖妃膝下。而颖妃虽然是养母，但一直不曾生养，对这个养女爱得跟眼珠子似的，照顾得无微不至。且颖妃的性子素来不与嬿婉来往，只与自己一般出身蒙古的嫔妃亲近，将七公主护得极紧，连生母都甚少见到，更无半分母女之情。

今日嬿婉的话说得如此明白，皇帝也知道了："你想接璟妧回去？"

嬿婉也不掩饰心迹，倒是一副慈母的关切情怀："皇上，璟妧到底是臣妾亲生的，臣妾实在挂念。而且永璘才出生，若是能与姐姐在一块儿亲近，该有多好。"

这话她没有再多说，因为皇帝也知道，接走七公主，等于剜了颖妃的心头肉，她是断断不肯的。然而嬿婉的泪已经涌了出来，啜泣不已。

或许解铃还须系铃人吧。皇帝心中本牵挂别事，不耐烦道："那好了，好了。璟妧愿意就去你那里小住，否则不要勉强她。"

嬿婉大喜过望，忙忙周全了礼数便退出了养心殿。她一壁吩咐了王蟾去咸福宫接七公主，一壁打发宫女回去将永寿宫的侧殿整理出来，供七公主居住。

春婵忙捧着奉承道："等七公主一回来，几位阿哥公主都养在小主膝下，那可真是团圆了。"

嬿婉微微得意："为了璟妧的事本宫求了皇上多年，难得皇上今日竟痛快答允了。"

春婵奉承道："乌拉那拉氏一死，您就是后宫第一人，皇上自然尊重您的意思了。如今七公主就要回到小主身边，小主事事圆满，再没有不顺心的了。"

嬿婉面上的得意一闪而过，却未肯说出来。斗了那么多年，最后乌拉那拉如懿竟是自裁死了，真是无趣。这般无用的敌手，为她枉费多年，真是冤哉冤哉。不过她一死，这后宫便真是自己的了吧。

数十年光阴流转，谁能想到曾经全无家世的小小宫女，竟会成为宫中位同副后的皇贵妃呢。自然，没有正后，副后亦是等同于皇后了。等三年丧期满，安知坐于凤座之上的人不是她呢。

心思懵懂间，仿佛已是身着凤袍的自己立于万人中央，接受如山朝拜。然而眼前几个人走过，却只是草草行礼，毫无尊敬之意。

这种冷漠，让嬿婉无法承受，即刻变了容色："站住！见到本宫怎不行礼？"

为首的正是集万千宠爱于一身的香见，她冷然道："我是我行我素惯了，向来没规矩的。"

嬿婉气结，看着香见身后两个蒙古嫔妃，恪嫔与恭贵人，喝道："那你们呢？"

二人互相看了一眼，大约觉得的确失礼了，才道："咱们跟着容妃娘娘走得快，所以……”

嬿婉冷笑：“所以行礼草草，果真眼里没有本宫了。”

恪嫔与恭贵人有些尴尬，香见拦在前头道：“咱们赶着去翊坤宫给主子娘娘磕头，顾不上对皇贵妃的礼仪，也不必见怪。”

嬿婉似乎不相信地重复了一句：“主子娘娘？”

香见正色道：“皇上并不曾真正下诏废后。翊坤宫娘娘，自然就是咱们嫔妃的主子娘娘。”

这下连春婵都忍不住了，忙为主子出头，回嘴道：“荒唐！她不过以皇贵妃礼下葬，连她的死皇上也只称薨，显见是把她当嫔妃看待。那算得什么主子娘娘。”

香见见主仆这般色变，反而气定神闲地笑了。她的目光如清冷碎冰，划过脸庞时嬿婉都能察觉那种森森寒意。香见一字一句道：“就算如此，那也是我们心里的主子娘娘。皇贵妃，你可不是。”

香见话音已落，两位蒙古贵人也无半分劝阻之意，显然在她们心底，是认同这句话的。嬿婉心底的怒火已经滋滋烧了上来。她知道香见的性子执拗，皇帝都少悖她意思，便挑两个贵人说话：“容妃无礼，你们也要效仿么？”

恭贵人重施了一礼，不卑不亢：“颖妃娘娘主持主子娘娘丧仪，我等蒙古嫔妃，自然追随。告退了。”

众人再不言语，低首告退。

嬿婉气得发怔。她几乎不敢相信，这是她人生最得意的时候，多年劲敌已死，生子揽权，居然被一个有宠无子的嫔妃顶撞不算，连主位都算不上的贵人都敢不将她尊若神明。真是要反了！

春婵见她转瞬间脸色数变，知道是气恼到了极点，忙忙劝说道：“小主，小主，您别生气。看来这些蒙古嫔妃都追随颖妃，您夺回七公主是对的，正好挫挫颖妃的锐气。叫她们知道谁才是真正的后宫之主。”

是了，这才是症结所在。嬿婉沉住气，一言不发，径自往永寿宫去。

算着时辰，颖妃忙碌于宝华殿和翊坤宫两头，自然无暇顾及七公主，而区区宫人，拦不住王蟾势必为她接回女儿的气势。待得颖妃知道，早就木已成舟了。

嬿婉这么盘算着，已到了永寿宫外，一进宫门，便听到了七公主的吵嚷声。到底是亲生女儿，这么多年分离，嬿婉心疼不已，上前就搂住了七公主，唤道：“璟妧，璟妧。”

璟妧乍见她来了，吓了一跳，勉强叫了一声“令娘娘”，便又挣扎着道：“我要回去，我要回去！我住在咸福宫，不是永寿宫。”

小小一个人儿已经半大，力气不小。嬿婉珠翠满头，绫罗丝滑，一时有些抱不住她。

嬿婉满口价哄着：“好孩子，我是你额娘，听额娘的话，额娘疼你。”

璟妧怔了片刻，细细打量着她，深吸了一口气。嬿婉以为孩子心思转动，正要再柔声劝说，不想璟妧肃然朗声：“不，我要回去。我额娘是颖妃，不是你。”

春婵在一旁忙不迭地劝着哄着：“七公主，小主才是您的亲生额娘啊。”

璟妧的面色渐渐冷下来，略带稚气的白嫩脸庞上露出与年龄不符的沉着与冷静，她的口吻是决断的，不容置疑的：“不是，不是，我是颖妃的女儿。”

若是璟妧撒气撒泼，嬿婉都不会在意，小孩儿嘛，哄哄吓唬几回便好了。可是偏偏，这孩子的神情明白无误地告诉了她，她都知道，都明白。

有寒意从骨血里沁了出来，这个孩子，已经在截断她试图联系起来的母女血脉之情。

真的是来不及了么？后宫尚未完全驯服，连亲生女儿都要远离自己，背叛自己。

这个念头瞬间点燃了她的血液，那燃起的火焰几乎烧噬着她身体的每一寸，让她焦灼、痛苦，以致怒不可遏。

嬿婉的手离开了怀中的女儿，居高临下一般，冷然道："这孩子，这般不服管教。"

春婵被她的神色吓到，赶紧道："七公主还小，又一直没在小主身边，慢慢就好了。"

嬿婉不耐烦在宫人们面前露出下风，便顺水推舟道："也罢，先安顿她住下，和弟妹们亲近亲近，也好让她知道，她是从谁的肚子里出来的。"

当下，王蟾赶紧拉过了璟妧，殷勤道："对对，七公主的屋子收拾好了，奴才带您去瞧瞧。"

七月中旬的风，带着酷热的暑气扫上了面庞。轻飘的裙角被傍晚的风轻浮地拂起，嬿婉深深吸了口气，将那如血残阳，留在了身后。

颖妃得知消息时，已是掌灯时分。她从翊坤宫回到咸福宫，正要梳洗更衣来抵去一日的辛苦，却立刻被心急如焚的宫人们围住，告知她七公主被接去永寿宫的消息。

颖妃心底最软弱处被人一刀刺中，几乎是瞬间失了方寸，喝道："为什么不早来禀告？"

宫人们吓得跪了满地，抖衣瑟瑟。颖妃看着众人畏惧不已，才稍稍恢复了几分理智。是啊，一有皇帝的准许，二有皇贵妃之尊，三则也是最重要的，自己在翊坤宫主持丧仪，一旦如此刻般乱了方寸，要承受失礼之罪的也只有她自己了。

可是璟妧，她怎能夺走璟妧？

没有人知道这个孩子对颖妃是多么重要。从她抱回婴孩开始，从璟妧软软的小身体，红通通的面孔在她怀里那一刻开始，她就把这个孩子视作了自己的亲生骨肉。

大约是天意不许，虽然得宠多年，颖妃从未有过自己的亲生孩儿。便是一同出身蒙古的妃子，也无人有生育之能。对一个有宠无子的女子而言，自小养大的孩子，是多么重要。一句心头肉，也不为过。

真的，不是为了权势依靠，而是她真心爱着那个孩子，那个在空落落的紫禁城与她相依相伴的孩子。

是了！就算嬿婉是璟妧的生母又如何？嬿婉素来看重儿子，璟妧的出生又未能为她挽回彼时颓势，她又怎会如自己这般爱惜。璟妧的第一次笑，第一次牙牙学语，第一次学步，第一次风寒发热，都是她陪伴在侧，一一照顾。那个亲娘，又在做什么呢？谋算？毒害？媚宠？不，这些都叫她看不起。

她亲手养大的孩子，怎可回到那样的生母身边去？

颖妃的思绪疯狂地旋转着，脚下已经跌跌撞撞奔了出去。花盆底碍事，被她一脚踢开，只着白袜奔跑。此时一众蒙古嫔妃都得到了消息，赶来慰问。见她这般失态奔出，为首的恪嫔、恭贵人吓得不知所措，只好本能地拦住了颖妃。

颖妃眼里哪有她们，径自喊着“我的璟妧，璟妧啊”。宫女们苦苦哀求，恪嫔先劝道：“有皇上允准，娘娘哪里能带回公主？”

恭贵人见事倒明白，立刻指出症结所在：“定是皇贵妃忌恨娘娘为翊坤宫娘娘主持丧仪，才要夺走七公主。”

颖妃发狠道：“那又如何？就是本宫与咱们这些蒙古姐妹在翊坤宫娘娘与皇贵妃之间从不偏私结党，皇上才格外器重，又怎会因此怪罪？”

恪嫔怯怯道：“总不是因为翊坤宫娘娘自裁，皇上气昏头了吧？”

颖妃气得连连顿足，忽而心念一转，厉声喝道：“皇上是生气还是伤心，谁知道呢？再说翊坤宫娘娘是不是自裁还是两说呢。谁知道是不是被那位所杀，翊坤宫娘娘死前可是见过那位的！”

一众蒙古嫔妃都惊呆了，不觉面面相觑。不知谁轻声嘀咕：“啊！这话可不敢胡说啊。”

怎么会是胡说？

当日的情形再度浮现于眼前。

颖妃执着璟妧小小的手，看着嬿婉得意而出，而那不久，便得到了翊坤宫乌拉那拉氏自裁的消息。

模糊的念头随着心痛越来越清晰。是了，一定是魏嬿婉杀了乌拉那拉氏。便不是亲手所为，也一定是她所逼杀的。一定是！

到底是恭贵人心思细些，低声道："这话也未必是胡说，我已听到不少风言风语。"

颖妃被夺女之痛烧得容颜扭曲，厉声道："我带着璟妧进的翊坤宫，翊坤宫娘娘刚气绝不久，而皇贵妃前脚刚离开！"

恪嫔一张俏脸雪白："娘娘，就算我们有蒙古诸部做靠山，您这样公然诋毁皇贵妃，也是不成的呀！"

颖妃满脸是泪，挣扎着道："本宫不管！本宫只要自己的女儿！"

这一声哭，众人都静了下来。蒙古诸嫔妃只有颖妃养了一个女儿，这位公主对她们干系极大，嬿婉这般夺女而去，不只昭显她在宫中的权势如日中天，更是不将蒙古放在眼里。而这一切倚仗，不过是皇帝的宠爱，儿女的依靠罢了。

正僵持间，一个纤瘦的身影缓步踱进。她的语调低沉而柔微，却掷地有声："诋毁？这些话宫里好多人都在传呢。"

众人忙行礼道："愉妃娘娘。"

海兰柔声道："都起来吧。"她走近颖妃，贴近她耳边低语呢喃，"知道你的孩子被抢走了，我是来帮你的。"

恪嫔面上闪过一丝不信，海兰失了曾经皇后的依傍，失子，无宠，她还有什么？

海兰似乎是猜到了诸人的心思，轻声道："在这个节骨眼上带走七公主，是打击颖妃的良机，也是将你们一众蒙古嫔妃压倒，让她称雄后宫的良机。"

她的话语极轻，却足以让在场所有人震动。

恭贵人旋即明白过来："有了七公主在手，颖妃娘娘顾及多年母女情谊，势必要向她低头。"她轻哼一声，"咱们蒙古女子，不会欺人，但也不会由着她人欺辱。"

暑气夹杂在晚风里，裹得人浑身每一个毛孔都窒闷不堪。那种感觉，像极了踩进泥淖深潭。不可自救，只能眼睁睁看着自己陷入绝望，无可奈何。

颖妃在泪眼迷蒙里仰起头，软弱和伤心并未将这个蒙古女子血液里的坚韧打碎。她紧紧握住了海兰的手，低声道："我看见了，璟妧也看见了。"

数日来皇帝都是心绪不佳，饮食上多是被退了出来，只说皇帝胃口不佳，绿头牌更是彻底被闲置了。御膳房和敬事房便是着急，也是无可奈何。御前是进保守着，他口风极紧，谁也不知养心殿中的那位至尊，到底是怎么了。

太后实在放心不下，便去养心殿看望皇帝。皇帝照例是对太后恭敬有加，问安道："皇额娘今日怎么来了？"

太后在榻上斜坐下，打量着皇帝："你自然知道哀家是为什么来。"

太后语中之意，皇帝如何不明。他似乎不愿继续这个话题，一手拨着黄花梨案上的白玉莲花炉，那氤氲散开的香烟混着殿内冰座上散开的沁凉微润的水汽，那香气仿似也变得雾沉沉的，丝丝缕缕黏在身上，缠绵着不肯离去。

太后见皇帝不开口，索性挑破了话头："皇帝昭告天下乌拉那拉氏薨，宫里宫外议论纷纷，旁人不敢来，哀家来问问，皇帝到底是什么意思？"

皇帝无言以对。太后又道："如懿是皇后，可你给她的丧仪只有皇贵妃仪制，还对外称她为乌拉那拉氏，昭告她'薨'，不用皇后所用的崩，你这可是废后的意思？"

皇帝似乎怨怼颇深，语调平静得毫无起伏波澜："当年在杭州行宫，皇额娘曾告诫过儿子废后是失德之举，儿臣不会这样做。但乌拉那拉氏在儿子不在的时候自裁，足见不想见儿子，生前都不见儿子的面，将来自然也不会愿意与儿子合葬。那儿子何必让她死后还要厌憎不安？儿子也是成全了她。"

太后轻轻一嗤："这话就是赌气了。且按旧例，凡葬在妃园寝内的，都各自为券，而乌拉那拉氏却被塞进了纯惠皇贵妃的地宫，堂堂皇后反成了皇贵妃的附属。这也说不过去呀！”

皇帝眉心一动，有无限心事被挑动。他嘴唇微微张合，犹豫良久，方才低声道：“她在世时，几个皇贵妃里也只与纯惠皇贵妃合得来，在一块儿也好。免得地下寂寞，连个说话的人也没有。”

太后晓得皇帝的难堪，叹道：“皇帝……”

熏香燃得有些快，重重渺渺地散在二人中间，好似一道纱雾屏风，朦朦胧胧。太后年纪大了，眼目不如从前清亮，竟有几分看不出皇帝的神色微动。

心上柔软处似被什么东西狠狠撞了一下，那种抽痛牵起鼻中的酸楚。皇帝很有些委顿，露出几分难得的软弱：“皇额娘不要说了。皇额娘想说的，所有人会说的，儿子都知道。可朕是皇帝，朕也得有朕的考量。如懿公然断发，几次三番违背朕、忤逆朕，置朕的颜面于何地？朕以礼法治天下，她虽在后宫，却也是一个样子，要是人人都像她这般，朕还如何辖治前朝后宫，如何辖治天下人？”

太后幽幽一叹：“皇帝啊，你又何必如此决绝？”

皇帝极力硬着心肠，冷然道：“皇额娘也说过，后位也好，恩宠也好，权势也好，如懿都不放在眼里，那朕又何必对她强求。也许，她本就不该是这宫里的人。”

太后默不作声，只是定定望着皇帝，那目中尽是了然与惋惜：“哀家明白了。其实如懿真正想要什么，皇帝你都是知道的。可是皇帝啊，越需要用力抹去的，往往越是不敢面对的。可越是想要忘记的，却往往又是最难忘记的。是不是？”

这番对谈似乎抽去了皇帝所有撑持着的力气。他还想说什么，然后眼底微沁的泪光已经阻止了他的言语。再开口，必定是哽咽，何必在此露了心防。

是啊，无数的时光匆匆奔涌而去，谁也不复少年时光，他所留恋的青樱，何尝不也是自己放不下的弘历时代？

翩翩少年郎已然垂暮，心头牵念不已的少女，也情绝意断。谁还记得当年，墙头马上遥相顾，一见知君即断肠。或许便是曾经多么在乎，如今就有多么心痛吧。而不想心痛，能做的，便是不在乎，便是厌弃，才能麻木。

末了，还是太后道：“乌拉那拉氏过世，最伤心的还是永堪。永堪就在哀家身边，等往后愉妃过了哀痛的劲儿，再带回延禧宫吧。”

这样的安排，自然是最妥当不过的。皇帝也记挂着永堪：“皇额娘，那孩子还得你费心关照些。”

太后微微颔首，父母不合，决绝至此，永堪如何不知？素来父母未能情好的，最吃苦的便是孩子。永堪性格沉闷软弱，多半也是因为如此。皇帝大约也是知道此节，怕永堪心中有怨，所以才请托了太后照顾。也唯有太后照顾，才镇得住与如懿不睦的嬿婉吧。

太后轻轻叹息，天家尊荣，享得泼天富贵，却亲情不保，又有何趣味呢？或许真要活到了自己这斑白年纪，才能懂得个中滋味吧。

皇帝这般不乐，嬿婉照例是要领着嫔妃们去请安的。然而这几日她也实在是无心他顾，璟妧到了永寿宫里，不肯吃饭，竟是断了饮食。起初嬿婉也不着急，永寿宫的小厨房手艺远胜于御膳房，什么苏杭点心珍馐美食，但凡小孩子爱吃的，一溜儿流水样供到璟妧面前，便不信她一个孩子扛得住这般诱惑。

然而奇怪的是，璟妧那孩子是出奇地镇静与倔强，死咬着不开口。若是给水便喝，食物一点也不碰，铁了心地要回咸福宫。

嬿婉原打算着颖妃要来闹一闹，便可趁势炫耀自己皇贵妃的威仪，好好训斥她一番，打压气焰。偏偏颖妃不来，她满腔气焰无处可发，想着颖妃是骨子里怕了她，便转怒为喜了。可谁知一个孩子便闹腾得她头痛不堪，再好的气性也忍耐不住。只为璟妧来来去去就是几句：“我要回咸福宫，我要回额娘身边。”

嬿婉气结：“我才是你的额娘。”

璟妧慢吞吞道："不是。你不是。不回咸福宫，我宁可不吃饭。"

嬿婉气急了便道："好，你就算饿死，也是我的女儿。"

璟妧不哭也不闹，稚嫩的脸庞上竟是冷笑："你真的很喜欢看别人死，是不是？"

那目光中的寒意，逼迫得嬿婉忍不住要发抖。她怕什么？风里浪里，刀剑相逼，熬不过这些，如何做得上皇贵妃的位子？可那目光居然是来自亲生女儿，竟让她毫无抵抗之力。就算是输，也不知输在了哪里。

嬿婉恨恨地想，是了，一定是颖妃教坏了孩子，一定是。

她想一想，几乎是带着奔逃的姿态，想去看一看永璘、永琰和九公主。这些她一手带大的孩子，绝不会如璟妧待她，绝对不会。至少她还拥有那些孩子的依恋与笑脸，她什么都不用怕，不用怕。

回到紫禁城不久，皇帝便下旨召回了李玉。李玉到底是宫里的老人儿了，听闻皇帝召唤，一声也不言语，也不问缘由，便打点好了一切，奉茶上前。

他进到养心殿暖阁，恭敬端上茶水。皇帝抿了一口，回味悠长："三月的龙井新茶，七分烫，茶香满口。也唯有你沏得出这一碗恰到好处的茶来。"

李玉跪下道："皇上不嫌弃奴才年老眼花，奴才感恩不尽。"

皇帝徐徐道："你回来，要孝敬的必定不止一盏茶。"

李玉恭声道："奴才已去翊坤宫给娘娘上了香，也带了容珮来。"

皇帝的语声远远的，似从天际缥缈而来，沉沉砸入他耳里："如懿，到底是如何死的？"

李玉心下一坠，果然，果然皇帝是疑心的。他微微压低声音："翊坤宫娘娘自裁前，令皇贵妃刚刚离开。随后进去的，还有愉妃、颖妃和七公主。"

李玉几乎以为自己耳朵不清了，他居然清楚地听见皇帝的嗓音微微一颤："真是自裁？"

李玉如何不知皇帝的疑惑，忙道："奴才查验过，自裁倒确是自裁。只是奴才不解，翊坤宫娘娘抱病已久是真，但为何早不自裁晚不自裁，偏在令皇贵妃走后自裁。若说是病中绝望，也不大通啊。"

皇帝深吸一口气，将心底呼之欲出的质问按捺下去，只以淡然之色相询："你的意思，是令皇贵妃说了什么，抑或做了什么？"

李玉缓缓摇首，老成持重："奴才能查问到的，是显而易见的东西。至于底下是什么，因由是什么，奴才不过是奴才，不懂得查看人心，也不知情由所在。"他一顿，"奴才适才前往翊坤宫，看到了一些东西，特意拿来给皇上细看。"

皇帝默然颔首，李玉击掌两下，有两个小宫女捧了东西进来，那是曾经侍奉过如懿的菱枝和芸枝，她们捧了大幅雪白的锦缎在手，款步走进。容珮伴随在侧，哀伤却自持。

容珮沉声道："娘娘废居一年余来，无事时只着意于刺绣与诵经。所绣之物无他，只有一二花色。请皇上一顾。"

芸枝和菱枝捧着洁白如霜雪的皎云轻纱，徐徐铺开。皇帝注目片刻，不觉微湿了眼眶。

真的只有二色图样。

青色樱花盛开如蓬云，红荔鲜艳。绮丽之外，其余素白一片。上头的针功细致沉腻，每一朵花瓣不知刺了多少万针，才费尽一瞬一瞬之时，挪万象情感于绢布之上。

眼底的热意越来越烫，几乎有刺痛。他转眸，扬起脸，再扬一扬，生生把泪水逼落下去。他听得自己无波无澜的平静音调："她身边还留着什么？"

李玉恭谨道："一幅未曾绣完的绣样，与这些并无二致。另则，娘娘身边还留着一本看了一半的书，是白朴的《墙头马上》。"

他刻意维持着平稳的心跳陡然失去了韵律。那是他与她同听的第一出戏。记忆里的人呵，还是华章子弟，豆蔻梢头的好年岁。

她还是念着的，念着的。念着他们的初初相遇。遥遥相顾，一见倾心。

偏偏，那诗里是这样说的，墙头马上遥相顾，一见知君即断肠。

她与他的最末，终究只是天人永隔，一世断肠。

皇帝似是自语："绣样留了一半，书也看了一半，便这般弃世了？"

皇帝的沉默是压在坚冷雪山之巅的寒云，压迫得人透不过气。也不知过了多久，端起茶水轻抿："进保虽然得你真传，很会服侍。但他到底是你的徒弟，不比你稳重练达。譬如这一盏茶，也不如你端来温热适口。你还是留在朕身边好好伺候。"

李玉答应着，垂手立于一旁。皇帝复又提起饱蘸了墨汁的笔，不疾不徐，批阅奏折。

也不知过了多久，更漏泠泠，墁地金砖上投着一帘一帘幽篁细影，令人昏昏欲睡。京中想来暑热，七月更是流火欲燃。殿中供着金盘，上头奉着硕大的冰块，雕刻成花好月圆蝶鸟成双的图案，将殿中洇得蕴静清凉。皇帝跟前的奏折渐渐薄下去，冰块亦渐渐融化，那鸟儿失去了翅膀，蝴蝶亦飞不起来，花已残，月已缺，化成细小水珠滴落在盘中。再美再好，也不过浮华一瞬，再也寻不回来。

外头起风了，蓦然间水青底绣浅粉樱花纹影色帘翻飞，如一色青粉的裙流连而过。恍惚里，是皇帝的声音，轻轻唤了一声，含糊得一如风中掠过的蝴蝶，带起一缕花叶的涟漪。

李玉分明听见，皇帝唤了一声："青樱。"

呵，李玉恍然想起，从前的从前，他们都还年轻的时候。青樱最爱穿的，便是这一色花叶生生的衣裙。只是，这世间的青樱，早已不在了。连如懿，也魂魄归去。

皇帝眉心微曲，郁然长叹："她去得好么？"

李玉如何敢说，想了半日，还是道："翊坤宫娘娘面带笑意，去得安和。"

"她情愿死，也不愿再留在这里。李玉，她不该来这宫里。若是去了外头，海阔天空，她的一生，不致如此。"

李玉喉头一阵阵发酸："皇上，她苦，您也苦。若是翊坤宫娘娘还活着，哪怕您与她不再相见，奴才知道，您心里便不会那么苦。"

皇帝并不答他的话，只是负手起身，从寝殿榻上的屉子里，取出一方丝绢，青樱，红荔。岁月更长，人已渐老，但那丝绢，却簇新如旧。他握着那方丝绢在手，久久无言，静静问："你猜，令皇贵妃对如懿说了什么？"不必说了，已经什么都不必说了。疑根深种，只等长枝蔓叶，开花结果。他眼中隐隐含泪，难抑心底一丝激动。只凭这一棵疑根，嬿婉的日子，也不会那么安稳了。

李玉紧紧地闭着双唇，片刻方道："奴才不知。"

皇帝伤感不已："不过，无论是否有人逼迫，如懿到底是自裁。宫中后妃自戕是大罪，她是要告诉朕，她生不再与朕同衾，死后也不与朕同穴的心思。如懿，她好狠的心。"

李玉回来的消息一阵风似的传遍了后宫，嬿婉是害怕的，李玉与如懿交往颇密。如今如懿新死，李玉又回来，莫不是皇帝动了对如懿的怜悯之情，那便不好办了。

午后的紫禁城，静得少有人声。日光无遮无拦地洒落，逼起红墙金瓦之上一阵阵白腾腾的暑热。虽说八月了，京城早晚渐凉，但午后酷热，却是半点也未减。这般昏昏欲睡的时节，凝神细听去，才能听到戏乐之声悠悠传来。春婵有些奇怪："这个时候，谁在传戏呢？"

王蟾苦笑："是漱芳斋那儿的声音，这不，一定是皇上在听戏呢。"

春婵摇摇头："翊坤宫娘娘才过世不久，皇上就听戏，也太无情了些。"

戏台上的戏子们水袖轻扬，七情六欲都在面上格外浓重。曲调伴着丝竹悠扬起落，是谁在诉说着柔肠衷情："你道是情词寄与谁，我道来新诗权做媒。我映丽日墙头望，他怎肯袖春风马上归。”

皇帝坐在漱芳斋里，日常所余的爱好，仿佛便只剩了听这一出《墙头马上》。宫人们垂手而立，静若泥胎木偶，无人敢打扰皇帝这份静逸。唯有李玉轻手轻脚侍奉在侧，斟茶递水，打扇轻摇。外头传来一声不合时宜的哭声，扰了乐曲里的情意宛然：“皇上，皇上，您救救璟妧吧。”

李玉侧耳：“是颖妃的声音。”

皇帝听得是颖妃，即将要升起的怒意压了下去，吩咐了宫人们让了颖妃进来。颖妃一路梨花带雨进来，哭得几乎噎住：“皇上，皇上，听说璟妧倔强，回到永寿宫一直不肯进食，这可怎么好？”

皇帝虽是训斥，口气却柔缓得很，足见素日对颖妃的客气：“胡说！皇贵妃是璟妧的亲娘，怎会饿着她？”

颖妃性子刚强，极少在皇帝面前哭，撒娇落泪更是罕见。皇帝见她情状，已然纳罕，偏颖妃不接受他的劝说，哭得更凶：“璟妧自小在臣妾身边长大，与皇贵妃的母女情分一时转圜不过来，彼此倔着。这璟妧饿坏了身子可怎么好啊？皇上，求您让臣妾接璟妧回来用顿饭吧。”

皇帝一怔，无可奈何：“唉。都是倔性子，哪里像你，更不像她亲额娘。”

颖妃嘴快：“璟妧喜欢她皇额娘，这刚强脾气像足了翊坤宫娘娘。”

话一说完，李玉都变了神色，不知该如何接口。颖妃自知失言，慌得一颗心怦怦乱跳，几乎要跳出腔子来，心中暗怪海兰乱出主意，非要她提这一句。

皇帝面色如常，浑然没有听见这句犯忌讳的话，只是温和道：“朕也饿了。你去带璟妧来养心殿，陪朕用饭吧。”

颖妃欣喜，如一只欢跃的鸟，立刻飞了出去。

那边厢嬿婉吩咐着选秀的事宜，让乳母带了九公主璟妘、十五阿哥永琰去陪着璟妧，想着孩子们在一起，总是好说话好玩闹，也便能哄得璟妧吃饭了。璟妧对着弟妹们倒不像对嬿婉那般排斥，也肯说几句话，乳母们便退远了，由着他们在一块儿。

璟妘只比璟妧小一些，已经很明理了。因为和弟弟们一起长大，所受重视不多，所以比起璟妧独受宠爱长大的性子，璟妘要温柔许多，很有几分嬿婉还是宫女时的模样，她劝道："七姐姐，你快吃饭吧，别惹额娘生气了。"

璟妧冷淡道："她不是我额娘。"

永琰年纪虽小，却一下明白了其中的关节，只说："额娘是我们的亲额娘，七姐姐是我们的亲姐姐。"

虽然不说是亲母女，却强调了彼此的血亲和自己不可分割，这下纵然是璟妧也辩驳不得。

璟妧别过头，露出傲然不屑之色："皇贵妃才不是我额娘，她是坏女人，她害死了皇额娘！"

璟妘一下子急了："姐姐胡说！额娘不是坏女人！"

当日翊坤宫外的情景历历在目，确是嬿婉出来之后，便得到了翊坤宫皇后的死讯。璟妧记得清清楚楚，此刻道来也是理直气壮："她就是坏女人！皇贵妃见了皇额娘，皇额娘才死的。就是皇贵妃害死了皇额娘，我和额娘都看见的。"

嬿婉听说孩子们在一起相处不错，正为自己的妙计得意，赶来享受这绕膝之乐。哪知才到门边，就听得这句锥心之语，霎时变了脸色，连声呵斥："你说什么？你这孩子，胡说八道什么？"

璟妧被这突如其来的怒喝吓了一跳。待回头见是嬿婉，又露出素日的冷淡鄙薄的神气，转头看着别处。嬿婉气不打一处来，喝道："果然是颖妃教坏了你，我自会去找她算账。"

璟妧听得她要为难颖妃，果然慌了神色，嘴上却尖厉："你就是坏女人，你害死了皇额娘。你一定还做过许多坏事，你会有报应的！"

嬿婉的心彻底凉了。这就是自己的女儿，心心念念要夺回来打击颖妃的女儿，她的心完全不向着自己。嬿婉心口一阵疼痛，太阳穴突突地跳着，激起锐利的刺痛，挑起青筋根根暴出。嬿婉顺手抓起桌上一把戒尺，拉过璟妧的手心狠狠打下去：“我不是坏女人！这话是谁说的？是颖妃是不是？”

璟妧想躲开，却被嬿婉死死抓住，不得逃离半分。璟妧手心被打得通红，死死忍着不肯求饶，咬着牙道：“你就是坏女人，谁都不喜欢你！我不喜欢你，我讨厌你！额娘，额娘，快来救我啊。”

璟妘和永琰何曾见过嬿婉这番暴怒模样，早就吓得呆了。璟妘缩在墙角，紧紧捂着嘴什么也不敢说，永琰连反应的能力都没有了，只是喃喃：“别打姐姐，别打姐姐。”

嬿婉盛怒之中，哪里会理会永琰的话，见璟妧不肯求饶，一味嘴硬，下手又凶又快，一下接着一下：“我才是你的额娘，我要好好管教你。”

这般乱糟糟的，乳母们吓得昏头，只晓得赶紧上前抱走璟妘和永琰，不让他们多看。璟妧何等机灵，趁着乳母们一窝蜂上来，立刻挣脱了嬿婉的手，向外跑去。

嬿婉哭得伏倒在地，连起身的力气也无：“我不是坏女人，我不是啊。我都是为了你们，我不是坏女人！啊，我的女儿，为什么要这么待我！”

还是春婵警醒，和王蟾架起了嬿婉，慌不迭道：“小主，咱们快追七公主回来啊。这么跑出去太危险了。”

嬿婉立刻醒过神来，吩咐着去追，自己也跟了出去。

璟妧好容易逃脱出来，奈何饿了几日，腿脚着实不快，而且永寿宫一带她着实少来，也实在辨不清方向，只知道沿着红墙根跑离永寿宫，离得越远越好。

眼看着乳母、宫人们追了出来，嬿婉气急败坏地跟着，璟妧再也忍不住，哭喊道：“额娘，救我啊！额娘！”

这一喊太过凄厉，颖妃本快步往永寿宫来，听得声音，几乎人都站不住了，一转角循声过来，抱住了璟妧，母女俩抱头痛哭。璟妧受了多日的委屈，见了颖妃才宣泄出来，紧紧抱住她手臂不放：“额娘，你终于来了。璟妧好想你啊。”

颖妃仔仔细细看着璟妧，立即发现她手心的红肿。这个女儿虽非亲生，但一直爱如珍宝，哪里受过这般委屈。颖妃心痛得直落泪，连声追问："怎么了？你的手怎么了？"

璟妧叫道："皇贵妃害死了皇额娘，我不喜欢她！皇贵妃就打我！"

嬿婉听得她在人前大呼，登时脸色惨白。颖妃巴不得这一句，连忙道："璟妧说的没错。当日我带着璟妧进的翊坤宫，翊坤宫娘娘刚气绝不久，而你前脚刚离开！还说不是你害死翊坤宫娘娘？"

说话间嬿婉赶到了眼前。见了颖妃，嬿婉的慌张伤心旋即被掩饰不见，恢复了皇贵妃的尊荣高傲，清冷道："本宫的女儿，不用旁人管教。"

颖妃不肯示弱，一把将璟妧拦在身后护住："我是璟妧的养母，怎么不能护着她？"

嬿婉的唇角含着讥诮之意，居高临下看着颖妃："不过是养母，皇上已经将璟妧交回本宫抚养。"

璟妧躲在颖妃身后，咸福宫的宫人将她团团护住，不让永寿宫的人接触。璟妧声色更壮："不，我是额娘的女儿，不是皇贵妃的女儿！"

颖妃微微一笑，打心底里觉得欣慰，面对嬿婉，也更不畏惧："看来，璟妧并不认你。"

嬿婉一腔怒火无处可泄，便也不顾及颖妃的身份，作色道："都是你教坏了璟妧！"

颖妃也不生气，眸中清冷之色愈加浓烈："我并无教坏孩子，孩子懂得是非，她不喜欢你的为人。其实何止是孩子，即便你位同副后，权倾后宫，至少咱们蒙古这些嫔妃就不服你，不服你这种用龌龊手段上位的女人！"

自从嬿婉封皇贵妃，宫中奉承无数，她哪里受得住这样的气？一时间心血翻涌，气得几乎要呕出血来。春婵在后，轻轻扯了下嬿婉的袖子，低声道："您是皇贵妃，您教训谁都是应该的。"

是呢。皇贵妃之尊，与这般寻常嫔妃闲言什么，教训便是。且不说这宫里大了一级就足以压死人，嬿婉有子，颖妃无子，就是尊卑之分。

嬿婉的怒色冷却少许，肃然道：“早知道你不服！本宫就教你个乖，教你什么是心服口服！来人，颖妃犯上不敬，给本宫带下去杖责。”

杖责是重刑，何况嬿婉未说杖责多少，便是要挫颖妃的锐气。咸福宫的宫女们，几个胆小的早就冒了冷汗，颖妃根本无所畏惧，只是打量着嬿婉：“我虽然是妃位，但我的背后是蒙古各部。你是皇贵妃，却毫无根基，风雨飘摇。”她含笑逼近，“许多事，不在位分，不在儿女多少，而在前朝后宫，势力交错。这一点，你比不上我。”

嬿婉气得发颤。她们就这般肆无忌惮么？仗着家世，仗着母族，不将她这宠妃放在眼里，还要任意击打她的弱点。

是可忍，孰不可忍。事到如今，撕破脸都不够了。

嬿婉索性下令：“还干看着做什么？给本宫打这个不知天高地厚的人！”

宫人们面面相觑，一时无人敢对颖妃下手。

立刻有宫人跪下求情：“皇贵妃娘娘息怒，皇贵妃娘娘息怒。”

这是真真儿忌惮颖妃的母族势力了！嬿婉眼前一阵晕眩，立刻鼓足了气势再要喝令。却听得一个沉稳女声道：“吵吵嚷嚷做什么？哀家去看了永瑆回来，都不得清静。”

太后积威多年，无人不服，当下所有人都跪下了：“太后娘娘万安。”

太后一身青金色锦袍，一头花白头发以翡翠扁方绾住，略略点缀几件金器凤簪，不怒自威。

“哀家刚从宝华殿给如懿诵经超度回来，就听得你们喧闹。”太后目光扫过嬿婉，将她看得如水晶玻璃人一般，“当了皇贵妃日子也不短了，还不能令嫔妃信服，看来哀家是得好好教导你。颖妃，你到底位分低些，也该懂得尊卑上下。有什么事不许当着奴才丢份儿，你们到慈宁宫来吧。”

嬿婉哪敢吭气，只得诺诺答允了。颖妃正要搀住璟妧起身，太后伸出手，和颜悦色地拉住了璟妧，笑吟吟走到前头去了。

进了慈宁宫，众人一时无话。嬿婉纵然声气再高，不知怎的，在慈宁宫里，一盆火焰被冰水泼倒一般，就不敢言语了。

太后将璟妧拉在身边，吩咐了福珈为伤口上药。璟妧也争气，一口也不言痛，即便药粉刺痛伤处，也只是一缩手，很快咬牙忍耐。

太后不急不缓地开了口，声音是珠帘深锁下的一抹轻烟徐徐："再动气也得顾着体面，当众争执，不怕奴才们笑话？往后还怎么服众？嫔妃和睦，才是后宫祥瑞之兆。"

二人规规矩矩答了"是"。

太后便温然看着嬿婉，"尤其是你，皇贵妃。你身负皇帝重望，主理六宫事宜，更当稳重。"

嬿婉哪敢回嘴，立刻认错。

太后又看颖妃："颖妃你出身蒙古，又年轻些，但也得自重身份，不可当众顶撞。"

颖妃何等乖觉，立刻俯首认错，然后道："原是臣妾见了璟妧大哭，心疼不已，所以情急犯上，顶撞了皇贵妃。"

璟妧适时站出，为养母辩白："皇祖母，皇贵妃打孙女，孙女手痛。"

太后听得璟妧的称呼，便有些许不满："皇贵妃到底是你额娘，你即便是在颖妃膝下长大，不叫皇贵妃额娘，也得称呼一声令娘娘。"

璟妧顾不得福珈阻拦，上前拉住颖妃的手，情真意切："皇祖母，这才是儿臣额娘。"

太后怜惜璟妧，也不肯为难她，慈爱道："你这孩子，虽然没规矩，但也足见颖妃一直疼你。罢了，既然如此，七公主还是交由颖妃抚养吧。"

嬿婉见太后这般轻描淡写就将璟妧交给颖妃，这一番心思岂非付诸东流，忙含泪道："太后，颖妃年轻，难免对孩子骄纵宠溺，璟妧脾气野性子大，断不能再由旁人教养，臣妾自己的孩子，自己来养吧。"

太后见她情急，也不斥责，只温和道："你身边已有几个孩子，再带七公主怕也顾不过来。有颖妃为你分忧也是好事。"

颖妃听嬿婉说璟妧的不是，哪里按捺得住："璟妧好好的，并非皇贵妃所言那么不堪，否则怎会那么得皇上疼惜？”

嬿婉一双妙目圆睁，瞪住了颖妃，气势凛然：“颖妃说得轻巧。璟妧到底不是你亲生，养娘怎如生娘亲？养娘怎会真心待孩儿好？”

猝不及防的一言，慈宁宫中旋即陷入了死一般的寂静。福珈波澜不惊，太后的唇角依然笑意温然，可双眸中尖锐的忧惧一闪，已将嬿婉钉死在了原地。太后蔼然微笑，但那眸子里的星火，分明灼得嬿婉双膝发软，匍匐跪倒在地。

太后轻轻道：“是么？”

这两个字，几乎压得嬿婉粉身碎骨。她已经匍匐在地，不知该如何再显示自己的卑微与无措。巨大的惊惶让她冷汗淋淋，拼命称罪：“臣妾失言，臣妾知错。是，是生娘不如养娘亲，养育之恩大过天。”

太后身坐重重玉绣锦茵之中，背脊挺直，凝神端详着嬿婉：“什么生娘养娘的，皇贵妃的心思可真多。哀家没你想得繁复，孩子是谁养大的，愿意跟谁走，那就是谁的孩子。璟妧，你要跟着谁，你自己说。”

璟妧紧紧攥着颖妃的手不放，依恋而郑重：“皇祖母，孙女自小到大都是额娘照顾，生病是额娘喂药，天寒是额娘添衣。额娘最疼孙女。”

颖妃激动不已，一把搂住了璟妧，连声道“好孩子，好孩子”。话语未落，已然满面泪痕。

太后冷眼看着嬿婉：“孩子什么都懂。这是她自己选的，你也细想想，自己的言行配不配当孩子的额娘！她病了冷了的时候，你正忙着争宠吧，可有照顾分毫？”

这话已经是极厉害的了，嬿婉除了瑟瑟发抖，只能请罪不已。太后浑不理会，只叮嘱颖妃：“好好照顾璟妧，她明白是非恩怨。记着，孩子和谁亲，谁就是她的亲额娘。”

颖妃感激涕零，哪里还能说什么，只拉住了璟妧一同重重叩首谢恩。

太后道：“你不用谢哀家，要谢就谢皇贵妃自己做下的好事，如懿之死……”她呵一声轻笑，“要是连一个孩子都认为是你害死了如懿，你可怎么分说呢？”

嬿婉不知道自己是怎么出的慈宁宫，她深知方才的情急之语戳痛了太后的心。什么养母生母，最为太后所忌讳。她也明白，从此，她再不会得到太后的任何偏帮与支持了。更刺心的是，仿佛谁都认定了如懿是她所杀。连辩白，她都无从辩白起。

次日一早，皇帝便以嬿婉对太后的冒犯为由，索性下旨将永寿宫中嬿婉养育的子女一一送走，九公主璟妘归了恭、禧两位贵人，永璘归了恪嫔抚养。而永琰则略为特殊，送至寿康宫请太妃们养育。这一来比将孩子们送去撷芳殿还可怜，撷芳殿探视，素来是半月一回。皇帝此举，无疑是断了嬿婉与孩子们的亲近。

永琰被进保带走前，只有一句话：“额娘，你今日的样子好可怕。”

嬿婉不知道他所说的可怕是什么，几乎是脱口而出：“不是我害死乌拉那拉如懿的！不是我！我不是坏女人，是她自己作死，与我无关！永琰，你要相信额娘。乌拉那拉如懿才是坏女人！”她恍然大悟，“我知道了。是乌拉那拉氏设的局。她故意引我相见，然后自裁，好让别人都以为是我杀了她。这个贱人！”

嬿婉的印象里，永琰很少违逆自己，但他还是用很小很小的声音说：“您别这样说皇额娘！”

嬿婉紧紧搂着永琰：“你是我的亲儿子，你怎么帮着外人说话！记着，你只能帮额娘！”

永琰害怕地看着嬿婉，还来不及说什么，就被进保一把抱走了。

嬿婉已经是欲哭无泪，想要追出去再说什么，李玉伸手恭敬地拦住：“皇贵妃娘娘，您知道皇上的脾气，最不喜欢旁人违逆圣意。您想想去了的翊坤宫娘娘吧。”

死了的乌拉那拉如懿，想起那个女人，她不该快活大笑么？怎么如懿反而成了她头顶的金箍儿，拘束着她往后的每一步了。

永璘还小，乍然被抱离生母身边，哭得撕心裂肺。嬿婉揪心痛楚，低声啜泣："孩子，还我的孩子。"

一行人早就去得远了。嬿婉哭得不能自已："你为什么要这样待我？为什么要带走我的孩子？为什么啊？"

可是她连去求皇帝也不敢，千辛万苦求来的皇贵妃的尊荣，不能不要。除了忍耐，似乎已经没有别的办法。左右是自己亲生的孩子，以后会亲近自己的吧。可是自己，究竟算什么呢？嬿婉扬起脸，望着灰蒙蒙的天空，尘沙从远处卷来，不见天日。她悲楚地想，于这个庞大的皇室而言，她不过是个生孩子的工具吧？

嬿婉这样想着，眼角的泪也干涸了。无泪可流，是更深的苦涩吧。

然而当着皇帝，嬿婉到底什么也没说。皇帝心情稍稍平复之后，照常与她见面说话。

有时候皇帝半是调笑："孩子不在身边，清静许多吧？"

嬿婉一怔，赶紧露出惯常的温顺笑意："是清静。臣妾可以专心为皇上打理后宫事宜。"

皇帝对她的回答很是满意，捏捏她的下巴，头也不回地走了。

嬿婉轻轻地笑："皇上的心思本宫越发看不透了，在皇上眼里，本宫是不是就是一个料理后宫事务的工具，一个生孩子的工具？"

春婵连忙劝慰："您老这么揣摩皇上的心思，太累了。"

嬿婉不言，她真是害怕皇帝，多年承恩，她其实并不知他心里怎么想。一度承恩承宠，看着乌拉那拉氏落败，她几乎舒了一口气，以为胜券在握，可是眼下，却连皇帝有没有为乌拉那拉氏之死疑心自己都不知道。每日活在这样的揣测里，能不如履薄冰，战战兢兢？可是有什么办法，路是她自己选的，已然到了这一步，除了硬着头皮走下去，哪里还有退路？

京城的秋来得很快，转眼就是落叶萧索之际。西风叹息着穿过红墙深影的重重宫阙，掠过残花衰草，凝成霜冷气韵，将这宫苑覆上薄寒。如懿去世已经数月，无人再提起她，宫闱内苑，在嬿婉的操持下，也并未有差错。偶尔得闲，皇帝便与嬿婉在御花园闲步，若是哪日香见肯作陪，皇帝的心情便又好些。

那一日天青云淡，天际是碧清瓦蓝的颜色，远远眺望，更见万物清明。御花园内一列高大枫木已经泛红，万叶千声，迎风作响，似无数火焰瑟瑟跳动。皇帝着一袭家常暗青团纹长袍，明黄带子一系，衣袂当风，风骨闲适。香见容颜无瑕，如芝兰玉树，令人难以移目。嬿婉素知香见在皇帝心中的地位，又是不能生育之身，所以从来宽忍之至。当着皇帝的面，更是妹妹长妹妹短，无比客气。香见对谁都淡淡的，有一句没一句地应着。

远处几个小宫女踢着绣球，笑声朗朗传来，如银铃铛般清脆。香见好奇地瞥一眼，皇帝便察觉，示意她一同上前观赏。

那是三个十六七岁的宫女，五彩的绣球在她们纤细的足尖似有了生命一般，轻巧地飞来飞去。为首的紫衣宫女最是灵巧，踢起绣球时发髻上的粉色花朵娇柔颤动，衬得她清秀的容颜也似云霞一般绚丽动人。

皇帝一时看住了，颇有几分神往之情。嬿婉微微沉下脸，王蟾知趣，立刻道："哪儿的宫女那么没眼色，没见皇上和娘娘来了么？"

宫女们吓得停住，慌不迭跪下请安："奴婢给皇上、皇贵妃娘娘、容妃娘娘请安。"

嬿婉吩咐了众人起身，香见便撇嘴："狐假虎威，她们踢得好好的，非要打断！"

皇帝看香见很喜欢那绣球游戏，便温言道："你喜欢，等下朕叫她们踢给你看。"

香见笑意冷清："人家本是自己玩儿，等要踢给我们看，多少胆战心惊的，哪里还踢得好看呢。"

嬿婉笑吟吟打趣："容妃这话说的，好像咱们多么吓人似的。"

香见美眸微转，似笑非笑地看着嬿婉："有的是蛇蝎心肠的人。哎，那小宫女不就被吓着了么？畏畏缩缩的。"

皇帝指着那紫衣宫女，笑言道："容妃说你呢，别吓着了。"

那紫衣宫女立即上前，语意玲珑：“多谢皇上关怀。奴婢等自己踢绣球玩儿，不想打扰了皇上和娘娘，但请恕罪。”

她这一番话既撇清了香见和嬿婉的言辞交锋，又谢了皇帝的好意，最是圆滑不过，连皇帝也瞩目于她：“口齿好伶俐，抬起头给朕瞧瞧。”

这一瞧不打紧，一双水波潋滟的星眸盈盈望向皇帝，分外清定，仿佛两丸乌墨水晶微微折射出摄人的光芒，让人心神摇曳，不可宁定。皇帝怔了怔，便看向了嬿婉。嬿婉迎着皇帝的目光，再去看那小宫女，笑容有些勉强：“这丫头倒有几分像臣妾年轻的时候。”

那宫女无比乖觉：“能有几分像皇贵妃，那可真是奴婢的福气了。”

皇帝再问她姓名差事，她也答得流利：“奴婢汪氏，名芙芷，在御花园当差，照料花草。皇上瞧，那几株老梅树，就是奴婢专司照料的。可惜，现下不是开花的时候。”

长得有几分肖似，又是侍弄梅花的宫女，嬿婉猜到了几分，一颗心便直直地往下坠去。

皇帝凝神看着那几株尚未开花的老梅，颇为感慨：“一朵花，未必要到开的时候才最美。早早移个适合它的地儿，等着含苞待放才好。”

嬿婉觉得脸颊都笑得僵住了：“皇上，一个小宫女，在御花园照顾花草挺好的。”

香见的话便不肯饶人了：“哦，皇贵妃不喜欢有人长得像你？那翊坤宫娘娘那时候别也不喜欢你的容貌与之相似吧？”

皇帝也明白嬿婉之意，便道：“香见，好好儿的提她做什么？”说罢，又笑着看嬿婉，“皇贵妃，朕记得当年你也是宫人出身啊。”

嬿婉只觉得足下生刺，站也站不安稳了。谁不知道她是宫女出身，一路艰辛才走到这皇贵妃之位。这份身世来历，素来为嬿婉所忌惮。只为宫里的妃嫔，几乎每一个都在家世上胜她许多，不是官宦之女，便是豪族之后。而她，若是出身再好些，何至于如此辛苦，失去那么多，才踩到这万人之上的地位。

于是嬿婉便低了头，温言婉顺："皇上好记性。臣妾记得永和宫还有屋子空着。"

皇帝并不接她的话茬儿，只是望着西六宫方向道："翊坤宫的庭院空着有些日子了吧。"

嬿婉的心口剧烈一跳，正要说什么，皇帝已经吩咐道："汪氏封为惇常在，挪去翊坤宫吧。"

皇帝点点头，便携了香见的手往前走。那汪芙芷何等聪慧，不消皇帝嘱咐，便跟在了身后。

皇帝走了几步，回首见芙芷跟随，有些好笑："你怎么跟着朕来？"

芙芷脆生生道："皇上既然封了臣妾为常在，臣妾自然要常常在您身边伴随，才算遵从了圣旨呀。"

皇帝忍俊不禁，笑着伸手点了点芙芷的额头："不错，不错。"

如此这般，连香见也忍不住笑了。皇帝难得见香见高兴，益发开怀，如此，芙芷的青云之路，便更顺畅了。

待得芙芷从惇常在晋封为惇贵人时，已然是深寒天气。宫中的日子过得轻忽，春夏秋冬的流转也格外迅疾。海兰久驻深宫，除了必不可少的节庆宴饮，从来都是足不出户。这一日大雪将至，香见送了些日常物用，也不急着回去。

延禧宫本就偏僻，除了香见和婉茵，极少有人来往。那种雨打梨花深闭门的幽静，几可将人沉溺其中。海兰闲来无事，仔细擦拭着如懿生前喜欢的一个摆设，香见陪在一旁看了半日，便道："惇贵人很得皇上喜欢。翊坤宫娘娘看中的人，果然不错。"

海兰笑笑："有她在，我便知道皇上有没有放下姐姐。而如今最难受的，便是魏嬿婉了吧。"

香见不假思索："有了惇贵人，皇上连到宝月楼看我也少了，我正好落得清静。"

海兰颔首："容貌肖似姐姐，那股子天不怕地不怕的劲儿，也很像姐姐年轻的时候。而且一得宠就住进翊坤宫，可见前途无量。”

“我不知道翊坤宫娘娘年轻时是什么样子，我只知道，她后来的样子，皇上已经不喜欢了。”

“无论姐姐犯下什么大错，她年轻时的样子，是皇上最留恋最喜欢的。”她注目于香见，“你知道么？贤良淑德、循规蹈矩的女人固然适合这宫闱生活，可皇上最喜欢的，是跳脱于规矩之外自由自在的天性。这是你得宠的原因，也是姐姐让皇上念念不忘的原因。”

香见沉默片刻，看着海兰的动作：“你把翊坤宫娘娘的遗物都挪来延禧宫了？”

海兰轻轻摇头：“姐姐曾在延禧宫与我同住，我这儿一直保持着姐姐还在时的样子。就好像，她还活着。”

心底难过汹涌而至，香见湿了眼眶：“她真的已经死了。”

海兰微微一笑，恬静如一枝静静绽放的白梅：“不，姐姐只是去御花园赏花了。她很快就会回来。”

香见喉头哽咽，什么话也说不出来。良久，才微微点头。

海兰看着她，似乎想起什么事，便问：“这个时辰是去给皇贵妃请安的时候了，你自然是不会去的吧。”

香见颇有倨傲之色：“我自然不会去。不过惇贵人，也不会去吧。”

合宫嫔妃请安是宫中对女眷至尊的敬意。如懿死后，享受这份尊荣的自然只有一人之下的皇贵妃嬿婉。然而此时此刻，她的心绪颇不宁静。一众嫔妃行礼之后便默然无言，令得气氛尴尬而无趣，而更尴尬的，是长久以来空着的几个座位，那是属于惇贵人汪芙芷和容妃香见，还有颖妃等人的。

晋嫔是嬿婉的亲信，最是不满：“都这个时辰了，惇贵人还没来。咱们合宫向皇贵妃请安，容妃桀骜不驯，颖妃她们是得了皇上准许不用致礼的，怎么惇贵人也得了旨意么？”

庆妃笑道：“惇贵人起初还是迟来，如今索性不来了。这个脾气，定是皇上纵出来的。”

庆妃嘴上似是责怪惇贵人的恃宠生骄，可那背后的意思，也是知道嬿婉不敢去动皇恩深厚的惇贵人罢了。

嬿婉只得息事宁人，免得她们说出更难听的话来："惇贵人得宠未久，难免不懂规矩，以后慢慢教导吧。"

庆妃便笑："那也要惇贵人受皇贵妃的教才好啊。只怕她不听劝呢。"

嬿婉不想继续这个话题，便另起了话头："眼下就快腊八了，宫中自然是要过腊八节的，不知诸位姐妹觉得如何办好？本宫虽然受命掌六宫事，也要听听姐妹们的意思。"

众人默不作声，都各自看着别处。或是拨弄手绢，或是看花出神。

既然无人答话，嬿婉便按着自己的意思往下说："既然诸位姐妹都无想头，那本宫以为……"

话未说完，海兰道："我倒以为，一切节庆都有先头翊坤宫娘娘掌管后宫时的成例可以遵循，何必再出主意？"

嬿婉被截断话头，心中大为不喜，但定睛看是海兰，便低头抿了抿茶，不动声色地抿去了唇角的愤慨之意："愉妃方才说要援引翊坤宫娘娘昔日旧例，只怕皇上会介怀。"

海兰不疾不徐道："是皇贵妃自己满心主意，只想施展吧？只是皇贵妃又有一定把握，你的意思皇上就很喜欢么？"

婉嫔的性子谨慎，想了想便道："因循守旧也并非不好，至少当年翊坤宫娘娘主持节庆，皇上和太后都很满意。"

海兰冷冷淡淡道："皇贵妃大可推陈出新，只是万一太后不喜，皇上不喜，那可怎么说？"

嬿婉深吸一口气，将那笑容撑得更加饱满："年节下的安排，正月里的赏赐，本宫都想添一倍……"

海兰照旧打断她："翊坤宫娘娘从前怎么做，皇贵妃最好也怎么做。"

那语气里毫无尊重之意，晋嫔实在气不过："怎么皇贵妃娘娘还拿不得自己的主意么？乌拉那拉氏早已为皇上厌弃，为何要遵循她留下的旧例？"

海兰摇头道："晋嫔你大概是忘了，翊坤宫娘娘的旧例多是遵循从前孝贤皇后所留下的规矩。孝贤皇后与你都是出身富察氏，你如今要改，岂不是驳了同族的颜面？"

这一来婉嫔更是忧心忡忡："是啊，皇上最尊重孝贤皇后，这些规矩改不得。还是翊坤宫娘娘那时候怎么办，咱们也怎么办吧。"

婉嫔虽然无宠无子，但是潜邸旧人，皇帝对她也十分客气。她这般言语，众人更不会有异议。嬿婉一肚子气发作不得，只得看着其余人等，再三追问意见。

海兰见众人不言，徐徐道："若是皇贵妃此刻得太后万分钟爱，顺太后心意略做更改也无妨。但若失了太后欢心，一做即错，那就不好了。"

谁不知自从七公主被送回颖妃身边，嬿婉便彻底失了太后的欢心。慈宁宫请安觐见，甚少有她的份儿。便是每回去了，太后也总有理由推说不见，或是与命妇福晋们聊天，将她撂在外头，一候就是一两个时辰。

嬿婉满腹气苦，只得道："既然大家都这么看，那就一切遵循旧例吧。"

这一仗铩羽而归，嫔妃们得意的得意，怕招惹是非的也不愿多留，也便散了。

嬿婉于人后更是气不过："你瞧瞧这些人，变着法子给本宫添堵，从未真心顺从本宫！"

王蟾替她捶着肩，好言劝慰道："小主别急，凭她们怎样，您都是六宫第一人，地位最尊的皇贵妃。"

嬿婉抚着心口，将一阵抽痛忍下，缓过一口气道："就因为本宫只是皇贵妃，也是嫔妃，颖妃、容妃她们眼里才没有本宫，就连小小一个惇贵人都敢藐视本宫。若本宫是皇后……"

这念头不过一转，她便死死地捂住了口。

宫里的日子是慢悠悠的，一天一天数着过的。可要是快起来，也是悠悠一荡，就从夏末滑到了初冬。也是，京城的秋总是特别地短暂，叶儿一夜之间便黄了，黄叶一夜之间便落尽了。

嬿婉虽然理着后宫中事，可皇帝不来，儿女不在身边，那日子也是索然无味。好容易寻着永琰下学回寿康宫的间隙，她守在长街边，才等到了最心爱的孩子。

数月不见，永琰看嬿婉的眼神已经有些拘谨了。嬿婉嗔怪了一番乳母们教导不善，让母子之间失了亲热，便哄着抱着永琰。

因着皇十四子、皇十六子早夭，这个懵懂年纪的十五阿哥永琰，便更为珍贵。且十七阿哥虽好，到底还在襁褓之中，而永琰生性乖巧懂事，很得皇帝的喜爱。这一来，更让嬿婉看到了未来光明的希冀。

嬿婉将爱子抱在怀中，左右端详。永琰有些不好意思："额娘，我都读书开蒙了，不可这般亲昵，师傅教诲过的。"

嬿婉笑着轻斥，吻着儿子光洁的额头："胡说！你是额娘的孩子，额娘身上掉下的肉。"

永琰一脸天真："可皇阿玛说，我得听师傅的。"

童言无忌，而幼小的孩子，最容易在心中记下亲近之人的教诲。嬿婉用心叮嘱："你在尚书房可以听师傅的，但你心里得明白，你什么都得听额娘的。"嬿婉郑重了神色，紧握住儿子的双手，"永琰，额娘不在你和永璘身边，但你要记着，我们是母子，血浓于水，你们的心只可以向着额娘。将来无论什么时候，你都得向着额娘。知道么？"

嬿婉声声逼迫，永琰乖乖地点头。嬿婉这才放心，将儿子搂在怀里亲个不够。浑然未察觉长街转角处，一个瘦小的身影悄悄挪了出去。

皇帝听完来自和敬身边崔嬷嬷的禀报，目光冲和，面色平静，眉头眼角皆沉静如水，不着喜怒之态。他只专注在一幅施工草图上，研究半日，又慎重添上一笔。李玉伺候皇帝日久，知道越是如此，皇帝越是动了真怒。他暗暗咋舌，天家最忌讳母子过分亲近，来日外戚专权。皇贵妃这般私下接近皇子已是大错，还这般教导，实在是其心可诛了。

崔嬷嬷回禀完毕，又垂手退了下去。只留了和敬与皇帝说体己话：“崔嬷嬷亲耳听见，儿臣不敢欺瞒皇阿玛。看来您将永琰挪去寿康宫是对的，毕竟永琰还小，留在生母身边太容易受影响。毕竟近朱者赤自然好，就怕也会近墨者黑。”

皇帝也有些动容：“璟瑟，有些话，皇阿玛只能和你说说了。永琪薨逝，顾我宫中，能继承皇位的皇子只有永璂和永琰了。永璂虽然年长，但这孩子经了些风波，性情沉闷。如今跟着你皇祖母，但也不知性子能否改过来。永琰呢，虽然机灵，但年纪尚小，将来如何也不好说。”

和敬蹙眉不已：“可翊坤宫娘娘自裁，就意味着永璂失去了继位的可能。将来若他继位，人人都会说他额娘是一个自裁的罪妇。”

皇帝也是无可奈何：“朕知道。何况如懿曾留下信给永璂，只盼他自在平安。若要自在平安，那就不能登临大宝了。璟瑟，皇阿玛能选的，便只有皇贵妃所出的永琰了。可永琰实在还小。”

和敬思量着道：“小有小的好处，如一张白纸，可以任意描画。离了令娘娘，自然由皇阿玛好生教导。可令娘娘若总悄悄去见永琰，那就白费了您的心血了。”

皇帝听得入耳：“爱新觉罗家的皇子，难道一心为她么？李玉，去告诉皇贵妃，再不许她与儿女私下相见。”

李玉应承了。皇帝又吩咐：“朕要在养心殿里设一座梅坞，里头所用必得都是梅花图案，周遭还要遍植梅花，你将这草图送去内务府，看看何处还需改动。”

皇帝这些日子心思全在建梅坞上头，李玉不敢怠慢，忙接过草图去了。

和敬觑着皇帝神色，漫不经心地说：“儿臣前几日遇见舅舅，还听舅舅说起一件行宫里的旧事。”

皇帝这才在意，便问：“什么事？”

和敬坐到皇帝身边，一副女儿家亲昵之色，毫不讳言：“舅舅说起翊坤宫娘娘触怒皇阿玛回京那日，令娘娘还问过舅舅，路上山长水远，会不会有意外。您说好好的，令娘娘问这个做什么。”皇帝“哦”了一声，疑心更重：“皇贵妃难道是盼着如懿有意外？”

和敬颔首道：“这就只有令娘娘自己知道了。不过儿臣记得，翊坤宫娘娘和皇阿玛闹起来，令娘娘急急来扯儿臣同去劝说，这才撞见了翊坤宫娘娘断发这一幕。唉，其实皇阿玛与翊坤宫娘娘也是夫妻，争执也是常情。可这样难堪的事落在儿臣与嫔妃面前，又有奴才们在，这才难以挽回了。”

皇帝眸中漫起阴郁的焰火：“皇贵妃……倒是做了许多朕不知道的事。”

和敬微笑：“令娘娘能得皇阿玛多年宠爱，自然心思过人了。”

殿中静到了极处，皇帝揉一揉疲倦的双眼，坐于锦绣软枕之中，听着窗外风声簌簌，如泣如诉。无边的孤寂如水浸满，将他沉溺到了底处。偌大一个深宫，竟然无人能解他心底事。这样的寂寞，几可噬骨。半晌，他才听见外头进保的叩门声。

他忽然想起，半个时辰前，他曾派进保去翊坤宫接了惇贵人来，那个任情恣意的女子，自然是比不上昔日如懿的慧心玲珑。可那样天真无拘无束的女子，才比那些背负着野心与规矩束缚的女子，可爱许多。

皇帝想了想，还是让和敬先回去，自己则见见惇贵人。这样的天真无知，让他觉得安全。

嬿婉才见了永琰回到永寿宫，暖轿便被李玉恭敬地拦住了。他三言两语将皇帝的旨意说得分明，浑然不顾那位尊贵的皇贵妃已然面色惨然。

李玉连唤了几声，嬿婉才回过神来：“皇上为何要如此？”

李玉似笑非笑：“那得问您呀，您都教了十五阿哥些什么呀？”

嬿婉脑中轰隆一声，不觉看向王蟾和春婵，心中立刻有了数。春婵被她的眼神看得浑身发毛，不自觉地缩了缩身体，嬿婉越发起疑。

李玉躬身退下：“奴才赶着去内务府交代梅坞建造之事，先告退了。”

嬿婉喃喃：“梅坞？什么梅坞？”

李玉含笑道：“没什么，不过是皇上喜欢梅花，所以打算在养心殿建一小憩之所，遍用梅花图案而已。”

说罢，他匆匆告退。嬿婉呆呆地望着那冬日灰白的天色，含混暧昧的天际，一丸落阳惨淡，带着昏黄的毛边，白晕晕一团。风声凄冷，那风是越刮越大了，吹得她几乎站不住脚。有泪滚烫地落下，灼得她措手不及。落日渐坠，心也一分分沉寂下去，周遭的一切陷入庞大而无边际的暗淡与昏沉中，无声无息将她浸没于阴影底下。

嬿婉似哭似笑，十分惶惑：“皇上果然还念着她，一个惇贵人还不够，皇上还要建一个梅坞！”王蟾待要劝慰，嬿婉却是认死了，“皇上什么都不说，什么都不过问，可是他心里明明就是放不下。乌拉那拉氏，她好狠，她拼着一死，就是让皇上忘不了、放不下她，还让所有人都以为是我杀了她。她……她算计得我好苦啊！”

人死不能复生，活人又怎么和已逝之人争去。万般苦楚在心头，春婵只能劝：“小主，人死万事消，咱们做不得什么了。”

春婵不说还罢，嬿婉忽然想起什么，甩了春婵一个耳光：“皇上怎么会知道本宫对永琰说了什么？你这个贱婢，吃里爬外，一定是你去说的！皇上才会再不让本宫与孩子们相见！”

春婵自被绑去宝华殿，日子便过得不安生。此刻只能苦苦哀求：“奴婢一直为小主筹谋，怎么会吃里爬外呢？奴婢跟随娘娘多年，对娘娘忠心耿耿啊。”

嬿婉没头没脑地打了几下，春婵也不敢避，只是一味地哭。嬿婉还欲再打，王蟾忙拦着：“小主仔细手疼。春婵最是忠心，不会背叛小主。”

嬿婉气得泪流满面，可她的永琰，断不能不见了啊。她什么也顾不得了，便往养心殿去。

养心殿里正在上灯，烛火通明如流水倾泻，照亮美人的明眸星灿。

芙芷抹着皇帝喜爱的海棠色胭脂，微垂螓首，一弯累丝凤的金珠颤颤垂到鬓旁。她依偎在皇帝身边，软语低声：“皇上不是刚画了一幅梅坞的草图送去内务府了么？怎的又画了？”

皇帝左看右看还是不满意，继续专注于此。

芙芷略感无趣，还是尽量寻了话头来说："皇上很喜欢梅花么，所以要建梅坞？臣妾曾在御花园种植梅花，来日梅坞的梅花，可否由臣妾照料？"

皇帝颔首道："你若愿意，自然是好。"

芙芷立刻捕捉住皇帝语中的淡淡喜悦，更靠近皇帝几分："那臣妾可以在梅坞陪伴皇上么？"

皇帝笑笑，挽住她的纤细柔荑："等朕改好这个再说，咱们先去漱芳斋听戏。"

二人正说笑着出了养心殿，却见嬿婉扑上台阶，满面是泪，连连叩首不已："皇上，臣妾什么责罚都愿意受！但求您把永琰还给臣妾。臣妾的十四阿哥和十六阿哥便是都夭折在寿康宫，臣妾实在不忍啊。"皇帝淡淡的："咦？皇贵妃糊涂了，怎么好好儿的咒起自己的孩子来，还是怪责太妃们照顾不周？"

嬿婉落泪凄楚，还要哀求。皇帝道："永琰有太妃们照料，你放心就是。往后你也不必去看他，免得扰了太妃们的清静。若你好好掌事，每到年下，朕自会让永琰去给你叩头。"

这分明是要断了她与永琰的母子之情。

嬿婉凄厉地喊道："皇上！"

这一声皇帝也意外，他举眸看她脂粉过于浓重的面孔。为了显出皇贵妃的尊贵，她云鬓高髻点满了珠翠琳琅，精心修饰的容颜用浓腻厚重的脂粉紧紧绷住，不见一丝细纹，却也让人看不出本来面目。她喜用百合香，房中大把大把地燃着，连衣裳上都沾满浓郁香气，直冲得他睁不开眼睛。

皇帝并没有给她开口的机会，径自说道："你既为朕的皇贵妃，一切要以后宫诸事为要，旁事切勿挂怀，免得分心劳神，如慧贤皇贵妃、淑嘉皇贵妃那般憔悴伤身。"

语气是关切的，仿佛他在意着她。可强烈的恐惧紧紧攫住了她的心声。

慧贤皇贵妃、淑嘉皇贵妃是怎么死的，她再清楚不过。

芙芷还在那儿火上浇油：“慧贤皇贵妃、淑嘉皇贵妃都颇有家世，还有亲人照顾探望，送来名贵药材，令皇贵妃仿佛不是吧。”

皇帝温和地扶住嬿婉：“所以皇贵妃，你更得善自保养，无须为儿女事劳心了。好了，别跪着了，起来吧。”

嬿婉的手臂被皇帝触碰着，无端起了密密的一层栗子。她在颤抖，可她没有办法，再恐惧，她也不得逃离。末了，她狠狠地咬着牙关，才能使出最后的力气，强撑着道：“臣妾闻得皇上口谕，赏赐掌嘴，特来……特来谢恩。”

皇帝微笑，眼里闪过一丝冷意，携着惇贵人离去了。嬿婉身子一软，几乎是被王蟾和春婵扶到了寿康宫外，一下一下用力打着自己的嘴。她不敢敷衍，不敢不用力，生怕皇帝气恼起来，又有别的重责。她听着风声呜咽如泣，实在不知道自己的明天会是什么样子。

她在巨大的羞辱里，心痛晕厥过去。

醒来时已是四更。冬日天亮得晚，外头黑蒙蒙的，连星子也不见半粒。她就着残烛的灯火，摸索着披衣起身。那响动很快惊醒了守夜的春婵，虽则前一日才挨了打，她照例是勤勤恳恳守着，一壁打水进来伺候嬿婉净面，一壁为她更衣梳头。

嬿婉的气色并不好看，因着心悸症接连发作，包太医开的药里多少有安神的药物，喝下后人便没那么精神。为了掩盖嬿婉苍白的面色，春婵加重了磨夷花与石榴花汁子研成的胭脂，以羊毫轻扫，染上绯红。她又为嬿婉涂上玫瑰花瓣染就的蚕丝饼子，为她唇色添上艳色。那口脂是冬日所用，添过羊脂，可润泽唇瓣，又略带清凉气息的甘松香的口脂，可稍稍作提神之用。因她在病中，懒得艳妆重饰，春婵只梳了低低的两把头，簪一朵盛放的宝珠山茶，横两支云纹金簪便了。

嬿婉梳妆已毕，人也看着精神许多。春婵正要命人去备燕窝羹服侍嬿婉饮下。嬿婉轻轻拉住她衣袖，推心置腹地叹道：“昨儿本宫气糊涂了，一时下了重手，你疼不疼？”

春婵许久不见嬿婉这般亲切，念着几十年主仆情分，也湿了眼眶，连忙道：“不疼。奴婢没事，劳小主挂心了。”

嬿婉端详她片刻：“你为了本宫一直在宫中侍奉，这么多年了也没成个家，也是可怜。本宫不该这般疑你，伤了这么多年的情分。”

春婵忙道：“奴婢自四执库起便与小主做伴，断不会背叛小主的。”

嬿婉微微一笑，替她撩起耳际碎发，随手取过一枚烧蓝珠花簪在她发髻上：“你的心本宫都明白。”她从屉子里取出一个珐琅掐丝口脂盒，一打开里头是浓郁的茉莉香气。她温和道：“看你嘴唇发白。来，补点口脂，气色好些。也才显出本宫身边当差的体面。”

春婵细细看去，那口脂的颜色不似嬿婉素日所用那般浓艳欲滴，是淡淡的山茱萸色，正合她宫人的身份。春婵心下感激，忙取出在嘴唇上轻轻一蘸。嬿婉嫌她涂得薄，又摁了几下，足了颜色，方道：“真好看。对了，自从佐禄被发配，许久无人去给额娘上坟了。你早些出宫，替本宫去把坟头野草拔掉些。”

春婵素知嬿婉对额娘是有孝心的，当下准备了祭品，便出宫去了。

这一去，到了第二日，春婵都没有回来。嬿婉派人出宫四处去寻，也不见踪影。嬿婉到了皇帝跟前哭哭啼啼，说心腹宫女活不见人死不见尸，皇帝也不放在心上，只说：“你身边不能没个懂伺候的人。春婵去了，自有更好的伺候你。”说罢就叫李玉带了菱枝和芸枝进来，“她们两个是伺候过乌拉那拉氏的，乌拉那拉氏也是打皇贵妃过来，她们俩伺候你最合适。”

嬿婉矍然变色：“皇上！他们伺候过翊坤宫娘娘，如何能对臣妾忠心？”

李玉赔着笑脸道：“哪个奴才没伺候过几位主子，他们会忠心的。”说罢，一边一个，强扶了嬿婉出去。

再见到皇帝的时候，已是十一月里。身为皇贵妃，年下自然有无数要事要忙碌，而手下的奴才们办事并不利索，状况频出，几乎让她焦头烂额。好容易应付了过去，缓过神来，人却憔悴了许多。白日里辛苦操劳，夜里思子情切，连心口的疼痛也日复一日加剧了。

夜来无聊，嬿婉正无趣地闷坐着，想着红颜未老恩先断的哀伤，却是敬事房的徐安来传旨宣她侍寝。

嬿婉颇有些意外，自从汪氏得宠，皇帝几乎只召幸她与香见，偶尔想起旁人，也不过是颖妃、恪嫔之流。细算着她也有小半年不曾承宠了。

菱枝冷着一张脸，一壁替她上妆更衣，一壁嘟囔："皇上对小主是旧情难忘嘛。"

嬿婉看见她与芸枝的面孔就蹙眉："叫你去外头伺候，你老在本宫身边做什么？"

菱枝根本不在意她的喜恶，永远是那样冷冷淡淡的："奴婢是皇上指来伺候皇贵妃的，不敢疏忽。"

嬿婉闭上眼睛，再不愿和她说话，自去更衣不提。

因着难得地侍寝，嬿婉强打了精神，打算在床笫间百般迎合讨好，可皇帝并无那样的心思，只是嘱咐她睡下，便侧身熟睡了过去。嬿婉莫名其妙，心中惴惴，这一夜自然睡不安稳。到了三更时分，窗外风声更重，犹如在耳畔呜咽。嬿婉心念一突，想着这心痛症该传太医来瞧瞧了。这样蒙昧间睁开眼来，正对上乌沉沉一对眼珠，吓得她"呀"一声惊呼，倏然缩到了床角。

那人一言不发，只是盯着她。嬿婉慌乱了半晌，才发觉那是皇帝冷漠的眼，她惶恐地缩起身体："皇上怎么这样看着臣妾？"

烛火燃了半夜，垂下累累珊瑚般的烛泪，火焰子跳了一跳，照得皇帝的面庞阴晴不定。皇帝淡淡道："没什么。只是想起了旧事睡不着。"他似沉浸在某种思绪中难以自拔，"那一年朕巡幸杭州，是二月十八，如懿上了龙舟与朕争执，一气之下断发。"

恐惧的情绪狼奔豕突，占据了她的心与身。嬿婉口干舌燥，言语连自己听了都觉乏力："这么久的事了，皇上别再为此生气了。"

皇帝微笑："朕不是生气，朕只是好奇。如懿断发回京，你怕她路上有意外。其实自如懿与朕渐渐离心，中间有许多意外之事，你可做过些什么？"

嬿婉张口结舌："臣妾……什么都没做过。"

"是么？"皇帝兴致不减，"那如懿死前你去见她，你们说了什么？"

嬿婉不敢去想皇帝为何要问这些，连话都说不全了："臣妾……臣妾……"

那声音比哭还难听。皇帝根本毫无兴趣，他翻身躺下，恍若无事人一般："哦。说不出来，那就别说了。睡吧。"

嬿婉怎么敢睡，她害怕地睁大了眼睛，强自镇定着。四下阒然，有蜡梅的花味入夜弥香。她痛恨这种气味，深入骨髓。她知道，他是故意将这花供在殿内。他的心底有森然寒韵，那是怀疑、冷漠和疏离。

而她，无计可施，只能活在他的这种情绪之中。因为她太过明白，只要他疑心起，任何人都逃脱不得，翻转不得。任谁都是。

皇帝闭着眼睛，却知晓她的木然与慌张，慢悠悠道："怎么？睡不着了？要是睡不着，让李玉早些送你回去。"

她简直如逢大赦，迅速地起身穿衣，逃也似的离开了这牢笼般的养心殿。

窗外风雪蒙蒙，那雪朵夹着檐下吹落的冰碴儿，沙沙地飞舞。天空和大地是融为一体的昏黑与茫然，只有远远近近几盏昏黄的灯笼，像是鬼魅的眼睛。有几点冰碴儿飞落在嬿婉脸上，粗粝的冰冷让刚从温暖中出来的她凛然一颤，刚想将那冰冷掸去时，那冰碴儿迅速化得只剩下一抹凉意。

嬿婉再清楚不过，此生此世，她都要活在这冰凉凄冷之中。紫禁城的夜怎么那么黑，那么长。谁来真心地陪陪她呢？那个这辈子唯一真心待她的人，早就已经死了。

是啊，她赢到了什么？璟妧的厌恶，永琰、永璘和璟妘的离开。那个汪氏，简直就是乌拉那拉如懿的阴魂，颖妃、容妃、愉妃，她们个个恨不得吃了自己！太后，太后也不是善茬儿！还有皇帝，他的疑心永远不会散去。而她所余的，居然只有一个皇贵妃的头衔，虚空的名位。

嬿婉虚弱到了极处，一口气上不来，那种绞痛再度袭上心头。她昏昏沉沉，仓皇离开。

皇帝闭着眼，却无法沉睡。殿内火烛燃到了尽处，摇摇晃晃，终于熄灭。外头风雪渐歇，檐下灯笼晃动的声音清晰可闻，只让人愈觉清冷。皇帝轻轻叹息，想起白日里尚书房师傅禀报永琰素日的功课，那可算是一个争气的孩子。暂且留着嬿婉，也不过是看在她还是永琰和永璘的生母。一旦嬿婉被废弃，若再想看重永琰，这孩子只怕终身都要背负着生母带来的屈辱，没有任何登上大宝的机会了吧。

细想来，他似乎也没有比永琰更出色的儿子了。

皇帝忍耐片刻，终于平复下气息，摸出了枕下一方绢子，轻轻握在了手中。

那一回过后，嬿婉的心悸之症便加重了许多。皇帝顺理成章地晋封了颖妃为颖贵妃，为嬿婉协理六宫事。这些日子，皇帝只与她维持着面子上的客气。私底下的冷淡，她比谁都清楚。皇帝专宠的，唯有容妃寒香见与惇嫔汪芙芷。再者甚得六宫尊重与皇帝爱宠的，便是颖贵妃。除了养育七公主，联姻蒙古，颖贵妃所得的尊荣，早已不下于皇贵妃所有，隐隐有夺其锋芒之意。

据说那日芙芷在翊坤宫赏花时闻言，对着宫女们便是一声冷笑："如此说来，皇贵妃不过是个紫禁城后宫的管家罢了。"

这一切，她只能含恨吞下屈辱。这皇贵妃的虚名是拼了一切得回来的，就算拿不稳，也不可轻易弃了。

第二十九章 幽梦

海兰跪坐在佛像跟前，久久地，一下，又一下，缓缓拨动着手中的碧玺佛珠。若不是这样滞缓的动作，提示着她还有一丝活人的气息，那么一身暗蓝色绣银线折枝五瓣梅半旧宫装的她，与一株枯朽的草木全无分别。

婉嫔示意宫女退下，缓缓步至海兰身边，轻声道："愉妃姐姐，我的日子过得和你没有两样，叫我来瞧瞧你，跟瞧我自己有什么不同呢？"

海兰慢慢地睁开眼，逆着光吃力地分辨着婉嫔昏暗而模糊的容颜，莞尔轻笑："宫里的老姐妹没几个了，打潜邸里一起出来的，也唯有我和婉嫔妹妹你了吧？"

这一句，便勾起了婉嫔积郁的伤心，叹息如秋风："这么多年，也就姐姐还肯惦记着我。旁人眼里，咱们俩喘着气和不喘气了是一个样儿的吧？"

海兰蓄得长长的指甲剥剥地触在古旧的青石砖地上，发出枯哑的涩涩声。那声音在静得可怖的殿里，有着茫远而细微的回声，听得久了，便也没那么寂寞了。她淡淡道："这么多年，你啊，一直画着皇上的画像度日，便打算一直如此么？"

婉嫔默然掰着枯瘦的手指，暗金色的戒指在暗寂的殿内闪着昏而淡的光芒，她艰难而苦涩地笑了笑："是啊，我还能如何呢？我这一辈子都这么过了，倒也算了。"

海兰瞥她一眼，笑容幽淡如幽夜的昙花："真这样想？"

婉嫔有些伤感，只是默然。

海兰支着地上的软垫蒲团起身，点燃一束香高举于额头前，淡淡道："乌拉那拉如懿既死，活着的珂里叶特海兰也不过是一具行尸走肉。要不是念着翊坤宫娘娘曾嘱咐我不得轻生，要不是为了永琪留下的遗孤绵亿，我活着，还有什么意思？”

婉嫔羡慕地看着海兰，扶过她一起在长窗下的锦榻边坐下。那锦榻虽说是锦绣堆砌而成，却也不知是用了多少年了，边角都起了毛毛的絮儿，映着昏黄的天光，露出白惨惨的模样。海兰浑不在意，亲自取过一把用旧了的白玉青梅五瓣茶壶斟了一盏清茶递与婉嫔手中，和声道：“尝尝，是皇上年下新赏的茶，说是给我和绵亿尝尝新的。”

婉嫔啜了一口，打量着殿中的器具，叹道：“茶是上好的，可见皇上还是记挂着姐姐和绵亿，年下的赏赐也是不少。说起来，皇孙辈里，皇上最疼的也是绵亿了。”她柔缓道，“既然如此，姐姐何必这么苦了自己？这些东西用着，也太寒碜。”

海兰爱惜地抚摸着那白玉青梅五瓣茶壶：“我宫里所有的这些东西，都是姐姐在时赏赐下来的。人啊，用着用着生了感情，怎么也舍不得丢了。”

婉嫔懂得地摇头：“满宫里，也唯有姐姐还念着翊坤宫娘娘的好儿。”

海兰气定神闲地抿了一口茶：“今日与妹妹一席话，才知妹妹多年在宫中不言不语，却也装了满腔心事的。”她摸着花白的鬓角，轻声道，“赏赐归赏赐，供养归供养。皇上顾着颜面，咱们哪一日也没有被慢待。可是，生了皱纹，白了青丝，有谁正眼看过一眼呢？活在这儿的每一日，又有哪一刻是为自己活的？这口气，这条命呢，都是白白来这世间走了一遭么？”

婉嫔似乎有些害怕，发出嘤嘤的细小的声音，像是墙角苟且偷生的蝼蚁一般：“愉妃姐姐，我活着唯唯诺诺了一辈子了，哪怕慧贤皇贵妃在的时候，孝贤皇后活着的时候，还有翊坤宫娘娘，我什么人也不得罪，什么话也没乱说，我已经平平安安活了半辈子了。我什么也不求了。”

“人活着没有一点声响，人死了更没半分动静。这样活着，和蝼蚁有什么区别？做了几十年的婉嫔，最后一次侍寝还是乾隆二十五年吧。那时候，若不是魏嬿婉利用你集齐皇上悼亡孝贤皇后的诗文，利用你动摇姐姐的地位，你又如何能有那几日的恩宠？可是呢，到头来也是徒劳。”海兰慢悠悠道，

“将来死后，你会怎么被记下来。婉嫔陈氏，事乾隆潜邸。乾隆间，自答应累进婉嫔。这几个字，费不了史官多少事，连哪年死的都未必会写下来。嗯，来日葬在哪里呢？咱们倒是能就一辈子的伴儿，皇上在乾隆十七年就为自己建好了裕陵，二十七年妃园寝也已建成，总有咱们的一席之地，冷冰冰地就个伴儿。”

婉嫔畏惧地打量着笑容平静的海兰，怯生生地伸长了脖子，有些按捺不住的好奇：“你想我说些什么话？”

海兰从袖中慢慢抖出一卷薄薄的布帛，扔在她跟前：“这些年令皇贵妃做过的事，都在这儿了。你照着说就是。”

那布帛仿似断了翅的鸟，轻悄悄扑在婉嫔身前，溅起蓬勃的浅金色的尘灰，旋在低低的空中，自由地扬起。海兰盯着她，徐徐地带着蛊惑的意味：“看一眼吧，很多事你一定也很想知道。那就看看，看一眼也不会出什么大事。”

婉嫔像是被无形的绳索牢牢缚着，僵直地缩着身体，一动也不敢动，一双眼珠子瞪得老大，仿佛要将那布帛给瞪得化了似的。海兰浑不理会，只是拣了串碧玺佛珠在手，一下一下缓慢地拨动着，以指尖与佛珠冰凉的相触声，来抵御此时此刻呼吸的绵远悠长。

也不知过了多久，婉嫔终于忍不住伸出手，哆嗦地抖开了布帛，一字一字看下去。她的鼻息越来越重，嘴唇无声地张开，如同濒死的苟延残喘的涸辙之鲋。她陡然扬起手中的布帛，压抑着尖声道：“跟皇上说这些话，我是活腻了。要说你自己说去！”她惊恐地看着海兰，战栗着道，“皇贵妃做的下作事再多，干我什么事呢！我才不去！”

海兰薄薄的唇勾起一抹娆柔笑意，伸手亲昵地抚了抚婉嫔身上的藕荷色茧绸绣米珠团福绣球的锦袍，那领口出着细细的风毛，如它的主人一般经不得半点惊吓似的：“就算你活腻了，我还没有呢。姐姐死了，永琪死了，我还活着。不只为了永琪留下的这一点骨血绵亿。还有一件更要紧的事。那便是只有我自己明白。我要是死了，谁还记得皇后姐姐活在这尘世上的一点一滴呢。姐姐人不在了，可我们一起度过的日子，一天天都在我脑子过一遍，我什么都记得。”

婉嫔一脸的震惊与不可置信，一只手将那布帛团抓在手心，双眼怔怔地盯着海兰灰败而憔悴的面容，痴痴道：“你便这样，这样惦记着翊坤宫娘娘？”

海兰凝视着佛像前冰纹青瓷瓶里供着的一束绿梅，那雪白如蚕丝般的冰裂细纹，如同敲碎在她心上，清晰地蔓延。她甚至能听到那纹裂时刺耳的声音，绵延不断、痛彻心扉。无数的往事夹着如懿清澈的笑容纷纷扬扬如雪花落下，晶莹而冷彻骨髓。

眼底有温热的湿润，阴影里佛祖宽悯慈悲的脸容晦暗得毫不分明。她只觉得荒唐，荒唐得不可理喻。世情的混沌翻覆里，唯有如懿记得她，可是偏偏连如懿，也再不能在身边。她嘶哑着喉咙，任凭泪水潸潸而落：“我不惦记着皇后，我怎能不惦记着皇后？这一生一世，除了我的孩子，唯一惦记着我念着我的人只有皇后姐姐。婉嫔，你是最清楚的，人活一世，不过是图一个记得。有人记得你，牵挂你，念着你，才不是孤零零地来世间走了一遭，不是么？”

婉嫔的眼底闪着晶莹的泪光，那泪光里燃着阴阴的火。她身子扭曲着，几乎要夺门出去。可她的脚却定定地长在地上，跟生了根似的，她低低地压抑地叫着：“你要记得，就自己说去便是！扯上我做什么！”

海兰不疾不徐地迫近她，任由泪水肆意，口气温柔得几乎要化了：“我去？我去皇上会信么？这辈子，我就是和姐姐最要好了，任谁都知道。皇上不会信我的话，他不会信任何一个与人结党交好的人的话。前朝是这样，后宫也是。”

“可那是不成的！”婉嫔几欲泫然，紧紧地攥着海兰的袖子，靠近着她，“令皇贵妃有儿有女，每次失宠都有本事翻身。翊坤宫娘娘死后她更是独揽六宫大权！我算什么，我就是一个小小的嫔位，连大声说话都没人听见的小小嫔位。”

“旁人听不见不要紧，只要皇上听见。”海兰意味深长地凝视着她，眼底有深海玄冰般的冷光，“这样的事，只有你能试一试。”她轻轻一嗤，伸手抹去腮边的泪痕，端然收回身体坐直，“旁人听不见不要紧，只要皇上听见。别以为皇贵妃有多么大的万千荣宠，这些年熬下来，她早已不堪一击。只要，出拳的那个人，是皇上。那便是谁也抗不过的。”

婉嫔仍是抗拒：“不！为什么不让惇妃去？她那么得宠，皇上会听她的！”

海兰微笑，那笑意轻飘飘的：“惇妃？她不过就是姐姐的一个影子。她的存在，是时时刻刻提醒着皇贵妃，姐姐并未离开这里，她依旧在皇上心上。”

婉嫔将信将疑地盯着她，呆了片刻，沉声道：“可是，我会死的。”

海兰屏声静气，端端正正地坐在榻上角落的阴影里，酸枝木榻上铺着一色半旧的灰绿茵绒褥子，越发映得她像长在潮湿墙角里的青苔，阴绵绵的没有生气。看得久了，仿佛人也成了木头，呆滞而僵硬。外头响着连绵的爆竹声，噼啪，噼啪，是火药气息的热烈与绽放。那热闹是属于别人的，与她们并不相干。海兰冷笑了一声：“你这样活着，或者死了，在旁人眼里有区别么？明明你还在喘气，多少人眼里，你就是死的！行尸走肉！和我一样！你听外头的鞭炮，那么短促还得响一声，落个动静呢。你呢，谁记得你？”

婉嫔怔怔地听着，也不知过了多久，爆竹喧嚣的气味散得尽了，她软弱地伏下身体，倚在海兰膝边，一下一下，死死绞着手里素绢巾子。“已经几十年了，我伺候皇上已经几十年了。这几十年里，我受过的恩宠，掰着手指也数得出来。皇上给了我位分，给了我恩养，他算不得辜负我。可是这一辈子，他有那么多女人，那么多宠妃，他从来都不会记得我吧。”她低低地呻吟一声，像是自嘲的笑，又像是悲戚的哭，“于皇上而言，我和寝殿里的一个枕头、一床被子有什么两样？用过便也用过了，抛之脑后。海兰姐姐，我只想要皇上记得我，我不想成为妃陵小小的墓穴里一个无声无息的亡魂。人人都有过恩宠，只有我是捡来的运气。我只是潜邸里小小一个侍女，偶尔被皇上宠幸了，我才能活到这宫里来，我知道自己卑微，我知道自己受了不该受的福分。可我也是女人，我也会发梦，也会痴想，我活得能被人记住一次，一次就好。”

海兰静静地坐着，听着她呜咽的哭声，缓缓落下泪来。

那一夜，无人知道青衣简妆的婉嫔，随着李玉悄然步入养心殿，对皇帝说了什么。

红烛长照，明彻一夜。

婉嫔只是在天明时分疲倦地坐上小轿，见到等候在自己宫中的海兰，轻轻道：“我这一辈子都没对着皇上说过那么多话。可是皇上，他居然愿意听我说了那么久。”

海兰揽过她，轻声笑道：“那是因为你说的话都很好听，皇上喜欢听。”

婉嫔倦倦地将头抵在海兰肩头：“这些话都是你逼我说的。可是这样被你逼迫一次，真是痛快。我从来没有那么痛快过，我喜欢谁，讨厌谁，我都说完了。哪怕立刻被皇上拖出去砍了脑袋，我也不后悔！”

海兰沉静地抚摸着她的脸，神色从容：“你说话的声音真好听。满宫里只有你能对皇上说出那样好听的话来。皇上喜欢听你说。”

婉嫔闭着眼睛，眼皮有轻微的颤抖，扇起睫毛如将欲飞翔的翅膀。她的妆容在晨光里有些许模糊地融化了，她的容颜却异常宁和：“我知道，因为我无争无斗活了半辈子，我谁也不依附，谁也不得罪，我活得连一粒尘芥都不如。可是，我说了那么久，连我自己都不记得自己说了什么。”

海兰温柔地微笑着：“嗯。人活一口气，那话便是随着气儿就散了的。你不记得也好。只是皇上呢，皇上记得什么？”

婉嫔的眼皮倏地一跳：“你教的我说过便都忘记了，自己的那句，却记得牢牢的。”

海兰苍老的眉心有不安的褶皱：“你自己？你自己说了什么？”

婉嫔郁郁叹息："话再多，皇上难免不信。他问我，他看着我的眼睛问我。这些事，我如何知道得这般清楚？我便说，皇上，您不在意我，旁人也小瞧我，却不知越是如此，越多事我便悄悄地看得更清楚。皇上半信半疑，便问我，那你为什么偏要到了这时候才来告诉朕？"

海兰的语气温柔得如三月檐下细软夹着花雨的风，眼神却死死地盯着婉嫔的颈，如锐利的针，几乎要穿透她疲倦的身躯："你说什么了呢？你的委屈别藏在心里，都丢给皇上去。叫他好好看看，他冷落了数十年的女人，流的都是血泪。"

暂时的静默，几乎逼仄得人透不过气来。海兰的指抚在婉嫔的肩上，有两滴温热的液体倏地坠下，从掌心湿润地擦过。她觉察到那液体的灼热，心底蓦然勾起了几丝震颤。许多年前，她也是这样依靠着另一个人，以为这样彼此扶持着，便能度完这喧嚣而无趣的一生。却原来，她们连一生的收梢都不知零落何处，望也望不见。

婉嫔闭着眼，像是怕到了极处，蜷缩在她怀里，蓦地睁开眼，直直地看着海兰，硬声道："是。我告诉了皇上，可是我晓得，我的委屈不重要。皇上听了一时怜悯，过去便过去了。我知道皇上最怕什么，我知道。"她压低了嗓子，如吐着芯子的蛇，咝咝地道，"我看着皇上，我说，皇上，臣妾从前不敢说，可如今十五阿哥大了，出落得俊秀勇毅，是咱们大清未来的栋梁。臣妾拼死，也不敢不说了。"她咬了咬牙，下了死劲一般，"我说，皇上，若来日十五阿哥成了大器，有皇贵妃这样的额娘在，来日我们大清江山，便要落入谁家了？"

海兰震惊到了极处："你说了这样的话？"

婉嫔重重地点了点头，有着难掩的惶惑，牵着她的衣袖依依道："我知道的，今日我既开口说了这些，若不能将皇贵妃置于死地，来日还有我的活路么？与江山相比，数十载恩情算得什么？虽然这些年我从未赢过，但事已至此，我也绝不能输了。"

海兰极力安定下自己有些紊乱的鼻息，骤然松了口气，轻轻抚着婉嫔花白蓬松的鬓发，了然笑道：“怎么？你也恨毒了皇贵妃么？”

“我原本，只是为了争一口气，才说出了你教我的那些话，也当是为我，为你，为仙逝了的翊坤宫娘娘出一口恶气。因为这么多年，我做什么像什么样子，做底下的侍女有侍女的样子，做格格有格格的样子，做嫔妃有嫔妃的样子，可浑不像个人的样子，不敢说，不敢做，不敢动。如今我说得越多，才越知道，这数十年来，我心里的恨原来那么多。因为我最寂寞的年岁里，是她在皇上的温柔与缠绵里绽放得如火如荼。”

海兰的声音柔和得几欲叫人沉醉：“皇上最忌讳的，哪里是她害了多少人，而是如何专权恣肆，目无君上。当年她害姐姐的，不也是如此么？”

婉嫔微微出神，眯了双眼：“可是哪怕我这般说了，皇上也未必会信。”

海兰轻轻一笑：“你在这宫里最与世无争，皇上会相信的。江与彬告诉我，另一个人证，已经快来了。”

婉嫔攥着海兰的青筋凸起的枯瘦的手：“海兰姐姐，如今我知道翊坤宫娘娘为什么喜欢和你一块儿了。你的手真暖和，你的话让人听着舒服。你别走，你在这儿陪陪我，咱们姐妹，就个伴儿。”

海兰看着窗外渐渐明亮的天色，好像一张女人涂得粉白的绝望的面孔，流下赤红色的眼泪。这样一日日孤独地看着日出日落，真是寂寞。

寂寞彻骨。

可是身边的半老女子，何尝不是如此？自己，至少曾经有过如懿，有过永琪，有过永琪的血脉而延续的子孙代代，有过皇帝短暂却远比婉嫔长久得多的恩宠。所以她有念想，有回忆，支撑着度过每一个相似又乏味的日子。所以，她懂得婉嫔的寂寞，那种无声的寂寞，会把人慢慢地腐蚀，腐蚀成一个个蛀洞，然后风化成幽幽深宫里一缕被风吹过的尘沙。

皇帝再度见到海兰的时候，是在梅坞。这些年皇帝虽然关心永琪遗子绵亿的起居，也对海兰颇为厚待，但二人这般面对面说话，已经许久都不曾有了。梅坞建成后，海兰还是头一回来，她细细打量着梅坞内的每一样布置，已然泪盈双睫。

皇帝拍拍她的肩，很是看重她的意见："看看，喜欢这儿么？"

海兰舍不得移开目光："梅坞，都是梅花。臣妾很喜欢。"

皇帝听完这一句，很是心满意足。他又提起永琪遗子绵亿的近况，唏嘘不已。末了，皇帝忽来兴致，取出一斛南洋明珠赐予海兰，那明珠颗颗有鸽子蛋大小，华泽莹然。纵使海兰曾经跟着如懿见过色色珍奇，亦是暗暗惊叹。

皇帝示意李玉将那一斛明珠捧至海兰跟前，海兰只淡淡扫了一眼，含笑谢恩，不惊不喜。

皇帝道："听说你成日吃斋念佛，闭门不出。延禧宫原本寒湿，不宜幽居，不如常来与朕闲话。算来潜邸里过来的人，也唯有你和婉嫔了。"

海兰笑着辞过："臣妾年老迟钝，怕答不上皇上的话。这一斛明珠……"她若有所思，"姐姐在时，喜爱珍珠。可惜再名贵的珍珠也有珠黄之时。"

皇帝了然："你想说长门自是无梳洗，何必珍珠慰寂寥？"

海兰浅浅微笑："不，皇上恩泽六宫，臣妾感激不尽。听闻皇上新赐了皇贵妃一方西瓜碧玺，大若手掌。"

皇帝笑笑："朕已命人雕琢成皇贵妃喜欢的水莲，让她拿在手中把玩。"

海兰想笑，还是矜持地抿住了嘴唇，皇帝久不曾有如此厚赏，那位皇贵妃一定很感动吧。

然而皇帝并无兴趣继续关于皇贵妃的话题，这个时节御花园里的春梅更得他的好感。海兰会意，便陪着皇帝出去。

皇帝轻轻挽过她的手："愉妃，陪朕往御花园走一走。"李玉明白，忙带着宫人们退后十步，远远跟着。

初春晴寒，天色湛蓝一碧。皇帝微微叹息："已经有数十年了吧，你没有和朕一起走一走了。"

海兰浅浅笑，简短道：“是。”

皇帝略有歉意：“永琪英年早逝，你膝下寂寞，朕没有能多陪陪你。”

海兰恭敬而自然：“皇上为天下人操心，不必挂怀臣妾区区之身。”

皇帝驻足，静静凝视：“你仿佛从不为得宠失宠而在意。”海兰的眼睛望着地下，那连理并蒂的青石板镂刻沟壑处，积着一痕痕寒冰。天长地久，花开并蒂，也不过是僵死的冻痕，没有活气的期许。

皇帝见她只是无言，不自在地咳嗽一声：“朕知道，你不喜欢珍珠。喜欢珍珠的人，是如懿。”

他这般猝然提起这个名字，让海兰有些意外。她陡然抬起脸，牵动鬓边烧蓝晶石珠花沥沥颤动。她很快镇定下来：“因为所有的珠宝之中，唯有珍珠和生命有关，让人觉得软弱。所以，皇上也不喜欢珍珠。”

皇帝颔首：“人老珠黄，有生命的东西，总是容易消逝萎败。朕也会老，所以海兰，朕喜欢长久的光耀的东西。可以提醒着，至少有不变的东西。”他停一停，“朕赏赐珍珠给你，是觉得，如懿喜欢的东西，你总该会喜欢。”

海兰无谓地笑了笑：“也不一定。比如姐姐喜欢皇上，臣妾却不是。”

这样大胆而无谓的言语，连皇帝也不觉变了变色，颇不自在。海兰温然欠身，眸色澄净：“臣妾敬慕皇上，姐姐喜欢皇上。这是最大的不同。”

皇帝凝神须臾，轻轻一嗤，叹然道：“是。如懿如果懂得自下而上的敬慕，而不只是喜欢，或许她与朕也不致如此。”

长街的风吹得海兰半边脸发僵，她紧了紧身上软糯温实的大氅，紫貂的毛尖上出着银毫，软软地拂在面上，像曾经，她温柔地扶持着自己的手。

那一刻，她几乎要落下泪来，却惊诧地发现，她原来并不惯于在这个男人面前落泪。她微微哽咽：“臣妾以为皇上永远不会想起姐姐，永远那么憎恶她。可皇上却没想过，当年您喜欢姐姐，也是因为姐姐喜欢您。”

“朕，并不憎恶如懿。”他的声音极轻，在自由穿越的风声里有些模糊难辨，“朕只是不能接受，到了最末，朕与如懿，都改变了最初的模样。”他抚一抚她的肩膀，“海兰，谢谢你一直为她。所以那斛珍珠，你便留着，就当为她。”

海兰轻声谢恩，从怀中取出一枚暗红宝石的戒指，低柔道：“这枚戒指是姐姐当年命臣妾去赐死凌云彻时，凌云彻握在手里不肯放的。姐姐从没有这样不精致名贵的东西，臣妾很想知道，当年皇上认定姐姐与凌云彻有私，是否是因为这枚戒指？臣妾不敢问姐姐，只得自己藏了。如今，只当还给皇上吧。”

“是有些眼熟。”皇帝接过，托在掌心。他盯了片刻，似乎在极力思索着什么。脑中有片段的记忆闪过，加深了他已有的疑心。这枚戒指，曾经长久地出现在一个女子手上。而似乎是凌云彻死后，那双手上再没有了这枚戒指。

呵，他深切地记得，昨夜婉嫔的期期艾艾里，有那么一句，皇贵妃与凌云彻有私，却嫁祸乌拉那拉氏。而之后到来的那人，也并未否认。

那么这枚戒指，算不算一个铁证。

皇帝翻过来，看见戒指背面的痕迹，心下一阵冷然，口角却是微笑：“呵，是嬿婉。燕舞云间。愉妃，你是早知道了，所以给朕看这么个铁证，是么？”

海兰静静道：“皇上认定姐姐与凌云彻有私，误会了多年。”

皇帝将那戒指握在掌心。海兰轻声谢恩，皇帝微笑，展臂替她兜上自己的明黄色披风，柔和地笑了笑：“回去吧。朕也走了，这儿过去，还能顺道看看婉嫔，朕也许久没见她了。”

钟粹宫自纯惠皇贵妃过身，唯有婉嫔寄身其中。数十载光阴匆匆，她安静而寂寞地活着，活得长久而不被打扰，如同这里的一草一木，都沾染上了尘埃苍旧的气息。

皇帝缓步走进来时，婉茵正在专心致志地伏案画画。直到同样老迈的侍女顺心转身去添水，才看见了在门边含笑而立的帝王。顺心久未见皇帝来此，一时未曾反应过来，不觉惊惶行礼：“皇上……怎么是皇上……”

婉茵心无旁骛，细细描摹着笔下男子的侧颜，连眉毛也未曾抬起，只是轻声细语：“顺心不要胡说，皇上很多年没来钟粹宫了。”

顺心连忙道：“小主，小主，真是皇上。皇上来看您了。”

婉茵吃惊地抬起头，手中的画笔一落，墨汁染花了柔软的宣纸。婉茵喜极而泣：“皇上，怎么会是您？”

皇帝含笑踱步而进，温言道：“朕说了，得空会来瞧你。婉嫔，这么些年，你就躲在这儿画画？”

婉茵大为不好意思，想要伸手去掩那画像，可那厚厚一沓纸张，哪里掩得去？倒是皇帝手快，已经细细翻阅起来，越是翻看，越是触动：“画的都是朕，年轻的，年老的。婉嫔，你画得真像。”

这一句话，几乎勾落了婉茵的眼泪。她眼底泪花如雪，轻声道：“画了一辈子了，熟能生巧。”

皇帝放下手中画像，不觉长叹：“婉嫔啊婉嫔，这么多年，朕没有顾及你，实在是有负于你。从今往后，朕会好好待你的。”

婉茵身子一震，不觉热泪长流，一时竟说不出一句话来。

皇帝笑着抚过她的脸颊：“怎么？朕吓着你了？”

婉茵自知失礼，连连摇头，脸上笑意渐浓，泪却止不住落下，显得狼狈不已。好容易安静下来，婉茵才小心翼翼道：“皇上，臣妾有一个请求，您能不能坐在臣妾跟前，让臣妾画一画您？”

皇帝诧异：“朕都来了。你还要画么？”

婉茵痴痴地望着皇帝：“皇上，臣妾第一回，离您那么近地画您。不是凭自己的印象和记忆来画……”

一语未完，皇帝亦动容，眼见殿阁内一应朴素，便往那榻上端坐，牵过婉茵的手，沉沉道：“好，朕让你好好画。以后都让你好好画吧。”

婉茵心头激动，想要说什么，却不自觉地深拜下去，倚靠在皇帝膝上，再不肯放手。

皇帝摸了摸她妆点素净的发髻，轻声道：“婉嫔，你最远离是非，朕一直没想到，会是你如此留心，告诉朕这一切。”

婉茵的眼底有热泪涌动，她歉然道：“昔年臣妾曾被皇贵妃怂恿，使得翊坤宫娘娘伤心。这是臣妾欠了她的，臣妾要还。”

皇帝笑意酸涩：“欠了如懿？呵，欠她最多的人是……”

婉茵仰起头，不再年轻的脸庞满是泪水：“皇上，皇上，臣妾自知卑微，能得您一幸是一生最大的幸事。臣妾一直盼望着，您能回头看见臣妾，只要一眼，一眼就好。”

皇帝心底蓦地一软，柔声道：“会的。婉嫔，你与朕都已老去，咱们会相携到老的。”

婉茵想说什么，喉头一热，化作一声低低的呜咽，轻散在风中。

这一夜皇帝歇在钟粹宫中，人人诧异。嬿婉闻言只是暗笑，若婉嫔都有复宠这一日，她儿女双全，还有什么可畏惧的。她照例处理了宫中琐事，便预备着要去宝华殿祈福拜求。王蟾一早吩咐了宝华殿预备好祈福所用，一壁让送来晚膳。皇贵妃的膳食本就充裕，不过这一日因有祈福之事，所以也都是简单几道素食，还有一道皇帝那里送来的清炖鸡汤。嬿婉一见桌上有道炒双菇，便立刻皱眉：“本宫不是让御膳房不要上什么菇啊香蕈的，本宫不爱吃这个，立刻撤了。”王蟾诺诺，即刻撤下。菱枝为她添了鸡汤，徐徐道：“别的菜也罢了。这道鸡汤是皇上赏的。您还是多喝几碗，这是皇上的恩典呀。”

嬿婉见那一碗整鸡熬就，金黄的汤色，倒也不坏胃口。她当下无言，喝了两碗鸡汤，用了点素食，便往宝华殿去。

祈福之事很是顺利，如今她也惯了，每到初一十五，必焚香祝祷，祈求皇帝信任自己、放过自己，让自己平平安安成为大清未来的皇太后。

人都是如此，自身之力不够，便寄望满天神佛。许是跪得有些久了，起来嬿婉便有些恍惚。她扶着菱枝的手走到廊下，渴盼穿梭而过的风可以带来一丝清醒，降低脑中盘旋的晕眩。其实也算不得晕眩，天地间似蒙着朦胧的光，晃悠的，一切的人与物都那么远。嬿婉走到院落里，门口戍守的侍卫仿佛是凌云彻和赵九宵。她有些恍惚，那分明是离世已久的人了。可那个人，分明是自己日思夜想，不能放下的。她已然热泪盈眶，脱口唤道："云彻哥哥，云彻哥哥。"赵九宵的身影旋即不见，仿佛是一个青衣宫女，拉着凌云彻的手渐行渐远。她心急如焚，挣脱菱枝的手，追了几步，"云彻哥哥，你等等我。我是嬿婉，云彻哥哥，你是不是怪我？云彻哥哥，你念在我对你一片真心，莫要怪我。我，我一直很想你。"

几乎是在同一刻，容珮扶着如懿端然走近。菱枝忙不迭请安："娘娘万安。"嬿婉吓得面无人色，连连退了几步。可菱枝都站在如懿身边，她的周遭连一个人都没有。嬿婉尖叫起来："你？你不是死了么？"她极力镇定着自己。对了，是青天白日，不是夜里，怎么会有鬼呢？可眼前的人，活生生的便是如懿呵，连容珮都在她身边，断断是没有错的。她喝道："难不成你成了鬼还想来找我？呵，活着的时候儿女的性命都断送在我手里，难道死了和你的孩子团聚，便能成了厉鬼报复于我？"

芙芷看看容珮，又看看菱枝，嫌恶地退远一步："皇贵妃胡言乱语，莫不是疯了？"

嬿婉听她这般说话，混沌的神志稍稍清醒些许："你是谁？"

芙芷傲然相对："看来皇贵妃真是疯魔了，我是皇上新封的惇嫔啊。"

嬿婉怔了片刻，细细望去，那打扮，那神色，无一不是如懿宛然在眼前。她怎肯相信，狰狞了面孔喊道："不是！你不是惇嫔！你是如懿！如懿死了，她的魂魄附在你身上，留在宫里与我纠缠！我不怕你！如懿斗不过我，她附体在你身上，就能斗过我了？"

她的话音未落，毓瑚冷笑着进来："来人，皇贵妃疯癫，还不制住了送去皇上那儿。”

三宝和李玉立刻上来，架着她便往外拖。

容珮轻轻一笑，看着菱枝道：“还是愉妃娘娘的主意好，她不喜欢吃蕈菇，那就藏在鸡肚子里炖上一两个时辰，管她吃肉喝汤，总逃不脱就是了。”

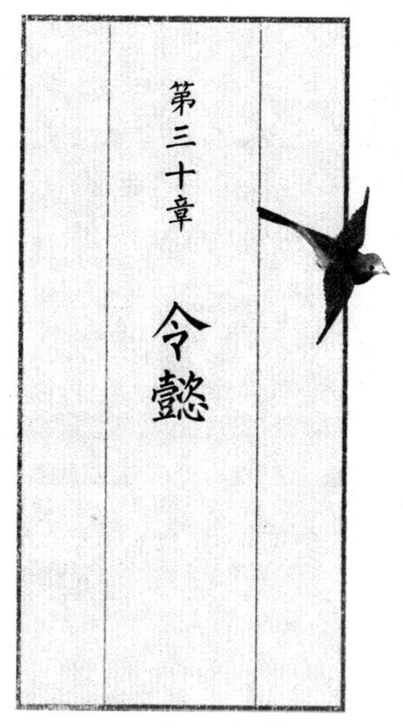

第三十章 令懿

时欺春寒，暗云冥冥。

皇帝审完春婵，已是天色昏暗。春婵自那口脂中被下毒，差点死去，幸得江与彬所救才死里逃生，好容易养好了身子，立刻入宫告发，将所知之事，说了个分明。不只如此，她还带来了边地服役的佐禄和侍奉嬿婉的王蟾，数十年的恩怨生死，夹杂着一个女人的宠遇与野心，在三人的唇齿和唾沫间一一吐出。

皇帝听到最后，全然面无表情："你倒肯说得那么清楚，难为皇贵妃一直看重你。"

春婵重重叩首："若非皇贵妃对奴婢下毒，奴婢便是受尽慎刑司刑罚也不会张口。可惜奴婢忠心了一辈子，却差点死在自己主子手里。奴婢后悔莫及。奴婢自知有罪，任皇上责罚。"

王蟾亦道："皇上，奴才真的是害怕了。自从春婵失踪，奴才就知道一定是皇贵妃下的手灭口。之前澜翠、赵九宵都是这样，奴才怕皇贵妃迟早也要除了奴才。"

皇帝并不愿在此刻多作发落，只是道："朕自会给你们一个处置。"他微微颔首，李玉忙示意春婵与王蟾、佐禄出去。

幽深旷寂的宫室内，一幛白象牙嵌玻璃画描金花鸟大屏风隔开了方才的审问，屏风一侧镏金花鸟香炉的镂空间隙中袅袅升起辛夷香，木香特异，略带辛味。香似乎已经燃了大半，满室都是袅袅的香，带着肃杀的气息，叫人心生绝望。

皇帝很是平静，唤道："出来吧。"

嬿婉已然清醒过来，像一只惊魂未定的小兽，跌跌撞撞出来，伏在皇帝身前，连连告罪："皇上，臣妾是糊涂了，不知怎的胡乱言语，失了行状。臣妾有罪，臣妾有罪。"她犹自垂死挣扎，她抓着皇帝足下的紫檀脚踏，狼狈而卑怯地叩首，"皇上，臣妾错了，臣妾真的知错了。但请皇上开恩，饶了臣妾的命吧。请您好歹念在……念在臣妾和您的孩子们的分儿上，饶过臣妾这回吧。"

皇帝并没有说话，深切的恐惧像釉面上细细的冰裂一样，在一瞬间浅淡地布满了全身。

皇帝静静看着她："他们所言，都没有冤枉你吧？"

嬿婉眼睛发直，喉咙干涩到了极处，还是忍着痛发出破碎的音节："皇上，皇上，所有的事情都是臣妾做的。但臣妾为什么会这么做呢？臣妾一生下来也是天真纯稚，并非如此作恶之人。事到如今，您就算怪罪，也不能只怪臣妾呀。"

皇帝轻蔑："你作恶多端，还怪得了别人？"

嬿婉不敢看端坐着的那个目如深潭的沉默的男子。她的双膝如同跪于荆棘之上，痛得如要滴血："若非阿玛丢官，家道中落，臣妾也不会不读诗书不受教化；若非额娘偏心，只看重弟弟佐禄轻视臣妾，臣妾也不会无奈入宫挣个出路；若非额娘索要无度，臣妾也不会拼命寻个出路奉养家人供他们挥霍。臣妾入宫后，被淑嘉皇贵妃欺辱折磨数年，万幸得皇上宠爱，救了臣妾，臣妾怎能不费尽心思牢牢抓住您的宠爱，求得在宫中立足。还有进忠，他为了上位，屡次引臣妾作恶，臣妾才蒙了心窍。皇上，臣妾不敢不认自己做了这些伤天害理的事，可臣妾也是为人所害啊。"

皇帝沉默片刻，冷然道："肉腐出虫，鱼枯生蠹。路是你自己选的，若非自己怀私心，存恶念，谁能害你？"

皇帝厌恶不已，扬声向外："毓瑚。"

毓瑚早就准备在外，端着药恭恭敬敬进来。

皇帝连多说一个字都觉得恶心，只道："给她！"

那一碗汤药如墨汁般浓黑，热气氤氲，散发着魅惑般的甜香。这种突兀的香气不像是寻常药材所有，她惊惧地别过脸，不想去面对。

毓瑚轻声道："这一碗牵机药是皇上为小主您准备的，服下后剧痛不已，头足相就，如牵机状，乃是毒中之王。"

求生的意志剥夺了她方才的勇气，嬿婉本能地抗拒："不！"

毓瑚端着药凑近："奴才按皇上吩咐，取来此物。是因为所有毒物之中，牵机药服下最为痛苦，合皇贵妃娘娘所用。"嬿婉还要躲避挣扎，她膝行至皇帝身边，拉着他袍角哭泣，"不！不！皇上，臣妾知错了，臣妾知错了。"

皇帝一脚将她踢开，就像踢开足尖的污秽。宫人们挟持着她，压得她筋骨酥软，不能再做抵抗，毓瑚按住了她的下巴，一口一口喂她喝下汤药，一滴不漏。

汤药入口，如利剑直剖肠腹。她知道，是很烈的毒药，药性很快就会发作。

这是没有退路了。

嬿婉畏惧到了极点，忽然满心舒展开来，她冷冷抬眼，索性豁了出去："臣妾最初是得皇上恩典，从宫女侍奉了皇上，若不是皇上一路扶持，一手调教，臣妾也走不到今天。臣妾落到今日这个地步，真不知是皇上自己看错了人，还是臣妾跟皇上学得不够好？"

皇帝含恨森然："贱妇，这个时候，你还编派起朕了？！"

"臣妾说得有错么？而且哪里就是臣妾了，这后宫里明里暗里伤天害理、做尽恶事的，就只有臣妾一人么？"这句话，嬿婉说得坦然而气足。"后宫里谋害皇嗣的不止我一个女人。若非你贪新恋旧，视我们如玩物，谁会愿意这般心狠手毒？这些恶事，不都是你造成的。是你逼我的，是你！是了，这宫里疑心深重的是你，刚愎自用是你，心胸狭隘是你，贪欢好色也是你。说我害死了那么多人，其实他们都是死于你手。"

那是她锥心泣血的申诉，皇帝浑然不在意，只是语调凉薄："你们都说自己是被逼迫，淑嘉皇贵妃是，你也是。好像你们有了这个理由，做任何伤天害理的事都情有可原了是不是？”

嬿婉蔑视于他：“皇上不也是一有不如意事，便怨天怨地怨身世。”

“你倒真不怕死。”

“臣妾只有一条命，您已经给臣妾灌了毒药了，还能如何？其实这么些年，臣妾知道，皇上也不过是把臣妾当成您的一件玩物，一个给您生孩子的工具，对臣妾未曾有过半分真心。不过也没什么，您身为男子，身为夫君，也从来没有得到过臣妾的心。”嬿婉晓得自己在皇帝眼里不过是一只被戏弄的小鼠，这数年的拨弄戏谑，齿爪间的苟延残喘，把她拖得求生不得，求死不能。既然如此，也不过是一死，“不只是臣妾，身为男子，身为夫君，你可从来没有得到过多少真心。便是你身边人，有几个是真心待你？哈哈，也是，待你真心的那些女人，不都毁在了你手里么？孝贤皇后，舒妃，还有如懿。你一个个逼死了她们的真心，比要了她们的命还狠毒。”

皇帝将她踢翻在地：“你这个毒妇！朕要杀了你，朕……”

“杀我？好啊！但你还能杀了永琰，杀了我们的孩子么？皇上，多少皇子死在你这个阿玛手里了。你已经那么老了，要动了永琰，连个继承皇位的出色孩子都没有了。当然，你也可以给别的儿子，瘸了的永璇、胡作非为的永瑆，还有那个生母都和你断发离心的永璂……哈哈，小心这万里江山，都被他们给败光了！”

皇帝忽而平静下来，像疾风暴雨的海面突然归于平静。他向她招手，如往日一般。嬿婉冷汗涔涔，挣扎着退后。皇帝也不作声，缓缓起身，走近嬿婉。他的指尖冰凉，全无一点暖意，抬起嬿婉的脸，凝望片刻。他嗬嗬一笑，骤然发作，连扇了数十下耳光。嬿婉眼前一片金星闪烁，脑中又酸又涨，好像口鼻都浸泡在一缸陈醋里。耳朵里做着水陆道场，嗡嗡地铙声锣鼓声喇叭声，远远近近地喧腾着。她的脑袋有千百斤重，根本抬不起来，唯有温热的液体滚落在手背上、衣袖上。她眯着眼睛看了半日，才看清楚那是自己的血。

那么多的血，从鼻腔、口角滴落而下。嬿婉呜咽着，像一只受伤的兽，垂死挣扎，可她却想笑："皇上，你是不是很痛心？看你这么痛心，臣妾忽然觉得好痛快！数年如履薄冰，夜不能寐，这会子真正可以痛快了。"

皇帝被她的话激得失了仅剩的平和。他目光如剑，恨不得在她身体上剜出几个洞来。他深恶痛绝："你这个毒妇！"

嬿婉森然一笑，雪白的牙齿沾染红色的血液，如要噬人："我毒？哈哈，皇上，我能害的，无非是如懿的身子。要不是您，谁伤得了如懿的心呢？谁能与她生死长离，再不能回头呢？"

皇帝哪里受得住这般刺心之语。狂热的恼恨之后，悔意冰凉袭上心头，他喃喃凄楚："如懿，是朕对不住如懿……"

嬿婉击掌而笑："痛快，真痛快。"

皇帝迫视着她："你真的痛快么？害死了凌云彻，逼死了自己的额娘，女儿不认你，儿子也不和你亲近。你还有什么？"

嬿婉悄然将皇帝掷在地上的红宝石戒指抓在手里，对他嗤之以鼻："我是众叛亲离，你何尝不是孤家寡人？你不觉得我们俩才是天造地设的一对儿么？"

夜间北风大作，红肿着双眼的嬿婉跪在金砖地上，任朔风寒气将她脸上的泪水敛聚成冰，她的身躯早已经麻木，膝盖上的痛楚浑然不觉，只是以眼中的嘲讽，仰望着烛火红焰侧的垂暮天子。

皇帝冷冷道："带她走，别让她死在这里，污了朕的梅坞。"

嬿婉惨然微笑，紧握着手心，她死死地抓着手中那枚小小的指环，任由它硌在手心里，冰凉，坚硬。她像是找到了永生永世的寄慰，再不肯放开。被毓瑚和进保搀扶着塞进了轿子。

梅坞又恢复了那种恍若深潭静水般寂寂无声。从无人敢来这里打扰年迈的皇帝。满殿纷碎的梅花图样装点，催落了皇帝的泪："如懿，如懿，朕曾经得到你的真心，也给过你真心，可是天人永隔，朕还是失去了你。朕还误会了你和凌云彻，一定很伤你的心……如懿……朕还能去哪里找一个真心对朕的人呢？”

四下里无声，前尘旧影恍至心头。

轻拈纨扇的少女，身边有三五蝴蝶施施然展翅，围着她翩翩翻飞，她唇角一痕笑意相映，一双清水般的眸子含情相望。一握杏子红绫裙拢住了一袅一袅晴丝，韶光缓然垂下，无数浅粉色樱花在她身后开得纷纷烈烈。

那是豆蔻初成的青樱，盈盈等待着，少年皇子弘历，在她身边并肩相依。

夜幕笼罩了整个帝京，女子的胭脂香，宫阙的沉寂，昔日的温柔，一如皇帝对于往事的记忆，一同沉了下去。

药性发作得很厉害，嬿婉孤身一人卧在永寿宫的寝殿里。人人只道她去过了养心殿向皇帝问安，又悄然而回。宫人们被毓瑚远远打发到外头伺候，所以无人知晓寝殿内的情形。地上悉铺织金厚毯，其软如绵。嬿婉如僵死之虫，全身抽搐，头和足几乎接触，喉间发出不似人声的呻吟。

毓瑚并不肯走，看着她的惨状，恭谨垂首而立。她的眼底有幽深的恨意：“皇贵妃，李玉告诉了奴婢，咱们的私心，都是想看着你药性发作，受尽苦楚。”她缓缓道来，“皇上选了牵机药，而非鹤顶红，就是不想你死得太痛快。奴婢呢，就特意和江太医商议，调整了药性，你要受尽痛苦三个时辰后，待到天明时分，才会断了气息。”

嬿婉痛得蜷缩成一团，看着身体机械般抽搐，哑声道：“你好狠……”

明纸糊得厚厚的，将窗外凛冽的北风隔绝得无声无息，庭院的树影不停摇动，在毓瑚身后投下斑驳摇移的阴影。“比起你对翊坤宫娘娘的手段，比起你谋害皇嗣的手段，这实在不算什么。”她转头看看滴漏，“天亮之后，你的大限要到了。”

五脏六腑被毒药腐蚀了一层又一层，从每一寸骨节，到每一个毛孔，都痛得不可遏制。

她只是急切地盼望着，怎么还不死？怎么还不死？

可出现在眼帘里的，居然是海兰和江与彬。她快要死了，他们都要看着自己死么？

毓瑚也是一样的错愕，海兰面色沉静，似乎已有准备，她扬一扬脸，江与彬立刻会意，将手中一包黄纸包着的粉末，利索地抖入嬿婉的口中。嬿婉根本连抵抗的力气都没有。

她也不再怕了。已经服了牵机药，这世间还能有比这更毒的药，让她受更多的苦么？

毓瑚赶紧要拦，却被海兰一手拦住："皇上要魏嬿婉死，可本宫要她生不如死。皇上那里，本宫自会回话。"

毓瑚素来见海兰温言细语惯了，鲜少这般斩钉截铁，知道她自有主张说服皇帝，也不多言语了。

天色微微亮起，皇帝坐在太后跟前，亲热地递上一盏参茶："皇额娘，您得格外保重身子。"

太后年纪很大了，越发慈祥，看着皇帝笑意吟吟。这些年来，太后早已不管后宫中事，前朝之事更是听也不肯多听一句，只是赏花养鸟，游园听戏，每日逍遥度日，十分安闲。这一来，皇帝也更放心，二人逐渐亲近，母子情分倒渐渐浓厚起来。再加之皇帝有补报之心，对太后极尽恩养，每逢大寿更是加尊号、奉厚礼，操办隆重，天下同喜。这些功夫下来，彼此更见和睦。

此刻太后眯着眼听皇帝说完，也颇为叹息："纵然是魏氏挑拨生事，祸害宫闱，可皇帝，你难道没有错么？你与如懿离心，轻信是过，多疑是过。"

皇帝眉间有懊悔之色："儿子是有错，可如懿也太倔强了些。"

太后默然片刻，叹道："被深爱的夫君屡次怀疑，她才冷了心吧。"太后这话一针见血，甚是戳心。

皇帝垂首良久，也是感伤："如懿已去，儿子很想好好待永璂，甚至立他为嗣。可这孩子一直闷闷的，心思太重……儿子实在……而且如懿也希望他得个自在，并不想他继承皇位。”他想一想，还是问，“皇额娘，儿子正好想问您，若是做额娘的实在卑劣，而儿女辈却出色，该如何处置？”

“你是说永琰吧？这孩子虽然年幼，但很可一观。毕竟除了永琪，你还得有其他可选立的皇子。”太后打量皇帝一眼，“当初汉武帝欲立刘弗陵为帝，弗陵之母钩弋夫人年少多媚。汉武帝怕子少而母壮，再现吕氏之祸，下令去母留子。”

皇帝这才微现松弛之色：“皇额娘说得是。儿子也是这个意思。”

太后底有太多沉重的复杂，伸手拨弄着瓶中一枝晚梅，似叹非叹：“魏氏作恶多端，皇帝是该处死。可去母留子，也得看看时机。”

皇帝伸手抚摸着那枝条遒劲的花朵：“皇额娘觉得太急了些？儿子已经赐了她牵机药。可毓瑚方才来禀告，愉妃给了魏氏解药。”

太后微微颔首：“愉妃做得没错。你也实在太急了些，不如略等几年，到时候说是病薨，对外掩人口舌。”她顿一顿，“魏氏再怎么不好，别伤着了永琰和永璘的体面。毕竟皇帝你膝下的皇嗣已经不多了，两个孩子还小，也不懂什么。别像永琪似的，看额娘不体面，孩子心性也变了。”

皇帝很是不甘，太后又劝：“哀家活到这个岁数，什么都看淡了。人活一世，享过享不尽的荣华，受过咬碎牙根的委屈。还有什么等不得的。”

皇帝缓一口气，沉声道：“那儿子让李玉去看看。”

皇帝行至慈宁宫外，正待吩咐李玉，却见海兰恭谨候在殿外，似有所禀：“臣妾知道皇上要问臣妾擅做主张留下魏嬿婉性命之事，特来禀明。”

皇帝见她面色沉静如水，便问：“你不是很厌憎魏氏么？寻来那么多人证，便是要她受死。”

海兰雪白的面孔微微抬起，尽是凛然之色：“就是因为如此，臣妾才不愿看一个害死皇嗣害了姐姐之人痛快死了。以其人之道还治其人之身才好。”她见皇帝斜觑着自己，缓缓道，“姐姐已去，十二阿哥却在，魏氏怎么对十二阿哥的，那滋味她也该尝尝。”

皇帝探询着她眸底的深意，渐次明白过来。他唇角一抹若有若无的笑意，神色却犀冷如锋："从未想过朕与世无争温柔敦厚的愉妃这般有谋算。好，那就让魏氏生不如死吧。"

后来的日子啊，便跟落了灰似的，扑簌簌落下，压得人抬不起眉眼。春婵和王蟾照旧回了永寿宫侍奉，所谓的侍奉，是每日看着嬿婉喝下一碗碗蕈菇汤，于幻境里挣扎求存。很多时候，她会见到那些死去的人，舒妃、豫妃，那些她都是不怕的，活着都斗不过她，死后痴缠也是无用。

有时候，嬿婉会见到最想见的人，那于她是如地狱般的日子里难得的温情。还是在少女之时，青葱岁月，与凌云彻都尚未进宫，彼此相伴，看着夏日的凌霄花烈烈开放。她与他便依偎在一起，细数着将来，生儿育女，白首一生。可那样的美梦总是短暂，很多次她在侧首时都会发觉，那个轻拥着自己的人并非凌云彻，而是她最厌憎的进忠。进忠还是那样涎着脸，一脸色相，对她纠缠不已。真的，哪怕他变成了鬼魂，都不肯放过嬿婉。

何止是进忠，还有澜翠、赵九宵，都来追魂索命。澜翠对永寿宫最是熟悉，嬿婉怎么奔跑都不能逃脱，澜翠都能找得她，逼问她为何要杀了自己。连赵九宵都能取笑她，永远都得不到自己最爱的人。还有额娘，她对额娘又爱又恨，可幻觉里的额娘还是如活着时那般，责骂她无用，怪她不能护着佐禄。

其实她更想见到如懿，问问她为何设下这个死局来逼死她。可是许多日子过去，连这样一见都不可得，愈加逼得她难受得紧。

嬿婉老得很快，并非蕈菇汤的作用，而是当年为着催孕，让包太医使的药力渐渐发作。不过一两年间，她皮肤皱起，头发花白，宛然如垂老妇人。

且那蕈菇汤喝得久了，渐渐会成瘾，一日不喝便念想着。嬿婉终于知道，那日为何太后会对永琪的饮食起了疑心，那蕈菇汤想喝而不得的时候，的确是会难受的。

因着这个缘故，海兰与江与彬给的蕈菇汤也是有一日没一日的，非得她对着王蟾和春婵苦苦哀求，春婵才会将蕈菇汤倒在地上，任她舔食。这何止是生不如死，简直是活得如禽兽一般。

而药性发作的时候，她便连冷热晴雨都不知了，常常衣衫褴褛，赤足在永寿宫四下奔窜。很快，皇帝便将永寿宫封了起来。

日子过得很快，转眼便是数年之后。已然晋为惇妃的芙芷生下了一个女儿，序列为十，人称十公主。

皇帝听得喜讯时，正在梅坞听着戏子们唱《墙头马上》。音韵袅袅，挑动前尘往事里的桃红心事，倒叫这日渐老去的天子动了温柔心肠。

真的，声音是不会老去的，就像曲子里的情事，少年的眉梢眼角，都是藏不住的情意。不像壁上挂着的那幅《湖心亭看雪》的绣样，就算爱护已极，都有了微微泛黄的痕迹。更别说绣这幅画的女子，早已过世许多年了。

自永璘出生，紫禁城九年间未曾闻儿啼，皇帝六十五岁上又得了这个公主，且是盛宠不衰的翊坤宫惇妃所生，真是爱得不知该如何是好。几日几夜逗留在翊坤宫内，抱着不肯放手。一切封赏都按皇后所生的固伦公主之例安排，倒是惹得海兰感叹不已，这情状倒是像极了当年翊坤宫皇后生五公主时的盛况。

这些年里，七公主璟妧嫁至颖贵妃母族，从此满蒙联姻更深，颖贵妃在宫中的地位更是稳若泰山。宫中闻此喜事，都向颖贵妃道喜，似乎忘却了永寿宫中那位名位尚存的皇贵妃才是七公主的生母。七公主眼里从未有这个亲娘，自然不来问候，额驸更不会问起一句。

其实皇帝对嬿婉的儿女们还是很不错的。七公主成婚前封为和硕和静公主，嫁了蒙古亲王拉旺多尔济。然而这份体面，足足是给了颖贵妃的，既是全了她养育七公主多年的情分，又全了蒙古的面子。满蒙联姻，是颖贵妃圣宠十数年不衰的维系，皇帝这番安排，是要将七公主与养母的恩情更重几分，也是对蒙古诸部的看重。而九公主璟妘出嫁前封为和硕和恪公主，嫁的是兆惠将军的儿子札兰泰。兆惠是朝廷里举足轻重的臣子，武功昭昭，九公主的养母恪妃也是满心欢喜。而两位姐姐的好姻缘，是给十五阿哥永琰铺好了太子之路。这位少年皇子，如同冉冉而生的朝阳，赢得了皇帝的注目与关爱。

是呢，前头的皇子们死的死，出嗣的出嗣。十五岁的永琰，怎么看都是皇子里最出色的选择。去岁永琰也有了许婚的指望，未来的福晋喜塔腊氏也是皇帝亲定，是贤良淑德的女子。

永寿宫被封了这么多年，无人打扫修葺，早就破败不堪。嬿婉的整头青丝都成了白发，她脸上全是细而深的皱纹，如镂刻一般，将她的面孔划得破碎。她整个人如同朽木一般，呆滞地坐在地上。一只老鼠从她脚背上爬过，她一动不动，完全没有察觉。

蕈菇汤喝得太久，毒性已深，加之心悸的症候，早就将她的健康全部摧毁。她行动迟缓，常常很久才挪动一下，也失去了说话的能力。春婵和王蟾喂她什么，她都照吃，若不喂，一整日不饮不食也无所谓。其实她还是有思想的，就好像她一直很深刻地记着，她也是早没有父母垂爱之人，也无儿女夫君可依。

躯体早已麻木，心还沉沉地跳跃着，每一下都带着抽搐的悸痛。这种痛，这些年，她也熟悉了，习惯了。心痛之下是最深的失意，兄弟不成兄弟，儿女不像儿女，而自己也活得人不人鬼不鬼。

窗外已经刮起了朔风，击打着暗红的窗格，嘶鸣于幽长复幽长的宫墙。那风声，和数十年前并无两样。那时候，哪怕自己再卑微，也有人真心怜惜，只是这辈子唯一对自己真心的那个人，已经死了。被自己亲手害死了。

嬿婉怔怔地想着，两行清泪，无声蜿蜒而下。

春婵悄无声息地进来，手里照例端着一碗汤。嬿婉早就不会反抗了。春婵送到她嘴边，她便乖觉地喝下。她的吞咽已经有些困难了，但还是喝得一滴不剩。

喝完，春婵才皮笑肉不笑道："哎呀，奴婢忘记说了。这可不是什么蕈菇汤，而是一碗鹤顶红。皇上说了，十五阿哥大了，额娘这个样子总归不好看。事情也总得有个了断。”

终于还是到了这一日了么?

嬿婉痴痴地笑起来。比上一回好，牵机药太痛苦。鹤顶红呢，药性烈，一下子就能死过去。思绪频转的瞬间，腹中已然如万刃搅动，一刀一刀迅疾地割着。她连呼救的声音也发不出来，只睁大了嬿婉看着日光涂亮了窗纸，雪白的窗纸上还留着那年贴的簇簇艳红的窗花，开得热烈至极，终究都被风吹雨打褪了色。终其一生，那都是她喜欢的繁华与热闹，但都和她一般凋零了。

滴漏单调的响声蚕食着她最后的生命。嬿婉大口大口地吐出腔子里的血，眼见它们飞溅得老高，像是一颗不肯认命的心，死也要死在高枝上。架子上还挂着旧年那件明黄的皇贵妃袍服，她再没有机会穿过，只能看它笔挺地悬着，五彩的凤凰，丰艳的牡丹，盘旋成吉祥如意的口彩，那原本该是她完满的人生。

可这一刻，她什么也不求了。

嬿婉松开紧握的手心，露出一枚暗红宝石戒指。她忍着撕裂般的痛楚，颤巍巍将那枚戒指往手指上套。这个小小的动作耗尽了她最后的力气，却也换来她生命最末的一息恬静：“云彻哥哥，我这一辈子唯一对不住的只有你。你等我，我来了，我来找你了。”

视线因着发作的毒性变得模糊不堪。嬿婉恍惚看见年轻的自己，穿着一身宫女装束，欢快地奔向长街那一头等候的凌云彻。

嬿婉心头微甜，那也许是她一生中，最值得纪念的时光。可惜那以后的自己，再未懂得珍惜。

那枚戒指在指尖轻轻发颤，被滑落的汗水滑下，骨碌碌滚了老远。嬿婉睁大了眼睛，却再无半分力气，去寻回那枚戒指。

她带着无限遗憾，停止了气息。

乾隆四十年正月二十九的清晨时分，嬿婉全身僵成怪异可怖的姿势，断了气息。七窍间流下的乌黑血迹是在意料之中。春婵冷静地抹去那些类似破绽的血痕。然后以悲伤的哭音告知众人，皇贵妃因心悸之症遽然离世。

皇帝自然是悲痛逾常。令皇贵妃自宫女始，荣至皇贵妃，位同副后。更为皇帝生下四子二女，宠遇一生，足见恩幸之隆。皇帝伤心不已，丧仪格外隆重，又钦定追谥嬿婉“令懿”二字为封号，以皇贵妃之仪风光下葬，更将新成的水莲碧玺奉与她身侧，以托哀思。

在众人的悲声号泣里，唯有一点疑云难以抹去，为何隆宠一生的皇贵妃，却偏以皇帝最不喜的女子之名为追谥。终于有一日，年幼的十七阿哥永璘冲口而出，连一旁连连使眼色的永琰也阻止不住。

皇帝闻言，不觉勾起满腔伤怀，更抚额痛哭，对膝下皇子连称“懿”字乃嘉言懿行，德行美好之称，永璘只得诺诺退下，只余永琰伴随身侧，安慰老父伤怀。而在宫人们私下的纷言里，那是羞辱皇贵妃，要她连死都逃不开翊坤宫娘娘的影子。那，也是令懿皇贵妃在世时最忌讳不过的了。只是前尘往事，二人俱已芳魂离散，喧嚣一阵后便也无人再提了。

而到了那一日，等待许久的容珮也自裁殉主，终于安心追随如懿去了。

令懿皇贵妃离世后，侍奉她多年的春婵和王蟾无处可去，皇帝也格外抚慰，赐了两人一所三进的宅子，又拨了婢女伺候，准他们出宫结伴安居。说起来这也是做了一辈子奴才难以企盼来的福泽，一时间人人皆赞皇帝厚待嫔御，恩泽宫人，情深意重。

而唯有李玉知道，被小轿抬着离开的春婵和王蟾，除了惊恐地发出啊啊之声，再不能言。一边看守他们的嬷嬷便道：“皇上宽厚，看在你们供出那人多年罪行的分儿上，留了性命给你们，还要我守你们终老。否则你们以为只是一碗哑药这么简单么？好好惜福吧。”

王蟾早已呆了，只有春婵无力地点头，每个人都要为自己犯下的错承担，王蟾是，她也是。

彼时皇十五子永琰尚是十五岁的少年，再居寿康宫不便，底下更年幼的弟弟永璘在恭、禧两位贵人老病后也缺人看顾。皇帝便指了婉嫔陈氏亲自照拂，并主理永琰的婚事。这在宫中也算是件不小的事，因为婉嫔陈氏虽然久在宫中，资历既深，但到底无宠了许久，又是极默默无闻之人。而想来婉嫔乍然受此重托，大约也实在是因为她是个勤谨安分之人吧。皇帝便也格外青眼相看，虽然仍无召幸，但素日里便按着贵妃的份例供养，也算怜她照拂两位皇子的辛苦。

但到底，皇帝给了婉嫔如此恩遇，却也未晋她位分。直到乾隆五十九年，才晋了婉妃之分，算是与皇帝一同安居共老了。

自然，这也是后话了。

后来那些年，皇帝的闲暇时光，多半是在长春宫思念孝贤皇后中度过。偶尔在梅坞，他也会听着戏子们唱着《墙头马上》，握着一方绢子出神。

戏子们悠然唱着情词婉转："帘卷虾须，冷清清绿窗朱户，闷杀我独自离居。落可便想金枷，思玉锁，风流的牢狱。"

孤清长又长，在这紫禁城中悠悠荡荡。

他已是须发皆白的老人，怆然独坐，颓颓无语，只在混浊的眼中漾满疲惫与伤感。他右腕微微使力，一顿一转，笔锋强健有力，于黄笺之上郑重写下"传位于皇十五子永琰"。

他的手指上凛冽的细纹，是被风霜与孤寒重重侵蚀后无声的痕迹。他的手势沉重却无迟疑，将手中黄笺细细叠好，存于锦匣之中，以蜡密封。

他知道的，如懿不想永璂成为太子、成为皇帝。她不想做的事，就不做吧。如今魏氏死了，他也可以放心传位给永琰。

能做的，也唯有如此了吧。

李玉远远站在苏绫蟠龙帷帘之外，见皇帝一应完成，才敢捧着茶走近，恭声道："皇上饮茶，润润喉吧。"

那锦匣似有千斤重，皇帝略略一掂，苦笑道："朕从未做过这般事，不想，却做得如此流畅而熟稔，仿佛已经做过许多次一般。"

李玉哪敢抬头，弯着腰身愈发显得佝偻而恭谨：“储位之事关系江山命脉，皇上日夜悬心，没有一刻放松，自然熟稔。”

皇帝轻嘘一声，缓缓抚摩着锦盒上绛丝双龙出云的纹理，沉声道：“不知皇阿玛当年，是否也如朕今日一般，如释重负，又惴惴不安。”

李玉俯身郑重叩首：“先帝乃千古明君，才选定皇上承掌天下。皇上青出于蓝，一定会为天下苍生定一位仁君。”

皇帝望着他，眸光里闪过一丝模糊的软弱与伤痛：“朕属意的皇子不能留存于世间，以致朕行将老迈，却不得不定下幼主。朕斟酌思量，考究再三，也唯有如此了。”他淡淡嘱咐，“入夜之后，你陪朕往乾清宫，朕要亲自放于正大光明匾额之后。”

李玉垂首咬着牙，抿出一丝最诚恳恭顺的笑容：“奴才遵旨。奴才明白，皇上一切，都是为了大清江山。如汉武唐宗，名垂千古。”

皇帝微微出神，笑意如微凉秋霜：“汉武帝晚年思念戾太子，忆及卫氏皇后与戾太子死得不明，更为防主少母壮，杀了钩弋夫人赵氏，才立幼子。朕所作所为，倒是真有几分像汉武帝。”

“奴才虽然愚钝，却也听过戏文。武帝雄才大略，为求江山安稳，且将私情搁置一边。唐太宗若无玄武门惊魂，何来太平盛世？且有皇上悉心调教，何愁幼主不成明君？大清江山万年，一切有赖皇上。”李玉说得恳切，眼中隐有老泪闪动，似是十分动情。他忽然一惊，似是知道自己说得不当，立刻反手抽了一巴掌，惶恐道，“皇上恕罪，奴才妄议朝政，合该立即打死！”

皇帝摆摆手：“算了。你只是论戏文，也不是旁的。”他长叹无声，“李玉，朕年将迟暮，身边能说说话的老人也唯有你一个了，别动辄有罪该死，朕听了烦心。”

李玉忙忙起身，赔笑道：“皇上这是什么话，您有那么多皇子公主，有三宫六院无数，您十全武功，福泽滔天，连老天爷也眼红呢！”

皇帝唇角的苦涩笑意越隐越淡，终于化为一抹悲怆的无助：“不是苍天嫉妒，是朕自己，把自己逼成了孤家寡人。”

李玉唬个不住，连忙道：“皇上坐拥四海，皇上……”

皇帝愀然不乐，打断他道：“朕让你往乌拉那拉氏……如懿灵前祭酒，你去了么？”

李玉垂着手，动容道：“回皇上，奴才已经去了。也将令懿皇贵妃之事说与乌拉那拉娘娘知道，希望她在天之灵有所安慰。”他微微迟疑，还是含了畏惧道，“皇上，请恕奴才死罪。其实乌拉那拉娘娘弃世后，奴才与江太医夫妇，并不曾停了四时供奉祭祀。”

皇帝身子微微一栗，面上却无一丝喜悲，只是缓缓道：“若在从前，朕会怪你隐瞒之罪。但从婉嫔夜见那回后，朕会谢你，李玉。”他眸底如骤雨初歇后暮霭沉沉，“如懿一直怪朕，觉得朕没有视她为妻，不似民间夫妇，彼此珍爱关照，才渐行渐远，再不复昔年。”

李玉满脸哀戚：“皇上，乌拉那拉娘娘纵有千般不是，可您一直未许她附葬裕陵，也未单建陵寝，只葬在了妃园寝内，甚至没有自己的宝券。不设神牌，死后也无祭享。如今皇上知道许多事乌拉那拉娘娘也属冤屈，何不许她死后颜面，略加厚待。”

皇帝怔忡的瞬间，忽然想起曾经的自己与青樱，是那样万般期许。青樱要的是有一天，可以不做自己不想做的事就好了。而他，只盼着有一天，可以什么都不在意，做自己想做的事就好了。

如今，总算可以做了吧。

皇帝半日才仰天弥叹：“她盼着可以不做自己不想做的事。做朕的皇后，她并不快活，那就让她做一个不与朕死同穴之人吧。李玉，传旨下去，自朕以后，后妃之选，再不必有乌拉那拉氏族女，且让她们后人，都得一个平凡夫妻的终老，不必如她一般终身不得自在。”

李玉小心翼翼道：“皇上是要成全了翊坤宫娘娘的一点愿心。”

皇帝的叹息是潮湿的哀凉：“朕想着，若是设了神牌，追封谥号，留下后妃画像，史书载下她只字片语。那么她生生世世只能是困在紫禁城的一缕孤魂，魂魄为红墙所拘，不得游荡去她想去的地方。”他叹抚不已，语意微凉，“朕用名分留了她一生，却给不了她要的情感与尊重。弃她，是想放了她。”

李玉颔首答应，俯身三次跪拜：“翊坤宫娘娘若是明白，也会感念皇上的。”

长久的沉默里，唯有夜风游荡，吹开苏绫如水的波漾，在烛光摇映之下，恍若蘸水桃花点点红晕。

那样的暗红，望得久了，仿佛雪地里孤清冷傲的红梅，晃得刺疼了眼。皇帝看着周遭粉壁涂彩，金灼玉辉，仿佛自己成了博古架上那只描金珐琅粉彩梅花瓶，孤零零地架在高处，虚弱得没有着落。他凄然不已：“朕这一世，想做的事没有做到。夫妻恩情，嫔御恭顺，儿女之福，父母之恩，朕已失却大半。朕，终究，不过是天地间一介寡人。”

没有人应答，也无人敢应答，一个帝王最后的寂寞。

夜风缓缓拂来，帘影姗姗。唯余两个垂垂老矣之人，身影幽长，复幽长。

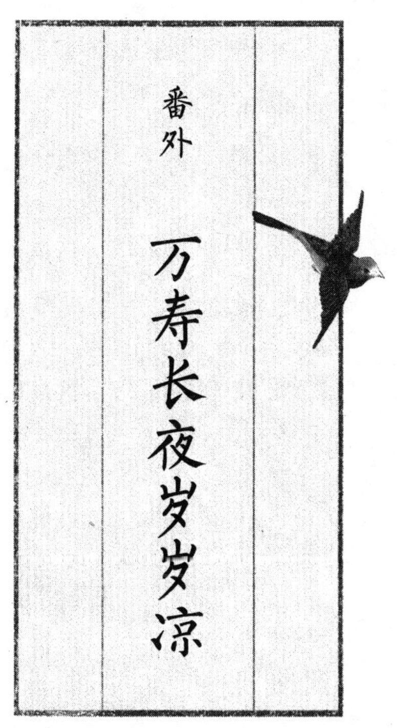

番外

万寿长夜岁岁凉

夜风沉缓地吹拂，空气中绵密的花香软软地缠上身来，与酒意一撞，皇帝更觉得心中沉突，整个人醺醺欲睡去。

总管太监李玉的步子迈得又快又稳，一壁轻声督促着抬轿的小太监们：“稳着点，别摔着了皇上。”

皇帝蒙眬中扶着头，含糊地问：“到哪儿了？”

李玉含笑答道：“皇上，到西六宫的长街了。”

皇帝轻轻“哦”了一声：“是西六宫。李玉，朕仿佛有点醉了。”

李玉忙恭谨道：“皇上安心，您一早翻了惇贵人的牌子。奴才已经去通传了，这个时候惇贵人已经备下了醒酒的汤药在翊坤宫等着您了呢！”

皇帝“嗯”了一声，缓缓道：“停下！”

李玉满心诧异，却不敢多言，忙一甩手中拂尘，示意抬轿的太监们放落了轿辇。李玉凑上前：“皇上，您喝了酒，还是让奴才们抬着您走吧。”

皇帝伸出手，李玉忙伸手扶住，皇帝道：“朕觉得酒劲儿上来了。李玉，你扶着朕走一会儿。”

李玉忙躬身道了声“是”，悄悄儿朝后脸一扬。后头跟着的四个小太监会意，便隔了十步之遥，轻悄跟在二人后头。李玉稳稳扶住皇帝的手臂缓步往前。

皇帝不说话，李玉更不敢说话，也不知皇帝想去哪里，只好默然跟着。月色澄明如清波，温柔浮溢四周，连长街两侧的朱红高墙，也失了往日的沉严肃穆，显出几分娇柔。

皇帝抬头望着月亮，似乎是自言自语：“今儿的月亮真好。”

李玉忙笑："皇上是天子，今儿是您的万寿生辰，当然连月亮也要来助兴，格外亮堂些。"

皇帝微微一笑："是啊，今儿是朕的生辰，再过两天就是八月十五中秋，人月团圆，都是好日子。"

李玉见皇帝凝神望月，嘴角仍带着笑意，不知怎的，心里一突，便有些不自在起来，于是赶紧劝道："皇上，时辰不早，您今儿高兴多喝了点酒，仔细被风扑着，伤了龙体。"

皇帝摇摇头："酒酣耳热，朕不会凉着。"

李玉悄悄看了皇帝一眼，爹着胆子劝道："皇上，颖贵妃娘娘在养心殿等着您哪！"

皇帝冷淡道："让她等着。"

李玉暗暗纳罕，颖贵妃巴林氏乃蒙古贵女，入宫数载，颇得皇帝恩幸。便连皇贵妃魏氏所生的女儿七公主，也交由她抚养。尤其是乌拉那拉皇后过世之后，寻常嫔妃难得见皇帝一面，这位颖贵妃却常能陪皇帝说话，宠遇可见一斑。而今日皇帝这样抛下她不顾，却是从来未有之事。

李玉见皇帝信步往前，环视周遭一眼，忽地想起一事，心中没来由地一慌，脚下都有些踉跄了。

皇帝漫不经心地道："叫跟着的人都退下，朕见了心烦。"

李玉不敢怠慢，忙回头扬了扬拂尘，四个小太监便躬身后退下去。

李玉上前扶住皇帝的手，皇帝慢悠悠走着，兀自说："今儿是朕的生辰，朕真高兴。"

李玉忙接口："高兴高兴。"

皇帝含着笑意："朕有那么多的阿哥、公主，一个个活泼泼的，又聪明又伶俐。"

李玉道："更难得的是阿哥和公主们都有孝心，尤其是几位阿哥，特别出息。十一阿哥文采风流，写得一笔好书法，今日为皇上献上的《百寿图》，可真是十一阿哥的一片孝心；就是十五阿哥，虽然年纪小，可当真有志气，能把皇上的御诗一字不差地背下来，啧啧……真是能干。”

皇帝轻嗤一声，带了几分嘲讽之意：“是啊。朕有那么多的皇子和嫔妃，个个貌美如花，聪明能干。”

李玉不知皇帝何意，只赔笑说：“皇上的嫔妃们不仅貌美贤惠，而且今日万寿节都为皇上进歌献舞，当真才貌双全。”

皇帝闭上眼睛：“可不是？个个都顺从着朕，体贴着朕。只有颖贵妃还直爽些。”

皇帝晃一晃头，脚步有些不稳，李玉急道：“皇上，皇上您当心着。”

皇帝摆了摆手：“顺从体贴自然是好，可朕怕啊，怕这顺从体贴下面是说不出口的腌臜心思，污秽手段。朕想一想，就觉得恶心。”

李玉忙笑道：“皇上多虑了，后宫的小主们怎么会是这样的呢？哪怕真有一两个心术不正的，皇上圣明，也一早处置了。”

皇帝低头看着自己的影子：“所以，朕喜欢年轻的女人，心眼儿干净，清透，想说什么自然会说。哪怕有点小心思，也藏不住。”

李玉忙忙点头：“皇上说得是。”

皇帝缓步走着，李玉赔笑道：“皇上，再往前就是绛雪轩，那儿没什么人住呀。”

皇帝瞥了他一眼，淡淡道：“李玉，你跟了朕几十年，如今倒越发会当差了。”

李玉膝盖一软，连忙跪下：“皇上恕罪，皇上恕罪。”

皇帝轻哼一声，也不理会，径自向前去。李玉跪也不是，站也不是，眼见皇帝越走越远，他咬了咬牙，爹着胆子小跑着跟了上去。

四下里的甬道太过熟悉，连每一块引他向冷宫的青石板上的花纹，他都烂熟于心。皇帝怔忡地走着，越走越快。等到了“绛雪轩”三个金漆大字前，皇帝才猛然刹住了脚步。酒意沉突涌上脑门，皇帝只觉得心口一阵一阵激烈地跳着，脚步却凝在了那里。

绛雪轩的海棠与梨花早就凋谢了。

可他恍惚间，觉着那花都还盛放着。他就在那时节，将如意亲自交到她手中，选了她为嫡福晋。

当然，这事并没有成，几经周折，她还是成了自己的侧福晋，委屈了名分。

恍惚还是帝后情睦的岁月，如懿初为皇后。过了那么长的时光，越过了那么多人，她终于走到和自己并肩的地方，成为自己的妻子，而非面容鲜妍而模糊的妾室中的一个。这是他许她的。在自己还是阿哥的时候，他太知道自己虽为帝裔，却出身寒微，连亲生父亲都隐隐看不起自己，对他避而不见。所以他有了熹贵妃这位养母，所以他拼命孝顺这位为他带来荣耀家世的养母。他费尽心力用功读书，只为争得属于自己的荣耀。

那个时候，他有出身名门贵族的嫡福晋富察氏，也有了大学士之女、温柔婉媚的高氏。那些高贵而美丽的女子，那些深受家中宠爱的女子，都是父母所赐。他在欢好之后只觉得疏离。她们跟自己的心，到底是不一样的。只有如懿，那时她还叫青樱，是她心中所念的女子，她是先帝乌拉那拉皇后的侄女。这重身份，却在后来的日子，成了她最大的尴尬。

因着先帝乌拉那拉皇后的晚年凄凉，因为乌拉那拉皇后败在当今太后手中，所以青樱入宫后的日子，很不好过。她被冷落了好些年。可他心里还是挂念着青樱，因为他们相伴多年，深知彼此心性，又真正和自己一样，是富贵锦绣林中心底却依然孤寒之人。

所以他加倍地给予她荣耀，在她失去嫡福晋之位后，又给予她皇后之位。

曾经，也有过琴瑟相谐。而最美好的最初的时光，都停留在了翊坤宫的岁月。

那时，她与他是多么年轻。人生还有无数明灿的可能，他们都真诚地相信，可以一起走到岁月苍老的那一日。

皇帝伸出手，爱惜地抚摩在绛雪轩的大门上。

触手扬起的轻灰令皇帝忍不住咳嗽。他仔细看去，才发觉门上红漆斑驳，连铜钉都长出了暗绿的铜锈。墙头恣意生长的野草，檐角细密的蛛网，都是那样陌生而寥落。

已经很多年无人在这里选秀了。难怪，庭院深深，都会老去。

可是宫廷的冷落，他最清楚不过了。万人之上的他，坐拥天下的他，何尝不是在年幼时受尽白眼，若不是乳母庇护，又有了熹贵妃的抚育，他何尝能有今日？

所以，他太清楚如懿的骄傲，太清楚该如何挫磨她的骄傲。

哪怕是皇后，也要屈膝在皇帝之下，俯首恭谨。

可是如懿，她有那样锐利的眼神。恰如她断发那一日，如此决绝而凄厉。

万事，终于不可再回转。

皇帝静静地伫立在门前，良久，只是默然。

月亮渐渐西斜，连月光也被夜露染上了几分清寒之意。

李玉跪在皇帝身后不远处，连膝盖都麻得没有感觉了。只依稀觉得冷汗流了一层又一层，仿佛永远也流不完一样。

他是不该看见的。就好像，皇帝也不该过来这里。

绛雪轩，那是他与她曾经最幸福的开始，也是所有悲剧的开始。在这样普天同庆的万寿节里，在即将花好月圆的中秋夜前，皇帝却在绛雪轩的门前，迟迟徘徊，不愿离去，想起了那个本该厌弃的女人。

也不知过了多久，夜露浸染了霜鬓，李玉才觉得有些凉意。他犹豫了半日，终于咬着牙膝行到皇帝跟前。李玉拼命磕了两个头，方敢极低声地说话：“皇上，已经二更了。”

皇帝只是默然不动，仿佛整个人都定在了那里。

李玉眼见皇帝的袍角已被露水浸湿，心中更是惊惧，立刻俯首在地：“皇上，宫中人多口杂，万一……快中秋了，您要伤了龙体，太后问起来，奴才担当不起。”

他不敢再说下去，只是叩首不已。

片刻，皇帝叹了口气。那叹息极轻微，像一阵轻风贴着墙根卷过，连李玉自己都疑心是否听错了。皇帝轻声呢喃：“人月两团圆？呵，团圆？”

李玉吓得不敢抬头，终于听清皇帝说了两个字：“回去。”

他挣扎着站起来，也不顾膝头酸痛，忙扶着皇帝的手去了。

墙头的野草轻悠悠地晃着，好像只有风来过。

后记

西湖

第一次知道她的平生，唯觉悲凉。

据说她断发绝情，是在杭州。

这是个温情脉脉的城市，我在这里一居近十年，甚少听说过有什么凄厉故事，惨烈传闻。它是人间俗世、烟火之地，也是天堂美景、惬乐之所。

人在忙碌里久了，到了杭州会心定，气闲，慢慢悠悠。所有的爱情故事到了这里，都会自带一种烟雨温润的好处。譬如，万松书院同窗共读，断桥重逢夫妻执手，陌上花开缓缓归来。

怎会到了她，就是夫妻离心，此生再无相见。

她，唯有一个姓氏，乌拉那拉。

没有名字，哪怕身为一个皇后，在史书上留下颇为引人猜测的平生，也无人记下她的名字。我相信，她活着的那些岁月里，在没有出阁的青梅时光，或者与爱人并头私语之时，没人会用那样冷冰冰的姓氏称呼她。

她一定有个名字吧。

不知是什么，我只好冒昧为她定了一个，如懿。

来由你们都知道，《后汉书》里说“林虑懿德，非礼不处”。懿，意为美好安静。

百年之后，有一个名震大清的女子出现，生下皇子，封号为懿，为贵妃，再为圣母皇太后，就是后来的慈禧。那是另一个那拉氏，叶赫那拉。

自然，她和我们的主人公毫无干系。不过闲笔一句。

乌拉那拉氏，如懿。

是我第二本书《如懿传》的主人公。

似乎，很少有人写过她。也对，怎么看，她都是一个失败的女子。为嫔妃时长久无子，少有记载。同期的慧贤皇贵妃高氏因有父亲高斌，因有求“贤”字为谥号，多少有些笔墨可寻。为皇后，她又很不如以节俭贤德闻名的孝贤皇后。连他的夫君，也有实实在在的记录，“岂必新琴终不及，究输旧剑久相投”。

这样的比较，来自枕畔相守之人，想来也是心酸。

继位皇后，终于生子，有女，却是幼子与女儿都早早夭折。一个皇十二子养大，二十岁余，也寂寞病故。

人到中年，夫君是生性风流的天子，一生有太多艳闻。除开那些艳闻，他的后宫人数之庞大，在清代历史上也是算得上的。一直到成了太上皇，仍有少艾娇女陪伴在侧。

而她呢？在那一回南巡到了杭州时，与他决裂，承受他的怒火幽闭深宫，直到病死，二人再无相见。苟活的最后时光，她的日子过得不如小小贵人。身死之后，她也失去了皇后的待遇，她那位夫君的所作所为，算得上是薄待。

没有人说过，她断发的真正原因。哪怕众说纷纭，揣测无定，史书上也没有任何记载，是什么事导致她潦倒的收梢。连她的夫君，那位天子，也是含糊其辞，说当年并非色升爱选，今日也非色衰爱弛，而是她形迹疯迷，尤乖正理。

真奇怪，一个皇后，前一日还好好地受了赏赐，说疯迷就疯迷了。

当然，历史上这样的谜团太多。后宫的故事尤其波诡云谲，谁猜得透内里，不过是敷衍胡猜，我也是如此而已。

写这个故事的时候，才开头，大家就已知道是悲剧的收梢。也有人说，甄嬛是胜利者的故事，为何要写如懿这样失败者的故事。

嗯，如懿的确是宫廷皇权下的失败者，而甄嬛也是。一个得到了权位，失去了挚爱密友失去了本心原性的女子，怎可算是胜利者？她的余生，也不过是在那个黄金铸就的金笼子里，戴着金玉枷锁，凭回忆过活，孤苦一世。

如懿呢？这一辈子，少年为亲王侧福晋，成年为嫔妃，中年为皇后。守着深宫半生呵，在规矩与礼仪的约束下活着，唯有断发那一刻，是真正听从了自己的心意，痛痛快快剪了一剪子吧！

断发，是断情。断了一生痴爱，自己选择放手。

那时的男人，尤其是皇帝，大约没见过这样的女人吧？算是大逆不道，所以代价尤为凄烈。

凄烈到我们选女演员出演的时候，的确会有人说，啊，是悲剧，我不演！

幸好，最后的她，是认同女人可以悲剧的，认同当情意断绝时女人可以提出先走的。自始至终，她没有和我提过一个字说，把结局改一改吧，改成死的是别人，她依旧活着，依旧得到皇帝永远不变的爱。改成她与他从来没有纷争过，或者，她得到了更多男人的爱情。

是。失败的女人，会让人难以接受一些。如懿也没有别的爱人，一生一世，她只爱着那个年轻时与她“墙头马上遥相顾，一见知君即断肠”的翩翩男子。

她爱着的，是理想中的自己与对方。

偏偏那是禁锢的宫廷，容不下太美好的理想。最终，两个人都变了。

就像蛛儿说的，不识张郎是张郎。

更悲剧的是，她在被自己的夫君厌弃、薄待，死后失去一切皇后和妻子的待遇后，是都不能说，也没有人听。

坚冷的男权之下，抛弃妻子有七出之条。那么对男子呢，一个女人如果想离开，没有礼法支持，还会受尽冷眼与唾弃吧。

如懿，只是那个想先离开的人，没有人知道她为什么要离开，也没有人在意她被那样对待。没有发声的渠道，更没有发声的权利，她就那样死去。只留下一个“形迹疯迷”的说法而已。

很多人怒其不争，为什么不忍耐着过下去呢？忍耐着，夫妻再离心，到底还是皇后啊，来日说不定还成了皇太后呢。日子总能过下去的，不然，也得顾着孩子吧。他是皇帝啊，离了她难道还想再嫁？嫁得到更好的吗？

嗯，古今或许还是有点相通的吧？

女人要离开，总有人劝，将就着把日子过下去吧，谁家不这样呢？偏你不能忍？啊！为了孩子么，总要过下去的。离了这个男人，还能找到更好的？

有时候离开，只是无法忍耐，宁愿一个人寂寞又清静吧。

如懿，真是太有反骨。这样的人，算是不识时务不忍大局，多半是悲剧收场。

我笔下如懿的一生，当然是敷演的。

整个清宫史上，有三位乌拉那拉氏的皇后。太祖努尔哈赤的孝烈武皇后，阿巴亥。（好奇怪，她居然留下了名字。）世宗雍正的孝敬宪皇后。还有高宗乾隆的皇后，如懿。

自此之后，再无乌拉那拉氏的皇后，也少乌拉那拉氏的嫔妃。

整个清宫史上，也有比她更惨的女子。世祖顺治的第一任博尔济吉特氏皇后，被废，降为静妃，养在宫中。不过孝庄太后是她的亲姑母，继任的皇后是她的亲眷，同为博尔济吉特女子，想来日子不会太难过。还有德宗光绪的珍妃，他他拉氏，据说被慈禧派人扔进井里惨死，可她到底得到了光绪唯一的经久未改的爱情。

所以，最没落不过如懿。

我坚持，坚持如懿的悲剧，她的在世人眼中全盘失败的结局。

哪怕很多人会不接受，这没有什么成功可学，我只是想，哪怕一个失败的女人，也有被文字写下的可能。

西湖水悠悠，潋滟千年。那是一个有太多传奇的湖。有苏小小的清冷幽艳，魂魄含香；有苏东坡的风流洒脱，诗情豪意；更有断桥相逢、雷峰塔倒的许仙与白娘子；长桥问心、化蝶成双的梁山伯与祝英台。

那一夜西湖水清寒彻骨，谁还记得她与曾经的爱人争执决裂到不可挽回，那断发的决绝，再不相见的悲楚，在历史茫茫浩浩的尘烟里，再寻不见。

图书在版编目（CIP）数据

后宫·如懿传. 大结局 / 流潋紫著. —长沙：湖南文艺出版社，2018.1
ISBN 978-7-5404-8334-0

Ⅰ. ①后…　Ⅱ. ①流…　Ⅲ. ①长篇小说—中国—当代　Ⅳ. ①I247.5

中国版本图书馆CIP数据核字（2017）第248489号

上架建议：畅销 / 古代言情

HOUGONG · RUYI ZHUAN. DAJIEJU
后宫·如懿传. 大结局

作　　者：流潋紫
出 版 人：曾赛丰
责任编辑：薛　健　刘诗哲
监　　制：毛闽峰　赵　萌　李　娜　刘　霁
策划编辑：郑中莉　由　宾
特约编辑：王　静　张明慧
项目支持：张馨月
营销编辑：吴　思　好　红　雷清清
封面设计：弘果文化传媒
内文插画：三　乖
版式设计：利　锐
出版发行：湖南文艺出版社
（长沙市雨花区东二环一段508号　邮编：410014）
网　　址：www.hnwy.net
印　　刷：三河市百盛印装有限公司
经　　销：新华书店
开　　本：787mm × 1092mm　1/16
字　　数：413千字
印　　张：29
版　　次：2018年1月第1版
印　　次：2018年1月第1次印刷
书　　号：ISBN 978-7-5404-8334-0
定　　价：36.00元

质量监督电话：010-59096394
团购电话：010-59320018